北京大学教育经济与管理丛书

效率、公平与充足

中国义务教育财政改革

曾满超　丁小浩　主　编

阎凤桥　丁延庆　副主编

北京大学出版社
PEKING UNIVERSITY PRESS

图书在版编目(CIP)数据

效率、公平与充足：中国义务教育财政改革/曾满超等主编. —北京：
北京大学出版社,2010.11
（北京大学教育经济与管理丛书）
ISBN 978-7-301-17937-6

Ⅰ.①效… Ⅱ.①曾… Ⅲ.①义务教育－财政管理体制－体制改革－研
究－中国 Ⅳ.①G522.3②F812.2

中国版本图书馆 CIP 数据核字（2010）第 199496 号

书　　　　名：效率、公平与充足：中国义务教育财政改革
著 作 责 任 者：曾满超　丁小浩　主编
丛 书 主 持：李淑方
责 任 编 辑：于　娜
标 准 书 号：ISBN 978-7-301-17937-6/G · 2981
出 版 发 行：北京大学出版社
地　　　　址：北京市海淀区成府路 205 号　　100871
网　　　　址：http://www.jycb.org　http://www.pup.cn
电 子 信 箱：zyl@pup.pku.edu.cn
电　　　　话：邮购部 62752015　发行部 62750672　编辑部 62767346
　　　　　　　出版部 62754962
印 　刷 　者：三河市北燕印装有限公司
经 销 者：新华书店
　　　　　　　650 毫米×980 毫米　16 开本　25 印张　400 千字
　　　　　　　2010 年 11 月第 1 版　2010 年 11 月第 1 次印刷
定　　　　价：58.00 元

未经许可,不得以任何方式复制或抄袭本书之部分或全部内容。
版权所有,侵权必究
举报电话：(010)62752024　电子信箱：fd@pup.pku.edu.cn

前　言

在新中国义务教育发展史上有两个重要的里程碑：一是 1986 年 4 月 12 日第六届全国人民代表大会第四次会议通过了《中华人民共和国义务教育法》，这是新中国成立后制定的第一部义务教育法，奠定了我国义务教育制度的基础，对于实现普及义务教育的目标发挥了积极的推动作用；二是 2006 年 6 月 29 日第十届全国人民代表大会常务委员会修订通过了《中华人民共和国义务教育法》，从受教育权的角度赋予义务教育新的含义，明确了政府对于实现义务教育目标所应尽的责任。

在义务教育法制定和修订相距 20 年的时间里，中国社会结构发生了深刻的变化，政府权力下放是经济和政治体制改革的一个重要方面。针对义务教育财政体制而言，则经历了从集权到分权、再从分权到政府责任相对集中的两个过程。第一个过程始于 20 世纪 80 年代初，为了扭转中央政府权力过于集中从而限制地方政府推动本地教育事业发展积极性的弊端，改革教育财政体制，出现了两个根本性的转变：一是由"统收统支"的中央集中财政管理体制转变为"分级包干"和"分灶吃饭"的地方分权财政管理体制；二是由教育经费单一财政来源转变为财政与非财政经费来源渠道并存。教育财政体制改革，调动了地方政府办学的积极性和公民的参与度，不仅扩大了教育经费供给，而且也改善了办学条件、扩大了适龄人口接受义务教育的机会。但是，限于经济发展水平和财政性约束，这个时期的义务教育无法做到免费，学生及其家长要交纳一定的杂费和其他教育费用。在政府权力下放的同时，出现了区域间经济发展的非均衡性，并且造成了区域间在财政收入和支出方面的显著差异，从而也造成义务教育发展的非均衡性，加上我们没有及时地建立与分权体制改革相配套的财政转移支付制度，使得义务教育发展水平的区域性差距越来越大。对于一些地方而言，义务教育经费严重不足，影响了普及义务教育目标的实现，义务教育经费负担被过度地转嫁到受教育者家庭一方，造成低收入受教育人群经济负担过重，影响了他们正常的生产和生活。这些问题从20世纪90年代初就有所显露，并且表现得越来越明显。于是，从分权再到相对集权的第二个转变过程开始了。随着国家税收制度的变化，中央政府的财政能力有了明显增强，逐步加大了宏观财政调控功能，这种变化也反映到义务教育领域。中央政府和地方政府合作实施了"义务教育工程"、"危房改造工程"和"两免一补"工程。到2001年，在试点基础上全面实施了"地方负责，分级管理，以县为主"的管理体制，将义务教育的管理责任从乡镇政府上升到县级政府。

《中华人民共和国义务教育法》的修订，将从制度安排上系统地解决前一个时期出现的多种问题。随着新修订的《中华人民共和国义务教育法》的实施，我们看到国家将义务教育定位于公益性的事业，开始了彻底免除学费和杂费的义务教育发展的新阶段。但是，这并不意味着义务教育问题就可以全部得到解决，发展义务教育是一个长期的任务，在新时期，义务教育问题将会以新的形式表现出来。随着城市化的进程，需要解决农村人口转移问题以及相应的儿童受教育问题。随着人民生活水平的提高，如何满足人们对于更高层次的义务教育需求？如何改革课程、提高教师的教学水平和学生的学习效果？在数量问题解决后，教育质量问题将会日益凸显，特别是如何满足创新社会对于义务教育提出的新的要求。这些都是我们今后将面临的挑战。

指导本书研究和写作的一个基本思想是：只有着眼于社会改革的历史进程，才能更好地理解教育财政改革的合理性和可能性，义务教育财政问题是与整个社会发展问题联系在一起的。在这个指导思想下，以北京大学曾满超和丁小浩为首的研究队伍,对过去几年开展的义务教育财政问题的研究成果进行了系统的总结。我们把中国义务教育财政问题放在一个国际比较的框架内进行分析,采用效率、公平、平等和充足四个指标维度。我们采用了理论和实证相结合、定量与定性相结合的研究方法,对于多个时段的调查资料以及不同时间跨度的资料进行了细致的分析。我们相信,这些研究工作不仅有利于回顾过去的历史,总结经验,而且也有利于面向未来,适时调整政策,妥善地处理好义务教育财政和其他相关方面关系的问题。

与我国义务教育财政体制的改革步伐相比,本书中使用的一些资料已经成为历史资料,研究的政策意义已经不像研究论文完成之初时那样适时,另外,本书由多位作者合作完成,在系统性和完整性方面也存在着一些不足之处。这是我们出版此书时自己感到不能满意的地方。之所以要出版,有两个考虑:一是这些研究成果真实地记录了中国义务教育发展的过程,具有一定的历史价值;二是本书使用的过去几年的统计资料仍然是宝贵的,即使是在今天的实证研究中仍然难以得到这样大样本和微观分析水平的统计资料,并且我们所采用的规范研究方法,对于揭示义务教育财政规律,具有一定的学术价值。

本书的出版得到北京大学教育学院和北京大学出版社的大力支持,特别是于娜和韩文君两位编辑为本书的出版付出了辛勤的劳动,在此,我们表示衷心的感谢。囿于作者学术水平和认识,本书难免有不足之处,敬请读者赐教。

作者

2010 年 10 月于燕园

目　　录

第一章 中国义务教育财政：社会经济背景、改革、政策及相关研究问题评述①

第一节 本书的目的与重点研究问题

自 1985 年《中共中央关于教育体制改革的决定》（以下简称《决定》）颁布以来，教育财政体制发生了根本性的变化，由经费来源比较单一的中央集权体制转变为分权化、经费来源多元化的体制。在由中央计划经济体制向市场经济体制转型过程中，中国经济获得了快速的发展，在教育财政体制改革的同时，教育经费获得了持续的增长，教育部门利用增加的资源培养了大批的各种规格的毕业生，满足了经济增长对人才和技术的需求。尽管已经取得了巨大的成就，但是中国教育系统目前依然面临着很多教育财政方面的挑战，诸如建立合理的教育财政政府间架构，增加教育经费，特别是农村贫困地区的教育经费投入，改变稀缺教育资源配置和管理效率低下的状况，此外还有解决教育不公平、不平等问题以及由此带来的负面影响。

本书汇集了有关当前中国义务教育（包括小学和初中）财政体制的一些实证研究，这些研究主要关注的问题可以分为两组。第一组是当前教育财政体制的效率评估问题。这种评估是采用通用的绩效标准，比如充足、公平、平等、效率等为分析框架。研究问题包括：

（1）对增加义务教育经费投入，有哪些经济学和其他学科视角的理

---

① 本章原文为英文，由曾满超和丁延庆于 2005 年撰写，之后针对新情况做了一些补充，由北京大学何峰翻译，校对丁延庆、阎凤桥。

论支撑？

（2）义务教育的稀缺资源在多大程度上实现了有效的配置和管理？

（3）当前的财政体制在多大程度上实现了义务教育的公平性目标？

（4）义务教育经费的充足性如何，特别是对于农村地区和弱势群体而言？

（5）义务教育经费的分配在性别、民族、城乡、地区之间的不公平已经达到什么程度？近年来，这种教育不公平是否有进一步扩大的趋势？

本书关注的第二组问题是当前义务教育中存在或正在逐步显现的一些重大挑战及其影响。研究问题包括：

（6）农村税费改革对中国农村义务教育经费筹措带来了哪些影响？

（7）"以县为主"这种财政集中政策对义务教育财政产生了哪些影响？

（8）大量农村人口流入城市后对义务教育办学经费及义务教育的普及会产生什么影响？

（9）在少数民族地区普及九年制义务教育，以促进民族团结和社会和谐，实现这一目标在财政以及其他方面遇到了哪些挑战？

（10）政府间财政转移支付在义务教育发展过程中发挥了什么作用？

（11）民办教育在普及义务教育和筹措义务教育经费中扮演了什么角色？民办学校的财务收支状况如何？

（12）教师培训成本分担的合理比例是多少？

出于分析的需要，本书把上述 12 个问题分为两组。事实上，许多问题都是相互关联的。第一组研究当前中国义务教育财政体制绩效评估，第二组研究是针对体制内一些具体问题的研究。其中第二组的研究问题涉及义务教育财政的一些主要问题，需要进行更为深入的调查，这些问题也可以用第一组的绩效评价指标予以评估。

本书的出版有两个目的：首先，我们试图通过理论和实证分析，深化对当前中国义务教育资源筹集和配置问题的认识，从而服务于义务教育的科学决策过程。其次，本书中的相关研究，对目前义务教育经费筹措所取得的成绩和所面临的挑战做出评估，这为日后评估和监管义务教育的发展提供了一个基准。

本章接下来的部分将概述近年来教育发展的社会经济背景和教育财政体制改革。教育决策需要有明确的标准，从这些标准出发，本章选定了义务教育财政中的一些重要问题，并概述实证研究问题和所采用的研究方法。

第二节　1978 年以来教育发展的社会经济背景

1978 年,中国共产党召开了第十一届三中全会,做出了历史性的选择,放弃了以阶级斗争为纲的政治路线,把工作重心转移到国家发展和现代化建设上来,即实现工业、农业、国防和科学技术的现代化。自此,改革开放进程开启,经济发展成为重中之重(Ding,2005:Chapter 1)。

在过去的 25 年间,中国经济走过了一条以渐进和务实为特色的改革道路。20 世纪 70 年代后期和 80 年代前期的改革,其主要内容是对外开放贸易,以及在农村实行家庭联产承包责任制——这一制度允许农民将剩余粮食在市场上公开出售。同时,对于非公有制和商品交换的意识形态束缚也有所放松,个体经营得以复苏兴起。国有企业以外的其他所有制企业,以乡镇企业为代表,在城乡各地如雨后春笋般出现。80 年代后期和 90 年代前期的改革内容,主要是市场价格制度的建立和政府在资源配置过程中职能的转变。在 1992 年邓小平同志南行讲话以后,市场化的进程加快。在 1992 年第十四次中国共产党代表大会上,中国共产党提出了"建立社会主义市场经济体制"的目标。在 90 年代后期,改革转向关闭亏损严重的国有企业和处理银行系统的呆坏账。跨入 21 世纪,改革的重心则转移到发达地区和不发达地区的均衡发展、经济和社会协调发展、环境保护和节约自然资源、统筹对外开放和对内改革等方面。党和政府采取了一系列措施来改变城乡之间、区域之间发展的巨大差距和社会失衡的状况。

中国经济在过去 20 多年里实现了持续快速的增长。从 1978 年到 2003 年的 25 年间,中国的国内生产总值(GDP)翻了两番。2003 年,中国的总人口达到 13 亿,人均国内生产总值首次超过了 1000 美元。如果以购买力平价计算,人均国内生产总值大约为 4020 美元。农业和制造业是国民经济的主力军,特别是在靠近中国香港和台湾的沿海地区,外资企业生产的产品不仅满足了国内需要,还大量远销国外。经济的快速增长在减少绝对贫困人口(特别是农村地区贫困人口)方面取得了令人称奇的成就。自 1978 年以来,绝大多数中国人的生活水平都得到了极大的改善。以政府界定的绝对贫困标准(以 1985 年不变价格、购买力平价计算的平均每人每天 0.6 美元)来衡量,中国农村的绝对贫困人口已经从 1978 年的 2.6 亿减少到 1998 年的 4200 万。

但是,迈入 21 世纪后,中国依然面临着许多复杂的社会经济问题需要解决,比如城乡失业率上升,贫富差距进一步扩大,银行金融系统管理不善,国有企业呆坏账,腐败现象比较严重,农民工遭受不公平待遇,资源枯竭以及环境破坏等一系列的问题。在 2004 年,一些值得关注的社会现象实际上已经为国人敲响了警钟。7 月,新华通讯社公布,2003 年中国极端贫困人口增加了 80 万人,他们的年收入不足 80 美元。这是改革开放 25 年来官方第一次公布极端贫困人口的增加。统计研究表明,从 1978 年到 21 世纪前几年,中国已经从历史上财富分配最平均的国家之一,演变为收入不均等比较严重的国家之一,2001 年的基尼系数达到0.45,高于世界大多数国家(World Bank,2003)。在 2004 年上半年,关于珠三角和长三角地区出现"民工荒"的问题见诸报端,这两个地区是中国主要的出口制造业基地。劳动与社会保障部开展了关于农民工短缺的调查,结果显示:这种短缺主要是因为工资水平长期以来基本未做调整、缺乏对农民工合法权益的保护、劳动力市场对非技术农民工的需求下降等原因造成的。由此,人们对过去 20 多年的经济发展战略,即高度依赖劳动力密集和高污染的制造业部门,以极低成本生产低端产品并出口国际市场的战略,提出了质疑。

为了解决这些问题,中国政府制订了"十一五"规划。为了提高人均 GDP,政府试图实现区域间的均衡发展,将发展的重点从城市转向农村,促进农村剩余劳动力向城市的有序流动,促进和谐社会的建立,继续实行"科教兴国"的发展战略。

自 1949 年新中国成立以来,随着经济和社会的发展,中国的教育也经历了复杂的变迁过程。在"文化大革命"期间,教育体制遭受了严重的破坏,几近瘫痪,耽误了整整一代大学生、科研人员、技术人才和教师队伍。改革开放以来,教育政策也由过去纯粹的为政治服务,调整为满足国家现代化建设目标的需要。具有务实作风的国家最高领导层认识到了发展科学技术和人力资本、提高国民受教育水平的必要性。得益于这一历史契机,教育也于 20 世纪 70 年代末走上了复苏和大规模扩张的发展道路。1949 年新中国刚成立时,中国总人口中有 80% 的人是文盲和半文盲,各类学校的在校生总数仅占总人口的 4.76%,每十万人中仅拥有大学毕业生 22 人,中学毕业生 230 人,小学毕业生 4500 人。2000 年的第五次全国人口普查数据则展示了完全不同的另外一番情景:成人文盲率已下降到6.72%,每十万人中有大学毕业生 3611 人,中学毕业生 45062 人,小学毕业生 35701 人。小学教育(6 年)和初中教育(3 年)被列入义务教育范围。作为世界上人口最多的国家,中国 2003 年的小学在校生人数为

1.2156 亿,初中在校生人数达 6687 万(教育部,2003)。以在校生规模而论,中国目前的高等教育规模已跃居世界首位。在过去 20 年间,各级各类教育机构培养了大量毕业生,满足了经济发展对劳动力的需求。这些教育成就确实是令人瞩目的,特别是考虑到这些成就都是在国家经济发展总体水平较低、人口基数庞大、少数民族多、文化和地理差异明显的特殊国情下取得的。

　　但是我们也应该看到,当前中国的教育依然面临着大量具有挑战性的问题,特别是在义务教育领域,即小学和初中阶段的教育。这些问题表现为:受教育机会依然不足,农村贫困地区教育经费短缺,不同地区间生均支出的巨大差距及其进一步扩大的趋势,以及不断增长的流动人口子女的受教育问题(World Bank,1999)。以 2003 年为例,在中国大陆 31 个省、直辖市和自治区中,只有 12 个基本完成了普及义务教育的目标,而在多数省市区,义务教育仍未完全普及,失学儿童多分布于经济发展和教育发展水平低于全国平均发展水平的农村地区和西部省区(教育部,2004)。农村贫困人口和流动人口在受教育方面处于弱势地位,这是其在社会经济方面处于弱势地位的反映,教育差距又使得这种弱势地位得以延续。由此可见,对于教育财政问题的研究,有助于认识中国教育问题及其对社会经济产生的影响。

第三节　中小学教育经费筹措体制的历史沿革

　　教育经费筹措是指资源如何被动员及配置,以用于教育事业的发展。在 1949 年后的 30 年间,国家用于教育发展的资金和资源相对来说是比较少的,并且教育发展所需要的资源严重依赖于政府拨款。因此,造成教育发展基础薄弱,教师工资水平低,大量的适龄儿童不能入学(Tsang,1994)。国家的教育体制也跟经济体制一样,迫切需要进行改革。

　　自 20 世纪 80 年代以来,中国的教育经费财政机制,包括中小学教育在内,经历了根本性的结构变化,从经费来源单一的集中财政体制转变为分权化、经费来源多元化的体制(Tsang,1996)。教育财政体制的改革是在国家公共财政制度改革的背景下进行的。在 1980 年以前,中国的公共财政体制是中央集权的"统收统支"体制,在这种体制下,地方政府的财政收入统一上缴到中央政府,地方政府的开支则由中央财政来支付。1980年 2 月,国务院发布了《关于实行"划分收支,分级包干"财政管理体制的暂行规定》,开始了财政的分权化改革,财政的分权化改革是依据"分灶吃饭"的原则进行的，即各级政府对本级财政负责。至 1982 年，一个多层级的政府财政体制开始确立，建立起了中央、省、县、乡镇四级财政预算。

基础教育（小学和中学阶段教育）财政的改革政策是在 1985 年《中共中央关于教育体制改革的决定》中确定下来的，主要有两个方面的内容：一是教育管理和教育财政的分权化；二是教育经费筹资渠道的多元化。教育体制的分权化改革以"地方负责，分级管理"为原则，即由各级地方政府负责本级的教育供给，特别是提供举办中小学教育所需要的经费，并实行属地化管理。在农村地区，乡镇一级政府和县级政府对其辖区内的小学教育、初中教育和高中教育的兴办、管理和经费保障负有责任。在城市，区级政府和市级政府需要承担其辖区内中小学教育的兴办、管理和经费保障的责任。筹资方式的多元化主要通过以下两个途径来实现：一是拓宽政府用于教育的收入来源；二是在学校层面动员、吸纳社会资源办学。第一个途径主要是通过在城乡征收教育事业费附加的方式来实现的。第二个途径所开辟的经费来源渠道主要包括：社会捐集资、学校事业收入、外部基金和向学生收取杂费等。1985 年教育改革的初衷，就是试图通过分权化和多元化的方式来调动社会资源兴办中小学教育。当时提出在 2000 年实现普及九年义务教育的目标，教育财政改革是实现这一目标的重要支撑。

1986 年 4 月，全国人大制定并颁布了《中华人民共和国义务教育法》。与 1985 年的《决定》相一致，这部法律也确定并再次强调了"地方负责，分级管理"的原则。与《决定》相比较，该法律有了一些改进，明确规定基础教育的财政责任由各级政府承担。同时，该法律要求各级政府必须实现教育经费的"两个增长"：国家用于义务教育的财政拨款的增长比例，应当高于财政经常性收入的增长比例；在校学生人均教育费用逐步增长。《决定》和《中华人民共和国义务教育法》这两个历史文件为教育财政改革确定了方向，体现了中央政府为保证义务教育经费的落实而实施教育财政改革的迫切心情，同时也体现了中央政府改变由中央过多负担义务教育经费这一局面的意愿。

到 20 世纪 90 年代前期，分权化的财政体制已经建立起来，预算内的教育经费和预算外的经费（例如：教育费附加、社会捐集资、基金、杂费等）为中小学教育的发展发挥了适时而明显的作用。随着经济的持续快速发展，为教育发展特别是中小学教育的发展筹集到了更多的资源。举例来说，从 1986 年到 1992 年，政府预算内的教育事业拨款年均增长3.5%，预算外经费年均增长 19.7%。预算内的小学生均经费实际年均增

长 9.6%，中学生均经费实际年均增长 5.1%。预算外办学经费的增长尤
其迅速，其直接影响就是中小学教育经费来源的结构发生了显著变化。
例如，1986 年，预算内经费和预算外经费分别占中小学教育总经费的 78.
8% 和21.2%，而到 1992 年，预算内的比例降为 60.9%，而预算外的比例
则增长到 39.1%。通过财政分权和教育经费来源多样化，社会资源被调
动起来用于发展教育事业，从这一角度来说，1985 年的教育财政改革是
成功的。

　　然而，到 20 世纪 90 年代前期，有两个主要问题逐渐显露出来：第一
个问题是农村、贫困地区教育经费的严重短缺；第二个问题是地区间生均
教育经费的巨大差距。贫困地区的财政困难问题表现为教育投入不足和
入学率低。生均经费最高的地区是最低地区的好几倍（Tsang，Wei &
Xiao，2000；Tsang and Ding，2005；Wang，1998；Jiang & Zhang，1999）。

　　1993 年 2 月，中共中央和国务院颁布了《中国教育改革与发展纲要》
（以下简称《纲要》），这是指导 90 年代和 21 世纪前期中国教育改革和发
展的纲领性文件。《纲要》涉及了教育财政体制改革的一些方面，但是它
比较宽泛，与以往政策相比未有更大的变化。《纲要》提出，要在 2000 年
以前实现普及九年义务教育的宏伟目标。但是到了 1993 年，义务教育经
费不足的问题，第一次引起了全国上下的注意——全国范围内出现了中
小学教师工资拖欠问题，有些地区拖欠工资时间长达一年甚至更长。教
师工资拖欠现象的发生，既反映出很多地区义务教育经费不足，同时反映
稀缺教育资源存在管理不善的现象。

　　1994 年，国务院发布了《国务院关于〈中国教育改革与发展纲要〉的
实施意见》（以下简称《意见》）（国务院，1994）。从义务教育财政体制改革
的角度来说，《意见》更多地可被看做是《纲要》的修正版，作为贯彻实施
《纲要》的指导性文件，《意见》对财政分权做了调整和重新界定（这可能是
对 1993 年教师工资危机的一种回应）：县级政府取代乡镇级政府，"在组
织义务教育的实施方面负有主要责任"。

　　从 20 世纪 90 年代前期以来，基础教育的另外一个发展趋势是，政府
开始允许并鼓励民办教育机构的发展，这类教育机构被称为"社会力量办
学"（Tsang，2004；Kwong，1997）。但是，义务教育阶段民办教育规模较
小。教育的私营化还引发了关于选择、公平、平等这些重要问题的讨论。
　　在 20 世纪 90 年代的中后期，国家在普及九年义务教育方面做了切
实努力，也取得了很大的成绩。至 2002 年，中央政府宣布，中国已经基本
实现了普及九年义务教育的目标（教育部，2002）。但是，关于义务教育经

费问题的新闻仍不断见于报端。有的地方发生了教室被债主上锁和学生不能进入教室上课的情况，究其原因通常是因为学校未能偿还长期拖欠施工单位的债务而造成的。

到 20 世纪 90 年代后期，中央政府为改变义务教育财政状况在做着不懈的努力，号召县及县以上各级政府增加义务教育经费。在《面向 21 世纪教育振兴行动计划》中，除了再一次强调义务教育办学经费的多元化筹措之外，中央政府承诺将连续三年增加财政性教育经费，设立义务教育专项拨款，并要求地方政府（从省一级到县一级）提供配套资金，以期为地方各级政府（省、地级市、县）树立榜样（教育部，1998）。

2001 年，国务院发布了《国务院关于改革和发展基础教育的决定》（以下简称《决定》）（国务院，2001）。该《决定》提出了"地方负责，分级管理，以县为主"的农村义务教育管理体制，取代了之前的"地方负责，分级管理"原则，政府对农村义务教育的责任转到以县为主。之后出台的《国务院办公厅关于完善农村义务教育管理体制的通知》，再次强调了县级政府、地级政府和省级政府对义务教育承担的财政责任。从这些中央文件中可以看出，在中央政府设想建立的义务教育管理体制中，县级政府，而不是乡镇政府，主要承担农村义务教育的责任。同时，《决定》也指出，经济薄弱地区的农村义务教育需要各级政府（乡镇及其以上）共同投入。从某种意义上看，这一新的管理体制本身并无多少新意，因为早在 1994 年解决教师工资拖欠问题时，中央政府就曾提出一个与此相似的做法，除经济发达地区以外，由县级政府承担发放教师工资的责任。但是，到该《决定》于 2001 年出台之时，"以县为主"的体制在大部分地区并未真正实施过。自此，出现了义务教育财政责任主体由乡镇一级转移到县级的变化，义务教育财政体制在一定程度上"再集中"，这一新体制对提高义务教育保障程度的作用开始显现。

除了对义务教育财政体制做出调整以外，从 20 世纪 90 年代后期开始，政府开始重视日渐严重的教育经费不均等问题。这一现象的存在是与地区经济发展不平衡高度相关的，这种不均等，突出地表现在地区间生均教育经费的巨大差距上，以及教育支出成为农村家庭沉重的经济负担。从 90 年代后期开始，中央政府逐年增加了对地方政府的专项财政补贴，以支持贫困地区的义务教育，这些中央政府的直接财政补贴，虽然数额不大，但专款专用，是中央政府首次尝试通过政府间转移支付的方式来保证义务教育办学经费（Tsang，2002）。中央政府从 2001 年开始以更大力度通过政府转移支付的方式，来促进贫困地区义务教育的发展。从历史的角度来看,利用政府转移支付的方式保障义务教育办学经费,对于教育财政体制的演进,具有特殊的意义。

另外一项具有重要意义的改革是农村"税费改革"。这一改革于1998年开始在安徽省试点,旨在减轻农民的各种不合理税费负担,地方政府以义务教育的名义向农民征收、摊派的各类名目的费用首当其冲。2003年3月,教育部、财政部和发改委联合发布了《关于在全国义务教育阶段学校推行"一费制"收费办法的意见》,规定了义务教育阶段学校的收费款项和收费方式,以减轻义务教育给学生家庭特别是农村家庭造成过重的经济负担(教育部、财政部、发改委,2003)。然而,因为义务教育阶段的税费改革(包括"一费制"改革)造成了学校经费收入的减少,加上一些地方县和乡镇财政状况不佳,刚刚确立不久的"以县为主"的投入体制所存在的问题已经有所显现。

2005年12月,中国政府宣布了新的农村义务教育发展计划。通过提高中央和省级政府对农村的财政补助,以保证农村义务教育发展目标的实现,到2010年要在全国普及义务教育。2006年6月29日第十届全国人民代表大会常委会通过了新修订的《中华人民共和国义务教育法》,在新修订的《中华人民共和国义务教育法》中,明确义务教育为免费教育,将义务教育全面纳入国家财政保障范围,针对县级政府财政能力不足以及不同地区财政能力差异大的现实,《中华人民共和国义务教育法》进一步明确了中央和省级人民政府在义务教育经费方面承担的责任,第四十四条规定:"义务教育经费投入实行国务院和地方各级人民政府根据职责共同负担,省、自治区、直辖市人民政府负责统筹落实的体制。"

简而言之,中国教育财政体制在过去20年里处于不断的变化和调整之中,从根本上来说,改革的成功之处在于,教育财政由经费来源单一和相对集中的体制,转变为经费来源多元和分散的体制。在经济持续增长的背景下,在扩大教育机会、减少文盲方面取得了巨大的成就,教育财政体制改革是教育体制改革的有机组成部分。在历史回顾中,我们同样看到,中国教育依然面临着很多亟待解决的问题。比如,需要确立一个合理的经费来源结构,以筹集教育资源;需要以更公平、更均等的方式分配教育资源;需要提高现有教育资源的管理和使用效率。教育研究应该为教育决策提供更加广阔的视野,从而有助于这些问题的解决。

第四节　关于义务教育财政的现有研究

本书汇集了一些关于中国义务教育财政及相关问题的实证研究成果。这些研究主要涉及两组相互关联的问题：一是按通用标准对中国目前的教育财政体制进行评估；二是分析中国义务教育财政所面临的重大问题及其可能造成的社会影响。

为使研究更有针对性，本书关注的问题仅限于义务教育阶段（个别研究涉及整个基础教育阶段）。普及义务教育是中国政府 20 年来的政策目标。国际经验表明，中小学教育能提高社会的劳动生产率，增强经济的竞争力，发展中小学教育应当成为减少贫困、缩小社会不平等的策略之一，对于扩大民主政治参与和促进国家建设也具有重要意义。接受义务教育是每一个公民的基本权利（World Bank 1995；中共中央，1985）。

从国际经验来看，教育财政分权体制的优势和劣势并存。其潜在的优势表现为以下三个方面：① 在学校和地方政府层面，突破了学校所有制的限制，能够吸纳更多的社会资源投入教育；② 将教育决策权力下放，由熟悉地方社会背景和教育发展需要的人参与教育决策，可以提高决策水平及效率，这一点对于教育规模庞大、体制多样化的国家尤为重要；③ 解决不同层级政府之间在决策权力和财政责任划分问题上的相互推诿。

教育财政分权体制的不足，主要表现在两个方面：① 地方政府可能不具备良好的教育决策能力或支持地方教育发展的财政能力；② 高度依赖地方财政，通常会造成地区间教育经费的不均等。

中国义务教育财政体制改革面临的问题是，如何制定并执行合理的政策，在充分发挥分权体制优势的同时，又能克服或减少分权体制带来的负面影响，从而提高这一体制的运行效率。学术研究可以在很多方面为教育财政分权改革提供决策参考，比如，合理的政府财政拨款比例，政府教育财政转移支付的职能，政府的财政性教育经费和民间教育投入的结合，管理效率与责任，等等。需要以明确的标准加以研究和分析，从而对上述决策提供指导。

充足、公平、平等、效率——是与教育资源动员和配置密切相关的衡量尺度，是评价教育财政决策的四个通用标准（Cohn and Geske，1990；Benson，1995；Levin，1995；Tsang，1996；Odden and Picus，2000）。这四个标准常被用做制定教育政策的依据和评价教育财政体制的基础。

充足是指有足够的教育资源,以支持教育发展。在实践中,衡量教育经费是否充足主要有三种方法：第一种方法是教育"投入"的充足,保证预算内款项的落实,经费数额根据"均等资助"(equalization aid)原则决定,通过地方政府的政治过程来决定。这种方法旨在保证生均经费基数,减小地区间的生均经费差异,使用这种方法分配教育经费,与地区之间以及不同学生在教育产出方面的差异无关。与此相反,第二种方法则是追求"产出"相同的充足,教育资源充足是指保证每一个学生都达到一定学业表现所需的教育资源。从这种充足观出发,有多种方法可以衡量教育经费是否充足。举例来说,有一种方法通过对生均教育经费与教育产出之间相互关系的统计分析,来确定达到某种教育产出所需的"充足"教育经费;另一种方法是划分学区的方法,使每个学区都能达到一定的教育产出水平,这些学区的教育资源可被认为是"充足"的。第三种方法是依靠教育专家的意见来判断教育资源是否"充足",由专家们认为"充足"的体制中各类教学设施的成本而确定(Guthrie and Rothstein,1999)。

公平是指资源动员和配置过程的公平。公平的第一个概念是"水平公平"。水平公平是指处于类似状况下的群体或个人应该受到类似的待遇。境况相似的群体在教育资源分配中是否存在显著不均,据此可以确认水平公平是否实现。公平的第二个概念是"垂直公平"。它是指情况不同的人应该受到不同的待遇。垂直公平程度可通过比较不同群体获得的教育资源来加以衡量。如果弱势群体因为获得了更多的教育而使得其本身不利状况得到了改善,那么就促进了垂直公平。举例来说,有特殊情况的学生(如患有生理残疾、智力缺陷、学习障碍的学生)要达到一定的学业水平,需要更多的教育资源投入。公平的第三个概念是"机会均等"。即每个学生都应该被给予获得成功的均等机会,能否成功只取决于个人特性,如动机、努力程度和能力等方面,而不取决于学生本身难以控制的一些因素,如民族、性别、家庭的社会经济地位或地区的经济发展水平等外在因素(Berne and Stiefel,1999)。因此,实现教育公平要求教育资源的分配不依赖于地区间经济和财政能力的差异。过度的不平等将导致社会各群体之间的冲突,威胁社会的和谐与稳定。

自 20 世纪 80 年代实施改革政策以来,关于中国义务教育经费分配的不公平问题一直为人们所关注,其中一个最主要的不公平就是对城乡义务教育的区别对待。相对来说,为了支付其子女的教育费用,农村家庭承担了比城市家庭更重的经济负担,而同时其子女接受的却是质量相对低下的教育。教育不公平通常与教育资源不充足并存。与城市教育经费相比,农村教育经费不能得到稳定保障。这一问题需要政府制定改革政策,对教育过程实行干预。

教育平等是对社会各群体在接受教育过程中是否受到相同待遇的客观评价(Farrell, 1984),可通过以下几方面的比较来评价:教育投入(如教师资格、教科书、教育设施等);教育过程(如生师比、教学方法、课程设置、学校管理等);教育产出(如学习与认知能力);以及教育收益(如收入、就业)。比较客体包括了不同社会经济背景的学生和地处不同地区的学校。对教育平等程度的度量,也有若干种统计上的度量标准(Cohn and Geske, 1990)。事实上,有两个原因促使我们对教育平等程度进行度量和评价:第一,可以通过对教育平等程度的考量,来确认教育不平等状况是否在扩大及其形成的原因。例如,如果教育不平等状况是由一些不公平的政策造成的,那么采取补救措施就十分必要。第二,可以据此来判断教育不平等状况是否超过了社会可以容忍的底线。社会对一定程度的不平等是可以容忍的,特别是当这些不平等是由于个人能力和努力程度不同所造成的。但是,严重的不平等将引起社会不满,对社会和谐不利,由社会不公正而导致的不平等,将引发更为严重的社会问题。

近年来,中国教育不平等、社会不平等的严重程度已经超过了警戒线。不仅有官方明确承认的城市和农村之间的不平等,在城市内部的不同群体之间也出现了严重的不平等。教育已经成为当前中国社会阶层分化的一个部分。人们普遍认为,严重的不平等与严重的不公平交织在一起,因此,建设和谐社会的问题显得日益迫切,近年来已经被中央政府提上议事日程,并予以高度的重视。

资源配置效率是指资源的投入与产出关系。一般认为,政府对资源配置的不当干预,会使经济活动运行偏离原来的轨道,降低资源配置效率。教育资源配置效率是指在一定的资源条件下,教育产出的最大化。在一定的资源条件下,当教育带来更高的劳动生产率和较高的收入时,教育资源配置被认为是有外部效率的;当教育带来更大的教育产出,比如使受教育者获得更好的学习与认知能力时,则被认为是有内部效率的。管理不善和腐败行为一般会导致教育资源配置和使用的低效率。然而,效率低下通常是教育决策者自身难以控制的,需要教育以外部门的改革,这种改革非常必要,但是也有不小的困难(Tsang, 1996)。

提高教育资源使用效率是中国目前面临的一个迫切问题。各级政府对教育资源管理不善,已经成为一个严重的问题。在关于教育财政的很多公开讨论中,出现频率最多的就是对加强教育财政管理、监督和评估的强烈呼吁。即使在农村贫困地区，一方面教育经费短缺，政府向农民收取各种教育费用，另一方面教育经费使用效率低下的问题也依然存在。因此，在增加义务教育投入的同时，改善其使用效率，也是至关重要的。

概括地说，收入本书的部分研究成果主要关注中国义务教育财政体制的下列问题：

- 地方政府财政能力较弱，不足以为义务教育提供充足的经费支持；
- 在农村贫困地区存在着普及义务教育投入不足的问题；
- 提高资源配置和使用效率的必要性；
- 资源动员和配置的严重不均衡；
- 义务教育经费分配的严重不公平，包括农村家庭支付教育费用的沉重经济负担；
- 政府增加教育投入的激励机制。

着眼于衡量教育财政的四大通用标准，即充足、公平、平等和效率，本书研究的目的在于：① 对当前中国义务教育财政的评估与分析；② 确定对义务教育财政体制跟踪监控的基线。国际经验表明，运用政策导向的评价标准，可以根据教育财政体制的改革发展过程，对其"健康"状况进行定时、定期评估。

收入本书的第二组研究成果，主要是对当前中国义务教育发展过程中出现的若干重大挑战及其可能造成影响的实证研究。通过对中国以及其他国家义务教育财政改革的历史回顾，教育财政的研究者们得到了两点启示：第一，只有着眼于社会改革的历史变迁过程，才能更好地理解教育财政改革；第二，教育财政问题与整个社会的发展是始终联系在一起的。因此，对当前义务教育中出现的各类问题做深入的调查和研究，将过去的义务教育财政与将来的义务教育财政结合起来考察，对于研究来说是很重要的。

通过对中国经济和社会发展的简单回顾可以发现，当前中国社会已经出现了四个主要的发展趋势：一是城市化进程加快，大量人口由农村涌进城市；二是城乡一体化发展，城市和农村、农业生产部门和非农业生产部门的均衡发展，这对农村的税收体制和教育经费筹措机制将产生深刻的影响；三是经济、教育以及其他部门的私营化趋势，以及国有部门和非国有部门角色的再调整；四是社会分层，通过教育以及其他途径，各社会经济群体、民族之间加速分化。在义务教育领域，这些巨大的变化体现在：流动人口子女的教育问题；农村义务教育财政责任主体由乡镇转移到县,趋于依靠政府财政经费的支持;民办教育的角色和作用;以及通过教育将少数民族人口融合到社会主流,从而促进民族团结和社会和谐;等等。教师是教育过程不可或缺的组成部分,也是教育经费支出的主要方面,于是教师培训的成本及其资金来源就成为一个亟待解决的问题。因此,本书的第二组研究,主要集中于以下一些问题:

- 流动人口子女的受教育机会不足;
- 少数民族普及义务教育的经费保障和其他挑战;
- 教育私营化和公、私立教育的均衡发展对义务教育的双重影响;
- 将政府间转移支付作为义务教育经费筹措主要途径的必要性;
- 农村税费改革和义务教育财政"以县为主"体制的影响;
- 教师培训之成本分担的合理比例。

除了对中国义务教育财政的实证研究之外,本书还收录了关于其他国家义务教育经费筹措机制的一些研究,其中包括对美国义务教育财政体制的两项研究。当然,这并不意味着本书主张中国照搬其他国家的体制和做法。国际比较教育研究的意义在于,只有更好地了解其他国家的做法,才能更好地了解自身。

总而言之,上述这些问题都是值得研究的,因为这些问题与中国的教育目标和国家发展目标高度相关:为义务教育的普及提供充足的资源;扩大弱势群体的受教育机会,这应该是国家消除贫困、实现全面发展战略的一个组成部分;使教育不公平、不平等现象降低到最低程度,促进社会正义、和谐和稳定;提高稀缺教育资源的使用效率,从而提高教育质量,增强国家经济竞争力(World Bank,1999)。

第五节　研究方法

鉴于教育问题的复杂多样性,对于本书中提出的研究问题,只采用某一种研究方法是肯定不够的,因而撰写本书各章节的研究人员采用了多种研究方法,包括:

(1) 对全国数据的统计分析,确定我国教育经费筹措体制的模式和特色。定量研究运用了若干分析单元,包括省级、地级、县级、县级以下行政区、家庭和个人。

(2) 特定地区或省份的单一个案研究,使用定量、定性数据或两者相结合的方法,以更深入地了解教育财政体制的实际运作。

(3) 多个省、县的多种个案研究,使用定量、定性数据或两者相结合的方法，以更深入地了解教育财政体制的实际运作，并进行比较。

（4）对政策相关群体，如城市居民和农村居民、男性和女性、贫困地区人口与非贫困地区人口、少数民族和非少数民族、西部地区居民和非西部地区居民的分类分析。

（5）对其他国家教育分权化改革理论及实践的研究。

可见，我们的研究运用了定量与定性相结合的研究方法，分析单元从微观的个人和家庭，一直到宏观的省和国家。定量研究方法适用于大样本的研究，研究一般模式及相互关系。定性研究适用于小样本的研究，研究可以更加深入。定量研究需要更深入的定性研究来理解其特定模式及相互关系，而定性研究需要定量分析来得出一般的结论。因此，这两种研究方法通常是互补的，有助于对所关注问题进行更好的分析和理解。

在研究中采用多维的分析单元是很有用的。首先，政策目标通常是多维的。比如说，国家出台一项关于动员更多资源投入教育的政策，该政策对于省级、县级和乡镇政府、家庭都会产生影响。运用多维分析单元研究政策的结果和影响，从而可以对政策影响做出综合评估和研究。其次，考虑多个分析单元之间的联系，国家制定政策需要建立在对多个分析单元的综合了解和掌握的基础之上。在政策制定过程中，情况的预先了解包括两种：一是自上而下的从国家层次到家庭或个体层次的关系链分析；二是自下而上的从个体或家庭到国家对政策有效性的认知和影响的分析。政策研究如果忽略这些政策相关者，就很可能是片面的，甚至是错误的。

本书中的实证研究，在理论和研究方法上借鉴了前人的教育财政研究成果，包括对充足、公平、平等和效率四个标准的不同度量方法、不同的统计分析方法（比如"平均数"回归，"四分位数"回归，等等）。因此，本书的研究，不但是对教育财政中一些重要问题的研究分析，也是教育财政研究中各种不同研究方法的一次综合应用。

第六节　本书的结构

本书一共包括二十章，分为五个部分。表 1-1 提供了各章的研究问题、研究方法、所用数据的概览。

第一部分包括三章，关注中国义务教育财政体制改革的基本原则和理论基础，以及目前面临的问题和挑战。其间概述了过去 25 年间社会经济背景和改革的过程，强调了义务教育财政改革中的若干重大事件，以及政府、家庭在为义务教育提供更多投入的问题上的各种不同观点。

　　第二部分包括六章，以充足、公平、平等和效率四个标准为原则，利用个人、家庭、县以及县级以上的数据，对当前中国义务教育财政体制做出评估。该部分研究还包括对性别、民族、城市和农村、不同社会经济发展水平的地区之间的比较研究。

　　第三部分包括六章，关注的是当前义务教育财政中出现的问题、面临的挑战。内容包括农村税费改革和"以县为主"体制的影响、流动人口子女和少数民族义务教育、民办教育的角色和地位、教师培训之成本合理分担的比例等。

　　第四部分包括四章，主要介绍其他国家中小学教育经费的筹措机制。关注的问题包括：分权化财政改革中政府间转移支付的作用、不同的教育财政目标下采取的不同改革策略、公私立教育之间的比较等。

　　第五部分是结论部分，总结了对两大组问题的主要研究发现，同时提出了进一步研究的领域和方向。

表 1-1　本书各章节研究问题、方法和数据来源概览

章节及作者	章节标题、关键问题和分析	方法和数据来源
第一部分：中国义务教育财政改革：理论基础和现实问题		
第一章 曾满超 丁延庆	中国义务教育财政：社会经济背景、改革、政策及相关研究问题评述 • 教育改革和发展的社会经济背景 • 义务教育财政体制改革过程和政府财政政策的历史回顾 • 义务教育财政研究的问题和方法	政策文件及研究评述
第二章 马晓强 丁小浩	中国城镇居民教育投资的收益—风险分析 • 个人教育投资的风险和收益 • 不同社会性别、不同受教育水平的明瑟收益率估算 • 以教育收益率变化为基础对投资风险的估算 • 教育私人投入、教育与收入不平等的含义	定量研究（使用四分位数回归），使用 1991、1995 和 2000 年全国城镇居民入户调查数据
第三章 丁延庆	中国农村居民的教育投资收益率研究 • 农村教育投资的经济影响 • 中国农村地区的教育收益	定量研究（使用常规的平均数回归），使用 1996 年全国农村居民入户调查数据

续表

章节及作者	章节标题、关键问题和分析	方法和数据来源
第二部分：中国义务教育财政目前运行状况的实证研究		
第四章 曾满超 丁延庆	中国义务教育资源利用及配置不均衡研究 • 教育经费不平等的表现形式 • 对教育不公平的评价 • 教育不公平和不平等现象的演变 • 教育支出的决定因素	定量研究（常规的平均数回归），使用 1997 和 2000 年全国数据； 多分析单元的数据分析； 对不公平程度的多种统计度量； 分类分析：城市、乡村，少数民族、非少数民族，东部、中部、西部三大地区
第五章 丁延庆	中国民族自治地区和非民族自治地区义务教育生均支出分析 • 少数民族与非少数民族的教育经费差距是否显著 • 少数民族与非少数民族教育经费差距的演变 • 中央政府对地方政府划拨的专项经费对减少少数民族与非少数民族教育经费差距的作用	定量研究，使用 1997 和 2000 年全国数据； 分类分析：重点放在少数民族
第六章 丁小浩 刘大力 王文玲	北京市义务教育资源配置均衡化的实证研究 • 生均支出的差异 • 教育资源配置与地方经济发展水平的关系	定量研究，使用 2000 和 2002 年北京市县、区调查数据
第七章 丁小浩 薛海平	我国城镇居民家庭义务教育支出差异性研究 • 城镇家庭教育支出的影响因素 • 对于义务教育财政的含义	定量研究，使用 1997－2000 年 7 省区城镇居民调查数据
第八章 李文利	农村居民家庭教育支出入户调查的实证研究 • 农村家庭教育支出的影响因素 • 教育支出对家庭的经济负担及不公平含义 • 失学与家庭经济状况的关系 • 父母对子女的教育期望	定量研究，使用 2002 年四川和广西的农村家庭调查数据

章节及作者	章节标题、关键问题和分析	方法和数据来源
第九章 李丹柯 曾满超	家庭教育决策在中国农村教育社会性别不平等中的含义 • 家庭对子女的教育决策的文化、经济及其他影响因素 • 农村家庭的沉重经济负担及教育不公平含义 • 教育中的社会性别不平等	陕西和河北四个县的个案研究；四个县家庭调查数据的定量研究；其他来源数据的定量研究
第三部分：中国义务教育财政挑战及对策实证研究		
第十章 魏秦歌 鲍劲翔	农村税费改革后农村义务教育投入案例研究 • 农村税费改革，教育财政责任由家庭转向政府 • 政府教育拨款的差异及其对教师工资、危房校舍改造和教育债务的影响 • 政府的农村义务教育筹资新政策 • 实行过程中的薄弱环节及面临的其他挑战	文献分析及访谈
第十一章 郭建如	江苏省农村税费改革与义务教育财政调研报告 • 江苏省农村税费改革与农村义务教育发展的基本情况 • 苏南、苏北县市的税费改革与县级义务教育财政 • 经验与措施	文献分析及访谈
第十二章 阎凤桥	流动人口子女义务教育问题分析：教育财政视角 • 流动人口子女在接受义务教育时遇到的一些问题 • 流动人口子女义务教育财政制度分析 • 流动人口子女义务教育财政政策分析 • 解决流动人口子女义务教育问题的财政措施	对前人研究成果的综述及分析，对于政府有关政策和现行制度的分析
第十三章 曾满超 杨崇龙 邱 林	云南少数民族教育：发展、挑战和政策 • 云南省及其少数民族的概况 • 云南省的少数民族教育：发展与组织 • 目前云南省少数民族教育遇到的挑战 • 促进云南省少数民族教育发展的政策	政策文件分析； 文献研究； 政府有关统计数据的分析

续表

章节及作者	章节标题、关键问题和分析	方法和数据来源
第十四章 阎凤桥	民办义务教育财政问题研究——对山东省TZ市民办教育发展状况的调研 • 研究问题 • 政府财政的不足与民办学校的兴起 • 民办学校的出现与教育分层格局的形成 • 民办学校的经费收入与支出分析 • 民办教育政策分析 • 民办教育的社会效果	对某县的个案研究； 访谈； 政策文件分析
第十五章 丁小浩 阎凤桥 郭丛斌 李　铮	中国教师教育财政 • 作为公共物品的教师培训 • 教师培训的成本分担问题 • 成本分担的影响因素 • 教师培训的成本分担与效率	定量研究，使用2004年20000个样本的全国调查数据
第四部分：初等和中等教育财政国际经验		
第十六章 曾满超 丁延庆	分权化义务教育财政中的政府间转移支付 • 分权体制下政府间转移支付的作用 • 20世纪90年代以来中国的实践 • 建立政府间教育转移支付的规范化体制	定量研究，使用2000年全国数据； 政府政策文件综述与分析；国际经验综述
第十七章 李文利 曾满超	美国中小学财政改革：四个州的案例研究 • 改革的理论基础：不充足、不公平问题的存在 • 美国四个州的个案研究：改革政策和影响 • 四州个案的比较 • 启示和借鉴	美国四州的个案研究； 政府政策及前人研究的综述分析
第十八章 李文利 曾满超	美国基础教育"新"财政 • 美国教育财政体制的发展过程及特点 • 关注焦点的变化：从"平等"到"充足" • "充足"的评估方法 • 对中国的启示	政府报告和前人研究的综述分析

章节及作者	章节标题、关键问题和分析	方法和数据来源
第十九章 阎凤桥	国外基础教育管理及财政体制改革分析 • 发展中国家教育管理及财政体制改革 • 欧洲及 OECD 国家教育管理及财政体制改革 • 教育管理及财政体制改革效果评价 • 政策建议	智利、哥伦比亚、泰国、菲律宾、印度尼西亚、西非国家、印度、美国、丹麦、澳大利亚、匈牙利、新西兰、瑞典、荷兰、英国、比利时、韩国、新加坡、日本等国基础教育管理及财政体制改革文献综述及比较分析
第五部分：结论与建议		
第二十章 曾满超 丁小浩 阎凤桥 丁延庆	总结与建议 • 总结 • 讨论 • 政策建议	对第 2—19 章研究发现的总结

第二章　中国城镇居民教育投资的收益—风险分析

本章首先界定了分析个人教育投资收益—风险的基本框架,综述了相关研究结果。随后利用分位数回归估计方法,以我国城镇居民为研究对象,选择了相关研究样本,对我国个人教育投资风险进行实证研究,并重点讨论了义务教育阶段教育投资的收益—风险关系。

第一节　教育投资的收益—风险分析框架

人力资本理论的核心观点是将教育作为一种投资行为,而在投资理论中,任何投资都具有风险。夏普认为,投资就是为了获得可能的不确定的未来值而做出的确定的价值牺牲。未来是不确定的,由不确定性决定的风险正是投资的本质。① 布莱特(1979)指出:在有关投资的理论中,忽略不确定性是一个不可姑息的错误,就本质而言,投资是指向未来的,任何投资评估方法必须承认这样的事实:未来是未知的、不可知的、有风险的。②

因此,作为一种投资行为的教育,收益和风险应是其两个基本属性,共同构成教育投资分析的基本框架。其中对教育投资风险属性的描述最早可追溯到亚当·斯密③,在人力资本理论首先被提出时,舒尔茨等人也

---

① 威廉·F.夏普.投资学[M].第五版(上).北京:中国人民大学出版社,1998:2.

② 阿尔弗雷德·S.艾克纳.经济学为什么还不是一门科学[M].北京:北京大学出版社,1990:150.

③ 斯密在其经典著作中指出:对于风险的蔑视和对于成功的奢望,在人的一生中以青年人选择自己职业的那种年龄时最为活跃。亚当·斯密.国富论(上)[M].杨敬年,译.西安:陕西人民出版社,2001:139.

指出了人力资本的风险属性①,贝克尔(Becker)还首创性地进行了实证研究。比舒尔茨、贝克尔稍后一些的教育经济学者从更广泛的角度阐述了教育投资风险的存在,认为教育投资风险存在的主要原因有以下几方面：① 对教育质量的不完全信息[Levhari, D. , Y. Weiss(1974),Williams(1978),Kodde(1986)等]；② 劳动力市场的不确定性[Levhari,D. , Y. Weiss(1974),Kodde(1986),Chen, S. (2001),Hartog(2002)等]；③ 个人生命周期的不确定性[Hartog(2002),Kodde(1986)等]。

相对于教育投资收益的研究而言,教育投资风险的研究居于明显的弱势地位,即没有相对完整的理论分析框架,也远没有达到教育投资收益实证研究的深度和广度,仅仅从对于教育投资风险的理解上,也不存在一个通用的定义。在物质资本投资风险研究中,经济学、管理学、统计学和保险学等学科各自给出了对风险的理解和界定,综合起来主要有两种观点：第一种是将风险定义为结果的变动性(瓦尔特·尼柯尔森;特瑞斯·普寻切特等)；第二种观点是将风险视为对损失的测算(D. 卡德曼)。与此相对应的是,在教育投资风险的理解上,也存在上述两种观点。此外,风险和不确定性的关系也是概念争论的焦点。奈特(1921)认为,风险是指个人根据对事实的客观分类有能力计算出概率的情形,而将不确定性定义为不可能客观分类的情况。而一些学者认为,二者指的是同一件事(赫什莱佛、赖利等)。

尽管如此,对教育投资的收益—风险考察仍是可以进行的。借鉴投资学和风险管理理论,在已有的教育投资收益实证研究范畴内,增加两方面的内容：① 教育投资风险的计量；② 教育投资收益与风险的关系,与教育投资收益研究相结合,从而形成完整的教育投资收益—风险分析框架。正是基于此观点,本章依据 20 世纪 90 年代中国城镇居民收入调查数据,对教育投资进行收益—风险的实证考察,其中特别包括了对义务教育投资风险进行分析。需要特别注明的是,本章中教育投资收益是指教育经济效益,是教育引起的个人收入的增量与教育成本的比较；②而个人教育投资风险,特指个人教育投资收益的变动幅度,并且也认同风险与不确定性是等同的意义。

---

① ［美］西奥多·W. 舒尔茨.论人力资本投资[M].北京：北京经济学院出版社,1990：100,148.

② 王善迈.教育投入与产出研究[M].石家庄：河北教育出版社,1996.

第二节 国外教育投资风险的实证研究结果

一、 教育投资风险的计量研究

教育投资风险计量是教育投资收益—风险实证研究的基础和前提。在具体的实证研究发展过程中,最早进行的是考察收入的变动程度与教育程度之间的关系,其中对收入的计量指标主要有:原始收入、对数收入、收入残差、收入残差的反对数等,收入变动计量指标也存在诸多选择,经常使用的指标主要有方差和变异系数两种。

贝克尔早在 1964 年就指出,在教育收益中存在较大的变动。在他细致的分析中,贝克尔通过对不同教育程度和年龄的分组,采用变异系数来计量收入的变异程度,其结论认为,教育投资能带来收益,但也存在着风险,教育投资风险大于物质资本(physical capital)的风险。贝克尔(Becker,1976)批评了早期研究的观点,早期讨论将教育投资收益与安全资产的收益相比,认为由于教育投资收益比债券高,因此不存在教育投资不足的问题(Glick and Miller,1956;Morgan and David,1963)。贝克尔认为,教育投资有相当大的风险,因此,应该把教育收益与教育投资风险进行对比。

韦斯(Weiss,1972)利用 1966 年美国科学家的抽样数据,研究了不同年龄组群、不同教育层级(博士和学士)、不同的工作组织性质(私营企业、教育机构、政府部门)的科学家收入分布的均值和变异系数。陈(Chen,2001)认为,在贝克尔(Becker,1964)和韦斯(Weiss,1972)的研究中,用收入的变异系数来估计学校教育的风险是可行的,但其缺点在于没有控制个体差异。此外,在对教育程度与收入分散程度之间关系的研究中,得出的结论不尽一致,表明不同国家不同的教育系统和劳动力市场可能有不同的联系。

由于风险和收益研究的相对应特点,在实证研究中更多的是将教育投资收益率的变动作为教育投资风险的计量指标,利用标准的明瑟(Mincer,1974)方程 $\ln w = \beta_0 + \beta_1 s + \beta_2 t + \beta_3 t^2 + u$,其中,β_1 即为估计的教育投资收益率,将其分散程度计为教育投资风险的大小。对此类研究进一步细分,又可分为以下三种: [1]

---

[1] 此部分主要参考了 Hartog(2004), schooling as risky investment 中的相关研究。

（1）计量标准明瑟方程中教育收益率时间序列变化，将其变化程度作为投资风险的大小。在明瑟方程中，β_1 应是学校教育投资的收益率，对在不同时间的重复测定反映了收益率的时序变动情况。例如哈特戈等人（Hartog 等,1993）在荷兰的研究显示：人力资本投资的收益率已经从1962 年的 13％下降到 1985 年的 7％，随后于 1989 年有一些较小的回升。荷兰的情况不同于美国、英国和澳大利亚，后面这些国家的教育投资收益率在 80 年代都是持续上升的。在美国，韦尔奇（Welch,1991）采用了1968—1983 的 March CPS 调查，估计了一系列的横截面统计函数，得出的结论是：1967—1981 年间大学教育的收益率大都在 8％—9％,1982 年上升到 10.2％，不同时间点间的收益率变化即为时间序列上的教育投资风险大小。

（2）对国家间个人教育投资收益率的比较。在国与国之间教育收益率比较中，发现存在着较大的差距，其中澳大利亚和瑞典呈下降趋势，大约为 3％；而丹麦、新西兰、葡萄牙、英国、爱尔兰和意大利呈上升趋势，而德国、法国、挪威、芬兰、西班牙、瑞士和希腊则无明显的变化趋势（Harmon,2001）。

比较众多的收益率研究，也可得出其变化的结论。例如阿谢菲尔特（Ashenfelter,1999）等人对 9 个国家 27 个研究所做的 96 个教育收益率研究进行了元分析。所有这些估计的平均收益率为 7.9％，标准差为0.036。在控制地区、时间、能力、估计方法的条件下，对收益率进行回归分析，截距为 0.03，标准差为 0.016，标准差达到平均收益的一半，其变异系数为 50％以上。阿谢菲尔特等人认为，即便是在金融性投资中，这样的变化水平也将被认为是高风险的。

（3）对个体间教育投资收益率差别的研究。哈默、霍根、沃克（Harmon, Hogan and Walker,2001）认为，教育收益率因人而异，并把它作为一个随机系数，拓展了标准的人力资本收益函数，在函数中包括了学校教育收益率的分散程度，其具体计量公式如下：

$$\ln w_i = (\beta + \varepsilon_i)s_i + \gamma X_i + \eta_i$$

式中，w_i 是工资，s 是学校教育年限，X_i 是解释矢量，ε_i 是随机变量，假设个人教育收益率 $\beta + \varepsilon_i$ 为正态分布，其方差为 θ^2；η_i 是随机扰动项，为正态分布，方差为 σ^2。

需要注意的是，此处收益率的标准差与普通最小二乘回归估计中收益率系数的标准误不是同一个意义。以上随机系数模型中是将教育的回归系数作为一个随机变量,收益率的标准差反映的是收益率的变动情况;而普通最小二乘估计中的收益率系数的标准误是衡量收益率回归估计的稳定性的指标(Harmon,Hogan and Walker,2002)。[1]

不难导出上式中被解释变量,即工资对数的方差为:

$$E[(\varepsilon_i s_i + \eta_i)^2] = \theta^2 s_i^2 + \sigma^2$$

哈默等人利用英国1993—2000年的劳动力调查数据来估计此模型。选取25—59岁间的雇员,并把工资界定为小时收入,在控制了学校教育年限、工作经历、婚姻状况(结婚、同居与离婚、寡居、分居和未婚)、少数民族背景(白人和非白人)以及工会会员(会员和非会员)等变量的情况下,普通最小二乘估计(OLS)的男性教育收益率为4%,女性为7%。用随机系数估计(RC),这些结果几乎没有什么改变,特别是女性只有微小变动。对收益分散程度的估计是:学校教育的收益分散大约为男性4%,女性3.3%。这意味着95%的男性的收益率将在平均收益率的上下两个标准差之内浮动,其中男性的收益率将在平均收益率的±8%浮动,女性则相对低一些,为±6.6%。哈默(Harmon)等人认为,这个分散程度即使是在允许可观察到的个人特征存在差异时仍是较大的。

还有另外一种方法可以研究个体间教育投资收益率的差别,即采用分位数回归技术,计算教育投资收益率的极差。分位数回归估计方法由科恩克和巴萨特(Koenker and Bassett,1978)提出。在收入分布的平均数回归估计中,回归系数被假定在整个收入的条件分布中是不变的,从而限制了对收入分布中一些重要特征的考察(Buchinsky,1994)。具体的计量方法将在第三部分中讨论,佩雷拉和马丁斯(Pereira and Martins,2004)采用分位数回归的研究方法,他们的研究表明:16个国家的教育投资风险位于1.95%—8.9%之间。

---

[1]　回归的计算与分析都是从实际观测数据出发的,因此计算所得的结果与分析所得的结论都依赖于这些观测数据。对不同的观测数据,回归分析的结果必然不同。这里有两种情况:一种是实验条件变了,此时结果的改变反映了在不同条件下两个变量关系的变化;另一种情况是基本的实验条件并没有变,但是由于各种随机因素的作用,所得的观测值也会有差别,后一种情形,根据不同的观测值计算得到的结果的差异随机因素引起的正常的波动。所谓回归方程的稳定性就是指除 x 外其他实验条件基本不变的情况下,由不同的几批观测数据得到的回归方程的系数 b 及常数 a 的波动情况。波动程度小的,回归方程就稳定;波动程度大的,回归方程就不稳定。回归系数 b 的波动大小可用它的标准差来表示,其值愈大,其波动程度越大。

二、对教育投资收益和风险之间的关系研究

在投资理论中,风险与收益存在明确的替代关系或补偿关系,即投资的高风险对应于投资的高收益,一定的风险有相应的收益补偿。这种结果的出现,是由市场中风险条件下供需力量变化所决定的,如果某项投资是高风险低收益的,那么投资者将会选择退出此项投资,投资的供给方减少,将会反过来拉动收益的提高;反之亦然。

对教育收益和风险之间替代关系的研究主要有：洛和俄米斯顿 (Low and Ormiston,1991)考察了个人效用函数分布的一阶矩和二阶矩 (平均数和方差),通过实证研究发现,非白人的平均工资虽然低,但风险也低。笔者认为,这个发现对研究种族歧视有较大的意义。如果风险考虑被忽视,歧视的程度将会被明显高估。更为引人注意的结论是,笔者在分析收入风险对教育投资收益率的影响时发现：随着风险回避程度的提高,教育收益率显著降低,最大幅度可达到 90%。

克利斯泰森(Christiansen,2004)借鉴金融学中的投资组合理论,建立人力资本投资组合分析模型。其结论认为,教育市场如同股票市场一样,人力资本市场包含一系列资产,也就是各级各类教育。每个个体都选择适当的资产,以匹配他对未来收入的风险和收益的组合偏好,通过对原始收入和明瑟收入残差的风险—收益研究,发现存在明显的风险—收益权衡,投资风险不仅与教育层级有关,还与教育类型有关。

佩雷拉和马丁斯 (Pereira and Martins,2002,2004)等人的研究也得出教育投资收益与风险之间呈现正相关关系。在平均收益(OLS)和风险 (分位数差距)间有较高的相关：相关系数为 0.57。他据此得出一个与金融领域相同的结论,教育领域内平均收益与其风险间存在一定的正相关。也就是说,投资风险越大,平均收益也就越大。具体讲,风险增加 2%,平均收益率增加 1%。

近年来,采用劳动经济学中风险补偿理论进行教育投资收益—风险分析的研究较多。风险的工资补偿理论认为：在期望效用理论下,假定个人是风险回避性的,并且面临有限的流动机会,可预见的风险将获得收入补偿。就教育投资风险的补偿而言,如果假定不存在教育投资风险,那么个体将会依据不同的个体特征而得到不同的工资;而如果存在教育投资风险,个人所得的收入就不能完全由其个人特征因素决定,还会受随机因素的影响,而这种影响也将会要求得到收入补偿。近年来,这方面的实证研究较多,并且主要集中于美国劳动力市场,不同实证研究的结果也较为一致。

第三节　计量方法与数据

本章采用由佩雷拉和马丁斯(Pereira and Martins,2002)提出的教育投资风险计量指标,即对明瑟收入方程进行分位数回归估计(QR),计算最后一个分位数和第一个分位数的教育收益系数间的差值,将此作为教育投资风险指标值。对教育投资收益的计量,仍采用明瑟收入方程的普通最小二乘回归估计(OLS),本章对此不做详细介绍,而重点介绍对教育投资风险的计量。

分位数回归估计方法由科恩克和巴萨特(Koenker and Bassett, 1978)提出。传统的 OLS 方法是估计自变量对因变量的条件平均数的效果,其假设是不同分布点上自变量的效果是相同的。而分位数回归则是一种更一般化的估计方法,其目的是观察分布中不同分位点上自变量的不同作用。在分位数回归中,参数估计一般采用加权最小一乘(Weighted Least Absolute,WLA)准则,其表达式为:

$$\min_{\beta \in \mathbf{R}^k} \{ \sum_{i: y_i \geqslant x_i\beta} \theta \mid y_i - x_i\beta_\theta \mid + \sum_{i: y_i < x_i\beta} (1-\theta) \mid y_i - x_i\beta_\theta \mid \}$$

式中,y_i 为因变量,x_i 为自变量,θ 为估计中所取的各分位点值,β_θ 为各分位点估计系数值。其基本含义是在回归线上方的点(残差为正),其权重为 θ,在回归线下方的点(残差为负),其权重为 $(1-\theta)$。当 $\theta=0.5$ 时,即为中位数回归。估计的参数值 β_θ 将随 θ 值的变化而有所不同。

分位数回归(QR)与平均数回归估计相比,具有以下优点:一是约束条件减少,因为它允许参数 β 在因变量的条件分布中的不同分布点变动,因此可以对回归关系进行更详细的特征描述;二是分位数回归对特异值也更具包容度,这是因为分位数回归中残差的最小化不像在最小二乘法中的平方值,特异值的影响并不特别强。另外,如果回归中的残差项不呈正态分布,分位数回归比平均数回归更具有效率(Buchinsky,1998)。因此,分位数回归估计方法现已成为描述样本分布整体情况的有力工具。

就收入分布而言,在平均数回归估计中,回归系数被假定在整个收入的条件分布中是不变的,从而限制了对收入分布中一些重要特征的考察(Buchinsky,1994)。本章研究的主题是教育投资收益率的变动情况,普通最小二乘估计只能得出教育投资收益率的条件均数回归值,而要想考察整个收入分布中不同收入点上教育投资收益率的差异,传统的分析思路是考虑将样本再划分为数个小样本分别进行估计,但这种截断方法实际上是在特征近似的小团体内部自行比较,必然导致样本的选择性偏差。

而分位数回归模型在回归中将使用到所有的观察值，这对于我们研究的问题是十分合适的。

因此，采用明瑟收入方程，进行分位数回归的方法为：

$$\ln w_i = x_i \beta_\theta + u_{\theta i}$$

式中，w_i 为收入，x_i 是自变量，β_θ 是参数，$u_{\theta i}$ 为随机扰动项，$0 < \theta < 1$。对第 θ 个分位点回归所得的各项系数值被定义为对下面问题的求解：

$$\min_{\beta \in \mathbf{R}^k} \{ \sum_{i: \ln w_i \geqslant x_i \beta} \theta \,|\, \ln w_i - x_i \beta_\theta \,| + \sum_{i: \ln w_i < x_i \beta} (1 - \theta) \,|\, \ln w_i - x_i \beta_\theta \,| \}$$

对分位数回归估计中系数的解释，是与均数回归估计中的系数解释一样的。对教育年限的回归系数而言，均数回归中其意义为：由条件分布中各平均收入点回归形成的收入函数中教育年限的偏回归系数；与此相类似，分位数回归中教育年限回归系数可以解释为：条件分布中由同一分位点回归得出的收入函数中教育年限的偏回归系数。

取 $\beta_{\theta = last}$ 为最后一个分位数回归所得的系数值，$\beta_{\theta = first}$ 为第一个分位数回归所得系数值，由于其差可能为负，故取其绝对值 dif $= |\beta_{\theta = last} - \beta_{\theta = first}|$ 来计量教育投资风险（Buchinsky，1994；Pereira，2002）。

本章研究采用的数据是由国家统计局组织进行的城镇居民入户调查数据。为了进行时序比较，本文采用了 1991 年、1995 年和 2000 年三年的全国统计数据，用以估算三年来的教育收益率水平和教育投资风险水平。

国家统计局在抽样方法、组织方式等方面都具有相当高的水平，样本的代表性较强，并且其统计指标口径较为一致，能够较好地保证数据的质量。2000 年的数据来自中国大陆（除西藏自治区之外，含新设立的直辖市重庆）的 30 个省、市、自治区的 25065 个劳动力样本，其中男性占 54%，女性占 46%；1995 年的数据来自中国大陆（除西藏自治区之外）的 29 个省、市、自治区的 25802 个劳动力样本；1991 年的数据来自中国大陆的 30 个省、市、自治区的 26079 个劳动力样本，相关指标值见表 2-1。

表 2-1　样本数据描述

变量	特征	2000 年	1995 年	1991 年
样本数		25065	25802	26079
男性	百分比	54	*	52.5
女性	百分比	46	*	47.5
年龄	均值（年）	39.2	39.3	37.3
年收入	均值（元）	9624.3	6683	2617.5

注：表中 * 为缺失 1995 年的分性别统计数据。

第四节　实证结果

一、总体样本教育收益分位数回归估计

由表 2-2 可知,在总体样本中,平均教育收益率由普通最小二乘估计(OLS)得出:1991 年为 2.94%,1995 年为 4.7%,2000 年为 8.46%,教育收益率持续增长。而在总体样本的分位数回归中,各分位数点所得的教育收益率各不相同,计算各年度的 dif 值可得:1991 年为 2.35%,1995 年为 3.7%,2000 年为 5.14%,也表现为递增的趋势。因此,在 1991 年、1995 年和 2000 年间,虽然教育收益率在持续上升,但教育投资风险也在持续增加,教育投资收益与教育投资风险间呈正相关关系。总体样本中,教育收益率的分位数回归估计系数曲线呈现向下倾斜的趋势(见图 2-1)。

表 2-2　全样本及分性别教育收益率分位数回归估计

单位:%

分位数	全样本			男性		女性	
	2000 年	1995 年	1991 年	2000 年	1991 年	2000 年	1991 年
0.1	11.75 0.36	7.23 0.24	3.98 0.14	9.33 0.38	2.75 0.16	13.68 0.63	4.86 0.24
0.2	9.92 0.24	5.82 0.15	3.28 0.09	7.79 0.29	2.19 0.12	11.64 0.42	4.17 0.16
0.3	8.74 0.19	5.01 0.13	2.89 0.08	6.90 0.22	1.97 0.11	10.62 0.31	3.66 0.13
0.4	7.96 0.17	4.43 0.12	2.64 0.08	6.29 0.21	1.84 0.10	9.76 0.29	3.31 0.13
0.5	7.51 0.16	4.02 0.12	2.47 0.08	5.89 0.20	1.69 0.10	9.21 0.26	3.15 0.12
0.6	7.15 0.16	3.68 0.13	2.27 0.08	5.60 0.20	1.51 0.11	8.90 0.27	2.87 0.13
0.7	6.65 0.17	3.41 0.15	2.13 0.10	5.33 0.22	1.43 0.13	8.46 0.27	2.75 0.14
0.8	6.29 0.19	3.45 0.17	1.93 0.10	5.19 0.23	1.36 0.14	8.21 0.29	2.46 0.16
0.9	6.61 0.24	3.53 0.21	1.63 0.15	5.52 0.31	0.86 0.22	7.90 0.39	2.29 0.23
OLS	8.46 0.17	4.70 0.12	2.94 0.10	6.72 0.21	2.01 0.12	10.12 0.28	3.60 0.15
Dif	5.14	3.70	2.35	3.81	1.89	5.78	2.57

注:1. 表中斜体数据为系数估计的标准误。2. 1995 年数据缺少性别分类。

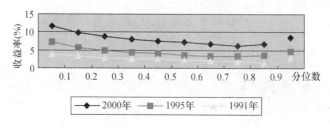

图 2-1　全样本教育收益率的分位数回归估计

二、分性别教育投资收益的分位数回归估计

由于数据缺失,实证研究中只有 1991 年和 2000 年的分性别数据。实证结果表明:① 男性的教育投资收益率均小于女性的教育投资收益率(见表 2-2);② 男性的 dif 值均小于女性的 dif 值,男性教育投资风险小于女性(见表 2-2);③ 男性和女性的教育投资分位数回归系数曲线均呈向下倾斜趋势(见图 2-2);④ 进一步细分义务教育阶段的性别,计算其各分位数回归值,大部分分位数回归系数值不显著。

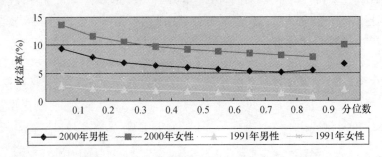

图 2-2　分性别教育收益率分位数回归估计

三、分教育层级的教育投资收益分位数回归估计

按照教育层级将总样本分成相应子样本,对其进行分教育层级收益率的平均数回归估计和分位数回归估计,结果见表 2-3。由表 2-3 可知:① 在时间序列上,各级教育的收益率三年来持续上升,但教育投资风险也相应增加。大学本科的收益率从 1991 年的 3.78% 提高到 2000 年的 13.06%,但与此同时,dif 值也由 1991 年的 2.02% 上升到 2000 年的 8.74%,投资收益率在显著提高的同时,教育投资风险也明显加大,接受大学教育后面临的收入变动幅度进一步拉大;高中的收益率从 1991 年的 2.72% 提高到 2000 年的 6.53%,其 dif 值经历了先增加后减小的过程;初中教育收益率和教育投资风险也表现出类似的特点。② 三级教育间教育投资收益率差距逐级递增,但教育投资风险差距也相应增加。以大学和高中为例,1991 年高中与大学的教育收益率系数差距为 1.06%,2000 年二者差距为 6.53%;而 dif 值差距也由 1991 年的 0.54% 上升至 2000 年的 7.59%。③ 大学、高中和初中三个教育阶段的分位数回归曲线都向下倾斜,见图 2-3、图 2-4、图 2-5。④ 由于城镇劳动力人口中仅具有小学文化程度的样本量非常少,所以无法对这一部分人进行教育投资收益和风险的估计。

表 2-3　分教育层级的教育投资收益分位数回归估计

单位：%

分位数	大学			高中			初中		
	2000 年	1995 年	1991 年	2000 年	1995 年	1991 年	2000 年	1995 年	1991 年
0.1	18.56 *0.74*	10.29 *0.53*	4.06 *0.33*	7.1 *1.01*	5.57 *0.57*	3.79 *0.42*	6.08 *1.85*	5.84 *1.07*	3.74 *0.7*
0.2	15.13 *0.51*	8.66 *0.31*	3.93 *0.2*	6.92 *0.64*	4.48 *0.38*	3.16 *0.25*	4.49 *1.11*	5.19 *0.77*	2.34 *0.47*
0.3	13.51 *0.4*	7.44 *0.29*	3.66 *0.18*	6.31 *0.5*	3.93 *0.34*	2.56 *0.23*	5.51 *1.03*	4.58 *0.71*	2.06 *0.35*
0.4	11.96 *0.38*	6.9 *0.31*	3.58 *0.19*	6.43 *0.43*	3.47 *0.32*	2.26 *0.22*	5.24 *0.74*	3.81 *0.7*	1.96 *0.33*
0.5	11.43 *0.4*	6.18 *0.31*	3.3 *0.18*	6.16 *0.43*	3.41 *0.3*	2.05 *0.22*	6.08 *0.94*	2.93 *0.61*	1.72 *0.33*
0.6	10.65 *0.37*	5.92 *0.37*	3.16 *0.19*	5.6 *0.41*	3.16 *0.32*	1.89 *0.22*	5.8 *0.95*	2.84 *0.57*	1.61 *0.34*
0.7	10.06 *0.37*	5.42 *0.38*	3.12 *0.22*	5.33 *0.4*	2.98 *0.36*	1.76 *0.23*	4.84 *1*	2.99 *0.58*	0.95 *0.44*
0.8	9.22 *0.51*	5.51 *0.44*	2.99 *0.24*	5.28 *0.47*	2.72 *0.39*	1.69 *0.29*	4.7 *0.87*	2.92 *0.77*	＊ ＊
0.9	9.82 *0.72*	5.21 *0.77*	2.04 *0.38*	5.95 *0.58*	3.61 *0.53*	2.31 *0.42*	4.39 *1.32*	＊ ＊	＊ ＊
OLS	13.06 *0.43*	7.26 *0.33*	3.78 *0.22*	6.53 *0.43*	3.96 *0.29*	2.72 *0.25*	4.87 *0.91*	3.5 *0.54*	1.6 *0.38*
Dif	8.74	5.08	2.02	1.15	1.96	1.48	1.69	2.92	2.79

注：1. 表中斜体数据为系数估计的标准误。2. 1991 年调查中未区分大学本科和大学专科。3. 数据表中的 ＊ 表明此项数据未达到 5％ 的显著性水平。4. Dif 一栏中后两项数据分别为第一分位和第八分位、第一分位和第七分位之差的绝对值。

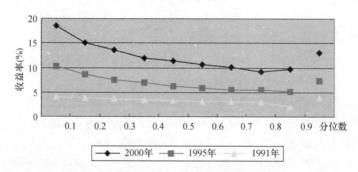

图 2-3　大学本科教育收益率分位数回归估计

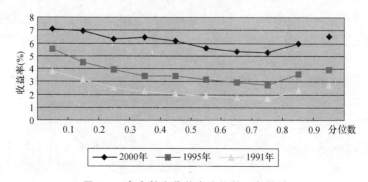

图 2-4　高中教育收益率分位数回归估计

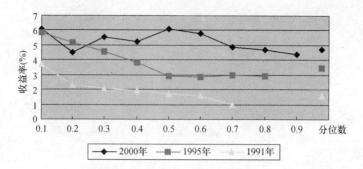

图 2-5　初中教育收益率分位数回归估计

第五节　结 论 讨 论

本章尝试对我国 20 世纪 90 年代城镇个人教育投资收益和风险进行描述，并特别考察了义务教育阶段教育投资的收益—风险分析。为此，我们考虑了不同分类变量的明瑟收入方程的普通最小二乘估计和分位数回归两种估计方法，两种不同的估计方法分别得出教育投资的收益和风险。主要研究结论如下：

1. 我国城镇居民个人在义务教育阶段的投资与在非义务教育阶段的投资一样，都存在明显的收益变动性，即教育投资风险。在以前的教育投资收益研究中，假设与教育相关的收入增加在工资分布中是同一的，卡德（Card，1999）和布契斯盖（Buchinsky，1994）都曾对此假设提出过异议。特别是卡德（Card，1994）曾问到：对所有工人而言，劳动力真的能很合理地被描述为获得同样的教育收益吗？国外一些类似的研究做出了否定的回答（Martins，Pereira，2002）。在本章研究中，我们利用分位数回归技术和中国城镇居民收入数据做出的分析，对此问题的回答也是否定的，即教育对个体收入的影响并不是同质的，教育投资存在明显的风险性。

2. 从时间序列上看，20 世纪 90 年代中国城镇居民义务教育投资风险的情况是：对于初中教育而言，1991 年为 2.79％，1995 年为 2.92％，2000 年为 1.69％。以有效的 0.1 到 0.7 分位点计算，1991、1995、2000 年教育投资风险分别为 2.79％、2.85％、1.24％，从这三个年份的数据估计：在 20 世纪 90 年代，城镇居民初中教育程度投资收益的波动幅度呈倒 U 型分布，特别是从 1995 年以来，其波动幅度大幅降低，表示教育投资风险明显降低。

3. 通过对不同教育层级投资风险的横向比较可以发现,1995年前,初中阶段的教育投资风险高于高中阶段的教育投资风险,2000年高中阶段的教育投资风险超过初中阶段的教育投资风险,但初中和高中阶段的教育投资风险,远远低于大学阶段的教育投资风险。反映高等教育阶段投资风险的dif值从1991年的2.02％迅速上升到2000年的8.74％。

4. 义务教育阶段的投资风险与收益不存在显著的相关关系。以初中教育的投资收益—风险分析为例,从1991年到1995年,教育投资收益由1.6％增加到3.5％,教育投资风险值由1991年的2.79％增加到2.85％。但从1995年到2000年,教育投资收益增加到4.87％,教育投资风险却降低到1.69％。高中教育阶段的情况也是类似的,而高等教育阶段的投资收益率在由1991年的3.78％迅速增加到2000年的13.06％的同时,风险的增加幅度超过收益率的增加幅度,表现出明显的高收益、高风险特征。

5. 初中教育投资收益率的不同分位数回归系数连接所成的曲线与高中和大学教育程度的曲线一样,都是呈向下倾斜,表明在控制相关条件下,教育程度中低收入人群的教育收益率较高,高收入人群的教育收益率较低。而在国外教育收益率的分位数回归中,一般表现为高收入人群有高的教育收益率(Buchinsky,1994;Pereira,2002)。

上述基本结论对于我们全面认识教育投资理论及相关政策,具有一定的参考意义。长期以来,我们一直局限于在平均数意义上考察总体的教育投资收益和教育投资决策,布契斯盖(Buchinsky,1994)对平均数分析存在的缺陷有过精彩的阐述:平均数从来都不能很好地描述具有不同特质人群的特征,它仅仅包含了整体分布可能发生变化的有限部分。平均收益掩盖了教育投资收益的组内差异,并可能会对人们的认识产生误导。例如片面强调高等教育投资收益率的持续增长,不适当地加大个人对教育成本分担的力度,没有充分考虑教育投资的风险。就义务教育投资而言,如何认识义务教育的强制性和普及性原则与教育投资收益和风险之间的联系,如何在政策层面上构建反映这种联系的具体管理措施,是一个值得深入探讨的新问题。

上述研究结论,还有助于我们深化对教育与收入不平等关系的认识。教育与收入不平等的关系,是教育经济研究中的核心问题,在现有的人力资本理论框架中,教育被赋予收入均衡器的功能,许多人坚信教育程度的提高能够最终导致社会收入均等程度的提高。特别是在经历了20世纪80年代工资收入增长过程后,一些西方的政策制定者开始把学校教育看做是缩小全球收入差距的最好工具。阿谢菲尔特和若斯(Ashenfelter and Rouse,2000)就认为，学校教育是能增加个人技能和工资收入的方式；教育政策具有缩小现存及不断扩大的收入差距的潜能。[①] 但国外和我们的教育投资风险研究结果表明：随着教育层级的提高，会拉大收入的组内差距，其原因可能是与教育层级提高以后出现的过度教育、教育质量或专业的经济报酬差距等因素有关。从中国义务教育的投资风险相对较小和随时间逐渐缩小的发展趋势来看，加大义务教育的政府投资力度，将有助于在促进经济和社会发展的同时，缩小收入差距。

此外，分位数回归的教育收益率曲线呈向下倾斜趋势，揭示出在控制相关因素的条件下，教育对收入的影响呈边际递减趋势，也就是说，收入愈高的人群，教育的投资收益率愈低，这与国际上的许多研究结果相反，反映出中国劳动力市场仍然存在较大程度的扭曲，也反映出中国劳动力市场上教育对收入可能表现出更大程度的筛选功能。当然，对此结论的判断还需做进一步的分析。

最后需要特别说明的是，我们对风险的度量采用的是收益的离散程度。因此有收益肯定就有风险，而且通常情况下收益越大风险也越大。进一步的问题是：与收益比较而言，风险的概率分布如何，特别是风险与收益之比的概率分布状况，将具有更加重要的政策性含义。对教育投资风险的研究，在很大程度上是完善对作为一种投资行为的教育活动作用的认识。从决策理论上来说，传统的效用决策模式为：$U = U(Y, X)$，U为效用水平，Y是投资收益，X是个体特征。在风险条件下投资决策模式为：$U = U(Y, R, X)$，R为风险因素。风险因素的加入，将有助于我们深入理解过度教育、教育选择等教育投资决策，从根本上改变学校决策的分析（Heckman. J,Lochner and Todd,2003）。

从现有的实证分析结果看，即使将投资风险和收益综合起来考虑，与其他个人投资行为相比较，教育投资仍是值得的。麦克马洪（McMahon，1991)对美国 1949—1987 年间的人力资本与物力资本投资回报率的比较研究结论显示：中学教育的收益率平均稳定在 12% 左右，大学教育的收益率虽然在 70 年代曾大幅度下降，但进入 80 年代以后，却一直呈上升趋势，并稳定在 12%—14% 之间。而同期房产投资的收益率仅为 5%，工厂和设备投资的回收率为 15%，同时，物质资本投资有着较大的易变性和

---

① Pedro S. Martins, Pedro T. Pereira. 2004: Does education reduce wage inequality? Quantile regression evidence from 16 countries,Labour Economics 11 , 2004. pp 355- 371.

风险。[①] 与此相类似,张一驰等人1997年对我国证券市场投资收益和风险的研究结论是:上海股市投资的最小风险为10.66%,相对应的收益率为0.22%;最大收益率为5.85%,相对应的风险为27.02%。深圳股市投资的最小风险为15.19%,相对应的收益率为2.55%;最大的收益率为5.3%,相对应的风险为32.98%。[②] 与我们的实证研究得出的教育投资的收益—风险分析结论相比较,可以凸显教育投资的价值,特别是在义务教育阶段,教育投资收益率持续增加,而教育投资风险却在降低,投资的经济意义不言而喻。

[①]　McMahon,W(1991). Relative returns to human and physical capital in the U. S. and efficient investment strategies. Economics of Education Review, Vol. 10, No 4.

[②]　[美]哈里·马克威茨. 资产选择——投资的有效分散化[M]. 第二版. 刘军霞,张一弛,译. 北京:首都经济贸易大学出版社,2000.

第三章　中国农村居民的教育投资收益率研究

第一节　导　　言

　　教育投资的收益研究始于 20 世纪 60 年代初。最早进行教育收益估算的是经济学家明瑟（Mincer，1962）；经济学家加里·贝克尔在其名著《人力资本》中完整地提出运用"精确法"（elaborate method）计算教育内部收益率的公式（Becker，1964）。舒尔茨在此期间发表了一系列有关人力资本投资的论述。在此时期，很多学者开始进行这方面的研究，教育投资收益研究的理论基础和方法基础得以奠定。明瑟在 1974 年用"收入函数法"（earning function method）计算教育对收入的贡献率（Mincer，1974），这种方法也被广泛采用，成为计算教育投资收益的另一主要方法。随着教育投资收益研究理论的提出、完善和研究方法的逐渐成熟，学者们研究了很多国家的教育收益率。如萨卡罗普罗斯在 1985 年的研究（Psacharopoulos，1985）和 1994 年、2002 年的补充和更新研究（Psacharopoulos，1994，2002）。

　　教育投资收益的实证研究在我国开始得较晚。比较早的有杰米圣（Jamison）和加格（Gaag）的研究，他们利用 1985 年甘肃省一个县 110 户家庭调查资料，对教育私人收益率进行了估算（D. Jamison 和 J. Van der Gaag，1987）；曾满超利用 1986—1987 年 4 个省的 4 个县 398 个分户资料对农村工业部门工人的明瑟收益率的估算（曾满超，1995）；R. Byron 和 E. Manaloto 利用 800 个南京市成年居民样本对明瑟收益率的估算（Byron & Manaloto，1990）；朱国宏对教育投资内部收益率的研究（朱国宏，

1992)；李实、李文彬利用1988年的全国范围内的样本进行的明瑟收益率的研究(李实、李文彬,1994)；施彬、万威武利用西安市样本进行的内部收益率研究(施彬、万威武,1993)等。较近的研究有蒋鸣和(1995)、中美合作的诸建方等对12个省的企业职工的明瑟收益率的研究(1995)；北京大学光华管理学院孙凯(1995)、魏新、曾满超等利用中部和西南部6个省农村调查数据进行的研究(魏新等,1996)和北京大学高教所徐玮斌(1996)、陈晓宇(1998)的研究等。

这些研究有不同的数据来源,样本量差别较大,抽样范围也有很大差别。有的样本涵盖面较广、数量较大(如李实、李文彬的研究和诸建方等的研究),有的只在一定的地区、行业范围内有代表性(如Jamison和Van-der Gaag1987年的研究)。这些研究发现了我国教育投资收益的一些特征和规律,但由于此类研究在我国刚刚展开,无既往研究结果可以作为对照,或研究样本本身有各种局限性,因此大多只提供了试探性的、有待进一步研究的暂时性结论。

综合地看,以上研究的主要结论有:

● 中国教育投资私人收益率为正值。

● 中国教育投资私人收益率相当低。不仅大大低于发展中国家教育私人收益率平均值,而且低于发达国家教育投资私人收益率。

● 教育收益率低下的状况是不合理的,有一些因素(很多是未知的)使教育不能发挥其对收入的提高作用,如此之低的教育收益率是我国长期以来计划经济的反映,是落后生产力和市场(劳动力)配置效率低下的反映(诸建方等,1995)。

以上这些研究为进一步的研究指明了方向。比如:

● 我国各级私人教育投资收益率的精确取值。

● 初等教育、中等教育和高等教育私人收益的差别和变化趋势。

● 普通教育和职业教育的收益率哪一个更高?

● 不同的地区(农村和城市、相对发达地区和相对不发达地区等)、不同的行业、不同性别的教育收益率有无差别? 差别有多大?

● 影响我国教育投资收益的因素是什么?

● 我国教育收益率的发展和变动趋势,等等。

本章的教育投资收益研究是在以往研究基础之上,试图利用较充足、翔实的数据,主要利用两种方法(收入函数法和精确法)对我国农村的教育投资收益状况进行比较全面的考察和研究,以对上述部分问题提供一些实证结果,并在此基础上提出自己的一些看法,以达到充实这个研究领域的目的。

　　同以前有关我国农村教育私人收益率的研究对比，本章研究有以下特色：

● 数据代表性较好。研究根据我国区域经济发展的不平衡性，在区域选择上，在经济发展较快的东部选择了浙江和广东，在经济发展处于中等水平的中部选择了辽宁和湖北，在经济发展相对落后的西部和西南部选择了四川和甘肃作为取样省份，另外还选择北京作为直辖市的代表，也归入发达地区。

● 研究样本量较大。农村部分原始个人样本共约 13000 个。经筛选保留劳动力样本约 6100 人，目前受教育者样本约 3100 人。

● 针对我国农村的生产生活实际，将农村居民的个人收入分解为两部分：家庭共同经营产业收入中应属个人部分和个人的劳动报酬收入，通过入户调查收集得到。

● 调查问卷中的居民生产收支和教育支出项目有清楚的明细。

● 用多种方法研究考察教育对收入的影响及其特征和教育投资收益率。

● 结合农村生产生活和教育的实际对收益率进行了细致调整。

● 探讨了农村居民投资高等教育的收益状况。

第二节　研究方法、数据和样本的统计特征

1. 研究方法

主要运用的是对横断面数据进行统计描述和分析的实证研究方法。

主要估计方法和模型设定如下：

（1）明瑟收入函数

明瑟收入函数形式为：

$$\text{Ln} Y_i = b_o + b_1 S_i + b_2 EX_i + b_3 EX_i^2 + a_i \tag{1}$$

这个收入函数称为"基本收入函数"。系数 b_1 就是平均的私人收益率。因为因变量 Y 取了对数，所以 b_1 可以解释为多接受一年教育（不考虑教育水平）可引起的收入增加的比率。因为：

$$b_1 = \frac{\partial \ln Y}{\partial S} = \frac{\partial Y/Y}{\partial s} \approx \frac{\Delta Y/Y}{\Delta S}$$

$b_2 + 2b_3 EX_i$ 的含义即工作年限增加一年可引起的收入增加的比率。a_i 是随机扰动项。

可以看出，b_1 没有考虑不同水平教育的单位教育年限的差别，即在不同教育阶段上增加的单位受教育年限对收入的影响是不同的。为克服

这一缺点,通常把基本收入函数中的连续变量学校教育年限(S)分成一系列虚拟变量,来计算不同受教育水平下的明瑟收益率。如果所有样本的受教育程度可分成文盲、小学、初中和高中四类,用 PRIM、LSEC、USEC 分别代表小学、初中和高中虚拟变量。当样本的受教育水平是小学时,PRIM 取 1,如果不是小学 PRIM 取 0;LSEC 和 USEC 的取值方法同 PRIM 取值方法;剩余的所有样本(在上式中即没有虚拟变量的情况,或者说几个虚拟变量取值都为 0 时)就是没有接受过学校教育的样本。这一"扩展收入函数"的设定形式如下:

$$LnY_i = b_0 + b_1 PRIM_i + b_2 LSEC_i + b_3 USEC_i + b_4 EX_i \\ + b_5 EX_i^2 + a_i \tag{2}$$

小学、初中、高中的私人教育收益率可以用下面的公式计算:

$$r_{(PRIM)} = \frac{b_1}{S_{(PRIM)}} \tag{3}$$

$$r_{(LSEC)} = \frac{\dfrac{(b_2 - b_1)}{(1 + b_1)}}{S_{LSEC} - S_{PRIM}} \tag{4}$$

$$r_{(USEC)} = \frac{\dfrac{(b_3 - b_2)}{(1 + b_2)}}{S_{USEC} - S_{LSEC}} \tag{5}$$

这里的 $S_{PRIM}, S_{LSEC}, S_{USEC}$ 分别代表了具有小学、初中和高中毕业学历的劳动者的受教育年限;$r_{(PRIM)}$、$r_{(LSEC)}$ 和 $r_{(USEC)}$ 分别代表了小学、初中和高中相对于下一级教育收入增加的比率。

可以看出以上描述的都是教育与收入的简单数量关系,并没有涉及成本,实际上人们并不是按上面计算出来的收益状况来进行教育投资决策的,理性的投资者都要将产出和投入结合起来,进行成本—收益分析。这种分析方法就是内部收益率方法。

(2)教育的内部收益率(IRR)

内部收益率方法计算的是在给定的某个时点上,收益流净现值等于成本流净现值时的贴现因子 r。公式为:

$$\sum_{t=m+1}^{n} \frac{(Y_b - Y_a)_t}{(1 + r)^t} = \sum_{t=1}^{m} (Y_a + C_b)_t (1 + r)^{-t} \tag{6}$$

人力资本理论认为,人们实际上就是根据类似公式(6)所计算的收益率作出是否继续上学和是否进行其他投资的决策的(Becker,1964)。

这里的 $(Y_b - Y_a)_t$ 是接受较高教育的劳动者(b)和接受较低教育的劳动者(a,控制组)之间在第 t 年的收入差,t 的初始值为受较高教育的劳动者毕业开始工作的那一年,最终值应取到最终退出劳动力市场之时,本章的分析研究取到 60 岁；C_b 表示 b 所接受的高于 a 的那部分学校教育的直接成本，包括学杂费、书籍费等，从接受这级教育的第一年起算，直到第 m 年（这一级教育的长度是 m 年）；等式右边的 Y_a 是劳动者 a 在 b 上学时挣得的收入，表示劳动者 b 接受较劳动者 a 更高的那一部分教育付出的机会成本或者说间接成本，即 b 由于上学，不能像 a 那样工作因而放弃的收入；r 这个贴现率就是内部收益率，也就是 b 所接受的高于 a 的那一级学校教育的回报率。在计算中国农村教育内部收益率时，小学教育没有计算机会成本。从中国农村的实际情况来看，有些不上学的儿童很早就参加了各种形式的农村劳动，但从调查结果看，人数和贡献都是微乎其微的，因此没有把它们作为小学教育的机会成本。

　　计算内部收益率通常要进行 α 系数调整、不同教育层级的失业率和重读辍学率的调整。α 系数即收入差额中教育的贡献比例。α 系数的具体大小是未知的，原因在于它很难测定，有学者认为它大约是 0.6（Denison，1985）。但具体情况各国不同，α 系数的值也不会相同，我们利用了 0.6、0.7、0.8、1 等值进行了敏感性分析，本章调查的是农村地区。一般认为由于农村地区每个人都有一定数量的土地，因此可以认为没有失业或失业率很低。但分析数据发现，有一部分劳动力在问卷中的一个问题"劳动力年龄人口未就业原因"中填答的是"待业"；另外有很多劳动力，特别是年轻的劳动力，既非在校生，又无其他待业理由，此问题项缺省，但是没有参与任何家庭共同经营或从事有劳动报酬的工作，收入实际为 0。我们将这样的劳动力算做了失业者，计算了失业率，并根据失业率进行了收益率调整。另外也利用有关研究结果，估计了重读辍学率，并重新估计了教育成本，进行了收益率调整。另外，因为我国历史上曾经存在多种学制，因此劳动力人口中相同受教育水平者所接受教育的年限可能不一致，如果用目前的学制来代替受教育阶段，可能就会高估或低估（一般是高估）目前劳动力人口的教育成本，从而高估或低估教育收益率。因此我们对此也进行了调整。将各不同历史阶段同一受教育层次的年数调整为同一年数：小学为 5.5 年，初中为 3 年，高中为 2.75 年。另外，调查发现，有一些在校生参加了家庭共同经营或从事了有劳动报酬的工作，并且获得了收入，这部分收入应从在校生机会成本中扣除。此外，根据平均进入劳动力市场年龄调整了进入劳动力市场当年的收益和中等教育第二阶段的直接成本等。

　　2. 数据

　　本章实证研究的数据主要来自北京大学高等教育科学研究所承担的

世界银行课题"中国教育投资收益率研究"。调查数据由国家统计局农村调查大队采集。可分为两部分：一部分是从统计局农调队日常的例行调查数据中提取出来的以户为单位，共3194个样本（户）。数据项包括各家庭成员的代号、性别、年龄、职业、受教育水平等基本情况和家庭的生产经营收支、消费支出、土地等生产资料的情况和赋税等。另一部分是用为本次调查专门设计的补充调查问卷收集的。调查问卷由四张问卷组成。第一张问卷调查的是家庭基本状况（内容与提取数据有很多重合），以户为单位，包括各家庭成员的基本情况、各家庭成员在各行业的工作经验（从业年限）、家庭主要农副产品生产、赋税情况等，共有3227个样本；第二张问卷调查的是家庭成员的受教育（包括正规学校教育和各种非正规教育形式）状况和正在接受教育的家庭成员教育支出情况，以个人为单位，七岁以下儿童尚未入学者不填答，共13475个样本；第三张问卷调查的是家庭成员对家庭共同经营产业的参与情况和各家庭成员的劳动报酬收入，以及各家庭成员所从事的获得劳动报酬的工作行业、所有制、地点等情况，以个人为单位；第四张问卷调查的是由于在外求学户口不在家庭所在地的家庭成员的基本情况。另外追加了样本户家庭共同经营产业的经营成本数据。

3. 样本的统计特征

在可识别性别的2445个在校生样本中，有男生1308人，占53.5%；女生1137人，占46.5%；在校生平均年龄为12.35岁，年龄最大者24岁，最小者5岁。在校生所接受教育的年级包括了从小学一年级到大学本科三年级，无人正在接受研究生教育。1996年支出的教育直接成本最高者为21000元，最低者为40元。表3-1是在校生样本在各级各类学校的分布情况。

表 3-1　在校生样本在各级各类学校的分布情况

学校	小学	初中	普通高中	职业高中	中专	技校	大专	大本
样本数	1486	669	134	32	85	15	21	3
百分比（%）	60.8	27.4	5.5	1.3	3.5	0.6	0.9	0.1

在6110个劳动者样本中，有劳动力5108人，半劳力842人。其中男性劳动者3183人，占52.1%，女性劳动者2927人，占47.9%。

样本平均年龄为37.46岁，年龄最小者14岁，最大者85岁。样本平均劳动力市场年限为22.94年，最长为70年。

劳动力样本的地区分布是经济比较发达的北京、浙江、广东，经济发达程度处于中游的中部辽宁、湖北，以及经济发展相对落后的西部四川、甘肃各占大约三分之一，分别为 2131 人、1935 人和 2044 人。

表 3-2 是根据本章样本数据计算的 1996 年劳动力平均劳动收入和根据国家统计局公布数字计算的 1996 年各样本省劳动力人均纯收入（等于劳动力劳动收入加上转移性收入和财产性收入，也是抽样调查所得）对比情况（外加根据本研究样本计算的收入的方差）。

表 3-2　劳动力平均劳动收入和人均纯收入

	北京	辽宁	浙江	湖北	广东	四川	甘肃
统计局公布劳动力人均纯收入（元）*	5521.01	3332.47	5367.63	2888.61	4934.36	2252.8	1705.91
本章样本人均劳动收入（元）	5252.89	2432.97	4468.12	2882.75	6868.33	4275.31	1922.77
收入标准差	7035.86	4474.86	3973.21	3056.36	8275.84	4864.53	3922.81

* 根据 1998 年《中国统计年鉴》344 页、346 页有关数据推算：劳动力人均纯收入＝人均纯收入×户均劳动力负担人口数。

与用 1998 年统计年鉴公布数字计算的劳动力人均纯收入比较，北京、辽宁、浙江和湖北四个省劳动力劳动收入都低于劳动力纯收入，其中辽宁相差较大，约 900 元；广东、四川和甘肃则出现了劳动力收入高于纯收入的情况，四川和广东高出约 2000 元。

1996 年广东、四川劳动力人均劳动收入比根据年鉴数据计算的劳动力人均纯收入高的原因可能有二：一是广东、四川两省样本来自省内发达地区的较多；二是四川、广东两省农村居民有劳动报酬收入者较多。

表 3-3 是入户调查搜集的四川、广东两省劳动者与其他省劳动者获得劳动报酬情况的比较。

表 3-3　劳动者获得劳动报酬情况的比较

省份	有劳动报酬者所占比例（%）	平均劳动报酬收入（元）	样本量
四川	69.7	2613.61	1163
广东	64.4	4022.81	1050
其他省市	36.1	1264.46	3787

辽宁劳动力人均劳动收入比根据统计局数据计算的劳动力人均纯收入低很多，可能的原因是该省二次抽样抽中相对不发达地区的样本较多。

表 3-4 是劳动力样本和 1997 年中国统计年鉴所载的 1996 年全国从业人员性别、文化程度分布等状况（百分比）的对比。

表 3-4　劳动力样本和 1996 年全国从业人员性别、文化程度分布的对比

数据来源	男性（%）	女性（%）	文盲或不识字*	小学	初中	高中含中专	大专以上	平均受教育年限**
1997 年年鉴	53.5	46.5	11.6	34.8	37.9	12.1	3.5	6.81
本研究	52.1	47.9	8.1	35.9	45.3	10.6	0.1	7.16

*《年鉴》口径为"不识字"，本研究问卷为"文盲半文盲"。

＊＊ 用本章研究所调整的受教育年限计算，"不识字"算 0 年。

从表 3-4 可以看出样本数据的几个特点：一是劳动力样本中文盲较少；二是初中毕业生的比例高于全国劳动力人口中初中生所占的比例；三，大专以上文化程度劳动者的比例远低于全国水平。样本数据来自农村，因此高中和大专以上受教育者比例应低于全国平均水平，但文盲样本比例明显过低。分省统计各抽样省市劳动力文化程度构成后发现，近半数文盲集中在甘肃一省。

第三节　实证研究结果：明瑟收益率

1. 明瑟收入函数一般式结果

用调整的教育年限回归的结果如表 3-5 所示。

表 3-5　明瑟收益率计算结果

	B	标准误	Beta	t 值	Sig概值
常数项	7.051	068		103.006	.000
EDU1	5.653E-02	.006	.134	8.834	.000
EX	4.095E-02	.003	.510	12.448	.000
EX^2	−7.36E-04	.000	−.489	−11.860	.000

因变量：LnY ；R^2：0.042　F：84.463。

采用调整过的教育年限，明瑟收益率达到了 5.65%（未作教育年限调整时为 5.13%）。这个数字高于魏新、曾满超等利用 1991 年中部和西南部的农村劳动者数据计算的 4.8% 的结果（魏新等，1995），与陈晓宇利用 1996 年城市劳动者调查数据计算的我国城市劳动者的明瑟收益率值 5.3% 比较接近（陈晓宇，1998）。

从数据来源大致相同的研究结果来看，李实、李文彬 1988 年利用 28 个省的农村居民的数据计算的明瑟收益率是 2.0%，魏新等利用中部和

西南部的 6 个省农村居民的数据计算的收益率是 4.8 ％,本次调查利用 5 年后的数据算得的收益率是 5.13％或 5.65％。虽然这几次调查在抽样范围、数据项以及数据的处理过程和筛选标准等方面都会有所不同,但还是能够看出我国农村地区教育明瑟收益率逐渐提高的趋势。我国近年来尤其自 1992 年后市场化改革步伐加速,经济发展取得了长足进步,如果确如人力资本理论所主张的,在一个市场化程度较高的社会环境中,教育的效果会体现得更充分(Schultz,1975),则我国农村教育收益水平的提高是必然的。这一结果也超过了杰米圣和加格 1987 年利用甘肃一个县 110 户农村居民样本计算的 5.5％的女性的明瑟收益率。

进行国际比较后发现,我国的明瑟收益率仍处于比较低的水平。20 世纪 80 年代初期发达国家的教育明瑟收益率大约是 9％,中等发达国家是 8％,非洲约 13％,拉丁美洲 14％,亚洲国家 11％(Psacharopoulos, 1985)。近年的研究结果表明亚洲的平均水平是 9.6％,全世界的平均水平是 10.1％(Psacharopoulos,1994)。但我国作为一个曾长期实行计划经济的发展中人口大国,具有特殊国情,与大多数国家都不具备可比性。印度作为一个发展中的人口大国,与我国有很多相似之处,其根据 1980 年数据计算的明瑟收益率是 4.9％(Psacharopoulos,1994),也是比较低的,与我国结果接近。

像中国和印度这样的国家,人口相对于资源总量是过度增殖的。在人口过度增殖的情况下,也要保证所有社会成员的生存。自明代开始,我国农村土地就已高度细分化,农业生产出现“内卷化”(黄宗智,1986),边际报酬处于非常低的水平。新中国成立以来,我国在没有有效控制人口的情况下实行“低工资,高就业”的政策,农村亦实现了“耕者有其田”,土地等生产资料分割细碎,而且流转非常困难,个人和社会的生产边界受到强有力的约束。同时,我国是一个发展中国家,生产力水平低,生产方式落后,在这种情况下,简单劳动对复杂劳动的替代性强。因此教育凝结在人身上的生产力的释放受到限制,收入差距很小。另外,我国经济发展在地区之间、产业之间发展不平衡,即便是一省之内也可能存在着巨大的地区差异。这对于收益率研究也有很大影响。在全国范围内进行抽样时,很难将地区、行业等因素的影响剥离出去。例如,在经济发达地区,某一行业教育程度较低者的收入可能比经济不发达地区同一行业教育程度较高者的收入还要高,这不但会大大影响模型的拟合优度,影响各自变量的显著性,也会弱化各自变量对因变量的影响,造成较低的参数估计值。

2. 明瑟收入函数扩展形式

结果见表 3-6。

表 3-6　采用教育虚拟变量的教育收益率回归结果

		B	标准误	Beta	t 值	Sig 概值
1	常数项	7.034	068		103.462	.000
	LEVEL1	.376	.056	.165	6.717	.000
	LEVEL2	.504	.059	.229	8.574	.000
	LEVEL3	.580	.072	.154	8.016	.000
	EX	4.003E-02	003	.497	11.718	.000
	EX^2	-7.15E-04	.000	-4.75	-11.155	.000

因变量：LnY；R^2：0.043；F：52.552。

利用公式(3)、(4)、(5)可计算每一级教育对下一级教育的明瑟收益率。经计算，小学、初中、高中的明瑟收益率分别为 6.83%、3.1%和 2.43%。以小学教育的收益率为最高，随着教育水平的提高，收益率水平是逐渐降低的。这一结果与魏新、曾满超等利用 1991 年中部和西南部 6 省农村数据计算的小学、初中、高中的收益率分别为 1.23%（未通过检验）、6.23%和 7.94%的趋势是相反的，而与大多数国家收益率研究的结果是一致的。

3. 分性别、行业和地区的明瑟收益率

以上都是对全体样本进行的分析，为了更详细地了解教育收益状况，我们将样本拆成一些数据子集，看一看分性别、行业和地区的教育收益状况。基本收入函数回归结果见表 3-7。

表 3-7　分性别、行业和地区的教育收益

	男	女	农业	非农业	北京	辽宁	浙江
平均收入	4680.94	3737.10	3620.18	5971.04	5563.23	2945.00	4724.37
常数项	7.12	7.12	6.65	7.79	6.82	6.34	7.75
教育年限	0.0520	0.0454	0.0509	0.02029*	0.0678	0.0781	0.019*
工作年限	0.0444	0.0368	0.0630	0.0438	0.0485	0.0430	0.0390
工作年限平方	-0.00082	-0.00067	-0.00105	-0.00091	-0.00070	-0.00069	-0.00091
R^2	0.044	0.032	0.056	0.072	0.029	0.043	0.089
样本量	3033	2791	4317	1507	218	991	820

	湖北	广东	四川	甘肃
平均收入	3059.4	7280.24	4488.88	1996.61
常数项	6.6	7.794	7.566	6.15
教育年限	0.063	0.041	0.0156*	0.04938
工作年限	0.0513	0.0356	0.0401	0.06739
工作年限平方	-0.00093	-0.000713	-0.000748	-0.00114
R^2	0.085	0.054	0.025	0.084
样本量	793	1021	1130	851

注：* 表示没有通过 0.01 的显著性检验。

　　表 3-7 中,农业指"大农业",包括种植业、林业、牧业和渔业。农村居民行业、职业身份具有复杂性,比如有些劳动者从事种植业,往往又有其他收入,如在本地工业企业工作并取得劳动报酬收入。表 3-7 的"行业"以个人在调查问卷的劳动者"行业"问题项中填答的自己所隶属行业为准。

　　从表 3-7 的结果看,教育明瑟收益率有性别、行业和地区差别。男女两性虽然收入差别很大,约 944 元,男性的收入比女性大约高 25%,但二者教育收益率的差别较小。而且,男女的教育年限对收入的贡献都超过了工作年限。多数省份的回归结果也与此类似,虽然各地区间收入差别很大,但明瑟收益率都是正的,其差别不像收入差别那样大。可以说,在不同的地区,教育可以获得经济收益是一个普遍的现象。

　　从表 3-7 中可以看出,农业和非农业之间,回归结果差异非常大。而且在非农业回归结果中,教育年限参数没有通过检验,即教育对收入的影响为 0 的原假设不能被拒绝。这一结果与魏新、曾满超等利用 1991 年中部和西南部 6 省数据计算的初级生产部门(农业、林业和养殖业)的教育收益率高于第二和第三产业部门(工业和服务业)教育收益率以及第二第三产业部门教育年限系数回归结果不显著的结果是一致的。魏、曾等分析,这一结果与 1991 年时我国农村劳动力市场尚没有很好发育,这些部门还存在着刚性的、与受教育水平无关的工资标准有关(魏新、曾满超等,1995)。时隔 5 年的数据得出的结果是相同的,不同的是这次研究的样本不仅有中部和西南部的省份,也包括了代表发达地区的省份。进一步按行业进行回归分析,发现除农、林、牧、渔外的多数行业教育年限的系数是不显著的(结果略)。

　　表 3-8 是自我标识的行业为"种植业"的劳动者中只有家庭共同经营收入、既有家庭共同经营收入又有劳动报酬收入和只有劳动报酬收入者的平均收入和明瑟收入函数回归结果。

表 3-8　种植业劳动者平均收入和明瑟收入函数回归结果

	只有家庭共同经营者 (多数为种植业)	既有共同经营又有 劳动报酬者	只有劳动 报酬者
平均收入	2721.39	5430.15	3094.19
常数项	6.407	7.437	7.156
教育年限	0.0332	0.0419	0.0729
工作年限	0.0747	0.0428	-0.0148^*
工作年限平方	-0.00131	-0.000646	0.0003945^*
R^2	0.07	0.047	0.021
样本量	2662	1094	293*

* 表示没有通过 5% 显著性水平的检验。

从表 3-8 可以看出,对只有家庭共同经营收入(多数为种植业)、既有共同经营又有劳动报酬收入和只有劳动报酬的种植业劳动者来说,教育对收入都具有正的影响,这种影响在统计上都是显著的;三种收入当中,教育对收入的影响逐个增强,教育对只有劳动报酬者收入的贡献,比其对只有家庭共同经营收入的劳动者收入的贡献多一倍以上;由于多数只有家庭共同经营收入者从事的是传统种植业,因此工作经验的影响很显著,超过教育年限的贡献,而对于只有劳动报酬收入者而言,工作经验对于收入没有显著的影响。

表 3-9 是农业(含林、牧、渔)以外各行业只有劳动报酬收入、没有家庭共同经营收入的劳动者明瑟收入函数回归结果。

表 3-9　农业以外各行业劳动者明瑟收入函数回归结果

	系数	t 值	sig 概值
常数项	8.067487	55.29271	0.000
教育年限	0.025546	1.698924	0.898
工作年限	0.014859	2.05753	0.000
工作年限平方	-0.00035	-2.25335	0.246
R^2	0.016		
样本量	610		

虽然样本量比种植业劳动者中只有劳动报酬者大(610 人),但结果中教育年限的系数仍没有通过 5% 显著水平的统计检验,且数值比种植业中只有劳动报酬收入者的收入函数中教育年限的系数低得多。同样是获得劳动报酬收入,教育对收入的影响有如此不同,与二者劳动力身份的差别是不无关系的。种植业以外只有劳动报酬收入者在农村国有部门比较集中,明瑟收益率低。这与诸建方等的研究结果(诸建方等,1995)是一致的。

第四节　实证研究结果：内部收益率

1. 样本的生均教育支出

样本生均全部实际教育直接成本支出的一些特点:

① 各级教育生均私人直接教育成本差别较大,小学最低,平均 431.73 元;中等职业教育最高,平均 4036.755 元。

② 中等教育第二阶段之内,普通高中和中等职业教育的生均私人直接教育成本差别较大,平均分别为 1953.164 元和 4036.755 元,相差大约

一倍。这与学费水平有关，二者学杂费一项相差约 1100 元。另外，接受中等职业教育不像上普通高中通常在本县甚至本乡入学，须额外支付很多费用，如食宿费。

③ 中等职业教育第一年的成本明显较其他年级高，而其他教育形式包括普通高中第一年的费用相对较低。这可能与中等职业教育收缴学费杂费的方式（有的是一次性交齐）有关。

④ 从各级教育直接成本支出的变异系数（标准差对均值的比）可以看出，普通高中在校生生均私人教育直接成本的方差相对较小，177 个样本中的最大值也只有 5960 元。一个可能的原因是 1996 年前后我国普通高中的收费标准差别不像中等职业教育那样大。

2. 不同教育水平劳动者的年龄收入曲线

图 3-1 是根据样本平均收入绘制的文盲和小学、初中以及高中（含中等职业教育）毕业劳动者的年龄收入曲线（16 至 65 岁，文盲共 495 人，小学毕业 2192 人，初中毕业 2767 人，高中含中等职业教育 648 人）。

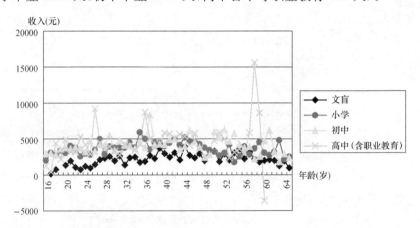

图 3-1　不同教育水平劳动者的年龄收入曲线

从图 3-1 可以看出，不同教育水平劳动者年龄收入曲线的一些特点：

（1）文盲的年龄收入曲线位于其他三条曲线之下并且位置较低，表明在绝大多数年龄上，文盲的平均收入都低于其他受教育水平劳动者的平均收入。

（2）受教育水平越高，曲线位置越高。这在图 3-1 中只是大致地反映出来。

（3）除了文盲以外，其他受教育水平的劳动者收入的三条曲线互有高低，有的年龄上接近重合。表明小学、初中和高中三个受教育水平劳动者的收入之间,不像受过教育的劳动者对文盲劳动者的收入那样存在明显差别,在各个年龄上,并不是受教育水平较高的劳动者的收入一概高于受教育水平较低的劳动者。

(4) 文盲的收入曲线最平缓,高中(含中等职业教育)教育者的收入曲线最参差不齐,小学和初中教育的规则程度介于二者之间,但小学的规则程度略高于初中,因此总体上有受教育水平越高收入曲线越不规则的趋势。小学和初中样本量大,每一年龄上都有较多样本,因此不易受奇异值影响而比较平缓。但文盲样本比高中(含职业教育)样本还要少,其曲线却最平缓,因此这种差别主要不是样本量大小不同所造成的。

(5) 最高收入的几个点和最低收入的一个点(0 以下)都在高中(含职业教育)劳动者的年龄收入曲线上。

(6) 各曲线都有两段较低,中间较高的大致形状,并且随受教育水平的提高,曲线有更加陡峭的趋势。

(7) 直观地看,受教育水平越高,收入方差越大。

我们还采用了三种方法回归分析了劳动者的年龄收入函数:一般式、无常数项的二次函数形式和加地区虚拟变量的一般式。图 3-2 是一般式年龄收入曲线簇图。

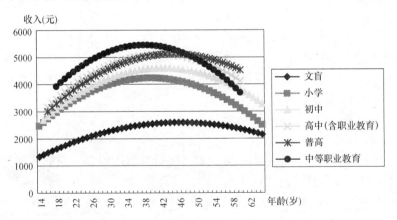

图 3-2　利用一般式估计的年龄收入曲线

从图 3-2 可以看出:

(1) 各曲线都是凸的,即二次项系数都是负值(见表 3-1 结果),随着年龄增加,各受教育水平劳动者的平均收入都是先升后降的。

(2) 文盲的年龄收入曲线位于其他曲线下方,而且距其他曲线较远,文盲收入的最高点仅与其他受教育水平劳动者收入的最低点处于相似水平。

各受教育水平的劳动者进入劳动力市场的起始收入有差别,文盲比其他受教育水平劳动者低，小学、初中和高中（含中等职业教育）的起始收入比较接近。可以看出，中等职业教育的起始收入较其他曲线显示的起始收入要高。文盲的年龄收入曲线最为平坦。

3. 各级各类教育的内部收益率

这里对内部收益率研究所作的调整如下：

a 调整：a 值分别取 0.6,0.7,0.8 和 1。

失业率调整：如果将样本中身份填答为"劳力半劳力"同时"劳动力人口未从业原因"问题项填为"待业"的样本，和既非在校生又无其他劳动力年龄人口未从业原因（该问题项缺省）但未参加任何家庭共同经营或有从事报酬工作者算做失业人口，根据样本计算，14 至 16 岁失业率为 50％，16 至 18 岁失业率为 17.5％，19 至 22 岁失业率为 11.4％，23 岁以上失业率为 2.5％；

重读辍学调整：北京大学高等教育科学研究所承担的世界银行贷款项目"重读、辍学研究"发现我国中学年辍学率明显高于小学，有数据返回的项目省湖北和云南分别达 6.79％和 7.2％（丁小浩等，1998）。我们将重读辍学比例设定为每一年级 5％，每一人次重读或辍学增加一年教育年限（同时推迟一年进入劳动力市场）。

教育年限调整：设定小学为 5.5 年，初中为 3 年，高中（含中等职业教育）为 2.75 年。

机会成本调整：在在校生样本中，有一部分在校生参加了家庭共同经营或有劳动报酬的工作。这部分在校生多数是初中生和高中生。根据样本计算，初中机会成本平均每人每年应减 136.49 元，高中机会成本每人每年应减 225.22 元。

进入劳动力市场年龄：小学毕业 14 岁，初中毕业 16.5 岁，高中毕业 19.5 岁。

中等教育第二阶段总体平均成本用接受普通高中和中等职业教育劳动者人数占全部接受中等教育第二阶段教育劳动者人数的比重加权求得。表 3-10 是采用收入平均法计算的各级各类教育内部收益率。

表 3-10　采用收入平均法计算的各级各类教育内部收益率

单位：％

	小学	初中	高中（含中职）	普高	中等职业教育
a=0.6	20.03	2.56	−1.03	1.96	0.13
a=0.7	21.85	3.27	−0.54	2.37	1.10
a=0.8	23.51	3.92	−0.11	2.73	1.96
a=1	26.45	5.11	0.64	3.34	3.42

表 3-11 是利用无常数项年龄收入函数估计收入后计算的各级教育内部收益率。

表 3-11 利用无常数项年龄收入函数计算的各级教育内部收益率

单位：%

	小学	初中	高中（含中职）	普高	中等职业教育
$a=0.6$	17.51	1.10	−0.42	−0.11	0.73
$a=0.7$	19.16	1.65	0.24	0.45	1.62
$a=0.8$	20.66	2.14	0.85	0.96	2.43
$a=1$	23.36	2.99	1.91	1.85	3.89

利用加地区虚拟变量的一般式回归年龄收入函数，加权计算收入后计算的各级教育内部收益率结果见表 3-12。

表 3-12 利用加地区虚拟变量的一般式回归年龄收入函数计算的各级教育内部收益率

单位：%

	小学	初中	高中（含中职）	普高	中等职业教育
$a=0.6$	13.90	1.74	0.19	−0.46	无法算出
$a=0.7$	15.17	2.50	0.73	0.04	无法算出
$a=0.8$	16.33	3.19	1.21	0.48	无法算出
$a=1$	18.39	4.46	2.03	1.22	无法算出

注：以上"无法算出"部分都是由于收益流中负值太多。

以上结果显示利用不同方法计算的内部收益率差异较大：中等教育第二阶段收入估计值最不稳定，收益率计算结果很难发现规律；利用收入回归法计算的中等教育第二阶段总体的三个结果比较近似，而利用收入平均法则得出了很低的结果；利用收入平均法、收入回归法的一般式和无常数项收入函数计算的中等职业教育收益率都达到了 3%以上（a 为 1），但利用加地区虚拟变量的年龄收入函数根本无法算出中等职业教育收益率；小学的收益率变动幅度最小，但不同结果之间绝对值相差也近 10 个百分点（a 为 1）。

可以看出，各级各类教育的内部收益率计算对 a 值变动的敏感程度不同。以收入平均法计算结果为例，当 a 为 1 时，普高和中职大约分别为 3.3%和 3.4%，但当 a 为 0.6 时，前者仍然接近 2%，后者却降到了约 0.1%。

由于初中和小学文化程度的劳动者样本量较大，初中对小学的内部收益率可以以收入平均法计算的结果为准，即大约 5%（$a=1$）；虽然小学对文盲内部收益率在地区之间差异很大,但考虑到按地区拆分后样本子集规模变小,而且运用各种方法对全体样本的研究结果相对其他各级教育计算结果离差幅度较小,小学教育的内部收益率认定为 18% 至 28% 之间($a=1$);中等教育第二阶段样本量较少,运用各种方法都没有得到稳定的结果,但无常数项的年龄收入函数统计特性较好,且结果无矛盾之处,因此以此结果为准并综合其他结果,认定中等教育第二阶段总体的内部收益率应在 1% 到 2% 之间($a=1$),普通高中教育的内部收益率应在 1.5% 至 3% 之间($a=1$),中等职业教育的内部收益率应在 3.5% 左右($a=1$)。如果进行 a 为 0.6 的调整,则小学教育的内部收益率仍可保持在 13% 至 21% 之间,初中教育的内部收益率降至约 2.5%,中等教育第二阶段将降到大约为 0。表 3-13 是不同经济发展水平国家的私人教育内部收益率情况。

表 3-13   不同经济发展水平国家的私人教育内部收益率①

单位：%

地区/国家类型	初等教育	中等教育	高等教育
非洲	45	26	32
亚洲	31	15	18
拉丁美洲	32	13	13
中等发达国家	17	13	13
发达国家		12	12

与亚、非、拉国家比较,样本中计算的初等教育内部收益率偏低,但超过了中等发达国家的 17%。中等教育的内部收益率则明显低得多。如前所述,如果考虑到初中教育的机会成本有可能更低,初中教育的内部收益率会有所提高,但仍与上述结果相去甚远;中等教育第二阶段的收益率更低。与已有的对国内的研究相比,魏新等 1995 年的研究(1991 年数据)数据来源与本章研究数据来源大致相同,计算结果小学教育的内部收益率为 8.98($a=1$)、7.81($a=0.6$),初中内部收益率为 11.24($a=1$)、6.79($a=0.6$),本章研究初中内部收益率有下降的迹象(只用中部和西南部数据比较亦有相同结果)。结合前文明瑟收益率高于 1991 年数据的事实来分析,内部收益率降低的原因应与成本变动有关。表 3-14 是本研究和魏新等利用 1991 年数据计算的初中教育生均直接成本的对比情况(以 1991 年价格计算,调整价格指数来自《中国统计年鉴》1998 年卷 301 页)。

---

① 资料来源：Return to Education ：A Further International Update and Implications,Psacharopoulos 1985.

表 3-14　本研究和魏新等利用 1991 年数据计算的
初中教育生均直接成本的对比情况

	1991			1996		
	全部初中	湖北初中	劳动力年均收入	全部初中	湖北初中	劳动力年均劳动收入
一年级	136.63	180.47		562.48	585.75	
二年级	145.38	202.34		563.87	677.6	
三年级	131.98	164.59		597.37	706.91	
总体平均	139.07	185.92	1089.6	571.79	654.34	1749.61
样本量	261	92	1129	826	214	819

　　5 年内生均直接成本增长幅度很大,总体平均(1991 年研究数据均来自中部和西南部地区)和湖北一省的生均直接成本分别增加了 3.11 倍和 2.52 倍,但是,以湖北为例,同时期劳动力收入只增加了 0.61 倍。

　　成本相对变动的增大收益率计算有两个直接影响:一是要降低收益率;二是增加了对 a 值变动的敏感性。

　　4. 农村居民投资高等教育的收益率

　　上文所计算的农村居民投资各级各类教育的收益率有一个重要问题即是劳动者样本均为接受了教育后留在(或来到)农村工作者。而实际上自然会有一部分农村居民接受了教育后定居城市。尤其是接受高等教育者,毕业后大多留在城市工作。本章研究的农村接受高等教育的劳动力样本很少(只有 8 人)。可以说,农村居民投资高等教育,大多是在城市获得收益,因此用城市接受高等教育劳动者的收入作为农村居民接受高等教育的收益来计算农村居民投资高等教育的收益状况是比较合理的。

　　城市接受高等教育劳动者数据同样来自北京大学高等教育科学研究所研究课题"中国教育投资收益率研究",数据来源与农村相同,抽样省市亦相同。劳动力样本共 7589 人,其中专科文化程度者 1222 人,本科文化程度者 552 人。表 3-15 是利用年龄收入函数一般式对城市大学专科和大学本科文化程度劳动者收入的回归结果。

表 3-15　城市大学专科和大学本科文化程度劳动者收入的回归结果

	大学专科			大学本科		
	估计值	t 值	sig 概值	估计值	t 值	sig 概值
常数项	−2397.34	−1.22	0.222	885.05	0.21	0.83
年龄	464.05	4.55	0.000	317.51	1.52	0.13
年龄平方	−4.08	−3.18	0.001	−1.87	−0.77	0.44
R	0.078			0.075		
样本量	1222			552		

　　表 3-16 是 1996 年大学专科和本科各年级在校生平均个人直接成本支出情况（来自 1996 年城市调查数据）。

表 3-16　1996 年大学专科和本科各年级在校生平均个人直接成本支出

单位：元

年级	大学专科		大学本科	
	直接成本净值	直接成本总值	直接成本净值	直接成本总值
一年级	3223	3323	4449	4675
二年级	2990	3195	4633	4869
三年级	2321	2379	3616	3893
四年级			3156	3410

　　注：直接成本净值等于直接成本总值扣除所获资助。

　　表 3-17 是利用收入平均法和收入回归法计算的农村居民投资大学专科和大学本科教育的内部收益率。直接成本用的是 19 至 22 岁农村高中（含中职）毕业劳动者平均收入（收入平均法）和一般式回归的收入估计值（收入回归法），大学专科和本科毕业生失业率用 1996 年年末登记失业率（3.0%）代替（《中国劳动统计年鉴》1998 年卷第 8 页），19 至 22 岁高中毕业农村劳动者失业率同前文（11.4%）。假定专科毕业进入劳动力市场年龄为 22 岁，大学本科毕业进入劳动力市场年龄为 23 岁，收益都是计算到 60 岁为止，农村居民投资大学专科和本科教育的内部收益率见表 3-17。

表 3-17　农村居民投资大学专科和大学本科教育的内部收益率

单位：%

	大学专科		大学本科	
	收入平均法	收入回归法	收入平均法	收入回归法
$a=0.6$	9.44	9.21	7.86	7.69
$a=0.7$	10.63	10.39	8.91	8.77
$a=0.8$	11.74	11.50	9.87	9.76
$a=1$	13.79	13.53	11.60	11.59

　　可以看出，农村居民投资高等教育可以获得较高的收益。利用城市数据计算的城市居民接受大专和大本教育的内部收益率分别为 7.44%、6.66%（收入平均法，$a=1$），6.86%、6.78%（收入回归法，$a=1$）（陈晓宇，1998），只是表 3-17 结果的约 1/2。与表 3-16 结果相比，表 3-17 的结果（$a=1$）也达到或接近了发达国家和中等发达国家水平。

　　农村居民投资高等教育的收益率高于城市的主要原因有两个：一是

城市大专、大本毕业生与农村高中（含中职）毕业劳动者收入差距悬殊。城市大专毕业劳动者 1996 年平均收入 9111 元，大学本科毕业劳动者 10795 元，城市高中毕业劳动者 7599 元（陈晓宇，1998），而根据农村样本计算的农村高中（含中职）毕业生 1996 年平均劳动收入只有约 4675 元。这样接受高等教育者的收入优势变大。另一个原因是机会成本减少，因此收益率有较大幅度提高。

第五节 小结与分析

本章研究对 7 省市的各级教育明瑟收益率和内部收益率研究有以下主要发现：

● 运用调整的教育年限计算的明瑟收益率约为 5.65%。这一结果超过了李实、李文彬利用 1988 年 28 个省农村居民数据计算的大约 2% 和魏新等利用 1991 年中部和西南部农村数据计算出的 4.8% 的结果。表明伴随着经济发展水平的提高和市场化改革的深入，我国农村的教育明瑟收益率有逐渐提高的趋势，不同受教育水平劳动者的收入差距正在拉大。

● 利用扩展的明瑟收入函数计算出小学、初中和中等教育第二阶段的明瑟收益率分别为 6.83%，3.1% 和 2.43%，在这三级之内，明瑟收益率有随着教育水平提高而逐渐降低的趋势。

● 明瑟收益率存在地区差异。

● 虽然男女两性之间收入差距较大，分性别计算的明瑟收益率却没有像收入差距表现得那么大，分别为 5.2% 和 4.5%。

● 分行业的明瑟收益率研究发现，农业部门的明瑟收益率高于非农业部门，多数非农业部门的明瑟收入函数回归结果中教育年限的系数没有通过检验。比较填报行业为"种植业"的只有劳动报酬收入的劳动者和填报行业为非农业的只有劳动报酬收入的劳动者的明瑟收入函数回归结果，发现同是只获得劳动报酬收入，前者明瑟收益率值达 7.23%，而后者只有 2.56% 且不显著。这一结果说明在市场化改革进行得比较彻底（以激励机制健全和劳动力自由流动为标志）的部门，明瑟收益率较高。

● 与其他国家的明瑟收益率相比，我国的明瑟收益率仍然偏低，但已超过用印度 1980 年数据计算的明瑟收益率值（4.9%）。除了劳动力市场不够完善外，如此低的明瑟收益率可能与我国发展中人口大国"人口多、资源少"的基本国情有关。

● 与国际平均水平相比,根据7省市农村样本计算的中等教育的内部收益率偏低,但农村小学教育的内部收益率超过了中等发达国家水平。

● 与利用1991年中部和西南部农村数据计算的内部收益率研究结果比较,小学教育内部收益率有明显提高,但初中教育内部收益率降低。除抽样和数据的原因外,主要原因是初中教育成本变动较大。举湖北省为例,5年间教育直接成本增加了2.52倍,而同时期劳动力收入只增加了0.61倍。

● 中等教育第二阶段内部收益率约为0($a=0.6$)。而且,因为直接成本差别较大,普通高中和中等职业教育内部收益率值对a值变动的敏感程度差异大。

● 样本计算的各级教育内部收益率存在地区差异,在不同地区之间差别很大且无规律可循。各级教育内部收益率也有较大的性别差异。女性初中、高中总体和普通高中收益率由于收入优势小而成本相对较大而无法计算出来。

● 农村居民投资高等教育可以获得较大收益。未经调整的大学专科和本科教育的内部收益率分别为13.8%和11.6%(收入平均法,$a=1$),约为城市居民投资高等教育收益率的2倍,达到或接近了中等发达国家和发达国家水平。我国农村居民投资高等教育的收益率较高主要是收入的城乡差别造成的。

● 由于接受普通高中和中等职业教育的劳动力较少,收入估计值不稳定,因此运用不同的年龄收入函数计算的收益率差别很大。但样本量较大时,运用年龄收入函数一般式和加地区虚拟变量的年龄收入函数计算的结果与收入平均法计算的结果比较接近,另外加地区虚拟变量的年龄收入函数提高了年龄收入模型的拟合优度。像我国这样一个存在很大地区差异的国家,在样本量较大的情况下,应考虑地区差别对年龄收入函数进行调整。无截距项的年龄收入函数对小样本回归拟合优度高,但其假设勉强,应慎用。这是在方法上的启示。

本章计算结果表明,我国目前农村教育投资收益总体状况是:初等教育和高等教育收益率相对较高,达到或接近了中等发达国家水平,但相对于初等和高等教育,中等教育收益率尤其是内部收益率仍处于非常低的水平。

文盲的低收入和平坦的年龄收入曲线以及小学教育的高收益率再度证明,任何儿童都不能被剥夺接受初等教育的权利,剥夺儿童接受初等教育的权利是对其经济收益的巨大损害。

相对于小学收益率,初中收益率骤然降低。这与本章计算的初中教育机会成本过高有关。但成本变动的影响不容忽视。初中教育成本上扬、收益率下降的趋势如不制止,难免要影响农村居民接受初中教育的积极性,会增加初中辍学率(本来已很高),从而影响普及九年义务教育计划的实施。

中等教育第二阶段的两种教育形式——普通高中与中等职业教育收益率都很低。但普通高中教育是与高等教育衔接的,接受普通高中教育虽然收益低,但参加者拥有接受高等教育从而获得较高收益的机会。由于各级教育、各种教育形式本身的关联性,农村居民在进行教育投资决策时,也不会孤立地看待某一级或某一形式教育,也要分析有关路径,再做出决策。对农村居民来说,如果能上大学,则接受普通高中教育可获得巨大收益,否则无利可图,这就决定了农村居民接受普通高中教育的目的只有升学。与普通高中不同,当时我国中等职业教育是一种近似"终结"的教育形式。一个人如果接受了中等职业教育,往往就失去了进入正规高等教育机构深造的机会。职业学校毕业生每年对口升入正规高等院校者寥寥无几。同时,与其他教育形式相比,中等职业教育有较高的成本水平。样本的中等职业教育年生均私人直接支出超过 4000 元,是接受普通高中教育者的两倍,而且大大超过城市居民接受大学专科的各年级生均直接成本净值(每年级超出约 900 至 1700 元),与城市居民接受大学本科教育的生均私人直接支出接近,而且,中等职业教育直接成本均值超过了劳动力样本 1996 年平均劳动力劳动收入。"近似终结性"和高成本、低收益的状况将影响农村居民接受中等职业教育的积极性,这也许是长期以来"普高热"和中等职业教育发展困难的两个主要原因。

我国的劳动力市场在一定程度上是分割的。劳动力市场的分割首先表现为城乡劳动力市场分割。城乡之间教育水平差别很大,城乡之间相同受教育水平劳动者收入差距也很大。1996 年农村家庭人均纯收入 1926.07 元,城市家庭人均可支配收入 4838.9 元(《中国统计年鉴》1998 年卷第 326 页、344 页)。同样为高中文化程度,城市劳动者1996 年平均收入约 7599 元(陈晓宇,1998),农村劳动者只有约 4675 元;文盲收入相差更大,城市约 6191 元(陈晓宇,1998),而农村只有约 2282 元。其次表现为地区劳动力市场分割。同为农村,不同地区农村相同受教育水平劳动者收入差别也很大。根据样本计算的甘肃省农村普通高中毕业劳动者 1996 年平均劳动收入只有 2771.56 元,而广东是

8233.58 元。虽然城乡之间、地区之间早已开始劳动力流动并且流动越来越自由,但如此巨大的差别说明城乡劳动力市场、不同地区劳动力市场之间的沟通还有待加强。

　　我们在抽样过程中考虑到了城乡、地区差异。7 个省市代表三类不同经济发展水平的地区。但样本中文盲相对较少,样本平均收入也超过了全国平均收入,表明经济相对落后地区样本还是相对不足的。

第四章 中国义务教育资源利用及配置 不均衡研究

　　从新中国成立以来,中国教育取得了举世瞩目的成就。在过去 20 年里,普及九年义务教育一直是中国教育政策的一个重点。近年来,中国在把义务教育扩展到全部社会适龄人口特别是全部农村适龄人口的过程中面临着一些挑战。① 其中两个主要的问题是义务教育财政不均衡和贫困地区、农村地区义务教育的财政困难。这两个问题的存在与当前的义务教育财政体制是息息相关的。

　　中国的教育财政体制从 20 世纪 80 年代初期开始发生变化,从原先收入来源相对单一的集中体制转向一个收入来源比较多样化的分散体制。② 县级及以下政府承担义务教育的主要责任。教育经费不仅来自政府预算内,也来自预算外渠道。这种制度安排必然带来两个问题:义务教育资源在不同地区间的配置高度不均衡和生均支出水平差异巨大。对当前财政体制下的公共财政资源配置状况的研究表明,这种情

---

　　① 到 2001 年末,初中的毛入学率为 88.3%。未入学学生主要集中在西部地区和农村地区。来源:《2001 年全国教育发展统计公报》,2002 年 6 月 13 日。

　　② Mun Tsang. Financial reform of basic education in China, *Economics of Education Review*. Vol. 15, No. 4(1996). pp. 423-444.

况不仅仅存在于教育领域，也存在于其他公共部门。① 这两个财政问题的解决，无疑将有利于改善社会公平，提高教育资源利用效率，促进社会稳定。②

世界银行 1999 年的一个研究也指出，中国新世纪教育发展的一个主要障碍即是义务教育的财政困难和高度不均衡。③ 该研究主张简化义务教育财政结构，把义务教育的投入责任从乡村上移到县一级，以应对乡级财政能力薄弱的问题，减少县域内的不均衡。自 2001 年起，随着农村税费改革的大范围实施，义务教育管理体制开始转为"以县为主"。关于建立一个规范化的、切实的政府间转移支付系统以解决义务教育财政问题的呼声一直很高。④ 实证研究对于制定合适的义务教育财政政策，是必不可少的。

本章通过对县级数据的分析，考察了 1997 年到 2000 年间资源配置和不均衡状况的变化，并对研究发现的政策含义进行了探讨。

第一节　学校支出分析：方法、以往的研究及数据

研究资源配置情况的一个通行的方法就是分析学校支出。出于预算和规划目的，学校支出一般分为事业性支出和基建性支出。事业性支出通常指一年内消耗掉的学校投入要素，一般分为人员性和非人员性支出。基建性支出则通常指发挥作用一年以上的学校投入要素（如建筑物和大型设备）。需要指出，学校支出只是义务教育教育支出的一部分，但它通常是最大的一个部分，因此通常是政策分析的重点。学校以外的教育成本支出（如家庭支付的家教和学习用品费用、个人因接受教育而放弃的收入等）数额也可能是很大的，也可能成为教育不均衡和教育不平等的重要来源。但全面的私人教育支出数据通常很难获得。

---

① A. Park, S. Rozelle, C. Wong, and C. Ren. Distributional consequences of reforming local public finance in China, *China Quarterly*. No. 147. pp. 751-778. S. Wang and A. Hu. *The political economy of uneven development：The case of China*. Armonk, NY：M. E. Sharpe, 1998.

② Mun Tsang. Financing compulsory education in China：Establishing and strengthening a substantial and regularized system of intergovernmental grants. *Harvard China Review*（2002）, pp. 15-20.

③ World Bank. *Strategic goals for Chinese education in the 21st century*. Washington, DC：Report No. 18969-CHA, the World Bank, 1999.

④ Tsang（2002）. Financing compulsory education in China.

中国是一个大国,经济社会发展的内部差异性很大,文化上也呈现多元一体的格局。教育和社会经济发展不均衡性的分析有必要涵盖城市与农村之间、不同区域之间以及民族地区与非民族地区之间的差别。第五次人口普查资料显示:2000 年农村人口占总人口的比例大约为 64%。对于区域划分,一个通行的办法是将 31 个省级行政区划分为"三片"地区(教育部为分步推进"普九"而进行的划分)。经济、教育发展水平最高的"一片"地区包括 9 省市,主要集中在东部沿海;"三片"地区包括 5 个少数民族自治区和 4 个经济发展水平最低的西部省份(青海、甘肃、云南、贵州);中部的 13 个省为"二片"地区。① 2000 年少数民族人口占全国人口的 8.41%,主要分布于 635 个县级民族自治地方(包括自治区和自治州内的县旗)。这些民族自治地方占国土面积的 64%,有 46% 的人口为少数民族。②

在教育财政学研究中,常用的衡量教育不均等的指标包括调整的极差(分布的上 95% 与下 5% 分位点之差)、调整的极差率(分布的上 95% 与下 5% 分位点之比)、变异系数(标准差除以均值)、Gini 系数(完全均等指数为 1)和 Theil 系数等。其中 Theil 系数有比较好的可分解性(Gini 系数亦可分解但有冗余)。总体 Theil 系数(T)的表达式为:

$$T = \frac{1}{n} \sum \frac{x_i}{u} \log\left(\frac{x_i}{u}\right) \tag{1}$$

式中,x_i 是第 i 个县级单位的生均教育支出。Theil 系数取值最小可为 0 (完全均等)到 $\log(n)$。总体 Theil 系数可分解为组间不平等和组内不平等。假定样本中的最小观测单位可分为多个组,则组内不平等系数 (T_w)为:

$$T_w = \sum \left(\frac{n_k u_k}{nu}\right) T_k \tag{2}$$

式中,T_k 是第 k 组的总体 Theil 系数。n_k, u_k 分别表示第 k 组内的观测数和第 k 组的生均支出水平。可以看出,组内不平等系数实际是各组总体不平等系数的加权平均值。组间不平等系数(T_b)即是总体不平等系数与组内不平等系数之差:$T_b = T - T_w$.

----

① "一片"地区包括东部和东南部 9 个省市:北京、上海、天津、广东、浙江、江苏、山东、辽宁和吉林,它们在 2000 年以前均已实现"两基"。"二片"地区主要集中在中部,包括河北、黑龙江、安徽、福建、江西、河南、湖北、湖南、重庆、四川、陕西、山西和海南。"二片"地区的经济、社会和教育发展在全国处于中等水平。其余地区为"三片"地区,包括 5 个少数民族自治区(新疆、西藏、内蒙古、宁夏和广西)以及四个经济发展水平落后的内陆省份:云南、贵州、甘肃和青海。

② 国家统计局.2000 年中国统计年鉴[M].北京:中国统计出版社,2000:37.

到 20 世纪 90 年代初，分散的义务教育财政供给体制已经在中国确立。当时的出发点主要是如何为义务教育筹集更多的资源。但从 90 年代初开始，学术界开始关注这种体制对义务教育财政均衡性的影响。这方面的实证研究基本可以分为两类。一类是以省为分析单位。如曾满超 1994 年对 29 个省、市、自治区的研究。① 曾满超的研究发现，在 1989 年，小学层次生均支出最高省的支出水平是最低省的 5.2 倍；中等教育层次（初中加高中）这一比率为 4.5。杜育红和王善迈的研究发现，从 1978 年到 1996 年，小学层次的生均总经费支出不平等程度增加了；而中等教育层次则基本未变。② 还有的研究将省级单位分组进行了比较。如蒋鸣和 1995 年的研究发现，自 1990 年至 1993 年之间，发达地区（以江苏、浙江、广东为代表）与不发达地区（安徽、河南和贵州）生均预算内教育经费支出比率由 1.61 提高到了 2.14。③

利用省级数据分析有一定的意义，因为省是中国教育的一个重要管理层级，数据也方便获得。但是利用省级数据分析无法考察省内的不均衡，而省内的不均衡程度也可能很大，而且往往是教育政策的重点所在。最早的利用全国范围的县级数据对中国义务教育生均经费进行分析的是蒋鸣和在 1992 年的一个研究。④ 蒋的研究样本包含 374 个县，该研究指出了地区生均经费总支出与人均收入的相关性。进入 20 世纪 90 年代后期，利用县级数据进行的研究数量逐渐增多。这些研究一般都发现了生均教育支出与地方经济发展水平和财政能力的相关性（不满足"财政中立性"），并对生均教育支出的不均等程度进行了测度。有的研究还分析了教育支出的不均等程度随时间的变化（如潘天舒 2000 年的研究）。从方法上来讲，测度不均等程度所用的指标也以极差或极差率、变异系数、Gini 系数和 Theil 系数为主。关于生均教育经费是否满足"财政中立性"的研究，有的是利用简单的一元回归方法，如潘天舒的研究，有的则采用了多元回归形式，如王蓉 2003 年的研究。王蓉的研究针对生均支出决定模型中的自变量有层次差异这一特点，使用了多水平模型（hierarchical linear model）。本章研究的重点是中国义务教育资源配置及其不均衡状况，主要是通过对生均教育收入和支出的地区差异进行描述性统计分析。将

① Mun Tsang. Costs of education in China: Issues of resource mobilization, equality, equity, and efficiency, *Education Economics*. Vol. 2, No. 3 (1994b), pp. 287-312.

② 杜育红，王善迈. 教育发展的不平衡[M]//曾满超. 教育政策的经济分析. 北京：人民教育出版社，2000：76-76.

③ 蒋鸣和. 市场经济与教育财政改革[J]. 教育研究，1995(2)：15-19.

④ 蒋鸣和. 中国县级教育财政的模式[C]. 中国大连教育财政政策研讨会提交论文，1992.

重点研究以下三个问题：① 义务教育阶段学校支出和收入的总体状况及地区性差异；② 学校生均支出和收入的不均等程度；③ 1997 年到 2000 年间义务教育资源配置及不均衡状况的变化。与以往的类似研究相比，本章的研究有如下改进：一是在比较收入支出的地区差异时，不但比较了传统的三片地区、农村与城市，还比较了民族地区和非民族地区；二是用多种方法对生均支出不均等程度进行了测量；三是研究了资源配置不均衡状况随时间的变化，时间跨度为三年（潘天舒的研究时间跨度仅为一年）。本章的研究数据来自国家教育部，是教育部收集的教育财政基层统计报表数据，经汇总成为县级单位数据库。这里的"县级单位"包括县和县级市（县级）、直辖市的区（地级）和县，以及省和市财政本级。从 1997 年到 2000 年，教育财政基层报表数据的质量不断提高。2000 年数据已包含了全国绝大多数县级单位，因此在数据代表性方面，本章的研究与以往利用 2000 年以前数据的研究相比也应有一定程度的改善。

经过数据清洗，2000 年数据库中初中、小学层次各有县级单位约 3100 个，包含了大陆地区所有 31 个省级行政区的大多数县级行政区。小学层次在校生数约为 2000 年在校生数的 97%。初中在校生数略高于 2000 年初中在校生数。[①] 在教育财政基层统计报表的学校支出报表中，学校总支出由两部分构成：事业性经费支出和基建经费支出（含大型设备支出）。事业性经费由两部分构成：人员性经费和公用经费。人员性经费主要是教职工工资、福利等支出，几乎没有用于学生的费用。公用经费包括公务费、业务费、设备费、修缮费、招待费和其他支出。在学校收入报表中，总收入主要包括预算内的事业费和基建费拨款、城乡教育费附加、学校杂费收入、校办产业和勤工助学收入和捐集资等。在支出报表中，各支出项目还分别统计了来自预算内、外的支出数。另外，在县基本情况统计表中，还有来自上级的专项教育转移支付资金数目。

本章研究所用的不均等测量方法包括：调整的极差、调整的极差率、变异系数、Gini 系数和 Theil 系数等。为了利于和其他研究对比，本章研究在计算 Gini 系数时利用了两种方法。一种是"逐县法"，计算公式如下：

---

① 2000 年小学和初中在校生数见"中国教育事业发展统计公报"，教育部，2002。初中阶段在校生数高于统计公报的原因是初中数据库中包含完中，而完中的经费并未按初中和高中分别统计。出于计算初中生均经费的需要，本章研究把一个完中的高中部学生算做 1.5 个初中生，因此初中在校生数高于统计公报数字。

$$G = \frac{2}{n}(1y_1 + 2y_2 + \cdots + ny_n) - \frac{n+1}{n} \qquad (3)$$

式中，"G" 是 Gini 系数；"n" 是数据中的县级单位总数；y_i 是第 i 个县级单位的支出在总支出中的份额，$y_1 < y_2 < \cdots < y_n$。

另一种方法是"回归法"。即回归沃伦茨曲线后计算面积的办法（公式略）。在计算过程中发现，两种方法的计算结果是非常接近的。

第二节　2000 年义务教育阶段学校收入支出基本情况

表 4-1 是分地区的 2000 年学校生均支出基本情况。本章的所有收入和支出平均数均是按各县级单位学生数加权计算得出。

表 4-1　2000 年学校生均支出基本情况

	总支出（元）	事业性支出（元）	人员性支出（元）	事业性支出/总支出（%）	人员性支出/事业性支出（%）
小学					
全国平均	789.68	753.24	557.08	95.38	73.96
城市	1195.21	1128.94	796.75	95.25	70.58
农村	644.98	619.09	471.75	95.52	76.20
城市/农村	1.85	1.82	1.69		
非民族自治地区	796.83	759.9	558.84	94.46	73.54
民族自治地区	746.59	713.1	546.46	95.99	76.63
非民族自治地区/民族自治地区	1.07	1.07	1.02		
"一片"	1201.34	1139.52	815.54	94.85	71.57
"二片"	611.3	588.13	442.5	96.21	75.24
"三片"	682.75	646.71	496.98	94.72	76.85
"一片"/"二片"	1.97	1.94	1.84		
"一片"/"三片"	1.76	1.76	1.64		
初中					
全国平均	1303.32	1195.41	778	91.72	65.08
城市	1626.03	1485.65	968.69	91.37	65.20
农村	880.93	833.52	581.89	94.62	69.81
城市/农村	1.85	1.78	1.66		

续表

	总支出 （元）	事业性支出 （元）	人员性支出 （元）	事业性支出/ 总支出（%）	人员性支出/ 事业性支出（%）
非民族自治 地区	1330.73	1216.77	788.99	91.44	64.84
民族自治地区	1098.74	1035.98	696.01	94.29	67.18
非民族自治地 区/民族自治 地区	1.21	1.17	1.13		
"一片"	1930.42	1741.75	1109.52	90.23	63.70
"二片"	1001.35	930.1	613.28	92.88	65.94
"三片"	1075.51	1004.51	674.8	93.40	67.18
"一片"/"二片"	1.93	1.87	1.81		
"二片"/"三片"	1.79	1.73	1.64		

2000 年全国小学生均支出为 789.68 元,其中 95.38% 为事业性支出（即基建支出比例不足 5%）。初中层次生均支出为 1303.32 元,91.72% 为事业性支出。应该说如此高的事业性支出比例在发展中国家是比较常见的。[1] 初中层次生均支出比小学层次大约高 66%。[2] 生均支出的城乡差别在两个教育层次都很明显,城市比农村高 85%。虽然非民族地区生均支出高于民族地区,但差别较小（初中层次差别较大）。"一片"地区与"二片"和"三片"地区的生均支出差别很大。"一片"地区是"二片"地区的几乎两倍,二者的差别大于城乡差别。从表 4-1 也可以看出,生均基建支出也存在地区差异,这种差异在初中层次尤为明显。例如,教育基础设施较好的"一片"地区初中层次基建支出所占比重为接近 10%,而基础设施较为落后的"二片"和"三片"地区则分别为 7.12% 和 6.6%,变成绝对数字,基建支出的地区差异程度超过总支出的差异程度。

表 4-1 还给出不同地区的人员性支出占事业性支出（包括人员性经费和公用经费两部分）的比例。在初中和小学层次,人员性支出占事业性支出的比重分别接近四分之三和接近三分之二。可以看出,生均总支出

---

[1] 发展中国家小学层次通常 90% 以上的教育支出为事业性支出,初中层次约为 80% 到 85%。M. Tsang. Cost analysis and educational policymaking: A review of cost studies in education in developing countries, *Review of Educational Research*. Vol. 58, No. 2 (1988), pp. 181-230.

[2] 这一差别部分是由于初中的生师比低于小学的生师比。样本计算的初中生师比约为 17.1 : 1,小学为 22.3 : 1。

高的地区(城市地区、非民族地区和"一片"地区)人员性经费所占比重，低于生均支出低的地区(农村地区、民族地区，以及"二片"和"三片"地区)。也就是说，生均总支出高的地区公用经费支出所占比重高于生均支出低的地区。如果看绝对数，生均公用经费的地区差异程度也大于生均总经费支出的差异程度。

本章计算了不同地区的各项公用经费支出及其在总公用经费中所占比例(表略)。结果表明，不同地区间公用经费支出结构有相同之处。例如，所有地区最大的公用经费支出项目均为修缮费支出(占公用经费支出比例小学全国平均为33.26％，初中平均为34.54％)；最小的公用经费支出项目为招待费(占公用经费支出比例小学全国平均为1.41％，初中平均为1.26％)。但是，生均总支出较高的地区修缮费支出的比例低于生均总支出较低的地区，而与教学直接相关的公用经费支出项目(如业务费和设备费)高于生均总支出较低的地区。例如，在小学层次，"一片"地区修缮费支出占总公用经费支出比例为30.18％，"三片"地区此比例为44.80％；而业务费和设备费支出在"一片"地区合计占总公用经费支出的29.11％，"三片"地区的比例为20.73％。由于生均公用经费支出绝对数差异本身较大(大于生均总经费支出的差异程度)，直接用于教学的支出在经济比较发达的"一片"地区比例较高，即意味着绝对数的更大差异程度。

本章还计算了不同地区的学校生均总收入、生均预算内外收入和来自不同预算外渠道的生均收入占总预算外收入的比重(表略)。结果显示，2000年各地区生均总收入与生均总支出大体相当(小学层次生均总收入比总支出大约多11元，初中层次生均总收入比总支出大约多26元)。2000年小学生均预算内收入为541.7元，占总收入的比重为68.24％(即预算外收入不到总收入的三分之一)；初中生均预算内收入为827.97元，占总收入的比重为62.29％(预算外收入占总收入三分之一强)。大致规律是：生均总收入较高的地区，预算外收入占总收入的比重较高(这一现象在初中层次不明显)。研究发现，民族自治地区虽然生均总支出低于非民族自治地区，但预算内收入占总收入的比重明显高于非民族自治地区。小学层次，民族自治地区和非民族自治地区的生均预算内收入占总收入比重分别为79.84％和66.43％。小学层次，民族自治地区的生均预算内收入高于非民族自治地区(分别为606.61元和537.31元)。初中层次，民族自治地区和非民族自治地区生均预算内收入占总收入比例分别为70.93％和61.33％。初中层次，民族自治地区生均预算内收入低于非民族自治地区(分别为 797.73 元和 832.03 元)。这一结果说明,民族自治地区政府预算对义务教育的保障程度较高,或者说民族自治地区义务教育更加依赖政府的预算内拨款。

2000 年,杂费已成为最大的预算外收入来源,小学层次杂费占预算外收入比例为 30.82%,第二大预算外收入来源为用于各级政府的教育附加税费(农村教育费附加、城市教育费附加和地方教育费附加),所占比例为 29.58%。初中层次杂费占预算外收入的 34.21%,而税费只占 19.22%。考察分地区的预算外收入发现,城市学校自创收入占预算外收入的比例明显高于农村学校(小学层次分别为 28.30% 和 14.17%,前者比例几乎为后者的两倍,生均绝对数大约为三倍)。

比较学校生均预算内收入和人员性支出(其中大约 99.9% 用于教师工资)发现,全国平均来看,小学层次学校预算内收入尚不足以支付教师工资(生均分别为 547.17 元和 557.08 元)。初中层次生均预算内拨款高于生均人员性支出约 6.5%(分别为 827.97 元和 778 元)。分地区看,小学层次农村地区和非民族地区预算内收入不足以支付教师工资;"一片"和"二片"地区预算内收入不足以支付教师工资。但从前文可以看出,"一片"地区筹措预算外收入的能力比"二片"地区强得多,因此"一片"地区支付教师工资、福利与保障公用经费之间的矛盾应该不似"二片"地区一样突出。

从以上分析可以看出,经济欠发达地区、农村地区的义务教育财政普遍比较困难,应该说,从表面上看基本是维持运转。而对一些地区来说,甚至可能存在"保吃饭"和"保运转"之间的矛盾。在贫困、农村地区,一些学校基础设施长期得不到改善(基建投入水平相对较低)、公用经费不足,不但会影响入学率的扩大,也将影响教育质量。[①]

第三节 学校生均支出的不均衡

表 4-2 显示的是用不同的不平等测量方法计算的 2000 年全国义务教育生均经费支出的不均等程度。

---

① M. Tsang. Intergovernmental grants and the financing of compulsory education in China. paper presented at the seminar on educational reform in China, held at Harvard Graduate School of Education, Cambridge, Massachusetts. July 13-14, 2001.

表 4-2　　2000 年中国义务教育生均经费支出不均等程度测量

	调整的极差	调整的极差率	变异系数	Gini 系数	Theil 系数	省间不均等所占比重	省内不均等所占比重(%)
小学	1486.68	5.64	0.76	0.348	0.242	0.172	71.10
初中	3065.08	7.51	0.85	0.319	0.262	0.183	69.80

　　以上不均等系数均反映了中国义务教育生均经费支出的不均等程度很高。需要指出的是,调整的极差和极差率在计算时已经剔除了分布两端的 5% 的极值。尽管如此,最高和最低的初中和小学的生均经费支出差距仍分别达到了 1486.68 元和 3065.08 元。调整的极差率在小学和初中层次分别为 5.64 和 7.51,即支出分布高端的县级单位(不是最高,最高的 5% 已经剔除)的生均经费支出在小学层次超过了支出分布低端的县级单位(不是最低,最低的 5% 已经剔除)的 5.5 倍,在中学层次超过了 7.5 倍。两个层次的生均支出变异系数分别超过了 0.76 和 0.85(超过 0.5 一般即被视为变异程度较高)。所有五个衡量不平等程度的指标都显示,初中层次的经费支出不均等程度明显超过小学阶段。Theil 系数的分解显示,义务教育经费支出的不平等主要存在于省内。省内不平等可以解释至少三分之二的总不平等。这一发现与王蓉、蒋鸣和等的发现是一致的。

　　进入 21 世纪以来,中央政府明显加大了对贫困地区义务教育的转移支付力度。省一级通过配套中央转移支付专项工程等方式,也加大了对义务教育的投入。从公共财政学的角度来讲,具有公共产品属性的义务教育其溢出效应所达的范围,肯定是大大超出社区范围的(例如农村义务教育形成的生产力通过工业化、城市化进程溢出至各级中心城市和工业化地带)。义务教育的重要意义还在于(甚至主要在于),其对国家政权和现代市民社会的建设、促进社会整合减少动乱、提高民族凝聚力等方面,具有不可替代的作用。这明确指出了中央以及省级政府对义务教育的责任。对不平等系数的分解,可以为明确不同层级政府消除义务教育支出不均衡的财政责任提供一些参考。但是,造成义务教育生均支出过度不均衡的原因可能极其复杂。一个行政区域内是否存在过度不均衡,可能与努力程度有关,也可能与解决问题的难度有关。

　　表 4-1 显示了城乡之间生均教育支出存在着显著差异。因为数据库中绝大多数县级单位的记录中包含对"城镇学校"和"农村学校"的汇总数据,笔者还计算了城乡教育经费支出差别在总体不平等中的比重。具体

方法是将每一个省级单位看做一个总体,计算总体 Theil 不平等系数(需要指出的是这时分省数据的分析单位不是县,而是县内的城镇或乡村汇总单元);将省内每一县看做一个小组(每个小组内有两个个体,即农村学校汇总和城市学校汇总),计算组内 Theil 不平等系数(实际为各组总体 Theil 系数的加权平均)。这样就可以计算出每一省级单位城乡教育经费差别占总体不平等的比重。这里将各省的比重的简单平均(未用学生数加权)看做城乡差别在省内总不平等中所占的比重。结果显示:在小学阶段,城乡支出差别占总不平等的比重为三分之一弱(32.7%);初中阶段,城乡支出差别占总不平等的比重为三分之一强(34.7%,分省结果略)。分省来看,绝大多数省份城乡差别占总不平等的比重为 20%~45%之间。小学阶段,城乡差别占总不平等的比重最高的是重庆(45.9%),最低的是浙江,仅为 5.8%;初中阶段,城乡差别占总不平等的比重最高的是贵州(56.6%),最低的是宁夏,为 17.5%。两阶段合起来看(取平均值),城乡差别占总不平等比重最高的是贵州(接近 50%)、安徽(48%)、重庆(47%),均为经济比较落后省份;最低的是广东(16%)、浙江(17%)、江苏(21%),均为经济比较发达、乡镇企业实力较强的地区。经济比较发达的京、津、沪等三个直辖市大体处于全国平均水平。其中天津的比重稍低(低于全国平均水平);上海较高(高于全国平均水平)。但城乡差别占总体不平等比重的高低与总体不平等程度的关系并不明显。江苏的城乡差别占总体不平等的比重较低,但其总体不平等程度全国最高(小学、初中阶段总体 Theil 不平等系数分别为 0.191 和 0.197)。山东是全国总体不平等程度第二高的省份,其城乡差别所占比重也低于全国平均水平。这两个省是典型的省内经济发展水平差异较大的省份,因区域间差别过大,所以城乡差别的作用并未凸显。这两个省的情况与全国总体的情况是非常相似的(即城乡差别因存在巨大的区域差别而不能凸显,分省结果略)。

因为数据中的学校支出标注了各支出项目的收入来源,笔者分别计算了生均总支出、生均事业性支出、生均公用经费支出、生均预算内总支出、生均预算内事业性经费支出、生均预算内公用经费支出、生均预算外总支出、生均预算外事业性支出、生均预算外公用经费支出等九个项目的总体不均等程度(结果略)。所有五个衡量不平等程度的统计指标都显示,生均预算内公用经费的不平等程度最高。生均预算内公用经费的调整的极差率根本无法计算,因为生均预算内公用经费支出分布的下 5%分位点数值为 0。也就是说,有超过 5%的县级单位根本就没有预算内的公用经费支出。不言而喻，这些地区的预算内义务教育经费支出主要是用于保工资的。研究表明，充足的公用经费是保障教育质量的重要条件①，公用经费严重匮乏必将严重影响一些地区义务教育的质量。

公用经费对于学校运转是不可或缺的。因政府投入不足，公用经费在很多地区不得不依赖预算外收入。而预算外收入是不稳定的学校收入来源，受宏观政策等因素的影响很大。在相当长的一段时间里，很多地区义务教育财政以"吃饭靠国家，事业靠附加"为主要特征。近年来，农村税费改革取消了农村教育费附加和包括以教育为名义的集资活动，也取消了义务工，在很多地方杂费成了公用经费的主要来源。义务教育阶段"一费制"广泛推行，对规范义务教育阶段收费行为起到了积极作用。从2004年起，由中央主导在中西部地区实行"两免一补"政策，减免了大量学生的杂费和书费。2006年新修订的《义务教育法》明确义务教育为免费教育。前文的统计结果显示，贫困、农村地区学校自筹收入（此种收入亦有不确定性，不可作为经常性事业支出的主要来源）的能力低于城市学校。因此，如果财政不为学校提供稳定的公用经费收入来源，很多地区的公用经费将无法得到保障，其后果自不待言。

第四节　1997 至 2000 年学校收入支出及生均支出不均衡状况的变化

笔者还利用 1997 年全国教育财政基层报表数据对当年的义务教育阶段生均收入支出及财政不均衡状况进行了统计分析，并与 2000 年的结果进行了对比。以 2000 年不变价格计算，样本 1997 年至 2000 年全国小学生均教育经费支出增长了 26.24％，初中阶段增长了 14.79％，小学阶段的增长率明显高于初中阶段。小学阶段民族地区的生均教育经费支出增长明显快于非民族地区（分别增长 37.46％和 24.88％）。城乡小学生均支出增长速度大体相当（农村略高于城市）。而分区域看，"一片"地区和"三片"地区的增长速度明显快于"二片"地区（一、二、三片地区分别增长 30.22％,16.84％和 40.57％）。初中阶段情况与小学大体类似，但城乡学校的增长幅度相差很大（分别为 15.96％和 10.2％）。

表 4-3 是不同地区间的生均支出比率在这三年间的变化。

---

① M. Lockheed, and A. Verspoor. *Improving primary education in developing countries：A review of policy options*. Washington, DC：The World Bank，1990.

表 4-3　1997 年和 2000 年不同地区间的生均总支出比率

地区 \ 层次 年份	小学阶段		初中阶段	
	1997	2000	1997	2000
城镇学校/农村	1.99	1.85	1.65	1.85
非民族自治地区/民族自治地区	1.17	1.07	1.29	1.21
"一片"/"二片"	1.76	1.97	1.61	1.93
"一片"/"三片"	1.90	1.76	1.82	1.79

　　首先需要指出的是,表 4-3 结果并非利用 1997 年和 2000 年相同县级单位的跟踪数据计算。1997 年数据有很多县级单位是缺失的。两年样本的不匹配会在一定程度上影响上述计算的精度。如果把这两年进入数据库的县级单位看做是对全国所有县级单位的抽样,则 2000 年的数据代表性要好于 1997 年。1997 年数据库中,西藏自治区只有省级汇总数据,另外江西、云南和吉林等省都有很多县级单位数据缺失。从表 4-3 的结果看,1997 年到 2000 年,小学层次城乡支出差距有所缩小;由于"三片"地区的支出增速高于"一片"地区,而"一片"地区的增速高于"二片"地区,"一片"与"三片"地区差距缩小而与"二片"的差距扩大了。而初中阶段四组地区间有三组的支出比率都有所扩大。非民族自治地区与民族自治地区的生均支出比在两个阶段都有所缩小。

　　学校生均收入的分析结果与支出的结果基本一致。但是,三年中学校收入来源结构发生了明显变化。1997 年小学层次预算内收入占总收入比重仅为二分之一强(55.46%),而 2000 年超过了三分之二(68.24%)。初中阶段预算内收入占总收入比重在 1997 年是 53.68%,到 2000 年也变为 62.29%,接近三分之二。分地区看,民族自治地区(以及民族自治地区为主的"三片"地区)预算内收入占总收入比重的增长最为醒目。以小学为例,1997 年民族自治地区小学预算内收入占总收入的比重大约为三分之二(65.14%),而 2000 年达到了近 80%(79.84%)。在此期间,政府义务教育投入力度明显加大了(事实上义务教育阶段这三年的经费增长全部来自政府投入,预算外收入的绝对数量在两个教育层次都减少了)。预算外收入的来源结构也发生了明显变化。1997 年,教育费附加在初中和小学两个层次都是最大的预算外收入来源。2000 年,小学层次教育费附加已经落后于杂费成为第二大收入来源。而在初中层次,教育费附加已经落后于杂费和学校自创收入,成为第三大收入来源。上文指出,预算外收入并非稳定的收入来源。政府预算内投入的增加从总体上来说应该是有助于提高义务教育的保障程度的。

表4-4是用五种不平等指标衡量的生均支出的总体不均等状况在这三年中的变化情况。

表4-4　生均支出总体不均等状况的变化情况

层次　　指标　　年份	小学		初中	
	1997	2000	1997	2000
调整极差	967.4	1486.68	1825.4	3065.08
调整极差率	5.03	5.64	4.91	7.51
变异系数	0.72	0.76	0.7	0.85
Gini 系数	0.33	0.348	0.315	0.319
Theil 系数	0.234	0.239	0.24	0.255
省内差异/总差异(%)	75.20	71.10	79.90	69.80

由表4-4可以看出，两阶段的生均支出不均等程度均有所扩大，而在初中阶段尤为明显。但不同的不平等指标反映的扩大程度有所不同。调整的极差变化很大。小学阶段 Gini 系数的变化较为明显，而初中阶段 Theil 系数的变化较为明显。由公式可看出，Theil 系数对极值的变化比较敏感（这也是它被称为"熵系数"的原因，可以看做在计算系数时给极值以更大权重）。而相对于 Theil 系数，Gini 系数则对支出分布中段的变化比较明显。初中阶段 Theil 系数变化可能意味着支出分布两端相对分布中段有较大的变化。为了验证这一点，研究者计算了初中阶段的 McLoone 和 Verstegen 系数。这两个系数很简单，前者是用将支出分布的下50%加总，之后除以中位值乘 $n/2$。这个系数的增大表明不均等状况的改善。Verstegen 系数是将支出分布的上50%加总，之后除以中位值乘 $n/2$。Verstegen 系数变小表示不均等状况的改善。与其他衡量不均等的统计指标相配合，这两个系数可以为确定不均等变化的来源主要来自分布的哪一部分提供参考。例如，假如变异系数增加了，表明总体不均等程度增加。如果同时 McLoone 系数变小而 Verstegen 系数变化不大，则说明不均等程度的增加主要是由于支出下端的单位支出减少了（相对于当年的中位值）。经计算发现，1997年到2000年初中阶段的 McLoone 系数变小（由0.739变为0.709），而同时 Versegen 系数变大（由1.789变为1.988），表明这三年中初中阶段全国县级单位的生均支出有极化的趋势，即总的趋势是支出水平较低的单位的增长幅度小于支出分布中段的单位，而支出中段的单位的支出增幅又小于支出分布高端的单位的增幅。小学阶段 Mcloone 系数由0.708减少到0.685，Verstegen 系数由1.816增加到1.858。后者变动幅度较小，说明这阶段不均

等程度的增加主要原因是支出水平较低的单位支出增幅小于其他单位。

两年的 Theil 系数及其分解结果表明,自 1997 年到 2000 年,总不均等程度有所增加,而同时省内差距占总不平等的比重减小,即省间差距在总不平等中的比重增大了。从省内差距的绝对数字来看,三年间变化不大,甚至有所缩小,因此可知,这三年总不均等程度的增加主要是由于省间差距的扩大。

第五节　小结与思考

2000 年全国小学、初中生均事业性支出占总支出的比重分别为 94％和 92％。事业性支出中人员性支出所占比重在小学和初中阶段分别为约四分之三和三分之二。不同地区的支出模式大致相同。但是,不同地区的绝对生均支出水平差异显著。农村与城市、"一片"地区与"二片"和"三片"地区之间生均支出水平差异巨大。而民族自治地区的支出水平虽然低于非民族自治地区,但差距不大。义务教育的支出差异显然与义务教育的经费供给体制有关。经济较为发达地区不但预算内义务教育经费更为充足,获取预算外教育经费的能力也明显强于经济不发达地区。不发达地区、民族自治地区事实上更依赖预算内的经费供给。因为预算内义务教育经费主要用于人员性开支,因此经济不发达地区公用经费支出严重不足。经济发达地区已经完成"普九",其义务教育已经进入全面普及和质量提高的阶段。但经济不发达地区仍处于"普九"巩固阶段,有的甚至尚未完成"普九",在面临公用经费严重短缺的情况下,义务教育质量难以保证,这不但将扩大地区间教育质量差距,也将对这些地区的"普九"和"普九"巩固工作造成困难。

本章所用的五个测量不平等程度的指标一致显示,小学和初中的义务教育生均经费不均等的程度很高。在所有支出项目中,公用经费支出项目的不均等程度最高,其中又以预算内公用经费支出的不均等程度为最高。Theil 系数分解表明,大约三分之二到四分之三的不平等来自省内不平等。而城乡不平等占省内不平等的比重全国平均大约为三分之一。城乡学校生均支出的巨大差距,因地区间差距过大,因而在总不平等中不能凸显。

比较 1997 年和 2000 年的数据发现,三年中生均教育经费支出总体不平等程度有所提高。值得注意的是,这期间教育经费支出似乎有加速极化的趋势,即支出分布高端的县级单位的增长大大快于处于低端的单位。城乡之间以及"一片"地区（主要为沿海省市）与内地之间的差距有扩大的趋势。

义务教育财政不均衡反映了改革开放以来中国社会经济发展的不平衡。[1] 尽管1997年至2000年间义务教育生均支出的总体不均等程度没有特别明显的变化（尤其反映在比较复杂精密的两个总体不平等系数的结果上），但是仍有迹象表明地区之间的差距在此期间仍在扩大（例如，一些简单不平等系数的结果以及省间不平等的相对比重提高、城乡差距变大等）。

从概念上讲，解决义务教育财政的问题不但涉及教育系统外部的调整，也涉及教育系统内部的调整。[2] 涉及教育系统外部的调整可包括促进社会经济发展，如落后和农村地区的减贫工作。近年来中央政府开始重视西部的发展，实施惠农政策，发展农村经济。这些政策对减贫和缩小地区差距的影响尚有待于在未来一些年里进行深入的研究。

在教育系统内部，解决一个分权化系统中的财政问题往往需要进行政府间财政转移支付。[3] 而建立一个切实的、规范的政府间义务教育转移支付系统涉及众多方面的问题，与本章有关的有如下几个：

第一是中央和省两级政府在这个系统中财政责任问题。目前中国的义务教育财政转移支付专项工程大多为中央政府发起。在多数项目中，省及省以下政府被要求提供配套资金。但目前的义务教育政府间转移支付至少存在三个问题：一是它还不是制度化的，是非经常性的；二是它规模太小，不能满足需求；三是省级政府在义务教育政府间转移支付中的作用不突出、不积极。

本章的 Theil 系数分解有三个主要发现：① 生均支出的不平等主要是省内不平等；② 省内不平等主要是县间不平等，县内城乡差别所占份额较小；③ 省间不平等虽然占总不平等的比重相对较小，但三年中有扩大的趋势。①和②均表明省级政府在消除省内县间不均衡方面应起到更大的、更积极的作用。当然，①并非一定意味着省级政府需提供用于消除县级单位间不均等的转移支付资金的60%到70%。形成县级单位间义务教育支出不均等的原因很复杂，有的与省级政策有关，有的则与中央政策有关。笔者的发现并不能说明省级因素（历史地看）是主要因素。此

---

[1]   See, for example, S. Wang and A. Hu. *The political economy of uneven development: The case of China*. Armonk, NY: M. E. Sharpe, 1998.

[2]   有关内容请参考 M. Tsang. Financial reform of basic education in China. pp. 437-440.

[3]   See, for example, M. Tsang and H. Levin. The impact of intergovernmental grants on educational spending. *Review of Educational Research*. Vol. 53, No. 3(1983), pp. 329-367; and A. Odden and L. Picus. *School finance*. New York, NY: McGraw Hill, 2000.

外,政府间转移支付的设计也会从教育平等角度提出这样一个问题,即中国西部地区的贫困省份自身是否具备解决财政不均衡的经济实力。这一问题本身就意味着中央政府是不可或缺的。而③同样也表明,尽管省级作用相对较弱,中央也需要更加积极地、切实地发挥其作用。这两级政府在教育财政转移支付中的相对作用,也是要取决于二者相对于各自财政责任的财政能力。因此,省级政府需在义务教育财政转移支付中努力发挥更大作用,但在一段时期内,中央政府的角色亦不可削弱。这一问题亟须进一步深入研究。

第二个问题是转移支付资金的使用方向问题。中国义务教育财政问题实际可以看做是两个方面:一是贫困、农村地区教育财政的困难;二是高度的不均衡。因为对经济社会发展水平高的地区的教育支出水平进行限制既无必要也无可能,若以减少非均衡为政策目标,其手段必须而且只能是将转移支付全部用于贫困地区。而这样做既缓解了贫困地区的严重困难,又降低了不均衡程度。

第三个问题是政府和非政府教育资源的相对地位和作用。政府有责任保证每一个儿童接受(质量合格的)义务教育;义务教育投资可以给私人和社会带来高于大多数其他投资的收益率,这已得到广泛公认。① 这一责任无疑涉及各级政权组织。近年来择校和民营化是中国教育的热点问题②,但不论从促进社会公平、提高效率,还是促进社会整合的角度,政府都应保持其在义务教育中的主导作用,义务教育阶段的择校和民营化应该慎重行事。

第四个问题是民族自治地区和非民族自治地区的差异问题。以往并无利用县级的代表性数据对民族自治和非民族自治地区的生均教育支出的研究。笔者利用县级数据进行的比较分析发现:民族自治地区生均支出水平低于非民族自治地区,但差距远不如城乡之间和区域之间的差距那样明显。为数据所限,笔者没能在学校层面甚至学生个人层面进行对比,而是把民族自治地方当成"少数民族地区"。但实际上很多民族自治

① World Bank. *Priorities and strategies for education*: *A World Bank review*. Washington, DC: The World Bank, 1995. Inter-Agency Commission, *Meeting basic learning needs*: *A new vision for the* 1990s. New York, 1990.

② M. Tsang. School choice in the People's Republic of China in D. Plank, and G. Sykes (eds.). *Choosing choice*. New York: Teachers College Press, 2004. J. Lin. *Social transformation and private education in China*. Westport, CT: Praeger Press. J. Kwong. The reemergence of private schools in socialist China. *Comparative Education Review*. Vol. 41, No. 3 (1997), pp. 244-259.

地方人口亦是以汉族为主的。而即使在民族自治地方内部，汉族和少数民族之间的差异也可能存在。不同的民族自治地方之间的差异也可能很大。① 这一问题也有待深入研究。

第五个问题是关于对教育财政不均衡程度研究本身。使用单一的标志整体的系数或简单的平均数对比对了解教育财政的不均衡程度很可能会有误导作用。一些指标如生均支出极差显示总体不均等程度在三年间急剧扩大，但比较复杂的总体不平等系数变化相对较小。对于教育财政不均衡及其后果的研究，仍须在理论和方法上进一步深入。

---

① See G. Postiglione. *China's national minority education*. New York: Falmer Press, 1999.

第五章 中国民族自治地区和非民族自治地区义务教育生均支出分析

中国是一个多民族大国，少数民族共有 55 个。第五次人口普查显示，到 2000 年底，中国少数民族人口共计 1 亿零 643 万，占总人口的约 8.41％。2000 年全国共有 156 个民族自治地方，其中包括 5 个少数民族自治区、30 个少数民族自治州、121 个少数民族自治县。每个民族自治地方都有一个或一个以上主要少数民族，在文化、宗教和教育等方面享受法定自治权。民族区域自治制度与人民代表大会制、中国共产党领导下的多党合作和政治协商制度一样，是中国的一项基本政治制度。

中国的少数民族自治区域多数集中于内陆和偏远地区，这些地区由于水土资源匮乏、交通和通信闭塞，与沿海地区相比，经济和社会发展包括教育发展长期处于落后地位。中华人民共和国成立以来，中央和地方政府高度重视少数民族自治地区的经济和社会发展，为缩小少数民族自治地区和非民族自治地区的发展差距，各级政府制定了大量的优惠政策，以促进少数民族聚居地区的发展，其中，教育和文化的发展一直是这些"落后"地区发展的重点。对少数民族自治地区教育的优惠政策和措施有很多，比如少数民族考生高考的加分。除每年有大量的一般性财力补助投放到少数民族自治地区外，中央和地方教育行政部门均有用于民族教育的专项资金。在基本建设、师资培训、学生资助等很多方面，少数民族自治地区和少数民族学生都不同程度地享有优惠。

尽管少数民族自治地区的教育发展状况受到了广泛的关注，但是对于这些地区教育发展的实证研究，特别是基于大范围抽样的定量统计分析并不多见。一些研究者认为,尽管中国对少数民族自治地区的教育发展有诸多优惠政策,但这些政策与其实际执行可能仍有差距。同时,民族教育政策与其实际执行的差距很难进行确认和衡量(Postiglione,1998;Clothey,2001)。至于少数民族自治地区与非民族自治地区教育发展差距是否因时间推移变大或缩小,就更难于确知了。在教育财政领域,关于少数民族自治地区和非民族自治地区的实证研究(特别是定量的实证研究)更是少之又少。这当然与缺乏统计数据有关。由于少数民族自治地区多地处偏远,获取第一手调查数据比较困难。在官方的统计文献中,也常常缺乏民族地区教育财政的基本信息。

本章利用全国县级教育财政数据,对少数民族自治地区和非民族自治地区(下文中分别简称"民族地区"和"非民族地区")义务教育阶段的生均支出进行了描述性统计分析。这一研究有两个目的:一是通过比较民族地区和非民族地区生均支出的总体水平和结构,客观描述民族和非民族地区生均教育支出的差异性和民族地区义务教育财政的基本特征;二是通过分析生均教育支出的决定因素,探讨民族地区在义务教育经费保障方面是否切实享受到了优惠的政策。

第一节　数据、变量和研究设计

本章所采用的数据来自教育部的教育经费统计基层报表(数据描述见本书第三章第二节)。因为本章只涉及义务教育阶段的政府公办学校,企业办学/社会团体、公民个人办学情况统计表内容略去。地(市)县基本情况统计表中的信息包含总人口数、农业人口数、国内生产总值、地方财政收入、经常性财政收入、财政支出、农民人均纯收入和上级补助的教育专款数。省(自治区、直辖市)基本情况表的内容与地(市)县基本情况表基本相同,只是教育专款数区分了中央补助地方的教育专款和省本级补助地方的教育专款。教育经费统计基层报表可以学校为单位进行统计,但义务教育阶段多数县级单位上报的是辖区内中学和小学数据的汇总,一般包含四条记录:农村小学、城镇小学、农村初中、城镇初中。由于数据的限制,以学校为单位的分析已不可能。因此笔者将县级单位数据又重新进行了汇总,即按学校属性将县级单位内的农村小学、城镇小学、农村初中和城镇初中进行了归并。由于本章主要对民族地区和非民族地区的教育经费支出进行对比,并未利用县级以下数据进行分析,因此将县级单位的农村小学和城镇小学、农村初中和城镇小学又进行了归并,构建了县级数据库。一个需要说明的情况是：数据中包含很多完全中学，也就是既有初中部也有普通高中的中学。本章只对义务教育阶段进行分析，而将这部分中学完全排除出去显然是不恰当的。对于这种情况，我们的做法是将完全中学的一个高中生折算做 1.5 个初中生，再计算生均教育支出，并把结果当做初中的生均支出。在我国现行体制下，地级市和省级行政部门均有各自税基，并负担各自的财政支出，称为"财政本级"。一些小学和初中是直接隶属于这些"财政本级"单位的（并直接从这些"财政本级"单位获得经费拨款）。在计算中，为简便起见，将这些"财政本级"单位视为"县级"。这些"财政本级"单位下属的学校一般数量很少。此类单位往往生均支出很高。在计算多个县级单位平均数的过程中，为避免这类"奇异值"的影响（还有其他县级单位所属的少量中小学），对县级单位都用了学生数加权。在我国直辖市的"区"实际上是地（市）级单位，为简便起见，也将它们算做县级单位。

本章中"义务教育"指的是教办普通小学（1—6 年级）和初中（7—9 年级），不包含企业办学以及社会团体、公民个人办学。

前文提到，民族自治地方包括 5 个省级少数民族自治区、30 个少数民族自治州和 121 个少数民族自治县。由于分析单位是"县级"，因此 5 个省级少数民族自治区、30 个少数民族自治州辖区内的县级单位全部被看做"民族地区"。需要指出的是：5 个省级自治区内的县级单位与其他省和直辖市下辖的民族自治地方在很多方面可能有很大不同。例如少数民族人口所占比重。在省级自治区之外的民族自治地方，辖区较小面积之外的广大周边区域多是非民族地区。从上级政府的角度来看，在省级自治区以外的民族自治地方，不但是可以享受中央对于民族自治区域的优惠，省级政府亦可能对其"区别对待"。而省级自治区对其下辖的所有地区则可能一视同仁。考虑到省级自治区之内的县级单位和 5 个省级自治区之外的民族自治地方可能存在的区别，笔者将所有县级民族自治地方分为两类：民族地区（1），即 5 个省级民族自治区内的县级单位；以及民族地区（2），即 5 个民族自治区外的县级民族自治地方，包括 30 个自治州下辖的所有县级单位和 121 个少数民族自治县。

教育经费基层统计表覆盖所有中国大陆地区。但在数据库中每年均有一些地区的数据缺失。在 1997 年的数据中，西藏自治区只有省级统计结果。吉林、云南和江西的数据缺失也比较多。自 1998 年起，所有省级单位的绝大多数县级单位已都在数据库中。

为分类推进"两基"工作（基本普及九年义务教育、基本扫除青壮年文盲)的需要,1994 年教育部把大陆地区的 31 个省、直辖市和自治区划根据经济社会发展水平和推进"两基"工作的进度划分为三片地区。三片地区的具体划分可见第四章内容。表 5-1 是 2000 年三片地区的民族和非民族地区情况。

表 5-1 2000 年三片地区中的民族和非民族地区义务教育机构统计

单位：所

地　　区		小学层次	初中层次
"一片"	非民族地区	741	731
	民族地区（2）	34	34
	"一片"小计	775	765
"二片"	非民族地区	1278	1282
	民族地区（2）	82	84
	"二片"小计	1360	1362
"三片"	非民族地区	176	179
	民族地区（1）	340	344
	民族地区（2）	198	203
	"三片"小计	714	726

在教育经费基层统计表中,各支出项目均注明了来自预算内支出数。因此学校支出范畴一共有三个：生均总支出、生均预算内支出和生均预算外支出。生均总支出是生均预算内、外支出之和。对比学校收入表的结果显示,生均预算内总支出与生均预算内经费收入、生均预算外总支出与生均预算外总收入基本是相等的,即学校每年预算内外经费基本是全部用于当年的各项支出。因此生均总支出、生均预算内支出和生均预算外支出可以分别与生均总经费收入、生均预算内经费收入和生均预算外经费收入互换,因此学校支出分析实际也可看做是学校收入分析。

第二节　实证分析结果

因为数据中县级单位的学生数差别很大,从几十万到几百人不等,如果将这些县级单位的生均支出进行简单平均,会使平均数受到"奇异值"的影响(样本中存在一些学生数较少但生均支出非常高的县级单位)。因此在计算多个县级单位生均支出值的过程中,对每个县级单位都按照年平均学生数进行了加权。

义务教育生均支出的地区差异一直为社会所关注。表 5-2 是教育部

所划分的三片地区小学和初中层次的 2000 年生均教育支出情况。可以
看出,经济发展水平较高的"一片"地区的生均支出与"二片"和"三片"地
区相比差异明显。但是,"二片"和"三片"地区相比较的结果似乎是出人
意料的。"三片"地区一直被认为是经济社会发展水平落后于全国其他地
区的。但是,"三片"地区小学和初中层次的生均支出都超过了"二片"地
区小学和初中层次的生均支出。

表 5-2 2000 年三片地区义务教育阶段生均总支出

单位:元

地　　区	小　　学	初　　中
"一片"	1930.42	1201.34
"二片"	1001.35	611.3
"三片"	1075.51	682.75
全国平均	1303.32	789.68

如前文所述,中国民族自治地方主要集中在"三片"地区;"三片"地区版
图的大部分是民族自治区域;少数民族人口也占"三片"地区人口的相当大的
比重。表 5-3 是民族地区和非民族地区小学和初中的生均教育支出情况。

表 5-3 2000 年民族地区和非民族地区义务教育阶段的生均总支出

单位:元

地　　区	小　　学	初　　中
非民族地区	1330.73	796.83
民族地区	1098.74	746.59

表 5-3 结果显示,全国平均来看,民族地区的生均教育支出水平在小
学和初中层次均低于非民族地区。二者总体均值差的显著性检验表明,
这一差距是具有统计上的显著性。但是,也可以看出,民族地区和非民族
地区生均支出的差距并不大。民族地区和非民族地区间的支出差距比
"一片"地区与"二片"地区之间、"一片"地区与"三片"地区之间的生均支
出差距要小得多。另外,小学阶段民族和非民族地区的支出差距要小于
初中阶段的生均支出差距。

表 5-4 是三片地区的民族和非民族地区小学和初中生均教育总支出
和生均预算内教育支出情况。表 5-4 的结果中有两点值得注意:第一,在
小学和初中阶段,除"一片"地区外,"二片"和"三片"地区的民族自治地方
的生均教育支出水平都高于非民族地区("三片"地区有两类民族地区,二
者的平均水平也高于"三片"地区的非民族地区的生均支出水平)。第二,

民族地区的预算内生均支出占总支出的比重高于非民族地区，而且差别很明显。"二片"和"三片"地区民族与非民族地区的生均预算内支出差距大于生均总支出的差距。可以看出，"二片"和"三片"地区的民族地区的生均预算外支出水平是低于非民族地区的。也就是说，"二片"和"三片"地区民族自治地方的生均总支出水平之所以能高于非民族地区，主要是因为其生均预算内经费收入高于非民族地区。

表 5-4　2000 年三片地区的民族、非民族地区生均总支出和预算内支出情况

单位：元

地　　区		小　　学		初　　中	
		总支出	预算内支出	总支出	预算内支出
"一片"地区	非民族地区	1204.75	783.09	1939.5	1141.65
	民族地区(2)	1018.62	763.97	1355.78	935.49
"二片"地区	非民族地区	608.15	389.22	999.75	609.36
	民族地区(2)	717.68	550.79	1070.83	719.90
"三片"地区	非民族地区	587.19	405.16	1049.58	650.62
	民族地区(1)	758.8	614.62	1100.71	770.14
	民族地区(2)	692.47	547.05	1067.64	746.51

　　根据表 5-4 的结果可以对表中各类地区的生均教育支出排序。小学层次生均总支出最高的是"一片"的非民族自治地区，其次为"一片"的民族自治地区，而第三位是"三片"的民族地区(1)，即五个省级民族自治区县级单位平均的生均支出（按学生数加权）。以下依次为："二片"的民族地区，三片的民族地区(2)，即"三片"的五个自治区之外的县级民族自治地方（包括自治州下辖的县级地区），"二片"的非民族地区，"三片"的非民族地区。初中层次的排序为："一片"的非民族地区，"一片"的民族地区，"三片"的民族地区(1)，即五个省级民族自治区内的县级单位，"二片"的民族地区，"三片"的民族地区(2)，"三片"的非民族地区，"二片"的非民族地区。从以上排序可以看出，在两个教育阶段，民族地区的生均支出水平在七类地区中都处于中游；三个非民族地区在两个阶段都是一个排位第一，另外两个分别排在第六和第七，是最低的。三个非民族地区处在支出分布的两极。可以看出，"一片"非民族地区的生均支出明显高于除"一片"民族地区以外的其他地区。由此似乎可见，中国县级单位义务教育生均教育支出的差距，主要还是地区差距。全国平均的民族地区生均支出低于非民族地区，其主要原因即民族地区主要分布在"二片"和"三片"地区。"一片"地区支出最高的几个省级单位，上海、北京和天津均非民族地

区,生均支出水平明显高于全国其他地区,也拉高了"一片"非民族地区的
生均支出水平。而在"二片"和"三片"地区,民族地区的生均支出与这两
片区域内的非民族地区相比并不是处于低位的。以"二片"地区为例,尽
管二片 13 个省的中心城市(均为本省生均支出水平最高的地区)均非民
族地区,"二片"非民族地区的生均支出水平在小学和初中层次均落后于
四类民族地区。

生均预算内教育支出的排序与生均总支出的排序大致相同。全国平
均来看,小学层次非民族地区 2000 年生均预算内支出占总支出的比重为
66.43%,而民族地区的这一比例高达 79.84%;初中层次非民族地区生
均预算内支出占总支出的比重为 61.33%,而民族地区的这一比例为
70.93%。

从以上分析可以看出,民族地区生均义务教育经费的几个重要特点:
一是从全国平均来看,民族地区生均支出水平低于非民族地区;二是尽管
民族地区的生均支出低于全国水平,但是在民族地区比较集中的区域(中
西部),民族自治地方的生均支出水平与同类区域内的非民族地区相比并
不低;三是与非民族地区相比,民族地区的义务教育经费更依赖预算内经
费拨款。

义务教育生均经费支出的决定因素有很多。教育财政学研究常常关
注不同地区的教育支出是否满足"财富中立性"(wealth-neutral)或"财政
中立性"(fiscally-neutral),即一个地区内生均教育支出是否与地区的财
富和政府的财政能力相关。西方教育经济学、教育财政学的研究通常把
"财富中立性"和"财政中立性"视为教育公平的内在要求。其隐含的思想
即是:公立教育提供给每一个儿童的机会的多少,应该与某些个人特质
(如努力程度)以外的因素(如家庭和社区的财富水平)无关。但地区的、
社区的财富水平(政府财力很多情况下只是地区和社区的财富水平的反
映)在多数制度框架下,会影响公立学校的生均支出水平。例如在美国,
尽管州一级提供大量的均衡化资金,但一些富裕学区的公立学校仅依靠
财产税收入即可获得超出其他学区公立学校很高的支出水平。我国义务
教育自 20 世纪 80 年代中期以后长期实行"在国务院的领导下,地方负
责,分级管理,分级办学"的体制,义务教育办学长期依赖乡镇财源。而我
国乡镇一级地方的经济发展水平和财政能力的差异是相当巨大的。因此
地方的经济发展水平和政府财政能力可能是公办学校生均教育支出的重
要影响因素。在我国现行财政体制下,为保证经济落后地区的经济、社会
发展,满足这些地区的公共需求,针对地区财力不均衡的状况,中央和地

方均有一些制度安排。全国的县级单位基本可分为两类：财政补贴县和财政上解县。每年中央和省级财政对财政补贴县都提供大量的财政补助。这些财政补助主要有两种形式：一般性财力补助和专项补助。享受上级财政补贴的县级单位主要集中于中西部的"老（革命老区）、少（少数民族自治地方）、边（边疆地区）、穷（贫困地区）"地区。例如，"国家贫困地区义务教育工程"一期和二期的专项资金即主要投放中西部地区（"二片"和"三片"地区），比如一期工程资金主要投放到"'八七'扶贫攻坚计划"的近 600 个国家级贫困县。如果国家对这些地区确实有教育财政方面的优惠政策，则在其他条件相同的情况下，民族地区与非民族地区相比，生均教育支出可能会更高。

为研究民族地区是否得到了教育财政方面的优惠，本章利用多元回归的方法对全国 2000 年县级单位的生均教育支出的决定因素进行了分析。由于教育财政基层统计报表中并不包含一般性转移支付的统计，本章是以生均总支出为被解释变量。标识民族地区和非民族地区用了对比编码方法（contrast coding）。在多元回归中，如果包含了应该包含的自变量且回归结果能通过各种计量检验（如变量之间无多重共线性），回归结果中一个自变量的系数大致可以反映在控制了其他自变量的情况下该自变量对因变量的影响力。因此，考察生均教育支出决定因素模型的民族地区虚拟变量的系数和显著性可能为民族地区是否（在控制了其他因素，如地方的经济发展水平和政府财力）在生均经费支出上（与非民族地区相比）享有优势提供重要线索。

在本章的生均经费支出决定因素模型中，因变量是生均总经费支出、生均事业性支出、生均公用经费支出、生均预算内支出和生均预算外支出，均取自然对数，模型中分别用 Ln（Total Spending）、Ln（Recurrent Spending）、Ln（Non-personnel Spending）、Ln（Budgetary Spending）和 Ln（Out-of-budget Spending）表示。自变量包括标识民族地区的对比编码变量 M1，M2。编码方法是：如果是两类民族地区的县级单位，M1 取 1；如果是汉族地区，M1 取 −2。如果是民族地区（1）即 5 个省级民族自治区内的县级单位，则 M2 取 −1；如果是民族地区（2）即 5 个省级民族自治区外的县级民族自治地区（包括自治州内的县级单位），M2 取 1；如果是汉族地区，M2 取 0。这样编码的变量类似于虚拟变量，但是有两点不同：第一，对比编码变量（一次两个以上）之间是完全正交的；第二，利用一组虚拟变量将数据分组后，每一个虚拟变量代表一组，回归结果是与一个"剩余组"对照。而对比编码变量不同。对比编码变量分组后并无"剩余组"。回归结果中每一个对比编码变量都完成相应组之间的比较(Judd and McClelland,1989)。在本章中,M1 比较的是非民族地区与两类民族地区(合为一组);M2 比较的则是两类民族地区。模型里其他自变量包括:Region2,Region3,分别用来标识"二片"和"三片"地区;RURAL,农村人口占总人口的比例;LN_GDP/LN_FISCAL,即人均 GDP/人均财政收入,均取自然对数;student/population,义务教育阶段在校生在总人口中的比例;EFFORT,教育支出占财政支出比重,代表政府对义务教育的努力程度。Fiscal revenue/GDP,是政府经常性财政收入占 GDP 的比例,代表政府汲取财政收入的能力;本章还引入了一个变量,即县级单位的财政自给程度,是用县级单位财政支出与经常性财政收入的差除以经常性财政收入。该模型设定过程中主要参考了曾满超利用省级数据对中国基础教育生均支出进行分析的模型(Tsang,1994)。

表 5-5 是样本中的各主要变量的基本统计(均值和方差,未按学生数加权)。一些变量如 M1,M2,Region2,Region3 和"RURAL"都是对比编码变量或虚拟变量,其均值和方差并无统计学意义,故没有列入该表。表 5-5 的变量中有些是比例(后 4 个变量),均乘以 100。

表 5-5　回归模型中主要变量的基本统计

	小　学		初　中	
	Mean	S. D.	Mean	S. D.
Ln (Total Spending)	6.73	0.56	7.09	0.58
Ln(Recurrent Spending)	6.69	0.56	7.02	0.56
Ln (Non-personnel Spending)	5.18	0.82	5.75	0.78
Ln(Budgetary Spending)	6.32	0.60	6.60	0.60
Ln(Out-of-budget Spending)	5.43	0.94	5.94	0.88
Ln_GDP	8.35	0.89	8.36	0.89
Student/population	10.24	5.54	4.78	3.30
EFFORT	16.22	18.61	9.47	10.85
Fiscal Revenue/GDP	6.73	10.84	6.72	10.82
Fiscal Self-sufficiency	1.42	3.04	1.42	3.07
样本数	2607		2554	

表 5-6 及表 5-7 是利用最小二乘法回归的结果。自变量共有 5 个:生均总支出、生均事业支出、生均公用经费支出、生均预算内支出和生均预算外支出。计算过程中初中和小学两个层次是分开的。

表 5-6　生均支出决定模型回归结果(小学)

	生均总支出	生均事业性支出	生均公用经费支出	生均预算内支出	生均预算外支出
常数项	5.0865	5.0505	3.1819	4.4297**	4.7282**
M1	0.0651**	0.0702**	0.0719**	0.0622**	0.0743**
M2	0.0232**	0.0144**	0.0157**	0.0974**	−0.1672**
Region2	−0.3208**	−0.3183**	−0.4137**	−0.2279*	−0.5286**
Region3	−0.2153**	−0.2452**	−0.4087**	0.0448*	−0.9085**
RURAL	−0.6091**	−0.5891**	−0.6850**	−0.5789**	−0.7857**
LN_GDP	0.3194**	0.3185**	0.3802**	0.3269**	0.2864**
Student/population	−0.0033**	−0.0033**	−0.0033**	−0.0035**	−0.0030**
EFFORT	0.0029**	0.0030**	0.0028**	0.0043**	−0.0011**
Fiscal revenue/GDP	0.0139**	0.0142**	0.0161**	0.0165**	−0.0015
Fiscal self−sufficiency	0.0003**	0.0003**	0.0002**	0.0005**	−0.0004**
R Square	0.535	0.532	0.349	0.463	0.371
样本数	2607	2607	2607	2607	2570

*：显著性水平在0.05上通过统计检验；

**：显著性水平在0.01上通过统计检验。

表 5-7　生均支出决定模型回归结果(初中)

	生均总支出	生均事业性支出	生均公用经费支出	生均预算内支出	生均预算外支出
常数项	5.0217	5.1055	3.6248	4.4251**	4.7614**
M1	0.0533**	0.0601**	0.0612**	0.0520**	0.0435**
M2	0.0733**	0.0707**	0.0575**	0.1399**	0.0649**
Region2	−0.3039**	−0.2967**	−0.3534**	−0.2296**	−0.4581**
Region3	−0.2287**	−0.2318**	−0.3776**	0.0018	−0.8468**
RURAL	−0.6468**	−0.6473**	−0.7382**	−0.6497**	−0.7251**
LN_GDP	0.3489**	0.3336**	0.3765**	0.3488**	0.2845**
Student/population	−0.0036**	−0.0037**	−0.0023**	−0.0042**	0.0005
EFFORT	0.0041**	0.0041**	0.0029**	0.0052**	−0.0008**
Fiscal revenue/GDP	0.0162**	0.0159**	0.0146**	0.0189**	−0.0007**
Fiscal self-sufficiency	0.0004**	0.0004**	0.0000**	0.0006**	−0.0010**
R Square	0.483	0.48	0.312	0.459	0.309
样本数	2553	2553	2553	2553	2553

*：显著性水平在0.05上通过统计检验；

**：显著性水平在0.01上通过统计检验。

10个回归模型均通过了多重共线性和异方差检验，拟合优度大体良好,可决系数均超过了 0.3,高的超过了 0.5。

回归结果的第一个重要发现是,中国县级单位的生均支出不满足"财富中立性"。变量 LN_GDP 的系数为正,且具有统计显著性(均在 1% 的显著性水平上拒绝原假设)。因为因变量和 LN_GDP 均取了自然对数,因此 LN_GDP 的回归系数实际为一弹性值,即地方的人均 GDP 提高或降低 1%,生均支出提高或降低的百分比。例如,小学层次 LN_GDP 的系数是 0.3194,即意味着如果地方的人均 GDP 提高 1%,小学生均总支出将提高约 0.32%。经济发展水平较高的地区(以人均 GDP 为衡量标准),在其他条件相同的情况下(在多元回归条件下,回归得到的一个自变量对因变量的边际影响,可视为控制了其他自变量的变化的情况下得到的),生均支出更高。将 LN_GDP 换成地方的人均经常性财政收入(也取自然对数)的回归结果发现,中国县级单位的生均教育支出也不满足"财政中立性":10 个模型的人均经常性财政收入变量的系数也均为正,且都具有统计显著性(显著性水平 1%)。例如,小学层次人均经常性财政收入对生均总支出的弹性为 0.36,初中层次为 0.38。

值得注意的是,两个表中的结果都显示:人均 GDP 对生均预算外支出和生均公用经费支出的弹性,大于对生均预算内支出和生均事业性支出的弹性。似乎说明,在其他条件相同的情况下,人均 GDP 较高的地区与人均 GDP 较低的地区相比,二者获取预算外收入的相对能力差距比获得预算内收入的相对能力差距要更大。预算外收入是义务教育阶段生均公用经费的主要支出来源,因此人均 GDP 对生均公用经费的弹性也大于对生均事业性支出(预算内收入为其主要支出来源)的弹性。另外比较富裕地区学校由于预算内收入充足,预算内经费中也会安排更多的公用经费。结果中显示,人均 GDP 对生均公用经费的弹性是五个模型中最高的。

结果显示,学校在校生数占人口的比例对生均支出影响为负。也就是说,其他情况相同的情况下,在校生人数占人口比重越高,生均支出水平越低。这大概可以用经济学上的"规模效益"来解释。似乎不出所料,"EFFORT"和"Fiscal Revenue/GDP"的系数均为正,且在统计上显著。也就是说,其他情况相同,如果政府财政对教育的努力程度越高,生均支出水平越高;政府财政收入占 GDP 比重越高,生均支出水平也更高。例如,生均总支出模型显示,如果政府财政对教育的努力程度提高一个单位(模型中即 1% 乘以 100),则生均总支出会增加 0.3%;如果政府财政收入占 GDP 的比重提高一个单位(含义同上),则生均总支出会增加1.3%。

模型的最后一个变量——财政自给程度，在总支出、预算内支出和事业支出模型里回归系数均为正，这也应该是一个正常的结果。当财政自给能力差，捉襟见肘，难免会压缩支出。但在初中小学两个层次的生均预算外支出决定模型中，该变量的系数均为负数。在生均公用经费支出决定模型中，该变量的系数（即对因变量的边际影响力）很小（初中层次几乎为"0"）。这两者应该是有一定程度的关联的。2000 年前后的中国义务教育财政，应该说在多数地区是处于（在"保安全"、"保吃饭"的基础上）"保运转"的状态。为了保证基本运转，公用经费的支出水平不可能过低（这可以在一定程度上解释，财政自给程度变量对公用经费的边际影响力低）。而在财政比较拮据的地区，学校预算内收入为了保证基本运转的需要，甚至为了保工资，不得不从预算外渠道努力争取资金（包括从学生家庭收取或借贷）。有的地区甚至用从预算外渠道获得的资金来弥补教师工资之不足。这似乎可以在一定程度上解释财政自给能力变量对生均预算外支出的边际影响为负：在其他条件相同的情况下，财政越拮据的地方（财政自给率低），争取预算外收入的努力程度越高，因而生均预算外支出水平更高。

  最后，也是本章研究的重点，是看几个地区虚拟变量和对比编码变量的影响。标识"二片"和"三片"地区的虚拟变量回归均为负数且在统计上显著，表明在其他条件相同的情况下，"二片"和"三片"地区的生均支出水平比"一片"地区低。这似乎有些意外。因为"二片"和"三片"地区与"一片"地区相比，尤其是"三片"地区，大面积的区域内人口稀疏，地理条件差，学校规模效益状况不理想，生均成本会比较高。这里不能排除是自变量之间共线性的影响（虽然多重共线性问题的计量检验显示，自变量间不存在严重的共线性，VIF 因子最大的只有 0.24），即这两个虚拟变量捕捉到的主要是经济发展水平和地方财力等因素对生均支出的影响（因为它们与这些变量相关性比较高）。而民族地区的对比编码变量虽然也与经济和财政变量有相关关系，但其结果仍然显示：民族地区与非民族地区在其他条件（包括经济发展水平、地方财力、区位等方面）相同的情况下，生均支出水平更高（由 M1 的回归系数所显示）。而两类民族地区相比，民族地区（2）（即五个省级民族自治区以外的民族自治地方）在其他条件相同的情况下，生均支出水平比民族地区（1）更高。对于这两个结果的解释，很容易联系到中央和省级对民族地区的扶植和优惠政策。为了验证这一假设，笔者试着将总支出中的"上级专项补助"拿掉后再做回归，结果发现利用 1999 年数据的两个模型中两个对比编码变量均由 1% 水平的显著性变为不显著了；而 2000 年数据初中模型中的对比编码变量也失去了统计显著性（表略）。这一结果（特别是 1999 年数据的运算结果）表明，民族地区较高的生均支出水平，极可能就是来自上级的各种优惠政策和拨款的结果（来自上级拨款除专项资金外，还有大量的一般性财力补助）。西藏的情况比较具有代表性，作为经济最不发达省份，西藏自治区的生均教育支出水平并不逊于东部发达地区，初中层次生均支出水平直追上海和北京，其生均专项资金拨款也是在全国遥遥领先（注：1999 年数据中没有含西藏自治区的县级数据）。M2 结果也有助于验证五大区以外的民族自治地方得到"双重优惠"（即不仅享受来自中央的优惠，也享受来自本省的优惠）假设。当然，由于数据和方法的原因，以上结论只是尝试性的，这一问题尚需进一步深入研究。

第三节　　小结和进一步研究的建议

本章利用 2000 年全国教育财政基层报表数据（多元回归分析还利用了 1999 年数据）对全国民族自治地区和非民族自治地区义务教育阶段的生均支出进行了简要分析。研究发现，民族自治地区义务教育阶段的生均教育支出水平低于非民族自治地区。但进一步的分地区的分析发现，在民族自治地区比较集中的"二片"和"三片"地区，特别是在小学层次，民族自治地区和非民族自治地区的生均支出水平并无明显差距。在初中阶段，两类民族地区的生均支出水平也非本片地区最低的。本章的描述性统计分析还发现，在义务教育阶段，民族自治地区学校相对于非民族自治地区学校，总支出中来自预算内的比重较大（即民族自治地区的教育支出相对于非民族自治地区来说，更依赖预算内收入，而较少从学生家庭和社区汲取教育资源）。多元回归分析发现，中国义务教育财政并不满足"财富中立性"或"财政中立性"的原则。但在其他条件相同的情况下，民族自治地区的生均支出水平高于非民族自治地区，原因极可能是由于民族自治地区更多享受了来自中央和省级的各种补助和优惠。

研究民族自治地区和非民族自治地区的生均义务教育支出，对于我国义务教育财政贯彻公平原则、实现义务教育的均衡发展、体现公共事业的社会主义优越性具有重要意义（民族自治地区生均教育支出的优势地位无疑是教育的纵向公平原则的体现）。由于数据和方法的局限，本章的一些结论仍然只算是尝试性的。首先，本章利用的是 2000 年数据。数据比较陈旧，研究的时效性较差。事实上，中央自 2000 年以来明显加大了对贫困和民族自治地区的专项转移支付力度，一批重大的转移支付工程如"国家贫困地区义务教育工程"（二期）、"中小学危房改造工程"（一期和二期）、"农村寄宿制学校建设工程"以及"两免一补"等政策先后出台。随着农村税费改革的不断深化以及中小学收费行为的不断规范化（如全国范围内推行的"一费制"改革），全国范围内以及不同地区的义务教育的收入、支出结构可能都发生了很大变化。第二，在 2000 年和 1999 年的数据中，来自上级的专项补助拨款数据质量不理想，错漏甚多，无法区分是来自省级还是中央政府。数据中亦没有来自上级的一般性财政转移支付统计，这无疑为全面了解义务教育中的政府财政关系造成了困难。第三，县级数据库中变量很少，只包含人口、总体经济、财政状况等有限数据指标，其他重要的可能影响义务教育生均支出的变量如自然地理情况等，并没有包含在数据库中。第四，从方法上来看，回归分析中的自变量均为县级单位总体统计指标。而事实上影响生均教育支出的因素很多，而且层次不一。例如不同省的不同的政策环境可能造成影响生均教育支出的固定效应。这个变量与县的财政状况不属于同一层次变量。由于数据是县级数据，影响生均支出的学校层次变量就没有包含在内。如有完备的数据（横端面及时间序列资料），可构建多层次模型并利用面板数据（panel da-ta）技术进行更加全面、深入的分析。最后，从技术角度来看，自变量之间的相关性问题在本章的研究中没能很好解决。未来的研究可以尝试利用因子分析等方法，提炼出一些相互正交的影响生均支出的因素，以期进一步深化对该问题的研究。以上存在的问题，大概可以为进一步深入研究我国义务教育生均支出及其决定因素问题指出了一些可能的方向。

第六章 北京市义务教育资源配置均衡化的实证研究

　　义务教育的性质决定了这是一个最应该体现教育公平理念的教育阶段。但是,中国长期以来一直存在着城乡之间资源配置严重不均,质量不一的城乡二元结构现状,使孩子们因身处不同地区而享受不同质量的教育。要保证公民受教育权利的公平,避免与此相关的一系列社会问题,就必须改善目前城乡之间资源分配极其不均衡的状况。即使在首都北京,情况也是如此。每到三、四月份入学前夕,家长们就开始在各中小学校之间奔走,以使孩子能够在一个好学校接受教育。为此,家长们不惜向学校支付昂贵的"择校费"、"赞助费"等名目繁多的费用。还有的家长为了使孩子能根据户口就近进入更好的学校学习,而在北京市内各区县之间迁移户口。尽管政府为实行"免试就近入学"出台了"电脑派位"政策,但是却出现了一部分家长用更高额的代价"择校"来逃避"电脑派位",出现使入学竞争更加激烈的现象。这种情况出现的主要原因是因为不同地区(特别是城乡之间)的经济实力及同一地区校际资源的差距,直接决定学校建设水平和办学质量上的差距,导致存在一大批办学条件薄弱学校。在硬件的资源配置发生差距后,随之而来的就是教师队伍等软件资源的分化,最后导致生源状况和办学效益随之分化,出现了"富校愈富,贫校愈贫"的现象。而这种差异主要是由历史和体制等因素造成的。

　　义务教育资源配置不均衡现象,不仅仅在中国而且在世界上其他国家也存在。美国很多研究者也对义务教育中存在的不均衡状况进行了研究。自从 19 世纪美国建立起比较完善的教育系统后,美国的许多州都经历了教育资源在校际之间或地区之间如何均衡化的难题。在美国，由于教育经费基本上来源于当地的财产税，这就"意味着那些居住在房价高或者商业财产多的校区的学生比那些居住在不富裕学区的学生能够明显享受更多的教育资源"（Rebell，1998）①。

有一本名为《野蛮的不平等》的著作就曾指出了美国学校财政严重不平等的现象。② 在这本书中，作者用统计分析和诉讼案例的方式综述了大量富人区与穷人区之间学校财政不平等的情况。《野蛮的不平等》这本书让读者从教室这个第一现场观察到学校之间生均经费存在的巨大差异。

一些作者通过对全国各省区小学生均教育经费的分析，表明中国各省区间小学生均经费的差异在不断扩大，义务教育生均经费差异与经济发展水平有密切关系，与经济结构与城市化水平也有一定的关系。这些研究都表明，不均衡的现象在很多地方存在，并且非均衡程度有所不同，经费配置上的不均衡程度与经济发展水平、经济规模、结构等有一定的联系。

为了均衡配置义务教育资源，许多国家都做出过一些改革的尝试和努力。人们相信对于财政的均衡化有助于教育机会的平等，从而有助于提高财政贫困地区学生的学习效果。然而，经过将近三十年的努力，美国地区之间以及州之间财政不均等的现象仍然非常明显。上个世纪试图通过税收均衡化（比如确立基准、立法上线、重新分配方案等）来促进教育财政平等的举措，很难说是十分成功的。③

对于北京地区来说，义务教育已经进入了巩固和提高阶段，因此义务教育的发展应该从关注数量转移到关注质量。要实现义务教育质量水平的普遍提高，就必须分析和解决城乡间存在的办学资源条件的巨大差异。

本章旨在对北京义务教育阶段资源配置的均衡状态进行分析，主要关注北京市各区县间和城市近郊区与远郊区县之间义务教育办学条件差异；各区县内义务教育阶段校际之间办学条件的差异；2000—2002 年义务教育资源配置差异的变化情况；教育资源配置差异的影响因素。拟检

---

① Rebell, Michael A. "Fiscal Equity Litigation and the Democratic Imperative." Journal of Education Finance 24, 1 (Summer 1998) 25-30. EJ 568 582.

② Kozol, Jonathan. SAVAGE INEQUALITIES: CHILDREN IN AMERICA'SSCHOOLS. New York: Crown Publisher, 1991. 262 pages.

③ Miller, Matthew. "A Bold Experiment to Fix City Schools." The Atlantic Monthly 284, 1 (July 1999): 15-16, 18, 26-28, 30-31.

验的研究假设如下：

假设一：北京市义务教育资源分布存在较大的城乡差异：生均经费支出以及生均设备支出在城市近郊区与远郊区县之间存在显著差异。

假设二：地区经济发展水平越高，政府对教育的投入越高。

假设三：区县经济发展水平越低，教育资源分布差异越大。

假设四：教育层级越高，教育资源分布差异越大。

假设五：北京市在 2000—2002 年间义务教育资源配置方面的城乡差异有所减少。

第一节 数据和研究方法

本章使用北京市教委对北京市中小学办学条件的调查数据，分析 2000 年和 2002 年小学和初中在办学条件的几个指标上城乡之间存在的差别。2000 年的普查数据涉及的学校一共有 2665 所；2002 年的普查数据涉及的学校一共有 2188 所。由于分析主要关注的是义务教育阶段的情况，所以主要考察了所调查学校中为独立设置的小学和独立设置的初中两个学段、两种类别的学校。

北京共有 19 个行政区。在这 19 个行政区里，有文化经济发达的城市近郊区，也有包括了大比例农业人口的远郊区县。我们把北京市的行政区划分为"城区"和"郊县"两部分，"城区"包括城区和近郊区共 8 个区县（其非农业人口占常住户籍人口的比例为 93%）；而"郊县"包括 11 个远郊区县（其非农业人口占常住户籍人口的比例为 33%）。从非农业人口所占比例可以看到，"城区"和"郊县"这种划分是对北京地区城市和农村的一个比较简便而有效的区域划分。

对北京市中小学办学条件的调查涉及的项目十分繁杂，因此笔者只挑选一些有代表性的指标进行分析，拟将生均公用经费、生均设备经费、教师的受教育年限和合格学历、普通教室全部配备电视机的学校比例、生均电脑台数等指标，作为测量指标。

本章将选用以下指标来分析差异：

（1）标准差（S）

标准差用于测量地区间、学校间在描述办学条件指标上的绝对差异。计算公式如下：

$$S = \sqrt{\frac{\sum (Y_i - \overline{Y})^2}{N}}$$

式中，S 是标准差；Y_i 为第 i 个学校的某项教育发展指标；$\overline{Y}$ 为各地区某项教育发展指标的平均值；N 为地区个数。

(2) 极差(R)

极差用于测量教育发展水平最高地区的某一项办学条件指标与教育发展水平最低地区的该项办学条件指标的绝对差异，反映的是绝对差异的极端状况。其公式为：

$$R = Y_{max} - Y_{min}$$

式中，R 为极差；Y_{max} 为教育发展水平最高地区的某一项办学条件指标；Y_{min} 为教育发展水平最低地区的该项办学条件指标。

(3) 变异系数(V)

变异系数用于测量区域间办学条件的相对差异。其公式为：

$$V = \frac{\sqrt{\dfrac{\sum (Y_i - \overline{Y})^2}{N}}}{\overline{Y}}$$

式中，V 为变异系数；Y_i 为一地区办学条件的某项指标；$\overline{Y}$ 为各地区该项办学条件指标的平均值；N 为地区个数。

(4) Gini 系数(G)

Gini 系数表示所有样本中生均或人均教育经费占总数比例之间的全部绝对差异的平均差异水平，取值范围为 0 到 1 之间。其公式为：

$$G = \frac{2}{N} \sum_i \frac{i Y_i}{\sum_j Y_j} - \frac{N+1}{N}$$

式中，$i, j = 1, 2, 3, \cdots, N$；$Y_1 \leqslant Y_2 \leqslant \cdots \leqslant Y_N$

第二节　实证研究结果

(一) 生均经费总支出

由表 6-1 看出：

(1) 城区基本在平均水平以上，郊县基本在平均水平线以下，城乡对比明显。北京市小学生均支出的平均水平为 2749 元，有 8 个区县在平均水平以下，其中只有一个区属城区，其余均为郊县。初中生均支出的平均水平为 3110 元，与小学类似，有一半的区县在平均水平以下，除一个区以外其余均为郊县。

表 6-1　2000 年区县义务教育经费生均支出情况

单位：元

项目	小学				初中			
	均值	极差	标准差	变异系数（%）	均值	极差	标准差	变异系数（%）
城区								
U1	4546	6067	1427	31	5410	3390	1166	22
U2	4342	10345	1817	42	6353	10723	2709	43
U3	3468	6292	1496	43	3367	2832	871	26
U4	3758	7339	1302	35	4353	7897	2044	47
U5	2912	14652	1684	58	4150	5956	1284	31
U6	3789	9945	1485	39	5692	5508	1335	23
U7	2211	7449	1185	54	4195	18311	3017	72
U8	2799	3675	901	32	3008	4556	1120	37
郊县								
R1	3800	3707	1191	31	4482	10964	3983	89
R2	3792	9248	2279	60	3752	3008	902	24
R3	2977	7547	1297	44	2938	3649	837	28
R4	1556	3074	756	49	1589	1324	332	21
R5	1888	4175	992	53	1993	2427	622	31
R6	1574	6531	824	52	1907	4569	784	41
R7	2018	3204	741	37	1843	3015	664	36
R8	1946	1738	445	23	2071	2288	503	24
R9	3721	10762	2587	70	3966	2967	947	24
R10	2035	2753	609	30	2062	3120	754	37
R11	2189	4101	773	35	2124	3281	910	43
全市	2749	14821	1644	60	3110	20008	1903	61

　　（2）全市小学和初中的变异系数分别为 60% 和 61%，小学和初中的经费不均衡的离散程度双高的情况表明，这种较大的不均衡存在于北京市整个义务教育阶段。

　　（3）从均值看，区县间绝对差异明显。小学生均经费支出最高的区约为最低区的 3 倍，初中生均经费支出最高的区约为最低区的 4 倍。

　　（4）区县内部绝对差异明显。区域内极差较大，有的达到均值的 4 倍多，表明位于两极的学校经费差距非常大。但是值得注意的是，我们并不能根据较大的极差简单地得出如下结论：在个别学校得到巨额经费的同时，存在经费短缺学校。在考察最小值和最大值后可以发现，出现绝对值差异有两种原因：一种是存在经费不足的学校，其生均经费远远低于平均水平，同时又存在经费偏高的学校；另一种是多数学校处于比较均衡的水平，不存在经费偏低的学校，但是得到过多经费的学校却拉大了差距。

另外，对各项生均教育经费差异进行了显著性检验，SIG＝0.000，通过了99％置信区间的检验，说明差异是显著存在的。

（二）教师学历的城区和郊县对比

表6-2说明，教师学历状况的城乡差距明显，特别是在拥有高学历教师上（例如本科以上教师所占的比例），城区的状况要远远好于郊县。

表 6-2　　2000 年城区和郊县教师学历状况比较

单位：％

区县	小　学				初　中			
	本科以上教师的比例	专科教师的比例	中师一级教师的比例	初中及以下教师的比例	本科以上教师的比例	专科教师的比例	中师一级教师的比例	初中及以下教师的比例
城区	5.75	43.75	49.63	1.38	56.5	36.38	6.88	0.25
郊县	2.05	28.91	65.88	3.44	26.84	63.02	9.6	0.45
全市	3.61	35.16	59.04	2.57	39.33	51.8	8.45	0.37
城区/郊县	2.80	1.51	0.75	0.40	2.11	0.58	0.72	0.56

（三）不均等性的 Gini 系数计算

表6-3是选择生均公用支出经费与生均设备支出这两项指标进行Gini系数的计算，从而反映北京市生均义务教育经费中直接关系办学条件的经费支出差异情况。

表 6-3　　生均公用支出经费与生均设备支出 Gini 系数表

区县	小　学		初　中	
	生均公用经费	生均设备支出	生均公用经费	生均设备支出
城区	0.39	0.49	0.40	0.54
郊县	0.51	0.55	0.43	0.53
全市	0.50	0.56	0.47	0.63

以上对 Gini 系数的计算结果反映了：

（1）全市小学、初中生均公用经费的 Gini 系数已经处于差距过大的区间，小学生均设备经费的 Gini 系数为 0.56，表示全市小学在设备经费方面的差距悬殊。而初中生均设备经费的 Gini 系数竟高达 0.63，反映出北京市初中阶段取得巨额设备经费的学校和设备经费"捉襟见肘"的学校同时存在。

（2）把城市近郊区和远郊区县的 Gini 系数相比较，除初中设备费差异情况相近外，远郊区县小学的生均公用费、设备费和初中的生均公用费等项的 Gini 系数都高于城市近郊区，表明了远郊区县办学条件存在较高程度的不均衡状况。

（四）教育经费支出与地区财政状况的相关分析

表 6-4 是 2000 年北京各个区县人均财政收入排位和人均预算内教育经费支出排位。通过系数的计算，Gamma 系数和 Kendall 系数均为 0.359，在 0.002 水平上通过了显著性水平检验。也就是说，地区经济发展水平与教育经费支出水平之间存在着正的相关关系。

表 6-4　2000 年各区县的人均财政收入、人均预算内教育经费支出比较[①]

	人均财政收入排位(1)	人均预算内教育经费支出排位(2)	小学生均支出变异系数排位(3)	初中生均支出变异系数排位(4)
城区				
U1	2	2	16	18
U2	1	5	11	5
U3	7	7	10	14
U4	3	3	14	4
U5	18	14	4	11
U6	5	15	12	18
U7	10	18	5	2
U8	4	10	16	8
郊县				
R1	14	17	17	1
R2	9	13	2	15
R3	11	12	9	13
R4	17	16	8	20
R5	6	11		
R6	6	4		7
R7	12	8	13	10
R8	15	11	20	15
R9	8	1	1	15
R10	16	9	19	8
R11	13	6	14	5

────────────

① 数据来源：(1)、(2)来自《2000 年全国教育经费统计报表》，(3)、(4)由北京市教委财务处提供。

（五）地区经济发达程度与生均经费开支变异程度的相关分析

对于小学来说,地区经济发达程度与生均经费开支的变异程度呈现出一种明显的 V 型模式。当进一步将地区分成城镇和农村后发现,城镇经济越发展,生均经费开支变异越小;而对于农村来说,经济越发展,生均经费开支变异越大(见表 6-5)。

但对初中的分析没有得到统计显著性的结果。

表 6-5　小学生均经费变异程度与地区经济发达程度相关分析

	小　学			
	城　镇		乡　村	
	系数	显著性水平	系数	显著性水平
Kendall's tau-b	−0.618	0.025	0.600	0.004
Kendall's tau-c	−0.620	0.025	0.600	0.004
Gamma	−0.630	0.025	0.600	0.004
有效样本量	10		8	

（六）2000—2002 年城区与郊县资源配置情况变化的比较

自 20 世纪 90 年代中末期以来,北京市政府对教育资源的配置采取了一系列改革,包括将大部分由原市级安排的基础教育专项经费下放到区县,下放或取消 14 项行政审批权,加大了区县政府对基础教育的统筹管理权限,同时调整政策,将 49 个边远山区乡的教育经费收归区县财政统筹。“九五”计划期间,全市各级政府共投入资金上百亿元,大力改善中小学办学条件,通过实施“边远山区中小学建设”、“农村千所完小改造计划”和“远郊区县普通中学规范化建设”三项工程,提高了农村完小以上中小学办学条件和综合办学实力。这一系列措施的效果究竟如何?北京市义务教育资源配置的均衡化程度是否有所变化?下面部分就对 2000 年和 2002 年教育资源配置情况的变化进行一个对比分析。

1. 计算机配置情况的城区和郊县对比

表 6-6 中数据表明,城区与郊县在计算机的配置情况方面的差异。以小学为例,2000 年和 2002 年城区生均拥有计算机台数分别为 0.05 台和 0.13 台,分别是郊县的 1.91 倍和 2.00 倍;对于初中而言,2000 年和 2002 年城区生均拥有计算机台数分别为 0.08 台和 0.13 台,分别是郊县的 2.07 倍和 2.29 倍。2000—2002 年无论是小学还是初中的生均计算机增长幅度都表现出城区大于郊县。

表 6-6　2000 年与 2002 年计算机配置情况比较

单位：台/生

	小　学			初　中		
	2000 年	2002 年	增长幅度（%）	2000 年	2002 年	增长幅度（%）
城区	0.05	0.13	1.41	0.08	0.13	0.57
郊县	0.03	0.06	1.30	0.04	0.06	0.42
城区/郊县	1.91	2.00	1.08	2.07	2.29	1.35

对表 6-7 进行分析，小学阶段，2002 年的非均衡程度（用标准差和变异系数衡量）小于 2000 年，城区的变异系数从 0.35 降到 0.34，郊县的变异系数从 0.44 降到 0.29，说明地区间的差异缩小了，而且郊县内部各区县之间小学计算机配置水平的差异缩小得比城区更快。这说明近两年对于郊县小学的计算机配置方面的投入大部分投入到了较差的区县，缩小了区县之间的距离。但是在初中阶段，2002 年的计算机配置的非均衡程度要高于 2000 年，这可能是由于在加大对初中阶段学校投入时，有的区县配置的速度、数量相对更快、更多所致。

表 6-7　2000 年与 2002 年计算机配置情况比较

单位：台/生

		小　学		初　中	
		2000 年	2002 年	2000 年	2002 年
城区	均值	19.22	7.99	12.44	7.94
	标准差	6.74	2.68	5.38	3.83
	变异系数	0.35	0.34	0.43	0.48
郊县	均值	36.68	15.97	25.81	18.18
	标准差	16.00	4.64	7.92	8.36
	变异系数	0.44	0.29	0.31	0.46
全市	均值	29.33	12.61	20.18	13.87
	标准差	15.44	5.58	9.60	8.45
	变异系数	0.53	0.44	0.48	0.61

2. 图书配置情况的城区和郊县对比

从表 6-8 可以看到，在生均图书数量上，北京市在城区和郊县方面的差异依然明显。从变异系数看，小学阶段，2002 年与 2000 年持平，但是初中阶段 2002 年的变异系数比 2000 年还稍微大一些。全市范围内的非均衡程度改善不大。

表 6-8　2000 年与 2002 年生均图书配备情况

单位：册/生

		小学生均图书		初中生均图书	
		2000 年	2002 年	2000 年	2002 年
城区	均值	33.86	37.39	36.87	37.15
	标准差	8.22	10.24	6.32	9.24
	变异系数	0.24	0.27	0.17	0.25
郊县	均值	24.63	28.26	24.69	25.95
	标准差	6.75	7.07	5.72	7.57
	变异系数	0.27	0.25	0.23	0.29
全市	均值	28.52	32.1	29.82	30.67
	标准差	8.57	9.49	8.48	9.86
	变异系数	0.3	0.3	0.28	0.32
城区/郊县	均值	1.37	1.32	1.49	1.43

与表 6-7 相比，生均图书资源配置的城乡差异（用城区/郊县衡量）要小于计算机配置的差异。说明城乡间办学条件在现代技术资源上的差异要远大于在传统资源上的差异。这可能在一定程度上印证了这样一个观点，即城乡之间的差距有可能随现代技术的发展而被拉大。

从以上分析我们可以得出几点初步结论：

第一，北京市的城乡在办学条件的各个指标上差别依然显著，城区比郊县拥有更充足的教育资源。具体而言，城乡之间在不同的办学指标上的差异程度是不同的。首先，与反映传统资源（例如生均图书）占有情况的指标相比，城乡间在反映现代技术资源（例如生均计算机）占有情况的指标上具有更大的差异。其次，与反映基本物质条件（如生均图书等）占有情况的指标相比，城乡间在反映教师质量指标的差异上更加显著。前面的假设一得到数据支持。

第二，区县经济发展水平（用人均财政收入代表）与教育资源水平（用人均预算内教育支出代表）呈显著正相关。说明区县经济越发达，政府用于教育的投入越大。第二个假设得到支持。

第三，数据分析并没有发现区县经济的发达程度与生均教育资源差异程度之间的一般性模式。但是对于小学教育而言，呈现出了一种明显的 V 型模式，这种 V 型模式主要是由城镇和农村的特性决定的。

第四,数据并没有一致并显著性地支持假设四,即初中教育资源分布的差异大于小学,而是呈现出因具体的指标不同而各异的情况。因此前面的假设四暂被拒绝。值得提及的是,当研究中引入有关高中数据的时候,小学和初中的变异系数都高于非义务教育阶段高中的情况。这从相对差异的角度说明,义务教育的不均衡程度比高中显著。因此,推进义务教育均衡化的政策反映了客观实际的需求,是非常必要的。

第五,小学阶段的资源配置(指标)差异程度从 2000 年到 2002 年间有所降低,但是初中阶段却有所上升。因此,假设五在小学阶段得到了支持,而在初中阶段则相反。

第三节　政策性含义

通过对北京市义务教育办学条件的实际情况及其变化的考察,我们认为,解决资源配置不均衡问题的根本措施,应该从解决体制矛盾入手。

1. 加强政府间财政转移支付在均衡城乡义务教育资源方面的功能

现阶段的义务教育资源配置中存在的一个问题就是,在资源总量上的短缺和结构上的非均衡。要均衡配置义务教育资源,就必须完善现有的义务教育投资体制,解决总量和结构上的问题。根据 2000 年对北京市中小学教育经费以及财政收入方面的统计,全市中小学生均教育经费的变异系数为 0.6 左右,而人均财政收入的变异系数达到 0.68 左右。另外,城市近郊区中小学生均经费支出约为 3478 元,为远郊区县生均经费支出的 1.47 倍。与之相比,2000 年和 2001 年北京市城镇居民人均可支配收入约为农民人均可支配收入的 2.2 倍左右。[①] 这说明教育经费支出比各区居民收入分布似乎要均衡一些。这种教育资源分布的相对均衡主要来自于财政的转移支付,使得一些经济较不发达的地区也尽量能够与经济发达地区在比较接近的水平上发展教育。这说明前几年的财政转移支付还是对义务教育的均衡发展起到了一定的促进作用。

在北京市均衡发展义务教育的过程中,转移支付应继续发挥作用。在运用转移支付这个财政手段达成均衡时,应该注意以下几点:

第一,教育预算单列。即,要明确财政转移支付中用于教育的比例,并且在教育内部核定标准比例,确保资金合理流入义务教育这个最需要

---

① 根据《北京统计年鉴 2002 年》提供的数据估算。

政府投入的区域。

第二,使转移支付制度规范化,《北京市中小学办学条件标准》应该提供一个相关标准,核定一个最低限度的义务教育生均定额,根据这个定额来核定转移支付的合理数额。这样,有助于转移支付的数额、流程趋于科学、透明和公开,有助于义务教育均衡发展,有助于每个孩子都能受到最基本的、平等的义务教育。

第三,在专项转移支付方面,合理安排配套资金。为了均衡各地区的义务教育经费,可以采用"变动式配合款"的形式。即经济条件好的地方可以制定比较高的配套比例,给经济条件差的地方制定一个比较低的配套比例,对于贫困地区,可以用非配套补助的方式来拨付款项。这样可以减少配套资金带给贫困地区政府的财政压力。

2. 因地制宜提高办学条件,缩小城乡差距

如前所述,北京市城区和郊县学校的各项办学条件都存在较大的差距,缩小这种差距,显然不能把配置水平高的学校拉下来,而应该大力投入,集中财力因地、因校制宜,努力使每个学校都达到办学条件标准规定的水平。具体办法可以依据办学条件的不同标准,筛选出各地区未达标学校作为主要投入对象,当学校的办学条件配置都达到预期标准时,逐步提高标准,对新一轮的未达标学校进行投入,渐进式地平衡配置资源,提高全市的整体办学条件。

在倾斜式地投入郊县地区、改善其办学条件的过程中,应该特别注意现代教育技术设备的配置。由于现代教育技术设备配置的非均衡程度明显高于图书和用房等其他方面办学条件的配置,因此改变这一类办学条件的投入方式更加必要。郊县的非均衡程度大大高于城区的情况说明,对于郊县内部,更应该缩小学校之间的差距,努力提升郊县的一些薄弱学校的水平。同时,由于这些设备的运用能够简化其他一些资源的投入,如计算机和电子出版物的购置就能够相应减少一般图书的购置,因而,其配置水平的提高也是对另外一些资源加以均衡配置的良性手段。

在图书方面,简便可行的做法是提高图书的流通率,特别是在小学阶段。在用房方面,要在一些地区、一些学校加强图书室、视听阅览室等专门教室和教辅用房的建设,缩小地区间差距。

教师的素质是影响学校教学质量最直接和最关键的因素。从前面分析的北京市城乡学校间的教师素质部分看出,城区明显好于郊区县,而教师的素质对教学的过程、方式、结果的不均衡产生直接的影响。目

前现实的解决办法有两个：一是通过提高教师的学历水平来促进其素质的提高。可以在办学条件标准里增加关于教师学历或者经验的要求，或者规定研究生、本科以上学历教师的一个较高比例，从制度上规范教师素质要求，同时也利用政策手段将更多更好的教师吸引到义务教育中来。二是积极推动教师的轮岗制度，促进教师的流动。为此，可以进一步明确区县教育行政部门在教师流动中的作用，减少目前学校对教师流动的限制，推动教师队伍交流制度的形成，提高师资分布的均衡程度。

第七章 我国城镇居民家庭义务教育支出差异性研究

　　自经济改革以来,我国人群之间的收入差距明显拉大,①导致了教育需求的分化,尤其是中高收入阶层对于优质教育产生了旺盛的需求。如何建设一个公平的义务教育体系,同时又满足个性化的教育需求,将是我国未来城镇义务教育财政所必须面对的一个问题。本章将从家庭教育负担的分析角度,探讨城镇家庭义务教育支出的状况和变化特征,为更加深入地认识我国城镇居民的教育负担情况,进而为城镇义务教育财政改革提供一些可供借鉴的思路。

　　以往的研究把农村义务教育财政问题作为重点,而对城镇义务教育财政问题给予较少的关注。不同于农村义务教育财政问题以总量投入不足为主要表现形式,城镇义务教育财政的核心问题在于教育资源配置的不均衡。我国城镇居民对义务教育阶段子女的教育负担主要包括以下三个部分:① 学杂费、书本费等接受义务教育所必需的各种费用;② 家长为了子女能够接受更高质量的义务教育,而交纳的择校费等;③ 家庭为子女上课外兴趣班、请家教辅导等支付的费用。

第一节 我国城镇居民家庭义务教育负担分析

　　本章研究使用的样本来自 1997、1998、1999 和 2000 年国家统计局对"城市住户基本情况的调查",样本量为 4 年 7 个省市的城镇家庭,其数据

---

① 李实.中国居民收入分配实证分析[M].北京:社会科学文献出版社,2000.

项涉及家庭户的人口数量、职业、行业、受教育程度等背景信息,以及详细的家庭收入和支出情况。在数据分析时,1997、1998、1999 年的各项收入和支出数据分别以 2000 年为基准进行了价格调整。样本中各类在校生家庭的分布状况见表 7-1。

表 7-1　每年各类家庭所占比例

单位：%

年份	家庭户数(个)	无在校生家庭	只有义务教育在校生家庭	只有高中在校生家庭	只有中专在校生家庭	只有高等教育在校生家庭	其他家庭
1997	4600	44.3	38.7	10.5	2.2	2.5	1.9
1998	4598	45.7	37.4	10.3	2.0	3.2	1.5
1999	4897	45.4	35.8	11.4	2.4	3.9	1.2
2000	4894	48.8	32.3	10.7	2.3	4.9	1.0

一、各类城镇居民家庭收入和支出的比较

每年各类城镇居民家庭的收入和支出见表 7-2。

表 7-2　各类家庭的人均可支配收入、实际支出和教育支出

单位：元

年份	收入和支出	无在校生家庭	只有义务教育在校生家庭	只有高中在校生家庭	只有中专在校生家庭	只有高等教育在校生家庭
1997	人均可支配收入	2338.1	1799.8	1859.8	1831.8	2191.8
	人均实际支出	2221.2	1770.6	1870.3	1700.7	2241.5
	人均教育支出	42.3	105.7	146.0	123.7	165.7
1998	人均可支配收入	2593	1963.8	2050.2	1925.2	2551.1
	人均实际支出	2528.7	1974.1	2191.3	2061.6	2620.2
	人均教育支出	55.4	132.7	200.5	130.1	180.2
1999	人均可支配收入	2905.9	2225.6	2226.4	2195.3	2599.2
	人均实际支出	2843.4	2262.1	2357.9	2110.5	2591.3
	人均教育支出	67.4	148.7	254.4	142.3	211.0
2000	人均可支配收入	3202.2	2404.8	2547.1	2399.3	2915.6
	人均实际支出	3115.9	2410.4	2742.4	2405.7	2935.1
	人均教育支出	78.2	167.1	298.3	195.3	316.7

表 7-2 给我们的重要启示是,在我国城镇家庭中,有在校生的家庭比没有在校生的家庭人均可支配收入和人均实际支出明显偏低。以只有义务教育在校生的家庭为例,其人均可支配收入和人均实际支出分别比没

有在校生的家庭平均每年要低661元（大约占到没有在校生家庭平均收入的24%）和573元（大约占到没有在校生家庭平均支出的21%）。原因之一：有在校生的家庭抚养指数（家庭扶养指数＝家庭没有收入来源的人数/家庭有收入来源的人数）显著高于没有在校生的家庭抚养指数，见表7-3。

表7-3   各类家庭的家庭抚养指数

年份	无在校生家庭	只有义务教育在校生家庭	只有高中在校生家庭	只有中专在校生家庭	只有高等教育在校生家庭	其他家庭
1997	0.19	0.57	0.56	0.58	0.51	1.13
1998	0.19	0.60	0.57	0.57	0.54	1.26
1999	0.19	0.62	0.57	0.62	0.52	1.28
2000	0.23	0.65	0.61	0.60	0.54	1.40

而且，只有义务教育在校生家庭的人均可支配收入和人均实际支出一般都比其他类型在校生的家庭的同类指标略低，原因可能是只有义务教育在校生家庭的家长的年龄普遍偏低（见表7-4），工作资历也都较短（见表7-5），这导致了收入水平较低，并进而造成支出水平较低。

表7-4   各类家庭户主的年龄

单位：岁

年份	只有义务教育在校生家庭	只有高中在校生家庭	只有中专在校生家庭	只有高等教育在校生家庭
1997	39.52	46.56	46.89	50.40
1998	39.72	46.51	46.79	49.67
1999	39.71	46.06	46.95	49.85
2000	39.76	45.73	46.65	49.38

表7-5   各类家庭户主的工作年限

单位：年

年份	只有义务教育在校生家庭	只有高中在校生家庭	只有中专在校生家庭	只有高等教育在校生家庭
1997	19.52	25.01	25.69	24.25
1998	19.56	25.12	24.00	22.74
1999	19.38	24.85	24.71	24.47
2000	18.94	24.08	23.27	25.30

二、各类城镇居民家庭教育负担状况

我国城镇各类居民家庭教育负担见表 7-6。

表 7-6 各类城镇居民家庭人均教育支出占人均可支配收入比率

年份	无在校生家庭	只有义务教育在校生家庭	只有高中在校生家庭	只有中专在校生家庭	只有高等教育在校生家庭
1997	0.019	0.060	0.078	0.073	0.074
1998	0.022	0.067	0.092	0.063	0.069
1999	0.024	0.066	0.108	0.067	0.081
2000	0.025	0.069	0.109	0.081	0.108

表 7-6 也可以用图 7-1 表示。

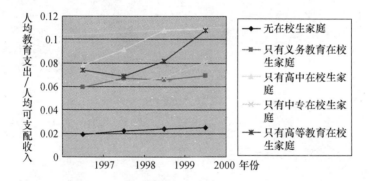

图 7-1 各类城镇居民家庭人均教育支出占人均可支配收入比率

从图 7-1 可知,各类型的家庭其教育负担都呈现出随时间增长的态势,以义务教育在校生为例,从 1997 年的 5.97% 上升到 2000 年的 6.93%,其增量为 0.96%,平均年增长率为 5.28%。

三、只有义务教育在校生家庭义务教育负担状况

按照家庭人均可支配收入从高到低,将只有义务教育阶段在校生的城镇家庭分为 10 组,每年各组的人均教育支出占人均可支配收入的比率均值见表 7-7。

表 7-7　不同收入组城镇居民家庭人均教育支出占人均可支配收入比率

年份	1	2	3	4	5	6	7	8	9	10
1997	0.082	0.063	0.078	0.080	0.07	0.059	0.060	0.063	0.056	0.042
1998	0.084	0.085	0.09	0.073	0.081	0.082	0.071	0.065	0.062	0.053
1999	0.090	0.079	0.081	0.088	0.079	0.081	0.074	0.067	0.060	0.047
2000	0.091	0.081	0.082	0.074	0.087	0.082	0.076	0.068	0.070	0.052

表 7-7 也可以用图 7-2 表示。

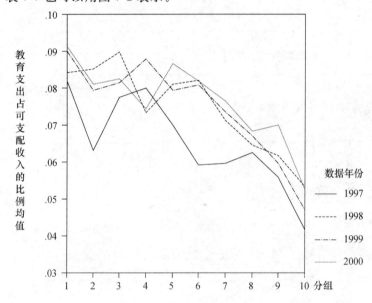

图7-2　不同收入组城镇居民家庭人均教育支出占人均可支配收入比率

　　从图 7-2 可以看出：① 尽管每年的曲线都是波动起伏的,但总的趋势均在下降,且最低可支配收入组的人均教育支出值占人均可支配收入的比例基本都是最高的,最高可支配收入组的人均教育支出占人均可支配收入的比例基本都是最低的。以 2000 年为例,2000 年最低收入组家庭的人均教育支出占人均可支配收入的比例是最高的,为 9.1%,而最高收入组的人均教育支出占人均可支配收入的比例是最低的,为 5.2%,两者相差近 4 个百分点。这表明,随着人均可支配收入的增加,城镇义务教育在校生家庭人均教育支出占人均可支配收入的比例是下降的,最低人均可支配收入组家庭的教育负担是最重的,而最高人均可支配收入组家庭的教育负担是最轻的。② 从时间趋势来看,最低可支配收入组家庭的人均教育支出占人均可支配收入的比例从 1997 到 2000 年间平均每年增加 0.3 个百分点,这表明城镇最低人均可支配收入组家庭的义务教育负担在逐年增加。

四、各类家庭的收入和教育支出的均衡性比较

各类城镇居民家庭人均可支配收入和人均教育支出的 Gini 系数见表 7-8。

表 7-8　各类家庭人均可支配收入和人均教育支出的 Gini 系数

各类家庭	Gini 系数	1997	1998	1999	2000
全体家庭	人均可支配收入 Gini 系数	0.35	0.36	0.35	0.36
	人均教育支出 Gini 系数	0.65	0.66	0.65	0.68
只有义务教育在校生家庭	人均可支配收入 Gini 系数	0.32	0.32	0.32	0.33
	人均教育支出 Gini 系数	0.49	0.50	0.49	0.51
只有高中在校生家庭	人均可支配收入 Gini 系数	0.32	0.52	0.29	0.31
	人均教育支出 Gini 系数	0.54	0.54	0.55	0.55
只有中专在校生家庭	人均可支配收入 Gini 系数	0.32	0.25	0.32	0.33
	人均教育支出 Gini 系数	0.60	0.59	0.61	0.60
只有高等教育在校生家庭	人均可支配收入 Gini 系数	0.34	0.34	0.32	0.32
	人均教育支出 Gini 系数	0.57	0.55	0.56	0.58

以上分析表明,对于各类家庭而言,人均教育支出的 Gini 系数普遍大于人均可支配收入的 Gini 系数。数据表明,与人均收入水平相比,家庭教育支出的不均衡水平更高。

五、只有义务教育在校生家庭教育支出结构分析

由于原有数据中教育支出只含有教材及参考书支出、学杂费支出、托幼费支出、成人教育支出和其他教育支出六部分,因此对家庭教育支出的分析只集中在与义务教育相关的教材及参考书支出、学杂费支出和其他教育支出三部分。

为了衡量只有义务教育在校生家庭各类教育支出的差异程度,我们采用了变异系数(CV)的测量方法,变异系数的公式如下:[①]

$$CV = \left(\frac{S}{X}\right) \cdot 100\%$$

① 盛世明.浅谈不公平程度的度量方法[J].统计与决策,2004(2).

根据上述公式计算出的只有义务教育在校生家庭各类教育支出的变异系数见表 7-9。

表 7-9　只有义务教育在校生家庭各类教育支出的变异系数

单位：%

年份	教育支出	家庭学杂费支出	家庭教材及参考书支出	其他教育支出
1997	122.39	148.31	147.51	311.72
1998	129.36	154.33	146.11	415.74
1999	108.62	119.30	146.06	346.48
2000	121.81	143.84	151.03	361.39

以上分析表明,其他教育支出的变异系数远大于学杂费支出、教材及参考书支出的变异系数,这表明"其他教育支出"的差异是导致城镇只有义务教育在校生家庭教育支出不均衡的一个重要原因。由于原有数据统计口径不清晰,因此不能确切地知道,家庭"其他教育支出"包含哪些支出,但可以猜测"其他教育支出"可能包括课外补习班费用、聘请家教费用等,这些费用的差异构成了家庭教育支出差异的重要部分。

按照人均可支配收入从低到高,将只有义务教育在校生家庭分为 10 组,每年各组家庭其他教育支出占总教育支出的比例均值见表 7-10。

表 7-10　各组家庭其他教育支出占总教育支出的比例均值

年份	1	2	3	4	5	6	7	8	9	10
1997	0.094	0.097	0.113	0.096	0.124	0.167	0.157	0.165	0.157	0.137
1998	0.066	0.119	0.163	0.122	0.173	0.169	0.161	0.179	0.247	0.114
1999	0.103	0.101	0.139	0.217	0.160	0.243	0.156	0.176	0.192	0.125
2000	0.074	0.082	0.132	0.143	0.138	0.167	0.228	0.218	0.304	0.219

表 7-10 可以用图 7-3 表示。

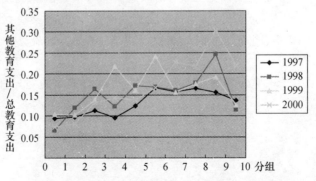

图 7-3　各组家庭其他教育支出占总教育支出的比例均值

从表 7-10 看出,"其他教育支出"在教育支出中的比例随家庭教育收入的增加有增加的趋势,尤以 2000 年为显著。进一步说明了家庭经济状况在一定程度上决定了教育投资结构,也就是说,除书本费和学杂费以外的其他教育支出受到了家庭经济状况的影响,并且成为家庭之间教育开支差异的重要组成部分。

第二节　家庭义务教育负担的影响因素分析

由于家庭教育负担可能受到人均可支配收入、父母的文化程度、父母的职业、行业、孩子的就读学校层次、时间等因素的影响,因此本节建立这些因素与家庭教育负担之间的回归方程。由于数据中户主通常是在校生的父亲或者母亲,因此以下分析将用户主的变量代替父母的变量。回归分析的样本为只有义务教育阶段在校生的城镇居民家庭。

$$Y = \beta_0 + \beta_1 X_1 + \beta_2 X_2 + \beta_3 X_3 + \sum \lambda_j z_j + \sum \gamma_k h_k + \sum r_i t_i + \mu$$

Y:人均教育支出占人均可支配收入比例。

X_1:人均可支配收入。

X_2:户主的文化程度。对于户主的受教育程度,在原始数据中,有 7 种,分别是:本科(及以上)、大专、中专、高中、初中、小学以及其他。在计算受教育年限时,上述类别的受教育程度分别按 16 年、15 年、12 年、12 年、9 年、5.5 年和 2 年计算。

X_3:子女受教育层级的虚拟变量。本节以只有小学在校生子女的家庭为基准,只有初中在校生子女的家庭与只有小学在校生子女的家庭进行比较,系数 β_3 表示只有初中在校生子女的家庭与只有小学在校生子女的家庭相比,人均教育支出的差异,正(负)的回归系数表示该家庭人均教育支出或人均教育支出占人均实际支出比例高(低)于只有小学在校生子女的家庭。

z_j:职业虚拟变量(j 职业为 1,其他为 0)。户主的职业有 8 种,它们分别是:各类专业技术人员;国家机关、党群组织和企事业负责人;办事人员和有关人员;商业工作人员;服务性工作人员;农林牧渔劳动者;生产工人、运输工人和有关人员(简称为"工人");其他劳动者。这里以"工人"作为参照的基准职业,其他各职业分别与"工人"职业比较。

h_k:行业虚拟变量(k 行业为 1,其他为 0)。户主的行业有 16 种,按照行业收益指数将这 16 个行业划分为"高收益行业"、"中收益行业"以及

"低收益行业"三种行业。[①]"高收益行业"包括 4 个行业,分别为:电力煤气及水的生产和供应业、科学研究和综合技术服务业、金融保险业、房地产业。"中收益行业"包括 4 个行业,分别为:交通运输仓储和邮电通信业、卫生体育和社会福利业、教育文化艺术及广播电影电视业、国家机关政党机关和社会团体。"低收益行业"包括 8 个行业,分别为:农林牧渔业(城镇)、建筑业、地质勘察水利管理业、社会服务业、采掘业、批发零售贸易和餐饮业、制造业和其他行业。这里以"低收益行业"作为参照的基准行业。

t_i:年份虚拟变量(i 年为 1,其他为 0),以 1997 年为参照的基准年份,其他各年份分别与 1997 年比较。

计量结果表明,方程的共线性检验值都小于 10,这表明方程中自变量之间共线性问题不严重。方程调整过的 R^2 为 0.05,显著性水平为0.000,通过了 0.01 的显著性水平检验。方程中系数通过了显著性水平检验的自变量见表 7-11。

表 7-11　系数通过显著性水平检验的自变量

自变量名	自变量的系数	系数的显著性
1998 年	0.010	0.000
1999 年	0.012	0.000
2000 年	0.016	0.000
人均可支配收入	−0.000007	0.000
服务性工作人员	−0.01	0.031
不便分类的其他劳动者	0.042	0.000
中收益行业	−0.008	0.001
只有初中在校生子女的家庭	0.029	0.000

以上分析表明,在控制了其他变量后:① 1998 年、1999 年、2000 年的人均教育支出占人均可支配收入的比例分别比 1997 年高 0.01、0.012、0.016,这说明只有义务教育阶段在校生城镇家庭的教育负担在逐年快速增加;② 人均可支配收入每增加 1 元,人均教育支出占人均可支配收入的比例就略微下降 0.000007,表明随着家庭收入的提高,只有义务教育阶段在校生城镇家庭的教育负担在下降;③ 与户主职业为"工人"的家庭相比,户主职业为"服务性工作人员"的家庭教育负担要低 0.01,户主职业为"不便分类的其他劳动者"的家庭教育负担要高 0.042;④ 与

---

① 岳昌君.大学生就业选择的行业因素分析[J].北大教育评论,2004(3).

低收益行业家庭相比,中收益行业的家庭人均教育支出占人均可支配收入的比例要低 0.008,高收益行业的系数尽管没有通过显著性水平检验,但符号为负表明高收益行业的家庭人均教育支出占人均可支配收入的比例同样也要低。上述分析表明,低收益行业家庭的义务教育负担均高于中收益和高收益行业的家庭;⑤ 与只有小学在校生子女家庭相比,只有初中在校生子女家庭的人均教育支出占可支配收入比例则要高 0.029,表明只有初中在校生子女家庭的教育负担高于只有小学在校生子女家庭。

第三节　结论与政策性含义

本章前一部分探讨了我国城镇居民家庭义务教育支出的状况和变化特征,研究的主要结论是:

(1)平均而言,一半以上的城镇家庭有在校生,特别是有义务教育阶段在校生的家庭是一类经济相对弱势的群体,一方面这些家庭由于人口抚养压力较大,人均可支配收入和人均支出水平偏低。另一方面这类家庭还要在本已偏低的人均支出水平中,拿出相当一部分开支用于教育支出。虽然这类家庭会因就读子女最终从学校毕业,并进入劳动力市场而改变这种经济相对弱势的状况,但是这个高负担时期少则持续 9 年,多则持续 16 年甚至更长。因此重视这样一个城镇居民家庭经济负担的特征,对于制定城镇教育财政政策,减少贫困,提高广大居民的福祉是非常有意义的。

(2)城镇只有义务教育阶段在校生家庭的教育负担在逐年增加,且低收入阶层家庭的教育负担远高于高收入阶层家庭的教育负担。

(3)城镇只有义务教育阶段在校生家庭的教育支出之间的差距较大,并且这种差距随着时间的推移有拉大的趋势。

(4)导致城镇只有义务教育阶段在校生家庭教育支出差异的一个可能的重要原因是,高收入阶层家庭投入择校、课外兴趣班、聘请家教等方面的费用,远高于低收入阶层家庭。由于现有统计口径的局限,笔者难以很好地对家庭教育支出的结构,特别是对以上提到的带有自愿性质的家庭教育支出进行清晰的分析,但是经验告诉我们,这类支出越来越成为家庭教育支出的一个重要的甚至是主要的部分。

(5)对家庭义务教育负担影响因素的回归分析表明,影响我国城镇家庭义务教育负担的因素包括:家庭收入、子女受教育的层级、父母的行业和职业。具体来说，城镇居民家庭的义务教育负担随着家庭收入的上升而下降，户主行业为低收益行业的家庭义务教育负担高于中收益和高收益行业的家庭，初中在校生子女的家庭义务教育负担高于小学在校生子女的家庭。

以上结论的政策含义是：

（1）只有义务教育阶段在校生子女的家庭收入偏低，并具有较高的教育负担，且这种教育负担在逐年增加。因此这一部分家庭的经济利益是政府应该给予充分考虑的。因此对于基本的公立义务教育，政府在现阶段可以考虑给予更加充分的财政支持。学杂费是我国城镇家庭义务教育支出的主要部分，这是造成我国城镇居民家庭特别是低收入阶层家庭义务教育负担较重的主要原因。

（2）城镇家庭的义务教育负担随着家庭收入的上升而下降，且低收入阶层家庭的教育负担远高于高收入阶层家庭的教育负担。为了减轻低收入阶层家庭的义务教育负担，针对贫困家庭的义务教育资助制度应该得到切实的完善和实施。

（3）导致城镇居民家庭义务教育支出不均衡的一个可能的重要原因是，随着家庭经济水平的提高，家庭投入择校、课外补习班、聘请家教等方面的费用显著增加，部分地反映出现有的公立义务教育尚难满足城镇居民对优质教育的旺盛需求。义务教育阶段教育支出的过大差异，会导致不同收入阶层家庭的子女在接受义务教育的数量和质量方面产生较大的差异，而义务教育作为一种基础性的国民教育，政府应坚持公平的理念，努力保证在起点阶段为每个公民提供尽可能公平的教育资源。因此，政府应该努力采取措施，加强对薄弱校的建设，缩小校际之间在办学质量上的差异，进而减轻家长的择校负担。

第八章　农村居民家庭教育支出入户调查的实证研究

截至 2000 年底,我国基本实现了政府提出的"普九"目标,普及九年义务教育的人口占全国人口的比例,从 20 世纪 90 年代初的 40％左右提高到 85％。可以说,经过多年努力,中国义务教育取得了长足的进展,中国公民平等享有受教育的权利得到了基本保障;教育经费投入虽有波动,但基本呈增长态势;地区间差距的问题日益被政府和社会各界广泛关注。

由于经济和社会的原因,中国的义务教育也面临着一些突出的困难和问题。目前农村义务教育总体投入水平低、基础设施薄弱、地区发展不平衡的矛盾仍然突出,地区之间、城乡之间在办学条件、师资水平等方面存在较大差距;农村地区义务教育的基本办学条件仍需进一步改善,教师素质还需大幅度提高,经费投入与事业发展需要之间的差距仍然明显。

为进一步了解中国农村贫困地区儿童受教育状况,应世界银行和英国政府资助"加强西部开发"中国基础教育投资项目的需要,设计了农村居民收支及教育情况抽样调查,委托中国国家统计局及相应省和县农村调查队入户调查,本章即是对这次调查的数据分析和探讨。

第一节　抽样方法和调查内容

本次入户调查的抽样主要是考虑三个方面的因素:① 地区分布:抽样选取了西部一个省,西南部一个省;② 民族分布:既有少数民族县,又有非少数民族县;③ 经济发展程度:既有相对较富裕的县,又有相对较贫困的县,但均为国家级或省级贫困县;④ 考虑到获得数据的准确性和真实性,抽样县和抽样户尽可能是国家统计局每年一度抽样调查的固定调查县和固定调查户。

根据研究设计,在世界银行和英国政府资助"加强西部开发"中国基础教育项目(简称"贫五"项目)省里,我们抽取了四川和广西两省作为样本省,两省共抽取了 600 个农户,其中广西 300 户,四川 300 户。

在广西,"贫五"项目备选县和国家统计局固定调查县完全重合的县有 5 个,且每县的固定调查户为 60 户,这样在广西,我们抽取了这 300 户作为调查户。分布如下:广西忻城县 60 户,广西田阳县 60 户,广西田林县 60 户,广西南丹县 60 户,广西都安县 60 户。其中有子女在学的抽样调查户分别有:广西忻城县 45 户,广西田阳县 34 户,广西田林县 36 户,广西南丹县 28 户,广西都安县 38 户。

广西的五个抽样调查县均为少数民族县,各县当年的人均纯收入分别如下:广西南丹县 2065 元,广西田阳县 1612 元,广西田林县 1501 元,广西忻城县 1474 元,广西都安县 1452 元。南丹县经济相对较好,忻城县和都安县的经济相对较差。抽样调查户在各县的经济状况呈高中低分布。

考虑到广西的抽样县均为少数民族县,我们在四川选择了两个非少数民族县和一个少数民族人口占县总人口约 50% 的县。抽样各县的人均纯收入分别为:四川汶川县 1845 元,四川仁寿县 1735 元,四川古蔺县 1658 元。抽样户分布如下:四川汶川县 80 户,四川古蔺县 100 户,四川仁寿县 120 户。抽样户的经济状况呈高中低分布。其中有子女在学的抽样调查户数分别是:四川汶川县 50 户,四川古蔺县 58 户,四川仁寿县 74 户。

调查的个人样本中共有 2724 人,在校学生 561 人,其中小学生 351 人,初中生 137 人,高中生 37 人,中专生 15 人,大学生 16 人,其他 5 人。

调查表是在世界银行中国第四个贫困地区基础教育发展项目经济与财政分析入户调查问卷的基础上,经过了与国家统计局农村调查队专业人员的大量讨论,并在其协助下修订完成的。调查表共有三个子表组成:① 调查村基本情况表;② 农村居民家庭收支情况表;③ 个人调查表。其中个人调查表中进行了在校生教育支出、获得的教育资助、子女入托或上学前班费用、对子女的教育期望、供子女上学的主要原因等调查。

本次入户调查在 2002 年 6 月份进行和完成。调查数据分析完成后,研究成果递交中国教育部和该项目主管部门。

第二节　数据分析及结果

1. 私人教育支出

（1）义务教育阶段的私人教育支出及其结构

本次入户调查的在校生的私人教育支出包括以下项目：杂费、课本费、因上学而花费的文具费、校服费、因上学而支付的住宿费、为上学而额外支付的伙食费、为上学而额外支付的交通费及其他费用。表 8-1 列出了 2000—2001 学年四川的三个项目县和广西的五个项目县的被调查户为其子女接受小学和初中教育即九年义务教育而负担的私人教育支出及其各项费用所占比例。

表 8-1　2000—2001 学年四川和广西抽样调查县农村居民家庭子女上学的

私人教育支出（Direct Private Costs, DPC）及其结构

单位：元，%

地区与学校	私人教育支出（元）	私人教育支出构成分类项（%）							
		杂费	课本费	文具费	校服费	住宿费	伙食费	交通费	其他费用
四川汶川县									
小学	317	52.50	32.06	9.15	3.99	0	2.18	0	0.12
初中	771	49.51	28.96	3.75	5.47	1.72	9.59	0.29	0.71
四川古蔺县									
小学	324	61.73	22.59	7.38	0.75	0.92	4.53	1.54	0.56
初中	836	39.60	23.1	5	1.02	2.36	25.93	2.21	0.78
四川仁寿县									
小学	664	60.22	22.79	6.13	0.25	0.65	6.51	0.12	3.34
初中	1234	59.80	13.61	5.55	0.61	3.72	13.62	0.86	2.22
广西忻城县									
小学	311	55.19	26.99	3.83	1.86	0.17	12.08	0.54	0
初中	1021	33.35	15.65	0.54	0.31	3.68	42.47	4	0
广西田阳县									
小学	282	54.52	25.03	5.29	1.49	0	3.76	0	9.9
初中	1396	44.88	10.96	1.59	0.84	10.24	26.58	1.61	3.29
广西田林县									
小学	767	58.16	21.78	7.78	0.96	1.19	6.43	1.54	2.15
初中	658	17.31	33.33	1.25	1.37	1.32	37.13	0.79	7.5
广西南丹县									
小学	301	69.57	18.14	5.79	2.04	0.56	3.48	0.42	0
初中	715	50.22	20.34	4.22	0.85	4.99	16.78	1.09	1.49
广西都安县									
小学	148	43.88	39.03	9.19	5.36	0	0	0	2.54
初中	759	21.94	17	3.67	5.41	3.04	45.13	2.17	1.64
各县平均									
小学	389	56.97	26.05	6.82	2.09	0.44	4.87	0.52	2.33
初中	924	39.58	20.37	3.20	1.99	3.88	27.15	1.63	2.20

对小学和初中在校生的私人教育支出结构分析显示,小学生和初中生教育成本负担存在较大的差别,初中生受教育的费用明显高于小学生,其私人教育支出是小学生的 2.37 倍。小学生的私人教育支出主要花费在杂费和课本费,而初中生的私人教育支出主要花费在杂费、课本费和伙食费上。私人教育支出在样本县之间也有一定的差别。男生和女生的私人教育支出虽有差别,但差异不显著,也没有表现出明显的规律。具体分析如下,抽样在校小学生的私人教育支出平均约 389 元,而初中生的私人教育支出在 924 元左右。小学在校生的杂费支出约占其私人教育支出的56.97%,课本费支出约占其私人教育支出的 26.05%。初中在校生杂费支出约占其私人教育支出的 39.58%,课本费支出约占其私人教育支出的 20.37%。小学生的伙食费约占其私人教育支出的 4.87%,而初中生的伙食费支出比例则为 27.15% 左右。此外,按照 2000/2001 学年的学生私人教育支出计算,小学生的私人教育支出中的住宿费支出比例约为0.44%,交通费支出比例约为 0.52%;初中生的私人教育支出中的住宿费比例约为 3.88%,交通费支出比例约为 1.63%。从支出结构上讲,小学生的支出花费主要在杂费,其次是书本费,而初中生的教育支出除了杂费和书本费外,花费在伙食上的成本也是其主要的支出项目之一。

样本县之间的差别表现为,四川汶川县、古蔺县和广西忻城县、田阳县、南丹县的小学生私人教育支出平均约为 200 多或 300 多元,而广西田林县和四川仁寿县的小学生私人教育支出分别为 767 元和 664 元。广西都安县的小学生私人教育支出约为 148 元,远低于其他各县的水平。广西田阳县、四川仁寿县和广西忻城县的初中生私人教育支出已经超过了千元,分别为 1396 元、1234 元和 1021 元,其他五县约为 700、800 元上下的水平。

从结构上看,私人教育支出与各县农村居民人均纯收入没有明显的相关关系。私人教育支出较高的主要原因在于杂费、课本费和伙食费的支出较高。由此可见,对于贫困县的义务教育财政资助主要应集中在这三项支出上。私人教育支出较高的县,公共财政应给予重视并采取一些措施,降低贫困家庭子女接受义务教育的直接教育开支。

(2) 小学住宿生和非住宿生的私人教育支出结构及数量比较①

在所有抽样调查样本中,共有小学在校生 351 人,其中住宿生 13 人,非住宿生 338 人。在 2000—2001 学年中,小学住宿生的平均私人教育支

---

① 在有效样本中,小学住宿生仅有 13 人。由于小学住宿生和非住宿生的有效样本数差别较大,该结果的代表性和可推广性还需要进一步的论证或需要其他资料的佐证。

出约为 1165 元,非住宿生的私人教育支出平均约 311 元。

在小学生的私人教育支出结构中,小学住宿生的学杂费平均约 342 元,课本费平均约 86 元,文具费平均约 50 元,校服费平均约 15 元,住宿费平均约 138 元,伙食费平均约 340 元,交通费平均约 150 元,其他费用约 45 元;而非住宿生的平均学杂费支出约为 172 元,平均课本费支出约为 77 元,平均文具费支出约为 16 元,平均校服费支出约为 6 元,住宿费支出零元,伙食费支出平均为 16 元,交通费支出平均约 0.25 元,其他费用 7 元。

比较该支出结构可以发现,小学住宿生的学杂费支出、住宿费支出、伙食费支出及其他费用支出远远高于非住宿生的相应支出。住宿生负担的文具费和校服费也稍高出非住宿生的相应支出水平。

(3) 初中住宿生和非住宿生的私人教育支出结构及数量比较

在所有抽样调查样本中,共有初中在校生 137 人,其中住宿生 74 人,非住宿生 63 人。抽样数据分析表明,在 2000—2001 学年中,住宿生的平均私人教育支出约为 1153 元,明显高于非住宿生私人教育支出约 694 元的平均水平。

比较私人教育支出结构,我们发现,住宿生和非住宿生支付的伙食费、住宿费和交通费有明显差别,住宿生负担的伙食费支出平均约为 453 元,住宿费支出平均约为 77 元,交通费支出平均约为 38 元,远远高于非住宿生的平均支出水平。非住宿生负担的伙食费支出平均约为 155 元,交通费平均约为 4 元,住宿费支出为零(表略)。

住宿生和非住宿生在学杂费、课本费、文具费、校服费及其他费用支出方面均无明显差异。住宿生的平均学杂费支出约为 379 元,平均课本费支出约为 147 元,平均文具费支出约为 25 元,平均校服费支出约为 20 元,平均其他费用支出约为 14 元。非住宿生的平均学杂费支出约为 331 元,平均课本费支出约为 151 元,平均文具费支出约为 26 元,平均校服费支出约为 12 元,平均其他费用支出约为 15 元。

由此可见,住宿生和非住宿生私人教育支出的差别主要在于住宿费、伙食费和交通费三项支出上。

2. 家庭教育支出及其承受能力分析

(1) 家庭教育支出

根据本次抽样调查表 8-2 的数据,所有抽样调查户的家庭平均教育支出为 1404 元。八个抽样调查县的家庭平均教育支出如下:四川汶川县为 840 元,四川古蔺县为 1153 元,四川仁寿县为 1869 元,广西忻城县为

1535 元，广西田阳县为 2247 元，广西田林县为 1554 元，广西南丹县为
1020 元，广西都安县为 1011 元。比较而言，广西田阳县、四川仁寿县、广
西田林县、广西忻城县比其他各县的家庭教育支出高，其中广西田阳县远
高于其他抽样调查县。其主要原因在于：① 广西田阳县、四川仁寿县和
广西忻城县的初中生的私人教育支出远高于其他抽样调查县；② 广西田
林县和四川仁寿县的小学生私人教育支出远高于其他抽样调查县；③ 广
西田阳县和四川仁寿县抽样调查户的在校大学生多于其他各县。大学生
的直接教育费用要远高于中小学生的直接教育费用。

（2）家庭教育支出负担率

这里我们采用了国际上惯常使用的三个指标来反映抽样调查户为负
担子女上学的经济承受能力：① 家庭教育支出占家庭总支出的比例，或
称家庭教育支出相对家庭总支出的负担率；② 家庭教育支出占家庭纯收
入的比例，或称家庭教育支出相对家庭纯收入的负担率；③ 家庭为子女
上学发生的借贷。家庭教育支出负担率计算数据见表 8-2。通常，家庭教
育支出所占比例越高，家庭为支付子女上学的经济负担越重；反之越轻。

表 8-2　家庭教育支出（Household Education Spending, HES）和经济承受能力估算

	四川			广西				平均
	汶川	古蔺	仁寿	忻城	田阳	田林	南丹	都安	
(1) 家庭教育支出(元)	840	1153	1869	1535	2247	1554	1020	1011	1404
经济承受能力：以家庭支出为基础的估算									
(2) 家庭教育支出占家庭总支出的比例(%)	6.96	10.91	22.41	16.13	19.71	15.56	7.87	9.82	13.67
(3) 家庭教育支出占家庭总支出的比例大于20%的抽样户占该县总抽样户的比例(%)	2.00	13.60	27.50	37.00	23.50	20.00	14.30	10.50	18.55
经济承受能力：以家庭收入为基础的估算									
(4) 家庭教育支出占家庭纯收入的比例(%)	22.58	12.74	26.60	22.64	34.71	17.68	9.52	13.73	20.03
(5) 家庭教育支出占家庭纯收入的比例大于20%的抽样户占该县总抽样户的比例(%)	8.00	17.00	31.90	52.20	38.20	28.60	14.30	15.80	25.75

表 8-2 的数据显示出了家庭教育支出已经占到家庭总支出的较高比
例。所有抽样调查户的家庭平均教育支出占家庭总支出的比例为

13.67％。曾满超(Tsang, 1995)对河北省(1993 年数据)和甘肃省(1994 年数据)的入户调查数据分析表明,当时的抽样调查户的家庭教育支出占家庭总支出的比例约为 10％。可以说,2001 年广西和四川农村居民的家庭教育支出负担要大于 1995 年的调查数据。①

八个抽样调查县的家庭教育支出占其家庭总支出的比例如下:四川汶川县 6.96％,四川古蔺县 10.91％,四川仁寿县 22.41％,广西忻城县16.13％,广西田阳县 19.71％,广西田林县 15.56％,广西南丹县 7.87％,广西都安县9.82％。相比而言,四川仁寿县、广西忻城县、广西田阳县、广西田林县等四个样本县农村居民的家庭教育支出负担率比较高,均在15％以上。四川汶川县、广西南丹县和都安县农村居民的家庭教育支出负担率不高,均在 10％以下。

依照曾满超(Tsang, 1995)的假定,家庭教育支出占家庭总支出的比例在 20％以上被看做家庭为子女上学承担较重的经济负担。与 1993 年河北省和 1994 年甘肃省的抽样调查相比,家庭教育支出相对家庭总支出的负担率在 20％以上的抽样调查户的数量有了很大幅度的增加。1993年河北省和 1994 年甘肃省的抽样调查表明,8.8％的抽样调查户的家庭教育支出占家庭总支出的比例超过了 20％。而本次抽样调查中,有约18.55％的调查户的家庭教育支出占家庭总支出的比例超过了 20％。

八个样本县的抽样调查户中,家庭教育支出负担率在 20％以上的户比例分别为:四川汶川县 2％,四川古蔺县 13.6％,四川仁寿县 27.5％,广西忻城县 37％,广西田阳县 23.5％,广西田林县 20％,广西南丹县14.3％,广西都安县10.5％。可以说,为支付子女上学而承受较大的经济负担的家庭在四川仁寿县、广西忻城县、田阳县和田林县已占有很大的比例,在四川古蔺县和广西南丹县也已经到了一个比较大的比例。

表 8-2 的数据还显示出家庭教育支出占家庭纯收入的比例也达到了较高的水平。所有抽样调查户的家庭平均教育支出占家庭纯收入的比例约为 20％,约 26％的抽样调查户的该比例达到或超过了 20％。与曾满超(1995)的研究结果②相比,这两个比例基本维持稳定,没有大的提高或下降。

---

① 曾满超(Mun C. Tsang, 1995)在河北(1993 年数据)和甘肃(1994 年数据)的入户调查是为世界银行中国第四个贫困省基础教育发展项目所做的经济财务分析中的一部分内容。河北和甘肃是"贫四"项目的备选省。

② 曾满超 1995 年的研究表明河北和甘肃的抽样调查户的家庭教育支出占家庭纯收入的比例约为 22％,约 26％的抽样调查户的该比例达到或超过了 20％。

八个抽样调查县的家庭教育支出占其家庭纯收入的比例如下：四川汶川县 22.58％，四川古蔺县 12.74％，四川仁寿县 26.6％，广西忻城县 22.64％，广西田阳县 34.71％，广西田林县 17.68％，广西南丹县 9.52％，广西都安县13.73％。抽样调查户中该比例已达到 20％的户比例为：四川汶川县 8％，四川古蔺县 17％，四川仁寿县 31.9％，广西忻城县52.2％，广西田阳县 38.2％，广西田林县 28.6％，广西南丹县 14.3％，广西都安县15.8％。其中，广西忻城县已有超过 50％的有子女在学抽样调查户承受着较重的教育负担，广西田阳县和四川仁寿县也有超过 30％的有子女在学抽样调查户承受着较重的教育负担，广西田林县也已接近 30％。总之，家庭教育支出负担率的分析结果显示出广西忻城县、田阳县、田林县和四川仁寿县已经有相当大比例的有子女在学的家庭承受着较重的教育成本。

对住宿生和非住宿生的家庭教育支出负担率的分析发现，初中住宿生的家庭教育支出占家庭总支出的比例以及家庭教育支出占家庭纯收入的比例均明显高于非住宿生的这两个比例，同时也明显比有子女在学的抽样调查户的平均支出水平要高。在本次抽样调查户中，住宿生的家庭教育支出占家庭总支出的比例平均约为 20.92％，家庭教育支出占家庭纯收入的比例平均约为 28.89％。非住宿生的家庭教育支出占家庭总支出的比例平均约为 9.61％，家庭教育支出占家庭纯收入的比例平均约为 12.07％。这说明，住宿生的家庭教育负担已经达到了相当高的水平。

（3）家庭教育借贷情况

当家庭纯收入不能负担家庭总支出时，该家庭就会与外界发生借贷关系。农村居民因子女上学而发生的教育借贷主要发生在家庭与银行或信用社之间，或家庭与亲戚朋友之间。还有的亲戚朋友会以赠送的方式给予入不敷出的家庭以经济帮助。表 8-3 数据是抽样调查户 2001 年为负担子女上学发生的借贷情况。①

表 8-3 数据显示，除四川汶川县外，其他各样本县的有子女在学的抽样调查户有教育借贷和获亲友赠送的情况发生。约 22％的抽样调查户在 2001 年因子女上学向亲友借过钱，约 9.5％的抽样调查户因子女上学在 2001 年获得过亲友的捐赠，约 2.6％的抽样调查户与银行或信用社发生过教育借贷关系。与银行借贷相比，人们更倾向于向亲友借款支付子女上学。这种情况在广西忻城县和都安县表现得更为突出。在广西忻城

---

① 本次调查于 2002 年 6 月施行，了解的是 2001 年全年家庭教育支出的情况。

县和都安县,2001 年没有住户与银行或信用社发生教育借贷关系。在忻城县有 40％的有子女在学的抽样调查户向亲友借款,户均借款额为 509元;在都安县有 39.5％的有子女在学的抽样调查户向亲友借款,户均借款额为 201 元。这可能跟银行系统的教育贷款不完善有关。在中国,银行系统正在开展高校学生贷款,高中及以下还没有银行系统向受教育者或其家庭发放的贷款项目。

表 8-3　2001 年样本县抽样户因子女上学发生的借贷情况

	四川				广西			平均
	汶川	古蔺	仁寿	忻城	田阳	田林	南丹	都安	
(1) 从银行借贷的家庭户占样本户的比例(%)	0	1.7	8.1	0	0	5.6	5.6	0	2.63
(2) 从银行借贷的金额(元)	0	34	42	0	0	139	178	0	49
(3) 从亲朋处借款的户比例(%)	0	34.5	18.9	40	2.9	5.6	33.3	39.5	21.84
(4) 从亲朋处借款的金额(元)	0	199	358	509	88	69	194	201	202
(5) 从亲朋处获得经济赠予的户比例(%)	0	15.5	5.4	13.3	14.7	5.6	8.3	13.2	9.50
(6) 从亲朋处获得经济赠予的金额(元)	0	213	9	12	90	10	23	189	68.25

除此之外,比较突出的几个教育借贷为:在四川古蔺县,有 34.5％的家庭曾向亲友借款用于孩子上学,户均借款额为 199 元;有 15.5％的家庭曾获亲友无偿赠送,户均获赠 213 元。在四川仁寿县,有 18.9％的家庭曾向亲友借钱,户均借款 358 元。在广西南丹县,有 33.3％的家庭曾向亲友借钱,户均借款 194 元。

3. 学龄儿童未入学情况及其原因

表 8-4 数据是 7—12 岁和 13—15 岁两组学龄儿童的失学率和在学率。抽样调查中,除广西田阳县的 7—12 岁和 13—15 岁儿童,以及广西田林县的 7—12 岁儿童无失学现象外,其他各县均存在不同程度的学龄儿童失学现象。13—15 岁学龄儿童组的失学率明显地大于 7—12 岁学

龄儿童组。女童的失学率要高于男童。但少数民族儿童的失学率与汉族儿童相比没有表现出明显差距。

表 8-4　样本县学龄儿童失学率

	四川			广西				
	汶川	古蔺	仁寿	忻城	田阳	田林	南丹	都安
7—12 岁学龄儿童：								
儿童失学率	1.85	4.97	2.09	3.85	0	0	8.34	5
其中：男童失学率	3.7	3.03	0	0	0	0	0	10
女童失学率	0	6.9	4.17	7.69	0	0	16.67	0
少数民族儿童失学率	3.7	n.a.	n.a.	3.57		0	10	4.17
7—16 岁学龄儿童：								
儿童失学率	15.68	12.93	8.94	9.62	0	11.70	14.11	14.96
其中：男童失学率	17.07	6.25	2.08	7.69	0	4.35	12	14.29
女童失学率	14.29	19.61	15.79	11.54	0	19.05	16.22	15.63
少数民族儿童失学率	15	66.67	n.a.	9.23		11.36	14.52	15.25
13—15 岁学龄儿童：								
儿童失学率	31.67	16.31	16.97	15	0	16.67	17.62	15.71
其中：男童失学率	30	9.09	6.67	10	0	0	28.57	8.33
女童失学率	33.33	23.53	27.27	20	0	33.33	6.67	23.08
少数民族儿童失学率	30	50 *	n.a.	13.33	0	15.38	13.64	16

注：n.a.表示此样本县数据中无少数民族学龄儿童的样本。* 表示在古蔺县 7—16 岁学龄儿童样本中，只有三名少数民族儿童，其中两名儿童失学。古蔺县 13—15 岁学龄儿童样本中只有两名少数民族儿童，其中两名儿童失学。

　　由表 8-4 数据可计算出各样本县学龄儿童的在学率。7—12 岁学龄儿童的在学率分别为：四川汶川县 98.15%，四川古蔺县 95.03%，四川仁寿县 97.91%，广西忻城县 96.15%，广西田阳县 100%，广西田林县 100%，广西南丹县 91.66%，广西都安县 95%。抽样调查县 7—12 岁学龄儿童的平均在学率为 96.7%。

　　各县 13—15 岁学龄儿童在学率分别为：四川汶川县 68.33%，四川古蔺县 83.69%，四川仁寿县 83.03%，广西忻城县 85%，广西田阳县 100%，广西田林县 83.33%，广西南丹县 82.38%，广西都安县 84.29%。抽样调查县 13—15 岁学龄儿童的平均在学率为 83.8%。

　　在父母填写的 7—16 岁子女未上学原因一栏中，30.8% 的学龄儿童失学的原因是经济困难，47.7% 的学龄儿童失学的原因是学习不好或学习困难，10.8% 的学龄儿童失学的原因是缺乏教师。由此可见，学习困难是儿童失学的最主要原因,其次是经济困难。这两个因素占儿童失学原因的 78.5%。另外,师资也是导致孩子失学的一个重要因素。

4. 父母对子女的教育期望

表 8-5 和表 8-6 数据显示了父母对子女的教育期望。从结果可以看出,总体上,抽样调查户的父母对子女受教育表现出较高的期望。平均约有 72% 的受调查家长希望子女能接受高等教育。

表 8-5　四川的样本县抽样户父母对子女的教育期望分布

单位:%

层次	四川汶川			四川古蔺			四川仁寿		
	男	女	平均	男	女	平均	男	女	平均
小学以下	2.9	3.7	3.3	0	1.3	0.65	0	0	0
小学	10.3	14.8	12.55	2.3	11.4	6.85	1.7	0	0.85
初中	30.9	44.4	37.65	29.1	41.8	35.45	1.7	8.8	5.25
高中	27.9	14.8	21.35	38.4	29.1	33.75	33.9	17.5	25.7
大学及以上	27.9	22.3	25.1	30.2	16.5	23.35	62.8	73.7	68.25

表 8-6　广西的样本县抽样户父母对子女的教育期望分布

单位:%

层次	广西忻城			广西田阳			广西田林			广西南丹			广西都安		
	男	女	平均	男	女	平均	男	女	平均	男	女	平均	男	女	平均
小学以下	0	2.9	1.45	0	0	0	0	0	0	0	0	0	0	0	0
小学	0	0	0	0	0	0	5.1	0	2.55	0	0	0	0	0	0
初中	12.3	41.2	26.75	4.5	0	2.25	12.8	51.4	32.1	5.1	13.7	9.4	0	5.4	2.7
高中	42.1	41.2	41.65	18.2	35	26.6	28.2	32.4	30.3	23.1	39.2	31.15	10.3	24.3	17.3
大学及以上	45.7	14.7	30.2	77.3	65	71.15	53.8	16.2	35	71.8	47.1	59.45	89.7	70.2	79.95

比较而言,广西五个样本县的抽样调查户对子女的教育期望主要分布在高中及以上,很高比例的家庭希望孩子接受高等教育,明显高于四川的三个样本县。县与县之间存在一定的不均衡。广西都安县、田阳县、四川仁寿县和广西南丹县的抽样调查户对子女的教育期望较高,希望子女

接受高等教育的比例分别达到 79.95%、71.15%、68.25% 和 59.45%。其余几个县的调查户希望子女接受高等教育的比例由高到低依次为广西田林县 35%，广西忻城县 30.2%，四川汶川县 25.1%，四川古蔺县 23.35%。希望子女接受高中或中专教育程度的调查户的比例比较高的几个县分别是：广西忻城县 41.65%，四川古蔺县 33.75%，广西南丹县 31.15%，广西田林县 30.3%。

希望子女接受高中及以上教育的户比例由高到低依次为广西田阳县 97.75%，广西都安县 97.25%，四川仁寿县 93.95%，广西南丹县 90.6%，广西忻城县 71.85%，广西田林县 65.3%，四川古蔺县 57.1%，四川汶川县 46.45%。由此可见，广西和四川两省的抽样调查户普遍对子女接受教育持较高的期望。

在性别方面，父母对儿子的教育期望普遍高于女儿。这说明，在农村居民中重男轻女的现象仍比较普遍。

表 8-7 和表 8-8 数据对比了家庭经济承受能力和教育期望的差距。如果经济承受能力可达到的教育程度低于父母对孩子的教育期望，那么意味着家庭负担子女上学存在一定程度的经济困难。结果显示出所有抽样调查县均有一定比例的家庭在负担孩子上学方面有经济困难。如在广西南丹县有 46.8% 的家庭表示经济条件许可子女接受的文化程度低于父母的希望，四川仁寿县有 30.85% 的家庭表示经济条件许可子女接受的文化程度低于父母的希望。其余几个调查县的该比例依次为广西都安县27.5%，广西田林县 15.6%，四川汶川县 13.3%，广西田阳县 9.8%，四川古蔺县 8.5%，广西忻城县 5.3%。平均而言，约 19.1% 的家庭表示经济条件许可子女接受的文化程度低于父母的希望。约 65.5% 的家庭表示经济条件许可子女接受的文化程度与父母的希望相当。约 14.3% 的家庭表示经济条件许可子女接受的文化程度高于父母的希望。

表 8-7　四川三县家庭经济条件可承受的教育程度和教育期望的差距比较

	汶川			古蔺			仁寿		
	男	女	平均	男	女	平均	男	女	平均
经济能力＞教育预期	23.5	25.9	24.7	26.8	3.8	15.3	15.3	14.1	14.7
经济能力＝教育预期	63.2	63	63.1	64	64.6	64.3	61	57.9	59.45
经济能力＜教育预期	13.3	11.1	12.2	9.3	7.7	8.5	23.7	38	30.85

表 8-8 广西五县家庭经济条件可承受的教育程度和教育期望的差距比较

	忻城			田阳			田林			南丹			都安		
	男	女	平均	男	女	平均	男	女	平均	男	女	平均	男	女	平均
经济能力＞教育预期	1.8	8.8	5.3	13.6	0	6.8	10.2	35.1	22.7	0	3.9	1.95	7.7	21.6	14.65
经济能力＝教育预期	87.7	91.2	89.5	81.8	85	83.4	66.7	56.8	61.8	43.6	58.8	51.2	59	56.8	57.9
经济能力＜教育预期	10.6	0	5.3	4.5	15	9.8	23	8.1	15.6	56.4	37.2	46.8	33.3	21.6	27.5

5. 明瑟收益率

国际上通常设定明瑟收入函数形式为：

$$\ln Y = \alpha + \beta S + \gamma_1 x + \gamma_2 x^2 \tag{1}$$

在本次入户调查分析中，以家庭户 16 岁至 65 岁的劳动力人均受教育程度代表家庭户的教育程度，以家庭户的纯收入代表收益。方程(1)中 Y 表示家庭平均纯收入，S 表示家庭劳动力平均受教育年限，x 表示家庭劳动力平均年龄。因仅在广西和四川两省进行了入户调查，为控制地区因素带来的影响，笔者加入省虚拟变量，由 pr 表示（广西：$pr = 1$，四川：$pr = 0$）。由此，笔者建立如下可变参数模型。

$$\ln Y = \alpha + \beta_0 \cdot pr + \beta_1 \cdot S + \beta_{01} \cdot pr \cdot S + \beta_2 \cdot x + \beta_{02} \cdot pr \cdot x + \beta_3 \cdot x^2 + \beta_{03} \cdot pr \cdot x^2 \tag{2}$$

式中，β_1 表示四川省农村居民的教育收益率，$\beta_1 + \beta_{01}$ 表示广西农村居民的教育收益率。

回归结果如下：

$$\ln Y = 7.545 - 0.281 pr + 0.02037 S + 7.076 * 10^{-3} x - 2.48 \times 10^{-5} x^2 + 7.354 * 10^{-3} pr \cdot S - 1.45 * 10^{-2} pr \cdot x + 4.114 * 10^{-4} pr \cdot x^2 \tag{3}$$

因此，四川省农村居民的教育收益率为 2.037%，广西农村居民的教育收益率为 2.772%。若进行逐步剔除回归分析，剔除不显著调整项，直到所有剩余的调整项都显著后，如果 β_{01} 仍然保留在模型中，说明其在统计意义上通过检验。根据邹检验，这也就说明两省样本属于不同总体，实际意义就是两省教育收益率之间存在差异。但是在回归分析中，β_{01} 被剔除。这说明四川和广西居民的教育收益率之间没有显著差异，属于同一总体。将两省教育收益率进行加权平均,得到教育收益率 $\beta = 2.477\%$,这意味着对于同样年龄的劳动者,多受一年教育人均年收入可增加 2.477%。

6. 居民家庭支出结构和恩格尔系数

表 8-9 数据显示的是抽样调查户生活消费支出和食品消费支出在其家庭总支出中的比例,其中食品消费支出占家庭总支出的比例就是恩格尔系数。该比例越高,反映居民支出中用于食品的支出越高,经济越贫困。八个抽样调查县的户均恩格尔系数由高到低依次为：四川古蔺县50.02%,广西田林县 47.75%,广西南丹县 43.05%,四川仁寿县41.72%,广西都安县40.58%,广西田阳县 39.68%,四川汶川县37.37%,广西忻城县 35.36%。所有抽样调查户的平均恩格尔系数为 41.94%。

表 8-9 的数据还显示出有子女在学的抽样调查户的平均的恩格尔系数与所有调查户平均值接近,为 40.8%。

表 8-9　样本户生活费支出和食品消费支出占家庭总支出的比例

单位：%

	四川			广西				
	汶川	古蔺	仁寿	忻城	田阳	田林	南丹	都安
所有样本户：								
生活费支出占家庭总支出的比例	62.42	72.14	65.35	62.55	61.17	72.25	67.94	67.79
其中：食品消费支出的比例	37.37	50.02	41.72	35.36	39.68	47.75	43.05	40.58
有子女在学的样本户：								
生活费支出占家庭总支出的比例	64.48	72.92	66.96	65.57	61.13	72.27	69.16	68.41
其中：食品消费支出的比例	36.51	50.28	39.95	34.74	37.26	46.04	43.14	38.5

第三节　研究结论和主要政策建议

1. 研究结论

本次对四川和广西的入户抽样调查分析的主要结论总结如下：

(1) 对小学和初中在校生的私人教育支出结构分析发现,小学生的私人教育支出主要花费在杂费和课本费上,而初中生的私人教育支出主要花费在杂费、课本费和伙食费。初中生受教育的费用明显高于小学生。

小学住宿生的学杂费支出、住宿费支出、伙食费支出及其他费用支出远远高于非住宿生的相应支出。住宿生负担的文具费和校服费也稍高出非住宿生的相应支出水平。初中住宿生和非住宿生支付的伙食费、住宿费和交通费有明显差别,住宿生在这三项费用支出上远远高于非住宿生的平均支出水平。

(2) 对家庭教育支出负担率的分析发现,所有调查县均显示出较高的家庭教育支出占家庭总支出和家庭纯收入的比例。其中广西忻城县、田阳县、田林县和四川仁寿县已经有相当大比例的有子女在学的家庭承受着较重的教育成本。

对住宿生和非住宿生的家庭教育支出负担率的分析发现,住宿生的家庭教育负担已经达到了相当高的水平。

另外,家庭为子女上学而发生的教育借贷在样本县中比较普遍,向亲友借款的情况要远多于银行借贷。

(3) 对样本县义务教育学龄儿童入学情况的分析发现,13—15 岁学龄儿童组的失学率要大于 7—12 岁学龄儿童组。女童的失学率要大于男童。但少数民族儿童的失学率与汉族儿童相比没有表现出明显差距。学习困难是儿童失学的最主要原因,其次是经济困难。另外,师资缺乏也是导致孩子失学的一个重要因素。这说明,经济资助非常重要,不能让孩子因经济原因而失学。提供良好的教育教学环境和服务,培养优秀教师,培养儿童的学习能力,给予学习方法的训练,这些都是非常重要和值得关注的。要让孩子们喜欢学习,愿意学习,不把学习当成苦差事,把激发孩子的学习欲望和学习兴趣作为重要的教育内容,是教育机构应该予以重视的问题。

(4) 抽样调查户的父母对子女受教育表现出较高的期望。约有 72% 的父母希望子女能接受高等教育。父母对儿子的教育期望普遍高于对女儿的期望。所有抽样调查县均存在一定比例的家庭负担孩子上学有经济上的困难。平均约 19.1% 的家庭表示经济条件可承受的子女受教育程度低于父母的希望。

(5) 使用本次入户调查的数据,以家庭户 16 岁至 65 岁的劳动力人均受教育程度代表家庭户的教育程度,以家庭户的纯收入代表收益所计算的明瑟收益率为 2.477%。说明家庭户劳动力平均受教育程度每增加一年,劳动力平均收入将增加 2.477%。

(6) 所有抽样调查户的平均恩格尔系数为 41.9%。有子女在学的抽样调查户的平均恩格尔系数为 40.8%。

2. 主要政策建议

　　由于几乎所有调查县的有子女在学的抽样调查户的家庭教育支出占家庭总支出的比例和家庭教育支出占家庭纯收入的比例，都达到了较高的水平，所以学生资助计划的实行和完善是非常必要的。

　　学生资助计划应该是长期、稳定和具有可持续性的，而不是在世行贷款项目或义务教育工程结束后就中断。有鉴于此，建议中央和省级政府加大学生资助资金的拨付力度，实施贫困地区义务教育学生资助。由于杂费和课本费在小学生的私人教育支出中占有较高的比重，杂费、课本费和伙食费在初中生的私人教育支出中占有较高的比重，具体资助形式可采用给予贫困小学生减免杂费和课本费，给予贫困初中生减免杂费、课本费，给予住宿生伙食补贴等方式。

　　从本次入户调查的结果可以看出，有相当多的儿童是因为学习困难、教学内容脱离当地生活而使得人们认为读书无用或缺乏好教师等非直接的经济原因而失学的，因此加强农村贫困地区教师和管理人员的培训和建设师资队伍是一个具有较大社会经济效益的公共财政投资方向。

第九章　家庭教育决策在中国农村教育社会性别不平等中的含义[①]

第一节　概　　述

在过去二十多年里,中国经济改革重新确立了家庭作为基本的经济单位,特别是在农村地区。[②]随着中国教育改革的深化,家庭教育支出也成为教育经费的重要来源。[③] 自 20 世纪 60 年代起,随着 Coleman 报告在美国的发表,家庭在决定教育成就中的重要性已被越来越多的学者们

---

　　① 本章原文为英文,由李丹柯和曾满超撰写,由北京大学教育学院范皑皑翻译,校对李丹柯、阎凤桥。

　　② Ellen Judd. *Gender and Power in Rural North China*. California: Stanford University Press, 1994; Andrew Walder. Markets and Inequality in Transitional Economies: Toward Testable Theories. *American Journal of Sociology*, Vol. 101, 1996. pp. 1060-73; Barbara Entwisle, Susan E. Short, Zhai Fengying, And Ma Linmao. *Household Economies in Transitional Times*. in Barbara Entwisle and Gail E. Henderson, (ed.)., *Re-Drawing Boundaries*. California: University of California Press, 2000. pp. 261-283; Nan Lin. *Understanding the Social Inequality System and Family and Household Dynamics in China* Ibid, pp. 284-294.

　　③ Mun C. Tsang. *Financial Reform of Basic Education in China*. Economics of Education Review, Vol. 15, no. 4. World Bank, *China: Higher Education Reform*, Washington, DC., 1996. pp. 423-444.

所认识。① 20 世纪 90 年代及 21 世纪初的许多研究表明，在发展中国家，家庭决策对孩子的教育有着重要的影响。② 国内现有研究主要关注于家庭生产产品的重要性，但是对落后地区的家庭的教育决策和女性教育关系的研究却是凤毛麟角。

中国教育存在着城乡差异、沿海和内陆地区的差异以及男女性别之间的差异。③ 由于这些差异对社会公平性与公正性所产生的负面效应，无论是政策制定者还是教育工作者，都视之为重大的教育问题。同时，由于私人资金是教育财政的一个重要组成部分，所以家庭内部关于哪些子女能接受教育的决策，将在较大程度上影响女童而非男童的入学机会。

本章的研究内容调查了中国贫困农村家庭教育决策、父母对子女的教育期望、男童和女童入学率的差别及其影响因素。虽然 1986 年在中国实施的《中华人民共和国义务教育法》为学校教育的社会性别平等奠定了法律和政策基础，但是家庭经济条件、对男女在社会和家庭中角色的看法、个人支付学费的负担以及学校的教育质量，都会影响家庭做出子女接受教育的决策，特别是是否送女童去上学的决策。本章通过对甘肃和河北四个贫困县的详细调查，综合地分析了经济、社会和文化等多方面因素对家庭教育决策的影响，力图更清晰地认识中国农村教育在社会性别上的不平等问题。

提高女童的入学率是甘肃和河北义务教育发展过程中面临的重大挑战。两省的地方政府都意识到，自 20 世纪 90 年代初期以来，普及九年义务教育的主要障碍在于贫困地区，特别是女童入学率比较低。90 年代初，全国农村地区 7—11 周岁儿童小学净入学率为 84.1%，12—14 周岁

① James S. Coleman, Ernest Q. Campbell, Carol J. Hobson, James McPertland, Alexander M. Mood, Frederick D. Weinfeld, and Robert L. York, *Equality of Educational Opportunity* (Wahsington, DC: Office of Education, US Department of Health, Education, and Welfare, 1966).

② 比如，Jere R. Behrman, Shahrukh Khan, David Ross, and Richard Sabor, "School Quality and Cognitie Achievement production: A Case Study for Rural Pakistan." *Economics of Education Review*, Vol. 16, no. 2 (1997), pp. 127-142. Anne Case, and Angus Deaton, "School Inputs and Educational Outcomes in South Africa." *Quarterly Journal of Economics*, Vol. 114, no. 3 (1999), pp. 1047-1087. Philip H. Brown, Parental Education and Investment in Children's Human Capital in Rural China." *Economic Development and Cultural Change*, Vol. 54, no. 4 (2006), pp. 759-789.

③ Mun C. Tsang. *Financing of compulsory education in China: Establishing a substantial and regularized scheme of intergovernmental-grants.* Harvard China Review, 3(2): 2002. pp15-20.

的儿童初中净入学率为 25.4%（包括男童和女童），而甘肃的两项指标分别是 81.6% 和 18.6%。甘肃 86 个县中有 38 个没有实现九年义务教育。在这些县中，最低的小学入学率为 58.3%。在部分贫困县，女童的小学入学率仅为 25%。[1]在河北，地方官员承认 1993 年至少有 50000 名学龄儿童失学，小学和初中的辍学率很高，特别是在农村地区。[2]与甘肃一样，在河北的贫困农村地区，女童教育问题是影响九年义务教育实施的关键之一。

本章的其他部分分为四节。第二节提出了分析的理论框架，进行了数据的统计描述。第三节探究了父母对于儿子和女儿受教育期望的差异，并把家长对于子女的教育期望与历史文化传统和经济状况改变联系起来考虑。第四节论证了家庭教育经济负担的存在及其对子女入学特别是女童入学的负面影响，并分析了小学入学与否与家庭教育经济负担、社会性别和其他因素之间的多元变化关系。第五节总结了这些重要发现及其对于教育政策和社会性别公平的含义。

第二节　理论框架和数据来源

本章采用跨学科研究方法来分析家庭教育决策及其对转型社会中教育的社会性别不平等的意义。通过社会性别研究文献和规范分析两个视角，聚焦于父母对子女教育期望的社会性别差异，家庭教育支出和入学情况。

在最近的社会性别研究文献中，社会性别差异被看做是一个社会现象，以此区别于性别的生理现象。人们浸润在已经建构的社会和文化中，社会性别决定了一个人的角色及其应有的行为。[3]"就像是一个社会和文化的集合"[4]，社会性别交织在人类生活的各个方面。因此，研究中国社会性别不仅仅是研究女性的经历，同时也研究社会性别对于男女生活的重大影响。贾德（Ellen R. Judd）在 1994 年的研究中指出，中国经济改革过程并非社会性别中立。因此，要了解中国农村，进行社会性别分析和

---

① 甘德霞.从多层次比较中分析甘肃儿童接受基础教育状况[J].甘肃教育,1994(4):5-6.

② 顾二熊.救助五万失学儿童展现燕赵大地爱心[J].河北教育,1993(7-8):6.

③ Amy Kesselman, Lily D. McNair, and Nancy Schniedewind, (ed). *Women: Images and Realities*, California: Mayfield Publishing Company, 1995.

④ Cristina K. Gilmartin, Gail Hershatter, Lisa Rofel, and Tyrene White, (ed)., *Engendering China: Women, Culture, and the State*. Cambridge: Harvard University Press, 1994. p. 1.

了解改革政策对农村妇女的影响是很重要的。[①]

　　社会性别也是一个有用的分析范畴。近年来，它已成为了解经济改革和探查中国农村问题的一个起点。例如，它被用来研究外来女工和中国农村中家庭作用的重构。[②]这些研究证实了社会性别不但在个人层面上决定了社会关系，而且是理解一个国家乃至世界政治、经济和社会政策的一个重要范畴。社会性别问题不仅是个人问题，也是由特定的社会经济条件和文化环境造成的社会关系问题。

　　本章力图阐述 20 世纪 90 年代的中国农村家庭对子女的教育决策是有社会性别差异的。这种社会性别差异是与妇女在婚姻、家庭和经济生产中所扮演的角色以及社会经济和文化传统密不可分的。可以合理地假设，如果父母对男童比对女童有更高的教育期望，他们在考虑子女入学问题时，可能更倾向于支持男童。本章试图为中国农村家庭由社会性别导致的男童和女童之间教育期望差异给出实证依据。

　　家庭教育决策受到经济因素、教育的私人成本和教育潜在收益的影响。教育成本不仅包括政府教育支出，还包括家庭和学生个人的支出和机会成本。在一些国家，家庭教育支出是教育成本中很重要的一个部分。[③]自 1978 年改革开放以来，农村地区经济生活发生了令人瞩目的变化。虽然一些家庭的收入增加了，但是大部分家庭还相当贫困。学校财政政策的重心从政府向家庭和学生个人转移，结果造成农村家庭的经济负担，这些都深刻地影响了中国农村地区的义务教育和非义务教育，特别是贫困地区的女童教育。

　　在此，家庭的教育支出指的是家庭在子女上学方面的花费，例如，学杂费、课本费、文具费，以及因为上学在衣物、食品和寄宿等方面的支出。家庭教育支出的经济负担可以计算为家庭为子女上学投入的资源，特别是家庭教育支出占家庭总支出的比例这一指标。本章证明了家庭教育支出造成的经济负担与农村失学率之间的关系。

　　① Ellen R. Judd. *Gender and Power in Rural China*. p. 2.

　　② Feng Xu, *Women Migrant Workers in China's Economic Reform*. New York: St. Martin's Press, Inc., 2000), Barbara Entwisle and Gail E. Henderson, (ed.). *Re-drawing Boundaries: Work, Households, and Gender in China*. California: University of California Press, 2000.

　　③ Mun C. Tsang. Public and Private Costs of Schooling in Developing Countries, in Martin Carnoy, (ed.). *The International Encyclopedia of Economics of Education*. Second Edition. Pergamon Press, 1995. pp. 393-398. M. Bray. *Counting the Full Cost*. Washington, DC: The World Bank, 1996.

中国劳动力市场发生了巨大的变化,但重男轻女的现象仍然存在。例如,Ellen R. Judd 关于中国北方农村乡镇企业的研究和 Feng Xu 有关外来女工的研究都指出,农村妇女比较集中于从事非熟练的、临时的和无发展前途的工作岗位。①这种较低的女性教育收益率,影响了家庭对女童的教育决策。

简而言之,为了了解中国农村女童的受教育情况,必须在中国社会空前变革的大社会背景下综合分析社会性别、经济和文化等影响家庭教育决策的因素。

本章采用的数据有两个来源:一个是对甘肃和河北四个贫困县 400户家庭的调查数据;另一个是这些地方的政策文件及其研究。400 户家庭调查是 1995 年城调队社会经济调查小组在这四个县进行的。②之所以选择这四个县为调查对象,是因为它们属于中国最贫困的县,并且处于社会经济和文化条件迥异的两个地区。③此外还有关于这四个县和两省的中英文出版物和研究资料。我们把数据统计分析和案例比较结合起来,以更好地理解父母教育期望、家庭教育支出和失学率。

表 9-1 列出了四县被调查家庭的基本信息。从表中可以看出省内差异和省际差异。甘肃两个县的人均收入和家庭支出要高于河北省;甘肃省被调查家庭孩子的入学率相应要高于河北省被调查家庭。河北省的 1县、2 县和甘肃省的 3 县没有少数民族家庭,4 县 69％的家庭是少数民族家庭(藏族)④。尽管如此,四个县有一个共同点,父亲比母亲接受了更多学校教育。一项对甘肃村落中 100 个父母的教育水准对孩子教育投资的研究表明,母亲的受教育程度比父亲的受教育程度对农村家庭的教育投资有更大的影响。一般来讲,一个农村家庭中如果母亲受教育的年限越高,该家庭愿意投放在孩子身上的钱就越多。这项研究认为,由于母亲对男孩、女孩并无亲疏之分,所以母亲的教育程度对女孩受教育机会的影响

---

① 　Ellen R Judd. Gender and Power in Rural China. Feng Xu. *Women Migrant Workers in China's Economic Reform*.

② 　本调查的工具是在国家统计局农调队每年使用的调查工具基础上修改而成的。本调查加入了教育支出,父母教育期望和入学与否来衡量教育产出。样本量则考虑到样本县的数量和各县的家庭数量。这样就可以在考虑预算约束的范围内,比较县与县之间、同一个县以内的多样性。就每个县而言,统计局随机抽取 100 户家庭,以保证他们在该县家庭中的代表性。在 1县有 93 名学生,2 县有 81 名学生,3 县有 136 名学生,4 县有 114 名学生。

③ 　两个地区中一个位于中国北方中原地带,另一个位于中国西北。各县人均收入、民族结构和地理条件都不同,有平原地区,也有山地。

④ 　有人推测,一些少数民族地区对教育的价值的认识可能与汉族不同。

更大。[1] 本章对四县资料的分析显示，母亲普遍比父亲所受的教育程度低，这一现象无疑会影响女童受教育的机会。

表 9-1   1995 年家庭基本信息

	河北省		甘肃省	
	1 县	2 县	3 县	4 县
家庭规模（人）	4.3	4.1	5.0	5.1
父亲受教育程度（年）	5.2	6.9	6.2	4.2
母亲受教育程度（年）	2.9	4.6	4.1	1.8
孩子数（人）	2.1	2.2	2.4	3.0
在校孩子数*	1.0	0.9	1.5	1.2
少数民族比例	0	0	0	69
家庭人均收入（元）*	309	291	431	932
家庭人均支出（元）*	345	472	824	962

注：*表示采用甘肃省两县 1994 年数据和河北省两县 1993 年数据。

第三节　父母的教育期望与社会经济和文化因素

父母对子女的教育期望是他们对子女入学观念的重要衡量指标。实证地分析父母是否对男童和女童有不同的教育期望，并把不同的期望与其形成教育决策的其他因素联系起来考虑，是很重要的。

在调查时，要求父母列出期望子女所能够达到的最高受教育程度，调查结果如表 9-2 所示。表 9-2 显示出县与县之间和性别之间的显著差异。在 1 县、3 县和 4 县，大部分的家庭（65％到 75％之间）对子女的期望是大学教育。在以上三个县，期望男童达到大学学历的比例明显高于女童，在三个县，家长对男童和女童接受高等教育的期望比例分别是：1 县为79％和 71％，3 县为 79％和 72％，4 县为 64％和 59％。在 2 县，大多数家长的期望是高中教育。与前三县一样，期望男童达到高中（初中）学历的比例明显高于女童。因此，四个县的数据清晰地表明，父母对男童的教育

<hr />

①   Philip H. Brown, "Parental Education and Investment in Children's Human Capital in Rural China," in *Educational Development and Cultural Change*, Vol. 54, no. 4 (2006), pp. 759-789.

期望要高于女童。①这个发现与表 9-1 显示出的父亲的受教育程度明显高于母亲是相一致的,同时也与 Hannum 对甘肃农村的研究结果相一致,Hannum 的研究认为,教育对男童和女童都很重要,但是对男童更有用。②

表 9-2　父母教育期望分布

单位：%

	男	女	男和女
河北,1 县			
初中教育	7	7	7
高中教育	14	22	18
中学后教育	79	71	75
河北,2 县			
初中教育	27	48	37
高中教育	57	48	53
中学后教育	16	4	10
甘肃,3 县			
初中教育 6	7	6	
高中教育	15	21	19
中学后教育	79	72	75
甘肃,4 县			
初中教育	12	24	18
高中教育	24	17	20
中学后教育	64	59	62

历史和现实的社会、经济和文化背景将帮助我们理解父母为什么对女童的教育期望较低。这四个县的很多乡镇坐落在贫困山区。自古以来,那些地区资源匮乏,并且在交通运输、对外交流和教育系统方面鲜有发展。由于乡镇分散,给农村孩子提供的学校教育的可能和质量成为当地的一个问题。在一些山区,小学生需要步行数里路去上学。就像 4 县一样,这种情形在少数民族地区更加严重。因为乡民相互分散隔离,很多村没有自己的小学。孩子们要不论风雨,步行数里,到教学质量并不高,

---

①　有趣的是,父母的教育期望都大大高于他们自身的受教育程度。大多数父母是 20 世纪 60—70 年代的学生,那时,入学机会比现在更加有限,所以他们的受教育程度都较低。教育机会在 80 年代增加得很快。拥有高中学历或者是大专及以上学历对于找个好工作是很重要的。因此,父母对子女的高教育期望也是可以理解的。

②　Emily Hannum. Gender differences in education in rural Gansu. (paper presented at the annual national conference of the Association for Asian Studies. Washington，DC，April 4-7，2002).

设备也不好的学校去上学，父母们可能会更多地从安全角度出发而不让女童们上学。在这些地区很少有中学，由于没有对升学抱太大希望，所以父母也不会考虑送女童们进入小学。[1]在甘肃4县这样的民族地区，缺乏有资格的少数民族女教师也减少了父母们送女童上学的意愿，于是教师性别成为影响少数民族家长送女童上学的一个因素。[2]

对农村孩子来说，特别是对农村女童来说，学校教育的质量和实用性是决定他们是否接受教育的重要因素。在中国，很多学生希望考进大学。只有这样，他们才有机会找到一个称心如意的非农业的工作。私人需求把各个层次的学校教育目标定位于能够送学生进入更高一级学校接受教育。在20世纪90年代，只有三分之一的高中毕业生能够进入大学。贫困地区学校的教学质量比富裕地区学校的教学质量要差得多，大学生中来自贫困地区的生源比例就更低了。即使对农村的男童来说，父母仍然对其考上大学不抱太大希望。加上从1992年开始，国家取消了大学生分配政策，改为毕业生自主择业，这样父母更加不愿意送女童上学。地方文件也指出，在目前非常狭窄的教育体系下，由于采用全国统一教材，学生们所受的教育与农村生活的关联性不强。[3]

此外，在中国农村，女儿被看成早晚是要嫁出去的。因此，家长不太可能在其经济承受能力之外，把稀缺的资源用于供女儿上学。

Joan Scott 在从历史范畴分析社会性别的开创性研究中，发现社会性别概念的核心统一于"两个相互联系的主张中：社会性别是一个基于感知差别的社会关系的构成要素，同时它也是表示权利关系的重要途径"[4]。在中国农村地区，关于妇女社会地位的传统观念和家庭中的社会性别关系，阻碍了女童与男童享受同等教育的机会。传统观点认为，儿子负有传宗接代和赡养双亲的责任，女儿则不可能永远是这个家的成员，她们迟早都要嫁出去，其终身幸福更多地取决于一个好的婚姻。有的家庭

---

① 牛郁贤. 贫困山区教师队伍建设的尝试[J]. 甘肃教育，1993(7-8)：9-10；梁世刚. 难圆的梦：山区孩子上学难透视[J]. 甘肃教育，1994(1-2)：16-17；萧村逸，马金华. 从女生受教育状况谈到民族教育的改革与发展[J]. 甘肃教育，1993(7-8)：13-14.

② 同上.

③ 王乐天. 市场经济体制下农村基础教育改革问题之关键[J]. 河北教育，1994(11)：10；何步青. 读书乎？金钱乎？当前中小学生流失现象透视与思考[J]. 甘肃教育，1993(6)：14. 除了相似的课程和教科书，由于教师质量、教育支出和学生特质等其他一些因素，农村学校比城市学校质量要低.

④ Joan W. Scott. Gender：A Useful Category of Historical Analysis, *American Historical Review*, Vol. 1, no, 5, 1986. pp. 1053-75.

不仅不愿意为女儿接受教育花钱,甚至急切地希望在她们出嫁之前,把投入的成本都收回来。正如一些学者指出的,其结果是父母把女童拉出了学校,推向了一些有暂时收入却没有发展前景的工作岗位。[1]

在过去的二十多年中,随着农村集体经济的解体、国有企业的改革和向市场经济体制的转变,很多沿海城市的私营企业雇佣了大批受教育程度低的年轻女工。[2] 此外,很多乡镇也建立了多种多样小规模的工厂企业,雇佣了许多受教育程度低的年轻女工。但是,这种雇佣往往是临时的,是年轻女工结婚之前的过渡性工作。在多数情况下,这种工作对只有小学或者初中教育程度的年轻女工来说,没有职业发展前景。然而,对许多农村家庭来说,这是一个很重要的经济策略。这些女工做临时工是否是自愿的?为了追求个性自由,还是为生存所迫?其实这些问题并不重要。在多数情况下,年轻女工不是把赚来的钱寄回家,就是攒起来做自己的嫁妆。无论哪一种方式,都是家庭从这些女孩子身上获得的经济回报。结婚之后,这些没有长期职业期望和受教育程度较低的农村妇女更可能会在家务农,由于她们的丈夫受教育程度较高,他们则会外出寻找非农业性工作,以提高家庭经济收入。这可能会使农村家庭中不平等的社会性别关系长期持续下去。

根据地方上的情况,市场经济改革引发的唯利主义也是造成贫困地区农村妇女受教育程度低的原因之一。从 20 世纪 70 年代开始,围绕经济发展对于妇女的影响,展开了激烈的争论。一些学者认为,在非洲和世界的其他地区,资本主义经济的发展使得女性的处境相比男性而言更加恶化。[3]另一些人则争辩,虽然发展中国家的工作条件没有达到发达国家

---

[1] Ethan Michelson and William L. Parish. Gender Differentials in Economic Success: Rural China in 1991 in Barbara Entwisle and Gail E. Henderson, (ed.). *Re-drawing Boundaries*, p. 135.

[2] Feng Xu. *Women Migrant Workers in China's Economic Reform*. New York: St. Martin's Press, Inc, 2000.

[3] 例如:Ester Boserup. *Woman's Role in Economic Development*. New York: St. Martin's Press, 1970; Irene Tinker and Michelle Bo Bramsen, eds. *Women and World Development*. New York: Overseas Development Council, 1976; June Nash and Maria Patricia Fernandez-Kelly, (ed.). *Women, Men, and the International Division of Labo*. Albany: Sate University of New York Press, 1983; Lee Ching-kwan. Engendering the Worlds of Labor: Women Workers, Labor Markets, and Production Politics in the South China Economic Miracle. *American Sociological Review*, Vol. 60, (1995). pp. 378-97; Ethan Michelson and William L. Parish. Gender Differentials in Economic Success. pp. 134-156.

的标准，但是很多妇女仍然把参与工作和获得个人报酬视为一种解放。[①]

　　以中国为例，不容置疑的是，改革开放和市场经济给中国农村人口包括农村妇女带来很多益处和发展机遇。市场经济的发展提高了很多农村人的生活水平。在甘肃，农民的消费结构反映出了他们物质生活水平的提高。[②]但是，与物质生活水平提高相伴的唯利主义思潮，也在农村产生了消极的影响，甘肃不少家庭让其子女辍学，特别是贫困地区的女童，这样他们可以赚钱。[③]市场经济也给学龄儿童带来了赚钱的机会。在 20 世纪 90 年代，甘肃和河北的很多集体和私营企业雇用童工。[④]政府官员也不得不承认，河北童工问题导致了学龄儿童辍学率的上升。我们将在下一部分中分析，女童的失学问题比男童更为严重的原因。

　　简而言之，我们的调查表明，父母对女童的教育期望低于男童。这个发现可以归因于文化、经济和社会等综合因素，在其他有关社会性别、教育和社会的研究中，讨论了如下一些问题：妇女在家庭和社会中地位的传统观念，教育收益降低与女童受教育程度低的关系，农村地区接受教育机会的减少，唯利主义和农村经济环境的改变对女童受教育的阻碍。

第四节　家庭教育支出和经济负担

　　家庭教育决策不仅受到前面部分提及的社会经济和文化因素的影响，也受到学校教育中私人支出给家庭带来的经济负担的影响。目前，很

---

　　① Diane Wolf. *Factory Daughters：Gender，Household Dynamics，and Rural Industrialization in Java*，California：California University press，1992.

　　② 田静. 甘肃农民消费结构与农村产业结构的调整[J]. 甘肃社会科学，1994(6)：65-68. 首先，农民在食品上的消费比例便更高。大多数农民以前自给自足，主要集中在粮食上；现在可以消费副食品、经加工的食品或者半成品，而且他们的食物中有很多是从商店购买的。第二，在衣着方面，消费水平也是逐步提升的。衣服的材质从棉制品发展到各种面料，衣服的来源从家庭缝制发展为工厂生产。过去，农民看重衣服的经久耐磨，但现在他们同样也会考虑衣服的质地和款式。第三，改革开放以来，农民把更多的钱投到翻修和新建房屋上。第四，农民对精加工食品和耐用消费品的需求和消费增加了。最后，虽然这些变化看起来是缓慢的，农民在文化生活上的支出和对服务的消费也增加了。所有这些农民消费方式上的变化表明了农民物质生活在改革开放的数年中已经有了显著的改善。

　　③ 何步青. 读书乎？金钱乎？当前中小学生流失现象透视与思考[J]. 甘肃教育，1993(6)：14；梁世刚. 难圆的梦[J]. 甘肃教育，1993(6)：16；甘德霞. 从多层次比较中分析甘肃儿童接受教育状况[J]. 甘肃教育，1993(6)：5-7.

　　④ 同上。

多人关注政府的角色和政府教育支出，但是缺乏对于中国农村[①]私人教育支出及其对入学机会影响的研究、教育中社会性别公平性问题的研究。

表 9-3 列出了家庭教育支出数据。平均而言，1 县的家庭教育支出为 159 元，2 县为 188 元，3 县为 481 元，4 县为 657 元。[②] 家庭教育支出在甘肃的两个县要多于在河北的两个县。二者的差距是由于 1993 年和 1994 年私人教育支出的差距造成的。更进一步的分析表明，差距的主要原因是甘肃两个县每个家庭入学的孩子较多，而且是属于非义务教育阶段。

表 9-3　家庭教育支出和经济负担

	河北省		甘肃省	
	1 县	2 县	3 县	4 县
家庭教育支出（元/年）	159	188	481	657
经济负担（家庭教育支出占家庭总支出的百分比%）	9.3	9.9	10.7	10.6
家庭经济负担超过 20% 的家庭比例（%）	3.1	1.7	14.3	16.1

教育对家庭造成经济负担的比例，1 县为 9.3%，2 县为 9.9%，3 县为 10.7%，4 县为 10.6%（见表 9-3）。可见四个县家庭教育支出有显著的差别，但是对家庭造成的经济负担却很相近（约 10%）。但是，这四个县接受教育对家庭造成的经济负担要显著地高于中国城市地区其他家庭。例如，一项对北京的调查发现，家庭经济负担比重大约为 2.6%，只相当于四个县经济负担的四分之一。在其他发展中国家，负担一般在 1%—4% 之间。[③] 笔者分析发现的较高的家庭经济负担是预料之中的事情，因为调查的对象是贫困农村家庭，而这些家庭收入很低，家庭总支出也低。因此，与中国其他地区的家庭相比，贫困地区家庭教育支出所占的比例高于其他地区家庭教育支出所占的比例。

以统计局城调队的数据为例[④]，1999 年，全国农村地区的平均家庭支

---

①　Mun C. Tsang. Public and Private Costs of Schooling in Developing Countries, in Martin Carnoy, ed. *The International Encyclopedia of Economics of Education*, Pergamon Press, 1995. pp. 393-398.

②　平均每个家庭对男童和女童的教育支出相似，男童有微弱的优势。例如，小学阶段，1 县家庭对男童支出 73 元，对女童支出 74 元；2 县家庭对男童支出 116 元，对女童支出 110 元；3 县家庭对男童支出 122 元，对女童支出 86 元；4 县家庭对男童支出 81 元，对女童支出 73 元。在初中阶段，男女学生教育支出情况各异。

③　Mun C. Tsang. Costs of Education in China: Issues of Resource Mobilization, Equality, Equity, and Efficiency, *Education Economics*, Vol. 2, no. 3, 1994. pp. 287-312.

④　中国国家统计局. 中国统计年鉴(2000)[M].北京：中国统计出版社,2000：320,335.

出为 1577 元,全国城市地区为 4616 元,北京市城区为 7499 元。北京城区的平均家庭支出是全国农村地区的五倍(是甘肃和河北贫困农村地区的五倍有余,这些地区的平均家庭支出低于全国农村平均水平)。假设北京城市居民家庭总支出的 2.6％用于教育,则他们的平均教育支出为 195元。假设全国农村家庭支出的 8％用于教育,则家庭平均教育支出为 126元。假设全国贫困农村地区家庭支出 10％用于教育,则平均家庭教育支出为 100 元(假设贫困农村家庭支出为 1000 元)。因此,贫困农村家庭平均教育支出所占比例更大,所承受的经济负担更重。这表明在(贫困)农村和城市地区存在教育支出的不均衡[①]。

　　有两种方法可以确定家庭教育支出的负担程度。一种是设定家庭负担重的下限。例如,20％是家庭教育支出造成沉重经济负担的下限[②],那么,根据调查数据可以看出,家庭负担重的家庭比例:1 县为 3.1％,2 县为 1.7％,3县为 14.3％,4 县为 16.1％。另一种方法是按照家庭负担的比例由小到大分成五组。通过对数据的分析发现,经济负担最高的一组,1 县有 18.3％的家庭属于此类,2 县为 17.7％,3 县为 29.3％,4 县为 33.1％。因此,这两种方法分析的结果都表明,样本家庭在孩子学校教育方面的支出成为一些家庭沉重的经济负担。教育对于甘肃两个县比河北的两个县造成更大的家庭经济负担,一部分原因在于甘肃家庭中上学的孩子数目更多,并且接受教育的层级更高。研究的数据表明,构成家庭经济负担的教育支出主要在于学费和其他花费,像食品和交通上的花费。但是,河北的地方账目表明,还有其他隐性的学费增加了家庭的经济负担。例如,在一些地区,外部机构通过学校系统收取免疫费、体检费等多种费用。[③]

　　我们也可以从农村家庭如何筹措资金分析因教育支出造成的经济负担。表 9-1 显示,在四个县中,家庭平均支出大于家庭平均纯收入,其中 3县,这两项的差异十分显著。数据表明,贫困县的家庭用各种方法来解决

---

　　①　有人提出,家庭规模随地区不同而变化,而这可能影响家庭在每个孩子身上的教育支出。从《中国统计年鉴》(2000 年,98 页)上可以看出,这里计算了 1999 年家庭的平均规模,北京为 3.1,河北为 3.6,甘肃为 4.1。如果考虑家庭全部教育支出,北京与河北和甘肃两省之间的差距可能会缩小。但北京仍然是相对最高的,北京家庭抚养的孩子比河北和甘肃更少。每个孩子的教育支出取决于家庭教育总支出、抚养孩子数目以及入学孩子的比例。每个孩子的教育支出,北京要比甘肃和河北多。这个估计和近来的研究结果是一致的。研究发现,经济较发达地区比落后地区的生均教育支出更高。可以参见:Wei, X., Tsang, M., Xu, W., and Chen, L. (1999). Education and earnings in rural China, *Education Economics*, 7(2): 167-187.

　　②　在发展中国家,1％~4％的家庭支出用于教育。有人认为,农村的教育支出占家庭支出的比例要高于城市,下限是 20％,这是贫困县平均水平的两倍,反映了贫困农村家庭负担之大。

　　③　艾志毅. 减少代收费的困扰[J]. 河北教育,1993(4): 11.

因教育造成的经济负担。例如,表 9-4 显示,在 3 县,19.2％的有孩子上学的家庭向银行贷款,最近的一笔贷款平均为 302 元。29.5％的 3 县家庭向亲友借款,最近一笔借款平均为 369 元。42.3％的 3 县家庭或者向银行贷款或者向亲友借款。15.4％的 3 县家庭从亲友处获得资助来支付学校教育的私人成本。根据县政府提供的数据,来自 3 县以外亲友给予3 县居民的资助也是很可观的。同样,借款和资助的总量和范围在 1 县和 4 县是显著的。2 县的家庭不从银行贷款,而且比起其他三个县的家庭,向亲友借钱的发生率更低。正如表 9-3 所示,2 县的家庭比起其他三个县的家庭,教育造成经济负担的发生率更低。从人均收入来看,2 县是四个县中最贫困的,且家庭户均拥有孩子数量最低。

表 9-4　家庭教育开支的筹集

	河北省		甘肃省	
	1 县	2 县	3 县	4 县
向银行借款的家庭百分比(％)	7.8	0	19.2	15.3
向银行借款的总额(元/年)	260	0	302	1016
向亲戚借款的家庭百分比(％)	29.7	15.5	29.5	27.1
向亲友借款的总额(元/年)	82	176	369	576
向银行或者亲友借款的家庭百分比(％)	34.4	15.5	42.3	37.3
向银行和亲友借款的家庭百分比(％)	7.8	0	15.4	10.2

　　为孩子的教育寻求借款和资助的普遍行为表明,许多贫困农村家庭愿意把家庭财富的相当一部分用于孩子的教育。根据 3 县的地方官员介绍,存在着一个普遍的现象,有孩子上高中和接受中学后教育的家庭在孩子毕业以后很多年都难以偿还为其上学借的钱。在一些有多个孩子上高中和接受中学后教育的家庭,因为教育造成的家庭经济负担甚至会导致家庭生活难以为继。为了供养这些孩子,父母不得不忍受长期的艰辛生活。地方政府把这种为孩子教育的自愿性长期负债归结为地方教育成功的一种积极因素。[1]

　　为什么在 3 县这样的贫困地区父母甘愿负债来支持孩子上学? 答案是高中毕业的孩子能够找到一份较好的工作。在 20 世纪 90 年代早期,一个好工作是指拥有稳定收入的非农业工作。对大多数在土地上劳作的农民来说,他们基本上是靠天吃饭,对贷款的偿还具有很大的不确定性。1994 年,拥有 510000 人口和 33 个乡镇的 3 县,有超过 11300 名有大学本

　　① 　牛郁贤.会宁教育腾飞的施足点[J].甘肃教育,1994(12):5.

科或专科学历的学生，包括 156 个硕士研究生和 27 个博士研究生。[①] 这些年轻人靠着自己的文凭，可以在城市找到好的工作，从而脱离贫困的农村。对这些年轻人的家庭来说，父母不必要为孩子婚嫁花费更多。另外，这些脱离贫困的年轻人常送钱给农村的父母和亲友。一旦他们中的一部分成为干部，他们同样会利用自己的社会资本，帮助家人和乡里乡亲，为家庭和乡里获得更多的经济和社会利益。学者们很早就认识到，在中国社会转型时期，社会资本对孩子的教育和职位的重要性。[②] 在此情况下，农村家庭愿意用他们的家庭财富投资于孩子的教育，来获得经济、社会和政治上的回报。[③]

数据表明，4 县的家庭同样愿意投资孩子的教育。正如表 9-1 所示，他们在孩子教育上的花费超过收入。这表明在上述四个贫困地区，教育支出成为家庭沉重的经济负担。从表 9-4 可以看出，虽然在被调查的四个县中，家庭为孩子教育获得借款的方式和来源存在差别，但是主要有两个基本来源：亲戚和银行。

那么在这四个县，家庭因教育而产生的经济负担是否影响了孩子的入学率？[④] 此调研为我们提供了确实的证据。表 9-5 给出了 1993 年河北家庭和 1994 年甘肃家庭学龄儿童的失学率。与预期相一致的是，3 县失学率在四个县中最低，2 县和 4 县 7—15 岁儿童失学率居中，1 县最高，1993 年有 16％的 7—12 岁儿童失学。

在 2 县、3 县和 4 县，女童的失学率明显高于男童。4 县 7—12 岁女童的失学率高达 9％。3 县 7—12 岁和 7—15 岁年龄组男童的失学率为 0，而女童 7—12 岁失学率为 2％，7—15 岁失学率为 6％。这表明，3 县的家庭很重视孩子的教育，在家庭条件有限的情况下，在决定送谁上学的问题上，更偏向于送男孩去。从整个样本来看，女童失学率高于男童。统计分析也表明，在失学率和教育造成的家庭经济负担之间存在着显著的正相关关系。

---

① 牛郁贤. 会宁教育腾飞的施足点[J]. 甘肃教育，1994(12)：4.

② Martin King Whyte and William L. Parish. *Urban life in Contemporary China*. Chicago：University of Chicago Press，1984. Ethan Michelson and William L. Parish. Gender Differentials in Economic Success：Rural China in 1991．pp. 134-156.

③ 在其他国家，例如美国，一些分析指出，家庭对教育的需求反映了一部分家长的防守性策略。在一个看重教育文凭的社会中，家长都愿意把他们有限的资金投到孩子的教育上，以保证孩子在寻找好工作的竞争中不会落后于他人。参见：Thurow，L.（1972）"Education and economic equality" The Public Interest，28(2)：66-81. 3 县的家长宁愿负债来为孩子争取教育上的竞争优势，而该县以往毕业生的成功案例证实了他们的想法。

④ 本章研究从教育产出，也就是辍学的角度研究性别公平。性别差异测试的研究可以参见 Hannum（2002）。

表 9-5　1993 年河北家庭和 1994 年甘肃家庭学龄儿童的失学率

单位：%

	河北省		甘肃省	
	1 县	2 县	3 县	4 县
7—12 岁儿童				
男童失学率(%)	19	0	0	0
女童失学率(%)	14	6	2	9
男童和女童失学率(%)	16	3	1	5
7—15 岁儿童				
男童失学率(%)	23	2	0	3
女童失学率(%)	13	6	6	8
男童和女童的失学率(%)	17	4	3	5

　　在失学率上,1 县与其他三个县大相径庭。首先,1 县的失学率要明显高于其他三县。第二,1 县男童的失学比例高于女童。表 9-5 中数据反映出,在失学率低时,女童失学率明显高于男童(例如在 2 县、3 县和 4 县),但是在失学率高的地区,没有相应的发现(例如在 1 县)。但是,这一发现是基于对甘肃和河北四县的调查,不一定适用于其他地区,还需要开展进一步的研究进行验证。很可能有别的因素影响了入学率,但是这不在本章研究范围之内。①

　　两省的官员都承认,经济负担是父母没有让学龄儿童入学和导致辍学的原因之一。② 女性受教育程度普遍低于男性,反映在每一级教育中,女性所占的比例低于男性。例如,1999 年,女性在所有学生中所占的比例,小学为 47.6%,普通中学为 45.9%,正规大专院校为 39.7%。③ 随着教育层次的升高,女性学生所占的比例在降低。这些发现和前文所述的家庭对女童教育期望较低是一致的。

　　为了更进一步理解小学是否入学与个人和家庭特征之间的关系,我们用逻辑斯特回归方法,用一系列经济、文化和家庭背景变量来对小学是否入学这个因变量做回归分析。结果如表 9-6 所示,因变量是入学与否,这是个

---

　　①　对于 1 县失学率相当高的一个可能的解释是缺乏强大的地方教育委员会机构。笔者在与河北省教育委员会官员的交谈中发现,在普及义务教育问题上,1 县从来就落后于河北的其他县,从而导致了教育管理的困难。

　　②　梁世刚.难圆的梦:山区孩子上学难透视[J].甘肃教育,1994(1-2):16;田洪波.采取切实措施,认真落实"决定",解决教育面临的困难和问题[J].河北教育,1994(7):9.

　　③　教育部发展规划司.中国教育统计年鉴 1999[M].北京:人民教育出版社,2000:17.

表示一个孩子(7—12 岁)入学的二分变量，0 表示孩子没有入学，1 表示孩子入学。解释变量包括：父亲受教育程度、父亲受教育年限、母亲受教育程度、母亲受教育年限、经济负担、小学教育的私人教育支出、在上学的兄弟姐妹(有兄弟姐妹在上学为 1，否则为 0)、少数民族(少数民族为 1，否则为 0)、接受补贴(家庭从亲友处获得资助的次数)、教育差异(父母教育期望与实际经济能力可以供养的教育程度的差异)、性别差异(男性为 1，女性为 0)。

表 9-6　小学入学逻辑斯特回归方程

因素	1县 方程(1)	2县 方程(2)	3县 方程(3)	4县 方程(4)	所有县 方程(5)
父亲受教育程度	.097	−0.132	−0.364	0.630	0.059
母亲受教育程度	−0.103	0.204	−0.334	−0.550	−0.068
经济负担	−47.418	−18.987 *	−426.364	−53.604	* −26.240
在校兄弟姐妹	* 1.763	* −2.113	−0.254	−4.756	0.280
少数民族				−7.492	−430.000
接受资助	0.067		4.701	1.665	0.639
教育差异	−0.463	* −1.441	−5.123	−0.102	** −0.303
女性(女性＝1)	0.815	** −1.635	−4.176	−2.212	−349.000
省份(甘肃＝1)					** 0.922
常数	1.474	4.448	** 23.344	16.251	* 2.161
样本	86	63	81	84	314

解释变量的显著部分与先前一些可以得到的数据和实证发现相一致。这里首次运用一元逻辑斯特回归模型来估计是否入学与经济负担、父母态度和社会性别之间的关系。

方程(1)到(4)分别表示四个县的是否入学与自变量关系的估计值，决定入学的因素是有差别的。统计上显著的解释变量是经济负担、是否有上学的兄弟姐妹、教育差异和社会性别，但是在四个县中，它们的相对重要性是不同的。在河北的 1 县，有兄弟姐妹在上学的孩子比没有兄弟姐妹在上学的孩子的入学概率更大。在河北的 2 县，有兄弟姐妹在上学也是一个显著因素，但是对是否上学有负效应。同一个自变量对因变量产生了不同的影响，一个可能的解释是，比起 1 县来说，2 县家庭收入更低，教育花费更大，教育造成的经济负担更重(见表 9-1—表 9-3)。因此，在 2 县，有兄弟姐妹在上学会增加家庭的经济负担，从而会导致这些孩子不能上小学。教育差异在 2 县是一个显著因素，但是在其他三县不显著。在 2 县，父母教育期望与实际可以供养的教育程度的差异越大，则孩子上小学的概率越小。很有趣的是,在控制了其他变量以后,女性是一个显著的因素,特别是在该地区,女童比男童上小学的概率更低。但是,在控制了其他变量以后,女性在其他三县不显著。私人教育支出造成的经济负担是影响3县小学入学率唯一显著的因素。根据方程(3),高负担比例是与低入学可能相联系的。在其他三县,也同样发现了入学与经济负担之间存在着负相关,但是在统计意义上不显著。在方程(4)中,所有解释变量都没有通过显著性检验。

方程(5)表示了综合所有县的分析结果,经济负担和教育差异对是否入学有显著的负效应。表示省份的虚拟变量(甘肃为1,河北为0)是显著的,也就是说,甘肃农村孩子入学的比例要高于河北农村的孩子。

在五个方程中,有三个变量都没有通过显著性检验(见表9-6),它们是父亲受教育程度、母亲受教育程度和少数民族。根据相关性矩阵,父亲受教育程度和母亲受教育程度与经济负担、上学的兄弟姐妹和教育差异有关;这两个变量在逻辑斯特方程中没有独立的影响。4县是样本中唯一有少数民族家庭的县。虽然4县被定为国家贫困县,但是它的家庭条件比样本中其他贫困家庭条件要好,它们通常都有少数民族背景(见表9-1)。这些条件可以解释为什么少数民族是一个不显著的因素[①]。还需要进一步研究来考察少数民族的社会地位对入学的影响,例如,在参与率很低和贫困家庭中有相当部分少数民族家庭的地区。

从表9-6可以看出,可能有多种因素会影响入学率,即使在贫困农村地区,在不同条件下,个体在面临是否入学这个中国农村家庭面临的普遍问题时,做出决定时仍然是很慎重的。入学与其影响因素之间的不同关系,说明了研究各地方条件和环境的重要性。可以把上述多元分析看做是父母对孩子教育决策复杂过程的一个初步探索,还值得进一步去探究各种因素之间的作用关系。

第五节 总结和结论述评

在四个样本贫困县中,存在着家庭教育决策上的社会性别差异。这表明,对不同的社会性别存在着不同的教育期望,也就是说,父母对男童

---

① 根据 Upton 的观点,西藏(4县主要的少数民族群体)各地区的教育条件相去甚远。参见:J. Upton. Development of the modern Tibetan language in the People's Republic of China, in G. Postiglione(eds.)*China's national minority education*. New York:Falmer Press, pp. 281-339.

的教育期望明显地高于女童。对相当多农村家庭来说，家庭教育支出是沉重的经济负担。在被调查的四个县中，有三个县的女童失学问题比男童严重。多元分析表明，在一部分县中，"家庭经济负担重"对"女童"是否入学有负效应。要全面认识社会性别对于家庭教育决策的影响，还需要进一步研究其他地区的情况，我们应该像 Dorothy Ko 研究 17 世纪中国妇女问题时那样，不能机械地认为中国农村教育中的社会性别不平等就昭示着男性的地位总是高于女性。[①] 这也提醒我们，应该把教育中社会性别关系放到中国农村地方文化和具体条件中加以考察。

地方和全国的数据都表明，女性接受同一级教育的比率比男性要低。在改革开放过程中，有初中以上学历的人可以获得更好的工作前景。从20 世纪 80 年代以来，中国已经把高等教育作为选拔和晋升干部的一项重要标准。在被调查地区的农村妇女由于受教育程度低，在经济保障、政治权利和社会尊重上都不太可能获得成功。教育的社会性别不平等，其实是更广泛意义上中国社会和经济不平等的一个反映。

在考察家庭教育决策和社会性别差异时，本章研究超越了简单的经济解释，经济因素自然是要考虑的，但是，还应该从社会性别与社会经济和文化因素的交互关系等多维度来理解家庭教育决策问题。由于当代中国存在于变动的环境中，因此，社会性别关系呈现出继承性和变异性。一些因素是传统的，或者长期存在的，例如，未出嫁的女儿在娘家的角色。但是，像唯利主义和外出打工这些影响因素，是与改革开放带来的空前的社会变化相联系的。社会性别研究应该被置于整个国家变革的大背景下进行。带有社会性别差异的家庭教育决策方式，反映了四个样本县在 20世纪 90 年代早期的变化。这与 1949 年前的状况是不完全相同的。

近年来，学术界对中国经济改革中的社会性别差异问题[②]进行了多层次的分析，从国际和国家层次到地区和家庭层次[③]。尽管对家庭层次的关注日益增多，但是对于家庭教育决策的性别问题研究还是相对不够的，有待继续深入。本章的研究是对中国两个不同地区的四个样本县做的案例调查。显然，从这四个县得到的研究结论，并不一定普遍地适用于

---

① Dorothy Ko. *Teachers of the Inner Chambers*：*Women and Culture in Seventeenth-Century China*. Stanford. Stanford University Press，1994，p. 8.

② "性别结构的空间差异"一词参见：Janet Henshall Momsen. *Women and Development in the Third World*. London：Routledge，1991. p. 4.

③ 参见：Feng Xu. Women Migrant Workers in China's.，Judd，Gender and Power in Rural North China，and Entwisle and Henderson，Re-Drawing Boundaries.

中国所有农村地区,还需要对其他农村地区进行研究。①

有必要降低教育中和社会上存在着的社会性别不平等程度。本章研究揭示了一些解决此问题的可能性和局限性,例如为贫困农村家庭提供经济援助。② 为贫困农村家庭提供经济援助(例如,提供教科书和减免学费),将会减轻这些家庭的经济负担,并相应地减少女童辍学的可能性。但是,这样的外部干预可能无法改变家庭对女童的教育期望。家庭教育决策同样受到教育以外的社会风俗和文化习惯的影响。改变社会风俗和文化习惯对于促进社会性别平等是不可或缺的,社会性别关系也是一个权力关系,解决社会性别问题必然要得到决策者在多方面的参与和支持。

---

① 例如中国西南部的农村地区和其他少数民族地区。

② E. King and M. Hill. *Women's Education in Developing Countries: Barriers, benefits, and policies*. Baltimore: Johns Hopkins University Press, 1993.

第十章 农村税费改革后农村义务教育投入案例研究

2000 年在中国农村地区进行的税费改革是一场意义深远的社会变革,不仅深刻影响了农村的社会经济发展和农民的生活,也深刻影响了农村义务教育的发展。2000—2003 年进行的第一阶段农村税费改革,对农村义务教育的影响主要体现在取消了农村教育费附加和教育集资,农村义务教育投入实现了由农民承担较多向以政府承担为主的根本性转变。2004 年开始的第二阶段农村税费改革的主要内容是免征农业税,进行县乡财政体制改革,对农村义务教育的重要影响是促进建立农村义务教育投入保障机制。

安徽省是最早开始农村税费改革试点的省份,在农村义务教育的发展方面比较有代表性。本章拟以安徽为例,同时结合全国情况,重点分析2000—2004 年农村税费改革背景下农村义务教育投入情况,并研究探讨在新的社会经济背景下如何建立农村义务教育投入保障机制。

第一节 税费改革初期,财政投入没有及时跟上,农村义务教育受到冲击

一、第一阶段农村税费改革基本情况

1. 试点进展情况

按照中央和国务院的统一部署,2000 年,在安徽全省和其他省份的120 个县进行农村税费改革试点。2001 年,除安徽全省和其他省份的

120 个县继续试点外，江苏在全省范围内进行改革试点。2002 年，全国共有 20 个省份全面推行税费改革。2003 年，税费改革在全国全面推行。

2. 主要内容

税费改革的主要内容为"三取消、两调整、一改革"。

"三取消"：一是取消乡统筹费、农村教育集资等专门面向农民征收的行政事业性收费和政府性基金、集资；二是取消屠宰税；三是取消农村劳动积累工和义务工。

"两调整"：一是调整农业税政策，在重新核定农业税计税土地面积和常年产量的基础上，适当提高农业税实际负担水平；二是调整农业特产税政策，逐步将农业特产税在生产和收购两个环节征收合并为一个环节征收。

"一改革"：改革村提留征收使用办法。原由农民上缴村提留开支的村干部报酬、五保户供养、办公经费三项费用，采用新的农业税附加方式统一收取；村内兴办其他集体生产公益事业所需资金，由村民大会实行"一事一议"。

税费改革对农村教育的影响主要是取消了农村教育费附加和教育集资。此外，学校向学生收取的一些非规费也被取消。

二、2000 年税费改革初期安徽省农村义务教育受到的冲击

2000 年安徽省开始进行农村税费改革试点，随之农村义务教育暴露出来的突出问题引起社会各方和中央领导的高度重视，以至于中央决定暂缓在全国全面推行农村税费改革。那么，在 2000 年的安徽，农村义务教育究竟发生了什么呢？

1. 财政投入没有及时跟上，农村义务教育总投入减少

税费改革后因取消农村教育费附加和教育集资，全国农村义务教育减少的收入按 1999 年至 2001 年三年平均数计算，每年约 178 亿元，其中，农村教育费附加约 149 亿元，教育集资约 29 亿元。安徽省 1994—1998 年四年平均向农民征收的教育费附加为 7.1 亿元，教育集资为 3.84 亿元，合计 11 亿元。[①] 按照《中共中央、国务院关于进行农村税费改革试点工作的通知》（中发[2000]7 号文件）的规定："取消乡统筹费后，原由乡统筹费开支的乡村两级九年制义务教育、计划生育、优抚和民兵训练支出，由各级政府通过财政预算安排。""取消在农村进行教育集资。中小学

---

① 本文中所引用的数据来源如无特殊说明，均来自：①《中国教育经费统计年鉴》；② 2002年和2004年笔者赴安徽实地调研资料；③ 教育部财务司有关资料。

危房改造资金由财政预算安排。"也就是说,因取消农村教育费附加和教育集资形成的农村义务教育经费缺口由财政予以补足。但从实际情况来看,在安徽省税费改革初期,财政对农村义务教育的投入没有完全跟上。

据统计,2000年,安徽省因取消农村教育费附加和教育集资,减少的收入为5.79亿元,而当年全省农村义务教育财政预算内拨款仅增加了2.56亿元,没有完全弥补因税费改革形成的经费缺口,农村义务教育总投入与之前相比有所减少。2000年,安徽省农村义务教育经费总投入为38.24亿元,比农村税费改革前1999年的40.10亿元减少了1.86亿元,下降4.6%。表10-1为安徽省1999年和2000年农村义务教育经费投入情况,图10-1为1999年、2000年安徽省农村义务教育经费收入结构图。

表 10-1　安徽省 1999 年和 2000 年农村义务教育经费投入情况

单位：亿元

	1999 年	结构(%)	2000 年	结构(%)	增减(%)
总计	40.10	100	38.24	100	−4.6
一、预算内教育经费拨款	24.55	61.2	27.20	71.1	10.8
其中：教育事业费拨款	22.94	57.2	25.35	66.3	10.5
二、教育附加拨款	6.36	15.9	0.72	1.9	−88.6
其中：农村教育费附加	6.23	15.5	0.54	1.4	−91.3
三、事业收入	7.79	19.4	9.00	23.5	15.6
其中：杂费	6.63	16.5	7.31	19.1	10.3
四、校办产业、勤工俭学、社会服务收入用于教育	0.30	0.7	0.23	0.6	−25.3
五、捐集资收入	0.59	1.5	0.49	1.3	−17.4
六、其他收入	0.50	1.2	0.60	1.6	18.3

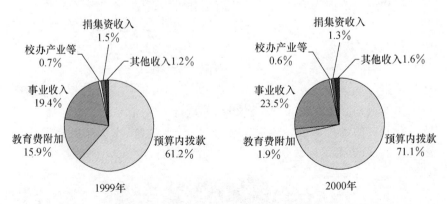

图 10-1　1999 年、2000 年安徽省农村义务教育经费收入结构图

2. 农村义务教育投入体制自身存在的弊病，使得税费改革后教师工资拖欠、危房改造困难和教育负债严重等历史遗留问题更加突出

税费改革前，我国农村义务教育形成了以国家财政拨款为主，以农村教育费附加、农村教育集资和杂费为辅的多渠道投入体制。其中，国家财政拨款主要用于解决公办教师工资，农村教育费附加主要用于解决民办教师工资和改善办学条件，农村教育集资用于危房改造和修建校舍，杂费用于弥补公用经费不足。1999 年，我国农村义务教育经费收入总计 862 亿元。其中，财政预算内拨款 533 亿元，占 62%；农村教育费附加收入 127 亿元，占 15%；捐集资收入 42 亿元，占 5%；杂费收入 94 亿元，占 11%；其他各项收入 66 亿元，占 8%。从中可以看出，农村教育费附加和教育集资在农村义务教育总经费中所占比例达到了 20%，是除政府投入之外的第二大经费来源。

在政府投入中，由于种种原因，实际上形成了以乡镇和村为主办学的局面。由于绝大多数乡镇政府和村财力薄弱，加之乡镇经济发展的不稳定性，使它们难以承担起举办义务教育的责任。农村义务教育办学主体的这种低重心状态，导致了我国农村义务教育工作的脆弱性，必然会带来一系列问题，其中最为突出的是教职工工资被拖欠、学校公用经费紧缺、危房得不到及时改造和修缮。在第一阶段农村税费改革试点工作的过程中，进一步暴露了农村义务教育在管理和投入体制方面存在的矛盾和问题。

（1）农村中小学教职工工资①拖欠问题

据了解，截至 2001 年底，安徽全省累计拖欠农村中小学教职工国标工资 8.22 亿，覆盖 5 市 22 县；累计拖欠省贴工资 16.5 亿，覆盖 16 市 67 县。阜阳市从 1992 年起开始拖欠农村中小学教职工工资，到 2000 年累计达 7 亿多，其中国标 3.2 亿。截至 2000 年底，怀远县累计拖欠农村中小学教职工工资 4048 万元。截至 2000 年底，怀远县河溜镇累计拖欠农村中小学教职工国标工资 89 万元。

拖欠农村中小学教职工工资是从 20 世纪 80 年代后期开始的。1980 年以来，为调动地方政府的积极性，国家财政体制进行"分灶吃饭"改革，相应地，基础教育财政体制也进行了"地方负责、分级管理"改革。改革之

---

① 　教师工资分为"国标"、"省贴"："国标"指国家统一规定的固定工资、中小学教师提高职务工资 10%、30% 活工资和教龄津贴；"省贴"指在"国标"四项之外再加上职务补贴和保留津贴（每个省的具体情况不完全一样）。全额指"国标"加上"省贴"。

后,地区间差距逐渐出现,由于种种原因①,在一些财力较弱的地区,开始出现教职工工资拖欠问题。1993 年,由于实行工资套改,教师工资拖欠问题曾发展到十分严重的程度。在党中央、国务院的高度重视下,工资拖欠状况曾一度好转,但后来却有愈演愈烈之势。出现了教师因工资拖欠而集体罢教的现象(安徽萧县),还有教师因工资拖欠而上告法院的案例(河南新蔡县徐朝山),更出现了恶性的与教师工资拖欠有关的教师被打致死事件(湖北房县)。

　　问题如此严重,为什么农村税费改革之前没有发展到不解决不行的地步? 主要原因在于:税费改革之前普遍存在着用教育费附加发放教师工资的现象,虽然不合规定,但是在实际上缓解了一部分矛盾。

　　1994 年 7 月,国务院《〈关于中国教育改革和发展纲要〉的实施意见》明确提出:"农民按人均纯收入的 1.5％—2％征收(包括在农民负担的 5％以内)教育费附加,具体比例由各地方从实际出发作出规定,由税务部门负责征收。教育费附加主要用于农村民办教师补贴和补充学校公用经费,不能扣减,更不能挪用甚至取消。"但在使用方面,绝大多数地方未能严格执行上述规定,用农村教育费附加不仅发放民办教师补贴,而且发放农村公办中小学教师的工资。据初步统计,1999 年,全国农村教育费附加收入中用于发放教师工资的比例约为 41％,用于公用部分约占 40％,用于基建部分约占 19％。

　　因此,教师工资拖欠问题事实上是一个历史遗留问题,是农村税费改革之前就已经比较严重的一个问题,而它在农村税费改革之前之所以被掩盖,是因为在多渠道筹措教育经费的体制下,可以通过收取教育费附加和教育集资来填补政府财政投入不足的漏洞。农村税费改革以后,取消了教育费附加,等于是没有了弥补教师工资不足的预算外经费来源,问题才变得更加突出。

　　(2) 农村中小学校舍危房问题

　　截至 2000 年 6 月底,安徽省农村中小学共存在危房 160 万平方米,危房率达 3.6％,其中 D 类危房(指不能再用,必须拆除重建的危房)近 50

---

　　① 主要有以下几点原因:① 财力不足,农村义务教育经费投入总量不足;② 国家提高工资标准,财政增长速度跟不上工资增长速度;③ 农村公办教师队伍增大,一方面是农村中小学人数增加的正常需求,另一方面是近年来民师转正;④ 按照目前的基础教育财政体制,农村教师工资主要由乡财政来发,而乡财政无力承担;⑤ 腐败问题,表现在财政供养人数增长速度过快、超额超编,挤占、挪用教育经费;⑥ 人为的因素,突出表现在轻视教育、执法不严。——孙学忠.农村教师工资拖欠情况调查与思考[J].教育发展研究,2002(2);储召生. 找找教师工资拖欠的根[EB/OL].(2000-10-27).http://www.jyb.com.cn/cedudaily/l5/zhengce52.htm.

万平方米。六安市裕安区校舍总面积为 56.74 万平方米,其中,危房面积 12.63 万平方米,D 类危房 97993 平方米。2001 年,有 24000 平方米被鉴定为绝对不能用,被政府封停。怀远县中小学危房面积 24.2 万平方米,占校舍总面积的 22.3%,其中 D 类危房 9.9 万平方米,占危房总面积的 24%。

根据我国 1995 年颁布的《中华人民共和国教育法》规定:"地方各级人民政府及其有关行政部门必须把学校的基本建设纳入城乡建设规划,统筹安排学校的基本建设用地及所需物资,按照国家有关规定实行优先、优惠政策。"根据我国《〈义务教育法〉实施细则》的规定:"实施义务教育各类学校的新建、改建、扩建,应当列入城乡建设总体规划,并与居住人口和义务教育实施规划相协调。实施义务教育的学校新建、改建、扩建所需资金,在农村由乡、村负责筹措,县级人民政府对有困难的乡、村可酌情予以补助。"

自 1980 年起,中国政府开始鼓励农民集资办学,筹集的资金主要用于中小学危房改造和校舍的新建。根据 30 个省、自治区和直辖市的不完全统计,在 1981—1991 年间,全国用于改善中小学办学条件的资金总额达到 1066 亿元,其中,国家拨款 357.5 亿元,占 33.5%;多渠道筹资(主要是社会捐、集资)708.5 亿元,占 66.5%。[①]

从以上规定可以看出,农村中小学校舍的修建责任主要在乡镇和村级政府的身上。农村教育集资逐渐成为农村中小学校舍维修的一项重要经费来源。

从我国农村中小学校舍维修的实际情况来看:首先,我国农村中小学校舍大多修建于 20 世纪 80 年代初,年久失修,目前正处于要更新换代的时期。其次,我国农村中小学教育经费支出中用于中小学校舍维修和新建的费用(包括教育事业性支出中的公用部分的修缮费和基建支出)相对来说所占比例比较低。以安徽为例,1999 年,安徽省农村中小学基建支出仅占总支出的 8.2%。第三,此部分费用的来源中财政预算内拨款所占比例很小,以安徽为例,1999 年,安徽省用于农村中小学校舍维修和新建的费用为 5.94 亿元,其中,财政预算内拨款 0.66 亿元,仅占总额的 11%。[②]

因此,税费改革后危房问题变得突出的主要原因是:① 农村中小学校舍年久失修,维修和改造的需求量大;② 税费改革后,教育集资被取

---

①　张保庆.改革中的中国教育[M].北京:高等教育出版社,1993:158.

②　数据来源:《中国教育经费统计年鉴 2000》。

消，农村中小学危房改造的一项重要经费来源渠道没有了，而新的规范而稳定的经费来源渠道却没有及时地建立起来。

（3）教育负债问题

截至 2000 年底，全省累计教育负债已达 17.2 亿元。阜阳市教育欠债 2.4 亿元。六安市裕安区截至 2001 年 5 月农村义务教育欠债 3455 万元，其中，"两基"欠债 2577.8 万元，其他欠债（运转、职工宿舍、利息）877.2 万元。

农村义务教育负债主要是 20 世纪末为实现"两基"目标，修建学校而形成的债务，税费改革前，教育欠债还有教育集资这个偿还渠道，税费改革后，这一渠道被取消，新的经费来源渠道没有建立，教育负债问题凸现。

3. 农村义务教育支出结构发生变化，学校运转困难加剧

1999 年，安徽省生均公用经费支出小学为 100 元，初中为 166 元；2000 年，生均公用经费支出小学仅为 92 元，初中仅为 140 元。六安市裕安区 1997—1999 年，生均公用经费支出水平，平均小学每生 190 元/年，初中每生 290 元/年，按照此标准，则每年需要 3111 万元。税费改革之后，公用经费的来源主要是杂费，按照现有收费标准，每年能收 1578 万，缺口 1533 万。怀远县按 1999 年全国农村小学生均公用经费支出 142 元，初中生均公用经费支出 264 元测算，扣减小学生杂费收入 96 元/人，中学生杂费收入 136 元/人，小学生均公用经费差额为每生 46 元，按在校小学生 18 万人计，缺额 828 万元；初中生每生差额 134 元，按在校初中生 6 万人计，缺额 804 万元，保运转合计缺口 1632 万元。

学校运转出现困难有以下两方面的原因：一方面是农村义务教育支出结构发生了变化，人员经费所占比例上升，公用经费支出下降。如表 10-2 所示，安徽省 2000 年农村义务教育公用经费支出比 1999 年下降了 8.9 个百分点，人员经费支出则增加了 9.2 个百分点；另一方面是税费改革前农村中小学公用经费的来源除了杂费之外，还有农村教育费附加当中的一部分和学校其他收费收入。税费改革后，取消了农村教育费附加，规范了学校收费行为，杂费成了公用经费唯一的来源渠道。

表 10-2　安徽省 1999 年和 2000 年农村义务教育经费支出情况

单位：亿元

	1999 年	结构（%）	2000 年	结构（%）	增减（%）
支出合计	38.71	100	39.28	100	1.5
其中：人员经费	26.58	68.7	29.03	73.9	9.2
公用经费	8.96	23.1	8.16	20.8	−8.9
基建支出	3.17	8.2	2.09	5.3	−3.4

总的来说,在税费改革前,我国农村义务教育投入中政府投入约占60%,农民投入约占30%,同时,政府投入重心在乡镇和村一级,财力较为薄弱。税费改革后,取消了教育费附加和教育集资,规范了学校收费,农民逐渐从农村义务教育投入中退出,这时要求政府投入跟上,但是由于税费改革后乡镇财力受到影响,上级转移支付又没有完全落实到位,农村义务教育新的投入保障机制没有建立,无法弥补农村义务教育经费缺口,农村义务教育投入减少,教师工资拖欠、危房改造困难、学校运转紧张和教育负债严重等原来由于收取教育费附加和教育集资而得到缓解的矛盾重新变得尖锐化。

第二节　税费改革后农村义务教育
实现两大根本性转变

2000年,安徽省税费改革后农村义务教育暴露出来的问题引起了社会各方的高度重视。为了保证农村税费改革在全国的顺利推行,党中央、国务院和地方各级政府针对农村义务教育存在的突出问题,采取了一系列切实措施,农村义务教育实现了两大根本性转变,即经费投入由农民承担较多向以政府承担为主;管理上由乡镇为主向以县为主的根本性转变。

一、各级政府采取的措施

1. 调整农村义务教育管理体制

针对农村税费改革后,乡镇财力薄弱,无力承担农村义务教育办学经费和教职工工资拖欠、危房改造困难、学校运转紧张的突出问题,党中央、国务院及时调整了农村义务教育管理体制,并着手建立农村义务教育保工资、保安全、保运转的"三保"机制。

2001年5月,国务院颁布《关于基础教育改革与发展的决定》,规定基础教育实行"在国务院领导下,由地方政府负责、分级管理、以县为主"的管理体制。2003年,国务院颁布了《关于进一步加强农村教育工作的决定》,提出了进一步完善农村义务教育"以县为主"管理体制,明确了农村义务教育投入是各级政府的共同责任。县级政府要增加对义务教育的投入,将农村义务教育经费全额纳入预算,依法向同级人民代表大会或其常委会专题报告,并接受其监督和检查。中央、省和地(市)级政府要通过增加转移支付,增强财政困难县义务教育经费的保障能力。特别是省级政府要切实均衡本行政区域内各县财力,逐县核定并加大对财政困难县的财政转移支付力度。

据统计，截至 2003 年 12 月底，全国 30 个省份农村中小学教职工工资管理和人事管理上收到县的比例分别为 98.98％和 95.6％，全国基本完成了"以县为主"管理体制的调整工作。

"以县为主"的农村义务教育管理体制的实质，是从体制、制度上实现主要由农民负担农村义务教育经费转变到由政府负担，由以乡镇为主管理农村义务教育转变到以县为主管理。实行新体制后，尽管一些贫困地区的县级财力也难以承担义务教育的财政需求，但比起乡级政府，义务教育的财政保障能力无疑得到了增强。加上中央和省、地三级政府义务教育财政责任的加强，这一调整为建立适合我国国情的义务教育财政制度形成了一个良好的开端。

2. 建立农村中小学教职工工资发放保障机制

2001 年，《国务院办公厅关于完善农村义务教育管理体制的通知》规定，农村中小学教职工工资要上收到县集中管理，相应调整县、乡财政体制，由县按照国家统一规定的工资项目和标准，将农村中小学教职工工资全额纳入本级财政预算，通过银行按时足额直接拨到在银行开设的教职工个人工资账户中，保证农村中小学教职工工资的按时足额发放。同时，要保证教师工资不低于当地国家公务员的平均水平。县级政府安排使用上级的工资性转移支付资金、农村税费改革转移支付资金和一般性转移支付资金，首先要用于保证农村中小学教职工工资。安排使用中央下达的工资性转移支付资金，省、地（市）不得留用，全部补助到县，主要补助经过努力仍有困难的县用于工资发放，在年初将资金指标下达到县。

在建立和健全保障教职工工资发放机制的同时，自 2001 年起，中央财政每年安排 50 亿元专项资金，补助中西部地区发放农村中小学教职工工资，其中安徽省此项转移支付资金为 2.88 亿元。通过采取这些措施，农村中小学教职工工资拖欠现象有了明显的好转，新欠数额逐年减少，见表 10-3。如安徽省 2001 年当年新欠 2000 万元农村中小学教职工工资，

表 10-3　2001—2003 年全国农村中小学教职工工资拖欠情况

单位：亿元

年　　份	当年新欠农村中小学 教职工工资数额	累计拖欠农村中小学 教职工工资数额
2001		112.35
2002	22.06	134.41
2003	18.84	153.32

2002 年和 2003 年每年新欠数额减少到 300 万元左右,见表 10-4。从调研的情况来看,税费改革后,农村中小学教职工的平均工资水平比改革前有所提高。安徽省改革前教师年平均工资为 6024 元,改革后为 1.1 万。

表 10-4　2001—2003 年安徽省农村中小学教职工工资拖欠情况

单位:亿元

年　份	当年新欠农村中小学 教职工工资数额	累计拖欠农村中小学 教职工工资数额
2001	0.2	8.22
2002	0.03	8.25
2003	0.05	8.30

3. 实施"中小学危房改造工程"

地方政府要将维护、改造和建设农村中小学校舍纳入社会事业发展和基础设施建设规划,把所需经费纳入政府预算。同时,中央财政加大财政转移支付力度,2001—2003 年共安排专项资金 30 亿元,实施"中小学危房改造工程",努力消除现有危房。近年来,农村中小学危房改造工程效果显著,中央的支持起了决定性的作用,近年来因校舍倒塌造成学生伤亡的事故明显减少。安徽省 2001—2003 年底,各级政府用于中小学危改的资金共计 26.2 亿元(其中,中央 1.6 亿元、省级 10.3 亿元、市县配套 4.6 亿元、县乡自筹 9.7 亿元),共改造危房 458 万平方米,新建校舍 617 万平方米。

4. 要求各省制定农村中小学预算内生均公用经费拨款标准

2004 年,在全国义务教育阶段推行"一费制"收费办法和规范学校收费行为的同时,为了保证学校公用经费,维持学校正常运转,中央要求,省级政府要本着实事求是的原则,根据本地区经济社会发展水平和维持学校正常运转的基本支出需要,制定农村中小学生均公用经费基本标准、杂费标准以及预算内生均公用经费拨款标准。截至 2004 年底,全国有 27 个省份制定了中小学(包括城市和农村)财政预算内生均公用经费拨款标准,平均计算,小学为 55 元、初中 70 元。其中,安徽省制定的农村中小学财政预算内生均公用经费拨款标准小学是 10 元,初中是 15 元。

农村中小学预算内生均公用经费拨款标准的制定,可以说是近年来保障农村中小学正常运转经费方面的一个突破。因为各级财政对农村中小学公用经费拨款一直很低。这些年,全国农村特别是中西部大部分农村中小学校,政府几乎没有拨付公用经费,维持学校日常运转只靠向学生收取的杂费。税费改革之前,有一部分教育费附加用于维持学校运转,还可以缓解一些压力。税费改革之后,取消了教育费附加,虽然各级政府增加了对农村义务教育的投入,包括上级税费改革专项转移支付用于教育的支出,但大部分资金都用于弥补原来靠向农民收费发教职工工资的资金缺口,用于学校运转和校舍改造的资金少,从而导致学校运转困难加剧。据统计,2002年全国农村义务教育财政预算内经费支出比1999年增加429.73亿元。新增经费中,用于人员经费的开支为391.24亿元,占总增量的91.04%,用于公用经费和学校建设的支出分别为24.64亿元和13.86亿元,占总增量的比例分别只有5.73%和3.23%。另据统计,2003年,全国20%的县农村中小学生均公用经费拨款不足10元,其中,10%的县没有安排一分钱的公用经费。因此,制定农村中小学预算内生均公用经费拨款标准,就是促进落实政府投入责任,保障学校正常运转的重要措施。

5. 加大对教育的转移支付力度

(1)中央财政加大对农村义务教育的专项转移支付力度

"十五"期间,中央财政安排50亿元专款,实施了第二期"国家贫困地区义务教育工程",主要支持中西部地区尚未"普九"的522个县级单位实施义务教育;为加快中小学危房改造步伐,确保广大师生生命安全,中央财政首先投入30亿元专项资金,在2001年和2002年实施"中小学危房改造一期工程"之后,又于2003年到2005年再投入了60亿元专款,实施了"中小学危房改造二期工程";为支持中西部困难地区建立农村中小学教职工工资保障机制,自2001年起,中央财政每年安排农村中小学教职工工资专项资金50亿元,用于补助这些地区按时发放教职工工资;从2003年开始,中央另安排50亿元专项资金,用于扶持中西部地区农村学校发展远程教育;为解决西部地区的"两基"发展问题,经国务院批准,国家发改委、财政部和教育部共同组织实施了义务教育西部"两基"攻坚工程,在2004—2007年的4年内,中央财政为此工程共安排专项资金100亿元。另外,中央财政还逐年加大了农村义务教育阶段家庭经济困难学生的资助资金的数额和免费提供教科书的工作。

以上只是中央财政安排的教育专项转移支付资金,如果加上工资性转移支付和农村税费改革转移支付用于教育的部分,我们初步估算,2002年,中央财政用于农村义务教育的支出为359.12亿元,约占全国财政预算内农村义务教育支出989.78亿元的36%。

(2)在农村税费改革转移支付资金中划定用于教育的比例

2001年,中央共安排农村税费改革转移支付资金31亿元,2002年安排了245亿元,2003年安排了305亿元。其中,下达安徽17亿元(是基数,每年都一样)。据了解,2002 年扩大试点的 16 个省份中,有半数省份明确划定了税费改革专项资金用于教育的数额或比例,平均约为 43%。如按平均比例计算,2002 年税费改革专项资金 195 亿元中,有 84 亿元用于教育。加上 50 亿元教职工工资专项资金(教职工工资转移支付是含在税费改革转移支付资金里的),共计 134 亿元,占税费改革专项转移支付 245 亿元的 54.7%。据了解,安徽省 2003 年各级财政共落实中央农村税费改革转移支付资金 17.75 亿元,其中用于教育的近 13 亿元,占税改资金的 72.6%。因为我国财政体制的原因,无法真正调查到税费改革资金用于教育的确切数额,只能推算和从一些地方的情况看,可以说,税费改革转移支付资金用于教育的部分基本弥补了农村义务教育因取消教育费附加和教育集资而形成的缺口。

6. 加大对家庭经济困难学生的资助力度

近年来,在义务教育阶段,国家还逐步建立了以义务教育贫困学生助学金、免费提供教科书、减免杂费为主要内容的资助中小学家庭经济困难学生的政策和措施。从 2001 年起,教育部会同财政部将国家义务教育贫困学生助学金由原来的每年 3000 万元提高到每年 1 亿元,全部用于西部贫困地区和革命老区的中小学生杂费减免和生活费补助,每年资助约 100 万名中小学生。同年,教育部和财政部在部分贫困地区农村中小学又试行了免费提供教科书的做法,每年由中央财政安排专款进行支持。2005 年中央财政的这笔专款达到 27.8 亿元,受助学生数达到 3000 万,基本覆盖了中西部地区所有家庭经济困难学生。同时要求地方安排配套资金,免除杂费和发放寄宿制学生生活补助。

二、税费改革后农村义务教育投入总量增加,财政预算内拨款所占比例大幅上升,农村义务教育实现两大根本性转变

经过地方各级政府的共同努力,税费改革过程中农村义务教育投入总体水平不断提高,农村义务教育实现了投入由农民承担较多向以政府承担为主、管理上由乡镇为主向以县为主的两大根本性转变。

据统计,2003 年,全国农村义务教育财政预算内拨款达 1094 亿元,比 1999 年的 533 亿元增加了一倍多,占当年农村义务教育经费总投入的 80%,比税费改革前的 1999 年的 62% 提高了 18 个百分点。表 10-5 为 1999—2003 年全国农村义务教育经费投入情况。

表 10-5　1999—2003 年全国农村义务教育经费投入情况

单位：亿元

年份	教育经费总投入	预算内教育经费	占总投入％
1999	862.07	533.12	61.84
2000	919.98	604.00	65.65
2001	1102.27	786.17	71.32
2002	1266.04	989.78	78.18
2003	1365.25	1094.31	80.15

2003 年，安徽省农村义务教育财政预算内拨款达 53.25 亿元，比 1999 年的 24.55 亿元增加了一倍多，占当年农村义务教育经费总投入的 81％，比税费改革前的 1999 年的 61％提高了 20 个百分点。表 10-6 为 1999—2003 年安徽省农村义务教育经费投入情况。

表 10-6　1999—2003 年安徽省农村义务教育经费投入情况

单位：亿元

年份	教育经费总投入	预算内教育经费	占总投入％
1999	40.10	24.55	61.22
2000	38.25	27.21	71.14
2001	50.09	39.07	78.00
2002	62.17	50.31	80.92
2003	65.45	53.25	81.36

第三节　新的规范和稳定的农村义务教育投入保障机制仍未形成

随着农村税费改革的不断深入，在农村义务教育管理体制转换的过程中，也出现了一些较为突出的困难和问题。

一、"三保"机制还没有完全得到落实，农村中小学运行比较艰难

教师工资及时足额发放的机制还没有完全确立。一些地方教职工工资发放的资金还没有形成稳定的来源，"保工资"的机制还很脆弱。如果稍有松懈，还有可能出现大面积的拖欠情况。从全国情况来看，2003 年，全国拖欠中小学教职工工资总额仍达 18.84 亿元，有 16 个省份存在欠发问题。安徽省目前仍有 8 个县累计拖欠教职工工资 1.33 亿元。在调研中还发现，在清欠教职工工资拖欠问题的时候，存在只承认国标工资不承

认地方补贴政策的现象,损害了教师的权益。

农村中小学危房改造仍存在较大资金缺口,许多农村中小学危房还得不到及时改造,一些地方的师生安全受到威胁。虽然通过实施"中小学危房改造工程"基本可以消除现有危房,但是,全国农村每年自然新增危房约 1750 万平方米,需投入改造资金 70 亿元。截至 2003 年底,安徽全省农村中小学还有 389 万平方米 D 级危房亟须改造。如按 400 元/平方米进行改造,还需资金 15.6 亿元。此外,每年改造新增危房还需 4 亿元。当前的突出问题是,中央和省安排下达的危改资金,与实际需求相差甚远,县乡无力进行资金配套,有些地方为了解决危房突出问题,只好东借西挪,旧债未偿,新债又增。

学校预算内公用经费拨款不足,收取的杂费被挤占、挪用现象严重,学校运行困难。虽然制定了生均预算内公用经费拨款标准,但真正的落实还需要一个过程。如:按照安徽省制定的生均预算内公用经费拨款标准(农村初中为 15 元,农村小学为 10 元),全省应落实 1 亿元,但实际上只落实了 3200 多万,尚有较大的资金缺口。

二、产生上述问题的原因分析

1. 税费改革后各级财政的投入与税费改革前义务教育的实际支出水平相比,还存在缺口

农村税费改革后,"民退"的比较彻底,但"国进"没有完全跟上。中央和地方拿出了大量的专项资金进行转移支付,但并没有补齐改革前农村教育的实际支出。在投入体制的转换过程中,出现了义务教育经费的"真空地带"。因为税费改革前,除了教育费附加和教育集资,学校的发展还有一部分依靠的是一些地方出台的教育统筹费和学校自立项目两大块收入。这部分收入虽不符合国家有关规定,但从实际支出看,在当时农村义务教育发展中起过较重要的支撑作用,教师工资总额中有相当大的部分来自于这两项收入。税费改革后,因取消这两项收入形成的经费缺口,不在上级转移支付资金弥补的范围之内,需要县级财政自行消化解决,这对于财力困难的农业大县来说,确实存在一定困难。例如:安徽省 1997—1999 年三年平均向农民征收的教育费附加为 7.1 亿元,教育集资为 3.84 亿元,政策规定之外的集资、收费等非规费收入为 13 亿元,合计约 24 亿元。2003 年,安徽省各级财政共落实中央农村税费改革转移支付资金 17.75 亿元,其中用于教育的近 13 亿元,占税改资金的比例为 72.6%。税改资金仅能弥补教育费附加和教育集资缺口。

又如:宿州市 1997—1999 年三年平均向农民征收的教育费附加为 6412

万元,教育集资为 2987 万元,合计约 9399 万元。2003 年,宿州市税费改革转移支付资金 5970 万元,其中用于教育的 2720 万元,存在缺口约 6600 万元。泗县 1997—1999 年三年平均向农民征收的教育费附加为 1166 万元,教育集资为 334 万元,政策规定之外的集资、收费等非规费收入约 111 万元,合计约 1611 万元。2003 年,泗县税费改革转移支付资金 1081 万元,其中用于教育的 729 万元,存在缺口约 880 万元。

2. 以政府为主的农村义务教育投入新体制落实不到位,缺乏有效的推进机制

农村税费改革前,安徽等中部地区主要是依靠农民群众的支持来发展义务教育的,政府投入长期不足,投入体制的转换比较困难。1997 年,在中部地区农村义务教育投入中,政府投入所占的比例不到 49％,51％的部分基本上由农民负担,农民负担的比例明显高于全国平均约 46％的水平。这还不包括政策以外向农民的收费。在这样的投入格局下,随着农村税费改革的推行和义务教育投入向政府为主的体制的转变,中部地区农村义务教育面临的实际困难和投入压力自然也就比其他地区大,所进行的利益调整比其他地区要复杂得多,改革的阵痛会更强烈,如不采取有力措施,新体制的确立和完善过程所需时间将更为漫长。

实行农村义务教育新的投入体制,现在还只是刚刚开始,许多带有根本性的制度建设还没有得到落实,进一步完善农村义务教育管理体制的任务依然十分艰巨。许多地方目前还只是把教师工资和管理权限上收到县,这只是完成了体制改革的第一步。而中央已经做出明确规定的一些关键性基础工作难以推进,如各省要逐县核实财力等方面的工作,至今没有开展。由此产生以下几个主要问题:一是无法衡量县级政府是否尽力;二是上级政府应补多少也无标准;三是中央和省市的各自分担比例也不清楚。农村义务教育出现问题,说不清究竟是哪一级政府的责任,可以说,都有责任而又都不负责任。由于目前这种共同负担的机制,具体职责不明确,往往是层层扯皮而得不到落实。中央对此虽然三令五申,但由于涉及利益调整和财税体制,迟迟不见进展,也反映出我们对农村义务教育体制的调整工作,缺乏有效的监督和督促机制。

3. 农村学校的内部管理体制改革相对滞后,经费使用管理不严,经费短缺与使用效益不高的现象并存

目前,我国的农村义务教育对当地经济社会发展的适应能力还不强,还存在教师整体素质不高、布局结构不尽合理、办学效益低下等现象,教育质量亟待提高,教育教学改革任务艰巨。一些地方农村教师缺编和城

镇教职工超编并存,学校用人机制不灵活,教师难以流动,工作绩效与待遇脱钩,缺乏竞争激励机制。在一些边远山区、牧区、湖区等贫困地区的小学或教学点,基本上靠代课教师在支撑教学工作。教育经费管理松懈,监管不严,还存在一些漏洞,"教育吃教育"的现象时有发生,在社会上造成恶劣影响。有限的公共教育经费发挥不了应有的办学效益。这些问题,也在一定程度上加重了农村义务教育的困难程度。

第四节　在新的社会经济背景下建立农村义务教育投入保障机制的政策建议

第一阶段的农村税费改革促进了农村义务教育实现向政府投入为主的转变。2004 年开始的第二阶段农村税费改革的主要内容是免征农业税,县乡财政体制随之进行改革,对农村义务教育的重要影响是促进建立农村义务教育投入保障机制。

2004 年,除吉林、黑龙江全面免征农业税外,还有北京、天津、福建、上海、浙江、西藏 6 个省(自治区、直辖市)和其他省(自治区、直辖市)的274 个县(市)免征或基本免征农业税。免征农业税对乡镇财政带来了重要影响,一些地方开始积极探索进行"省直管县"等县乡财政管理体制改革。财政体制的这种调整必然会对农村义务教育投入体制带来重要影响。

综合前文对税费改革后农村义务教育投入问题的分析,如何在新的社会经济背景下建立农村义务教育投入保障机制,提出如下的政策建议:

第一,明确各级政府对农村义务教育的投入责任,建立健全以政府投入为主的经费保障机制。国务院规范对义务教育的转移支付制度,在转移支付中对义务教育经费单独列项,增强地方人民政府对义务教育经费的保障能力。省级人民政府逐县核实财力水平,确定所辖县义务教育经费支出占本县财政收入的比例,对所辖县义务教育经费不足的部分,通过统筹安排上级和本级财政转移支付资金,在财政预算中将用于义务教育的财政转移支付资金单独列项,优先予以补足。地(市)级人民政府按照省级人民政府的规定和管理体制,对用于义务教育的转移支付资金单独列项安排。县级人民政府应当按照国务院或者省级人民政府制定的基本办学标准、生均公用经费基本标准、教职工工资标准及核定的教职工编制,依法单独编制本级政府的教育预算,保障本县实施义务教育的实际需要。为保证师生安全,中央和地方政府投入专项资金,实施"农村中小学危房改造工程"，并逐步建立校舍建设、维护经费保障机制。各级政府要将新增的教育经费主要用于农村义务教育，重点解决农村义务教育经费短缺、办学条件差的问题。

第二，建立健全监督机制，确保国家对农村义务教育的各项政策规定落到实处。各级人民政府要向同级人民代表大会或其常务委员会专题报告年度义务教育经费预算及预算执行情况，并接受其监督和检查。对未按照预算核拨义务教育经费的地方人民政府，同级人民代表大会要责令限期核拨。各级人民政府应建立健全对义务教育经费的审计监督和统计公告制度。要通过建立健全强有力的监督检查机制，确保国家对农村义务教育的各项政策规定落到实处。

第十一章 江苏省农村税费改革与义务教育财政调研报告①

税费改革被称之为中国农村的"第三次革命",对农村义务教育产生了深远的影响,彻底改变了以往农村义务教育由农民办、乡镇管理的格局,确立了义务教育政府办、以县为主管理的体制。但农村税费改革在不同的省份做法并不完全相同,地方政府的承受能力也并不完全相同。全国最先开始农村税费改革的是安徽和江苏,在总结了这两省的经验教训后,2002 年扩大试点,2003 年在全国范围内推行。

安徽省的改革始于 2000 年,但安徽的改革出现了较多问题,主要是地方财力无法弥补农村税费改革造成的经费缺口,严重影响了农村义务教育以及基层政权的维持和运转,引起了中央的高度重视。中央政府给予较多的财政转移支付,最终在中央的帮助下安徽比较顺利地完成了农村税费改革试点。江苏在 2000 年本省试点基础上于 2001 年 1 月在全省范围内推行税费改革,是继安徽之后全国第二个进行农村税费改革的省份。

这两省的基本条件差异很大。安徽是一个农业大省,江苏则是一个工业大省;安徽经济落后,财力不足,江苏却是经济发达,财力雄厚。就财力而论,安徽作为经济基础比较薄弱的农业大省,2004 年全省的财政收入只有 520.5 亿元,只稍高于江苏省苏州市的财政收入水平。② 安徽省

---

① 本章由郭建如执笔撰写,课题组成员岳昌君、李湘萍、郭丛斌参与了江苏金坛市的调研,周俊波、杨亚辉、张丽娟、张瑞等参与了江苏宿豫县的调研。

② 安徽:奋力崛起图破壁[EB/OL].(2005-06-08).http://learning.sohu.com/20050608/n225865222.shtml.

在财力不足以弥补税费改革缺口后,得到了中央财政的大力支持。2000年底,中央财政补助安徽省 11 亿元,2001 年,将补助增加到 17 亿元。[1]与安徽不同的是,江苏的改革是依靠自身财力进行的。

安徽和江苏的税费改革在全国具有较强的代表性。北京大学教育学院教育经济研究所课题组于 2002 年 6 月对江苏进行了调研。调研组在江苏省教育厅对全省教育状况以及税费改革问题进行全面调查后,分别选择苏南的金坛县和苏北的宿豫县进行了实地调研。金坛县代表了江苏省经济较发达地区,宿豫县则代表了经济欠发达地区。

本章在结构安排上共分三部分：第一节介绍江苏省社会经济与教育发展概况及税费改革对教育发展的影响;第二节对金坛和宿豫进行比较分析;第三节是总结。

第一节　江苏省农村税费改革与农村义务教育发展的基本情况

一、江苏省区域间财力的不平衡与省内的财政转移支付

1. 江苏省的经济发展概况

江苏省面积 10.26 万平方公里,截至 2001 年底,全省人口73550000,其中农业人口 42210000,占总人口数的 57.39％。截至2002 年 6 月,江苏省有 13 个地级市,下辖 108 个县和县级市(28 个县级市,30 个县,50 个市辖区),其中有 2 个国家级贫困县,3 个省级贫困县。

“十五”期间,江苏省的财力一直居于全国第三位。2001—2003 年主要社会经济指标见表 11-1。

2001—2003 年,江苏省经济发展速度快,各项指标都有较大增长。2001 年,江苏省财政总收入突破 1000 亿元,比 2000 年增长 23.1％;地方财政收入 620.4 亿元,比 2000 年增长 23.8％。[2] 2002 年,财政总收入1483.7 亿元,地方财政收入 834.6 亿元。2003 年,江苏省地方财力进一步增强,财政总收入 1968.9 亿元,比 2002 年增长 23.1％;地方财政收入

---

① 中央在 21 个省发放农村教师工资补助 50 亿元,其中包括安徽省;2002 年,中央财政新增安排 165 亿元用于补助 16 个省份改革,使 2002 年中央财政安排的转移支付总额增加到了 245亿元,其中包括 50 亿元的农村教师工资专项补助。

② 季允石.江苏省工作报告[EB/OL]. http://www.chinagateway.com.cn/chinese/MA-TERIAL/2090.htm.

表 11-1　江苏省 2000—2003 年社会经济发展的主要指标①

主要经济指标	年　份			
	2000	2001	2002	2003
财政总收入(亿元)	865.1	1065.0	1483.7	1968.9
地方财政收入(亿元)	501.3	620.4	834.6	1164.2
财政支出(亿元)	635.0	774.8	1041.4	1377.5
城镇居民人均可支配收入(元)	6800.2	7375.1	8178	9262
农民人均纯收入(元)	3595.1	3784.7	3995.6	4239
三大产业增加值的比重	12.0：51.7：36.3	11.4：51.7：36.9	10.6：52.1：37.3	8.9：54.5：36.6

1164.2 亿元,比 2002 年增长 27.8％。② 在这三年中,江苏省的产业结构也在不断地进行调整,工业比重不断上升,农业的比重不断下降。

2. 江苏省经济发展中的地域差异

江苏省由苏北、苏中和苏南三部分构成,三地财政力量差异很大。1993 年,苏南四市(苏州、无锡、常州、南京)和苏北五市(徐州、淮安、盐城、连云港、宿迁)预算内财政供养人员人均可用财力分别为 10387 元/年和 5058 元/年,两者比例为 2∶1;到 1999 年两者的差距扩大到 28226元/年和 9851 元/年,两者之比为 3∶1。从财政总量上看,2000 年苏南四市财政总收入达 495.14 亿元,占全省财政总收入的 63.7％,平均每市1234.79亿元;而同期苏北五市财政总收入只有 130.29 亿元,占全省各市财政总收入的 16.8％,平均每市 26.06 亿元。从增量上看,2000 年,苏南四市财政总收入比 1999 年同期增长 120.22 亿元,是苏北五市同期增量的10.25倍,占市县财政收入增量的 74.4％。③

　　① 　资料来源:江苏省统计局关于 2001、2002、2003 年国民经济与社会发展的统计公报,见国家统计局网站,http://www. stats. gov. cn/was40/reldetail. jsp? docid＝16146(00 年)。http://www. stats. gov. cn/was40/reldetail. jsp? docid＝15689(01 年);http://www. stats. gov. cn/was40/reldetail. jsp? docid＝66279(02 年);http://www. stats. gov. cn/was40/reldetail. jsp? docid＝402131106.

　　② 　江苏省统计局关于 2003 年国民经济与社会发展的统计公报[EB/OL]. http://www. jssb. gov. cn/tjfx/tjgbzl/200402230041. htm.

　　③ 　江苏省财政厅. 江苏省分税制财政管理体制运行分析[M]//财政部预算司. 中国政府间财政关系. 北京:中国财政经济出版社,2002:365-369.

　3. 江苏省解决地区间财力不均衡的措施——财政转移支付制度

转移支付是平衡地区间财力差距的重要制度,苏北地区得到了江苏省多种财政转移支持,包括:①

　(1) 体制固定转移支付

1994年,江苏省对1993年行政事业人员人均体制内财力不足4000元的县(市)补足到4000元,定额补贴五年,补助总额为1.84亿元,并在1999年将该补助纳入各县(市)固定补助基数。1995年,为帮助苏北地区解决教师工资发放问题,江苏省对苏北困难县教师人均财力不足5000元的补足到5000元,补助金额8800万元,并在1999年将该补助纳入各县(市)固定补助基数。

　(2) 过渡期财政转移支付办法

1996年,江苏省制定《过渡期财政转移支付办法》,主要采取政策性转移支付和困难性转移支付相结合的办法,对苏北、苏中困难地区县(市)予以补助,同年对各县(市)政策性转移支付0.88亿元,困难性转移支付0.81亿元,合计1.69亿元。1997年省对各市县转移支付2.56亿元,1998年省对各市县转移支付3.84亿元,主要用于消化老赤字和平衡当年收支缺口。

1999年,江苏省改变了主要按财力补助的办法,改用对标准收支缺口进行补助。当年对各市县客观因素转移支付2.87亿元,特殊困难转移支付0.8亿元,合计3.67亿元,主要用于教师工资发放、行政事业单位人员增资、部分困难县政法系统经费缺口和弥补财政收支缺口等。2000年的转移支付更体现出"保吃饭、保运转"的指导思想。2001年,江苏省启动农村税费改革,转移支付额总计10.47亿元,省对乡镇村转移支付主要根据基层必不可少的开支、因政策因素收支增减相抵后差额及各地财政状况等因素计算确定,主要用于弥补乡镇财力、乡村教育经费、村级干部报酬和五保户支出等缺口。2002年,江苏省对市县转移支付合计6.2亿元,主要用于教师工资发放、行政事业单位人员增资、社会保障资金缺口等。

　4. 制定扶助苏北的特殊政策

2001年,江苏省委和省政府通过关于加快苏北地区进一步发展的决定,要求加大对经济薄弱地区财政转移支付力度,省财政安排7.68亿元,

---

　① 江苏省财政厅.江苏省分税制财政管理体制运行分析[M]//财政部预算司.中国政府间财政关系.北京:中国财政经济出版社,2002:365-369.

用于对苏北地区基数的补助,并保证随着经济的发展和财力的增长而逐年增加转移支付力度;中央和省对农村税费改革的转移支付,大部分用于苏北地区,每年7亿元。农村税费改革后新增的农业税、农业特产税,省财政不再集中。2001年,通过省财政和省级调剂金对苏北17个县(市)补助2.95亿元,以解决养老问题。① 2003年,江苏省加快产业、财政、科技、劳动力向苏北的转移,推进南北协作,新出台支持苏北工业化、基础设施建设、开发开放等七项政策。全年省级投向苏北的资金203亿元,其中转移支付和专项资金58.3亿元。② 2005年,江苏省委和省政府通过振兴苏北地区的决定,制定了帮扶力度更大的政策。

二、江苏省教育发展的地域差异

江苏是我国教育较发达的省份,教育投入较大。"十五"期间,江苏的教育经费总投入和财政预算内教育经费拨款位居全国第二,仅次于广东,生均预算支出在全国位于第十位。③

1. 江苏省基础教育发展的基本情况

江苏省1996年就完成了"两基"任务,即基本普及九年义务教育和基本扫除青壮年文盲,成为在全国率先实现"两基"目标的省份。根据2000年的第五次人口普查资料,江苏省6岁及6岁以上人口平均受教育年限为7.64年,高于全国7.40年的平均受教育年限,在全国31个省市自治区中排在第九位。④

2. 教育发展水平上的地区差异

(1)6岁及6岁以上人口受教育年限的地域差异

江苏省教育发展同经济发展一样,存在着严重的不平衡,以6岁及6岁以上人口受教育年限的情况为指标,最高与最低相差1.86年,见表11-2。

---

① 中共江苏省委、江苏省人民政府关于加快苏北地区进一步发展的决定[EB/OL]. http://www. sbfz. gov. cn/zccs/zccs_ldjh9. htm.

② 梁宝华. 江苏省政府工作报告摘要[EB/OL]. http://www. jschina. com. cn/gb/jschina/2003/24/userobject1ai410575. html.

③ 江苏省财政厅. 充分发挥公共财政职能支持教育优先发展[EB/OL]. http://www. wxjy. com. cn/kcgg/ReadNews. asp? NewsID=944.

④ 江苏省教育科学研究院. 2002年江苏省教育发展报告[M]. 南京:江苏教育出版社,2003:9-11.

表 11-2   2000 年江苏各市 6 岁及 6 岁以上人口受教育年限①

编号	市别	2000 年人口（万人）	6 岁以上人口（万人）	平均受教育年限
0	全省	7304.36	6922.01	7.64
1	南京	612.61	585.36	8.73
2	苏州	679.22	649.82	7.82
3	无锡	508.65	430.90	8.22
4	常州	377.62	358.52	8.07
5	镇江	284.48	270.79	8.02
6	扬州	458.85	434.67	7.45
7	南通	751.29	724.32	7.38
8	泰州	478.57	453.36	7.40
9	徐州	891.39	843.30	7.40
10	淮安	503.82	473.45	7.54
11	盐城	794.65	754.92	7.54
12	连云港	456.99	426.66	7.14
13	宿迁	506.15	472.87	6.87

（2）初中阶段教育发展的地区差异

根据第五次人口普查的数据，2000 年、2001 年和 2002 年，江苏省初中教育毛入学率在 86％左右浮动，2000 年、2001 年和 2002 年江苏省初中教育毛入学率均低于全国平均水平②，在沿海 9 个省市中倒数第一③。表 11-3 为 2000—2001 年全国和江苏初中阶段教育毛入学率的比较。

表 11-3   2000—2001 年全国和江苏初中阶段教育毛入学率的比较④

年份	阶段	在校学生数（万人）		适龄人口数（万人）		毛入学率（％）	
		全国	江苏	全国	江苏	全国	江苏
2000	初中（13～15 岁）	6167.60	293.51	6990.20	340.67	88.23	86.15
2001	初中（13～15 岁）	6514.38	324.67	7405.00	376.00	88.00	86.32
2002	初中（13～15 岁）		352.45		409.21		86.13

①   资料来源：江苏省教育科学研究院.2002 年江苏教育发展报告[M].南京：江苏教育出版社,2003：9-11.

②   江苏省教育科学研究院.2002 年江苏教育发展报告[M].南京：江苏教育出版社,2003：9-11.

③   张玉林.经济大省的教育贫困——关于江苏省公共教育经费投入不足问题的实证分析[EB/OL].(2005-07-12).http://learning.sohu.com/20050712/n226283407.shtml.

④   资料来源：根据江苏省教育科学研究院编《2002 年江苏教育发展报告》关于 2000—2001 江苏初中和高中阶段教育毛入学率,2000—2001 年全国和江苏初中、高中阶段教育毛入学率的相关表格整理。

　　江苏省教育科学研究院的报告指出,江苏省"初中阶段教育的流生偏高","对 15 周岁人口进行详细分析,九年义务教育的完成率不足90%"。① 初中学生辍学现象主要发生在农村,特别是苏北和苏中地区农村。据江苏省政府教育督导团 2004 年 4 月对徐州市的调查,仅在2003 年 9 月—2004 年 2 月的半年间,该市农村就有 8206 名初中生辍学,初中年辍学率在有的县达到 6%。在另外一些辍学更严重的农村地区,初中阶段三年的辍学率可能超过 20%,远远超过教育部门公布的数据。②

　　(3) 教师待遇以及师资力量的差异

　　从 20 世纪 90 年代开始,苏中和苏北地区出现大面积的农村教师工资拖欠现象。2001 年实行"以县为主"的义务教育管理体制后,大部分教师仅能领到"国标"工资,无法领取省及各市出台的地方性津贴和补贴。由于当地教师工资低且难以保障,苏北、苏中多数县区很难吸引到大学毕业生,于是只好用"代课教师"。代课教师比例在不少县高达10%,有的甚至超过 20%,其工资水平在苏北地区每月只有 150—200元,在南通和扬州两地也只有三四百元。③ 苏南和苏北地区中小学教师的质量差异可以从教师的学历情况以及学校的升学率等情况反映出来。相关指标见表 11-4。

　　可以看到,苏北与苏南相比较,苏北的小学专任教师中具有高中及以上学历的比例、初中专任教师具有大专以上学历的比例,均明显低于苏南地区,而平均每位小学教师负担的学生人数以及平均每位初中教师负担的学生人数,苏北地区都明显高于苏南地区。在初中毕业生升学率方面,苏北地区明显低于苏南地区,其中苏北的宿迁地区最低,只有 54.10%,低于最高的苏州(95.63%)达 41.53 个百分点。

---

　　① 周稽裘. 2002 年教育发展报告[M]. 南京:江苏教育出版社,2003:9-11.
　　② 突出问题、成因与对策——基于江苏农村义务教育的情况调查与分析[EB/OL].(2005-04-28). http://www.glqzx.gov.cn/article.asp? articleid=673.
　　③ 张玉林. 经济大省的教育贫困——关于江苏省公共教育经费投入不足问题的实证分析[EB/OL]. (2005-07-12). http://learning.sohu.com/20050712/n226283407.shtml.

表 11-4　2002 年江苏教育事业主要指标分市统计比较①

编号	市别	学龄儿童入学率(%)	初中毕业生升学率(%)	小学专任教师中具有高中及以上学历的比例(%)	初中专任教师中具有大专及以上学历的比例(%)	平均每位小学教师负担学生数(人)	平均每位初中教师负担学生数(人)
0	全省	99.58	78.57	98.00	91.94	27.73	19.84
1	南京	99.85	90.20	97.76	93.62	18.55	17.14
2	苏州	99.89	95.63	98.57	95.26	19.15	17.23
3	无锡	100.00	95.34	98.60	93.55	19.85	17.04
4	常州	100.00	95.37	98.85	95.59	22.16	19.42
5	镇江	99.69	93.01	99.40	96.18	19.66	18.97
6	扬州	100.00	84.40	98.77	93.30	19.60	17.47
7	南通	99.99	80.86	97.75	93.00	23.71	19.57
8	泰州	199.00	80.97	97.42	91.99	22.69	18.91
9	徐州	99.38	70.26	98.13	88.02	24.41	23.56
10	淮安	98.87	78.45	98.17	92.03	25.08	19.93
11	盐城	98.82	75.57	98.10	85.86	20.35	19.44
12	连云港	99.75	72.02	98.12	95.91	25.88	20.81
13	宿迁	99.42	54.10	95.46	91.12	29.99	26.50

（4）生均教育经费和学校设施的差异

苏北和苏中农村地区的学校普遍达不到省里规定的办学标准,以江都市为例,2003 年义务教育公用经费实际支出水平小学生均仅有 54 元、初中生均 131 元,分别只有省定标准的 33.8％和 59.6％。② 江苏省教育厅对苏北 4122 所学校进行卫生设施普查发现,1011 所寄宿制学校中,人均住宿面积符合要求的仅占 39.4％,相当一部分学校不能做到每生一张床。食堂功能符合要求的仅占 22.9％。③ 江苏省九届政协常委会一位委员调查发现,"苏北的许多农村中小学,一个班七八十名学生挤于一室,一张双人床住宿 4 个学生,是较为普遍的现象。图书、实验药品仪器、体育器材、教学用电脑等难以及时添置更新,实验课程不能正常开展,甚至

---

① 资料来源：根据《2002 年江苏教育事业发展报告》(江苏省教育科学研究院编,江苏教育出版社,2003)"2002 年江苏教育事业主要指标分市统计"整理。

② 张玉林. 经济大省的教育贫困——关于江苏省公共教育经费投入不足问题的实证分析 [EB/OL]. (2005-07-12). http://learning.sohu.com/20050712/n226283407.shtml.

③ 顾兆农.缩小差别从学校起步[EB/OL]. (2004-01-05). http://news.sina.com.cn/o/2004-01-05/09401507469s.shtml.

连教师日常办公用品都无法保障供应"①。

（5）初中升学率的地区差异大

苏北和苏南的教育差距也体现在初中升学率上。苏北、苏中的城市和整个苏南的初中升学率在20世纪90年代后期就达到了90％以上，有的甚至接近100％。在苏北一些县市，初中毕业生的升学率还不足60％。在2002年，宿迁地区的初中毕业生升学率只有54.10％。"2004年在校生210万人，初中毕业生升学率达84.8％，比2000年提高16.3个百分点，苏南地区已连续多年超过90％，基本普及高中阶段教育。"②

三、江苏省农村税费改革对农村义务教育发展的影响

1. 农村税费改革

2000年，江苏在省内选择若干县市进行税费改革试点，并于2001年在全省推行。从2001年到2002年，江苏省农村合同内负担有较大幅度减轻。与改革前相比，2001年全省农民合同内人均减负33.11元，减负30％，合同内外总负担人均减负79.8元，减负幅度50.6％。③依据江苏省财政厅厅长的述职报告，2001年农民实际负担减轻40.11亿元，下降50.8％，2002年又比2001年下降了2％。④农村税费改革的一个关键内容是取消农户的教育费附加和教育集资。2000年，江苏省实际向农户征收的教育费附加和教育集资共计17.1亿元，其中，农村教育费附加10.22亿元，农村教育集资6.88亿元。教育费附加和教育集资取消后，有效地减轻了农民负担，但另一方面也对义务教育财政形成了严峻挑战。

2. 义务教育管理体制的调整

随着江苏税费改革的开展，为解决农村义务教育发展面临的问题，教育管理体制也发生了改变。国务院在2001年提出农村义务教育要实行"在国务院领导下，由地方政府负责、分级管理、以县为主的管理体制"。国务院办公厅在2002年4月14日下发《关于完善农村义务教育管理体制的通知》，明确完善农村义务教育管理体制的核心是"两个重大转变"，即"农村义务教育部分由农民举办转变到完全由政府举办，从乡镇管理为

---

① 突出问题、成因与对策——基于江苏农村义务教育的情况调查与分析[EB/OL]．(2005-04-28). http://www.glqzx.gov.cn/article.asp? articleid=673.

② 江苏省教育厅副厅长祭参加在启动仪式上致辞[EB/OL]．(2005-06-03). http://tech.qianlong.com/28/2005/06/03/187@2661114.htm.

③ 季允石．根本出路在改革[EB/OL]．http://www.hebei.com.cn/node2/node141/node736/node743/userobject1ai23315.html.

④ 2003年某省（江苏省）财政厅长述职报告[EB/OL]．http://lunwen.eliu.info/b54.htm.

主转变到以县管理为主"。

国务院的决定和通知对江苏省税费改革与义务教育财政体制的变革起着重要的指导作用。江苏省从 2001 年 4 月开始建立以县为主的农村义务教育管理体制，2002 年 5 月，江苏省进一步明确基础教育管理体制的主要目标是，在省政府的领导下，强化县级政府对基础教育的统筹权，建立和完善县乡两级管理、以县为主的管理体制，主要包括四个方面的内容：一是农村基础教育的整体改革与发展由县统一规划，建立起由省级财政安排专项资金、各级财政共同负担的中小学布局调整、危房改造和校舍建设经费投入机制；二是教师工资由县统一发放，确保农村中小学教职工工资按国家规定标准及时足额发放；三是教师队伍由县负责管理，主要包括任免校长，调配、考核、培训教师和校长；四是学校的日常运转经费由县统一负责管理，收取的学杂费全部用于补充学校公用经费，不足部分，财政必须给予补足。

3. 税费改革后的教育经费保障问题

税费改革后，江苏农村教育经费面临着缺口问题。据江苏省教育厅的估计，2001 年因税费改革，教育经费投入减少了 17 亿，其中 10 亿是农村教育费附加，7 亿是教育集资。对此，江苏省采取了多种办法进行解决。

（1）加大预算内教育拨款

江苏省 2001 年的预算内教育拨款，较之 2000 年有了较大幅度的提高。从 2001 年教育经费实际收支情况看，江苏省 2001 年农村义务教育投入总额达到 101.41 亿元，比上年增长 12.86%，基本弥补了取消农村教育费附加和教育集资后形成的经费缺口。[1] 各级财政加大了转移支付力度，2001 年省财政安排用于对市县的转移支付达 23.2 亿元，是 1999 年的 6.5 倍、2000 年的 4 倍。[2] 省财政还要求，保障经济薄弱地区基本运转转移支付的 70% 必须用于农村义务教育，以提高财政对农村教育的保障程度。[3]

2001 年，省财政对教育的转移支付达到 13.5 亿元，财政预算内教育经费拨款占教育经费总额的比例上升幅度较大，各级财政预算安排县城及其农村义务教育经费 74 亿元，比 2000 年增加 19 亿元，增长 33.84%，

————————

　①　江苏省教育科学研究院.2002 年江苏教育发展报告[M].南京：江苏教育出版社，2003：49.

　②　2003 年某省（江苏省）财政厅长述职报告[EB/OL].http://lunwen.eliu.info/b54.htm.

　③　夏祖军.先行者的新探索——安徽、江苏农村综合试点改革经验[EB/OL].http://www.cfen.cn/loginCt/pageprocess? pageurl=bzbm/2005-06/16/content_122831.jsp.

占教育经费总额的比重也上升到 73%，比上年增加 11.47 个百分点；农村义务教育日常运转经费比上年略有增加，2001 年全省农村义务教育日常运转经费支出 12.4 亿元，比 2000 年的 11.76 亿元增加 0.64 亿元，增长 5.44%。[①]

（2）确保教师工资发放

中小学教师工资的按时足额发放是衡量农村税费改革成败的关键。江苏税费改革前，教师工资拖欠现象主要发生在苏北地区，其次是苏中地区；税费改革后，苏北面临的困难更加严峻。江苏省委和省政府规定，实行农村税费改革以后，新增的农业税、农业特产税主要用于农村义务教育；从 2001 年开始，省财政对苏北和苏中地区 32 个县（市）进行体制性财政转移支付基数 10.8 亿元，明确规定其中的 6.16 亿元用于发放教师工资，税费改革财政转移支付 10.47 亿元，绝大部分用于发放教师工资。2002 年 8 月，义务教育管理体制改变后，中小学教师工资由县财政专户发放，有效地解决了教师工资国标部分拖欠问题。

（3）解决农村中小学危房问题

江苏省财政从 2001 年起连续三年每年安排 2.5 亿元专项资金，主要用于支持苏北地区基础教育、中小学危房改造和布局调整。在 2001 年和 2002 年，全省共筹集改危资金 45 亿元，其中市县乡配套资金 17.62 亿元，社会捐助、引资 20.25 亿元，共拆除 C、D 级危房 415.18 万平方米，消除率 100%，维修加固 B 级危房 276.78 万平方米，维修率 100%，复建、新建校舍 692.72 万平方米。到 2002 年年底，全省 73 个有改危任务的县（市、区）全部通过江苏省农村中小学无危房县（市、区）验收，完成了中小学危房改造任务。[②]

4. 2001—2003 年江苏税费改革尚存在的问题

江苏省的税费改革取得了突出成就，中小学教师国标工资在全省范围内保证发放，解决了苏北一些县市教师工资拖欠问题；用两年时间解决了农村中小学危房问题；农村中小学的管理权上收到县，学校的发展规划由县里统一进行，避免了学校和乡镇的教育举债。但是，税费改革切断了原来维系农村义务教育运转的资金链条，导致出现资金紧张状态，一些问题在 2001—2003 年的改革中并没有得到解决，主要问题有：

---

① 江苏省教育科学研究院.2002 年江苏教育发展报告[M].南京：江苏教育出版社,2003：49.

② 江苏省教育科学研究院.2002 年江苏教育发展报告[M].南京：江苏教育出版社,2003：49-50.

（1）教师工资省标部分不能正常支付

税费改革后，苏南等经济发达的县市仍能够支付省标工资；苏中地区县市教师工资的48%来自于农村教育费附加，税费改革取消农民教育费附加后，苏中地区中小学教师工资就面临着无法全额发放的困境。有的县统一发放教师工资时，只能保证国标部分，省标部分不再发放，使教师工资收入下降。苏北地区因为得到了较多的省级的转移支付，国标工资能够保证发放，但省标工资仍是由乡镇负责。

（2）学校公用经费紧张

苏北地区因为大部分转移支付被用于教师工资的发放，县财政没有能力拨付学校的公用经费，中小学的公用经费主要依靠学杂费支撑。一些学校为了维持学校发展，在2002年和2003年私自提高收费标准，使得农民负担出现反弹。

（3）教育负债问题突出

教育欠债现象在农村税费改革之前就已经很突出。税费改革取消教育费附加和教育集资后，教育债务因为缺乏可靠的偿还渠道而凸显出来。

（4）学校未来发展受限

江苏省农村义务教育在税费改革中面临的关键问题是苏北地区如何解决危房、实现布局调整、保障学校正常运转的公用经费以及学校教育现代化所需要添建的设施等。这些方面的资金如何筹措在2001～2003年的税费改革中并没有得到有效解决。这个阶段的改革主要集中在保证"吃饭"（国标工资发放）和保证学校正常运转。

（5）苏北骨干教师流失严重

苏北地区教师收入低，不但吸引不了本科毕业生，本地原有的骨干教师也开始流失。江苏省一位政协常委在连云港市调查发现，全市各县教师工资中的省津贴、补贴大都还执行1996年标准，按此标准，截至2003年底，全市累计欠发省津贴、补贴41317万元。由于中小学教师津贴、补贴不能足额发放，教师医疗保险、住房补贴、福利费等得不到保障，近两年全市流失教师1181人，且流失的大都是农村中小学的骨干教师，严重影响了农村义务教育教学质量；苏北的徐州、淮阴、盐城、宿迁等市优秀教师外流情况与连云港市也大体相当。① 优秀骨干教师的流失使苏北的教育水平面临降低的风险。

---

① 突出问题、成因与对策——基于江苏农村义务教育的情况调查与分析[EB/OL].（2005-04-28）.http://www.glqzx.gov.cn/article.asp? articleid=673.

第二节　苏南苏北县市的税费改革与县级义务教育财政

要对江苏税费改革对县乡义务教育财政及义务教育发展的影响做深入考察,就有必要根据江苏省南北发展悬殊的特点,分别选择一些县市进行深入的实地考察。课题组选择了苏南的金坛市和苏北宿迁市的宿豫县进行实地研究。

从主要的社会经济指标看,金坛市在江苏省经济实力最强的县市群体中处于靠后的位置,在 2003 年财政收入突破 10 亿元。在许多指标上,宿豫处于江苏省经济发展较差县市中靠后的位置。两县市的主要社会经济指标比较见表 11-5。

表 11-5　调研县市的主要经济指标比较①

主要经济指标	县市	2001 年(江苏省 58 个县市)		2002 年(江苏省 54 个县市)	
		金额	名次	金额	名次
财政总收入(亿元)	金坛市	5.54	20	7.49	16
	宿豫县	1.81	52	2.05	49
人均财政收入(元)	金坛市	1019	13	1379	11
	宿豫县	189	50	214	48
在岗职工平均工资(元)	金坛市	11389	10	12544	9
	宿豫县	7377	49	8304	42
农民人均纯收入(元)	金坛市	4456	12	4758	10
	宿豫县	2998	49	3170	47

一、金坛市的税费改革与义务教育财政

1. 快速发展的经济与相对较强的财力

金坛属江苏省常州市下辖的县级市,全市面积 975 平方公里,人口 54 万,其中农业人口 39 万,由 15 个乡镇组成;沪宁铁路和沪宁高速公路穿境而过,交通便利。金坛工业发达,农业高效、现代化,率先进入全国百强县之列。

2000 年以来,金坛市的经济一直处于快速增长状态,2000 年的财政

---

① 资料来源:根据《江苏年鉴 2002》(江苏年鉴杂志社,2002)、《江苏年鉴 2003》(江苏年鉴杂志社,2003)相关数据汇总。

收入 4.2 亿元①,2001 年为 5.54 亿元,2002 年为 7.49 亿,2003 年突破 10 亿元,在全国最发达的 100 个县(市)中排名第 53 位,在全省十强县(市)中名列第 9 位②,农民人均纯收入达 5110 元③。2004 年,金坛市财政收入 13.4 亿元,跃居全国百强县第 50 位,全年城镇人均可支配收入达 11235 元,农民人均纯收入 6004 元。④

2. 金坛市教育发展概况

截至 2002 年 3 月,金坛市有中小学校 135 所,其中普高 4 所,职校 2 所,初中 27 所(其中农村 20 所),中心小学 32 所(其中农村 24 所),完小 11 所,村小(含办学点)59 所。在校中小学生 83709 人,其中普高 7506 人,职校 2871 人,初中 27705 人,小学 45627 人。全市中小学在职教职工 为 5635 人,离退休教职工 1979 人。全市学校占地面积 2110 万平方米,教育资产原值达 5.1 亿元。⑤

从改革开放到税费改革,金坛市义务教育的发展可分为两个阶段:第一个阶段从 1980 年到 1996 年,金坛市在"分级办学、分级管理"的体制下充分发挥乡镇办学的积极性,顺利通过"双基"验收。第二个阶段从 1996 年到 2001 年,金坛市基础教育进入教育现代化初期,校舍建设及教学仪器设备的添置方面投入较多。截至 2001 年 2 月,初中、小学学生总量的 30%左右集中在市区,乡镇 80%的小学生集中在镇中心小学。⑥ 金坛教育信息网站于 2001 年开通运行,全市所有中小学均已联网,有 6 所学校建成校园网,13 所学校建成简易校园网。⑦ 2002 年,全市 80%的初中、90%的中心小学达到或接近现代化办学标准,全市所辖 16 个镇(区)100%通过省、市两级教育现代化工程合格乡镇验收,其中 88%达到省级先进乡镇标准,市区学校基本实现现代化。2003 年,全市 38%的学校跨入省实验、示范、星级学校行列。⑧

---

① 江苏省统计局. 江苏统计年鉴 2001[M]. 北京:中国统计出版社,2001.

② 2003,金坛如此灿烂[EB/OL]. http://home. jsinfo. net/xinhua/web/zhengfu/jintan/jszkb/ReadNews. asp? NewsID=256.

③ 金坛农民纯收入 2004 年增幅将达 10%[EB/OL]. http://home. jsinfo. net/xinhua/web/zhengfu/jintan/jszkb/ReadNews. asp? NewsID=255.

④ 金坛农民纯收入 2004 年增幅将达 10%[EB/OL]. http://home. jsinfo. net/xinhua/web/zhengfu/jintan/jszkb/ReadNews. asp? NewsID=255.

⑤ 金坛市教育局. 农村税费改革对我市教育的影响及其建议[R]. 2002.

⑥ 金坛市学校布局调整[N/OL]. 中国教育报网络版,2001.

⑦ 前进中的金坛教育[EB/OL]. http://www. jtjiaoyu. com/jygk. htm.

⑧ 2003,金坛如此灿烂[EB/OL]. http://home. jsinfo. net/xinhua/web/zhengfu/jintan/jszkb/ReadNews. asp? NewsID=256.

3. 金坛市教育财政：教育经费来源与教育支出

农村税费改革前，金坛市已投入近 4 亿多元用于学校硬件设施建设，其中 3 亿多元用于新建、扩建、改造校舍 40 多万平方米，占现有校舍总量的 60%，特别是一大批危房改造；投入近 1 亿元添置教学必需的现代化设施、设备。从生均教育经费看，金坛市的教育投入也是比较高的，以 2001 年小学生均教育经费为例，江苏省小学生均教育经费 1259 元，常州市则为 1976 元，金坛市为 1635 元，高于江苏省的平均水平，但低于常州市的水平，见表 11-6。

表 11-6　2001 年小学生均教育经费对比情况①

单位：元

	江苏省	常州市	金坛市
生均教育经费	1259	1976 (3)	1635
其中：预算内生均教育经费	842	1230 (3)	1082
生均公用经费	246	408(4)	342
生均公用经费占生均教育经费比(%)	20	21	21

注：表中括号内的数字表示常州市在江苏省的名次。

（1）教育经费来源

2001 年，金坛市财政总支出 3.7 亿元，其中 1.1 亿元用于教育，教育支出占财政支出的近 30%。在 2001 年，金坛市的教育总收入接近 2 亿元，预算内拨款占 54.99%，预算外教育收入占 45.01%。具体数据见表 11-7。

表 11-7　2001 年金坛市教育经费收入情况②

单元：万元

总计	预算内拨款	预算外收入				
		合计	教育附加拨款	事业收入	其他收入	上级补助收入
19998	10997	9001	1495	3773	1227	2506

税费改革前，教育费附加分两部分征收：一是企业的教育费附加。由地税部门代征，各乡镇自留 90%，10% 上交市财政，基本上采用"乡征乡管乡用"的方式。关于向企业征收的农村教育费附加的用途，我们在调查过程中得到了不同的说法，乡镇财政所说教育费附加被用来支付学校

---

① 资料来源：课题组成员根据金坛市教育局提供的多个资料编制而成。

② 资料来源：《2001 年金坛市中小学预算外收支情况分析》，金坛市教育局提供，2002 年 6 月。

硬件改善、教师奖金福利等费用,但中小学校却坚持认为学校很少能得到这部分附加费。二是农民教育费附加。由各乡镇财政委托学校向农户征收,这块经费是农村中小学改善办学条件的主要经费来源,同时也是弥补乡镇财政未能安排的人员经费缺口的重要渠道。

在访谈中,当地一位镇中心小学校长认为:"农民教育费附加意义重大,正是因为有了它,'普九'那几年,学校的硬件设施才能提高。"①"普九"后,教育费附加对教育发展仍有重要的作用。据统计,1998年、1999年、2000年三年向农户征收的农村教育费附加数额分别为1980万元、2266万元、2365万元,②促进了当地学校的硬件建设。

(2)教育支出

从金坛市2001年财政一般预算支出决算明细表中看到,金坛市2001年的教育支出达到2.0633亿元,其中人员性经费占总支出的73.3%,公用部分占26.7%。表11-8为2001年金坛市教育事业费支出情况。

表 11-8   2001 年金坛市教育事业费支出情况③

单位:万元

总计	个 人 部 分						公 用 部 分					
	小计	基本工资	补助工资	其他工资	社会保障费	其他	小计	公务费	业务费	设备购置费	修缮费	业务招待费	其他
20633	15529	4241	3466	2577	4163	1082	5104	929	680	1595	1235	18	647

4. 金坛市税费改革对财政收支的影响

(1)农村教育费附加及教育集资对教育发展及农民负担的作用

在税费改革之前,金坛市义务教育主要依靠当地乡镇,乡镇投入中的很大部分来自于教育集资和农村教育费附加。当地乡镇和学校在"普九"完成后启动教育现代化工程,大力加强硬件设施建设,这些建设有的直接利用教育费附加和教育集资,有些是通过银行贷款或者是建筑队的垫资,但银行贷款或垫资同样预期通过教育费附加和教育集资偿还。

---

① 课题组访谈,2002年6月。

② 金坛市教委.农村税费改革对我市教育的影响及其建议[R].2001.

③ 资料来源:《2001年江苏省金坛市财政一般预算支出决算明细表》,金坛市教育局提供,2002年6月。

　　教育费附加和教育集资在大力促进当地教育发展的同时,也在当地农民的负担中占有较高的比重。金坛市农民负担的四分之一,农民合同外负担的三分之一来自教育费附加。这点从金坛市税费改革前后农村人均负担情况的变化中可以看出。表 11-9 为金坛市税费改革前后农民人均负担情况。

表 11-9　金坛市税费改革前后农民人均负担情况①

单元:元

	改革前	改革后
合同内人均负担	127.79	82.62
合同外人均负担	95.77	0
其中:教育集资	55.60	0
合同内外人均总负担	223.56	82.62

　　农村教育费附加和教育集资的取消使得农村中小学教育欠债失去了最重要的偿还渠道,也使一些学校进行基建、硬件设备改造等设想落空。

　　(2) 税费改革对当地财政收入与支出变化的影响

　　2001 年,金坛市财政收入的年增长率达到 31.5%,财政支出的增长率为 32.7%,高出财政收入增长率 1.2 个百分点,主要是因为 2001 年实行税费改革后,原用于解决农村教育经费不足的教育费附加和教育集资等取消,教育经费不足部分由市财政全额安排,这使得财政支出净增 1784 万元。② 表 11-10 为金坛市 2001 年财政收支情况。

表 11-10　金坛市 2001 年财政收支情况③

	国内生产总值	财政收入	财政支出
数额(亿元)	72.8	5.5	3.7
年增长率(%)	14.8	31.5	32.7

　　上级财政的转移支付缓解了农村税费改革对金坛市教育发展的冲击。在 2001 年,金坛得到了上级财政 125 万元的中小学危房改造专款以及省市两级给予的 2506 万元的转移支付款项。

　　税费改革改变了农村义务教育由农民举办、乡镇管理的格局,对地方教育的发展和财政的影响是长远的。对于税费改革所带来的挑战,金坛市教委(教育局)是相当担忧的。

---

①　资料来源:《金坛市农村税费改革工作总结》,2001 年 5 月 28 日,金坛市财政局提供。

②　金坛市农村税费改革领导小组办公室.金坛市农村税费改革工作总结[R].2001.

③　资料来源:《金坛市 2001 年财政总决算说明书》,金坛市财政局提供,2002 年 6 月。

5. 农村税费改革对金坛市教育发展的影响

税费改革使得金坛市的教育发展面临着资金方面的压力，主要表现在以下四个方面：

一是教育的欠账较多，截至 2001 年年底，金坛市的教育总负债达 1.44 亿元，其中，贷款 4147 万元，借款 1765 万元（包括向教师个人借款），工程欠款 6496 万元，其他欠款 2022 万元。大部分是新扩建校舍、危房改造、更新设备欠款。由于税费改革，导致学校无力偿还欠账。

二是发展的压力大。现代化装备、网络教育、危房改造、新一轮的结构布局和调整，都需投入。

三是从 2001 年 8 月市财政统发工资起，仍有部分人员经费需学校负担，如住房公积金、年终考核奖的一部分、教师产病假及临时代课人员的工资、教职工适当的奖金福利等。

四是教育的成本加大，现代化设备设施的运行需要大投入，无法落实。仅支付学校必需的水电费、办公费、会议费、教学业务费、校舍设备的正常维护等费用，小学年生均达 200 余元，中学年生均达 300 余元。仅靠学校目前收取的杂费难以维持学校的正常运转。

6. 金坛市应对税费改革对教育冲击的措施

（1）加大财政教育支出，保证教师工资及福利

2000 年后，金坛市的经济发展很快，政府财力相对雄厚，同时人均财力以及农民纯收入以及增加值都比较大，这使金坛市能够比较有效地应对税费改革。在金坛市 2001 年年初的预算中就有工会费、独生子女保健费、遗属补助费用、人民助学金、班主任津贴、搭伙费等，在公用经费中还有教师的建房基金，公费医疗经费也有指标单，此外还有养老保险金、失业保险金等，以及岗位津贴的增资补助等。[①]

（2）化解教育负债

教育债务的问题在 2002 年和 2003 年有了进展，金坛市财政局总结了金坛市化解教育债务的办法，如：① 由市财政局牵头，以市镇两级财政部门的人员为主，从审计、教育部门抽调业务骨干，组成专门清查班子，对全市 65 所学校 2002 年 7 月 31 日以前所形成的资产负债等情况进行了全面清查。经清查核实教育负债为 16271 万元。② 由市长亲自主持召开财政、教育等部门参加的联席会议，明确化解债务的具体目标。③ 市财政将每年征收的农村教育费附加和城市教育费附加全部用于还债；财

---

① 金坛市教育局. 关于 2001 年财政性教育经费的预算报告［R］. 2001.

政不予统筹教育捐赠,部分用于教育还债,部分用于教育发展。④ 逐步将闲置资产盘活,全部用于偿还教育债务。⑤ 严格控制举借新债。⑥ 建立教育系统内部会计结算中心,实行系统内各部门会计统一集中结算。①

（3）发展民办教育,吸引社会资源

税费改革后,金坛市教育局开始注意发展民办教育,以吸引更多的资源。在 2002 年 3 月的报告中,金坛市教育局提出的应对措施中就有"依托华罗庚中学,办好华罗庚实验初中;依托市二中、五中,新建'文萃中学'和'东苑中学'"。此后,成立了华罗庚实验高中,实行"民办公助"的运行机制;利用二中、五中的优质资源,分别兴办了"民办公助"的文萃中学和东苑中学,实行"一校两制",并启动了民办金沙中学的建设。

（4）精简人员与布局调整

税费改革前,金坛市有 27 个镇,税费改革后合并成 15 个镇和 1 个经济技术开发区;行政村原有 417 个,2001 年撤并为 157 个,并掉了三分之二的行政村,分流 1500 多人,一年节省费用 1500 多万。② 2002 年 8 月,金坛市参照政府公务员的分流方法一次性精简分流了 857 位超编教师。③

7. 经济发展与教育投入之间的匹配问题

从 2000 年到 2003 年,金坛市的经济处于快速发展的时期,财力大为增强,再加上在"九五"期间,金坛市的教育已经进行了大规模的布局调整和校舍建设,税费改革已进入实施教育现代化的过程中,农村教育费附加在教育支出中所占比例较低,因此取消农村教育费附加对教师工资的发放、学校的正常运转影响不大。但金坛市在教育投入方面还存在着问题。2003 年 12 月,江苏省教育督导团指出金坛市存在的问题有：① 金坛市城乡之间、乡镇与乡镇之间、校与校之间、公办与公有民办学校之间,在办学条件、经费投入、师资调配与待遇、教育水平、装备设施等方面存在较大差距,还需要继续加大县级财政投入力度,进一步调动乡镇办学积极性。② 金坛市规定学生代办费按小学 520 元/年、中学 720 元/年收取,但督查组未见年终向学生公布账目和多退少补,市区高中阶段赞助费 20% 被市财政统筹后未返回教育或学校。③ 尽管 2002 年教育财政拨款、教育

---

① 金坛市财政局. 金坛市化解教育债务出实招收实效［EB/OL］. http://czfb. gov. cn/czdt/czdt. php? pno＝30＃.

② 金坛市农村税费改革领导小组办公室. 金坛市农村税费改革工作总结［R］. 2001.

③ 江苏省人民政府教育督导团 2004 年 10 号。

拨款占财政支出的比例、小学与初中生均事业费、小学初中生均公用经费都在增长，但财政对教育拨款没有完全做到"三增长一提高"。金坛市教育财政拨款的增长比例仍低于同期财政经常性收入增长比例，财政教育拨款占财政总支出的比例较 2001 年降低。在财政对教育的拨款中，金坛市教师工资所占比重超过 80%。④ 公用经费预算不足。尽管 2002 年金坛市初中生均公用经费与 2001 年持平，"金坛市公用经费按常州市规定小学为 220—250 元/生年、初中为 320—350 元/生年的下限标准测算，目前学杂费收入加上财政拨款，尚存在初中 81 元/生年、小学 52 元/生年的缺口，表明财政对学校公用经费不足部分没有纳入预算予以补足"。⑤ 政府财政未能全部承担偿还教育负债的责任。金坛市政府承诺由政府偿还学校（义务教育阶段）8159 万债务，但安排的办法是全部由教育附加费偿还。①

二、宿豫县的税费改革与义务教育财政

1. 宿豫县社会经济以及教育发展的概况

（1）宿迁地区的社会经济与教育发展的基本情况

1996 年到 2004 年 3 月，宿豫是宿迁市所属的一个县，2004 年 3 月后，宿豫成为宿迁市的一个区。宿迁市位于江苏省北部，于 1996 年建立地级市，辖三县两区（沭阳县、泗阳县、泗洪县、宿城区和宿豫区），人口 515 万，属江苏省欠发达地区，主要经济指标处于全省末位，财政总收入只占江苏省的 0.86%；人均 GDP 仅为江苏省平均水平的 1/3。在苏北五市中，宿迁市人均 GDP 是五市平均水平的 2/3，财政总收入也只占 6.9%。② 苏北被称为江苏社会经济发展的"洼地"，宿迁则是洼地中的"洼地"。

宿迁市教育发展水平也比较落后。义务教育阶段农村中小学面大量广，办学条件差、教学质量低。2000 年，全市高中阶段入学率为 47.8%，比全省平均水平低 20 多个百分点。同时，宿迁市的教师总量不足，且学历达标率低。2000 年小学、初中、高中、职中教师学历达标率分别比省平均水平低 2.5、2.9、15.7、26.5 个百分点。③

---

① 苏教督团【2004】7 号，江苏省人民政府教育督导团，"江苏省人民政府教育督导团关于对常州市高水平高质量普及九年义务教育专项督导的意见"，2004 年 3 月 1 日。

② 中央教科所教育发展部赴宿迁调研组.江苏省宿迁市教育调研报告[R].2004.

③ 宿迁市教育改革的动因、措施与成效[EB/OL]. http://cswz. suqian. gov. cn/zdh_lm/index_jygg. html.

（2）宿豫县社会经济与教育发展的基本情况

截至 2002 年,宿豫县有 23 个乡镇(18 个镇、5 个乡)和 1 个场圃(林场)组成,面积 1588 平方公里。宿豫县是一个农业县,总人口 96 万人,其中农业人口 76.2 万,占总人口的 80%。1996 年行政区划调整前,宿豫属淮阳市;1996 年原宿豫县被分为两部分,原县城被作为新成立的宿迁市的城区——宿城区,剩余部分成立宿豫县。

新成立的宿豫县一开始就承受了较大的财政压力。宿豫县的特点用当地官员的话说,"宿豫县是典型的农业大县、工业弱县、财政穷县、无城之县"①。宿豫县的财政收入在 1998 年突破亿元,在 2002 年达到 2 亿元。

宿豫县的教育基础比较薄弱。2001 年宿豫通过"普九"验收。截至 2002 年 6 月,宿豫县共有各级各类学校 663 所(含教学点),其中高中 5 所,初中 28 所,职业中学 2 所,小学 311 所,幼儿园 317 所,在校学生总数 21.13 万,公办教职工总数 7186 人,其中专任教师总数 6625 人;学校占地面积 490.9 万平方米,校舍建筑面积 82 万平方米,其中危房 7.5 万平方米。截至 2002 年年底,宿豫全面消除了农村中小学危旧校舍,达到无危房县要求。在 2002 年,宿豫县小学升初中的比例为 97.1%,小学学龄儿童 122926 人,入学率达 99.5%,小学教师学历合格率 95.7%;初中学龄儿童 45974 人,辍学率为 7%,初中教师学历合格率为 80%。②

2. 宿豫县的财政状况与教育财政

（1）宿豫县的财政状况

行政区划调整使原宿豫县的工业部分划归宿迁市,2003 年,宿豫县三大产业的比重为 29∶48∶23。新成立的宿豫县税源缺乏,财政受到重创。1998 年,宿豫县财政才突破 1 亿元。1999 年,全县财政收入 1.1992 亿元。2000 年,全县财政收入 1.44 亿元;农民人均纯收入 2845 元。2001 年,财政收入 1.81 亿元,人均财力 189 元。2002 年,财政收入 2.0537 亿元,其中地方财政收入 1.4798 亿元,人均财力 214 元,农民人均纯收入 3171 元。2003 年,财政收入 2.45 亿元,城镇居民人均可支配收入 5591 元,农民人均纯收入 3135 元。③ 宿豫县自 1996 年

---

① 课题组的访谈,2002 年 6 月。

② 宿豫县统计局.宿豫县 2003 年国民经济和社会发展统计公报[EB/OL]. http://tjj. suqian. gov. cn/ReadNews. asp? NewsID=－976955609.

③ 相关资料整理自宿豫县人民代表大会年鉴(第一章～第三章),引自 http://dsb. suyu. gov. cn/dsb/5. htm.

成立后历年的财政总收入情况见图 11-1。

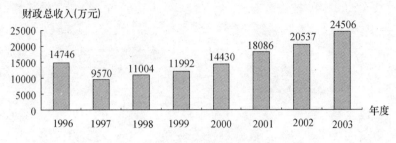

图 11-1　宿豫县历年财政总收入情况[①]

　　从 1998 年到 2003 年,宿豫县的经济总体上在发展,但财政支出一直大于财政收入。2001 年全县财政收入 1.86 亿元,经常性财政收入 1.74 亿元,财政支出 2.72 亿元,财政支出高于经常性财政收入近 1 个亿;2002 年,全县财政收入 2.0537 亿元,其中地方级财政收入 1.4798 亿元,全年财政支出 3.4290 亿元,超出地方级财政收入的 1.7 倍;2003 年,全年财政总收入 2.4506 亿元,一般预算收入 1.5321 亿元,总支出 4.5426 亿元,财政一般预算支出 4.2522 亿元,是一般预算收入的 2.8 倍。[②] 这说明,上级财政转移支付在宿豫县的财政支出中占有重要地位。在 2001 年,宿豫县得到省级财政教育转移支付 2200 万元,危房改造专项资金 900 万元。表 11-11 为 2001 年宿豫县财政收入与支出情况,表 11-12 为 2002 年宿豫县财政收入与支出情况,表 11-13 为 2003 年宿豫县财政收入与支出情况。

表 11-11　2001 年宿豫县财政收入与支出情况表[③]

单位：万元

收入部分	金额	支出部分	金额
财政总收入	18086	支出合计	27222
经常性财政收入	1740	基本建设支出	968
税收返还补助	3266	支援农村生产支出	807
体制补助	3343	农林水气事业费	926

　　① 资料来源：宿豫县统计局. 宿豫县 2003 年国民经济和社会发展统计公报［EB/OL］. http://www. jssb. gov. cn/tjfx/tjgbzl/200404090125. htm.

　　② 宿豫县统计局. 宿豫县 2003 年国民经济和社会发展统计公报［EB/OL］. http://tjj. suqian. gov. cn/ReadNews. asp？ NewsID＝－976955609.

　　③ 资料来源：上述数据由宿豫县财政局提供。

续表

收入部分	金额	支出部分	金额
专项补助	2520	教育事业费①	10850
其他(省市追加的专项)	3595	社会保障补助支出	782
上年结余	525	行政管理费	4527
		公检法司支出	1359
		其他各项支出	7003

表 11-12　2002 年宿豫县财政收入与支出情况表②

单位：万元

收入	数额	与上年增长百分比(%)	支出	数额	增长百分比(%)
财政总收入	20537	13.6	财政支出	34290	25.2
地方财政收入	14798	22.4	一般预算支出	32886	——
工商税收	12328	6.3	其中:		
其中：增值税	6680	−4.1	教育支出③	11518	6.2
企业所得税	538	−19.9	基本建设支出	1764	82.2
个人所得税	872	11.5	社会保障补助支出	1130	44.5
营业税	2720	30.0	抚恤社救事业费	2953	15.7
			企业挖潜改造资金	316	204

表 11-13　2003 年宿豫县财政收入与支出情况表④

单位：万元

收入	数额	与上年增长百分比(%)	支出	数额	与上年增长百分比(%)
财政总收入	24506	19.3	财政总支出	45246	32.5
一般预算收入	15321	15.1	一般预算支出	42522	29.3

---

① 教育事业费占财政支出的比例 39.86%。

② 资料来源：宿豫县统计局关于 2002 年国民经济与社会发展统计公报[EB/OL].(2003-03-14).http://www.jssb.gov.cn/tjfx/tjgb/200304030026.htm.

③ 教育支出占财政总收入33.59%(占一般预算支出 35.24%)。

④ 资料来源：宿豫县统计局关于 2003 年国民经济与社会发展统计公报[EB/OL].(2004-04-07).http://tjj.suqian.gov.cn/ReadNews.asp? NewsID=−976955609.

续表

收入	数额	与上年增长百分比（%）	支出	数额	与上年增长百分比（%）
两税（增值税、消费税）收入	7347	9.6	其中：教育支出	12491	8.4①
地方税收收入	6219	10.6	卫生经费支出	1627	3.6
			农业支出	4050	125.9
			城市维护费支出	984	101.2
水利和气象支出	2615	450.5	基本建设支出	2733	54.9
			社会保障补助支出	1415	25.2
			企业挖潜改造资金	366	15.8

从宿豫县 2001—2003 年的财政收入与支出表中可以看出：① 财政收入不断增加，但财政支出也在不断增加，且财政支出大于财政收入，支出的增长速度超过了收入的增长速度；② 尽管教育经费在财政支出中所占比重不断下降，但教育支出仍是当地财政最大的支出，占到了财政支出的三分之一左右，税费改革的第一年也是最高年份，接近 40%。

（2）宿豫县沉重的财政负担

宿豫县财政供养人口数量庞大。2001 年宿豫县的财政供养人口 20503 人，其中有 11000 名教师，行政机关 4000 人。

宿豫财政官员认为，当地财政负担沉重还有两个特殊原因：一是宿迁市成立后，把效益好的工厂划到了市财政，一些离退休人员和下岗人员的“包袱”留给了宿豫县。1996 年实行社会统筹，要求企业上缴保险，但宿豫县工业困难，全县有 1 万多企业职工的养老保险交不上来，有些企业甚至连 10% 都交不上。这些需要县财政承担。第二个重要原因是宿豫县是革命老区，有不少革命伤残人员，还有一些烈士遗属，这些民政优抚对象也需要财政保证。根据宿豫县 2003 年的国民经济与社会发展统计公报，“2003 年，宿豫县共发放离退休人员养老金 4118 万元，城市居民最低生活保障对象 4138 人，发放保障金 170 万元，基本做到应保尽保。国家抚恤金补助各类优抚对象 5216 人，发放补助金 1300 万元”。

（3）政府间的财政关系

1994 年全国实施分税制，县市的收入基数是根据前三年的平均数来

---

①   占财政总支出的 27.61%，占一般预算收入的 29.38%。

确定的,如 1992、1993 和 1994 年的平均数,宿豫县前三年的平均数为 1.5
亿。宿豫的财政官员说,根据分税制的相关规定,1995 年就不能低于这
个平均数。基数一定五年,五年后再进行调整。1999 年,财政体制发生
了变化,县财政的收入基数和支出基数比以前提高,新确定的基数一定三
年。调整后的体制,增长得越多,补贴就越多,转移支付的比例也越多。
如果当年有预算缺口,上级财政一年补贴一次。

宿豫县 2001 年的财政收入是 1.81 亿,增值税的 75%、消费税的
100%要上缴中央财政,两税合计上交 0.51 亿元,2001 年宿豫县可用的
财力实际上只有 1.35 亿。上级财政按照比例给予税收返还,并实施一般
性转移支付和专项转移支付。2001 年来自上级财政一般性转移财政补
助为 3100 万,其中 2200 万用于教育;专项转移补助的 2450 万用于五保
优恤、村干部工资等。因此,宿豫 2001 年的预算内财政收入是 1.905 亿。

宿豫县内各乡镇之间财力还存在一定差距,为使各乡镇财力相对均
衡化,2001 年县财政拨给乡镇 5310 万。

尽管有上级财政的转移支付,宿豫县仍无力保障一些必要的支出。
对此,当地财政官员解释说:“我们不够了,就向上级财政借钱,现在欠省
市财政 5400 多万,还欠银行贷款 6000 多万,县乡两级政府负债,已经欠
了 9.4 亿元。”[1]

(4) 教育经费的来源与支出

宿豫县 2001 年的预算实行的是基数+增长的方式,并没有实行零基
预算。当地教育局官员解释主要是因为没有财力去实行。[2]

预算要保证工资,主要是教师的工资,学校里的公务费和业务费基本
上没有算在预算内。学杂费属于预算外收入,实行收支两条线,学校将学
杂费收上来,汇总到教育局,财政部门给教育局开设财政专户,大约每年
有 200 万。需要使用学杂费的时候,学校要上报教育局,教育局批准后到
财政上领取资金。这些程序都有明确规定。学杂费的用途主要是保证
“正常运行”,县教育局不平调各学校的学杂费收入。预算外的收入还有
“一事一议”,这是针对农民的筹款方法,是非强制性的,一年可以“议”一
次或者多次,但农村税费改革的相关政策明确规定,一年的总额不能超过
人均 20 元。

上级的转移支付也是宿豫县教育财政的来源之一,2001 年省里转移
支付 2200 万元用于教育。从 2001 年到 2003 年,省级财政专项转移支付

---

[1]　课题组成员对宿豫县财政局的访谈,2002 年 6 月。
[2]　课题组成员对宿豫县教育局的访谈,2002 年 6 月。

900万元用于中小学危房改造，每年300万元；同时，省财政要求县财政按照1∶1配套。宿豫县财政用预算内资金配套150万，用预算外资金配套150万。

从表11-14宿豫县2001年的教育经费收入来看，农村教育费附加取消后，教育事业费拨款占教育总收入的65.9％，而教育事业收入在教育

表11-14　宿豫县2001年教育经费投入与支出基本情况[①]

单位：万元

				备注
教育经费总收入合计	16456.8	教育经费支出总计	15762.8	备注
其中：教育事业费拨款	10850	(1)事业经费支出	14111.5	
上级补助教育专款(调改专款)	900	其中：个人部分	10509.7	
城市教育费附加	224	基本工资	4389.4	
地方教育费附加	33	补助工资	2648.3	其中民师补助262.8万元
事业收入	3370.3 (学杂费2917.4)	其他工资补助	1080	
		职工福利费	208	
校办产业经营收益用于教育	109	社会保障费	2177	
捐集资金收入	35.1	奖贷助学金	70	
其他收入	935.4			
		公用经费部分	3601.8	
		公务费	1099	
		业务费	364.8	
		设备购置费	444.4	
		修缮费	1381.7	
		业务招待费	57.3	
		其他费用	254.6	
		(2)基建支出	1651.3	
		基建支出	1651.3	

---

① 资料来源：宿豫县教育局提供，2002年6月。

经费中占第二位,为 20.5%,两项合计共占教育收入的 86.4%。教育经费支出包括事业经费支出和基建支出两个部分,而基建支出的 1651.3 万元则是来自自筹经费。事业经费支出包括人员部分和公用部分,其中人员部分占事业经费支出的 74.5%,公用部分占事业经费支出的 25.4%。

3. 农村税费改革对宿豫县农村义务教育的影响

(1) 税费改革对教育投入的直接影响

宿豫县在税费改革前就采取了减轻农民负担的措施,2001 年全面实施税费改革后,当年减轻农民负担 6165 万元,减负率达 47.25%,其中因为取消农村教育费附加和教育集资而减少农民的负担为 2600 万元(农村教育费附加 1500 万元,教育集资 1100 万元),占全县减轻农民负担总量的 42.17%。

农村教育费附加和教育集资取消后,上级财政进行了转移支付,有 2200 万元(主要用于工资发放),危房改造专项资金 300 万元,两者合计为 2500 万元,如果再加上宿豫县应该配套的 300 万元,在总量上达到了 2800 万元,超过了农村税费改革造成的经费缺口。但是在资金的用途方面可能不太一样。教育费附加和教育集资用于改善办学条件,省拨付布局调整和危房改造资金 900 万元,比原来 2600 万元减少了近 1700 万元。① 相对来说,来自教育费附加和教育集资的钱,教育系统用起来自由度相对较大,税费改革后,这一部分的缺口由上级部门的专项转移支付弥补,因为是专项资金,教育系统(包括学校)进行分配的自由度被大大缩减,因此感到资金紧张。

(2) 税费改革对农村学校正常运转的影响

经济贫困地区的县乡政府的财力通常只用于保证教师的工资,学校公用经费开支主要依赖学杂费。学校有时候还留有学生交纳的代办费(书本费)、水电费等。税费改革前,学校收取的资金放在乡镇,乡镇政府会占用、挪用这些资金,影响到学校运转的正常维持。这种现象在税费改革之前的宿豫县是普遍的。宿豫曾有一个乡就占了三所学校近 200 万元的代办费,导致学校很难运行。县教育局官员说:“为进一步提高教育经费的使用效益,防止中小学杂费、代办费被乡镇挤占挪用,2001 年 1 月起,我县将全县中小学学杂费、代办费列入县级统一管理,并建立教育资金专户,规范专项资金的运作,保障了教育经费专款专用,保障了学校教育教学工作的正常运转。”②

---

① 课题组对宿豫县教育局的访谈,2002 年 6 月。
② 课题组对宿豫县教育局的访谈,2002 年 6 月。

农村税费改革在农村公用事业费用的筹集上留了一个口子，即"一事一议"。教育局官员说：比如说有危房了，或者需要添置课桌椅，村支部书记就与校长、乡长商量，召开村民大会来"议事"，看有多少钱，怎么分摊，村民代表签字。但"一事一议"也是有限制的，一年只能召开一次，而且一年每人最多不超过 20 元。

（3）危房问题

中小学的危房问题在税费改革后变得更加突出，在 2002 年，宿豫县还有 D 级危房 2 万多平方米，有些乡镇的危房相当严重。下面是课题组成员整理的一份宿豫县某乡镇初中女生宿舍的个案：

在宿豫县的一所乡下初中，女学生的居住条件非常恶劣。600 名女生住在两排平房里面，平房已经有 10 多年的历史，平房之间有一个不到一米宽的走廊，房间的门向着走廊设置，也就是说所有学生进出都必须经由这个走廊。学生 20 多个人一个房间，睡通铺，人均不到 1 平方米。房间的通风和采光都比较差，湿气重，走进去气味难闻，传染病容易滋生也容易传播。有严重的安全隐患，一旦房屋倒塌、起火或者产生骚乱学生拥挤逃出，学生人身安全难以保障。①

县教育局官员认为，税费改革导致了筹措危房资金方面的尴尬境地："学校的危房不少，政府没有足够的钱，那么老百姓给不给呢？我们觉得在建房子、改变危房方面，老百姓是愿意给的，但政策上不允许。实行税费改革把这条路子给堵死了。"②

（4）税费改革对教师工资发放及学校管理的影响

税费改革前，乡镇管理中小学教师工资的发放，多数乡镇存在拖欠教师国标工资的情况。2002 年，"宿豫 23 个乡镇欠发工资 2～8 个月不等，乡镇只能借款、贷款发工资"③。税费改革后，教师工资由县财政统一管理、银行代发，保障了国标部分。省标部分也是教师收入的重要部分，各地发放情况不一样，宿豫县的省标工资每人平均是 470 元/月，受经济发展水平的影响，能够发的平均只有 210 元/月，有的乡镇每月只能发 100多元。国标工资发放问题解决后，省标问题及教师医疗保障等福利方面的问题开始凸显出来。财政供养人员不断增多是财政不堪重负的重要因素。④

---

① 课题组访谈整理，2001 年 6 月。

② 课题组对宿豫县教育局官员的访谈，2001 年 6 月。

③ 江苏省统计局.江苏统计年鉴 2000[M].北京：中国统计出版社，2001.

④ 课题组对宿豫县财政局官员的访谈，2001 年 6 月。

　　税费改革前,中小学是乡政府的单位,乡政府设法控制教师人数;税费改革后,学校由县政府统一管理,乡镇政府和学校更愿意多进新教师,于是出现学校和乡镇无法有效激励教师的情况,因为教师的业绩情况与其工资的发放并不直接联系在一起。

　　税费改革后学校经费只有县财政这一渠道,学校发展开始面临一些特殊困难。当地教育局的官员指出:"班主任基金,以前是有的,现在没有了。还有就是教学课时补助从哪里来?"[①]

　　(5)代课教师问题

　　2002年,宿豫县的教师主要有两类:一类是公办教师,一类是代课教师。2002年,公办在职教师7000多名,加上离退休人员,共有10098人,另外有2000名左右的代课教师。两类教师收入差距很大。2002年,公办教师收入为1000多元/月,代课教师只有350元/月。

　　代课教师多是高中毕业生,从1983、1984年开始做代课教师,年龄大多在40岁以上。他们希望有转正机会,但事实上已经没有这样的机会了。代课教师的流动有两种情况:一种是因为业务能力和素质不够被辞退的,还有一种是自己不干了。

　　对代课教师是否能在短期内取消的问题,教育局的一位副局长认为,"就目前的情况来看,还是很难的。因为我们现在还缺乏教师,得不到补充的岗位,还得靠这些教师"[②]。

　　(6)税费改革后教育资金的来源与筹措

　　税费改革后,政府对教育投入承担起更大责任。当地官员对教育回报问题感到忧心,他们指出:"我们这里教育投资回报是很低的,上大学后学生就不回来了。职业教育也是为外地培养熟练工人的。"[③]财政局的官员说:"实行税费改革后,县财政压力很大。"[④]尽管如此,因为有相关的法律政策以及高考升学方面的压力,地方官员仍不得不重视教育。

　　对政府加大投入和社会捐款,教育局官员的期望并不是很高,"政府已经是尽了120%的努力。社会捐款不可预见性太大,是不能指望的"[⑤]。

　　预算外收入也是教育经费的重要来源,预算外收入主要是基金收入和收费收入,如学杂费、房子出租以及劳动所得等,其中学杂费是主要部

①　课题组对宿豫县教育局一位副局长的访谈,2001年6月。
②　课题组对宿豫县教育局一位副局长的访谈,2002年6月。
③　课题组对宿豫县财政局、教育局的访谈,2002年6月。
④　课题组对宿豫县财政局官员的访谈,2002年6月。
⑤　课题组对宿豫县教育局一位副局长的访谈,2002年6月。

分。当地教育局官员指出："现在每学期收费 60 元,还是有一些人上不起学,再一个现在就业压力大,家长们看到不少学生上了大学仍然找不到工作,就可能灰心了。这些都会影响家庭对学生教育的投入。当然,适当地提高学杂费标准还是有潜力的。"①

在当地官员看来,关于节流与挖潜有两个重要渠道:一是裁员,宿豫县教育局和财政局联合核定学校人员,已辞退了一些民办教师和后勤人员;二是并校,实行布局调整。对撤并学校所节约的教育投资,县教育局官员是这样分析的："就短期来看,并校并不能够减少教育投资,教师并没有减少,都集中在一个地方之后,新建和翻建的建筑就比较多,需要很大的投资。并校的确得到了规模效益,校长数量减少了,可以辞退一些不合格的教师,办学条件就好了,一些实验就能够做了。"

从实践来看,撤并机构、裁减人员和实施学校布局调整是宿豫具农村税费改革的重要内容。在 2001 年,宿豫县仅乡镇事业单位就由原来的 338 个精减合并为 138 个,精减人员 719 人;实施村级区域调整,全县 425 个村(居)委会调整为 279 个,村组干部精减 4442 人。② 从 2001 年到 2003 年,宿豫县加大学校布局调整的力度,2001 年,全县撤并中小学校 53 所,改扩建校舍 12 万平方米。2002 年,全县撤并小学 78 所,初中 1 所,高中 1 所,新、改、扩建校舍 7.85 万平方米。2003 年,全县撤并小学 90 所,新建校舍 4 万多平方米。

三、苏南苏北两县的税费改革及其影响的比较

1. 两县经济与教育发展的基本情况比较

金坛市和宿豫县分别代表了江苏经济发达地区和经济欠发达地区。金坛市的面积只有宿豫县的 61%,人口只有宿豫的 56%,但是金坛市 2001 年财政收入是宿豫县的 3.06 倍,人均财政收入是宿豫县的 5.39 倍,在岗职工平均工资是宿豫县的 1.54 倍,农民人均收入是宿豫县的 1.52倍。到了 2002 年,宿豫县在财政总收入、人均财政收入方面与金坛市的差距拉大,金坛市在这两项数字上分别是宿豫县的 3.65 倍和 6.44 倍。2003 年,金坛市的财政收入更是宿豫县的 4.14 倍,在岗职工平均工资和农民纯收入增长幅度也超过了宿豫县。两县市的主要经济指标见表 11-15。

---

① 课题组对宿豫县教育局一位副局长的访谈,2002 年 6 月。
② 宿豫县人民代表大会,2005 年。

表 11-15　金坛市和宿豫县的主要经济指标比较①

年份	项　目	金坛市	宿豫县	金坛/宿豫
	地理位置	苏南经济圈	苏北宿迁市	
	县市面积	975 平方公里	1588 平方公里	61.4%
	总人口	54 万	96 万	56.3%
	农业人口	39 万	76.2 万	51.2%
	乡镇数	15 个	23 个	65.2%
2001	财政总收入	5.54 亿元	1.81 亿元	306.1%
	人均财政收入	1019 元	189 元	539.2%
	在岗职工平均工资	11389 元	7377 元	154.4%
	农民人均纯收入	4456 元	2998 元	152.0%
2002	财政总收入	7.49 亿	2.05 亿	365.4%
	人均财政收入	1379	214 元	644.4%
	在岗职工平均工资	12544	8304 元	151.1%
	农民人均纯收入	4758	3170 元	150.1%
2003	财政总收入	10.14 亿	2.45 亿元	408.2%
	人均财政收入	1873	258 元	413.9%
	在岗职工平均工资	14342 元	5591 元	256.5%
	农民人均收入	9189 元	3135 元	293.1%

　　在教育发展方面,金坛市的许多指标也都高于宿豫县。在校园面积上,金坛市比宿豫县多 4 倍;在教师负担的学生数上,宿豫县比金坛市高。从学校质量和升学率来看,金坛市 2001 年的小学生升初中为 100%,85% 的初中生升入高中(职校),85% 的高中生升入高等院校。2002 年,宿豫县小学生升初中的比例为 97.1%,2003 年,宿豫县的初中入学率达到 99%,高中入学率才达到 66%,普通高校录取率达到 70.4%。

　　2. 金坛、宿豫两地教育经费的构成与支出结构的异同

　　税费改革取消了农村教育费附加和教育集资,这两项教育收入总量在两个县市是比较接近的。金坛市 1998 年、1999 年、2000 年三年向农户征收的农村教育费附加数额分别为 1980 万元、2266 万元、2365 万元。在税费改革前,宿豫县每年能征收的农村教育附加费为 1500 万元,农民一次性捐集资 1100 万,两项合计为 2600 万元。税费改革对两地教育造成的影响是很不相同的,金坛市受到的影响较少,而宿豫县则要艰难得多,

---

　　①　资料来源:根据 2002 年、2003 年、2004 年《江苏省年鉴》相关资料汇总(江苏年鉴杂志社)。

这与两个县市的教育总量以及教育经费来源的结构不同有很大关系。

　　税费改革前的 2000 年,金坛市的财政收入为 4.2353 亿元,地方财政收入为 2.4546 亿元,地方财政支出为 2.8418 亿元,教育事业费支出为 8294 万元,教育费支出所占地方财政支出的比例为 29.2%,是地方财政收入的 33.8%。2000 年,宿豫县的财政收入为 14430 万元,地方财政收入为 9666 万元,地方财政支出为 24836 万元,教育事业费支出为 9596 万元,其中教育事业费支出占地方财政支出的比例为 38.6%,是地方财政收入的 99.3%。宿豫县是一个地方财政支出远大于财政收入的县,需要上级的大量转移支付,县财政没有足够的财力来弥补教育经费的不足,但在金坛市,地方财政经费仍可从其他收入分配中调用教育资源来保证教育经费的投入。

　　另外,预算外收入对两个县市教育的意义很不一样。在金坛市的教育经费中,预算外收入所占比例较高,而宿豫县预算外收入在教育经费中所占的比例较小。以 2001 年为例,如果把上级财政补助看做是预算内收入,金坛市 2001 年的预算外收入达 6495 万元,占教育总经费的比例为 32.5%。宿豫县 2001 年的教育经费总量为 1.64568 亿元,预算外收入只有 4706.8 万元,占教育总经费的比例为 28.6%。

　　3. 税费改革与教师工资的问题

　　金坛市教育局 2001 年财政性教育经费预算报告[①],对财政性教育经费的收入与支出情况做了详细的说明,税费改革对教师的福利以及学校的正常运转需要的资金并没有太大影响,教师养老保险金、失业保险、公费医疗经费、建房基金、班主任津贴、人民助学金、福利费以及增加的工资费用等项目进入了教育财政性经费范围内。而这些项目在宿豫县则是被取消或大大压缩了。从相关的统计看到,金坛市的在岗人员工资要远高于宿豫县,宿豫县解决的是国标工资,省标工资仍没有解决。教师的医疗费用等也没有得到解决。因此,税费改革对两地教师收入的含义是不一样的,在金坛市并没有太大变化,在宿豫县意味着教师国标工资能够及时足额发放。

　　4. 关于危房改造、布局调整、人员裁减及设备更新的问题

　　税费改革前,金坛市已进行过比较大的危房改造和中小学布局调整,税费改革后,这方面并不存在较大压力。2001 年,金坛市进行了大量的并村工作,原有 430 个村,在 2001 年合并成 157 个村,分流 1000 多名村

---

① 金坛市教育局. 关于 2001 年财政性教育经费的预算报告[R]. 2001.

干部;在教育方面也进行了人员裁减,2002 年裁减教育系统 800 多人。宿豫县教育的发展处于刚完成"普九"上限的阶段,危房问题比较突出。2002 年,全县共筹集 4935 万元的配套资金,改造中小学危房近 30 万平方米,完成了 149 所中小学的撤并和布局调整。

危房问题解决之后,从 2003 年开始,江苏省政府启动了苏北地区的"三新一亮"工程,解决教室内的课桌、板凳、讲台以及电灯问题,这项工程主要由省财政投入完成。在 2003 年后江苏省针对苏北地区旨在改善办学条件的工程就不再要求地方配套。

5. 教育负债问题

教育负债问题是两县市在教育发展中遇到的突出问题。截至 2001 年年底,金坛市的教育总负债达 1.44 亿元,这些欠账是在税费改革之前形成的,是金坛市向教育现代化阶段发展时欠下的。在宿豫县,危房改造资金被乡级集中建设中学、中心小学,村小建设资金由村负责筹集,村级筹不齐,只得举债建设。税费改革中债务也只是从核无效债务、拍卖集体资产、冲账抵账等几个方面进行化解,并没有从根本上增加财政收入或用财政资金来减少债务。到 2003 年 5 月,乡村尚余近 4 亿元债务。

从还债的方式来看,这两个县市还债方式比较接近,均采用多种方式化解债务,但主要的依赖渠道并不完全一样。金坛市主要依靠教育费附加等,因为金坛市经济比较发达,在取消农村教育费附加后,其他的企业教育费附加等在 2001 年就达到 1495 万元。相比之下,宿豫县在取消农村教育费附加后,企业教育费附加和城市教育费附加在 2001 年总量只有 250 万元左右,很难依靠这些资金还债。从 2001 年到 2002 年,宿豫县在解决危房和实施布局调整中,各乡镇又新增债务 1 亿元。因此,金坛市化解债务的财力较强,而宿豫县则很难依靠自身财力化解债务。

6. 乡镇及社区对教育的投入问题

苏南乡镇在税费改革后,仍有教育投入的积极性。江苏省教育督导团对常州地区的调研发现,不少乡镇对教育投入的积极性依然高涨。新北区小河镇近几年共投入 6300 多万元用于本镇中小学、幼儿园建设,并准备逐年偿还 990 多万元的教育债务;武进区横林镇自 2002 年以来,用于基础教育学校改造的预决算就达 1100 多万元,今后两年还将投入 1000 多万元用于学校改造;邹区镇近年镇政府也投入了 3600 多万元用于学校改造,还承担了 1100 多万元的债务。

相对来讲,苏北乡镇大多无力继续投入教育。三棵树乡在税费改革期间投入 100 多万元进行学校基建,但多是贷款。

7. 税费改革后苏南苏北教育差距问题

苏南和苏北在教育发展方面存在的差距在税费改革后仍然存在。江苏省教科院的张扬生研究发现,在 2002 年,苏南五市的初中和小学生均教育经费支出和农村初中和小学生均教育经费支出,都比苏北五市高出 2 至 3 倍,最高接近 4 倍。从教师来看,苏北地区农村教师收入比苏南地区农村教师收入低三分之一到二分之一,这导致近年来苏北地区优秀中小学教师流向苏南和东南地区,这可能会进一步影响到苏北地区的教育发展。[①]

第三节　总结与探讨

江苏省是自安徽省之后全国第二个在全省范围内进行农村税费改革的省份,尽管江苏省的税费改革在 2001—2003 年之间暴露了一些问题,但这些问题最终在随后的几年内逐渐得到解决。两省相比较,安徽省依靠自身财力进行税费改革的努力是失败的,只是在中央加大财政转移支付力度后才得以完成;而江苏省则是依靠自身财力进行税费改革,是比较成功的。因此,对江苏省农村税费改革与农村义务教育发展的经验及存在的问题进行总结,有着重要的意义。

1. 江苏省农村税费改革与义务教育发展的成功经验

概括而言,江苏省农村税费改革中农村义务教育能够顺利发展,有以下三个方面的原因。

(1) 财力的充足是解决农村税费改革问题的根本基础

江苏省的农村税费改革在 2001—2002 年也遇到了一些问题,但经过四五年的发展,这些问题逐步得到了解决,最关键的就在于江苏省有比较充足的财力作为保障。

在 2001 年江苏省全面推行农村税费改革时,省财政增加 20 亿元转移支付用于苏北地区税费改革造成的缺额,其中 10.6 亿元用于教育,结果只是保证了苏北地区教师国标工资的按时足额发放,苏北地区教师的省标并不能足额发放,省标部分并没有统到县财政,仍由各乡镇负责。2001 年,虽然江苏省全省范围内解决了国标工资,但农村学校的危房、校舍设施和设备添置等仍然没有经费来源。[②]

① 张扬生.基础教育均衡发展对策研究[R]//江苏省教育科学研究院.2003 年重点课题研究报告集.2003：34-35.

② 农村离免费义务教育有多远[EB/OL].(2004-11-22).http://biz.163.com/41122/7/15QDUQ8L00020QB9.html.

从 2001 年开始到 2002 年年底,江苏省投入 7.5 亿元用于解决苏北地区的危房问题,到 2002 年底,危房问题得到解决。在解决危房问题和进行中小学布局调整的过程中,除了省政府投入外,还要求各级政府进行相应配套。

在一连串的政府工程的背后,是江苏省有着较为雄厚的财力作为后盾。农村义务教育发展需要解决的是两个方面的经费:一是教师工资足额及时发放、学校运转正常进行所需要的经费;二是解决危校舍以及设备更新、学校的信息化和现代化建设等所需要的经费,这需要持续的大量的投入。在 2000 年,安徽省税费改革连教师工资都没有力量给予确保。在江苏苏南,以经济并不是最强的金坛市为例,因税费改革减少的资金,市财政全额补足,教师的省标等工资福利并不受影响;在苏北地区,江苏省投入 10.6 亿元用于教育,也确保了苏北地区省标的发放。对于学校长期发展的方面,在税费改革初期,省政府还要求各级政府配套,但考虑到苏北地区的情况,在随后的教育工程项目中,就不再要求地方配套。这同样是因为江苏省级财政比较强。

(2)领导者的作用、政府"工程"与政治压力及激励措施

领导者的个人偏好对大政方针都会有重大的影响。对教育的影响最突出地体现在财政预算中教育经费的分配上。教育是一个很难在短期内取得效益的项目,地方领导者从自身利益出发,偏向于一些所谓的短、平、快,在任期内出政绩的项目。因此,他们在考虑分配财政收入的时候,总是无法将教育放在优先位置。这也是 20 世纪 90 年代以后我国农村教育出现较大问题的原因。

在江苏省,从两个县市来看,税费改革对教育的影响是积极的,这得益于江苏省领导的高度关注。如中小学农村危房在两年内而不是在原定的 3 年内消除,再如省领导决定将 2003 年的 2.5 亿专项资金提前到 2002 年使用等。

从 2001 年到 2005 年,由省政府接连启动了多项有针对性的重大工程,政府以"工程"的方式集中财力解决问题被证明是一种有效的方式。

(3)财政体制的规范与教育经费的独立运行是农村义务教育发展的关键

江苏省的税费改革实践在全国探索了农村义务教育经费的解决办法,通过机构精简、布局调整以及财政支出结构调整和上级给予转移支付等办法,基本解决了乡村教育经费缺口问题,初步建立了农村中小学教师工资发放、学校公用经费和危房改造投入、乡镇五项事业费、村级三项费

用的经费保障渠道,为后来的省份进行税费改革提供了借鉴。

江苏省农村义务教育经费的成功经验,最重要的就是保证了教育经费的独立性和教育财政体制的规范性。税费改革之前,教师工资、学校公用经费之所以得不到有效保证,主要是因为这些经费并不是独立运行的。特别是在全国范围内一段时间实行零账户管理,这使得教育方面的经费被不断地占用。税费改革中建立起一套保证教育经费独立运行的机制,如教师工资收到县统管,县财政设立专户,通过银行将教师工资发放到银行卡中,这就减少了中间环节等。

这些措施在一定程度上促进了义务教育财政体制的规范性,但是,义务教育的财政体制还不是很完善,各级政府在义务教育经费上的职责还没有在法律上明确,这就可能导致政府之间的推诿和教育事业的发展受人为因素影响较大。苏北农村教育之所以在税费改革之后仍能快速发展,在于江苏省政府不断启动的重大工程和进行的大量转移支付,但是这些转移并没有被法制化,因此其持久性是令人担忧的。

即便是一些已有明确规定,甚至法制化的规定,如果不能保证其独立性,也容易被地方政府放置一边,不去执行。最为典型的是关于教育经费的"三增长一提高"的规定,这点即使在经济发展财力雄厚的地区如金坛市,也没有实现。

2. 教育负债与转移支付——对税费改革过程的反思

税费改革前,农村义务教育以及其他乡村的公共品由农民自己提供。当义务教育的标准越来越高、来自地方政府的其他摊派越来越多、农民负担越来越重时,乡村两级为完成这些任务,就开始大量举债,欠下了许多债务,导致目前我国多数乡镇负债运行,也导致农村金融系统的不堪重负,最终将这些负担推到了上级政府。

农村税费改革的过程也是我国建立政府公共财政的过程,农村义务教育等公共品开始更多地由政府,特别是由县级以上政府进行提供,乡级政府和村集体在提供公共品方面的职责减弱,并被禁止举债兴办公共事业。目前所进行的体制变革正是为了从根本上将乡村公共品的提供方式转变过来,最终必然是乡镇的弱化以及功能的彻底转变。这种转变也将是中国乡村社会组织方面的重大转变。

第十二章　流动人口子女义务教育问题分析：
教育财政视角

第一节　流动人口子女在接受义务
教育时遇到的一些问题

随着农村大量剩余劳动力向城市的转移,其子女接受义务教育问题变得越来越突出,成为国家完成普及义务教育目标需要予以特别关注的一个问题。目前,由于缺少流动人口子女的完整统计数据,因此,我们无法准确地掌握其规模、接受教育和完成义务教育的情况,只能根据有限的资料进行一些推算和估计。所谓流动人口,是指从农村迁移到城市中工作和居住,但户籍关系没有变化的人群。① 根据 2000 年第五次全国人口普查资料,城市流动人口已经达到 1.2 亿(《从人口大国迈向人力资源强国——中国教育与人力资源问题报告》,2003 年),如果按照北京市流动学龄儿童占流动人口 4.5% 的比例估算的话,城市中可能有 540 万左右的流动学龄儿童,其中大部分来自于低收入家庭。②③ 根据国家统计资

① 学术界对于"流动人口"这个概念有不同的看法,有人认为它具有一定的贬义,本人在这里仍然沿用这个通俗的说法,但没有任何价值判断的成分。

② 北京市属于接纳流动人口比较多的城市,义务教育阶段公立学校办学条件在全国处于前列,并且公立学校对于流动人口子女采取了比较宽松的入学政策,这样有可能吸引更多的流动人口将孩子带到城里接受教育。按照北京市流动儿童所占比例,对全国进行估算,有高估的可能。

③ 从一般意义上讲,城市中流动人口既有高收入者,也有低收入者,前者所占的比例较低,后者所占的比例较高。高收入群体有能力送子女接受高质量的公立教育或民办教育,不构成教育问题或社会问题,不属于本章的讨论范围。

料,1999 年,农村义务教育阶段在学人数为 1.23 亿。根据上面两个数字,可以做一个初步的估算,约有 95％的学龄儿童仍然留在农村,5％的学龄儿童随其父母从农村迁移到城市,他们接受义务教育的地点也相应地从农村转移到了城市,把需要解决的农村义务教育问题带到了城市,成为城市乃至全国在普及义务教育过程中需要解决的一个难题。

适龄流动儿童少年在城市中接受义务教育的状况如何呢? 笔者并没有查阅到全国范围内的系统调查资料。根据对北京市 2000 年学龄儿童少年接受义务教育情况调查,流动儿童失学率为 13.9％(段成荣,周皓,2001),估计全国流动学龄儿童少年接受义务教育的总体水平,不会好于北京市的情况。如果按照北京市学龄儿童失学率估计,全国约有 75.06 万流动学龄儿童少年处于失学状态。而同期,全国小学净入学率达到了 99％,初中毛入学率达到了 88％。因此,笔者有一定的理由判断,流动儿童少年义务教育阶段的入学率,要低于全国义务教育的平均水平,显著地低于城市义务教育的平均水平。流动人口子女这个特殊人群接受义务教育的状况,应该引起政府决策者和研究人员的高度关注。

除了入学率低外,流动人口子女在接受教育方面还存在着以下几个主要问题:第一,虽然政府要求流入地公立学校承担起流动人口子女接受义务教育的主要责任,但是由于经济、社会和教育等方面的原因,并没有建立起促使流入地公立学校接纳这些学生的财政保障体制和激励机制,因此,通过流入地公立学校解决流动人口子女接受义务教育问题的政策,并没有达到预期的效果。例如,在北京,估计只有四分之三左右的流动人口子女在公立学校上学,其余孩子要么是在办学条件较差的打工子弟学校上学,要么是处于失学状态(韩嘉玲,2003)。公立学校不愿意接收流动人口子女有一些客观原因,比如说接收这些孩子所需要的相应教育经费无法得到稳定的保证,这些孩子过去学习基础较差,普通话讲不好,流动性强,不利于学校学籍管理,对于学校的统考成绩、升学考核产生了不利的影响。对于即使能够进入公立学校学习的流动少年儿童来说,也存在着户籍所在地与流入地学校教材使用不一致、今后参加高考时必须返回原籍而学习内容难以对接等问题。第二,据相关调查,目前仍然有相当比例的流动人口子女在办学条件较差的打工子弟学校学习。① 有人估计,北京约有 6.8 万左右流动儿童就读于各种打工子弟学校(言文,2004)。笔者 2005 年 3 月在采访北京市一所打工子弟学校校长时,他告

---

① 有一部分经济收入高的流动人口,送孩子到收费标准高和办学条件好的民办学校上学。如笔者曾经调研过的山东临沂市的几所办学条件好的民办学校,就主要面向当地流动人口。

诉笔者,由于打工子弟学校分布很广,具有一定的"地下性",不完全在政府部门掌握的范围内,因此,官方掌握的情况往往低估了打工子弟学校的数量和在校生规模。在已经存在的打工子弟学校中,只有很小比例的学校能够达到政府规定的办学标准。笔者从北京市某区教育主管部门了解到的情况是,2005年该区共有41所打工子弟学校,仅有2所学校达到了政府规定的办学条件,属于合法办学,其他39所学校由于办学条件差,尚没有得到政府的认可,因此属于"非法办学"。打工子弟学校基本上得不到政府的财政资助,依靠向学生收取的学费作为主要办学经费来源,所以办学经费严重短缺,办学条件较差。许多调查表明,打工子弟学校的校舍、交通安全、照明、取暖、教学设施、体育设施、师资、课程、卫生等办学条件令人担忧(韩嘉玲,2003)。总之,政府对于打工子弟学校存在的现实处于两难的选择,如果取缔这类学校,会影响流动人口子女的受教育需求,这种做法遭到了越来越多社会舆论的反对;如果允许它们存在,则意味着政府承认办学条件不合格学校的合法性;要帮助这些学校改善办学条件,成为符合标准的合格学校,又受到各种原因和条件的限制。[①] 第三,流动儿童少年家庭教育状况不容乐观。国内外许多研究表明,家庭是影响教育效果的一个重要方面。由于有相当比例的流动儿童少年家长受教育水平较低,经济收入状况较差,居住条件不佳以及所从事职业的关系,不能配合学校开展教育活动,影响了这类孩子的教育效果。城市流动人口的特点,造成他们的子女转学现象比较普遍,为打工子弟学校的正常教学带来了一定的困难,也造成这些孩子学习连续性差的问题。有些孩子在放学后或在假期中,需要帮助家长干活,从而缩短了他们的有效学习时间。有一些调查表明,流动人口子女与城市孩子之间不能很好地融合,影响了他们的社会性发展水平。第四,没有随父母到城市生活而继续留在农村的儿童(即所谓的"留守儿童")的受教育问题,不同于上述问题。除了具有农村教育中存在的经费短缺、办学条件差、义务教育普及率低、教育质量不高等问题外,另外一个特殊的问题是家庭教育问题。由于多数留守儿童随祖父母生活在一起,所以容易出现祖父母对于这些孩子管教不严、交流不够,以至造成孩子心理发展不健康等问题。

---

① 主要原因有:第一,政府部门没有足够的财政能力,特别是制度化的财政渠道,对打工子弟学校办学经费问题予以解决;第二,由于打工子弟学校办学属性(营利或非营利)不清晰,限制了公共资源或社会资源流入这类学校。

第二节　流动人口子女义务
教育财政制度分析

目前,中国在实现九年义务教育过程中还存在着许多问题,尤其是在贫困和边远的农村,义务教育普及率和完成率均不够高,影响了国家义务教育目标的实现。可以说,农村义务教育的核心问题是经费投入问题,教育经费短缺制约着农村义务教育的普及程度和完成质量。流动人口子女义务教育问题是从农村义务教育问题中演化而来的一个新问题。它不仅是一个教育经费短缺的问题,同时也是一个制度约束的问题。之所以这样说是因为:

第一,教育经费短缺是影响流动人口子女接受义务教育的一个主要障碍。城市也同样面临着教育经费供给不足的问题。在城市中,政府提供的教育财政拨款,不足以维持学校教育活动的正常运行,多数学校必须在财政性拨款之外,通过其他渠道获得补充性经费。办学质量好的示范性学校除了能够获得较多的财政性资助之外,还能够收取择校学生交纳的择校费或赞助费,而基础薄弱学校在上述两个方面则无法与示范性学校相提并论,导致教育资源的非均衡化配置和不同学校和人群之间教育效果的显著差异。流动人口子女接受教育问题在城市教育公平问题中占有突出的位置。在流动人口中,除了少数经济条件好的家庭有能力将子女送入办学条件好的公立或民办学校外,多数人由于居住地点和经济原因不得不将其子女送入基础薄弱的公立学校或打工子弟学校。流动人口大多集中在城乡结合部,位于这里的学校原本就存在着教育经费短缺的问题,如果在不提供附加教育经费的情况下,要求这些学校接收流动人口子女,势必会进一步恶化其经费短缺状况。在义务教育阶段,学生家长要交纳一定数额的课本费、校服费、午餐费、校外活动费等费用。[1] 这些费用对于不同经济收入水平的流动人口来说,产生了不同的压力,对于其子女入学有不同的影响。对于高收入的流动人口来说,无论是公立学校收取的费用,还是民办学校收取的费用,都不会影响他们的教育选择。多数流动人口属于低收入阶层,据估计,70%左右的流动人口年均收入在一万元以下(张铁道,赵学勤,2002)。低收入人群对于教育成本变化具有较强的敏感性,超过他们经济承受能力的教育机会,对于他们来说是没有任何

---

① 在 2006 年新颁布的《义务教育法》中第二条明确地规定:"实施义务教育,不收学费、杂费。"

实际意义的。

第二，流动人口子女接受义务教育受到教育财政制度的约束。与农村相比，城市经济发展水平和公共财政状况要好得多，因此，在城市中解决流动人口子女义务教育问题，本应该比在农村解决这个问题容易一些。但是，实际上流动儿童少年的义务教育状况在城市中解决得并不理想，甚至在有些方面还不及农村。为什么会出现这种状况呢？这涉及教育财政责任主体缺位的问题，即到底应该由谁负担这部分人的教育责任，并提供相应的教育经费？是流入地政府还是流出地政府？这个看起来容易解决的问题，却由于户籍制度所决定的教育财政制度没有理顺而长期悬置。①具体来讲，教育财政经费划拨一直是按照学生户籍所在地进行的。按照这个规则，应该由流出地政府承担义务教育阶段的经费。这些孩子随父母进入城市后，受教育地点发生了变化，但是教育经费却不能从农村转移到城市（即使能够转移过来，也与城市的教育支出标准有很大的差距），城市政府也不愿意承担为他们提供义务教育的财政责任，因此造成这些孩子上学处于政府缺位的真空状态。这是在中国社会转型过程中遇到的不合理的一个典型事例。

第三，流动人口子女在接受义务教育过程中出现的问题，也从一个侧面反映了政府不同层级和不同业务部门运行过程中存在的协调问题。根据修订前的《中华人民共和国义务教育法》的相关条款，义务教育经费主要由地方政府部门负责筹集和提供。在上级部门财政转移支付制度不完善的情况下，教育财政分权制本身带来一些问题。下面，我们从不同部门和不同层级政府责任角度，对这个问题进行一些剖析。解决流动人口子女受教育问题，既与接收学校有关，也与教育行政部门、财政部门甚至税收部门有关。对于接纳流动人口子女的学校来讲，从教育经费角度看，只要能够获得足够的经费，就不存在不接受这些学生的理由。教育经费需要从与学校对应的财政部门划拨给学校。因此，是否接收这些学生不是教育部门能够独立决定的，还要看财政部门能否提供相应的经费。地方财政部门和税收部门是两个独立运行的机构，财政部门不容易体会到流动人口对于本地经济发展作出的贡献（通过他们参与的经济活动的税收反映出来），而更多地感受到流动人口对于本地财政开支造成的压力，所以并不情愿从财政上做出努力，解决问题。即使财政部门有所作为，也是勉强的（青岛教育科学研究所，2003）。流动人口会对流入地造成一定的

---

①　这些人群在城市务工，照章纳税，对于城市经济发展贡献了自己的力量，理应享受到当地的公共服务。

财政压力,在没有获得上一级政府财政补贴的情况下,下一级政府很难独立地承担过重的财政支出负担。我国政府的运行机制常常是,上一级政府只有政策调节手段,而无财政调节能力,即上级政府只出政策,不出经费。这种管理体制容易使一些好的政策目标由于缺少相应的具体配套措施,实施起来很困难,一些看似明确而容易解决的问题,需要上下级、不同部门之间不断地博弈,才能最后得到解决(黄佩华,2003)。

第三节　流动人口子女义务教育财政政策分析

人口从农村向城市的大量迁移,是中国工业化和城市化过程中出现的一个新现象,流动人口子女如何接受义务教育,也同样是我们面临的一个新问题。以往的教育财政制度没有为解决这个问题提供一条可行的途径,只有在新的教育财政制度下,这些问题才能得到有效的解决。教育财政政策是教育财政制度的具体表现形式。在过去十几年中,我们观察到了在社会变化的作用下,中国义务教育财政政策发生的渐进性变化。

1986 年,全国人大通过了《中华人民共和国义务教育法》。它规定了义务教育"实行地方负责,分级管理"的原则。这个原则明确了义务教育的财政责任在地方。《义务教育法》还指出:"实施义务教育所需事业费和基本建设投资,由国务院和地方各级人民政府负责筹措,予以保证。"在2000 年税费改革之前,农村完成义务教育的责任在很大程度上落到乡政府肩上。在城市中,完成义务教育的责任由市或大市的区承担。在 20 世纪 80—90 年代,我国教育财政体制具有分权的特点。分权教育财政体制虽然容易增强基层政府教育管理的责任,调动基层政府组织教育活动的积极性,但是也容易造成不同区域之间非均衡发展的状况。对于财政状况好的地区来说,教育资源比较充足,教育活动容易组织,教育发展水平比较高;反之,对于财政状况差的地区来说,教育资源比较短缺,教育活动不容易组织,教育发展水平比较低。教育财政分权制的有效实施,需要将上级政府的财政转移支付制度作为配套措施,在我国由于缺少后者,所以造成一些财政状况差的地方不得不依靠向农民集资,才能维持教育机构的运转。向农民征收教育费附加、教育集资和其他多种公共事业集资,加重了农民的经济负担。这种矛盾和问题到 20 世纪 90 年代末变得十分凸显。于是在 2000 年全国试验和推广农村税费改革时,将教育财政责任调整到"以县为主",希望随着教育财政责任的上移,可以缓解乡一级政府的财政压力,保证教师能够按时足额地领取到工资,通过取消教育费附加和教育集资等收费项目,减轻农民的经济负担。

1992 年,国务院批准的《义务教育法实施细则》(以下简称《细则》)进一步明确了义务教育的财政责任在地方政府。该《细则》指出:"地方各级人民政府设置的实施义务教育学校的事业费和基本建设投资,由地方各级人民政府负责筹措。"这种方式比较好地适应了当时教育发展的需要,但是随着社会环境的变化,它的局限性也逐渐表露了出来。1994 年,我国实行分税制后,中央税收和财政力量得到了加强,而地方税收和财政力量却被相对地削弱了,但是教育经费责任并没有发生相应的变化,因此农村义务教育经费不足和农民负担沉重的问题更加突出。在 20 世纪 80 年代,农村剩余劳动力主要是通过兴办乡镇企业的方式加以疏散和分流,所以其子女接受教育是在农村当地进行的。到 90 年代初,农民工进城就业规模日益扩大,它取代了乡镇企业这种转移农村剩余劳动力的形式,成为解决农村剩余劳动力问题的主要方式(李培林,1996)。这种经济形势的变化并没有马上对教育系统产生影响,其原因有二:一是流动人口在城市滞留时间相对短暂;二是流动人口举家迁移情况还不普遍。这时,多数流动人口子女还在原籍接受义务教育,因此义务教育问题仍然是农村内部的问题。到 90 年代中期以后,随着流动人口的进一步增多以及越来越多的流动人口开始在城市定居,使得他们的子女上学问题变成了一个明显的社会问题。这个问题一时得不到解决,关键是不明确谁应该负担这些孩子的教育责任,并提供相应的教育经费。在 1998 年之前,这个问题一直没有理清楚,流入地和流出地互相推诿,实际的经费负担在很大程度上落在了受教育者家庭身上,他们要么交纳数额不菲的借读费和赞助费,选择到公立学校上学,要么交纳数额不等的学费,选择到普通民办学校或专门为流动人口子女设立的简易学校上学。

1998 年,原国家教委和公安部联合发布了《流动儿童少年就学暂行办法》(以下简称《暂行办法》)。它首次明确了"两个为主"原则,即以流入地政府和当地公立学校作为解决流动人口子女接受义务教育的主要方式。如何解决教育费用供给问题呢?《暂行办法》同意采取学生家长交纳借读费的形式,分担部分教育成本。国务院授权各地根据《暂行办法》的精神,制定地方性的执行条例。许多地方制定了本地的借读费标准,如当时北京市初中借读费为 1000 元,小学借读费为 500 元。① 学生交纳的借

---

① 2002 年,北京市政府决定把借读费分别下调到 600 元和 200 元。

读费并不足以完全弥补教育成本。以北京市流动人口集中的朝阳区为例，朝阳区政府提供与借读费等额的经费补助，不足部分由学校自行解决，在这种情况下，学校仍然没有积极性接纳这些学生（王唯，2003）。虽然《暂行办法》还提出了"对家庭经济困难的学生应酌情减免费用"的建议，但是在实践中，这一条规定并没有得到很好的落实，因为中央政府和地方政府没有提供相应的经费，学校也没有专门的经费，对家庭经济困难的学生实行费用减免。在学校收取借读费以及其他费用的情况下，许多适龄流动儿童少年由于经济原因被学校拒之门外。这个时期，在一些流动人口比较集中的地方，在市场需求机制作用下，出现了许多办学条件比较差、未经政府部门审批的打工子弟学校，这些学校收取的费用比较低，因此吸引了一些低收入家庭的孩子，满足了他们上学的需求。

2001 年，国务院颁布了《关于义务教育改革与发展的决定》，其重点是解决农村义务教育问题，同时重申了："要重视解决流动人口子女接受义务教育问题，以流入地区政府管理为主，以全日制公办中小学为主，采取多种形式，依法保障流动人口子女接受义务教育的权利。"

随着流动人口规模扩大和社会要求公平呼声的提高，流动人口子女接受教育的问题也越来越引起了社会各界的关注。有关流动人口子女教育状况和对于政府部门与打工子弟学校之间出现纠纷的报道，经常见诸报端，每年一度的人大和政协"两会"也十分关注流动人口子女受教育的问题。在社会舆论压力下，各地政府也越来越重视此问题，并且采取行动对这个问题加以解决。2003 年，国务院转发了教育部、中央编办、公安部、发展改革委员会、财政部、劳动保障部《关于进一步做好进城务工就业农民子女义务教育工作的意见》（以下简称《意见》）。与 1998 年的《流动儿童少年就学暂行办法》相比，《意见》仍然坚持"两个为主"（以流入地区政府管理为主，以全日制公办中小学为主）的原则，变化之处在于，对于流动人口子女在流入地接受教育采取了更为宽容的态度，没有再提学生上学需要交纳借读费，而更加强调政府的财政责任。同时，《意见》制定者充分地意识到，解决这个问题不是教育部门可以单独完成的，于是提出各个部门协同开展工作的要求："财政部门要安排必要的保障经费。机构编制部门要根据接收进城务工就业农民子女的数量，合理核定接收学校的教职工编制。"在收费问题上，"流入地政府财政部门要对接收进城务工就业农民子女较多的学校给予补助。城市教育费附加中要安排一部分经费，用于进城务工就业农民子女义务教育工作。"《意见》同时注重政策的公平性和工作方式的灵活性，提出："流入地政府要制订进城务工就业农民子女接受义务教育的收费标准,减免有关费用,做到收费与当地学生一视同仁。要根据学生家长务工就业不稳定、住所不固定的特点,制订分期收取费用的办法。通过设立助学金、减免费用、免费提供教科书等方式,帮助家庭经济困难的进城务工就业农民子女就学。"对于过去争议比较大的打工子弟学校,也改变以往强硬的态度,要求"各地要将这类学校纳入民办教育管理范畴,尽快制订审批办法和设置标准,设立条件可酌情放宽,但师资、安全、卫生等方面的要求不得降低。"2003 年颁布的《民办教育促进法》本着政府对于义务教育应尽责任的原则,把政府对于义务教育阶段民办学校(包括打工子弟学校)财政资助责任通过含蓄的方式写入了法律中。其第四十九条是这样规定的:"人民政府委托民办学校承担义务教育任务,应该按照委托协议拨付相应的教育经费。"其积极意义是应该得到充分肯定的,但是法律对于承担义务教育民办学校的财政资助范围是有限的。第四十九条的言外之意是,对于非政府委托举办义务教育的民办学校,政府是不承诺提供财政经费的。目前,多数民办学校属于后一种情况,所以仍然不能享受到公共财政资助。对于流动人口子女的受教育问题,2006 年 6 月修订后的《义务教育法》对于流动人口子女接受义务教育制订了特殊的条款,他们可以超越"适龄儿童、少年在户籍所在地学校就近入学"(第十二条)的限制。新《义务教育法》的第十二条是这样具体规定的:"父母或者其他法定监护人在非户籍所在地工作或者居住的适龄儿童、少年,在其父母或者其他法定监护人工作或者居住地接受义务教育的,当地人民政府应当为其提供平等接受义务教育的条件。具体办法由省、自治区、直辖市规定。"

第四节　解决流动人口子女义务
教育问题的财政措施

人口流动和迁移是中国市场经济条件下社会资源重新配置的必然结果,也是中国工业化过程的必然产物。按照目前农村剩余劳动力状况和前几年人口流动趋势,预计今后若干年内农村每年外出打工人口将以百万计(孙立平,2004)[①],其中不乏举家迁移的,因此,流动人口子女接受义务教育问题,也将是城市今后长期面临的一个问题。人口流动为减少农村居住人口、增加城镇居住人口以及缩小城乡之间的差别创造了条件,但

---

① 　孙立平(2004)估计,农村每年外出打工人员不少于 600 万人。

是也对现有的社会制度提出了挑战。政府需要通过一定的财政手段,解决流动人口子女接受义务的教育的问题。

第一,从教育财政制度上,要保证流入地政府能够承担解决流动人口子女义务教育的责任,加强财政部门与教育部门之间的配合,加强上级政府的财政转移支付责任。财政部门应该按照"实际入学人数"而不是"户籍数",为教育系统制订教育经费预算。中央政府在"七五"期间开始设立教育专项补助经费,用于贫困地区义务教育和民族教育。"八五"和"九五"期间继续保留了教育专项补助经费。"九五"和"十五"期间还分别设立了"国家贫困地区义务教育工程项目"和"危房改造工程"。这些教育财政转移支付对于解决贫困地区教育经费不足、教育发展水平落后问题发挥了积极的作用,值得解决流动人口子女义务教育问题借鉴,进一步地讲,财政预算的制度化是解决义务教育问题的关键。虽然农民工流入地(即城市)比农村有更大的财力解决教育经费不足的问题,但是中央政府或省级政府有责任进行宏观调节,激励农民工流入地政府和所辖学校有效地解决流动人口子女在当地入学的问题。有些地方政府认为,如果为流动人口子女提供了满意的就学机会,将会吸引更多的农村人口流入城市,加重城市的人口和公共开支压力(王唯,2003)。虽然这种担心和顾虑并非毫无道理,尤其对于接受流动人口多、人口压力大的城市而言,对流动人口采取完全放任的方式,有可能在短期内造成城市人口失控,人口负荷超过城市的承受能力,但从另一个角度看,它实际上反映了城市决策者从本位出发,对于所面临的问题采取的是一种消极的预防态度,而非积极的应对策略。应该说,人口从农村向城市流动是在市场机制作用下,社会资源配置趋向有效的表现形式,也是人民福祉提高和社会进步的表现,应该予以鼓励和支持。发达国家的历史经验告诉我们,部分城市人口过于集中的状况会在市场机制完善的过程中逐步趋于缓解。从短期看,有些城市可能会出现外来务工人员供过于求的问题,但是从长远来看,在劳动力自由流动的状态下,城市容纳就业的能力、居住条件、生活消费水平等因素,也会对劳动力供求关系起到重要的调节作用。如果低估了市场的调节作用,就会高估城市人口问题的严重性。我们既不要低估政府的作用,也不要低估市场的力量。对于解决流动人口子女接受义务教育来说,如果缺少上级政府的积极干预,问题很难得到彻底的解决。对于流入地来说,也要设法处理好上级政府与下级政府之间的责任与利益关系,上一级政府应该建立财政转移支付机制,鼓励接受流动人口子女的区、县和学校。

第二，与农村义务教育经费水平相比，由流入地政府提供流动人口子女接受义务教育的经费，将会对教育总经费提出较高的需求。由于流入地生均教育成本要高于流出地生均教育成本，所以两者之差即为需要新增加的教育经费。由于缺少统计资料，所以无法准确地计算需要增加多少教育财政经费投入才能解决流动人口子女义务教育问题。[①] 新增加的教育经费应该主要由地方政府筹措，中央政府予以一定的财政补助。由于新增加的教育经费是在各级政府之间分担的，经济发展水平高的城市分担的比例高一些，经济发展水平低的农村分担的比例低一些，所以对于解决整个农村义务教育问题所需要的经费增量部分而言，以流入地政府为主的经费提供方式更有利于社会公平程度的改善。从效率和公平原则讲，各级政府分担教育经费的比例，要从它们在农民工贡献的税收中获得的份额以及财政能力两个方面加以考虑。随着新修订的《义务教育法》及相关条例的颁布和执行，将有利于解决流动人口子女接受义务教育的问题。新的《义务教育法》明确了政府在完成义务教育中的责任，"国家将义务教育全面纳入财政保障范围"（第四十二条），并且更加强调上级政府在经费提供方面的宏观调节作用，"国务院和省、自治区、直辖市人民政府规范财政转移支付制度，加大一般性转移支付规模和规范义务教育专项转移支付，支持和引导地方各级人民政府增加对义务教育的投入"（第四十六条）。

第三，与农村义务教育发展水平低的区域性特点不同，城市流动人口子女接受义务教育的地理分布相对分散，主要分布在某些大城市里某些城区中的某些学校，因此，不适合采取经费整体补足政策（像国家义务教育工程中专门针对"三片地区"进行的教育财政转移支付），而应该采取个别扶持政策（如针对某些学校甚至某些个人进行财政补助）。因此，上级政府应该降低财政资助单位，把资助对象从贫困地区下移到贫困人群上，这样将会提高资助的有效性。转变资助对象后，可以选择采取两种资助方式：一是直接资助方式，把教育经费划拨给接受流动儿童少年的学校；二是将经费以类似于"学券"的形式发给学生，学券额根据学生家庭经济收入来确定，然后由学生家长在一定范围内选择学校。在一定条件下，后一种资助方式更有利于扩大家长的教育选择权，促进学校之间的竞争。在上述两种情况下，实施过程中都会遇到一些需要处理的具体问题。显然，流动人口及其子女接受教育的特殊性对于传统的教育财政体制提出

---

① 有一个数据可以作为参考，我国小学生均预算内事业费投入最大值与最小值相差10倍（旷乾，2005）。

了挑战，如他们的子女不实行户籍所在地"就近入学"政策，而是实行居住地"就近入学"政策或其他入学政策；当父母工作变动时（尤其是跨区或跨城市变动时），其子女接受义务教育所需要的经费必须有相应的转换、划拨或其他转移渠道予以保证；如果采取"学券制"，如何确定他们就学的范围？如何确定学券额？城市中业已存在的优质教育资源供给不足的问题，不仅不会由于流动人口子女义务教育问题得到缓解，反而会因为对教育经费需求增加而表现得更加突出。解决上述问题不可能事先有一个完善的方案，只有在发展过程中，针对具体情况，不断寻求有效的解决途径。

第四，对流动人口中贫困家庭的孩子实行特殊资助政策，部分地补偿他们在公立学校的学习成本。在公立学校取消借读费后，一些家庭可能仍然会感到支付其他成本（课本费、校服费、午餐费、活动费）的困难。经济困难会影响他们完成义务教育的情况。可以将流动人口子女与城市"低保"家庭子女接受义务教育问题结合起来考虑，对贫困学生实行倾斜资助政策，比如优先实行"两免一补"（免除杂费，免除课本费，补助生活费）政策，将有利于他们在公立学校中顺利地完成学业。

第五，在政府财政约束条件下，打工子弟学校将是公立学校的一种补充形式，可以帮助流动人口子女完成义务教育阶段的学习。目前，财政性经费只划拨给公立学校，打工子弟学校几乎得不到任何财政资助，从而影响了这些学校学生的福利。换句话说，家庭经济条件相对较好的孩子，选择公立学校，享受到较多的公共福利——较多的财政补助和高质量的教育，而家庭经济条件相对较差的孩子，不得不到打工子弟学校，享受较少的公共福利——较少的财政补助和较低水平的教育，造成流动人口内部的分化和不公平。虽然打工子弟学校被归为社会力量办学范畴，但是由于学校的非营利属性没有得到根本的确认，目前仍然有一些办学者从举办打工子弟学校中获得利润，所以也影响了公共资源和社会资源流向打工子弟学校。可以设想，在学校非营利属性得到明确后，政府可以在新建或扩大公立学校、向打工子弟学校投入经费三者中，选择最有效的投入方式，有利于提高公共财政投资和使用效益。

第十三章 云南少数民族教育：
发展、挑战和政策①

第一节 云南及其少数民族人口概况

一、云南省简要概况

云南是一个边疆、山区、少数民族三位一体的省份，西部和南部分别与缅甸、老挝、越南三国接壤，陆地边境线长4060公里。全省总面积39.4万平方公里，地势特点为西北高东南低，山区和半山区面积占总面积的94％，坝子（盆地和河谷）仅占6％。由于境内分布着诸多崇山峻岭，因此交通不便。

云南经济社会发展处于社会主义初级阶段的低层次，主要表现在：社会发展程度低，地区发展不平衡程度高；生产力发展水平低，自然和半自然经济所占比重高；劳动者科学文化素质低，文盲和半文盲所占比例高；人民生活总体水平低，贫困人口所占比重高。改革开放，特别是国家实施西部大开发战略以来，云南发生了翻天覆地的变化，但从总体上看，云南的发展水平仍落后于全国的平均发展水平，教育尤其是基础教育发展落后，劳动者素质偏低，这已经成为云南经济社会发展的根本性制约因素。表13-1为云南省与全国经济社会及人口主要指标比较。

---

① 在本章中，不仅涉及义务教育阶段各类民族教育，而且还涉及非义务教育阶段各类民族教育。

表 13-1　云南省与全国经济社会及人口主要指标比较①

指　　标	云南省	全国
2003 年城镇居民人均可支配收入（元）	7644	8472
2003 年农村人均纯收入（元）	1697	2662
工业产值在总产值中的比例（%）*	20.42	52.2
少数民族人口比例（%）*	33.4	8.41
农村人口比例（%）*	80.13	59.47
2004 年每万人口中幼儿园在园幼儿数	172.2	161.7
2004 年每万人口中小学阶段在校学生数	1007.1	872.5
2004 年每万人口中初中阶段在校学生数	446.8	505.8
2004 年每万人口中高中阶段在校学生数	165.4	279.2
2004 年每万人口中高等教育在校学生数	79.9	142.0

注：* 关于工业产值在总产值中的比例、少数民族人口比例、农村人口比例这三个指标，云南省使用的是 2004 年数据，全国使用的是 2003 年数据。

全省现辖 16 个地（州、市）、129 个县（市、区），有 8 个民族自治州和 29 个民族自治县，有 25 个边疆县。据第五次人口普查（见表 13-2），人口超过 5000 人的世居少数民族有 25 个，其中，白、傣、哈尼、傈僳、佤、拉祜、纳西、景颇、布朗、阿昌、怒、德昂、基诺、普米、独龙 15 个民族为云南独有的少数民族，还有 16 个跨境而居的民族。② 云南省民族种类居全国之冠，是中国多民族国家的缩影。少数民族人口 1400 万，占云南省总人口的 34%，少数民族居住面积占云南省总面积的 70%。云南还是一个使用多种语言和多种文字的省份。在全省少数民族中，除回族、满族、水族已使用汉语外，其余 22 个少数民族共使用 28 种语言（不包括未定族的语言）。

云南具有以多气候带为主要特征的气候资源、以多物种为主要特征的自然资源以及毗邻东南亚、南亚诸国的三大区位优势。改革开放 30 多年来，云南经济社会有了很大发展，国民生产总值不断增加，人民群众生活水平不断提高。

云南省经济社会的稳步发展，为云南教育发展创造了有利的条件，而教育发展则又是经济社会发展的基础。

---

① 数据来源：《2005 云南领导干部经济工作手册》(2005)云南民族出版社；《云南省国民经济和社会发展情况》(2005)云南省统计局；《2004 中国统计年鉴》(2004)中华人民共和国国家统计局。

② 云南省教育厅. 云南省少数民族双语教学情况调查报告[R]. 2005.

表 13-2　云南省第五次人口普查民族人口情况①

民　族	人口数(人)	百分比(%)
汉	28206000	66.59
彝	4705658	10.97
白	1505644	3.51
苗	1043535	2.43
纳西	295464	0.69
傣	1142139	2.66
蒙古	28110	0.07
回	643238	1.50
藏	128432	0.30
傈僳	609768	1.42
布依	54695	0.13
瑶	190610	0.45
满	12187	0.03
哈尼	1424990	3.32
佤	383023	0.89
拉祜	447631	1.04
景颇	130212	0.30
布朗	90388	0.21
阿昌	33519	0.08
普米	32923	0.07
怒	27738	0.07
德昂	17804	0.04
独龙	5884	0.01
基诺	20685	0.05
水	12533	0.03
总计	42879000	100

二、云南省大力发展民族教育的重要性

　　经过 60 多年的努力，云南民族教育从无到有，从小到大，从单一向多元化发展，基本形成了包括基础教育、职业教育、成人教育、高等教育在内的完整的民族教育体系。通过发展教育，民族地区的经济社会获得了长

---

　　①　数据来源：《云南省第五次人口普查统计公报》。

足发展。回顾云南民族教育的发展历程，经历了艰难、曲折和几起几落的若干阶段。[①]

　　民族教育的发展能促进国家及个人在经济、政治、文化及科学各方面的发展。[②] 在经济方面，教育可以培养人才，提高学生的人力资本，使他们有一技之长，从而促进就业及增加收入，改善生活。学校是教师、学生集中的地方，文化较发达，信息较灵通，易于促进交流。教育可示范、推广先进的生产技术，改变小生产观念，发展生产力，促进地方经济发展。在政治方面，教育对学生及社区人群灌输政治制度及思想意识，宣传爱国主义，促进民族团结，维护国家领土完整及统一，并通过正确地处理宗教同教育的关系，调动宗教界人士对教育及国家发展的积极性。教育也是培养各类人才和领导干部的摇篮。在文化方面，教育是传递及创新文化的一个重要途径，也是扫除文盲、促进社会文明和现代化、改变重男轻女等落后习俗的重要途径，更可宣传卫生、禁毒和计划生育知识，提高人口素质，增进身体健康。在发展科学方面，教育能传播科学知识，反对封建迷信，并可开展环境保护和开发民族地区资源等各类科学研究。由于上述各项重要功能，我们对民族教育的了解、研究及对其政策的探讨是非常必要的。

第二节　云南民族教育的发展：
历史和管理机构

一、1949 年以来云南省发展民族教育的主要历程

　　在新中国成立前，云南的社会发展缓慢，基本上没有学校教育。1949年，全省共有高等学校 3 所，在校学生 1653 人；中等技术学校 6 所，在校学生 1623 人；中等师范学校 11 所，在校学生 2680 人；普通中学 134 所，在校学生 22300 人；小学 5320 所，在校学生 16.8 万人。全省人口中 85%以上是文盲，学龄儿童入学率仅为 20%左右。各级各类学校在校生总和

---

　　① 近年来云南省在民族教育方面采取的特殊政策、措施主要有：① 开办寄宿制、半寄宿制民族中小学；② 在没有省定民族中学的 33 个贫困县的第一中学开办了民族部；③ 在各地名校中举办民族高中班；④ 加强边境学校建设；⑤ 对边境沿线乡、村中小学生实施"三免费"（免教科书费、杂费、文具费）教育；⑥ 实施"两免一补"（免学费、杂费，补助生活费）教育；⑦ 加强民文教材建设，积极开展汉汉双语教学；⑧ 创造性地实施"两个工程"（即"东部地区学校对口支援西部贫困地区学校工程"、"西部大中城市学校对口支援本省贫困地区学校工程"），加大对民族地区教育的帮扶力度。

　　② 杨崇龙.云南教育问题研究［M］.昆明：云南教育出版社，1995：162-167；顾明远.中国教育的文化基础［M］.太原：山西教育出版社，2004：11-38.

占当时全省总人口 1595 万人的 1.3％，许多民族没有本民族的大学生和中学生，甚至没有小学生。

新中国成立后，对旧中国的教育制度进行了根本的改造，并采取各种有力措施，积极发展教育事业，为建设有中国特色的社会主义教育体系进行了一系列的改革和探索。到 2004 年，全省在校生与 1949 年相比，普通高等学校学生增长了 16.34 倍，中等技术学校学生增长了 14.17 倍，中等师范学校学生增长了 1.27 倍，普通中学学生增长了 17.01 倍，小学学生增长了 3.71 倍；小学学龄儿童入学率达 96.15％；全省人口中文盲率已降低到 6％ 以下；各级各类学校在校生总和达 817.47 万人，占全省 4415.2 万人口的 18.51 ％。全省教育事业费已由 1950 年的 160 万元增加到 2004 年的 111.7 亿元。

60 年来，云南省民族教育有了较大的发展（见表 13-3）。从 1978 年以来，省委和省政府十分重视民族教育，采取了一系列特殊政策和措施发展民族教育。例如，由省政府直接拨出专款，1980 年建立了 40 所住宿包干的寄宿制民族中小学；1983 年安排、1996 年又增拨专项补助款，建立了 3000 所半寄宿制高小，吸收了 30 万名高小学生；区别不同地区和民族的不同情况，适当降低录取分数线，尽可能多地录取少数民族学生，为各民族培养了专门人才及干部。现在各民族都有了自己的大学生。在省政府的带动下，部分高等院校、中等专业学校和普通中学举办了民族班，各地、州、市、县也举办了一大批寄宿制、半寄宿制民族中小学、民族职业中学和民族班。同时，还培养了一大批少数民族教师。一个适合云南民族特点的民族教育体系已初步形成。

表 13-3　1949 年和 2004 年云南主要教育指标对比①

指　标	1949	2004	增长幅度
小学适龄人口入学率(％)	7.80	96.15	88.35
初中阶段学龄人口入学率(％)		78.83	
高中阶段学龄人口入学率(％)		44.47	
初中阶段学龄人口毛入学率(％)		93.29	
幼儿园在园幼儿数(人)	488	753691	1549.98 倍
义务教育阶段在校学生数(人)	185904	6361662	34.22 倍
高中阶段在校学生数(人)	4400	527571	119.9 倍

①　数据来源：《云南教育 50 年》，2002 年，教育科学出版社；《2004/2005 云南省教育事业统计快报》。

在新中国成立后的几十年中，由于"左"、"右"政治路线之争，中国的政治和经济发生了很大的动荡，发展道路曲折。教育成了不同路线争夺的领域，"红"与"专"相对的教育方针来回出现，教育发展经历了几个大起大落的阶段。[①] 具体发展过程可分为四个阶段。

第一阶段：完成社会主义改造的 7 年(1950—1956 年)

民族教育成为解放初期政府在边疆民族地区打开工作局面的一个重要方面。新中国成立后，在内地和边疆分别开展了土地改革和民主改革运动，恢复和发展民族教育。从内地派遣了大批干部和教师到边疆民族地区工作，创办了一批食宿、学习用品包干的省立民族中小学，对在一般学校就读的民族学生，也优先给予人民助学金照顾。同时，在一部分小学推行民族语文教学，编印了傣、景颇、拉祜、哈尼等民族文字的教材。这些照顾民族特点的做法，受到了群众的欢迎。到 1956 年，全省民族小学发展到 3778 所，在校学生 31 万人；民族中学 8 所，在校学生 0.9 万人。

第二阶段：全面社会主义建设的 10 年(1957—1966 年)

民族教育在摸索中前进。1957 年后，实行"就地办学"的方针，忽视了民族教育的特点，取消了寄宿制学校，减少了对民族中小学经费方面的特殊照顾。在 1962 年的整顿中，强调正规化，又停办了一批民办小学，民族教育一度萎缩。这一阶段值得总结的是，1958 年贯彻"教育为无产阶级政治服务，教育与生产劳动相结合"的教育方针，在民族地区扫盲，推广珠算、会计和农业生产技术，受到当地群众的欢迎。1964 年贯彻"两种教育制度"，全省兴办了 4 万多所耕读小学，在校学生近百万人，还有一批半工(农)半读学校。省委第一书记阎红彦要求这些学校培养"三员"(文化教员、卫生员、理发员)、"五匠"(木匠、篾匠、铁匠、石匠、砖瓦匠)，充分利用当地资源，发展经济，改善生活。民族教育办出了特点，受到各族群众的欢迎。到 1965 年，全省在校少数民族小学生 88 万人，占小学生总数的 28%；少数民族中学生 3.3 万人，占中学生总数的 18%。

第三阶段："文化大革命"的 10 年(1966—1976 年)

"文化大革命"十年浩劫，教育战线首当其冲受到破坏，民族政策和宗教政策被践踏，民族教育同其他教育一样遭到空前劫难，少数民族欢迎的办学形式和民族语文教材、教学内容被否定，教师被打击，教育质量全面下降。

第四阶段：社会主义现代化建设新时期(1977 年至今)

---

① 　Tsang，Mun（2000）Education and National Development in China Since 1949：Oscillating Policies and Enduring Dilemmas，China Review，PP. 579-618.

这一阶段,云南民族教育的发展得到了中央和社会各界的关心和重视。首先,国家从法律上明确了要采取措施大力扶持和发展民族教育。1986 年颁布的《义务教育法》第十二条规定:"国家在师资、财政等方面,帮助少数民族地区实施义务教育。"第六条规定:"学校应当推广使用全国通用的普通话。招收少数民族学生为主的学校,可以用少数民族通用的语言文字教学。"2006 年新修订的《义务教育法》对于民族教育问题给予了高度的关注,在许多条款中,把民族教育放在与农村教育同等重要的地位。第十八条规定:"国务院教育行政部门和省、自治区、直辖市人民政府根据需要,在经济发达地区设置接收少数民族适龄儿童、少年的学校(班)。"《民族区域自治法》第三十七条规定:"民族自治地方的自治机关为少数民族牧区和经济困难、居住分散的少数民族山区,设立以寄宿制为主和助学金为主的公办民族小学和民族中学,保障就读学生完成义务教育阶段的学业。"《教育法》第八条规定:"国家实行教育与宗教相分离。任何组织和个人不得利用宗教进行妨碍国家教育制度的活动。"第五次全国民族教育工作会议提出,地方各级政府和教育部门以及民族工作部门要高度重视民族教育工作的重要战略地位和作用,充分认识加快发展民族教育事业的急迫性和艰巨性,切实加强对民族教育工作的领导。各地要结合当地实际,通盘部署和安排民族教育工作,把民族教育的发展列入本地区经济社会发展规划;将各级各类民族学校的建设纳入区域建设计划;在部署和总结年度工作时,把民族教育工作作为一项重要内容。各级政府和教育行政部门要把民族改革与发展情况向同级党委、人大和政府做报告,并接受其监督。各级政府要从当地实际出发,加大投入,采取促进民族教育发展的政策措施。

为加快民族教育发展,中央和省先后采取了一系列措施。主要有:一是加大投入。继实施第一、二期贫困地区义务教育工程、危房改造工程后,中央又实施了农村中小学寄宿制学校建设工程、农村中小学现代远程教育工程,还拨出专款在云南实施了边境学校建设工程。自 2005 年起,又对义务教育阶段农村贫困学生实施"两免一补"(免学费和杂费,补助生活费)。云南省自 2000 年起,已对边境沿线行政村及村以下的小学生实施"三免费"(免教科书费、杂费、文具费) 教育。根据少数民族居住分散、教育基础薄弱的实际,举办了多种类型的民族学校,如民族中专,民族大学,寄宿制、半寄宿制民族中小学,民族预科班,农业职业学校,农民文化技术学校等,设立了少数民族学生生活补助专款,补助民族班、民族预科班学生,以及寄宿制、半寄宿制中小学的学生。各级各类学校增加少数民族学生的招生名额,对边疆县和内地边远山区实行定向招收少数民族学生制度;对少数民族学生还实施降分录取,对个别边远特困村寨的考生,还特批录取。大学专科以及专科以上的到边疆和边远山区任教的毕业生,在工资及晋升、子女升学和就业、住房、福利、医疗等方面享受优惠待遇。加强民文教材和教师的建设,利用各种渠道,多规格、多层次地开展民文教材编写和双语教师队伍建设;鼓励汉族教师到民族聚居区任教,并学习当地民族的语言文字,开展双语教学等。一些少数民族地方自治县还针对本民族特点,在课程设置、教学管理方面作了灵活规定。例如:红河彝族哈尼族自治州和文山壮族苗族自治州都规定,对哈尼族、苗族、瑶族、拉祜族等民族的学生入学不受学区限制,对女生不限制入学年龄,可以带弟弟妹妹来上学。一些边远地区还采取隔年招生、巡回教学、开办早晚班等方式方便少数民族学生入学。

到 2004 年,全省有民族高等院校 1 所,民族中等专业学校 2 所(1 所为国家级重点中专,1 所为省部级重点中专),民族师范学校 8 所,民族干部学校 10 所,省定民族中小学 41 所,半寄宿制高小近 4000 所(其中省定3750 所,各州市县举办 220 余所)。全省少数民族在校大学生由 1978 年的 1837 人,增加到 2004 年的 47578 人,全省各级各类学校少数民族在校生已达 245 多万人,占全省各级各类普通学校在校生总数 817 多万人的29.99%。其中,小学少数民族在校生 149.95 万人,占全省小学在校生总数的 34.03%;普通中学少数民族在校生 78.47 万人,占全省中学在校生总数的 33.38%。职业中学少数民族在校生 3.99 万人,占全省职业中学在校生总数的 30.20%。中等、初等教育少数民族学生比例已经达到或接近少数民族人口占全省人口 1/3 的比例。全省 78 个民族自治地方县(市)都实现了"普六",全省 105 个县(市)实现了"普九",其中民族地方自治县 61 个,占民族地方自治县的 78.21%。全省小学适龄儿童入学率为96.15%,其中少数民族适龄儿童入学率 95.63%。全省 121 个县(市)基本扫除青壮年文盲,其中民族地方自治县(市)75 个,占民族地方自治县的96.15%。全省在校学生中有少数民族研究生 98 人,占研究生总数的12.9%;少数民族大学生 10749 人,占大学生总数的 20.9%;少数民族中专生 30113 人,占中专生总数的 31.9%;少数民族中学生 372627 人,占中学生总数的 30.0%;少数民族小学生 1624074 人,占小学生总数的36.0%。

二、云南民族教育发展的历史教训及制约因素

60 年来云南教育所取得的成绩是举世瞩目的,所走过的道路也是艰难曲折的。成绩凝聚着很多成功的经验,曲折的道路也积累了无数值得

深思的教训，①主要的经验和教训可归纳为以下几点：① 正确处理好教育与政治、经济的关系，把教育放在优先发展的战略地位；② 各级党委、政府切实加强对教育工作的领导；③ 加大政府对教育的投入，多渠道筹措教育经费，改善办学条件，加快实施"两基"步伐；④ 建设好师资队伍是发展教育的重要基础；⑤ 高度重视少数民族教育，实行教育扶贫。

　　由于少数民族遍布云南全省，云南教育与民族教育是密不可分的。要发展云南民族教育，就要了解影响云南教育的一般因素及影响民族教育的特殊因素。

　　影响云南民族教育发展的因素主要有以下五个：第一，云南经济、文化基础薄弱，各地发展极不平衡，制约着教育和民族教育的发展；第二，教育基础差，发展快，办学条件落后，教育质量不高；第三，云南少数民族居住分散，大多居住在高寒山区、牧区、林区、边境地区，交通不便，信息闭塞，学校布点分散，办学形式特殊；第四，云南是个多民族、多语言、多文字的省份，"双语教学"是民族教育中不可缺少的重要手段；第五，云南信教群众多，民族问题常常与宗教问题交织，发展教育要正确处理宗教与教育的关系。

三、云南民族教育的管理和体系

　　民族教育是云南教育事业的重要组成部分，它与云南其他各类教育相互结合，相互渗透，密不可分。因此，根据中国教育地方负责、分级办学、分级管理的原则，云南民族教育的举办和管理，原则上与其他各类教育一样，是由当地政府负责的。具体说，民族教育是在中央（教育部）和省（教育厅）的指导下，由州、市、县教育局负责举办和管理。目前，从国家教育部到各县（市）教育局，都设立有专门管理民族教育的机构。国家教育部设有民族教育司，各省教育厅设有民族教育处。需要特别说明的是，在云南省，州市以下教育局一般没有设立专门的民族教育管理部门，而是将此职能放在有关的业务处（科）。云南省教育厅自 1987 年正式挂牌设立民族教育处，其主要职能为：对全省民族教育进行宏观指导，指导各地寄宿制、半寄宿制民族中学、民族小学以及普通中学民族部的管理工作，指导全省双语教学工作，组织和协调教育扶贫工作，组织和开展全省中小学生民族团结教育，处理和协调宗教与教育的关系等。

　　另外，出于对民族工作的重视，从中央到各省市（区、直辖市）政府都

---

① 　杨崇龙.跨入 21 世纪的云南教育［M］.北京：教育科学出版社，2002：41-48.

设有专门负责民族事务的部门——民族事务委员会。国家民委和各省市（区、县）民委十分关心和支持民族教育工作，大都设有专门的机构负责民族教育事务。除协助各级教育行政部门对民族教育工作进行管理外，各级民委还直接组织对民族贫困学生的资助工作。在云南，全省各级民委也参与了对寄宿制、半寄宿制民族中小学校学生进行生活补助的工作。

在各级教育行政部门的指导和管理下，在全省各级各类民族教育专门学校（民族大学、民族中专、民族中学、民族小学）里，不同少数民族的师生学习生活在一起，相互交流和帮助，共同进步和发展。

经过 60 年的发展，云南已基本形成了涵盖基础教育、中等职业教育、高等教育的民族教育体系。从学校类型来看，云南民族教育现已有以云南民族大学为代表的高等教育，以云南民族中专和 4 所民族师范学校为代表的中等职业教育，以云南民族中学和遍及全省的寄宿制、半寄宿制民族中小学为主的基础教育。各级各类民族学校的建立，体现了政府对民族教育的关心和重视。不过和其他学校相比，云南各类民族学校组建时间较短。除各级各类民族专门学校外，云南还在其他各级各类学校，特别是教育教学质量较高的学校里，设有专门招收民族学生的民族班。这些民族班一般面向全省民族贫困地区招生，或专门面向部分人口较少的少数民族招生，如云南许多中学都设有专门招收藏族学生的藏族班和专门招收少数民族女童的"春蕾班"。这类民族班多设于办学条件较好的学校，教学质量较高。除以上两种专门为少数民族开设的学校（班）外，在云南各级各类学校里，聚集着来自不同民族背景的学生，这也是云南民族教育体系中不可缺少的部分。可以说，在任何一个学校和任何一个班里，都会有少数民族学生，在一些民族地区，甚至一个班里有十几个不同民族的学生。各族学生混合在一个学校、一个班级里学习，能够促进各民族间的相互了解，增进民族团结。

以上三种民族教育的形式，各有优势，相互补充，缺一不可，共同构成了多元和独特的云南民族教育体系。

第三节　当前云南民族教育面临的挑战

云南是一个相对贫穷且具有许多特殊性的省份，云南必须充分使用有限的资源，有效地发展民族教育。以下从五个方面说明云南民族教育面临的主要挑战。

一、扩大云南少数民族受教育的机会

众所周知，基础教育是一个国家教育的基础，能够产生极为重要的政治、经济、文化及社会效益。虽然云南省近年来在普及义务教育方面尽了很大努力，取得了一定的成果，但义务教育尚未完全普及，而未普及的地区多是少数民族相对集中的民族自治地区。到 2004 年，在云南 129 个县（市、区）中，仍有 23 个县没有普及九年义务教育，而其中 11 个是民族自治县。

在云南省，少数民族人口接受教育的比例比汉族相对要低。表13-4为 1998—2004 年云南省各级教育少数民族学生占在校生的比例。从表中可以看出，在 2004 年，小学及普通初中阶段，少数民族在校生的比例是与适龄人口比例一致的，但在高中及高等教育阶段，少数民族在校生所占的比例明显降低。例外的是职业初中教育，少数民族学生接受职业初中教育的比例明显地高于汉族。这种趋势在 2002 年后更强。2004 年，云南省普通高中普及率只有 29％，少数民族接受高中教育的机会明显低于汉族，尤其是在普通高中、职业高中及成人中等专业学校，只有中专学校，少数民族在校生的比例才与其人口比例趋于一致。

表 13-4　1998—2004 年云南省各级教育少数民族学生占在校生的比例[①]

单位：%

少数民族学生占在校生的比例 ＼ 年份	1998	1999	2000	2001	2002	2003	2004
普通高等教育阶段	20.92	20.97	21.57	19.51	20.91	21.36	22.00
成人高等教育（1）	21.07	23.40	29.25	33.91	18.17	19.15	19.20
普通中专	34.95	36.73	36.98	37.53	36.46	35.34	33.16
成人中专	21.66	24.71	25.98	17.22	18.11	27.08	21.74
职业高中				25.25	24.83	25.82	24.61
普通高中				25.62	26.35	26.80	27.30
普通初中（2）	30.98	30.86	31.08	32.63	33.30	34.11	34.70
职业初中（3）	31.98	32.11	33.52	35.81	41.97	45.06	55.33
普通小学	35.96	35.83	35.60	35.35	35.01	34.58	34.03

注：（1）2001 年的成人高等教育少数民族学生数不包括普通高等学校举办的成人教育。

（2）1998—2000 年的普通初中数据为普通中学数据，包含初、高中。

（3）1998—2000 年的职业初中数据为职业中学数据，包含初、高中。

① 　资料来源：云南省教育厅，《云南省教育统计资料》。

从经济社会等指标来看,少数民族地区是低于全省的。一般来说,少数民族地区的生均教育经费是低于非少数民族地区的,家庭越贫穷,家庭教育支出就越低。另外,在上文我们已指出,云南少数民族多分散于山区、牧区、林区等地方,交通不便,教育成本高。这种因素也造成少数民族地区教育较为落后。全省中小学危房也主要集中在少数民族贫困地区。2004年,全省中小学有危房574.57万平方米,危房率为13.24%。危房率最高的县是宁蒗彝族自治县,达15.33%。全省生均校舍建筑面积是4.45平方米,但有20个县不足4平方米,最低的是鲁甸县,仅有1.36平方米,这些地区,均是民族贫困地区。

二、提高民族教育的质量

教育质量是指教育产出的水平,特别是学生所学知识和技能,一般是通过学生的学习表现及考试来测量。云南省教育科学研究院对云南民族地区及一些少数民族不同学科的教学质量进行过较为深入的个案调查研究[1],有以下主要研究发现。

(1)西盟佤族学生数学学习的研究:佤族学生数学成绩明显低于汉族。例如在1998年,佤族初中毕业考试数学平均成绩是76.3分(满分为150分),及格率为33.3%,汉族学生平均是95.0分(满分150分),及格率为68.2%。这项研究还对佤族学生的非智力因素做了分析,发现他们的学习动机,无论在主动性、方向性及自学性方面都是较差的,他们的学习兴趣不高,学习态度有待端正。

(2)少数民族学生生物学学习的研究:德宏师范学校每年招收德宏州民族学生,包括傣族、景颇族、阿昌族、德昂族、傈僳族学生,从这所学校多年的办学经验看出,入学学生的生物学知识基础很差。在初中阶段,由于生物学分不计入升学总分,因此学生没有认真对待生物课,甚至没有上过生物课。大部分学生不认识显微镜,看不懂生物图形,自学能力、动手能力、立体空间想象能力都较差。而生物学教学内容也没有较好地结合当地民族的饮食及民族卫生健康问题。例如:早婚早育的心理及生理健康问题,吸毒和一些流行传染病。因此,德宏师范学校面对这些新生的生物教学必须从最基本的知识开始。

(3)广南县阿科中学英语教学法研究:广南县地处交通不便、经济落后的山区。该县阿科初级中学的英语教师感到传统的教育方法制约着英语教学,导致学生兴趣不浓,产生怕学、厌学英语的情绪,故英语教学质量不高。阿科中学的英语教师发现,通过较为灵活和多样化的教学法,可提

---

① 云南省教育科学研究院.云南民族教育发展研究[M].昆明:云南教育出版社 ,2002:135-232.

高学生学习英语的兴趣及学习成绩。

（4）哈尼族学生体质与健康研究：哈尼族多聚居在滇南红河和澜沧江之间的山区、河谷地区，在云南十多个县均有分布。哈尼族为 1985 年、1991 年及 1995 年全国学生体质与健康调研的 20 个少数民族之一。在分析 10—17 周岁哈尼族学生数据后发现，哈尼族学生在 1985—1995 年间，身体生长发育水平明显提高，这与他们聚居地区自改革开放以来经济发展、生活水平提高、营养改善有密切关系。但反映呼吸机能的肺活量却有下降趋势。这显示现阶段哈尼族学生的体育活动不足。另一方面，与他们生活的自然环境有关，哈尼族学生在速度灵敏和速度耐力素质方面，均好于汉族及云南其他少数民族学生，说明在生活水平不断提高及经常性的锻炼下，少数民族学生的体质不一定低于汉族学生。

（5）云南省教育科学研究院 2004 年曾随机选取了富民、罗平、普洱、耿马等 9 个县的 36 所学校进行研究，对其中 1—4 年级部分学生共 3146 人进行了统一测试，测试的重点在于学生对知识的掌握与运用，测试的科目为语文、数学。测试的难度依照当年国家的学科课程标准制定，按照标准，学生得分在 80 分以上才算优秀。具体测试结果见表 13-5。从表 13-5 中可以看出，这些地区的学生学习成绩总体低于 80 分，整体水平比较低。

表 13-5　36 所小学语文、数学抽样平均分

单位：分

科目	一年级	二年级	三年级	四年级
语文	81.9	76.0	72.2	65.5
数学	83.5	74.5	73.5	66.9

从抽样测试中还看出，汉族与少数民族学生在学习质量上也有明显差别，汉族学生学习成绩总体要高于少数民族学生（见表 13-6）（二年级差异显著，其他年级差异不是很大）。

表 13-6　汉族学生与少数民族学生语文、数学抽样统一测试成绩

单位：分

科目	一年级		二年级		三年级		四年级	
	汉族	少数民族	汉族	少数民族	汉族	少数民族	汉族	少数民族
语文	83.4	82.8	81.0	72.0	71.8	72.2	64.7	61.9
数学	85.2	83.8	79.0	69.3	73.6	73.3	69.7	62.5

从上述分析看，云南省少数民族的教育质量是欠佳的。导致这些结果的因素有多个，除了经济水平低、投入不足、办学条件差、教学设备不足、很多学科教师素质低、教学方法陈旧等外，也与云南是个多民族、多语言的省

份有关。少数民族需要采用双语教学,而民族地区的双语教学仍存在很多不足之处。① 在小学使用双语教学,一部分学生学习汉语的主动性不够高,造成学生汉语口语表达能力低下,社会交际能力弱,进入初中后,学习成绩普遍较差。这样,少数民族学生在学校就构成一个"弱势群体",他们心理脆弱,容易产生自卑感,对学习缺乏信心,学习热情和动力不高。形成群体性流失的主要是居住在少数民族聚居区且家庭比较贫困的学生。

目前,云南少数民族使用民族语言的情况大致有三种类型:① 母语型。以本民族语言作为主要语言交流工具,人口约 700 万人,多聚居于边疆和山区。② 兼语型。既使用本民族语言,也使用汉语或其他民族语言,人口约 300 万人,居住在民族杂居区和集镇,或交通要道附近。③ 汉语型。本民族语言已经丧失,现完全转用汉语,人口约 100 万人,多居住于汉语占绝对优势的杂居区。

由表 13-7 可看出,云南省的少数民族操本民族单语、不通汉语的人口比例比较高,最低的达 27.85%(普米族),最高的达 85.99%(独龙族)。操双语或转用其他民族语的人口比例比较低。

表 13-7　云南省 15 个特有少数民族语言使用情况②

民　族	操本民族语单语的人数	占本民族总人口的比例(%)	本民族操双语的总人数	占本民族总人口的比例(%)	转用其他语言的总人数	占本民族总人口的比例(%)
哈尼族	649024	61.29	408 782	38.61	1000	0.001
傣　族	483168	57.55	316 628	37.72	39700	4.73
白　族	414891	36.64	615 333	54.35	102000	9.01
傈僳族	384058	79.70	96 826	20.09	1000	0.21
拉祜族	202277	66.48	89 981	29.57	11998	3.94
佤　族	198466	66.46	83 489	27.96	16656	5.58
纳西族	110465	43.91	131 127	52.12	10000	3.97
景颇族	60979	65.59	31 997	34.41	0	0
布朗族	36106	61.75	17 215	29.44	5152	8.81
阿昌族	10060	49.23	7 516	36.78	2857	13.98
德昂族	7132	58.00	4 591	37.33	574	4.67
怒　族	6971	30.45	4 525	19.76	11400	49.79
普米族	6749	27.85	10 289	42.45	7200	29.70
基诺族	5836	48.79	6 126	51.21	0	0
独龙族	3984	85.99	649	14.01	0	0

① 杨崇龙.云南教育问题研究[M].昆明:云南教育出版社,1995:161-163.

② 资料来源:云南省教育厅.云南省少数民族双语教学情况调查报告[R].2005.

过去由于经费匮乏和其他原因，双语教材出版、使用随意性大，多是各地自编、自印乡土教材，使用规模不大，难以保证教学用书的数量。从1998 年以来，民文教材纳入省统一审定工作后，民文教材工作逐步有所改善。特别值得一提的是，2003 年对 10 个民族 13 个文种 29 本合计399.3 万字新课改教材进行了审查审定，并于当年向各地出版发行使用，解决了师生们期盼多年的双语教学问题。但新课改民文教材的出版，还面临许多管理工作跟不上的问题：一是宣传力度不够大，应该加大宣传力度，让开展双语教学的师生踊跃订购；二是贫困学生购书难的问题，应该制定相关政策，让他们享受免费教材；三是把辅导教材配套工作列入规划。

云南省的双语教学教师尤为缺乏。据 2005 年统计，双语单文教师10635 人，其中，本科 126 人，专科 2737 人，中专 6259 人，高中 1482 人，语文教师 4669 人，数学教师 3717 人，其他学科教师 1046 人；双语双文教师2301 人，其中，本科 24 人，专科 368 人，中专 1484 人，高中 407 人，语文教师 486 人，数学教师 427 人，其他学科教师 16 人。现全省双语教师约占小学专任教师总数 218969 人的 5.6％。

师资匮乏的原因，一方面是少数民族语言文字的专职双语教师非常紧缺。实施双语教学的校点多数是一师一校，教学点分散，不少校点属高寒山区，环境差、条件艰苦、工作量大、任务繁重，没有特殊待遇，评职称、评先进、晋级没有优惠政策。因而，从事双语教学的教师，大部分是代课教师，收入低，教学水平不高。加之大多没有经过正规师范培训，缺乏教学理论和经验，教学方法单一，专业文化素质不高，造成教师变动较大，师资队伍不够稳定。另一方面，教师中熟悉少数民族语言的，大多数汉语水平不高，汉语水平高的，又不懂少数民族语言。既懂汉语又懂少数民族语言，既有丰富的教学经验，又有良好的语言修养的承担双语教学任务的教师比较匮乏。

此外，管理机构不健全，双语教学没有纳入当地教育教学管理范畴。相关部门认为双语教学不属于考试范围，可有可无。

还有，一些地方政府、学校和群众对双语教学的认识也不完全统一。主要表现在，认为时代在进步，科技在发展，少数民族和民族地区在经济文化等方面落后，原因就是受少数民族语言的制约，甚至把少数民族语言作为一种民族陋习来看待，认为应当让少数民族儿童从幼儿期即开始接触汉语，尽快尽早学好汉语，从而推动本民族发展、繁荣、进步。

尽管双语教学还存在着不少问题，但双语教学对云南民族教育发展甚为重要：一是对于激发少数民族学生的学习兴趣，提高适龄儿童的入学率和巩固率，普及义务教育，起到了积极的促进作用。二是有效地开发了少数民族学生的智力，提高了他们学习和运用汉语语言文字的能力和表达能力，为少数民族学生学好汉语，提高民族教育质量，奠定了基础。三是一些地方结合云南省政府提出的"建立民族文化大省"的目标，把双语教学作为保护、继承和弘扬民族优秀传统文化的重要举措。四是为少数民族地区的扫盲教育、成人教育开辟了道路，实现了"一校兼两教"。五是促进了"两基"目标的实现以及"两基"质量的巩固和提高。"双语"教学克服了各民族交往中的语言障碍，架起了相互沟通的桥梁，促进了各民族的团结、和睦、融合，增强了对法律法规的认识和理解，提高了执行教育法律法规的自觉性，转变了教育观念，激发了求知欲望和自强意识，促使广大少数民族儿童少年接受更多的教育。

三、提高民族教育的效益

教育效益是通过比较教育成本和教育产出而得到的。通常来讲，固定教育成本的教育产出越高，教育的效益越高。在一般的研究分析中，我们经常会评估教育的内部效益率，辍学率和学校师生比是考察教育内部效益率的两个重要指标。

根据云南省教育厅的统计数字，部分民族地区学生流失问题较为严重。表 13-8 列出在 2004/2005 学年全省各州市小学及普通中学的辍学率，全省小学辍学率为 0.94％，初中是 2.55％。学生流失主要集中在少数民族地区。

表 13-8　云南省 2004/2005 学年义务教育阶段学生辍学率情况[①]

单位：％

地　　区	小　　学			初　　中		
	所有在校生	女生	农村	所有在校生	女生	农村
云南	0.94	0.99	1.64	2.55	2.12	2.90
昆明	0.10	0.08	1.60	0.97	0.54	1.08
曲靖	0.30	0.26	0.91	1.27	1.52	1.32
玉溪	0.37	0.39	0.65	2.84	1.91	2.98
保山	0.44	0.41	0.64	1.45	1.18	1.59
昭通	1.58	1.77	1.90	4.01	3.40	3.74
丽江	2.38	2.60	3.38	1.66	1.15	2.24

---

① 资料来源：2004/2005 学年《云南省教育事业统计手册》，云南省教育厅。

续表

地　区	小　学			初　中		
	所有在校生	女生	农村	所有在校生	女生	农村
楚雄*	0.55	0.45	1.37	1.56	1.19	1.59
江河*	0.48	0.51	1.52	2.27	1.87	3.73
文山*	1.36	1.82	2.38	4.13	3.72	4.68
思茅	1.52	1.55	2.28	3.33	3.26	3.31
西双版纳*	1.15	0.79	3.65	3.97	2.03	6.01
大理*	0.79	0.64	0.27?	2.78	2.32	2.85
德宏*	0.98	0.86	2.58	2.17	1.82	3.53
怒江*	4.99	5.40	6.14	6.67	5.44	7.01
迪庆*	6.00	7.12	8.45	12.86	11.75	16.50
临沧	1.77	1.71	2.40	3.34	3.28	2.87

注：带 * 的为民族自治州。

　　从表 13-8 中可以看出，在小学阶段，女生的辍学率一般要比男生略高，而农村学生的辍学率明显高于城镇。在普通初中，女生辍学率反而低于男生，而农村学生的辍学率仍然高于城镇。

　　在云南省 16 个地市及自治州中，怒江傈僳族自治州小学辍学率为 4.99％（农村高达 6.14％），迪庆藏族自治州小学辍学率为 6.00％（农村为 8.45％），都大大高于其他地区。在普通初中，辍学率最高的民族地区仍是这两个民族自治州。

　　以上的数据以市/州为单位，但每个地区内不同县的辍学率差别很大，部分民族县的辍学率很高。例如，在小学阶段，迪庆藏族自治州德钦县农村辍学率为 11.01％，怒江傈僳族自治州贡山县农村小学的辍学率为 11.77％。在初中阶段，迪庆藏族自治州维西傈僳族自治县农村辍学率是 24.65％，而怒江傈僳族自治州贡山县独龙族聚居区辍学率为 14.51％。

　　我们实际调查得到的辍学率往往比以上的统计数字要高，统计时间不同可能是一个原因。教育统计在每年的 9 月开学之后进行，这时学生流失较少。过几个月后，特别是贫困农村，学生不能坚持读下去，出现了一批孩子离校回家的情况。这种情况在统计中是无法反映出来的。

　　造成民族地区学生流失严重的原因很多，这些原因与导致少数民族就学机会较低及教育质量较低是相关的。例如，少数民族家庭由于经济困难或对教育不重视，导致孩子辍学。因此，少数民族贫困地区的辍学率也相对较高。低质量的教育及"教育无用"的观念造成了学生辍学，在一些地区出现"弃学信教"。

另一方面，由于云南特殊的地理情况，云南的学校分布分散。在2003—2004学年，全省有19752所小学，但仍有教学点17982个，其中一点一教师的多达12187个。教学点为当地适龄儿童就近入学提供了机会，但师生比低，办学效率低，教育教学质量难以保证。

教学点办学的低效益直接影响着整个云南教育的办学效益。在2003—2004学年，全省共有小学生4418821人，平均每校只有112人（全国平均为374.54人），云南明显低于全国水平。

四、"三区一线"的教育仍是民族教育的重点和难点

"三区一线"（少数民族地区、山区、贫困地区和边境沿线）义务教育的普及是民族教育发展的一大难点。"三区一线"多为少数民族聚居地，这些地区教育的发展一般较内地落后。例如，云南24个边境县中就有13个县未"普九"，其中绝大多数是民族自治县。这些地方生产落后，学校办学条件差，师范学校新培养的教师及有教学经验的教师大多不愿意到这些地方任教。在一些地方，现有的教师素质低，教师队伍不稳定。加上学校经费不足，设备缺乏，家庭贫困等各种困难，学校教育教学质量差，"留不住"学生的问题严重。要发展云南民族教育，就必须针对边疆教育，大力改善边境县的义务教育办学条件，提高办学效益。

五、信息技术有待推广

民族教育的另一个难点是信息技术不能得到全面的推广，教育手段落后，设备不足。2004年，全省中小学有计算机6.6万台，人机比为101∶1（全国人机比平均为36∶1），远远高于全国水平。全省只有110所中小学校建有校园网，它们基本集中在城镇学校，信息技术教育课程也主要在城镇的学校里开设（高中开课率96％、初中64％，部分有条件的小学也开设）。

信息技术教育发展缓慢，为民族教育带来两个问题：第一，云南省山区和边远地区学校交通不便、信息闭塞，过多依赖传统的教育手段，但同时卫星教学收视点、网上教学、视频会议等远程教育新技术、新手段，特别符合这些地区的实际情况，两者之间矛盾愈来愈突出。第二，信息技术教育不单是一种教育手段，更是21世纪重要的学习内容，学生要掌握新技术，特别需要学会如何寻找、处理、分析、应用信息。信息技术教育的滞后，使很多民族地区的学生学不到这些知识与技能。教育经费投入的不足，极大地影响了民族地区教育信息技术的推广进程。

第四节　21世纪云南民族教育发展政策探索

一、云南民族教育发展方向及政策制定原则

云南民族教育发展的方向，在于更有效地使用现有及新增的教学资源，大力扩大少数民族就学的机会，逐步提高少数民族地区的教育质量。在这一前提下，云南民族教育发展的重点是：① 加快少数民族地区基本普及九年义务教育及基本扫除青壮年文盲（即实现"两基"）的进程；② 加快少数民族地区初、中级实用技术人才的培养，为少数民族地区的经济社会发展服务；③ 积极扩大少数民族高级人才及领导干部的培养。

要实现以上目标，就应制定及实行适当的民族教育发展政策。适当的政策应符合以下一些原则：① 各级政府要坚持对"两基"工作的重视，包括加强对"两基"规划和实施的管理，加大投入力度；② 各级政府应合力保障贫困地区义务教育经费，充分发挥政府投入的主渠道作用，非政府的集资渠道只能作为经费来源的必要补充；③ 除了增加教育投入之外，政府还应有效地使用教育资源，杜绝经费的挪用和浪费，加强管理和监督，提高经费的使用效益；④ 民族教育的发展应同时考虑政府的供给能力和群众对教育的需求，解决供需之间的矛盾；⑤ 加强政府问责制，增加社区群众对当地教育发展的参与程度；⑥ 要从云南省教育的实际情况出发，制定适当的政策，加强对民族教育的研究，促进民族教育创新；⑦ 教育水平的提高应采用综合手段，包括基本的办学条件，合格和稳定的教育队伍，及身心健康、有学习动机和学习能力的学生；⑧ 由于云南省少数民族遍布全省，集中居住在一些民族自治县，要普及九年义务教育就要对个别民族及地区有针对性地扶持。

二、影响云南民族教育的政策

云南民族教育的发展与云南教育及云南省整体发展密切相关。云南民族教育外部环境的改善，有利于云南民族教育自身的发展。影响云南民族教育的政策可以分为三个层次。

1. 经济社会发展的宏观政策

政策可影响云南省经济社会发展的速度。具体的政策包括：

（1）制定有利于云南省发展的宏观经济政策，例如，坚持推行"西部大开发"战略，重视和参与"大湄公河次区域经济合作发展"等。

（2）寻求"经济增长"与"均衡发展"两者的适当结合，这一政策必将影响各地区各团体之间的利益分配，有重要的政治、经济和社会意义。

（3）对最贫穷群众及地区的扶助政策，包括教育卫生及社会服务等政策措施。建立一个适合中国国情的"社会保障系统"。

（4）在财政预算、税收改革等方面，支持落后地区、弱势群体的发展，建立一个常规性的、有分量的、透明的、公开的财政转移支付系统（包括义务教育的转移支付体系）。这些政策虽然不受云南教育工作者所掌控，但对云南民族教育的发展是极为有利的。

2. 影响民族教育的政策

制定的具体政策包括：

（1）云南省政府协助各地区，特别是民族贫困地区制定发展经济的政策。

（2）云南省政府的扶贫政策，与中央扶贫政策相协调。

（3）云南省的教育政策，特别是关于省财政预算内教育经费的适当增加及建立财政转移支付系统。

3. 面向民族教育发展的政策

表 13-9 列出了发展云南民族教育的政策建议。这些政策建议是在上文所述原则基础上提出的。云南教育发展的三个目标是：扩大少数民族学生入学机会，提高少数民族教育质量和提高民族教育的效益。对于每个发展目标，我们提出二至三个具体政策建议，其中一些已实施。以下，我们简单说明这些政策及执行现状。

表 13-9 发展云南民族教育的具体政策和措施

发展目标	战略性政策	具体措施
提高入学率	扩大教育供给，尤其以义务教育为先	学校合理布局；举办寄宿制、半寄宿制小学及初中；排除中小学危房；加大信息技术教育；增加政府投入，保障贫困地区义务教育经费；加强对边疆及少数民族教育的扶持
	满足群众对教育的需求，尤其以义务教育为先	建立健全对贫困学生的资助制度；加强学校与社区的联系，让社区群众更多地参与学校的发展；妥善处理宗教与教育的关系及影响教育发展的一些民风民俗

续表

发展目标	战略性政策	具体措施
提高质量	提高教育投入	建立一支结构合理、素质高、相对稳定的教师队伍；改善办学条件，配齐配足教学设备；加强教育对口支持，尤其是对薄弱学校的直接帮扶
	改进教学方法	加强双语教学；加强信息技术教育，协助教师改进教学法，逐渐形成以学生为中心的教法；加强学校管理及学校与社区的联系，引导家长更加重视子女的学习
	提高教育成果	从云南实际情况出发，改革课程，促进学生知识、能力等方面的发展；提高学生应用信息技术的能力
提高效益	提高教育内部效益	合理布局校点，办好寄宿制学校，提高规模和效益
	提高教育外部效益	加强社区群众对学校发展的参与，包括学习目标和项目发展；面对 21 世纪的需求，更新与改革课程及教学法

（1）增加"两基"投入

通过多渠道，增加全省"两基"投入。第一，增加各级政府财政中的"两基"支出，包括中央对省及地方的"两基"转移支付，调整云南省政府及各州市政府的财政支出结构，增加对"两基"的投入。省政府可考虑把省一级教育经费占省预算内支出的比例，从现在的 17% 逐步提高到国家要求的 20% 的水平，并把大部分新增教育经费用于"两基"。第二，建立和完善多方筹措教育经费的制度，设法筹措多种非财政性资金，增加"两基"投入。在新增的财政收入及非财政收入中，优先用于贫困地区的民族教育及"两基"攻坚。

（2）建立及完善贫困学生资助体系和机制

对于民族教育来说，救助体系要保证在义务教育阶段中所有贫困的少数民族学生不会因家庭经济困难而上不起学。在义务教育阶段以后的教育中，也要尽量使有学习能力和愿望的贫困少数民族学生有机会继续学习。

（3）坚持不懈地建设一支合格、稳定的教师队伍

云南民族贫困地区教师队伍严重不足，留不住教师，更难吸引教师，

教师学科结构不合理。在现有教师中,文科教师多,理科教师少,外语、音乐、美术、体育教师更缺乏。故此只能大量使用低学历或不合格的代课教师。要通过多种方法,长期不懈地加强民族贫困地区教师队伍建设工作,建立一支合格、稳定的教师队伍。各级教育行政部门要增加投入,加大民族贫困地区教师的培训,提高他们的待遇,改善他们的生活和工作条件。要建立城乡教师定期轮换制度,加强城乡教师的互动和交流,重视骨干教师的培养,扩大发达地区对口帮扶民族贫困地区的力度,加快现代信息技术教育在教师培训和教学中的推广力度,等等。

（4）加快中小学危房改造进程

保障学校校舍的安全,是办学的首要任务。据各地统计,2004 年,云南全省有中小学危房 574.57 万平方米,危房率高达 13.2％。虽然云南省政府连续四年将排除中小学危房作为当年政府工作报告中承诺的"民心工程"之一,已排除了近 300 多万平方米中小学危房,但由于云南教育底子薄,自然灾害频发,每年地震、泥石流等自然灾害产生大量新增危房（2004 年全省中小学新增危房 3042981 平方米）,因此,加快中小学危房改造显得十分重要和紧迫。

（5）继续做好学校布局调整,办好寄宿制学校

这项政策与教育的普及、质量及效益的提高有密切关系。校点的增设,有利于适龄儿童就近入学,提高入学率,扩大入学机会。分散办学不利于质量和效益的提高。当群众居住分散、生活存在困难时,为普及义务教育增加一定的校点是必要的。但当群众生活改善,具备一定办学条件时,就应适时收缩校点,走集中办学之路。云南省学校布局应继续坚持"以集中办学为方向,宜并则并,需增则增"的原则。① 集中办学有利于提高质量及效益,必要时增加校点对提高入学率也有一定的好处。此外,由于云南省山区多,群众居住分散,还应举办一定数量的寄宿制学校。学校的调整布局和寄宿制学校的设立,需要额外增加投入,把调整校点、寄宿制学校建设和增加投入结合起来进行。虽然云南省政府近几年来增加投入,加强寄宿制学校建设,提高寄宿制学校民族学生的生活补助标准,但进展程度与发展的需求相比仍有一定差距。

（6）进一步加强双语教学

加强双语教学对提高民族教育质量和效益具有非常特殊的意义。双

---

① 杨崇龙.跨入 21 世纪的云南教育［M］.北京:教育科学出版社,2002:123-132.

语教学在具体实施过程中仍面临不少困难和问题,如双语教师不足、教材缺乏。今后应进一步探讨如何加强双语教师培训和民文教材编写工作,适当应用教育信息技术,提高双语教学效果。

(7) 加强民族地区及民族学校的教育信息技术

教育信息技术的加强有利于民族教育多方面的发展,包括增加教育机会,改进教与学,提高教学效果。教育信息技术是云南教育系统和民族教育中一个较为薄弱的环节。教育信息技术应渗透在整个教育过程中,包括学校管理、教师培训、教学过程、学习内容、教学研究等。

(8) 加强学校与社区的联系

加强学校与社区群众的联系,多让社区群众了解教育,了解学校,提高家长送子女读书的积极性和自觉性,扩大群众参与学校的建设、管理、发展的途径和机会,以争取社区群众对学校办学最大限度的支持。云南省教育厅已在部分地县,尝试和探索实施外资项目,加大社区群众对学校办学的参与面。学校办学成效和教师教书育人情况必须经过当地群众的评价。应做好前期和过程研究工作,做出谨慎而详细的评估。

(9) 推进课程改革

从实际情况出发,循序渐进地推进中小学课程改革。通过改革,全面实施素质教育,着力培养少数民族学生的现代意识、发展意识、创新意识,提高学习能力和动手操作能力,最终提高整个民族的素质。

(10) 加大对人口较少民族的扶贫力度

云南省近几年在这方面已投入了大量财力和物力,做了大量工作,并已取得一定成效。这些工作主要是对人口在 10 万以下的 7 个少数民族(独龙族、基诺族、普米族、怒族、阿昌族、德昂族、布朗族),以及藏族、傈僳族、佤族、拉祜族、苗族、瑶族等民族,加大扶持力度。与此同时,还应重视对一些特殊地区,如迪庆藏族自治州、怒江傈僳族自治州、昭通市苗族聚居区等地帮扶,使全省民族教育协调发展,不让一个民族在发展中落后和掉队。

(11) 加强民族教育的研究

随着全省经济社会的发展及教育改革的推进,民族教育也在不断发展,一些深层次的矛盾和问题会逐渐暴露出来。因此,民族教育发展政策的制定,必须建立在一个对民族教育深入研究的基础上。只有重视和加强对民族教育的研究,及时了解和掌握民族教育发展中不断产生的新情况、新问题,才能准确把握民族教育发展的方向和节奏,从而制定出相关政策和措施，促进民族教育健康、持续、稳定发展。

（12）加强民族地区初中级职业技术培训

要高度重视民族地区职业教育的发展，特别是加强对农村少数民族人口的初中级职业技能培训。发展职业教育，开展职业技能培训要与当地经济发展紧密结合起来。民族贫困地区要根据当地实际，建立起面向不同需求、涵盖不同层次、有弹性、有适应性、高效益的职业培训体系，为当地群众提供初级、中级实用技能训练，为少数民族发展生产、脱贫致富服务。

第十四章 民办义务教育财政问题研究
——对山东省 TZ 市民办教育
发展状况的调研①

第一节 我国民办教育发展的历程及特点

中国民办教育是在 20 世纪 80 年代初自发兴起的。在民办教育创立之初,其合法性地位尚没有完全确立,得不到政府部门的支持,社会认可程度也比较低。民办教育之所以能够生存和发展起来,主要在于它是在没有增加政府财政负担的前提下,扩大了教育供给,满足了部分市民子女受教育的需求。作为一种交换,部分民办学校举办者在办学过程中谋求经济利润的行为,在一定程度上得到了政府及社会的容忍和默许,即使政府不赞同这种行为,也难以对此进行严格的监督和控制。

随着民办教育规模的扩大,其合法性诉求变得越来越强烈,法律地位逐渐得到认可。1997 年,国务院颁布了《社会力量办学条例》。2002 年,全国人大颁布了《中华人民共和国民办教育促进法》,全面确定了民办教育的法律地位,其中有些条款给出了具体的支持措施。如第四十五条规定:"县级以上各级人民政府可以采取经费资助,出租、转让闲置的国有资产等措施对民办学校予以扶持";第四十九条规定:"人民政府委托民办学校承担义务教育任务,应当按照委托协议拨付相应的教育经费。"2004 年,国务院通过了《民办教育促进法实施条例》,它既有鼓励性条款,

---

① 同笔者一起参加调研的有栗晓红。在本章撰写过程中,参考了阎凤桥撰写的"YX 学校调查报告"、"XSJ 学校调查报告"、"山东省 TZ 市民办教育调查报告"、"从民办教育透视教育的分层与公平问题"(《教育发展研究》,2004 年第 1 期)和栗晓红撰写的"YC 中学调查报告"。

也有对民办学校行为限制和约束性的条款。如第四十一条规定："县级以上人民政府可以根据本行政区域的具体情况，设立民办教育发展专项资金。"第四十二条规定："县级人民政府委托民办学校承担义务教育任务的，应该根据接受义务教育学生的数量和当地实施义务教育的公办学校的生均教育经费标准，拨付相应的教育经费。"而第二条规定："国家机构以外的社会组织或者个人可以利用非国家财政性经费举办各级各类民办学校。"2006 年，全国人大通过了新修订的《义务教育法》，该法律强调了政府和公立学校履行义务教育的责任，对于转制学校进行了严格的限制。如第四十二条规定："国家将义务教育全面纳入财政保障范围。"第二十二条规定："县级以上人民政府及其教育行政部门不得以任何名义改变或者变相改变公办学校的性质。"第四十八条规定："国家鼓励社会组织和个人向义务教育捐赠，鼓励按照国家有关基金会管理的规定设立义务教育基金。"

从上述法律和条例中可以看出，与以往相比，政府对待民办教育的态度已经有了明显的改变，但是仍然没有看到政府对已有的民办学校提供直接财政资助的政策意向（政府委托举办义务教育的民办学校除外，这种情况比较少见）。2010 年公布的《中长期国家教育发展和改革规划纲要》第一次提出对民办教育提供公共财政支持。估计在今后较长的一段时间里，多数民办教育机构仍然会在少有甚至没有公共财政资助的情况下运行，办学资源主要是从学生家长那里收取的学费。

中国民办教育的经济特点表现得十分明显，我们可以运用经济学中需求和供给原理，分析民办教育的运行机制。民办教育的产生和发展是在市场机制作用下教育资源自由流动和配置的结果，也是教育需求与教育供给直接相互作用的结果。从需求角度看，一些经济条件比较好的家长不满足公立教育系统的状况，希望送自己的孩子到条件好一些的民办学校接受教育，甚至出国留学，脱离公立应试教育系统。另外，还有一些家庭由于各种不同的原因（如过去一些地方公立学校对流动人口子女上学的户籍要求；农村公立学校布局调整后，部分学生上学距离远；由于有些家长经常出差，所以希望送自己的子女到寄宿制学校学习），被排斥在公立教育系统服务之外，不得不选择应运而生的民办学校。从供给角度看，随着国家改革开放政策的推行，市场机制在逐步建立并在资源配置中发挥了一定的作用，于是一些个人或团体可以在公立教育体制之外，创办各种民办学校，满足社会多样化的教育需求。民办教育举办者具有不同的社会背景和办学动机，主要有以下几种情况：第一，20 世纪 80 年代初，民办学校的举办者多是一些公立教育系统的退休人员,或者是从公立教育系统辞职的教师和管理人员,他们租用一些简陋的办学场所和设备,向学生收取少量的学费,满足了学生求学的需求,其中许多人办学是出于对教育事业的热爱,坚信教育对于社会和个人发展的作用,愿意替国家分忧解愁。第二,进入 90 年代后,教育市场特性明显,家长有为其子女教育投入的强烈意愿和支付能力,而教育供给无法满足教育需求,于是吸引了一些企业家,他们瞄准特殊的教育人群(如为经济收入条件较好的个体经济经营者、三资企业员工子女提供优质的寄宿制教育),利用自身在其他经济领域积累的资金实力,或者通过从银行获得的贷款,建立新的和良好的校舍,这些办学者的经济意识和市场运作能力很强。第三,从 90 年代中后期开始,一些公立学校部分或全部转制为民办学校,其中有许多学校是优秀的公立学校,由于社会需求非常旺盛,现有的学校规模无法满足社会入学需求,加上这些学校自身也缺少发展资金,因此通过举办民办分校这种市场化行为,获得办学资源,扩大学校规模,提高教师的福利待遇。第四,一些厂矿子弟学校在企业经营管理体制改革过程中脱离了企业,面向社会办学,同时也改变了学校的所有制形式,从过去的公立学校转变为民办学校。第五,在一些流动人口比较集中的城市,由于户口、经济、教育等原因,流动人口的子女没有资格、经济能力或没有与城市孩子同等资格在公立学校上学,于是一些办学者依靠学生交纳的学费,建立起了"打工子弟学校"(或称"简易学校"),以满足这部分流动人口子女上学的需求。

总之,民办教育是在中国社会转型过程中产生的一种新的办学模式,如果没有市场机制的引入,没有社会资源的流动和重新配置,就不会有民办教育生长和发展的土壤。民办学校与公立学校之间在承担义务教育责任方面关系如何呢? 民办学校的收入和支出情况如何? 以及目前的民办教育政策的社会效果如何? 这些是笔者拟在本章中予以回答的问题。山东省 TZ 市民办教育发展是全国民办教育发展的一个缩影。笔者根据 2002 年 9 月实地调查的资料,从教育财政角度,对于民办学校的产生、民办学校经费获得和使用情况以及相关政策进行一些初步的分析。

第二节 公共教育经费供给不足与民办学校的出现

山东省是全国人口第二大省,仅次于河南省,2000 年底,全省总人口为 9079 万。由于人口基数大,学龄人口多,所以公共教育财政面临着较大的压力。① 在公共教育财政约束和社会上学需求影响下，民办教育得到了一定的发展，截止到 2001 年底，山东省共有各级各类民办教育机构 5839 个（见表 14-1），在校生人数接近 40 万人，教职工队伍接近 3 万人，办学资产为 74.8 亿元，校园面积为 5.2 万亩，校舍建筑面积 77 万平方米，仪器设备总值 8.1 亿元，图书 1324 万册。②

表 14-1　2002 年山东省社会力量办学机构③

单位：个

幼儿园	小学	初、高中	中等职业	高等教育			其他
				独立颁发文凭	学历文凭考试试点	自考助学机构	
1266	244	467	81	14	60	46	3692

TZ 市位于鲁南地区，是一个县级市，全市共有 156 万人口，是山东省人口最多的县级市，全市 82% 的人口属于农业人口。第一、第二和第三产业所占比重分别为 12.1%、55.8% 和 32.1%。农业经济以种植小麦为主，工业经济以生产煤和水泥为主，有所谓的"黑灰经济"之称。农民人均每年纯收入 3239 元，城镇居民人均每年可支配收入 6129 元。TZ 市有着悠久的历史文化传统，并且影响至今，人们崇尚教育，渴望知识。在改革开放的形势下，当地人更希望通过知识来改变自己的命运，希望自己的子女通过升学这条路，走出穷山沟，摆脱贫穷，因此教育对于他们的意义非同寻常。

但是，教育发展水平，尤其是义务教育发展水平，受制于当地的经济发展水平和政府财政能力，县乡政府承担着主要的义务教育财政责任。当地不发达的经济水平和较低的财政收入状况，严重地制约着公立教育事业的发展。2001 年，全市地方财政收入为 3.50880 亿元，财政支出为 4.14190 亿元，财政支出大于财政收入；教育经费总投入是 2.73248 亿元，生均教育经费支出 855 元，教育经费占财政支出的比例为 66%。对于乡一级政府来说，教育经费占财政支出的比例更高，据当地教育局的负责人介绍，这个比例在 80% 以上。换句话说，乡财政收入的绝大部分用于发展教育事业。即使县、乡两级政府的教育财政努力程度很高，但是由于经济基础太差，所以造成教育设施等办学条件相对落后，无法满足教育

---

① 资料来源：www.dzdaily.com.cn.
② 山东省教育厅.全省民办教育发展情况汇报[R].2002.
③ 资料来源：根据山东省教育厅"全省民办教育发展情况汇报"（2002 年 9 月）整理而成。

发展的需求,与实现高水平普及义务教育目标所需要的办学资源相比仍然存在着一定的差距。① 最近几年,由于人口结构变化和其他原因(小学学制从五年改为六年、普及高中教育和推进教育现代化等改革),地方教育发展对于教育经费投入提出了更高的要求,单纯依靠已经非常紧张的各级财政投入是无法有效实现教育发展目标的。②

在公立教育机构无法满足当地学龄儿童接受教育的情况下,民办教育在 20 世纪 90 年代有了较大的发展。1992 年,第一所民办学校在 TZ市宣告成立。1995 年,在 TZ 公立学校积极参与办学的情况下,民办学校的数量和规模有了快速的发展。2002 年,TZ 市有各级各类学校 514 所,在校学生 319765 人,公办学校教职工 13443 人,其中专任教师 11530 人。全市有 58 所民办学校,其中基础教育阶段 16 所,在校学生 35794 人,教职工 3178 人,其中专任教师 2630 人。民办学校占地 2006 亩,校舍建筑面积 55.9 万平方米,固定资产 5.83 亿元。如表 14-2 所示,民办中小学在校生占全市中小学在校生总数的 10.1%,其中民办小学在校生占全市在校生总数的 3.1%,民办初中在校生占全市初中在校生总数的15.7%,民办高中在校生占全市高中在校生总数的 30.3%。民办学校教职工人数占全部教职工人数的 19.1%,民办学校专任教师人数占全部专任教师的 18.6%。

表 14-2　2002 年 TZ 市民办学校和公立学校的规模及比例③

年　　级	公　立		民　办	
	学生(人)	比例(%)	学生(人)	比例(%)
小学	176452	96.9	5663	3.1
初中	95080	84.3	17683	15.7
高中	21815	69.7	9498	30.3
合计	293347	89.9	32844	10.1

在调查中,我们了解到当地民办教育有多种发展形式,包括:个人独资、股份合作、中外合资、国办民助、国有民办等。顾名思义,前三种办学形式容易理解,现在对于后两种办学形式做一些说明和解释。所谓"国办

① 根据当地的统计资料,2003 年,全市中小学入学率分别达到 99.6% 和 100%;巩固率分别达到 98.24% 和 99.6%。虽然义务教育的入学率和巩固率并不低,但是教育质量并不令人满意。

② 山东省 ZZ 市教育局.全市民办教育发展情况汇报[R].2006.

③ 资料来源:TZ 市教育局。

民助"是指学校办学经费有两个来源渠道,学校既可以获得政府财政拨款,也可以向学生收取学费。财政拨款用于支付教师的工资,收取的学费用于保证学校的正常运转。所谓"国有民办"是指学校的一切经费均来自学生的学费,但是滚动发展起来的资产归国家所有。TZ 市 16 所基础教育阶段的民办学校的办学形式分布是:个人独资 7 所,股份制学校 3 所,中外合资学校 1 所,国办民助 3 所,国有民办 2 所。从民办学校的规模看,5000 名学生以上的学校有 2 所,3000～4000 名学生的学校有 2 所,2000～3000 名学生的学校有 2 所,1000～2000 名学生的学校有 5 所,1000 名学生以下的学校有 5 所。从上面的情况介绍中可以看出,TZ 市民办教育之所以能以较快的速度发展起来,一个重要原因就是利用国办学校多年积累起来的优质教育资源。主要表现为:一是部分民办学校,特别是国有民办、国办民助学校,是依托公立学校而建立的;二是民办学校的办学者和师资主要来自于公立学校,90％以上的民办学校校长、60％以上的民办学校教师是公立学校在职或退休人员。[1] 另外,政府将民办教育作为教育发展的一个"缓冲器",当教育人口急速增长而公立教育无法有效满足时,政府就对民办教育采取积极鼓励的政策;反之,当教育人口出现下降而公立教育办学规模出现相对过剩时,政府就采取比较严格的民办学校审批办法。如 TZ 市目前义务教育阶段的人口出现下降趋势,于是政府对于新建民办小学和民办初中的办学申请采取暂缓审批的措施,而由于高中阶段学龄人口增加以及政府普及高中教育的需要,于是政府对于举办民办高中采取了积极鼓励的政策。

下面以个人独资和国有民办两种办学形式为例,分别分析两种不同类型民办学校产生的社会条件。第一个例子是位于偏远地区的一所个人投资举办的民办学校,第二个例子是一所公立中学参与举办的优秀民办中学。

一、个人投资办学

我们到离 TZ 市 100 多公里远的 ST 区 BZ 镇私立 YX 学校[2],对该校的办学情况进行了调查。BZ 镇是一个农村小镇,YX 学校是一所农村民办学校。该校是由 4 个年轻人于 2001 年合资创办的,其中一人投资 10 万元,另外一个人投资 6 万元。创办之初,学校租用当地一家供销社的房

---

① 山东省 ZZ 市教育局. 全市民办教育发展情况汇报[R]. 2006.
② 该区位于 ZZ 市。ZZ 市是地级市,它有 5 区 1 市(TZ 市),ST 区是它的一个区,BZ 镇是山亭区的一个镇。

子作为校舍,但是由于经济纠纷,合作不到一年时间,学校就被迫搬离了供销社的房子。第二年,学校在向当地政府缴了一年 1.8 万元的租金和 3 万元的风险抵押金(政府同意,如果学校能够办下去,20 年后将这笔风险抵押金返还给办学者)后,将校舍搬到了原乡政府办公所在地。

在此穷乡僻壤如何能够创办起民办学校呢? 一个主要原因是农村公共教育经费投入不足,由于公立学校不能按时足额为教师发放工资,拖欠教师工资现象十分严重,所以当地公立学校教师的工作士气低下。2001年全国基础教育工作会议后,教师工资改由区里统一发放,虽然教师可以领到工资了,但是仍然执行 1995 年的工资标准,并且实发工资仅为名义工资的 80%,所以教师每月的平均工资只有 300~400 元。[①] 由于公共教育经费不足,所以教育系统为了节省人员性开支,实行教师提前退休制度,男教师 55 岁、女教师 52 岁就可以办理内部退休制度。从公立学校退休后的教师和管理人员,特别是骨干教师和公立学校的校级管理人员,成为民办学校竞相聘请的对象,也是民办学校教师队伍的主要构成成分,他们在民办学校课程建设、教学管理、教学质量保证、社会声誉等方面,发挥着积极的作用。YX 学校校长告诉我们,他是从当地一所公立中学内退后被 YX 学校聘请来做校长的,他曾经担任过一所公立中学的校长。他个人在公立学校的收入情况是,按照新的工资标准,他每个月应该领到的工资是 1200 元,但是由于当地仍然执行旧的工资标准,他每个月的工资标准是 600 元,因为不能足额发放,所以他的实际月收入只有 480 元。而民办学校提供的工资待遇要高于公立学校的收入,这是民办学校具有相对竞争力的主要原因。

在公立学校教师工作情绪不高的情况下,学生也不能在公立学校中正常地学习。农村公共教育经费投入不足,客观上为民办学校的建立创造了一定的条件。当 YX 学校于 2001 年 8 月开学时,一下就招到了 140名学生和 13 名教师。半年后,学生人数增加到 300 人,教职工人数增加到 24 人,其中专任教师 16 人。据校长介绍,该校一个学生一年的学费和生活费不超过 2000 元,来此上学的孩子其家庭经济状况在当地算是比较好的,他们在经济上有条件在公立学校和民办学校之间做出选择,宁愿多出一些钱送孩子到民办学校学习。相比较而言,民办学校的教育条件比部分公立学校好一些,因为这里教师的工资是有保障的,教师工作稳定,教学秩序正常,再加上民办学校提供的住宿、上下学接送等服务,能够较

---

① 2002 年,TZ 市教师人均月工资达到 798 元。

好地满足学生和家长的需求。该校教师的月均收入是 600 元，比公立学校教师的实际收入要高 200 多元。

二、国有民办

YC 中学是一所民办性质的初中，创办于 1994 年。它采取国有民办模式，即学校的一切运行经费均来自学生交纳的学费，滚动发展起来的资产归国家所有。学校实行国有资产、校长承办、全员聘任和自主办学的运行机制。学校建立之初的招生规模为 400 人，后来办学规模不断扩大，到 2002 年，在校生规模已经发展到了 5300 人。它是目前 TZ 市初中阶段录取分数最高的学校。2002 年，YC 中学计划招生 1300 人，实际报名的学生多达 6100 人。在全市中考成绩评比中，该校连续六年名列第一名，毕业生升入重点高中的比例也是全市最高的，约有一半人可以进入 TZ 市唯一一所省级重点高中——TZ 市第一中学，而 TZ 市第一中学的高考升学率为 98%。这就是说，TZ 市最好的初中是一所民办学校。

为什么 TZ 市最好的初中不是公立学校，而是民办学校呢？我们带着这个问题，走访了 YC 中学的校长以及其他知情者。在调查中了解到，这与当地教育体制改革及教育财政状况有一定的关系。TZ 市第一中学一直是当地最好的一所中学，在有"重点中学"称号的时期，它是全省 18 所重点中学之一，后来重点中学被"省级规范化学校"所取代，它又被命名为省级规范化学校。即使在计划经济时期，TZ 市第一中学也是处于供不应求状态，学生需要有特殊的关系才能进入这所学校学习。在 1986 年之前，TZ 市第一中学是一所完全中学，既有初中部，也有高中部。1986 年之后，新的政策不允许省级规范化学校是完全中学，所以，学校停止招收初中生，只招收高中生，变成了一所高中学校。这种政策使当地失去了一所最好的初中学校。学生家长以及 TZ 市第一中学对此均感到是一个缺憾，对家长而言，没有一所好初中，进入重点高中的机会就要减小，对于 TZ 市第一中学而言，没有一所好初中，就缺少了好生源的保证。20 世纪 90 年代初期，由于初中阶段学龄人口大幅度增加的原因，TZ 市现有的初中教育远远满足不了人们接受教育的需求。公立学校不能很快地应对这种情况，当时多数公办初中班级规模接近 100 人。于是，时任 TZ 市第一中学的党支部书记于 1994 年向学校和市政府提议，依靠 TZ 市第一中学的力量，新建一所民办初中，以缓解当地初中教育的压力。公办学校举办民办学校在当时还没有先例，也不符合国家政策的精神，于是 TZ 市第一中学便以民间团体——某文化促进会——的名义，申办一所民办初中。市教育管理部门对于这一申请给予了有保留的支持，保留的原因主要是出于政治上的考虑,而支持的原因则是考虑到政府没钱解决初中就学问题,民办学校不需要政府投资,又能解决初中就学压力,未尝不是一件好事。YC 中学就是在这种情况下建立起来的,主要依靠了 TZ 市第一中学的办学力量,TZ 市第一中学投入启动金 10 万,帮助学校租了教室,买了桌凳等一些必备教学用品,还派管理人员和教师到 YC 中学协助管理和开展教学工作。

YC 中学采取滚动发展模式,由最初的租校舍办学起步,到后来建起了自己独立的校园,所有的办学经费和积累全部来自于学生交纳的学费。由于学校毕业生升入 TZ 市第一中学的比例很高,所以与其他公立初中相比,YC 中学能够在收费较高的情况下,满足部分人义务教育阶段的"过度需求"①。

YX 学校和 YC 中学是我们从 TZ 市多个调查的民办学校案例中选择出的两个,前者是一所办学条件简陋、学生规模小、收费水平低的农村民办学校;而后者是一所办学条件好、学生规模大、生源充足、收费水平高的城市国有民办学校。从全市民办教育发展状况看,这两所学校仍然具有某种代表性,反映了公立教育系统中存在着的一些问题。② 由于政府财政性教育经费不足,无法满足市民一定水平的教育需求,于是在不同经济水平家庭教育需求机制作用下,不同水平层次的民办学校应运而生,形成公立学校与民办学校之间一定的差序供给格局,适应了多种教育需求的状况。

第三节 民办学校的出现与
教育分层格局的形成

民办学校的出现促进了教育分层。教育分层是指具有不同经济地位、社会身份、学习成绩的人接受不同质量和类型教育的格局。教育分层表现为两个方面,一方面是学校组织的分层,另外一方面是学生的分层,两者是共生关系。教育分层既受到社会分层的影响,两者之间具有一定程度的重合;教育分层同时又反过来维持或改变着社会分层状况。因此,

---

① 过度需求是指公立学校无法满足的那部分教育需求,或者说超出公立学校能够提供的那种需求。

② 在 TZ 市,对于所有民办学校来说,"民办"这两个字都没有出现在学校名称中,这些学校要尽量表现出与公立学校之间的相同性,而 YX 学校在自己的校名前加上"私立"两个字,以显示与公立学校之间的差异,从这里可以看出,民办学校在农村和城镇中面临着不同的生存空间和社会压力。

我们可以从社会关系再生产与社会关系变化两个视角来审视教育与社会的关系。

从学校组织角度看，TZ 市基础教育出现了如下的分层趋势。从纵向分层看，出现了五个学校等级。在这个学校等级系统中，我们既可以看出城乡教育系统之间的差别，也可以看出城市和乡村教育系统内部的差别。以考试成绩和升学率作为衡量标准，少数公立学校占据着优势地位，它们录取了学习成绩最优秀的学生，每年都能向高一级的学校输送较多的毕业生，属于稀缺的优质教育资源，供不应求。同时，这类学校为了获取更多的办学资源，也利用自己的社会声誉，选择一部分考试成绩较差而愿意缴费的学生。这是办学经费短缺压力下公立学校的市场行为表现。于是在学校中有义务教育阶段的"免费生"（或非义务教育阶段的"低价生"）和"收费生"（或高价生）两种学生。由于后一部分生源挤占了成绩较好学生的位置，所以常常受到社会的质疑。[①] 例如，TZ 市一中是全省重点高中，是许多学生及其家长向往的学校，学校的规模远远不能满足社会的需求，但是政府拿不出钱扩大这所学校的办学规模，于是，经过市政府的讨论通过，一中校领导利用这所学校的无形资产和有形资产建立了一中新校，新校是一所国办民助性质的学校，政府负担教师的工资，其他费用来自向学生收取的学费，一中新校录取学生的成绩要低于一中录取学生的成绩。

第二等级的学校是城镇中的民办学校，民办学校的出现满足了人们多样化的教育需求，促进了教育的分层。无论是从教师配备，还是升学率和学生成绩角度看，这类学校都比较强，是部分学生和家长的次优选择。表 14-3 是 TZ 市 10 所民办学校初中在 62 所初中年级考试中的排名，表 14-4 为公立学校与民办学校在高考中被各级大学录取的情况。从中可以看出，城镇民办学校的教学质量处于相对较高的位次。民办学校在录取学生时采取双重标准，经济因素是第一位的，考试成绩是第二位的，多数学生是缴费生。学校为了提高升学率和对新生的吸引力，采取免费或以较低的学费标准录取部分考试成绩好的学生。这是民办学校主动应用竞争策略的结果。

第三等级的学校是城镇中的公立学校，它们是城镇中没有选择能力的（由于成绩和经济原因）学生学习的地方。学校的办学条件和学生学习成绩均处于下游，学校缺少竞争力，向高一级学校输送较少的合格毕业

---

① 从组织角度看，组织具有多种层次的需求，生存是其基本需求，当资源供给不足时，组织不得不为了维持基本的生存需求而放弃"崇高"的使命，也就是以牺牲社会合法性为代价来换得有形的办学资源。

生。这类学校是城市学校中的末流,但是与农村学校相比,在办学条件和质量等方面,仍然具有相对优势。

第四等级的学校是农村中的民办学校,如前面提到过的 YX 学校。它们的办学条件和水平虽然不如城市中的公立和民办学校,但是却好于农村中的公立学校。

第五等级也是教育等级系统的最底层,是农村公立学校,它们教学条件较差,接受学习成绩不好、经济收入不高家庭的孩子。

表 14-3　2002 年 TZ 市初中教学成绩综合评估量化表①

学校序号	综合分	名次*
M1	99.95	1
M2	82.34	2
M3	67.85	4
M4	63.21	6
M5	46.89	17
M6	38.66	22
M7	37.64	25
M8	31.68	31
M9	24.15	45
M10	11.11	61

注:* 全市共有 62 所学校有初中部,包括公立和民办。M 代表民办学校。从综合分这个指标看,教育系统内部存在着巨大的差异。

表 14-4　2002 年 TZ 市普通高考统计分析表②

单位:人

学校	北大、清华	一本上线	一本上线率(%)	一二本上线	一二本上线率(%)	本科录取	本科录取率(%)	考生人数
G1	4	311	13.15	716	30.27	848	35.86	2365
G2		14	1.74	86	10.68	112	13.91	805
G3		6	1.01	43	7.20	59	9.88	597
G4		8	2.13	38	10.11	50	13.30	376
M1		6	1.95	25	8.12	41	15.65	308
M2	1	1	0.67	11	7.38	25	16.78	149

学生的分层既发生在学校之间,也发生在学校内部。学生分层有四

① 资料来源:TZ 市教育局。
② 资料来源:TZ 市教育局。G 代表公立学校,M 代表民办学校。

个标准,这四个标准分别是：学习成绩、社会身份(户籍)、经济条件和家长的职位。处于最高层次的公立学校在录取学生时,在"就近入学"(义务教育阶段)的基本原则下,考虑学校能够容纳学生的能力,依据学生的学习成绩,择优录取,一些学校还录取一些学习成绩略低的"副榜生"("副榜生"成绩低于"正榜生"的成绩),他们可以在缴纳一定数额学费的情况下,获得到这类学校学习的机会,能够进入这类学校的学生以城镇家庭经济和教育条件较好者为主。在第二层次的是一些城镇民办学校,虽然有一些学校举行入学考试,并且将此作为录取学生的依据,但是多数学校出于经济原因考虑,实际上采取"开放式"入学政策,凡是能够交纳起学费的学生均有机会就学,学习成绩只作为一个参考。民办学校对于成绩特别优秀的学生给予免费或降低学费水平的优惠,以吸引优秀学生,提高学校的升学率和影响力。据 TZ 市教育局的统计数据,该市民办学校的学生构成是：有 10％的学生来自 TZ 市以外的地区；60％的学生来自当地农村；其余 30％的学生来自城镇家庭。从这个比例,我们可以管窥到人口的流动,特别是农村向城市的流动。来自城镇和农村的学生多数是家庭经济条件较好者。民办学校也根据考试成绩,区分正榜生和副榜生,对他们收取不同的学费,在学生学习成绩和缴纳的学费之间存在着一定的互补关系。在市场机制作用下,TZ 市各个民办学校的收费标准比较接近。1994—1998 年,每年的学费为 1200 元；1998—2002 年,学费水平有一些提高,小学为：2000—3000 元/年,初中为 1800—2000 元/年,高中为1800—2800 元/年,另外还有住宿费 400 元/年,民办学校使用的教材与公立学校一样,所以书费支出相同,生活费(伙食)为 120～130 元/月。将所有费用都包括在内,民办学校的学生一人一年需要约 4000 元钱。在第三层次的是城镇公立学校,多数学生来自城镇中低收入家庭。在第四层次的是农村民办学校,学校采取开放入学政策,学生来自农村经济条件较好的家庭(但次于到城镇民办学校上学的家庭经济条件)。在最下层的是在农村公立学校上学的学生,他们的家庭经济条件最差,没有经济能力选择其他形式的教育。

　　学校的分层格局与教师来源和师资质量有很大的关系。对于重点公立学校来说,长期形成的较好的师资条件,加上能够获得较多的公共经费、具有较强的自筹经费能力和教师福利制度保护,所以能够从经济和政治待遇方面吸引和稳定一批优秀的教师。对于城镇的民办学校来说,教师主要有以下几个来源：一部分人是从公立学校内退的优秀教师,他们除在公立学校领取退休金外,到民办学校工作还可以获得一笔额外的收入,而没有其他任何后顾之忧(如教师身份以及与此相关的福利待遇)。第二部分是从城镇和农村公立学校转来的教师,他们离开公立学校的主要原因是因为那里工资收入低或工资根本得不到保障。第三部分是新毕业的大学生。城镇一般公立学校由于有稳定的收入和制度保证(退休金、医疗保险、失业保险、住房基金、职称评定等),仍然能够吸引和保留一批教师,但是由于工资收入比民办学校低,所以也有一些优秀教师被民办学校"挖"去。对于农村民办学校来说,其教师来源与城镇民办学校教师来源基本相同,包括农村公立学校内退的教师、农村公立学校转来的教师和刚毕业的大学生。对于农村公立学校来说,留下的多数人是不愿或没有条件离开的教师。

第四节　民办学校的经费收入与支出分析

2002 年,在 TZ 市教育经费总收入中,预算内经费收入为 1.53762 亿元,占 56.3％;农村教育费附加为 0.20700 亿元,占 7.6％;[1]社会团体办学经费收入为 0.54676 亿元,占 20％。[2] TZ 市财政没有对民办学校提供任何直接的经费资助,学校基建费用中有一部分来自办学者的原始投入、从银行申请到的贷款和滚动发展过程中的资金积累,民办学校的日常运行经费完全依靠学生交纳的学费,表 14-5 中的数据是我们在调查过程中了解到的部分民办学校的收费标准。在政府不提供直接财政资助这一点上,TZ 市民办教育与我们了解到的山东省其他地方(如我们还调查了山东省 LY 市)民办教育的发展情况基本相同。TZ 市民办教育与一些地方民办教育发展的不同点在于,由于当地的经济发展水平有限,人们经济收入不算高,所以民办学校向学生收取的学费较少。[3] 相应地,学校的运行成本也较低,具体表现在:教师工资水平低,土地购置费用和建筑成本低,加上政府制定的一些优惠政策(如土地政策、办学审批、教师待遇政策),所以民办学校采取的是一种"低收入、低成本"的运行模式。下面,笔者将以前面提到过的 YX 学校和另外一所股份制民办学校——XSJ 学校为例,分析其经济收支行为。

---

① 我们调查时,农村教育费附加还没有取消。

② 根据 TZ 市教育局提供的资料整理而成。

③ 例如,与 TZ 市距离不远的 LY 市的学费水平就比 TZ 市的学费水平高出近一倍,LY 市一些民办学校还采取教育储备金的制度,即学生入校时先交纳一笔可观的钱,学校用这笔钱进行学校建设,或投资实现资金的增值,等学生毕业时,学校再将储备金本金还给学生。TZ 市民办学校没有实行教育储备金制度,这与当地居民收入水平有一定的关系。

表 14-5　部分民办学校收取学费情况[①]

单位：元/年

学校名称	小学	初中				高中			
		普通班		小班		普通班		小班	
		正榜	副榜	正榜	副榜	正榜	副榜	正榜	副榜
M1		1600	1900	3000	3300	1900	2400	3300	3600
M2	2400	1800	2000			1800	2000		
M3					3000				
M4		1800	2200						
M5	2200	1800							
M6		1600	2000						
M7		1600	2000						

注：正榜生为满足入学考试标准的学生，副榜生为没有达到学校入学标准的学生。

一、个人投资办学

YX 学校是一所特殊的民办学校，其经济行为值得进行认真分析。YX 学校地处偏远农村，收费标准是由当地的生活水平决定的，与城市民办学校收费标准相比是较低的。TZ 市民办学校每年的平均学费为 2000 元，一年的住宿费为 400 元，两项合计约为 2400 元。而这里的学费水平则要低得多。YX 学校的收费情况是：学前班，每个月的学费是 60 元，包括一顿午餐，孩子不住校；一、二年级，每个学生一学期的学费是 340 元，包括住宿费在内，一个学生每月的生活费 80 元；三到五年级，学费是 400 元，生活费是 90 元；初一和初二年级，学费和生活费分别是 500 元和 100 元。将上面各项费用累计起来，义务教育阶段一年的费用从 680 元到 1200 元不等，YX 学校的收费水平约为 TZ 市民办学校收费水平的 1/3 到 1/2。

2002 年，学校有 300 名学生。设有 1 个学前班，从一年级到五年级（目前当地小学还没有设六年级，实行小学五年、初中三年的八年义务教育）各 1 个班，初一和初二也各 1 个班。班级平均规模为 30 多个人。学校的正常运行经费完全依靠向学生收取的学费，根据上述学费标准和学生规模，估计学校一年的学费收入约为 24 万元。从支出情况看，全校有教职工 24 人，每人每月平均工资为 600 元，单是人员性经费开支，一年就

---

①　资料来源：T 价发（2002）19 号《关于公布部分社会力量办学校 2002—2003 学年收费标准的通知》。

需要支出 14 万元,再加上每年校舍租金 1.8 万元和其他各种开销(包括水电、取暖、校舍维修、教学消费用品等),估计学校处于收支平衡状态,虽然能够维持下去,但是不会有多少剩余经费。

与 TZ 市办学规模大的民办学校相比,该校无法从银行借到贷款,只能通过学费结余筹集发展资金,所以学校发展速度受到了限制。如果政府不给予经费支持,学校不能扩大办学规模,以获得更多的学费收入,从经济角度看是难以长期维系下去的(考虑到办学者获得经济回报的办学动机)。如果当地公立教育状况能够得到改善,这类学校存在和发展的空间就会变得更小。

二、股份制民办学校

XSJ 学校是一所股份制民办学校,由先前的公立学校转制为现在的股份制学校。该校创建于 1998 年,当时政府投入 2400 万元。后来由于经济等问题,学校无法正常运行,于是 2000 年 8 月,在地方政府部门的主持下,学校组建了董事会,对学校进行民办改制。为了保证国有资产不流失,地方政府首先请有关部门对学校的土地、校舍、设备等进行了资产评估。由于学校当时还有几座楼的建设尚未完工,共欠建筑工程队建筑款 800 万元,所以学校改制委员会将此资产和债务一并移交给学校董事会,由学校董事会进行管理。资产和债务抵消后,学校共欠政府部门 1600 万元。在对学校实行股份制改造的过程中,董事会出面向社会融资 805 万元,同时向银行贷款 400 万元。学校共有 100 多位股东,多数股东拥有的股份从 1~7 万元不等,个别股东拥有的股份在 10 万元以上。

XSJ 学校采取从小学、初中到高中的一贯制学制。学校现在有小学 8 个班,初中 10 个班,高中 24 个班,外语 2 个班,共有 1918 名学生;学校有 161 名教职工,其中专任教师 125 人;占地面积 176 亩;建筑面积 5 万平方米;固定资产 5430 万元。学校的股金来自社会集资,董事会每年按照一定的比例向股民分红。虽然政府对学校有初始投入,但是这部分投入的资金只作为学校对政府承担的债务,政府部门既不参与分红,也不向学校收取利息。

学校的经济运行状况如何呢? 学校是如何实现办学盈余的? 让我们先来看一看学校的经常性收入。学校向学生收取的学费为 1800~2400 元。小学实行免试入学;录取初中和高中学生时,要对其进行成绩测试,按照测试结果分为正榜生和副榜生,两者在收费上略有差异。学费和住宿费标准如下:① 小学部:每生每年的培养费是 2400 元,住宿费是 400 元;② 初中部:正榜生每年 1800 元,副榜生每年 2000 元,住宿费每年

400元；③ 高中部：正榜生每年1800元，副榜生每年2000元，住宿费400元；④ 中国和加拿大外语班的学费是每年2600元。培养费按年收取，住宿费按学期收取，如果学生愿意一次缴清三年的培养费，可以减免400元。

根据学校的在校生规模、学费标准、教师工资标准等，对学校的经费收入和支出情况做如下的估算：从收入方面看，学校目前的学生规模约为2000人，每人每年的平均学费为2000元，所以一年的学费总收入是400万元（与学校提供的统计数据吻合），每一个学生一年的住宿费是400元，住宿费总收入是80万元，年收入累计为480万元。假设学校将学生交纳的住宿费全部用于住宿折旧（考虑到学校没有基建费收入），因此可以将学生住宿费按照零盈余进行计算。从支出方面看，一个教师每月的平均工资是1200元，一年工资支出为200万元（与学校提供的统计数据吻合），一年的办公费约为100万元，每年为股东支出80万元（按10％的回报率计算）。因此，学校每年的支出约为380万元，另外每年要向银行支付30万元的贷款利息，合计支出410万元。收入480万元与支出410万元之间的差是70万元，因此，估计该校每年的结余经费约为70万元。通过几年的发展，学校偿还了建筑队的欠款400万元，欠款还有400万元。现在学校的债务总数为2400万元，其中欠政府1600万元，欠建筑施工队400万元，银行贷款400万元。在目前在校生规模下，学校要想还清债务，约需要30多年的时间。但是如果能够把办学规模从目前的2000人扩大到3000人，学校一年可以结余经费近200万元（按照相同的生师比和工资支出比例计算），要还清2400万元的债务，也需要10多年的时间。因此，对比一下收支费用不难看出，民办学校的办学规模效益十分明显。另外，负债办学也是今后一段时间内该民办学校的现实情况，短期内难以全面实现经费盈余（局部盈余通过分红的形式实现）。[1]

第五节　民办教育政策分析

中国义务教育实行分级管理、地方为主的政策，民办教育在遵守国家有关法律的前提下，也主要由地方政府管理。因此，地方政府颁布的有关民办教育政策是影响民办义务教育发展的重要因素。TZ市民办教育取得了较快的发展，义务教育阶段民办学校的学生规模约占义务教育阶段

---

① 对于当地其他民办学校来说，债务问题主要发生在民办学校与银行之间，或者民办学校与投资办学者之间，办学者与民办学校之间的实际产权与经济关系比较隐蔽和复杂。

学生总规模的 8%，大于全国的平均水平，初中阶段民办学校的教育质量甚至超过了公立学校的教育质量。这与当地政府制定的民办教育政策具有一定的关系。

　　2000 年 12 月 28 日，TZ 市（县级市）的上一级政府 ZZ 市（地级市）人民政府印发《关于加快社会力量办学的若干政策规定》的通知，其核心内容是关于社会力量办学应该享有与公立学校同等的待遇和政策，主要包括以下几点：① 民办学校享有办学自主权，与国办学校享有同等待遇。② 民办学校建设用地纳入城乡建设规划，按照公益事业用地予以优先安排。③ 民办学校根据国家有关规定和生均培养成本自主制定收费标准。④ 民办学校可以向社会公开选聘教师。国办学校教师到民办学校任教，其工龄和教龄连续计算，民办学校教师晋职、晋级、晋升工资与国办学校教师同等对待。⑤ 民办学校招生纳入教育行政部门统一计划和安排，本市辖区内招生范围不限。⑥ 投资办学者申办办学手续，实行申报限时办结制度。⑦ 社会力量举办的学校有权拒绝任何单位向其摊派的人力、物力、财力。⑧ 投资办学者或管理者及聘任人员在水、电、暖、医疗、子女入托、入学、就业等方面，与本市市民享受同等待遇。⑨ 市政府每年拨出专款，用于表彰先进的办学单位、投资办学者和管理者。从上述政策内容看，地方政府旨在解决民办教育办学过程中存在的资源配置问题，允许和鼓励社会资源流向民办教育机构，从而间接地支持民办教育的发展。

　　根据 ZZ 市民办教育的精神，TZ 市教育委员会于 2001 年 3 月份制定了《关于加快社会力量办学的若干政策规定》的实施意见。"十五"期间，该市民办教育的发展目标是：重点举办非义务教育阶段的学校，突出办好以城区为主的高标准的普通高中和幼儿园。这种政策倾向的一个原因是，当地学龄人口高峰已经开始从初中转移到高中阶段，小学和初中阶段教育出现供过于求的状况，而在高中阶段则出现供不应求的状况。因此，政府希望通过发展民办教育解决公立高中规模小的问题。另外，在以往成功地利用公立名校办学资源和市场机制扩大民办教育规模成功经验的基础上，TZ 市政府又提出有计划地实行国有薄弱高中改制试点，支持国办名优学校利用社会资金进行扩张。

　　当地在以下几个方面对民办教育实施优惠：① 校舍用地。TZ 市《财务管理制度》规定，政府不向民办学校收取配套建设费，无偿划拨教学土地，但是学校要支付农民土地费，学校购买一亩地需要花 6～7 万元。② 用人。民办学校可以面向全省公开招聘教师，如果原学校同意，被民办学校聘任的教师可以从公立学校转到民办学校，人事档案可以继续保存在教育局，民办学校聘用的师范类大中专毕业生，其任期内的人事档案由市教育局管理，教龄连续计算，民办学校教师职称评定、工资晋升、业务进修与公办教师享受同等的待遇。③ 招生。政府部门不限制学生报考民办学校。④ 收费。学校有权根据办学成本确定学费标准。在 2002 年之前，TZ 市教育局对民办学校的收费有严格的限制，2002 年之后，政府放开了收费控制，由民办学校自己定价。

由于政府对民办教育采取了支持的态度和做法，也由于民办教育自身发展的原因，当地金融系统也愿意给民办学校提供发展贷款。据当地媒体报道，山东省 TZ 市农村信用联社向当地许多民办学校提供了贷款，对民办学校扩建校舍、改善设施起到了积极的推动作用。

应该说，TZ 市民办学校的发展与当地公立学校之间存在着千丝万缕的联系，有些民办学校就是公立学校建立的分校，有些是公立学校投资举办的。对于即使与公立学校没有直接联系的民办学校来说，它们从公立学校聘请退休校长、教师到民办学校担任校长或教师。从这种意义上看，民办学校从公立部门获得了许多间接的支持。

第六节　民办教育的社会效果

TZ 市发展民办教育具有内部效益和外部效益，包括以下几个方面：① 民办学校的发展有利于吸纳社会资金，缓解政府教育经费不足、公立学校办学条件差的矛盾。按照 TZ 市民办基础教育规模（35794 人）和公立学校生均公共教育经费支出（855 元/生）估计，民办教育每年可以为政府节省约 3060 万元的公共开支，约占公共教育经费的 11%。本应该由公共财政解决的义务教育问题，现在由受教育者自己承担，虽然本身具有某种不公平性，但是学生及其家长能够接受民办学校这一事实，在一定程度上说明民办教育发展具有一定的社会基础。② 与其他经济领域相比，教育属于需求旺盛型和供给短缺型领域，发展民办教育对于带动当地经济和就业发展有一定的促进作用。仅 2000 年一年，TZ 市民办学校就建了 32 座楼，几十万平方米，所需要的建材、施工、器材拉动了当地经济的发展。民办学校聘请了一些保育教师来管理 3 万多名学生的住宿和生活，这样解决了部分下岗工人再就业的问题。另外，民办教育的发展对于公交、校服、饮食等行业也有促进作用。③ 满足了社会各个层次教育多样化的需求，特别是对优质教育资源的需求。民办教育的出现不仅本身就具有竞争的特点，而且也促进了公立教育的竞争意识和行为，使公立学校不能无视民办学校对生源的竞争,促进他们改善办学条件和提高教学水平。

从发展民办教育的社会效果看,主要表现在两个方面:一是促进了社会成员的区域流动,特别是城乡之间的流动。TZ 市民办学校接纳了 10％的来自 TZ 以外地区的学生和 60％的来自当地农村的学生。二是出现了教育多样化和分层趋势。城镇中的民办学校的出现满足了人们教育多样化的需求,促进了教育的分层。在公立教育资源严重短缺的情况下,农村中的民办学校为部分学生提供了教育选择的机会。在公立教育私有化的过程中,学校为了获取更多的办学资源,也利用自己的社会声誉,选择一部分考试成绩较差而愿意缴费的学生,从而扩大了办学资源。

山东省 TZ 市民办教育是中国民办教育发展的一个缩影。笔者通过对当地一些民办学校实地考察发现,民办教育是在市场供求机制发挥作用的情况下产生的,如果没有社会资源的自由流动和配置,就不会有民办教育的存在。民办教育是中国社会发展过程中面临问题的一个集中反映。民办教育的发展反映了地方公共教育财政及公立教育系统无法满足社会需求的事实,民办教育是在没有获得政府提供直接财政资助的条件下发展起来的,几乎完全依靠向学生收取的学费作为办学经费,民办教育客观上帮助政府缓解了教育经费短缺的问题。政府没有利用财政手段对民办教育系统进行调节,学生交纳的学费不仅支持了民办学校的正常运行,而且是民办学校实现滚动发展以及部分办学者获得经济收益的主要资金来源,这种环境促使民办学校采取不断扩大在校生规模的发展模式。

如果用教育选择、入学机会、教学效果、教学效率、公平和社会凝聚力等指标来考察该地民办教育与社会目标之间的关系,我们可以得到以下尚没有经过实证检验的临时性的结论,或者说需要进一步验证的研究假设:民办教育有利于扩大学生家长的教育选择机会;位于不同等级的民办学校的教学效果不同,有些民办学校的教学效果比公立学校的教学效果要好,而有些民办学校的教学效果则比公立学校教学效果要差;如果以公共教育成本为衡量标准,民办学校的教学效率要高于公立学校的教学效率(民办学校没有使用公共财政经费),而如果以公共成本和私人成本合计作为衡量标准,民办学校的教学效率则低于公立学校的教学效率(从有限的统计数据看,民办学校的学费要比公立学校生均公共教育经费要高);民办教育促进了社会的流动和分化,民办教育对于社会凝聚力可能产生一些负面影响,这种负面效果由于当地市民承受能力较高而表现得不明显。

第十五章　中国教师教育财政

第一节　教师教育是一种准公共产品

一、教师教育具有准公共产品的属性

与纯粹私人产品相比,公共产品具有三个特性:① 效用的不可分割性(none-divisibility);② 消费的非竞争性(none-rivalness);③ 受益的非排他性(none-excludability)。同时满足上述三个条件的产品是严格意义上的"公共产品",我们也称它为纯公共产品,比较典型的例子包括国防、司法等。

在现实生活中,纯公共产品并不普遍,许多产品只具有纯公共产品的部分特性,我们将这类产品称为"准公共产品",比如"拥挤性的公共产品"和"价格排他的公共产品"。前者指某种产品的效用虽然可以为全社会所享用,但消费者数量的增加会导致拥挤,那么每个消费者从中所获得的效益会下降,即消费具有一定的竞争性。后者指某种产品的效用虽然可以为全社会所享用,但产品可以定价,那些不愿意或不能够支付费用的消费者就被排除在消费范围之外,即消费具有一定的排他性。教师教育(也称教师培训)就是一种典型的准公共产品,理由如下:

第一,教师教育具有积极的外部效应。外部性(externalities)又称为溢出效应,是指企业或个人向他人所强加的成本或利益。外部性有正负之分,损害他人利益,增加他人成本的为负外部效应;为他人提供"免费福利"的则是正外部效应。教师教育能为受训教师以外的其他人(学生、学校和社会)产生巨大收益。它通过教师素质的提升与技能的提高,促进了

学生学习成效,提高了教育质量,提高了家长对学校教育的满意度。另外,教师教育可以打破落后地区落后的教学水平与落后的经济发展水平之间的恶性循环关系,通过提高教育水平,输送人才,使当地经济走上良性发展的道路。由此可见,教师教育不仅可以为教师本人带来如工作成就感、满意度、业绩提高等个人收益,还能够给他的学生、所在学校、所在地区乃至整个社会带来一定的溢出效益。

第二,教师教育是拥挤性的公共产品。在有限的教育资源约束下,如果参加培训的教师数量增加而用于培训的教育资源不能得到及时补充,就会导致拥挤和教师培训质量的下降,教师从培训中获得的收益将会减少。另外,教师的个人时间和精力也是有限资源。在教师教育与教师的本职工作任务之间,存在着时间和精力分配之间的竞争。因此,教师教育是具有一定竞争性的消费。受教育资源和有效时间的限制,教师教育并不能对所有的教师同等程度地开放。在既定条件下,必然只有部分人能接受教师教育,而且在接受教育的数量和质量方面也存在着差异。

第三,教师教育是可以实现排他的公共产品。如果为教师教育设立竞争性筛选标准,则可以实现教师教育的排他性。具体来说,教师教育部门依据成本核算原则计算教师教育所发生的成本,通过定价来将那些不愿意或不能够支付费用的教师排除在培训之外。另外,有些培训是由地区或学校通过制定选拔规则,选送一些骨干教师和优秀教师接受培训,而那些不符合选拔要求的教师将被排除在外。

特别需要指出的是,义务教育阶段的教师教育具有更加明显的公共产品属性。

二、政府必须成为教师教育经费的主要负担者

教师教育是一种准公共产品,其产品属性和行业特性决定了政府必须成为教师教育经费的主要负担者。

第一,根据"谁受益谁付费,收益付费同比例"的原则,政府应与学校和教师共同承担教师教育的成本。由于教师教育能够带来巨大的社会溢出效应,因此,作为公共利益代表的政府应为这些溢出效应进行成本补偿。

第二,教师个人的培训收益受特殊政策的限制而降低,政府应补偿其政策干预下的利益受损方。教师个人在教师教育中的收益主要表现在通过培训可以掌握更多的知识和技能,从而有获得更高工资的可能性。然而由于国家对教师实施严格的人员编制政策,教师行业成为不完全竞争的劳动力市场。这样,教师不能在学校之间进行自由的选择和流动。同

时，教师工资是制度性安排的结果，并非通过教师与学校的谈判而确定。因此教师教育，特别是非学历培训为教师带来的个人收益因政策干预下形成的特殊劳动力市场而大大减少。因而教师个人的付费意愿较低，政府应对其干预劳动力市场造成的利益受损方提供成本补偿，承担起更多的教师教育经费的责任。

第三，从意愿的角度来看，教师教育具有一定的国家强制性。教师作为传授知识的特殊职业，公众对其知识掌握的准确度、系统性和时效性有极高要求。为了保证教育质量和人才素质，国家通过法律法规规定教师从业的学历资格和技能水平，要求通过教师教育来保持教师队伍素质，同时还做出了对无故不参加培训的教师的惩戒规定。因此，国家应该对教师教育实行一定的成本补偿。

第二节　我国中小学教师教育财政现状

一、我国教师教育现状

我国有一支庞大的中小学教师队伍。2003 年，我国小学专任教师数量达 566.4 万，普通中等学校专任教师达 388.3 万。小学、初中、高中专任教师学历达标率分别为 97.8%、92.0%、75.7%。从 1997 年到 2003 年，共有 123 万中小学教师接受了各级教师进修院校的学历培训，还有大批中小学教师接受了各种各样的非学历培训。

（一）教师教育类型

教师教育可以分为学历教育与非学历培训两类。学历教育是指为使原有教师达到国家规定的最低学历标准而进行学历达标教育和对已经具备合格学历的教师进行的提高学历层次的教育。非学历培训主要是指针对性较强的短期培训，根据受训教师的分类，教师非学历培训又可分为新任教师培训、教师岗位培训和骨干教师培训等三种培训形式。根据培训内容，教师非学历培训可分为学科专业知识培训、普通文化知识培训、现代教育技术培训、教学方法培训、心理健康培训和科研培训等形式。

（二）教师教育机构

我国教师教育机构包括各综合性大学、各级各类师范学校和各级各类教师进修学校。这些教育机构的具体分工为：师范院校、综合大学或教育研究机构承担专门的教师教育工作；（县级）专门性的教师进修机构作为教师教育的主要载体承担常规性系统性培训任务；各个学校组织教师进行校本培训；其他学校和社会力量有限度地开展其他教师教育。

（三）教师教育方式

教师教育有多种方式，常见的有：① 集中培训。在特定时间里，严格按照培训计划，集中统一授课，以实现培训目标。② 远程教育。远程教育是为了弥补师生教学的时空分离，凭借某种或多种媒介传输教学内容，展开教学交流和讨论的方式。随着科技发展和现代通信手段的普及，远程教育广泛应用了计算机网络、卫星接收系统以及 DVD 播放机、教学光盘等设施技术，具有便捷、灵活、单位成本低等优势。③ 校际交流。学校之间互派教师到其他学校听课观摩，与同行研讨交流。④ 校本培训。校本培训是学校组织的教师在职教育。校本培训针对性强，有助于提升教师的专业水平，有利于改进学校管理，促进学校发展。校本培训能够在不影响学校正常教学秩序的情况下进行，比较符合我国地域分布广、不同学校教师发展水平差异大、多种培训需求、集中培训任务重、经费短缺的特殊情况。

（四）教师教育的成本分担

目前，教师教育成本分担主要有以下五种形式：① 教师向学校上报实际发生的成本，由学校按一定比例分担；② 教育行政部门包干；③ 学校包干；④ 教育行政部门和学校共同包干；⑤ 完全由个人负担。本章对调查数据的分析显示，相当部分的教师教育费用由教师个人承担。其中，完全由教师个人负担培训成本的比例远远高于其他几种形式。此外，学校对教师教育经费的分担比例高于教育行政主管部门对教师教育经费的分担比例。学历教育与非学历培训之间的成本分担状况存在一定的差异：教育行政主管部门与学校为非学历培训所分担的成本比例显著高于其为学历教育所分担的成本比例。[①]

二、我国教师教育财政存在的问题

《中华人民共和国义务教育法》和《中华人民共和国教师法》规定了国家对教师教育负有重要的职责。《中小学教师继续教育规定》规定了各级政府对教师教育的责任分工，明确国务院教育行政部门和省、自治区、直辖市人民政府教育行政部门分别作为宏观管理和直接主管的职能。这些法律法规与各省市自治区制定的地方性法规对我国教师教育工作具有重要的保障和推动作用。然而，现有教师教育财政的相关规定过于笼统，缺乏制度性规范和操作性规程，对经费投入等关键环节缺乏保障，对执行过

---

① 具体分析见第四节。

程缺乏有效的评价与反馈和监督机制，使得教师教育财政在整个义务教育财政体系中没有受到足够的重视，存在着以下一些问题。

第一，教师教育经费在财政项目中的级别过低，容易受到忽视。在教育经费来源中，"教师进修培训费"是教育事业费下公用经费中业务费项目里的子项。在教育经费支出中，"培训费"是事业性支出中公用支出下其他费用的子项。在大型的统计年鉴中均不能查到这两项具体数字，因此直接观测教师教育的资金投入状况比较困难。

第二，教师教育经费投入不足。《中小学教师继续教育规定》将教师教育经费投入的具体比例和标准交给各省根据本地具体情况制定。绝大部分省区按当地教职工年工资总额的 1% 到 2.5% 划拨教师教育的经费。同时，提取城乡教育费附加的 5% 用于安排教师教育。有部分省份，如浙江、辽宁、宁夏、河南、河北等，进一步将确定经费比例标准的权力下放到市县区政府，各地执行情况很不一致。但从总体上看，教师教育经费投入不足。

第三，教师教育财政的公平性有待提高。我国教师教育的不公平性主要体现为城乡间、地区间和学校间的差异。

（1）城乡差异。城市的教师教育经费相对充足，设备设施先进，信息资源丰富。而农村教育经费短缺，无力保证教师教育的经费供给，基础设施落后，信息闭塞，教师的知识更新和技能提高相对困难。

（2）地区间差异。教师教育经费与当地经济发展水平高度相关。《关于农村中小学教师队伍现状的调研报告》[①]通过对全国 64 个地市相关数据的分析，得到如下结论：教师教育不管是在组织形式还是在经费筹措上，在地区间都存在着较大的差异。

（3）学校层级差异。就学校内部而言，教师教育并不对所有人同等开放。调查结果显示，初始学历越低的教师参加培训的必要性越大，而政府和学校为具有一定行政职务的教师（往往具有较高学历和职称）分担非学历培训经费的可能性更大。就学校之间的比较来看，不同的办学类型和所有制形式的学校，在教师教育的经费筹措、分担比例等方面都存在着明显的差异。

---

① 国家教育行政学院课题组.关于农村中小学教师队伍现状的调研报告——来自 64 个地市教育局长的信息及分析[J].上海教育科研,2004(3).

第三节　教师教育的国际比较[①]

与其他职业(律师、医生等)一样,教师也需要不断地更新知识,才能满足为"顾客"服务的需要,所以教师资格不是一劳永逸的,要经常进行资格评审,这就对教师继续教育或培训提出了较高的要求。在许多国家,教师教育既是教师享有的权利,也是教师应承担的义务,具有一定的强制性。

一、教师教育的形式和机构

教师教育是学校教育工作的一个主要组成部分。各个国家教师教育的目的、形式和内容多样,以满足不同教师发展的需求。从学历提升方面看,教师教育可以分为学历教育和非学历教育两种形式。学历教育正规化程度高,往往需要在几年时间内才能完成;非学历教育则属于短期培训,针对性较强。从时间和形式方面看,教师教育可以分为不脱产、半脱产和全脱产等几种形式。从内容上看,既有提高一般能力的培训,也有提高特殊能力的培训。随着现代教育技术的普及和应用,它为丰富教师教育内容、解决工学矛盾、节约培训成本,提供了有效的途径。

大学和其他教育机构是承担教师教育的主要机构。大学具有其他机构不具备的培训教师的一些优势,如学科范围广、教育资源丰富、学术氛围浓、培训者的学术水平较高等。大学参与教师教育,可以把培训中获得的经验用于职前教育中,以提高职前教育的适切性。教师所在学校可以根据学校的发展规划,对教师进行专门的培训。政府部门也参与教师教育,特别是当政府颁布一些新的教育法规和启动一些新的教育项目后,教师教育一般是项目内容的一个重要组成部分。如在美国,当各个州和学区推出新的课程教学标准和政策时,要对教师进行培训。在日本,国家教师发展中心作为一家独立的行政部门,负责实施中央政府要求的所有教师发展课程。在日本,教育研究团体也结合自己的研究工作,承担着一些特殊的教师教育任务。

二、教师教育经费的成本分担

(一) 各国教师教育成本分担状况简介

美、英、法、德、日等国的教师教育体系如表 15-1 所示,各国在教师教

① 在本节教师教育国际比较部分,下列人员参加了各个国家分报告的撰写:谢亚玲(美国),吴淑娇(英国、法国),何征(德国、日本),由阎凤桥统稿。

育的特定体系下，其教师教育经费的成本分担状况也各有特点。

表 15-1　一些发达国家教师教育体系

	美国	英国	法国	德国	日本
培训类型	① 研讨班：向教师介绍州和学区推出的新标准和政策；② 研究生教育	① 任职培训；② 试用期培训；③ 在职培训；④ 专项培训：早期专业发展计划、海外教师教育计划、"重返者课程"计划	① 综合进修（4—16 周）；② 短期进修（2—3 天）；③ 派往企业进修（6 周）；④ 大学中的特别进修；⑤ 进行有关专门学科的再教育等	① 在职进修提高；② 留职带薪深造	① 认定讲习；② 在职教育讲座；③ 函授教育；④ 学位考试
培训机构	① 州或地方政府；② 高等教育机构	① 大学；② 高等教育学院	① 大学及师资培训学院；② 教学培训中心	① 大学和教育学院；② 教师进修中心	① 都、道、府、县教育委员会；② 大学；③ 国家教师发展中心；④ 教育研究组织
培训资助	① 教师教育成本一般占学区预算的 2%—6%；② 联邦政府提供一定的项目经费，其中包括一定的教师教育资金	① 研究生资格，政府提供经费；② 带薪学习假；③ 地方教育当局向参加周末、晚上培训的教师支付报酬；④ 教师专业发展奖励计划：专业奖学金计划、最佳实践研究奖学金	① 每个初等教育教师，从工作的第五年起到退休前五年止，有权接受累计时间为一年（36 周）的带薪培训；② 培训应发生在工作时间（不占用私人时间）；③ 私立学校教师教育经费来自职后培训基金	① 州政府为培训提供经费，为接受培训者提供旅费、伙食费、物品费等；② 留职带薪到教师教育机构进修；③ 教师进修按公假处理	① 初中与小学教员的培训费用由都、道、府级政府承担；② 高中则由县政府承担；③ 教师接受学历或非学历在职培训，都不需要自己负担学费

1. 美国

地方政府承担着教师教育的主要责任,财政管理以州和学区为主,以联邦专项资助为辅。美国政府与教师个人共同分担教师教育费用。教师教育经费一般占学区预算的 2%～6%。非学历培训一般有一定的地方预算保证,而学历培训往往没有预算保证。此外,在联邦政府提供的项目经费中,均包含一定数量的教师教育资金。

2. 英国

英国政府从 1983 年后只聘用具有研究生学历的人员担任教师,政府鼓励目前没有获得研究生学历的在职教师接受研究生教育,并为其提供全部学费。为了鼓励教师参加培训,特设带薪学习假。地方教育当局还向周末、晚上参加培训的教师支付一定报酬。此外,为教师教育专设了专业奖学金和最佳实践研究奖学金等教师专业发展奖励计划。

3. 法国

由于公立学校教师是国家公务员,所以教师教育费用主要由政府承担,且教师教育占用的是工作时间,而非私人时间。从工作的第五年起到退休前五年止,每一个初等教育教师都有权接受累计一年(36 周)的带薪培训。私立学校教师的培训费主要来自专门的职后培训基金。

4. 德国

教师教育实行地方分权制。公立学校教师是国家公务员,教师教育费用主要由政府承担。政府还为接受培训的教师提供交通费、培训期间的伙食费、物品费等。教师进修按公假处理,进修的教师可以享有留职带薪的待遇。

5. 日本

公立学校教师是国家公务员,教师教育的费用主要由政府承担,其中,初中、小学教师的培训费用由都、道、府级政府承担,高中教师的培训费用则由县政府承担。无论教师接受学历还是非学历在职培训,都不需要自己负担学费。

三、国际教师教育财政的发展趋势

总结美、英、法、德、日等国教师教育的基本情况,可以发现当前教师教育具有以下发展趋势。

(1)政府是教师教育经费的主要提供者。在教师教育上,遵循"谁受益,谁付费"原则。由于有组织的教师教育多由学校或政府发起,具有很大的社会公益性。因此,政府拨款成为教师教育主要的经费来源渠道。

（2）各级政府共同资助教师教育。教师教育的资助由中央政府和各级地方政府共同负担。共同负担有两种形式：一是中央和地方政府针对不同年级的教师和不同类型的培训进行资助；二是中央和地方政府针对教师教育费用的不同方面（学费、交通费、薪水等）进行资助。

（3）有重点地对教师教育提供资助。各国在提供资助时都有一定的政策倾向和特定对象，一般重点扶持偏远地区教师、针对少数民族学生教学的教师以及某些紧缺学科的教师的培训。

四、对我国教师教育财政的启示

国际教师教育财政经验为我国教师教育财政的发展提供了许多有益的启示。

1. 政府应积极承担对教师教育的主要责任

教师教育是公益事业。各国政府主动承担了教师教育财政的主要责任，我国政府也应该为教师教育提供主要的经费保障，确保教师教育的顺利进行，从而促进教育事业乃至全社会的健康发展。由于我国在职教师学历达标率较低，教师整体水平与教育目标之间存在着较大的差距，所以加强在职教师培训和增加教师培训经费投入，比发达国家显得更为迫切和重要。

中央和地方政府要合理地分担教师教育的管理职责和教师教育经费的投入比例。中央政府要加强宏观指导，它是教师教育的最终保证者和协调者。地方政府具体指导教师教育工作的开展，筹措培训经费和管理日常培训工作。

2. 提高教师教育的质量

教师教育效率较低和教师教育质量不高是目前我国教师教育面临的两大难题，通过借鉴国际相关经验，我们可以从改进培训的内容、形式、过程等多方面入手，通过建立培训评价体系，对教师教育实施评估和信息反馈，以增强培训的有效性，提高培训的效益。

3. 改善教师教育的不均衡状况

教师教育财政状况不甚公平是我国教师教育财政所面临的另外一个重要问题，政府应通过财政资助倾斜政策和重点项目，改善目前存在的教师教育财政的不均衡状况。政府通过财政转移支付、政策性补偿等政策，改进农村地区和少数民族地区教师教育的状况。

第四节　教师教育财政的实证分析

一、教师教育成本分担状况的统计描述

本章所用的数据为《教师教育的成本分担和经费保障机制》课题组2004年的调查数据。此次调查采用分层整群抽样法,在东部地区抽取5个省份,分别为:北京、山东、江苏、浙江和福建;在中部地区抽取6个省份,分别为:吉林、山西、安徽、江西、河南和湖北;在西部地区抽取6个省份,分别为:广西、四川、云南、甘肃、新疆和贵州。每个省份选取10个县,每个县发放100份问卷。整个调查共发放问卷17000份,回收有效问卷13610份。

(一)教师的基本状况

1. 性别和职务分布

在本次问卷调查所涉及的教师当中,男女比例约为1:1.5,其中,40.8%为男性教师,59.2%为女性教师。从教师的职务分布来看,4.8%为正副校长,8.6%为中层干部,20.7%为骨干教师(或学科带头人),65.9%为普通教师。

2. 教师所在学校类型的分布

从教师所在学校的办学类型来看,13.2%为高中教师,22.2%为完全中学教师,23.4%为初中教师,37.3%为小学教师,3.9%为九年一贯制学校教师。从学校的隶属关系来看,22.1%的教师所在学校为城市学校,37.3%的教师所在学校为县直属学校,32.9%的教师所在学校为乡镇学校,7.7%的教师所在学校为村小。从学校的所有制类型分布来看,94.8%为公办学校教师,5.2%为民办学校教师。

3. 教师的学历分布

表15-2呈现的是接受本次调查的教师在刚参加工作以及2004年这两个时点上的学历分布状况。统计结果显示,较之参加工作时的学历层次,教师队伍2004年的学历层次有了明显的提高。中专或高中以下学历教师所占的比例由52.2%下降至11.4%,降低了40多个百分点;大专以上学历教师的比例由47.7%增长至88.6%,提高了40多个百分点。

表 15-2　教师的学历分布

单位：%

	初中	中专或高中	大专	本科
参加工作时的学历分布	1.4	50.8	33.0	14.7
2004 年的学历分布	0.2	11.2	45.3	43.3

（二）教师教育成本分担的总体情况

对于教师教育的类型主要按在职学历教育和非学历培训进行分类。问卷的统计结果显示：教师接受继续教育的形式以在职学历教育为主。具体来说，在接受调查的教师当中，30.4%的教师只接受过在职学历教育；18.7%的教师只接受过非学历培训，46.2%的教师接受过上述两种形式的继续教育；4.6%的教师没有接受过任何一种形式的继续教育。

教师教育成本分担的总体概况如表 15-3 所示。从总体上看，教师教育培训的费用主要由教师个人承担，无论是在职学历教育，还是非学历培训均是如此。学校承担较小比例的费用；教育行政主管部门承担更低的比例。在职学历教育和非学历培训的成本分担状况虽然有许多相似之处，但二者也存在一些差异。在职学历教育完全由个人负担的教师比例为 88.7%，明显高于非学历培训 59.9%的比例；另外，非学历培训的成本由"学校与教师按比例分担"和"完全由学校包干"的比例分别为 14.8%和 18.1%，显著高于在职学历教育的 7.3%和 1.6%。其中，非学历培训"由学校包干"的比例要比在职学历教育高出将近 17 个百分点。

表 15-3　教师教育培训的成本分担比例

单位：%

	学校与教师按比例分担	教育行政部门包干	学校包干	教育行政部门和学院共同包干	完全由个人负担
在职学历教育	7.3	1.2	1.6	1.2	88.7
非学历培训	14.8	2.9	18.1	4.3	59.9

（三）不同类型教师的教师教育成本分担状况

根据教师类型的不同，依据教师所属学校的所有制类型、学校的隶属关系、教师的职务分布和培训的性质，笔者对教师教育的成本分担状况进行了分类比较。

1. 不同职务教师成本分担状况的差别

教师的职务包括正副校长、中层干部、骨干教师和普通教师,其培训经费的成本分担状况如表 15-4 所示。

表 15-4　不同职务教师成本分担比例对比

单位:%

		学校与教师按比例分担	教育行政部门包干	学校包干	教育行政部门和学校共同包干	完全由个人负担
在职学历教育	正副校长	8.4	1.7	1.4	1.7	86.7
	中层干部	11.5	1.3	3.3	1.3	82.6
	骨干教师	8.7	1.0	1.5	1.5	87.3
	普通教师	6.2	1.2	1.5	1.0	90.1
非学历培训	正副校长	15.5	4.5	34.0	13.9	32.0
	中层干部	20.7	4.9	25.5	5.6	43.2
	骨干教师	17.1	3.5	19.7	5.8	54.0
	普通教师	13.0	2.3	15.4	2.9	66.5

不同职务的教师在职学历教育成本分担比例的差别较小,但非学历培训的成本分担比例的差别相对较大。对于在职学历教育来说,普通教师完全由个人承担经费的比例比具有一定行政职务的教师和骨干教师的相应比例略高一些。对于非学历培训来说,在正副校长、中层干部、骨干教师和普通教师这四类教师中,"完全由教师个人负担"的比例依次递增。其中,普通教师"完全由个人负担"的比例比中层干部高出 23 个百分点,比正副校长则高出 34 个百分点。而前三类教师享受其他四种成本分担形式的比例却明显高于普通教师。其中,正副校长和中层干部的培训成本"由教育部门和学校共同包干"的比例分别比普通教师高 11 个和 3 个百分点,其培训经费"由学校包干"的比例也分别比普通教师高将近 20 个和 10 个百分点。

2. 城乡学校教师成本分担状况的差别

城乡教师非学历培训的成本分担状况无明显差别,但二者在职学历教育的成本分担状况差别明显(见表 15-5)。对于非学历培训,城市学校和县直属学校完全由个人负担的比例要稍低于乡镇学校和村小,前两者完全由个人分担的比例均低于 60%,而后两者完全由个人分担的比例均略高于 60%。对于在职学历教育,城市学校和县直属学校的教师在职学历教育费用完全由个人负担的比例要明显低于乡镇学校和村小,前二者的比例分别为 84.8% 和 85.4%,而后二者的比例分别为 92.3% 和

97.2％。相比之下,城市学校和县直属学校的教师享受其他四种分担形式的比例却明显高于乡镇学校和村小,尤其是"学校与教师按比例分担"和"完全由学校包干"这两种形式表现得更为明显。

表 15-5　城乡学校教师成本分担比例对比

单位：%

		学校与教师按比例分担	教育行政部门包干	学校包干	教育行政部门和学校共同包干	完全由个人负担
在职学历教育	城市学校	8.3	2.1	3.4	1.5	84.8
	县直属学校	10.0	1.2	1.6	1.7	85.4
	乡镇学校	5.3	0.8	0.9	0.8	92.3
	村小	1.5	0.4	0.9		97.2
非学历培训	城市学校	14.3	3.3	22.3	4.9	55.2
	县直属学校	16.8	2.2	17.0	4.5	59.2
	乡镇学校	13.5	2.9	16.8	3.1	63.6
	村小	11.7	4.8	16.8	5.6	61.0

3. 公办与民办学校教师教育成本分担差别

根据教师所属学校的所有制类型,教师可以分为公办学校教师和民办学校教师,二者的成本分担状况如表 15-6 所示。

表 15-6　公办和民办学校教师成本分担比例对比

单位：%

		学校与教师按比例分担	教育行政部门包干	学校包干	教育行政部门和学校共同包干	完全由个人负担
在职学历教育	公办	7.3	1.2	1.7	1.3	88.6
	民办	8.4	0	0.6	0.6	90.4
非学历培训	公办	14.8	2.8	18.0	4.2	60.2
	民办	17.2	3.3	23.2	7.9	48.3

公办和民办学校教师在职学历教育的成本分担状况差别较小,其最突出的差别在于：公办学校教师参加在职学历教育的费用由行政部门包干的比例为 1.2％,而在民办学校教师中,没有教师能够享受培训费用由教育行政部门包干的待遇。与在职学历教育的状况相比,公办和民办学校教师在非学历培训的成本分担形式上存在着较大的差别：在公办学校中,非学历培训由教师个人完全负担的比例要明显高于民办学校,而其"学校与教师按比例分担"和"完全由学校包干"的比例低于民办学校。另

外,公办和民办教师接受在职学历教育费用完全由个人分担的比例,公办学校和民办学校相差不大,分别为 88.6% 和 90.4%,前者略低于后者;但二者接受非学历培训的费用,完全由个人分担的比例分别为 60.2% 和 48.3%,前者则明显高于后者。

4. 一般培训和特殊培训的差别

非学历培训的范围较广,包括学科专业知识培训、普通文化知识培训、现代教育技术培训、教学方法培训、心理健康培训和科研培训等,非学历培训内容以"与教师个人所教授学科的紧密程度"为标准,可分成一般培训和特殊培训。其中,与其所教授学科"非常紧密"或"比较紧密"的归为特殊培训,而"不太紧密"等三类归为"一般培训"。这两类培训的成本分担状况如表 15-7 所示。

表 15-7　一般和特殊培训成本分担比例对比

单位：%

	学校与教师按比例分担	教育行政部门包干	学校包干	教育行政部门和学校共同包干	完全由个人负担
一般培训	13.8	1.7	12.5	2.1	70.0
特殊培训	15.4	3.4	20.8	5.4	55.1

一般培训与特殊培训的成本分担比例有一定的区别。在一般培训中,完全由个人负担培训经费的比例显著高于特殊培训的相应比例,而由学校或教育行政部门承担一部分培训经费的比例则明显低于特殊培训,一般培训"完全由学校包干"的比例比特殊培训低将近 8 个百分点。

二、影响教师教育成本分担的因素分析

教师个人特征、教师所在的组织(学校)特征、培训性质以及学校所在地区特点,是影响教师教育成本分担的四类重要因素。为分析这些因素对教师教育成本分担的影响,我们建立一个二元 logistic 回归模型。

$$\log(P) = \beta_1 X_1 + \beta_2 X_2 + \beta_3 \sum_{i=1}^{n} X_{1i} + \beta_4 \sum_{i=1}^{n} X_{2i} + \beta_5 \sum_{i=1}^{n} X_{3i} + \beta_6 \sum_{i=1}^{n} X_{4i} + \mu$$

式中, $\log(P)$ 为因变量,表示教师教育成本分担的虚拟变量; X_1 表示教师的年龄; X_2 表示教师的工资; $\sum_{i=1}^{n} X_{1i}$ 表示教师个人特征的虚拟变量,主要包括教师的性别和职务,其中性别的虚拟变量为:男教师=1,女教师=0;教师职务的虚拟变量为:正副校长、中层干部、骨干教师,以普

通教师为参考变量。$\sum_{i=1}^{n} X_{2i}$ 表示教师所在学校特征的虚拟变量,包括表征学校办学类型、学校隶属关系和学校所有制类型的虚拟变量,其中表征学校办学类型的虚拟变量为:高中、完全中学、初中、九年一贯制学校,以小学为参考变量;表征学校隶属关系的虚拟变量为:城市学校、县属学校、乡镇学校,以村小为参考变量;表征学校所有制类型的虚拟变量为:公办学校=1,民办学校=0。$\sum_{i=1}^{n} X_{3i}$ 表示培训特征的虚拟变量:上级或学校要求的培训=1,教师自我选择的培训=0。$\sum_{i=1}^{n} X_{4i}$ 表示学校所在地区的虚拟变量:东部地区和中部地区,以西部地区为参考变量。

（一）影响教师在职学历教育成本分担的因素分析

模型一的因变量为"在职学历教育成本是否完全由教师个人承担",如果完全由个人承担,因变量值为 0,如果属于五种成本分担模式中的前四种,在职学历教育成本并非完全由个人负担,则因变量值为 1。表 15-8 为影响教师教育成本分担的因素分析。

表 15-8　影响教师教育成本分担的因素分析

		模型一：在职学历教育			模型二：非学历培训		
		B	Sig.	Exp(B)	B	Sig.	Exp(B)
	常数项	−4.62	0.000	0.01	−2.37	0.000	0.093
	工资	0.001	0.075	1.001	0.001	0.086	1.001
	年龄	0.001	0.199	1.001	−0.004	0.318	0.996
性别	男	0.104	0.261	1.11	0.077	0.254	1.080
职务	正副校长	0.758	0.000	2.135	1.622	0.000	5.063
	中层干部	0.780	0.000	2.182	0.920	0.000	2.509
	骨干教师	0.462	0.000	1.586	0.505	0.000	1.658
学校办学类型	高中	1.256	0.000	3.512	0.518	0.000	1.679
	完全中学	1.403	0.000	4.068	0.192	0.048	1.212
	初中	0.858	0.000	2.359	−0.113	0.174	0.893
	九年一贯制学校	0.363	0.150	1.437	0.464	0.003	1.591
学校隶属关系	城市学校	1.470	0.000	4.347	0.492	0.001	1.636
	县属学校	1.157	0.001	3.182	0.219	0.145	1.255
	乡镇学校	0.804	0.024	2.233	0.141	0.332	1.152
学校所有制类型	公办	0.113	0.015	1.120	−0.320	0.094	0.726

		模型一：在职学历教育			模型二：非学历培训		
		B	Sig.	Exp(B)	B	Sig.	Exp(B)
自主性	学校或上级要求	0.640	0.000	1.896	0.822	0.000	2.275
地区	东部	0.792	0.000	2.208	0.977	0.000	2.658
	中部	−0.196	0.130	0.822	0.436	0.000	1.547
一般或特殊培训	一般培训				0.831	0.000	2.296

注：模型一的因变量为在职学历教育成本是否完全由教师个人承担，模型二的因变量为非学历培训成本是否完全由教师个人承担。

1. 教师个人特征对教师在职学历教育成本分担状况的影响

回归结果如表 15-8 所示。教师工资和年龄的显著性水平均大于 0.05，表明教师个人的工资和年龄对教师在职学历教育的成本是否完全由个人负担无显著影响。教师性别虚拟变量的显著性水平为 0.261，说明男性和女性教师的在职学历教育的成本分担情况无明显差异。教师职务的虚拟变量的回归结果表明，不同职务的教师在职学历教育成本分担状况存在较大的差异，具有一定行政职务的中小学正副校长和中层干部，其在职学历教育经费由政府或学校部分分担的可能性相对较大。其中，前者无需由教师个人完全负担的可能性是普通教师的 2.1 倍；中层干部为 2.2 倍；骨干教师为 1.6 倍。也就是说，在教师的个人特征变量中，年龄、工资和性别对教师在职学历教育的成本分担状况无显著影响，但教师的职务对其则具有非常重要的影响。

2. 学校特征对教师在职学历教育成本分担状况的影响

学校办学类型对教师在职学历教育的成本分担比例具有显著影响。在不同办学类型学校的教师当中，九年一贯制的学校与小学教师的在职学历教育的成本分担比例无明显差异；但高中、完全中学和初中的教师在职学历教育的成本分担比例与小学教师存在显著差异。其中，完全中学教师在职学历教育经费无需由教师个人完全负担的可能性最大，是小学教师的 4.1 倍；高中教师次之，是小学教师的 3.6 倍；初中教师可能性相对较小，是小学教师的 2.4 倍。

教师在职学历教育经费的成本分担比例在城乡之间存在显著差异。在不同行政隶属关系的学校教师当中，城市学校教师在职学历教育经费无需由教师个人完全负担的可能性最大，是村小教师的 4.3 倍；县直属学校教师次之，是村小教师的 3.2 倍；而乡镇教师在职学历教育经费无需由教师个人完全负担的可能性与村小教师相比，优势相对较小，前者为后者的 2.2 倍。也就是说，在职学历教育成本分担比例在城乡之间的差距较为明显，城市（包括城市学校和县直属学校）教师在职学历教育的经费部分由教育行政主管部门和学校分担的可能性要明显高于乡村教师；而身处农村的乡镇教师和村小教师与城市教师相比，大部分都得由教师个人完全承担在职学历教育的经费。

学校所有制类型对教师在职学历教育的成本分担比例也具有一定的影响。公办学校教师在职学历教育经费无需由教师个人完全负担的可能性是民办学校教师的 1.1 倍。也就是说，与位于体制外的"民办学校"教师相比，体制内的"公办学校"教师在职学历教育经费由政府或学校部分分担的可能性相对较大，但优势不甚明显。

以上分析结果表明：教师所在的组织（学校）特征对教师在职学历教育的成本分担比例具有非常显著的影响。政府或学校为高中、完全中学和初中教师分担部分在职学历教育经费的可能性明显高于小学教师；政府或学校为城市学校和县直属学校的教师分担部分在职学历教育经费的可能性明显优于乡镇学校和村小教师；政府或学校为公办学校教师分担部分在职学历教育经费的可能性明显优于民办学校教师。

3. 培训性质对教师在职学历教育成本分担状况的影响

有些教师的在职学历教育是由学校或教育行政部门要求的，有些则是由教师个人自主选择的。这两类不同性质的培训对成本分担比例有显著的影响。对于学校或上级要求的在职学历教育而言，教育行政主管部门和学校分担部分培训经费，教师个人无需承担全部培训经费的可能性相对较大，前者是后者的 1.9 倍。

4. 不同地区教师在职学历教育成本分担状况的差异

三大地区的教师在职学历教育成本分担的状况存在较大的差异。东部地区完全由教师个人负担的可能性相对较小，政府或学校分担一部分经费的可能性是西部地区的 2.2 倍。而中部地区与西部地区教师成本分担比例则无明显差异。这意味着，随着地区经济发展水平的提高，有助于增加政府和学校分担成本的可能性。

（二）影响教师非学历培训成本分担的因素分析

模型二的因变量为"非学历培训成本是否完全由教师个人承担"，如果完全由个人承担，因变量值为 0，如果属于五种成本分担模式中的前四种，即非学历培训成本并非完全由个人负担，则因变量值为 1。

1. 教师个人特征对教师非学历培训成本分担状况的影响

回归结果如表 15-8 所示,教师个人特征对成本分担比例的影响与上述情况基本相同。其中,教师工资、年龄以及教师性别虚拟变量的显著性水平均大于 0.05,表明教师个人的工资和年龄对成本是否完全由个人负担无显著影响,男性和女性教师的成本分担情况无明显差异。而不同职务的教师成本分担状况存在较大的不同,中小学正副校长非学历培训经费无需由教师个人完全负担的可能性最大,是普通教师的 5.1 倍;中层干部紧随其后,是普通教师的 2.5 倍;骨干教师非学历培训经费无需由教师个人完全负担的可能性相对较小,是普通教师的1.7倍。也就是说,在教师的个人特征中,年龄、工资和性别对教师非学历培训的成本分担比例无显著影响,但教师的职务对其则具有非常重要的影响,并且与在职学历教育的成本分担状况相比,职务对教师非学历培训的成本分担比例的影响更大。

2. 学校特征对教师非学历培训成本分担状况的影响

学校办学类型对教师非学历培训的成本分担比例具有较大影响,但与教师在职学历教育的成本分担比例相比,其影响相对较小。在不同办学类型学校的教师当中,初中与小学教师的非学历培训的成本分担情况无明显差异;但高中、完全中学和九年一贯制学校的教师非学历培训的成本分担比例与小学教师存在显著差异。其中,高中教师非学历培训经费无需由教师个人完全负担的可能性最大,是小学教师的 1.7 倍;九年一贯制学校教师次之,是小学教师的 1.6 倍;完全中学教师可能性相对较小,是小学教师的 1.2 倍。

教师非学历培训经费的成本分担状况在城乡之间存在着一定差异,但与教师在职学历教育的成本分担的城乡差别相比,其差别相对较小。在不同行政隶属关系的学校教师当中,城市学校教师非学历培训经费无需由教师个人完全负担的可能性最大,是村小教师的 1.6 倍;县直属学校教师次之,是村小教师的 1.3 倍;而乡镇教师非学历培训经费无需由教师个人完全负担的可能性与村小教师相比,优势相对较小,前者为后者的1.2 倍。也就是说,非学历培训成本分担状况在城乡之间存在一定的差距,但差距不甚明显,其中城市学校教师非学历培训的经费部分由教育行政主管部门和学校分担的可能性相对较大,而县直属学校、乡镇学校和村小的教师之间的差距则相对较小。

学校所有制类型对教师非学历培训的成本分担状况也具有一定的影响,但与在职学历教育成本分担状况不同。对于在职学历教育而言,公办学校教师无须完全负担培训经费的可能性比民办学校教师更大；而对于非学历培训，民办学校教师无须完全负担培训经费的可能性比公办学校教师更大，前者是后者的 1.4(1/0.726)倍。由于教育行政主管部门为民办学校教师教育买单的可能性相对较小（数据中，民办学校教师非学历培训经费由教育行政部门包干的比例只有 0.8%），所以民办学校教师非学历培训经费无需完全由教师个人负担的可能性比公办学校大的原因主要在于，民办学校分担其教师的部分非学历培训经费（数据中，民办学校教师非学历培训经费由"学校包干"和"学校与教师按比例分担"的比例共计40.4%）。也就是说，对于在职学历教育，体制内的"公办学校"教师接受政府或学校经费资助的优势相对较大；对于非学历培训，体制外的"民办学校"教师接受民办学校经费资助的优势相对较大。

以上分析结果表明：教师所在的组织（学校）特征对教师非学历培训的成本分担比例也具有非常显著的影响。政府或学校为高中、完全中学和九年一贯制学校教师分担部分非学历培训经费的可能性明显优于小学教师；政府或学校为城市学校教师分担部分非学历培训经费的可能性明显优于县直属学校、乡镇学校和村小教师；民办学校教师接受学校非学历培训经费资助的可能性明显优于公办学校教师。

3. 培训性质对教师非学历培训成本分担状况的影响

教师非学历培训是由学校或教育行政主管部门要求的，或是由教师个人自主选择的。这两类不同性质的培训对教师非学历培训经费的成本分担比例影响显著，并且其影响比对在职学历教育的影响更大。对于教育行政主管部门或学校分担部分培训经费的可能性而言，前者是后者的2.3倍。

根据培训内容，非学历培训可以分为一般培训和特殊培训，这两类培训的成本分担比例不尽相同。特殊培训的经费由教育行政主管部门或学校部分分担的可能性相对较大，是一般培训的 2.3 倍。

4. 不同地区教师非学历培训成本分担状况的差异

三大地区的教师非学历培训成本分担的状况存在较大的差异，并且与教师在职学历教育的成本分担的地区差异相比，其差异更大。东部地区的非学历培训完全由教师个人负担的可能性相对最小，其培训经费由政府或学校部分分担的可能性是西部地区的 2.7 倍；中部地区教师非学历培训经费由政府或学校部分分担的可能性是西部地区的 1.5 倍。也就是说，随着地区经济发展水平的提高，政府和学校负担部分教师非学历培训经费的可能性逐步增加。

三、小结

在教师个人特征中,教师工资、年龄和性别对在职学历教育和非学历培训成本分担比例均无显著影响,但职务对非学历培训成本分担比例的影响较大,对于具有一定行政职务的教师来说,将他们接受非学历培训和学历教育的成本分担情况进行比较,他们有较大可能享受到政府和学校为其分担的非学历培训经费。

学校特征对教师在职学历教育和非学历培训的成本分担比例均存在较大影响,但影响程度存在一定的差异。其中,在不同办学类型的学校(即高中、完全中学、初中、九年一贯制学校和小学)和城乡学校(城市学校、县直属学校、乡镇学校和村小)之间,教师在职学历教育的成本分担状况的差异比非学历培训更大。学校的所有制类型对教师在职学历教育和非学历培训的成本分担状况的影响不尽相同。对于在职学历教育而言,公办学校教师接受政府或学校经费资助的可能性更大;对于非学历培训而言,民办学校教师接受民办学校经费资助的可能性更大。

培训性质对教师在职学历教育和非学历培训的成本分担比例均存在较大影响。由学校或教育行政主管部门要求的学历教育和非学历培训,教育行政主管部门和学校分担部分培训经费的可能性相对较大。且对在职学历教育的成本分担状况的影响要小于对非学历培训的成本分担状况的影响。

不同地区在职学历教育和非学历培训的成本分担状况的差异均较为明显,但也存在一定的不同。不同之处在于,东部地区政府和学校分担部分在职学历教育经费的可能性显著大于中部和西部地区,中部地区和西部地区之间无明显差异;而对于政府和学校分担部分非学历培训经费的可能性而言,东部地区大于中部地区,中部地区大于西部地区。

第五节　政　策　建　议

鉴于以上讨论,我们建议政府应该构建分级管理、经费充足、合理分担的教师教育财政体制。

（一）建立分级经费保障机制

中小学教师教育经费应建立起以政府财政为主、多方筹集、合理分担的经费保障机制。目前,各地教师教育的经费投入较少,且各地的法规制定参差不齐。各级政府应确保将相当于教师年工资总额3%的经费用于教师教育,持续设立专项的教师教育项目。同时,对经费供给比例的下限和标准，应以法律条文或政策性文件予以统一规定。

在法律保障的同时，应充分调动各级政府的积极性，想方设法多渠道筹集教师教育经费。中央财政主要负责带有政策引导性和创新性的专项培训资金；省、市级财政应在更大程度上承担起均衡本辖区内教师教育资金的责任，对贫困地区实行财政转移支付，以保障培训经费足额到位；与教育事业经费财政管理体制统一，应该由县级财政负担并统管常规性教师教育经费。

（二）建立合理的教师教育成本分担机制

教师教育作为准公共产品，应遵循"谁受益，谁付费"的原则，建立合理的成本分担机制，对不同形式的教师教育实行不同的出资方式，确定不同的出资比例。在达到教师任职学历资格基本要求的前提下，对于教师自愿参加的学历教育可以以教师个人付费为主，政府适当支持；而对于非学历培训来说，应以各级政府的财政投入和学校资助为主。

尝试将培训意愿引入成本分担机制中。国家、学校和教师对不同的培训项目有不同的意愿，因此可将受训意愿引入教师教育的成本分担中。国家强制推广的专项培训项目应由国家包揽培训费用；学校为了达标或创优而倡导教师参与的培训项目应由学校主要付费。

（三）改善教师教育质量

目前教师教育形式单一，内容陈旧，极大地影响了教师的参与热情和培训质量。有鉴于此，首先，应改革教师教育的课程内容，注重课程的实用性、新颖性和创新性。改进课堂教学，引入经验分享、案例教学、合作探究等方法，突出教师培训的参与性和体验性。另外，建立教师教育质量等级评价标准，加大对教师教育机构和教师教育师资队伍的建设，建议教育行政主管部门制定《教师教育机构资质认证标准》、《教师教育课程标准》和《教师教育质量标准》等法规，形成教师教育的质量保障机制。

其次，引进远程教育技术，建立网络培训平台，充分利用信息技术和网络资源，增加培训的开放性。建立教师教育的登记、反馈、评价和监督制度，将教师教育的登记纳入日常管理，形成一套全面、合理的教师教育评估系统，将教师教育的参与程度和效果与学校和各级政府的考评挂钩。通过积极反馈和过程监督，促进教师教育质量的提高。

第三，增加教师教育个人选择的自主性。教师教育由于强制性要求多，教师个人选择余地小，严重地影响了教师参与的积极性，降低了教师的培训付费意愿。如果能结合教师的时间、发展愿景和个人特点来提供丰富多样的教师教育产品，则对教师个人发展和教育质量的提高都会产生较大的促进作用。

（四）加强政策扶持，促进教师教育的公平

鉴于教师教育成本分担机制在城乡之间，以及东、中、西部之间存在着较大的差异，各级政府应加大对西部、农村地区、偏远落后地区、少数民族地区的政策倾斜和财政扶持。可以考虑从财政中划拨专款建立教师教育专项基金，重点补贴贫困地区教师教育的成本，保证这些地区教师的培训条件。另外，远程教育可以突破时空的限制，解决农村地区乃至偏远山区教师教育难的问题。因此，政府可加大对远程教育平台的建设，特别是加大对远程教育平台建设初期的扶持。

鉴于教师教育成本分担机制在不同职务教师之间存在着差异，政府和学校在承担学校校长、中层干部和骨干教师培训经费的同时，也应适度将这一政策向普通教师倾斜，将接受培训是教师权利的思想制度化，缩小普通教师与这三类教师培训成本分担比例的差距。另外，政府和学校也应注意将教师的基本轮训与选送骨干教师参加培训相结合，在全面提高教师队伍素质的同时，形成骨干教师梯队。在职称标准以外，增加多种选送教师参加培训的标准，增加对全体教师教学技能、教学方法等方面的非学历培训。

鉴于教师教育成本分担机制在公办和民办学校教师之间存在着差异，政府应增加对民办学校教师非学历培训经费的资助。教育是准公共产品，民办中小学在所有制类型上虽然有别于公办学校，但它作为我国基础教育事业的重要组成部分，同属于社会公益事业，同样具有非常高的社会收益率，因此，政府也理应为民办学校的教师教育承担部分经费。

（五）转移培训重点，加强校本培训和校际交流

随着中小学教师学历达标率的提高，教师教育的重点应从学历教育转向非学历教育，把教师专业化作为教师教育的出发点和归宿，切实发展教师的实践性反思能力，立足校内，推广校本培训，加强学校之间的培训交流，降低教师教育的成本。

（六）深化教师人事制度改革

在教师队伍中引入动力与压力两种机制。动力机制使教师的培训学习与其教师资格或职务晋升挂钩。压力机制是对教师教育的年度考核和奖惩等方面做出相关规定。在动力机制和压力机制的双重作用下，奖励积极参加培训学习的教师，淘汰那些不能自我更新知识的教师，保持教师队伍的良性流动，从而提高教师队伍素质。

第十六章　分权化义务教育财政中的政府间转移支付

第一节　政府间教育转移支付的历史背景

到 20 世纪 90 年代初,在中国基础教育领域,一个由政府财政拨款和预算外收入(如教育费附加、社会捐集资、校办产业收入和杂费)支撑的分散财政体制已经确立。在经济持续快速发展的情况下,用于教育包括初等和中等教育的资源有了明显增长。就通过分散化财政供给和拓展经费来源渠道来说,1985 年的改革政策的实施是成功的。但是,到 20 世纪 90 年代初期,这一体制的不足之处也已经充分显露。主要体现在两个方面:贫困地区和农村地区的教育经费严重不足,不同地区间生均支出水平高度不均衡(曾满超,1996)。这两个问题在 20 世纪 90 年代一直存在,甚至趋势有所加强。

贫困地区和农村地区的教育财政困难至少体现在以下两个方面:一个方面是基本教育投入要素严重不足,如合格教师、教学设备和学校设施等。20 世纪 90 年代有关调查揭示了很多拖欠教师工资、教学设备不足、校舍失修及危房等问题。① 贫困和农村地区落后的办学条件显然与这些地区的生均支出水平过低有关。第二个方面主要体现在这些地区的中小

----

① 曾满超. The Financing of education in Shaanxi and Guizhou[R]. 华盛顿:世界银行报告;蒋鸣和.中国县级教育财政发展模式[C]//中国教育财政政策研讨会论文,1992;世界银行. Strategic goals for Chinese education in the 21st century[C]. 报告编号:18969-CHA,华盛顿,1999;王善迈.中国教育发展报告[M].北京:北京师范大学出版社,2000:18-43.

学入学率低于其他地区。自 20 世纪 90 年代下半期起,中央政府开始为贫困地区义务教育发展提供经费补助。但这些专项资金并非是经常性的,而且额度很小。

自 20 世纪 90 年代初期起,有很多关于初等和中等教育财政投入不均衡的研究。一些研究以省为分析单位①,另一些则利用了县级数据②。这些研究均发现不同地区间小学、普通中等教育(初中和普通高中)生均支出存在严重不均衡的情况。这种严重的(甚至是逐渐扩大的)不均衡反映了区域经济发展和收入分配的不均衡。但目前的财政体制尚无解决这种不均衡和不公平的内在有效机制。

很多乡镇政府并无提供义务教育的财政能力,自 20 世纪 90 年代以来,这一点日渐凸显。因此有必要重新思考教育财政的政府间架构。中国政府已经在尝试把分散的教育财政体制改为适当集中,初等和中等教育投入的主要责任上移到了县一级政府,加强省级政府的统筹责任。

由于分散教育财政体制存在的问题,很多人倡议建立一个规范化的基础教育③的政府间财政转移支付系统,从中央、省和县级政府依次向下一级政府提供均衡化资金。建立这样一个系统有两个主要目标:① 向最弱势的人群和地区倾斜教育资源,以保证中小学生均支出都在一个起码的充足水平之上;② 把教育投入的不均衡和不公平水平减低到中国社会能够容忍的程度。世界银行在关于中国 21 世纪的教育战略目标、财政和教育系统结构的一个研究报告中,建议中国政府建立一个政府间的教育转移支付系统。很多中国学者也倡议,利用政府间转移支付,帮助贫困地区和农村地区发展义务教育。④

第二节　分权系统中政府间转移支付的作用:
一些国际经验

教育财政学主要研究的是教育资源的筹集和分配。分权化的教育财

---

① 曾满超. Cost of education in China: Issues of resource mobilization, equality, equity and efficiency, Education Economics[M]. Vol. 2 (3), 1994: 287-312; 杜育红. 教育发展不平衡研究[M]. 北京: 北京师范大学出版社, 2000.

② 丁延庆, 曾满超. Financial disparities in compulsory education in China[C]. 美国哥伦比亚大学中国教育研究中心论文, 2001.

③ 中国的基础教育是 1~12 年级,包含小学、初中和高中三个教育层次。

④ 袁林生, 王善迈. 建立规范的加大中央和省级政府责任的义务教育财政转移支付制度[C]. 北京大学教育经济国际研讨会论文, 2001.

政系统是下级政府和学校主要负责人（如校长和校董会）对教育资源的筹集和资源在学校间的分配享有决策权。国际经验表明，分权化既有优点，也有不足（曾满超，2002）。优点包括：① 通过提升基层对学校的主人翁责任感，可以筹集更多资源；② 将决策权交给与学校接近、熟悉地方教育需求、更了解基层环境的人，能提高效率；③ 各级政府分享决策权，共同承担财政责任，有助于解决不同政府层级之间的冲突。

但是，因为社会经济发展不平衡和地方政府财政能力的问题，财政分权化有两个主要缺点：① 地方政府可能不具备决策所需的管理能力，或不具备满足地方教育发展需要的财政能力；② 依赖地方财力会导致地区间的财政不平衡。

分权系统的平稳和有效运行有赖于以下几个因素：① 透明度：各级政府和学校负责人的决策权和责任有清楚的界定；② 管理能力：各级政府和学校主要负责人有履行其规定职责的财政能力、人力资源和技术能力（如管理信息系统）；③ 绩效责任：建立对各级政府和学校主要负责人的问责制度，以使他们对自己作出的决策和所管辖的学校的教育绩效负责；④ 政府间财政转移支付：应该建立教育财政系统所不可或缺的政府间财政转移支付体系，以保障所有基层单位的教育支出达到起码的充足水平，并消除过度的不均衡现象。

分权化系统运行面临的挑战是，如何制定和实施恰当的政策，以发挥分权系统的优势，同时尽量克服其缺点。

在教育财政领域，有四个资源筹集和分配的决策标准：充足、公平、平等和效率。在评估财政政策时，这四个标准很重要。①

国际经验表明，政府间财政转移支付是一个成熟的、运作良好的分权化财政系统不可或缺的组成部分。政府间转移支付的作用主要体现在：专门给弱势地区和人群提供额外资源，以保障教育经费有起码的充足水平；通过这一系统的分配，把不均衡的程度控制在社会可接受的水平之内；以及从来源上减少不均衡。如果采取措施提高透明度和强化绩效责任，转移支付系统会更有效率。

教育财政转移支付系统的相对重要性（可以用转移支付资金占全部教育经费的比重来衡量）取决于系统的目标和干预范围。如果是用来保障部分地区和人群有一个较低的生均支出水平，或用来从来源上消除某些地区的不均衡，转移支付资金的规模可能会不大。但如果转移支付资

---

① 对这四个指标的定义见第一章。

金是用来为整个系统提供均等化资金以使地区间经费差别很小,转移支付资金的规模也可能很大。一个很好的例子是美国的 K-12 公立教育。从历史上看,美国公立学校的经费一直是来自三个政府层级:联邦、州和基层政府(学区)。在 20 世纪的前几十年里,大约 80% 的 K-12 公立教育经费来自学区一级;州一级提供经费大约占六分之一;联邦提供经费所占的比重非常小。来自基层政府的学校经费收入主要依赖于财产税。由于地方的财产价值差别很大,因此来自基层政府的教育经费差别也非常大。这种巨大差异引起了人们对系统性的不公平和贫困社区经费不足的广泛关注。后来州政府开始积极介入 K-12 公立教育财政;到 1997 至 1998 学年度,州提供经费的份额提高到了 48.4%,而学区的份额降至 44.8%。州提供的教育经费多数是拨给学区的均衡化资金,目的不光是保证所有学区的经费都有起码的充足水平(称为"基础水平":foundation level),也是为了减少经济条件不同和有着不同教育需要的学区之间的支出不均衡。州的经费分配采用几种拨款公式①,拨款公式一般都考虑财政能力、财政努力程度和其他一些因素。州的均衡化资金一般用来补充学区的运行开支。联邦政府教育经费所占的份额一直很小。联邦政府的多数教育经费是专门为某些项目而提供给学区的。

研究表明,转移支付的经费拨付方式会影响地方提供的经费支出水平。② 专项资金是专为某个目的(如帮助贫困、农村地区普及义务教育的基建投资)或某种用途(如为来自贫困家庭的小学生购买课本)的转移支付,一般都附带要求经费使用报告以保证专款专用。因为专项资金很少赋予基层政府使用经费的自主权,所以转移支付资金替代基层政府本级用于相同目的的资金的可能性比较小。一般性转移支付不指定用途,地方政府在如何使用资金上有自主权。一般性转移支付也可能对地方教育经费有替代性。选择哪种转移支付类型取决于上级介入地方教育投入的目的。

"不限高"和"限高"是在分权化财政转移支付过程中常遇到的问题。如果政策是"不限高",则任一地区的支出水平都不会受到转移支付的限制。一个地区可以选择维持目前的支出水平,这一水平可能高于新拨款计划所规定的水平。如果有"限高"政策,则所有地区的支出都必须低于某规定水平。"限高"实际涉及要不要将从当地获取的超出规定水平的收

① D. Monk. Education Finance. New York, NY: McCraw Hill, 1994.

② Mun Tsang & H. Levin. The Impact of intergovernmental grants on educational expenditure, *Review of Educational Research*, 53 (3), 1983. 329-367.

入上交上级政府以作他用(如拨给贫困地区)的问题,是一个直接将富裕地区教育资源转移给贫困地区的有争议的政策。

第三节　中国义务教育政府间转移支付的经验

中华人民共和国建立不久,中央政府和下级政府之间就产生了财政转移支付行为。在 1980 年以前的集中财政体制之下,公共财政收入由各级政府收取,但所有权归中央政府。中央政府将收入分配给省级政府用于其支出,省级政府将收入分配给再下一级政府,以此类推。一些省从中央所得经费大于其上缴的财政收入,属于中央财政净流出省份。在 20 世纪 80 年代的分权化改革中,各级政府原则上以本级财政收入负担其必要的财政支出;财政分权体制改革后,继续保持了政府间的转移支付,但跟改革前相比有所变化。改革前和改革后的中央给地方的财政转移支付主要都是一般性转移支付,很少指定使用方向和用途。

1994 年的分税制改革重新界定了中央和地方政府的税基,改革的一个目的是提高自 80 年代以来大幅降低的中央政府在政府财政收入中的份额(Wong, 1997)。改革中保留了一些政府间转移支付,但并无专门为教育事业的。最早的政府间义务教育转移支付出现于 90 年代下半期,转移经费规模逐渐增大。下面将首先介绍这些转移支付项目,然后就其对资源筹集和投入不均衡的影响做一些简单的统计分析。

第一个大型义务教育转移支付项目是"九五"期间(1996—2000 年)的"国家贫困地区义务教育工程"(以下简称"义教工程")。中央政府在这一项目中共投入了 39 亿元,资金主要投向 582 个国家级贫困县,覆盖 22 个省和自治区,用于帮助贫困地区改善义务教育基础设施。项目要求地方政府提供配套资金,配套比例为 1∶1.5("三片"地区)或 1∶2("二片"地区)。各级政府的工程资金投入总额达 100 亿元。"十五"期间(2001—2005 年),"义教工程"继续实施,中央财政投入 50 亿元,集中投入到 2000 年底尚未普及义务教育的县。"义教工程"的主要目的是帮助贫困地区实现九年义务教育,并非解决整个系统的财政不均衡或不公平问题。

第二个大型义务教育转移支付工程是 2001 年中央政府启动的"全国中小学危房改造工程"(以下简称"危改")。"危改"工程第一期是 2001—2003 年,中央政府投入 30 亿元专项资金。加上各级地方政府配套,工程总投入达 62 亿元。"危改"工程二期于 2003—2005 年实施,中央投入专项 60 亿元,工程总投入达 160 亿。与"义教工程"相比,一期和二期"危改"工程覆盖的范围有所扩大(从22个省到26个省),工程目标也非常单一和明确(消除中小学危房)。需要指出的是,危房多数集中于贫困、农村地区(包括在比较发达省份的贫困县和农村)。与之对照,"义教工程"主要是建新校舍,并且"建成一所,配套一所,完善一所"。在很多项目县,新校常常建在乡镇政府所在地(有的甚至在县城)。这是值得注意的现象,因为在这种情况下乡镇甚至一县之内的不均衡程度可能会因"工程"投入而加大(乡镇所在地学生得到额外投入,而所辖偏僻的最贫困地区则没有得到,相对差距拉大)。"危改"工程在这个方面应该是有所改善的,因为危房比较集中在农村和最贫困的地区。这无疑将有助于改善横向公平和纵向公平状况。

第三个比较大的义务教育转移支付工程是为农村贫困学生提供"两免一补"(免书费,免杂费,补助生活费)。仅2003—2004学年度,中央政府提供的用于给贫困农村地区学生购买教科书的专项资金就达17.4亿元。从2004—2007年,中央政府还将投入专项资金约100亿元,主要用于为贫困农村地区学生减免杂费和提供免费教科书。跟前两个重大义务教育转移支付工程相比,这一项目在促进教育公平方面又有所改善,因为该项目资金是直接投向弱势地区和人群的。该项目不仅免除杂费,而且还要补贴贫困学生的生活费用开支。这些举措都将减轻学生家庭的教育负担,因此也将对改善"纳税人公平"有积极作用。需要指出的是,"义教工程"二期也有5亿元中央专项是用于给贫困地区学生提供免费教科书的,这也是二期工程和一期工程相比做出的一个改进。自2004年开始的"贫困地区农村寄宿学校建设工程"颇值得称道。这一工程不仅投向贫困地区,而且针对的是不利地理条件制约弱势人群入学(如在贫困山区)这一重要的问题。

2005年12月,中央政府实行了新的农村义务教育项目,该项目将在"十一五"期间(2006—2010年)大幅度地提高对农村义务教育的财政资助力度。"十一五"期间,计划投入总经费2180亿元(其中60%的经费来自中央政府,40%的经费来自省政府),用于"两免一补",资助贫困家庭孩子上学,用于学校必要的非人员性支出、校舍维修和重建以及解决贫困地区教师工资发放问题。

政府新的农村义务教育项目的目的十分明确,旨在保证农村义务教育的顺利实施。作为政府将发展重点从城市转向农村的一个重要组成部分,该项目主要是为了解决农村义务教育中存在的问题。目前是继续改革义务教育财政的历史性关键时刻,在以下几个方面具有创新性:第一,它明确了中央和地方政府分担的责任，消除了过去哪一级政府应该承担义务教育经费责任不清的问题。第二，通过建立县及学校一级的财务预算系统，加强县和学校的财务管理。第三，它预示着义务教育财政责任的再一次相对集中，并且意识到以前的分权改革有一些过头，地方政府承担的责任与其能力不相匹配，需要上级政府有更强的财政调控能力。第四，提高了中央和省级政府用于农村义务教育经费的力度，以及政府间转移支付在义务教育总经费中所占的比例。

无疑，这项新的计划为解决义务教育经费不足及不公平问题迈出了第一步。但是，在某些方面，它仍然显得不够，存在着继续努力的空间。第一，政府提供的教育经费主要是从改善各种办学投入条件出发的，而没有对教育产出给予足够的关注。因此，难以评价该项目对于学生学习产生了什么影响，农村孩子学习效果是否会越来越好，学生是否掌握了必要的知识、技能和价值观。第二，对于新增加的农村义务教育经费是否能够保证取得必要的教育效果，仍然是不明确的。新项目可以保证农村地区提供低成本的教育，但是却无法保证充足的教育。第三，该项目并没有开始着手解决义务教育质量及其经费投入方面业已存在的显著差距，尚没有把义务教育财政公平问题提到议事日程，即来自不同家庭背景的孩子具有不同的受教育机会。第四，对于如何保证农村教师供给以及提高其水平，该项目的效果如何显得不够明确。虽然该项目拟将部分经费用于保证农村教师的工资收入，但是对于有多少经费能够真正兑现，仍然没有明确的答案。因此存在着这样一种可能或危险，中央政府将计划用于改善其他教育条件的经费用于补贴教师的工资。第五，除了建立教育预算和监控系统外，在财务管理方面，仍然存在着其他许多可以改进的余地。表 16-1 为近年的重大义务教育转移支付工程一览表。

表 16-1　近年的重大义务教育转移支付工程一览表

工程的计划 实施年份	工程 名称	总资金 投入	资金 来源	投入地区 （人群）	工程 目标
1995—2000	国家贫困地区义务教育工程（一期）	约 100 亿	中央 39 亿元；省级及以下政府约 60 亿元	主要用于 582 个国家级贫困县	帮助这些地区实现"普九"目标
2001—2005	国家贫困地区义务教育工程（二期）	约 72.5 亿元	中央 50 亿元；省级及以下政府 22.5 亿元	522 个 2000 年尚未实现"普九"的县（市）	帮助这些地区实现"普九"目标

续表

工程的计划实施年份	工程名称	总资金投入	资金来源	投入地区（人群）	工程目标
2001 年末—2003	全国中小学危房改造工程（一期）	至少 62 亿元*	中央 30 亿元；省级配套资金至少 18.2 亿元；其余为地市以下配套资金	所有 22 个中西部省份及新疆生产建设兵团和辽宁、山东、福建的贫困地区	消除这些地区的中小学 D 级危房
2003—2005	全国中小学危房改造工程（二期）	大约 160 亿元**	中央 60 亿元；地方资金估计为 100 亿元	同上	同上
自 2004 年起	"两免一补"工程	无精确估计***	2003 至 2004 学年度中央投入专项 17.4 亿元	中西部 22 个省的农村地区及新疆生产建设兵团	为贫困学生提供"两免一补"
2004—2007	贫困地区农村寄宿学校建设工程	100 亿元	中央 100 亿元	372 个 2003 年仍未"普九"的县和中部的一些少数民族地区	在地理条件差的地区建设寄宿制学校
2006—2010	农村义务教育经费保障机制	约 2180 亿元	主要由中央政府提供（特别在西部地区）	农村	保障公用经费、免杂费和提供"两免一补"等

注：

* 不同政府部门提供的地方政府配套资金数据不一致。62 亿为教育部数字。但根据全国危房改造办公室的统计，截至 2002 年底，中小学危房改造总计投入约 120 亿元。其中，中央"危改"工程一期专项资金 30 亿元，二期"义教工程"用于危房改造的资金 11 亿元，其余 79 亿为地方政府配套资金（全国危改办，2004）。

** 此数字是作者粗略估算所得。该项目中央投入为每年 20 亿元，连续投入三年。目标是消除 D 级危房 4000 万平方米。根据全国危改办的统计，到 2002 年底，一期"危改"工程投入 120 亿元，消除危房约 3000 万平方米，每平方米成本约为 400 元（全国危改办，2004）。同样是根据全国危改办的统计，"危改"工程一期结束后全国中小学尚余 D 级危房约 4000 万平方米，若全部消除大约需要 160 亿元（4000 万平方米乘以 400 元/平方米）。

*** 中央政府计划到 2007 年为贫困农村地区学生提供"两免一补"（来源：2004 年 8 月 25 日教育部关于免费提供教科书的新闻发布会）。中央政府承诺提供免费教科书，要求地方政府（"特别是省级政府"）免除杂费并提供生活费补助。

　　政府间转移支付在发展义务教育中的重要性如何？它们在多大程度上降低了义务教育支出不均衡的程度？其影响是否随时间推移而发生变化？为了回答这些问题，我们利用国家教育部提供的教育财政基层报表数据进行了一些分析。2000 年的数据库包含了全国绝大多数县级单位（共约 3100 个记录，省和地级市的财政本级亦被看做"县级"单位）。1997 年的数据库包含大约 2400 个县级单位。虽然 1997 年的数据不如 2000 年的数据完整，但它是最早的具有代表性的县级教育财政数据库。在本书的其他章节也有利用这些数据进行的分析。

　　首先看政府间转移支付作为教育经费的一个来源的重要性。2000 年省级数据包含"中央补助地方的教育专款"和"省本级补助地方的教育专款"。但这些教育专款哪些是投向义务教育、哪些投向其他教育层次（如高中和中职），在数据中并没有再作区分。在中国，县级政府举办的教育主要包括中小学（包括高中）和职业教育、成人扫盲等。"九五"期间对县级并没有其他类似于"义教工程"的重大转移支付项目。省级拨给县级的转移支付资金主要是"义教工程"的配套资金，本文作者之一在西部一个省的个案研究中发现，到 2003 年与 2000 年情况类似（丁延庆，2005）。以该省（Y 省）为例，2003 年省级对县级的教育转移支付共计约 3 亿元。其中约 7400 万元是"义教工程"（二期）的配套资金；1.3 亿元是"危改"工程的配套资金；另有 5000 多万元是国家"两免一补"项目（义务教育）的配套资金。余下的约 5000 万是省级项目的开支（也是义务教育项目，其中约 1500 万是非经常性的"普九"资金）。地市一级（介于省级和县级之间）也向县级提供教育转移支付资金，其中绝大部分是中央的义务教育项目的配套资金。例如，在调查中了解到，Y 省的 Q 市 2000 年给其所属县的教育转移支付共 1800 万元，全部是"义教工程"的配套资金。该省"义教工程"省级和市级对中央资金的配套比例分别是 1∶1 和 0.25∶1。因此，总的来说，2000 年数据中县级接受的上级教育转移支付数字可以被看做是义务教育转移支付。表 16-2 是省级和中央义务教育转移支付在义务教育财政性经费中所占的比例。这里的"义务教育财政性经费"指各级财政对教育的拨款、城乡教育费附加、企业办中小学支出以及校办产业和勤工助学收入等。各省的义务教育财政性经费是省内所有县级单位包括省市财政本级的义务教育财政性经费的总和。部分地区的这一比例不排除有高估的可能性。原因有二：一是中央和省级补助地方的专款中可能有很小一部分是用于非义务教育（如高中和中等职业教育、扫盲等）；二是数据库中一些县级单位数据缺失，因此全省的义务教育财政性经费（分母)可能低估。在计算过程中所有平均数均按照学生人数加权,以避免各类地区的比例受到学生人数较少的地区(人口少的省以及县级单位缺失较多的省)的比例(往往会较高)的过多影响。从表 16-2 可以看出,从全国范围看,中央和省级义务教育财政转移支付占义务教育财政性经费的比重大约接近 3%;省级义务教育转移支付总额大约是中央的一倍。总的说来,政府间转移支付资金在义务教育经费中所占的比重是比较低的。

从表 16-2 还可以看出,政府间转移支付的相对重要性在不同地区是不同的。教育部根据各地区经济和教育发展水平(如"普九"和扫盲进度),将全国(不含香港、澳门、台湾地区)划分为三片地区。根据表 16-2,中央和省级教育转移支付占财政性义务教育经费的比重在"三片"地区大约是 7.3%,在"一片"和"二片"地区分别占 2.3% 和 1.7%。可见政府间转移支付在教育最不发达地区起了更为重要的作用。

1997 年的省级数据中也包含中央教育专项资金的有关信息。表 16-2 也给出了 1997 年中央教育专项在财政性教育经费中的比重。需要指出的是,1997 年数据中各省的"财政性教育经费"(分母)不光包括义务教育,也包括其他层次和类型的财政性教育经费,而中央专项资金主要是义务教育专项资金,因此,1997 年中央专项占义务教育财政性经费比重有低估的可能。表 16-2 中数据显示,"三片"地区中央专项占义务教育财政性经费的比重也明显高于其他两类地区(1997 年省级数据没有省级专项资金数目)。从 1997 年到 2000 年,"一片"和"三片"地区中央专项在义务教育财政性经费中所占比重有较大幅度的提高,而中部地区的比重却下降了(从 1997 年到 2000 年"义教工程"资金投向重点由"二片"转向"三片"地区)。

表 16-2　中央和省级专项资金在义务教育财政性经费中的比重

单位:%

地区	2000 年			1997 年
	省级专项 所占比重	中央专项 所占比重	中央和省 之和	中央专项 所占比重
"一片"	0.76	1.53	2.29	0.14
"二片"	0.55	1.16	1.71	1.37
"三片"	3.16	4.16	7.32	1.21
全国平均	1.08	1.81	2.89	0.97

表 16-3 显示的是 2003 年"三片"地区人均义务教育经费和义务教育转移支付的收入情况(所有平均数均按照人口数加权计算得出)。由表

16-3 可见,人均义务教育经费地区间差别很大,"一片"地区人均义务教育经费分别是"二片"和"三片"地区的 1.81 倍和 1.69 倍。这样的差距是意料之中的,因为"一片"地区的平均发达程度高于其他地区。从表 16-3 还可以看出,"三片"地区的人均义务教育转移支付明显高于其他地区。此结果也说明政府的政策是向最贫困地区倾斜的。

表 16-3 也显示了,扣除中央及省级转移支付后的各类地区人均义务教育经费:义务教育转移支付使"一片"和"三片"地区的人均义务教育经费比由 1.78 降低到 1.69。

表 16-3　各类地区人均义务教育经费和义务教育转移支付的收入情况

单位:元

地区	人均义务教育经费	人均中央和省级义务教育转移支付	人均义务教育经费（扣除转移支付）
"一片"	198.28	2.45	195.82
"二片"	109.79	1.11	108.68
"三片"	117.01	6.99	110.02
全国平均	139.44	2.56	136.87
"一片"和"三片"地区之比	1.69	0.35	1.78
"二片"和"三片"地区之比	0.94	0.16	0.99

需要指出的是,上述计算并没有考虑中央对省、省对下属县市的一般性转移支付。一般性转移支付资金提高基层政府财力,可以用在包括教育的所有部门。这种财力补助性质的转移支付无疑会有一部分投入到义务教育,但上文的分析只计算了专门为义务教育的专项转移支付。

但是,随着 2006—2010 年中央和省级政府对农村地区教育财政补助的增加,政府间转移经费将会变成农村义务教育经费中一个显著的来源。

第四节　建立制度化和切实的政府间转移支付制度

外部社会、经济和政治条件是不断变化的。中国义务教育财政改革可以被看做是一个既有大的政策调整又不断有微调的过程。中国在众多部门开始其分权化改革时,一个主要的目的就是界定和试行一个多重政府的治理模式。在教育领域,特别是对于中小学教育,主要的任务是把教育管理和财政的责权下放到县、乡以至村。此政策在 20 世纪 80 年代后期迅速地而且是成功地推行了。1994 年的税制改革进一步划定和明确了各级政府的税基。但决策权的下放并没有和"地方负责"制的实施同步进行。可以说,地方政府逐渐地获得了更多的教育决策权。

应该看到,地方政府管理初等和中等教育的技术能力在这些年里有很大提高。这些能力包括教育工作者的培养、信息收集和使用、技术越来越广泛地应用,以及在决策中注重将调研和专家咨询结合起来等。

很明显,资源筹集方面的问责制度还有待加强。例如,各种媒体不时有关滥用教育经费、教育管理人员文化素质低下和缺乏必要的训练(尤其在改革初期)、城市学校人浮于事等事例的报道,学校的重读率和辍学率很高。但提高教育部门的绩效责任和效率不能仅靠整改教育部门来实现,它们还受到教育部门以外的政治、劳动力市场、法制等诸多条件的制约。[①]

中国教育财政改革的一个主要目标是从基层政府和各种非政府来源筹集更多教育资源。在经济持续快速增长的情况下,教育(包括义务教育)总支出在 20 世纪 80 年代和 90 年代一直保持增长趋势。但在 90 年代的多数时间里,政府教育支出占 GDP 的比重却是呈下降的趋势,虽然政府设定的目标是到 2000 年达到 4%。很明显,这一目标没能实现。1998 年中国政府颁布了《面向 21 世纪教育振兴行动计划》,宣布中央财政用于教育的支出每年增长一个百分点,连续增长 5 年,同时要求省级政府也根据自身条件相应地增加教育支出。政府教育支出占 GDP 的比重 2000 年增至 2.87%;到 2003 年达到了 3.28%;2004 年,这个比重又下降到 2.79%。[②]

如果对中国教育财政的分权化改革进行评价,很多观察者会认为,特别是对农村和贫困地区来说,教育数量的发展超前于教育资源的筹集。目前体制的一个严重缺陷是,缺少一个规范的均衡机制作为分散财政体制的必要补充。建立这样一个机制应该成为下一轮义务教育财政改革的重点。政府新制订的 2006—2010 年农村义务教育经费保障项目,将是这

　　[①]　请参考:曾满超. Cost of education in China:Issues of resource mobilization, equality, equity and efficiency, Education Economics[M]. Vol. 2 (3),1994:287-312;A. Park, S. Rozelle, C. Wong, and C. Ren. Distributional consequences of reforming local public finance in China. The China Quarterly, No. 147 (1996), 751-778;杨钋. 教育资源浪费现象透析[C]. 北京大学举办的教育经济学国际研讨会提交论文,2001.

　　[②]　中国教育部各年《教育经费执行情况统计公告》。

种改革进程中最为重要的第一步，但是它只能够保证农村义务教育较低的投入水平。

增加中央和省级政府对贫困和农村地区义务教育投入，至少有三个理由：第一，义务教育能够提高个人的劳动生产率，使他们成为更高效的生产者。很多关于中国和其他国家的研究都表明，教育可以大幅度地提高农业部门劳动者的生产率；接受了小学和初中教育者有更高收入和更多从事非农产业的机会。① 人力资源投资是提高农业地区经济发展水平的重要举措，特别是在经济结构发生变化的时候。第二，中国沿海地区和西部、城市和农村之间经济发展水平差异很大。其原因部分是由于国家在过去20年里没有对西部和农村地区重点投资，这些地区的经济发展和生活水平严重滞后。立足于社会公平，国家有必要为西部和农村地区的发展实行倾斜政策。② 第三，农村地区的乱摊派、经济发展日益不均衡和腐败行为在农村地区积累了不满情绪。为维护和提高政治稳定，目前亦急需采取切实步骤改善农村居民的生活状况。③

中央和省级政府确实为贫困地区义务教育发展提供了财力支持。但目前的均衡化措施仍有以下几个方面的局限性：首先，与财政需求相比，财政资助的力度仍然不足。很多地方不能按时完成"普九"，拖欠教师工资，以及贫困地区办学条件落后，这些都从侧面反映出财政资助力度不够。应该指出的是，在过去几年，政府间教育转移支付力度明显增加了。第二，中央和省级补贴目前还不是教育财政体制制度化的组成部分。目前的政府间教育转移支付仍然是用来弥补一个庞大、差异性强和分散系统重大缺陷的非经常性措施。2006—2010年农村义务教育计划认识到中央和地方政府各自在农村义务教育中所分担的责任，如果这项政策能够持续下去，将标志着政府间转移支付制度规范化的开始。第三，中央和省级补贴的范围比较有限。一般都是以项目为依托，基本只用于学校设施、设备、办学条件等，没有对学校的事业性开支予以补助。要解决贫困

---

① 曾满超、魏新，等. 教育政策的经济分析[M]. 北京：人民教育出版社，2000；G. Psacha-ropoulos. Returns to investment in education: A global update. World Development, 22 (9), 1994, 1325-43；P. Moock & H. Addou. Agricultural productivity and education. in T. Husen & N. Postlewaithe (Eds.) Inernational Encyclopedia of Education, 2nd Edition, pp. 244-254, Pergamon Press, 1994；Rozelle and Debrauw chapter.

② 中央政府自"十五"起开始实施西部大开发战略，并已采取切实措施增加在西部地区的投资。

③ 信息技术时代的政治控制与以往已有很大不同。政治合法性越来越建立在能否真正实现提高生活水平和社会公正。

和农村地区教育经费不足和地区间差距过大等问题,政府间转移支付必须成为稳定的经费来源渠道,并且在义务教育总经费收入中占据较大的份额。

建立制度化的切实有效的义务教育转移支付系统将会越来越有紧迫性。目前,相当多的乡级政府因资源不足而不具备举办义务教育的财政能力这一事实,已经得到教育界和政府部门的认同。在农村地区征收教育费附加和摊派,直接增加了农民的负担,这些收入也不是可靠的教育经费来源,波动性很大。除此以外,上述增加上级政府义务教育投入的理由,随时间推移可能会愈加凸显。制度化的、切实有效的义务教育转移支付制度的建立,可以被看做是一个不断演进的过程,可能需要分步实现。教育转移支付的有效运作,无疑也要求不断提高教育系统资源的使用效率和强化问责制度。

但是,仅仅增加政府间转移支付的金额量是不够的,保证资源的有效使用并且实现预想的教育产出(如学生学业成绩)也同样重要。有必要对教育产出给予更多的关注,增强教育资源分配与教育产出之间的关联性。最后,在努力为义务教育筹集充足资源的同时,也应该努力提高教育均等化的程度。均等化不仅指生均经费支出的均等,而且指各种教育投入条件的均等,如不同省、同一个省、同一个县中不同学校之间应该能够聘请到水平大致相同的合格教师。

第五节　改善政府间转移支付制度的措施

本节探讨的是将来需要解决的一些问题,涉及合理的政府间架构、如何筹集更多资源、如何分配转移支付资金和决策过程等方面。

1. 合理的政府间架构

目前,中国有五个政府预算级别:中央、省、地市、县和乡镇。几年前,世界银行的一个研究建议将学校教育的财政和管理简化为"中央—省—县—学校"。取消乡一级有以下几个好处:第一,乡镇政府可能不具备为当地全部人口提供九年义务教育的财政能力;第二,县一级在历史上就是中国政府的基本单位,举办义务教育的实力较强;第三,取消乡镇一级可以大大减少县以内乡镇之间的教育和财政差异度;第四,权衡利弊(如维持统一性与保持地方主动性和多样性、保证管理效率、把不均衡程度控制在社会接受水平以下等),学校之上有三层政府(而不是五层)是一个比较合理的政府间架构。中国县级政府之间差异性很强。有的县人口很多,而有的县幅员辽阔。出于教育财政和管理需要,有必要将这样的县分成两个(或三个)教育单位("学区")①。显然,要确定中国公共财政(或教育财政)合理的政府间架构还需要更多的研究和试验。

2. 筹集更多财政资源

本章和其他很多研究的基本观点是,中央和省级政府需加大对义务教育特别是贫困农村地区义务教育的投入。更多资源不但意味着更高的(不变价格计算的)生均教育支出,也意味着教育支出占 GDP 和政府财政支出比重的提高。一个问题就是追加的教育投入来自哪里。在其他因素不变的情况下,如果经济继续高速增长,以不变价格计算的生均教育支出也会增长。② 要切实增加财政性教育经费,不光要增加政府财政收入(比如提高财政收入占 GDP 的比重),增加政府教育支出(提高政府教育支出占财政支出的比例),还要随着政府职能的转换,减少政府在某些领域的支出(如弱化政府在生产领域的作用,减少除国防和其他特殊部门以外的国有企事业单位的补助)。粗略的计算表明,增加政府教育支出是有潜力的。③

增加政府义务教育支出是增加政府教育支出的一个部分。在很长一段时间里,有大量的研究一致主张大幅度增加政府教育支出,以解决长期以来因投入过低而出现的教育问题,满足不断发展的经济对教育的需求,提升中国在全球化知识经济中的比较竞争优势。

毋庸讳言,增加政府义务教育支出的政治支持不可或缺。经费问题涉及将财政资源从发达地区转移到不发达地区、从城市转移到农村、从强势群体转移到弱势群体,因此变革面临着政治上的挑战。

3. 政府间转移支付的分配

对于中央和省级教育转移支付的分配,至少有六个问题需要进一步的研究和试验。第一个问题是如何明确中央和省级义务教育资源的目标和用途。政府间财政关系的一个原则是,中央的资金应该解决全局性问题,而省级资金用于解决区域性问题。因此,中央和省级转移支付可用于不同的项目或投资领域。转移支付的双重目标:保证充足性

---

① 到 1999 年底,中国共有 2109 个县(《中国统计年鉴》,中国统计出版社,2000 年)。如果县内再划分学区,仍可以在学校以上有三级政府。

② 一个应该注意到的事实是,中国国民经济在过去 20 年里一直以平均 9.5% 的速度增长,但同时贫困的农村地区一直未能摆脱财政困境。中国经济面临的挑战不仅是经济总量增长,而且还有国民收入的分配问题。

③ 1997 年政府预算内外支出占 GDP 的比重是 19% 到 20%,与工业化国家平均 30% 以上的水平相比是比较低的。同时,政府给予国有企业的补贴与政府教育支出基本相当。

和改善不公平可以相互促进而不发生冲突。但是，当前政策应以保障贫困和农村地区的起码的投入水平为优先政策目标。① 另外，中央和省级政府可以把转移支付资金的分配，与地方政府强化问责制和提高资源使用效率的努力程度挂钩。还应该注意采取措施，防止将教育资金（包括来自中央和省级政府的教育资金）挪作他用。第二个问题涉及政府间转移支付的合理设计。政府间转移支付有几种不同的形式，如非专项资金、专项资金和一般性收益分成。根据转移支付的不同目的，转移支付可以要求配套资金或不要求配套资金。选用不同类型的转移支付对地方政府的教育支出行为有不同的影响。第三个问题涉及"充足水平"的概念界定和操作化定义。"充足"可以从教育投入和产出两方面来界定，而"充足"的定义必须是可操作的。第四个问题是确定每个县/学校得到的转移支付数量的合理方法。在这方面有大量的国际经验，可以研究它们在中国的适用性。一个常用的方法是因素法公式拨款，综合考虑各地学生群体特点、地方财政能力、地方努力程度和其他一些因素。第五个问题是需要改善学生资助系统，确保它服务于确实有需要的学生。研究表明，学校教育的私人成本可以成为贫困和农村地区和学生家庭的沉重经济负担，对学生的教育有不利影响。② 第六个问题是关于在确定分配中央和省级补助的目标和方法的过程中，保持统一性和多样性之间的平衡。由于各类地区、不同的省和县的情况千差万别，目标和方法有某些变异和调整是不可避免的。

4. 决策过程

以转移支付资助贫困和农村地区义务教育的效率，在很大程度上取决于筹集和分配资源的决策过程。在未来有必要确立具有以下一些特征的决策过程：① 公开透明；② 有内在的问责机制；③ 允许并鼓励家长的投入；④ 借助信息和技术手段提高决策科学化程度；⑤ 对各级决策人员有定期的技能和知识培训；⑥ 以立法加强决策的强制性和严肃性。当然，有关政府间财政关系的决策过程必然会受到教育财政系统外力量的影响。特别是在短期之内不能将"需要怎样"和"能怎样"混为一谈。尽管如此，在充分认识处于变化中的中国社会的特质的基础上，探索中国义务教育财政决策的必要的和可行的程序仍然是很有意义的。

---

① 例如，追加教育投入以普及义务教育、提高中小学教育质量等为优先政策目标。

② 目前有对贫困学生资助的制度，但资助力度与需求相比通常很小。如何更好地为学生提供资助（如提供课本和练习册）仍然是一个有待研究的问题。

　　综上所述，自 1985 年以来中国义务教育财政改革的重点是分散供给和多渠道筹措资金。改革的成效显著，但同时也在很大程度上使不同地区教育质量的不均衡状况加剧，导致了贫困地区教育财政困难。在这种情况下，中国政府应该致力于建立和完善一个制度化的、切实有效的义务教育政府间转移支付系统。

第十七章　美国中小学财政改革：
　　　　　　四个州的案例研究

　　美国是一个分权制联邦国家，中小学财政因州而异。Odden 和 Picus
(2000)认为，中小学财政是为提供教育服务和培养学生而进行的资金分
配和使用。美国公立中小学财政是一个很庞大的体系。按照 1999 年的
数据，它涉及超过 3000 亿美元的资金、4700 万儿童和近 500 万教职员
工。[①] 在过去的 30 年中，各州有很多中小学教育财政的诉讼案。自 20
世纪 70 年代早期开始，公立中小学教育财政系统就成为涉及公平性问题
的关注目标。

　　在 20 世纪 90 年代之前，州内各学区之间教育财政不公平问题引起
人们的注意。在这段时期，几乎所有的中小学教育财政诉讼案件都和州
内各学区之间存在的学校财政不平等问题有关。这时的教育财政不公平
主要表现为，财产税率征收越高的学区，其生均教育经费的支出越低；而
生均教育经费支出与学区生均财产税呈强相关关系。

　　从 20 世纪 90 年代以来，大多数教育工作者认识到教育经费的充足
性问题在公共教育系统中发挥着更为重要的作用。中小学教育财政的公
平有可能导致较低水平的生均拨款，而这会导致教育低产出和低效率。
只有教育财政经费充足才会带来合理的基础教育提供。[②]

　　通常，有四个原则可以用来勾画教育财政的公平和充足：① 横向公
平或水平公平，指的是对同样的人有同样的待遇，均等地分配教育资源；

---

　　① 数据转引自：Odden, A., and Picus, L. (2000). *School finance: A policy perspec-tive*, 2nd edition. McGraw Hill.

　　② 纽约州宪法指出，纽约州公立学校的学生应享受到合理的基础教育。

② 纵向公平或垂直公平，指的是对不同的人有不同的待遇，对于特殊学生或者有需要的学区允许分配给额外资源；③ 财政中立性，要求学区生均财产价值和生均教育经费支出之间不存在明显的线性相关关系；④ 充足性，指的是要为学生提供充足的教育资源，保证一般程度的学生达到各州要求的统一的教育标准。

本章对美国新泽西州、纽约州、得克萨斯州和怀俄明州等四个州的教育政策、拨款公式进行了回顾，分析学校财政系统的公平性和充足性，并对其学校财政体系进行了比较。

第一节　政策法律环境对中小学
财政系统的影响

美国公立中小学财政体系的建立是与国内广泛的政策讨论密切相关的，而这些政策讨论在 20 世纪 60 年代末开始法律化。从 20 世纪 60 年代末期到 80 年代末期，"学校财政诉讼的推动在于更多地使用了联邦法律保护公平性的条款来保障弱势人群的利益"①。20 世纪 90 年代，学校财政的法律诉讼从以财政公平为中心转向了"更复杂的财政充足性问题"。财政充足性着眼于，"每个学区和每个学校是否拥有充足的资源，以提供足够有力的课程教学和教育服务，使得绝大多数学生能够达到一个较高的学业标准？"②下面描述和分析新泽西州、纽约州、得克萨斯州和怀俄明州的学校财政法律诉讼的一些案例。

1. 新泽西州

从 1970 年到 1998 年，新泽西州不断有学校财政方面的法律诉讼，大多是代表最贫困学区的原告方胜诉。新泽西州的首件学校财政诉讼案发生在 1970 年 2 月 3 日。泽西市(Jersey City)一个名叫 Kenneth Robinson 的学生及其父母向该州的学校财政系统是否符合宪法要求提出挑战。泽西市、帕德森市(Paterson)、普雷菲尔德市(Plainfield)以及东奥林奇市(East Orange)的市民加入到了原告的行列。他们起诉的内容是，由于在州内的学区间存在因生均教育经费差异而造成的大量有差异的教育，所以低收入学区缺乏"彻底和有效率"的教育，而新泽西州的宪法明确

---

① 引自：Odden, A., and Picus, L. (2000). *School finance: A policy perspective*, 2nd edition. McGraw Hill. P26.

② 引自：Odden, A., and Picus, L. (2000). *School finance: A policy perspective*, 2nd edition. McGraw Hill. 26-27.

规定："要提供资源来维护和支持一个彻底和有效率的免费公共学校系统，为州内所有 5 到 18 周岁的儿童实施基础教育。" Robinson V. Cahill (1973a)诉讼案，后来称为 Robinson I 诉讼案在学校财政诉讼史上有标志性意义。对于 Robinson I 诉讼案，新泽西州最高法院裁定，中小学公共教育拨款违反了州宪法规定的为学生提供"彻底和有效率（T&E）"的教育的条款。虽然对 Robinson I 的判决解释说"彻底和有效率的教育"条款是说教育系统提供的教育是"要把每个孩子塑造成为一个公民和在劳动力市场中有竞争能力的劳动者"[1]，以此来说明什么是"彻底和有效率"的教育。尽管如此，对于 Robinson I 的判决仍然是基于教育财政的不平等进行的，而不是针对财政的充足性进行判决的。

1981 年，教育法律中心代表 20 个在开慕登（Camden）、东奥林奇、爱温顿（Irvington）和泽西市的公立学校上学的学生起诉新泽西教育财政拨款制度，认为新泽西州的公立中小学教育拨款体制不仅带来了生均教育经费支出的不平等，而且还造成了贫困城市学区和富有城郊学区之间巨大差别的教育教学项目。1990 年，新泽西州最高法院裁定，当时的学校拨款体制是违反宪法的，没有能够提供一个"彻底和有效率"的教育，因为教育支出和教学项目仍然是依据所处收入阶层和所在地区决定的。这个案子在新泽西州学校财政诉讼中被称为 Abbott II。Abbott II 的裁决要求在 108 个富有的城郊学区和 28 个贫困的城市学区要有同样的生均支出，实施同样的"彻底和有效率"的教育（Goertz and Edwards, 1999）。

作为对 Abbott II 诉讼案的反应，新泽西州出台了《教育质量法案》（QEA）及其修正案（QEA II），力图建立一个基础资助拨款制度，为教育提供基本的财政支持。但是，人们最终发现，由于在贫困城市学区和富有郊区学区之间存在着生均支出的巨大差距，该法案还是没有能够满足宪法的规定。

1996 年 12 月底，新泽西州议会制定了新的拨款计划——《教育发展和教育财政综合法案》（*Comprehensive Educational Improvement and Financing Act*，简称 CEIFA）。法案界定了什么是"彻底和有效率"的教育。但是，Abbott 案件的原告两周后又重返最高法庭起诉了 CEIFA 法案，认为该法案既没有为日常的教学计划提供均等的经费开支，也没有为贫困孩子提供附加的教学计划。最高法庭裁定，1997—1998 学年，在常规教育计划的经费开支上，必须在 Abbott 学区和其他富有学区之间坚持

---

[1]　*Robinson I* (1973), 295.

平等，并将此案件交还中级法庭裁定为贫困学生提供适当的附加教学项目和设备。

最终，在一系列的诉讼案和财政拨款制度改革后，新泽西州教育厅制定提案修正法院的裁定意见，合并了《教育发展和教育财政综合法案》的投入模型和"全面学校改革计划"(the whole school reform)，进一步完善了中小学公立教育财政拨款体制。

2. 纽约州

在法律史上，新泽西州关于公立学校财政的案子都是原告胜诉，并且公立学校的学校财政体系被判决为是违宪的，并加以修正，但是纽约州的情况就不同了。

1978年，纽约的雷维特镇(Levittown)学区起诉州级学校财政系统。原告认为，他们的学区财产值低但税率高，而生均教育经费低于各学区平均水平。在另一个诉讼案中，一批纽约州大城市的原告认为，他们的学区集中了很多低收入家庭，有特殊教育需要的孩子和双语学生，但是他们得到的州政府教育资助非常少。在这两起诉讼中，原告都起诉州政府由于财政系统不公平、不公正，而没有能够根据联邦宪法和州宪法的条款保护公民平等。但是，法庭宣判州级财政体系不仅没有违反联邦宪法和州宪法关于保护公民平等的条款，而且州政府也没有破坏州宪法规定的提供"合理的基础教育"(sound basic education)的职责（Haynes, 1999；Inside TC, 2001）。

1993年，纽约州掀起了财政公平性运动(Campaign for Fiscal Equity，简称CFE)。一个代表学生的团体来到纽约州最高法庭起诉纽约州公立学校财政系统没有为纽约市的学生提供所谓"合理的基础教育"机会。虽然这个上诉最终被驳回，但是法庭还是支持财政公平性运动，希望它能够继续改善州级学校财政系统的合法性。

1999年10月12日，财政公平性运动继续向州级学校财政系统发起挑战。到2001年2月10日，州最高法院判决州级教育财政拨款方法违宪，因为它违反了州宪法规定的要为纽约市公立中小学学校的学生提供"合理的基础教育"。

州最高法院要求州政府在2001年9月15日之前实行学校财政制度改革。法庭还宣称，所谓"合理的基础教育"是要教给学生基本的使之成为一个有生产能力的公民的技能，让学生有参与竞争性工作的能力。

3. 得克萨斯州

虽然出现在得克萨斯州的首例学校财政诉讼不是成功案例，但是众所周知。Rodriguez v. San Antonio 案是美国历史上最早的学校财政诉讼之一，也是一个很有代表性的不成功案例。1971 年，Rodriguez v. San Antonio 学区的联合学区法庭认为，得克萨斯州学校财政制度违反了美国宪法中保护公民平等权利的法条。这个案子直接上诉到美国最高法院，但是 1973 年最高法庭裁定得克萨斯州的学校财政体系是符合宪法的。虽然此案原告败诉，但是大量的学校财政方面的改革随之付诸实现，提高了教育财政的公平性（Picus and Hertert，1993）。

1984 年，一群来自低收入学区的人提起了一个名为 Edgewood v. Kirby 的诉讼，他们认为，学区之间教育经费的差异侵害了平等权利。1989 年，得克萨斯州最高法庭裁定公立学校财政制度因不是一个"有效率"的制度而违宪。

作为对 Edgewood v. Kirby 一案的回应，政府实施了名为参议院公告Ⅰ号的改革，为教育公平性提供更多的资金，但是这个改革没有改变整个学校财政体系，而且在 1991 年最终被得克萨斯州最高法院裁定为是不符合宪法的。参议院公告 351 号被签署为正式法律，来平衡学区之间的教育经费差距。它划分了 188 个县级学区。这些学区按照联邦标准统一征收财产税，并将税收重新分配给每个学区。结果带来高收入的学区起诉参议院公告 351 号的合法性。1992 年，得克萨斯州最高法院裁定参议院公告 351 号违宪。主要有以下两个方面的原因：① 它违反了州宪法，宪法禁止实行财产税统一征收；② 它没有得到选民的同意就将征收的财产税用于教育（Hormuth，1998）。

1993 年，参议院公告 7 号被签署为法律，要求对学校财政实行"重新分配"（recapture）。"重新分配"就是实行教育经费再分配，从富裕的学区收取财产税，让其先存储在州总的财政账户中，再分配给其他学区来达到平衡资源的目的。这就是著名的"Robin Hood"制度。

4. 怀俄明州

怀俄明州是另一个用"资金重新分配"制度来实现学校财政系统资源配置公平的州。早在 1983 年，该州学校拨款系统就实行了补偿基金项目，项目要求该州税收收入多的学区按一定比例将部分财产税收上缴州政府用于再分配。

正如上文所述，越来越多的学校财政诉讼案涉及财政充足性和教育产出的问题。1995 年，来自 Campbell 的原告开始质疑怀俄明州学校财政是否履行了为公立学校的学生提供高品质教育的责任。根据州宪法，学校财政应该"通过学校财政和教学系统两方面的努力维持一个'完整和统一的公立教育体系'和'彻底的公立学校系统'，提供公平的高品质教育机会"。

作为对 Campbell 一案的回应，怀俄明州制订了"教育目标和服务一篮子计划"来解释什么是公平的高品质的适当教育供给。在合理的教学计划基础上，教育成本被重新核定，来指导新的学校财政体系的设计，每一项教育支出的差异都是按成本进行计算的。州议会被要求制定一个拨款制度，为州宪法所承诺的"适当教育"的成本提供充足的资金（Legislative Service Office，2000）。而且，"适当"的教育不应该被僵化理解，在资金的充足性和教学设施方面应当灵活掌握。

从学校财政政策和相关诉讼案件的历史来看，有一个突出的现象，人们越来越关注教育的本质和内涵。从 20 世纪 90 年代开始，经费充足的公平性问题和教育质量问题成为学校财政中被关注的主要问题。从为一个普通公立学校学生提供充足的教育经费，到达到一定水准的教育需求，成为教育经费支出的基本水平要求。越来越多的学校财政改革开始围绕高水准的教育和什么才是高水准教育进行。

第二节　四个州的中小学教育拨款方式

教育拨款方式随着诉讼案的裁决发生着改变。根据 Odden 和 Picus 的总结（Odden & Picus，2000），美国有五种教育财政拨款方式。它们分别是：等额补助方式（flat grant programs）、基数补助方式（foundation programs）、保证税基补助方式［guaranteed tax base（GTB）programs］、基数补助与保证税基补助结合方式（combined foundation-GTB programs）和州全额负担方式（full-state funding）。[1] 本节将对新泽西州、纽约州、得克萨斯州和怀俄明州的拨款模式进行评述。

1. 新泽西州

新泽西州自 1975 年签署公立学校教育法案以来，经历了三次主要的拨款模式改革。公立学校教育法案制定了一个保证税基的拨款方式（GTB），并且要求建立州级个人收入税来资助公立教育。在这之前，新泽西州使用的是基数拨款方式。在"公立学校教育法案"签订之后，从 1976—1977 学年开始，2％的毛收入税流向公立教育系统。1990 年公立学校教育法案被一场法律诉讼否决，1991 年诞生了质量教育法案（QEA），后很快被修订为质

---

① 　五种学校财政拨款公式的详细解释参见 Odden and Picus（2000）。

量教育法案 II(QEA II)。质量教育法案 II 是一种基数拨款方式,不同于公立学校教育法案规定的保证税基的拨款方式。

但是,质量教育法案 II 最终被裁定为违宪。1996 年 12 月,有关当局签署了"全面教育促进和财政法案"(CEIFA),并迅速有效地运用到 1997—1998 学年的学校预算中。

不像以往的一些学校财政拨款方式,"全面教育促进和财政法案"直接将教育的投入因素与一系列的产出联系起来。州教育厅在 7 个学习领域和 5 个跨领域的工作技能上规定了 56 个核心课程内容标准。[①] 这个教育标准是为了满足州宪法规定的"彻底的"教育的要求。"有效率的"教育被定义为一系列投入指标,如班级规模、师(教职工或教师)生比、每个学区拥有学校数、教室及其设备的类型与数量(Goertz and Edwards,1999)。

"全面教育促进和财政法案"实际是一种基数拨款方式。为了决定基数标准,新泽西州教育厅创立了一个示范区,这个示范区包含了 3075 名学生,分布在 3 所小学(每所学校有 500 名学生)、1 所初级中学(675 名学生)和 1 所高中(900 名学生)内。假定不超过 10％的学生有特殊教育需求。班级和学校规模见表 17-1。

表 17-1 新泽西州基数拨款方式的示范学区[②]

项　　目	规　　模
K—3 年级班级规模	21
4—5 年级班级规模	23
初中班级规模	22.5
高中班级规模	24
辅导员	初中 2 名,高中 4 名
保育员	初中 1 名,高中 2 名
媒体服务人员/教育技术人员	初中、高中各 2 名
校长,校长助理和职员	依据学校规模而定
中心办公室工作人员	1
计算机	平均 5 名学生一台,5 年更新一次

注：其他投入包括教师进修的时间,每个小学生 23 美元、每个初中生 137 美元、每个高中生 434 美元的课程和课外活动经费补贴。

---

① 七个学习领域包括数学、科学、英语、艺术、社会研究、健康和体育以及世界语言。跨领域的工作技能包括批评性思维能力,解决问题和决策能力,使用技术、信息和其他工具的能力,发展职业规划和就业能力,自我管理能力(自我管理能力包括目标确定、有效的使用时间、与他人合作、获取关于安全原则的知识和基本的急救能力)(Goertz and Edwards,1999)。

② 资料来源：新泽西教育厅,1996 年。

　　在这样的示范学区标准下，"全面教育促进和财政法案"设立了基本的生均教育经费水准，1997—1998 学年小学生生均支出水准为 6720 美元。小学的权重是 1，幼儿园是 0.5，初中是 1.12，高中是 1.20。使用地区消费价格指数来调整下一学年度的经费水平。

　　"全面教育促进和财政法案"每两年重新审查和调整一次教育经费的基数。调整考虑的因素包括：核心课程的数量、基数区间、在每个偶数年进行的专项资助和在奇数年进行消费价格指数的调整。州政府要平衡学区之间基数差距和学区的财政能力差异。财产税和个人所得是衡量学区财政能力的指标。"全面教育促进和财政法案"有八个专项资助计划来满足特殊需要——确然有效项目[①]、儿童早期教育项目、特殊教育、双语教育、校车服务、职业学校、远程教育以及成人教育项目（Goertz and Goertz，1998）。

2. 纽约州

　　近年来，纽约州学校财政制度被认为是一个失败的教育资源配置的例子，应该改革了。纽约州有着非常复杂和琐碎的学校财政拨款公式。州对大多数学区有一般性拨款项目，包括：基本运行经费、平衡税收补贴、税率补贴、转变调整补贴、对于特殊学生的教育成本分担补贴、对英语非母语儿童的英语教学补贴、天才学生培养项目资助、额外需要补贴、运行标准补贴、教育相关服务补贴、日常建筑维修补贴、交通补贴、给五个大城市学区的特殊服务补贴、教育技术补贴、城乡交通补贴、学费调整补贴、为残疾儿童提供了教育服务的超支成本补贴、给予小城市学区的特殊资助、为提高学生学业成绩的暑期学校项目资助。除了这些资助项目外，还有计算机化管理资助项目和其他零散的补贴项目（SUNY，NYSED，State Aid Unit，2000）。以下我们仅对纽约州最基本的教育拨款项目进行描述。

　　基本运行经费是为了满足学校运行和维持的基本需要而给予的资金。运行经费包括了管理人员、教师和其他人员的工资，额外收益，学校设施的使用和维护。纽约州有一项运行经费补贴均等性计划，是基于学区的财富水平测定的，表示为州分担率（state sharing ratio）。州分担率是由生均占有财产率和生均毛收入率决定的。生均财产价值率等于学区内生均财产价值除以州平均水平。生均毛收入率等于调整后的学区生均毛收入除以州平均水平。这两个比率平均就等于学区的综合财富率（CWR）。通过表 17-2 中的公式，可以使用综合财富率计算州分担率。

---

　　① 确然有效项目（demonstrably effective programs）是一项资助贫困学校或贫困生集中的学区的项目。Goertz, R. K. and Goertz, M. E. （1998）详细地介绍了这个项目。

表 17-2　按照学区财富等级计算州分担率[1]

学区财富等级分类	计算州分担率的公式
贫困学区	$1.37-(1.23*CWR)$
中等偏下财富水平学区	$1.00-(0.64*CWR)$
中等偏上财富水平学区	$0.80-(0.39*CWR)$
富裕学区	$0.51-(0.22*CWR)$

注：最大分担率＝90.0%，最小分担率＝0%。CWR 指学区综合财富率（combined wealth ratio）。

2000—2001 学年，每个学区都得到了生均 3900 美元的固定基数拨款，再加上一个规定上限的调整额。调整额的上限是 1998—1999 学年生均运行经费的学区间差距，不超过 8000 美元。其中保证最小比例为 7.5% 的生均运行费差是对所有学区的，而更大比例的调整则只是针对比较贫困的学区。调整公式表示如下（SUNY，NYSED，State Aid Unit，August 2000）：

上限调整额 ＝（AOE/TAPU－MYM3,900）*（0.075/CWR），其中 AOE/TAPU 是 1998—1999 学年学区生均运行费差距，不超过 8000 美元；0.075/CWR 不低于 0.075。

生均运行经费＝生均可获得的经费*州分担率（不少于 400 美元，400 美元是一般标准）。

基本运行经费 ＝ 生均运行经费*选出的 TAPU，其中 TAPU 指的是可以获得经费的学生数，是一个学生数的汇总。表 17-3 中列出了 TAPU。

表 17-3　可获得经费的学生数的计算[2]

分　类	权　重
全日制幼儿园到 12 年级经调整的平均日出勤率（经过调整的 ADA）	1.00
半天制的幼儿园调整的日出勤率	0.50
非公立学校的有两处入学登记记录的调整	1.00 * 在公立学校上学的折合天数
有特殊教育需求的小学生	附加权重＝0.25
中学生	附件权重＝0.25
暑假班学生	0.12

[1]　资料来源：SUNY, NYSED, State Aid Unit, August 2000.

[2]　数据来源：SUNY, NYSED, State Aid Unit, August 2000.

另外还有很多资助拨款公式,如税收均等化补贴公式,税率补贴公式。州审计官 H. Carl McCall 认为,纽约现行学校财政制度的失败在于其拨款公式考虑得过分细化和过分广泛。再加上其拨款公式的复杂性和目标指向的低效率,它与成本效益目标是不一致的。审计官签署了一系列的报告,描述学校财政制度改革的必要性,指出要建立一个合理的、简化的、持久的和可预期的拨款体系。这样的改革势在必行的一个外在目标,就是为每个学区达到高标准的教育而提供充足的资源(H. Carl Mc-Call,2000)。

3. 得克萨斯州

得克萨斯州围绕改革和建立学校财政体系展开一系列的诉讼,但只有最后一个 Senate Bill 7 被得克萨斯州最高法庭于 1993 年宣判是符合宪法精神的。现行的学校财政体系就是基于此法案,而且在 1993 年以后只有细微的修正。

教育成本主要在州政府和学区之间分担。在 1999—2000 学年,一个两层的拨款公式被启用。此外,支持学校财政的债务服务也是得克萨斯州基础教育体系中的一个重要特征。

第一层州资助项目是为了保证地方学区能够提供满足公立学校学生基本教育需求的资金。1999—2000 学年,此拨款基数为全日制小学生生均 2537 美元。再根据地区差异进行成本调整。此外,还有一些附加拨款,如为双语教育、职业与技能、天才教育等特殊教育项目而提供的补充资金(TEA,2001)。从 1993—1994 学年开始,学区被要求征收每 100 美元财产 0.86 美元的财产税,作为分担第一层拨款的经费。最富有的学区可能遇到的情况是他们缴纳的税率为 0.86% 的税款比他们能获得的州级拨款还要多。

第二层拨款是保证税基资助项目。得克萨斯州是从 1989—1990 学年开始实施这一项目的。第一层拨款是基数资助,而第二层拨款则是在第一层的基础上追加的拨款。第一级拨款要求学区上缴 0.86% 的财产税,第二级拨款则设定了追加拨款的最高限额。[①]

从 1997—1998 学年,得克萨斯州启动了债务均等化计划,为贫困学区提供额外资助。学区可以申请例如股票债券和租赁购买协议等的债务服务,而借债的用途被规定为必须是用于购买教学设备。

另外,得克萨斯州在其现行的学校财政体系下实施了财产均等化计

---

① 如果一个学区缴纳的财产税率为 1%,超过了州规定的 0.86%,州只对超过部分进行补助。

划。1999—2000 学年,得克萨斯州政府要求拥有生均 295000 美元财产及以上的富有学区通过购买州政府债务,为其他学区学生提供教育等服务来降低学区间的贫富差距。

4. 怀俄明州

怀俄明州宪法要求为每个在公立学校上学的孩子提供适当的教育。适当的教育被定义为教育产品和服务的"一篮子工程",主要包括知识和技能核心课程,以及为有特殊需要的学生提供的特殊教育(Legislative Service Office, 2000)。MAP 模型,被称为管理、分析和规划联合模型(Management, Analysis and Planning Associates, 简称 MAP)于 1997 年写入法条,并且被法律条文界定为教育资源分块资助模型,是基于成本研究确定的。

MAP 模型使用加权的平均日学生当量数(average daily membership, ADM)来计算经费数额。教育成本被划分为五类,包括：人事、供应、设备、材料、特殊服务、特殊学生特征和特殊学校/学区/地区特征。实际的教育支出数据和特定的供应决定了学校的教育成本。三种典型学校(prototypical schools)被界定：幼儿园到 5 年级,6 到 8 年级和 9 到 12 年级的学校是以年级为单位划分的三种不同的拨款基础水平。这个数额基础保持不变,除非法律要求更改。

每日当量学生的基数拨款金额按照实际支出、学校规模、学生特性①、教师资历、生活成本和成本变化来调整。同时,为了避免资源的重复再分配,在成本研究的基础上,每年的拨款额将不低于往年拨款的98%作为各学区的基本保证经费。

怀俄明州的学校财政体系与得克萨斯州有着相似的财富均等化项目。其中一个叫做基数保证项目(Foundation Program Entitlement Payment),另一个项目就是资金再分配计划。基数保证项目指州政府要补足基数保证经费与一些学区财政能力能提供的教育经费的差额。资金再分配计划指州政府将把富裕学区能够提供的教育经费超过保证基数的部分收回,放入基数账户中。

第三节　对四个州教育财政公平性的分析

财政公平性问题是 20 世纪以来学校财政政策中的焦点问题。在 20世纪初,Elwood Patterson Cubberly (1905)首先指出了财政与教育公平

---

① 拥有较大数量有特殊需要的学生(经济困难学生、英语水平有限的学生)的学区将获得额外的经费补助。

之间的关系。财政公平的关键是学区之间生均支出的差异，生均教育经费的差异常常是由生均财产价值的差别带来的。① 学校财政的公平性可以通过一系列的指标来衡量，Odden 和 Picus（2000）对此做出了总结。以下选取了一些主要的指标。

财政中性：财政中性测量的是学区从联邦政府、州政府、地方政府以及其他方面获得的教育经费与学区财产价值的关系。正相关关系表明越是富裕的学区，得到的教育经费越多。通常用皮尔森相关系数来度量。明显的正相关关系表明教育经费在财政中性指标上的不公平。

麦克龙（McLoone）指数：麦克龙指数度量的是横向公平。意思是对同样的人有同样的待遇，或者分给同样的教育资源。用于度量分布中50%以下的测量对象与中位数的差距。技术上，麦克龙指数是指中位数以下的观测值之和与所有观测值之和的比率，其值在0～1之间。得数为1表示完全公平。

变异系数（CV）是另外一个度量横向公平性的统计指标，是用标准差除以均值。可以用小数或百分数表示。它的值分布在0～1之间。变异系数为0表示教育资源在所有学生中完全平均分配。

级差也是一种横向公平性的统计指标，表示了接近于顶部的观测值与接近于底部的观测值的差异，例如5%和95%的差距，10%和90%的差距。级差派生出的一个指标是级差率，为级差除以在5%观测点的值。

1. 新泽西州

新泽西州政府在1997—1998学年度分担了幼儿园到12年级教育总成本的40%。这个数据要低于全国各州平均大于50%的比例水平。依据2001—2002学年的最终预算议案，州政府分担教育成本的比例将提高到44.8%。地方政府负担的比例从1997—1998学年的56.6%下降到2001—2002学年的53.1%。联邦政府分担比例保持不变（New Jersey Department of Education，2001）。以新泽西州第一学区为例，表17-4计算了财产价值与生均教育支出之间的关系。

表 17-4　　新泽西州第一学区有关教育财政指标的统计描述②

地区	人均应税财产	生均教育支出	财产税税率
Avalon	1095895	13368	0.86
Buena	33145	7619	2.48

---

① Odden，A.（2000）The New School Finance：Providing Adequacy and Improving Equity. pp467-488.

② 资料来源：财产税数据来自 http://policy.rutgers.edu/cgs/pubs.htm；生均教育支出数据来自 http://www.state.nj.us/education.

续表

地区	人均应税财产	生均教育支出	财产税税率
CapeMayCity	204555	12539	1.39
Dennis	58213	6972	1.61
LowerTownshi	64242	7101	2.15
MauriceRiver	21193	8016	2.09
MiddleTownsh	56917	7469	2.17
Millville	33477	8818	2.72
NorthWildwoo	131413	9962	2.38
OceanCity	242661	10360	1.49
Sea Isle Cit	406103	12396	1.3
StoneHarbor	1221225	13477	0.89
UpperTownshi	73001	6519	1.53
Vineland	34017	9585	2.41
WestCape May	125230	6586	1.69
Wildwood	113567	9593	2.92
Wildwood Cre	197798	9652	1.98
Woodbine	23204	7825	1.7

　　表 17-5 和表 17-6 中的数据显示了人均应税财产与生均教育支出之间的皮尔森相关系数很高，达到了 0.775。散点图（图 17-1）显示生均教育支出与财产税税基（应税财产）之间有着明显的正相关。图 17-2 表明财产价值上升时，财产税税率显著下降。图 17-3 表明财产税税率与生均教育支出之间负相关。这些数据都给我们一个总的印象：即使是新泽西州的一个样本学区也存在着很大的教育财政不公平问题。

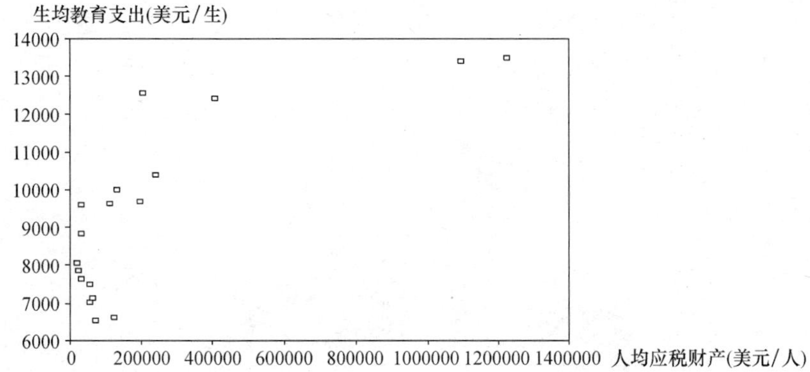

图 17-1　生均教育支出与人均应税财产散点图

表 17-5　　人均应税财产和生均教育支出的描述统计

	均值	标准差	样本量
1999 年人均应税财产	235583.10	341290.65	21
1999 年生均教育支出	9325.39	2320.03	18

表 17-6　　人均应税财产和生均教育支出的相关性分析

		应税财产	生均教育支出
1999 年人均应税财产	皮尔森相关系数	1.000	.775
	样本量	21	18
1999 年生均教育支出	皮尔森相关系数	.775	1.000
	样本量	18	18

注：＊＊表示 0.01 的显著性水平（双尾检验）。

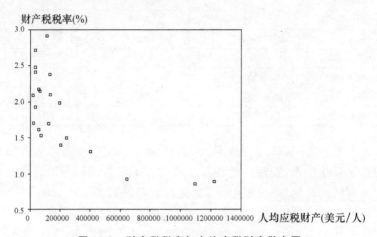

图 17-2　　财产税税率与人均应税财产散点图

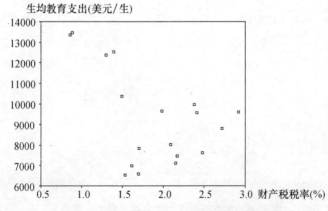

图 17-3　　生均教育支出与财产税税率散点图

根据 1997 年《教育周刊》的计算,新泽西州财政公平性度量的指标分别是：① 财政中性指标 0.085；② 麦克龙指数 0.9109；③ 变异系数为 11.5％；④ 级差为 3712 美元；⑤ 级差率为 50.7％。《教育周刊》认为,这些指标能够综合反映州政府为教育财政公平性所做的努力。在 2001 年质量报告中(1997 年数据),新泽西州的公平性评估仅得到了 D－的成绩。

2. 纽约州

2000—2001 学年,近 4％的纽约州公共教育经费来自联邦政府,44％来自纽约州的补贴和赠予,还有 52％来自地方政府收入。教育支出的不公平和财力不均等明显相关。例如,1997—1998 学年,10％最低支出学区的生均财产价值仅为 127288 美元,而 10％最高支出学区的生均财产价值为 756958 美元。而且,在最富有的学区,财产税的税率仅为每 1000 美元财产征收 14.43 美元财产税,这些学区的生均财产税收入为 10923 美元。在最贫困的学区,每千元财产税的税率为 15.01 美元,而生均财产税收入仅为 1900 美元。10％低收入学区的生均运行经费为 5025 美元,但是 10％高收入学区的生均运行经费达到了 9429 美元,差异达到 88％。事实表明,贫困学区承受着不成比例的高税率,来支持他们的公立学校系统(SUNY, NYSED, State Aid Work Group, 2000)。

虽然纽约州在其拨款模式中有财政均等化项目,富有学区从州政府得到生均 1188 美元的补贴,而贫困学区可得到生均 4148 美元的补贴,但是贫困学区的生均教育经费还是不能达到富有学区的标准。学校的财政能力表明学生所能享有的教育资源很大部分取决于他们居住的学区,这极大地引起了对学生入学机会公平性的关注(SUNY, NYSED, State Aid Work Group, 2000)。

依据《教育周刊》2001 年的教育质量评价,纽约州教育财政公平性参数如下：① 财政中性指标为 0.167；② 麦克龙指数为 0.8685；③ 变异系数为 20.10％；④ 级差为 4110 美元；⑤ 级差率为 71.30％。纽约州仅得到了"F"的公平性评价。这意味着纽约州力图达到公平性的措施是失败的,至少在 2001 年财政公平性运动结束后,新的学校财政体系亟待建立。

3. 得克萨斯州

1999—2000 学年,地方政府、州政府和联邦政府分担得克萨斯州公立学校财政的比例分别为 50.5％, 46.1％ 和 3.4％。

得克萨斯州的学校财政拨款模式是两层次税率模式,这会使得税率更加公平。得克萨斯州的税率通常随着生均应税财产的增加而增加。这意味着越是富有的学区，税率越高——富有的学区征收高税率，贫困的学区征收低税率。表 17-7 和图 17-4 的数据就表明了这个趋势。

表 17-7　1999—2000 学年得克萨斯州不同课税效率对应的税收和收入情况[1]

税率(每千元的征收额)	生均应税财产价值	均等化后的税率	州政府给予的生均补贴	生均收入	州政府负担比例	地方政府和其他途径负担比例	联邦政府负担比例
1.3555 美元以下	190939	1.203	3105	6302	57	39	4
1.3555 美元到 1.4505 美元以下	172975	1.398	3024	6054	52	43	4
1.4505 美元到 1.5229 美元以下	187996	1.481	2696	6053	48	48	4
1.5229 美元及以上	215274	1.605	2459	6383	41	57	3
未征税地区	0	0.0000	4962	6095	71	15	14

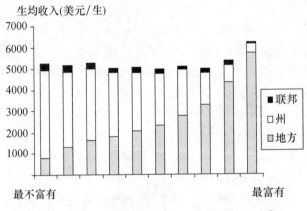

图 17-4　按财富等级列出的生均收入来源构成[2]

　　为了更加清楚地考察财产价值、税率和生均收入之间的关系，我们分别分析了生均应税财产价值与均等化税率，生均应税财产价值与生均收入之间的相关关系。表 17-8 的数据显示，生均应税财产价值与均等化税率的

①　资料来源：Texas Education Agency, Snapshot 2000：1999—2000, p38.

②　资料来源：得克萨斯州教育厅，Snapshot 2000：1999—2000, p38.

相关系数为 0.07。虽然显著性水平为 0.05，但是相关系数是很低的。图
17-5 所示的生均应税财产价值与均等化税率的散点图表明这两个变量之
间没有显著正相关关系。

表 17-8　1999—2000 年生均占有应税财产与均等化的总税率间的相关性

		生均应税财产	均等税率
生均应税财产	皮尔森相关系数	1.000	.070*
	样本量	1103	1103
均等化税率	皮尔森相关系数	.070*	1.000
	样本量	1103	1103

注：* 表示显著性水平为 0.05（双尾检验）。

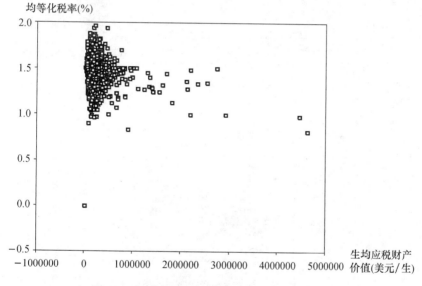

图 17-5　均等化税率与生均应税财产价值散点图

但是，对生均应税财产价值与生均收入的相关分析和回归分析表明，
两个变量之间在某种程度上还存在正相关。相关系数为 0.523（显著性水
平为 0.01，见表 17-9）。图 17-6 显示了两个变量的散点图，没有清晰地表示
出这两个变量的正相关关系。

进一步的回归分析表明生均应税财产价值（$RevenuePP$）和生均收入
（Tax）显著正相关。二者的回归模型如下所示：

$$RevenuePP = 4.68 \times 10^{-3} Tax + 5637.18 \qquad (1)$$

方程（1）意味着，如果生均占有财产价值增加 1000 美元，则生均收入将

增加4.68美元。回归模型的R^2为0.272,通过了F检验。如果用生均应税财产价值的对数值作自变量,模型的R^2增加到0.292,方程如下所示:

$$RevenuePP = 1645.62 \times \ln(Tax) - 13080.9 \tag{2}$$

表 17-9　生均应税财产价值与生均收入的相关性

		生均应税财产价值	生均收入
生均占有应税财产价值	皮尔森相关系数	1.000	.523**
	样本量	1103	1102
生均总收入	皮尔森相关系数	.523**	1.000
	样本量	1102	1102

注: ** 表示 0.01 的显著性水平(双尾检验)。

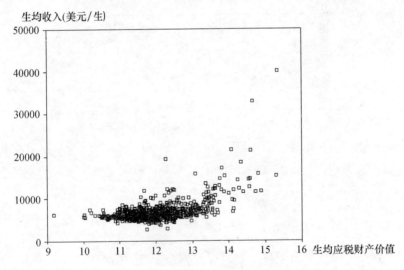

图 17-6　生均收入与生均应税财产价值散点图

对得克萨斯州学校财政公平性的分析表明财产价值与税率之间相关性弱,且不显著,而财产价值与生均收入之间的相关性较显著。这表明虽然得克萨斯州政府力图在学校财政上达到公平,但是仍然存在富有学区能够得到更多生均教育经费的现象。得克萨斯州政府所做的工作更多是平衡地区间的税率而不是平衡总的生均收入。

依据《教育周刊》对 1997 年数据的计算,得克萨斯州教育财政公平性的评价指标如下所示:① 财政中性指标为 −0.017;② 麦克龙指数为0.9469;③ 变异系数为 13.4%;④ 级差为 1658 美元;⑤ 级差率为 46.6%。《教育周刊》2001 年教育质量报告对得克萨斯州的公平性评价的成绩是 B—,比新泽西州和纽约州都要好一些。

　　4. 怀俄明州

　　美国国家教育统计中心的数据显示,1997—1998 学年,公立中小学47％的收入来自州政府,46.2％来自地方政府和其他媒介,6.7％来自联邦政府。相比整个美国的情况,怀俄明州 44.9％的基础教育经费来自地方政府和其他途径,48.4％来自州政府,6.8％来自联邦政府,怀俄明州的州政府负担的比例在全美处于中等偏下水平。按照《教育周刊》的评价,怀俄明州负担了 52.1％的经费,这在全美处于中等水平。1996—1997 学年全州中小学生的生均支出为 5971 美元,这在全美也是处于中等水平。1997 年公平性指标如下所示：① 财政中性指标为－0.202；② 麦克龙指数为 0.9319；③ 变异系数为 15.7％；④ 级差为 2180 美元；⑤ 级差率为 49.9％,总评价为 C。

第四节　对四个州教育财政充足性的分析

　　在 20 世纪的大多数时间里,公立学校财政的焦点集中在财政公平性问题上,20 世纪 90 年代初开始的教育标准化改革成为教育财政从公平转向充足的背景。虽然在 90 年代财政充足性问题在法律诉讼中频频出现,受到越来越多的关注,但是财政充足性并不是一个崭新的概念,早在 1978 年,Charles Benson (1978)就解释了教育财政的充足性。更重要的是,20 世纪初,最低基数拨款模式是基于财政充足性假设的(Guthie and Rothstein,1999)。无论最低基数是多少,这个基数将被认定为是经费充足的基准,这只是从投入的角度来界定的。

　　现代教育财政"充足"的概念有所不同。它是由产出和投入共同决定的。现代的教育财政充足是与教育产出,也就是学生的学业成绩相联系的。财政充足意味着公立教育要为每个公立学校的孩子提供充足的资源,来确保他们能够通过学习达到较高的教育水准(Guthie and Rothstein,1999)。

　　作为对教育充足性的度量,在统计学方面的研究甚少。Odden 和 Picus (2000)提出了一个衡量充足性的方法,叫做 Odden-Picus 充足性指数(OPAI)。OPAI 的计算方法如下所示：

　　（1）认定一个充足的教育经费标准。

　　（2）认定在该标准上的学生或学区所占的比例。

（3）计算低于此标准的麦克龙比率。在这里要使用"充足"的经费水平而不是用中位数，这样可以得到教育经费在充足水平之下的学生或学区与在充足水平之上的学生或学区的比。用这个比率乘以低于充足性标准的学生或学区数占总数的比例。

（4）计算两项之和。

下文将讨论充足性问题并比较四个州教育财政的充足性的状况。

1. 新泽西州

新泽西州宪法要求为公立学校的孩子提供"彻底和有效率"的教育，还试图用财政法庭的裁定来决定符合"彻底和有效率"的财政充足性的标准，以平息此方面的法律争端。教育政策研究协会（CPRE）的研究者们已经选择了一种"高成绩"模型来决定新泽西州幼儿园到12年级的教育财政充足性。研究者建立了一个拥有稳定的入学规模、教职工人数和其他与高学业产出相关的投入的示范学区。

1998年，新泽西州设计了"让所有的孩子都能成功"（Success for All/Roots and Wings)项目，用于改革其公立学校系统。新泽西州是全美第一个要求在贫困学区进行此项学校改革的州。同时，新泽西州实行了核心课程内容标准、全州评价和学校报告卡、校本预算、班级规模削减、3—4岁幼儿的早期教育、校本管理以及教学设备的拨款（Erlichson and Goertz, 2001)。

根据统计数据，新泽西州生均支出标准在全美是最高的。1999年为8667美元，当时全美的生均支出水平为6408美元。在《教育周刊》的财政公平性评价中，新泽西州得到了B+。假设生均9000美元[①]被认为是充足的，那么1999—2000年度，Odden-Picus的充足性指数（OPAI）就是0.897。这个指数表明如果再增加充足性标准的10.3%的经费，分配给未达到经费充足水平的学区或学校，那么所有学区或学校的生均教育支出都可以上升到充足性水平。

2. 纽约州

纽约州公立教育财政充足性的主要问题集中在对资源需求多的学区。资源需求多的学区集中了贫困学生和有特殊需要的学生，他们要求得到更多的教育资源来达到与富有学区学生一样的教学水平。只有当高需求的学区和富有的学区都有了充足的资金，才可能真正解决公平性问题。

---

① Odden, A. (2001). The New School Finance: Providing Adequacy and Improving Equity. Journal of Education Finance. 25 (SPRING 2000), p474.

　　统计数据表明,在高需求的城市学区和其他学区之间存在着学生成绩和经费之间的差距,而经费又是和学生成绩相联系的。[①] 学生成绩之间的差距随着各学区资源情况的差异而拉大。高需求的城市学区指的是纽约市、扬克斯、锡拉库扎、罗彻斯特和布法罗。五个大城市学区的教育预算是由市政当局决定的,也就是说,学区不收税,但是依靠市政税收,同时还有州政府的教育补贴,这个补贴计入该市的财政账户,而不是学区账户。[②]

　　1999—2000 学年,纽约州平均税率为每 1000 美元不动产征收 17.34 美元财产税。在五个大城市学区中,只有罗彻斯特征收了每 1000 美元不动产 24.05 的税,高于州平均税率。另外四个大城市学区的税率较低。州生均教育支出平均水平为 10021 美元。纽约市和锡拉库扎的生均教育经费低于州平均水平,而扬克斯和布法罗的生均教育经费高于州平均水平(Regents 2001-02 Proposal on State Aid to School Districts，2000)。

　　《教育周刊》对纽约州的教育经费充足性评价是 C＋,比新泽西州稍差。

3. 得克萨斯州

　　得克萨斯州教育厅(TEA)网页上的数据表明其生均收入为 6228 美元,生均支出为 6354 美元。《教育周刊》对其公共教育财政充足性的评价是 C＋。教育政策研究协会用一个经济学的"成本函数"测算了得克萨斯州教育充足性的支出水平(Odden，2000)。利用回归分析,这个成本函数将确定一个能保证学生达到一定成绩标准的生均支出水平。它运用本州所有学区和学校的数据,分析了学生的不同特征及其他与学区和学校有关的因素对教育经费的影响,研究出一个合理的教育经费充足性标准。这个标准是学生数和学生的种族、性别等特征为该州所有学区的平均水平下的教育经费水平,并且随着对学生成绩的不同要求而有所调整(Odden，2000)。通过成本函数研究,教育政策研究协会的研究确定了得克萨斯州教育达到充足的支出水平。这个量接近于当时教育经费支出水平的中值(Reschovsky and Imazeki，2001)。

　　假设充足性的生均支出为 6029 美元,也就是 1999—2000 学年支出水平的中值,那么 Odden-Picus 充足性指数(OPAI)为 0.9454。这意味着,如果收入增加充足性水平的 0.546％,而这些收入用在支出水平低的学校和学区,则全州的学校和学区都可达到充足性水平。

---

① 　Regents 2001-02 Proposal on State Aid to School Districts，pp13-14，December 2000.

② 　Regents 2001-02 Proposal on State Aid to School Districts，p27，December 2000.

4. 怀俄明州

1998 年，怀俄明州进行了教育经费充足性研究，来验证怀俄明州学校财政系统能够为每个孩子提供"适当"（proper）教育的平等机会的假设。适当的教育就是能够为孩子提供怀俄明州法律规定的"一篮子教育服务"。研究结论是该州已经为每个学生提供了充足的资源，以保证他们得到这样的受教育机会（MAP，1998）。

根据《教育周刊》的评估，怀俄明州 1999 年生均教育支出为 7853 美元，比上年增加了 15.7%。财政充足性评价的总成绩为 B−，低于新泽西州，高于纽约州和得克萨斯州的得分。以下还有一些怀俄明州教育财政充足性的信息：① 1996—1997 学年，98% 的学生享有等于或者高于全国生均教育经费水平的中值（4600.97 美元）的生均支出，72% 的学生享有等于或者高于全国生均教育经费水平的均值（4874.28 美元）的生均支出。② 1998 年，每 1000 美元州的总产值中有 37.29 美元用于教育。③ 1998 年，60.7% 的年教育经费用在了教学上。

第五节　四州案例分析的总结讨论

1. 政策法律环境

20 世纪 90 年代以前的教育财政方面的诉讼大多都是基于财政公平性，质疑学校拨款体制的合法性，起诉其破坏了人权公平性原则。20 世纪 70—80 年代，发生在新泽西州和怀俄明州的诉讼都是原告胜诉，但是 20 世纪 70 年代发生在纽约州和得克萨斯州的诉讼都是原告败诉。80 年代发生在得克萨斯州的涉及公平性的诉讼是以原告胜诉告终的。到 90 年代，充足性问题成为新的焦点，发生在这四个州的此方面诉讼，胜诉的基本都是原告方。

新泽西州学校财政诉讼历史上，在 20 世纪 70、80 和 90 年代分别有三件著名的诉讼。正是出于对这些诉讼的回应，虽然只是例如《教育质量法案》（QEA）及其修正案（QEA II）、《教育发展和教育财政综合法案》之类的对拨款方式的细微的修改，但是新的学校财政体系得以建立。

在 20 世纪 70 年代，纽约州的诉讼者起诉学校财政系统的公平性，未能胜诉。90 年代，当他们把焦点转向财政充足性问题时，获得胜诉。纽约州试图为让每个公立学校的孩子获得合理的公平的教育，而建构一个新的财政体系。

得克萨斯州的第一个诉讼 Rodriguez v. San Antonio 很有名,但是没有胜诉。但是,后来的诉讼都是以起诉人的胜诉告终。得克萨斯州因此建立了一个新的学校拨款体制以平衡地区间财产税课税率的差异。

怀俄明州的情况则是 90 年代以前为学校教育的公平而战,90 年代为充足的资源和合理的教育而战,该州的民众在这两项相关的诉讼中获得了一定的成功。

2. 拨款方式

新泽西州现行的学校财政拨款方式——CEIFA 模式,是一种基于创立示范学区的基数拨款。纽约州则有很多复杂和琐碎的州拨款公式,而且被认为是一种失败的分配模式。得克萨斯州实施的是以基数资助和保证税基相结合的学校财政拨款模式。得克萨斯州的学校财政拨款是一个两层次模式。第一层是基数拨款,第二层是保证税基模式。怀俄明州的学校财政体系是以其成本为基础的。首先,怀俄明州的州政府设立了一个教育服务一篮子工程,并保证要为每个公立学校的学生提供适当的教育;第二,州政府对需要提供的教育服务进行了成本研究;最后,确定一个生均基本经费额度,作为生均支出水平的基本保证。

这四个州的学校财政体系都有关于均等化的计划。新泽西州政府把征收的个人所得税用于补贴地方财力不足的学区。纽约州政府通过州分担率公式,按照教育运行经费的一定比例,在各个地区之间实现均等化分配。此外,还为一些学区提供平衡税收补贴来使税率均等化,提供税率补贴使征税均等化。得克萨斯州的第二层保证税基拨款模式就是一个财产均等化资助项目,它能够使财产税收入低的学区获得更多的州补贴。得克萨斯州还实行了政府资金再分配计划和借款项目,为贫困学区提供更多的补助。怀俄明州有两种财产均等化的拨款方式:一是补足基数保证经费和地方财力之间差距;二是州政府对学区超过基数经费部分的经费实行收回政策,放入州基数财务账户中。

3. 公平性

表 17-10 的数据给出了四个州教育财政公平性的信息。在四个州中,新泽西州的生均教育经费最高,得克萨斯州最低。财政中性指标显示出教育经费与财产价值之间的关系,新泽西州和纽约州的此项指标为正,表明富有学区比贫困学区得到了更多的经费。财政中性的情况在得克萨斯州和怀俄明州的情况要好于新泽西州和纽约州。从麦克龙指数上看,

新泽西州和得克萨斯州的麦克龙指数要优于纽约州和怀俄明州。[1] 从变异系数上看,新泽西州和得克萨斯州由变异系数表示的财政公平性要优于纽约州和怀俄明州。[2]

表 17-10　1996—1997 学年生均支出以及 1997 年公平性指标[3]

	现行生均支出	财政中立指标	McLoone指数	变异系数	级差	级差率	总体分数
新泽西州	9588	0.085	0.911	11.5%	3712	50.7%	D—
纽约州	8525	0.167	0.868	20.1%	4110	71.3%	F
得克萨斯州	5267	—0.017	0.947	13.4%	1658	46.6%	B—
怀俄明州	5971	—0.202	0.932	15.7%	2180	49.9%	C

4. 充足性

四个州通过不同的途径都在努力实现教育经费的充足。新泽西州建立了一个"高学业成就"示范区来确定"彻底和有效率"的教育所需要的经费充足水平。纽约州和得克萨斯州用成本函数进行统计分析,考虑学生和地区的特性,估算让学生达到学业标准需要的充足经费。怀俄明州通过教育专家组建立和确定典型学校和教育教学构成元素,然后核定需要的成本,再根据地区成本差价和通货膨胀率进行调整(Guthrie and Rothstein, 1999)。

图 17-7 是美国国家教育财政中心绘制的图,描述了 1996—1997 学年中小学生均教育经费。该图表示出了每个州在全国所处的位置。从图中可以看出,新泽西州的生均教育经费明显高于其他各州。纽约州的生均教育经费处于上等水平,而怀俄明州和得克萨斯州处于中下水平。但是,各州的成本不同,所以各州的生均支出并不能反映支出的充足性水平。表 17-11 是《教育周刊》2001 年的质量报告,它很好地表示出了四个州的教育经费充足情况。表 17-11 中的数据显示新泽西州比其他三个州经费更充足。按照充足程度由高到低排序为新泽西州、怀俄明州、纽约州和得克萨斯州。

---

[1]　如果麦克龙指数等于1,就意味着达到了最均等的状态。如果麦克龙指数等于0,就意味着达到了完全不均等的状态。

[2]　变异系数、级差和级差率越小,其公平性越优。

[3]　资料来源:U. S. Department of Education, National Center for Education Statistics, Common Core Data, "National Public Education Financial Survey", School year 1996-1997;Education Week, Quality Counts 2001.

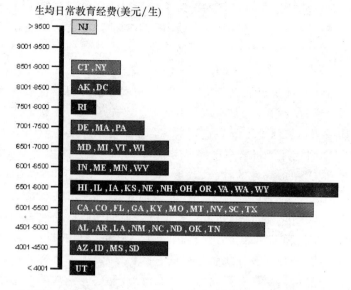

生均日常教育经费(美元/生)

图 17-7　1996—1997 学年中小学生均日常教育经费各州差异比较图[1]

注：日常经费包括教师工资、职工福利、购买的服务和材料支出，不包括基建费、借债性服务、器材、设备和建筑。

表 17-11　新泽西州、纽约州、得克萨斯州、怀俄明州经费充足性的度量[2]

州	1999 年生均教育支出	与上年相比变动百分数%	1989—1999年生均经费的年平均变动率	1998 年用于教育的征税收入所占比率%	评分
新泽西州	8667	−1.5	0.90%	4.3	B+
怀俄明州	7853	15.7	0.60%	3.7	B−
纽约州	8174	4.1	0.20%	4	C+
得克萨斯州	6034	3.8	1.60%	3.7	C+

5. 总结

总体来看，美国基础教育财政有如下特征：① 根据法律规定，联邦体制下美国州政府担负着教育财政的主要责任。联邦和州宪法对教育平等

───────────────

① 资料来源：U. S. Department of Education, National Center for Education Statistics, Common Core Data, "National Public Education Financial Survey", School year 1996-1997. Http://nces. ed. gov/edfin/.

② 资料来源：Education Week, Quality Counts 2001. American Education's Newspaper of Record. Volume XX, No 17. January 11, 2001. 2001 Editorial Projects in Education. http://www. edweek. org/sreports/.

和教育服务有法律规定。对法律规定给予教育财政的解释是需要的。法律是激励教育财政公平和充足的一个动力。不同的时期对法律的教育财政理解有不同的含义。教育财政的冲突通过法律诉讼得到有效的解决并逐步改善，教育拨款制度也得到有效的改进。② 州政府在促进教育财政公平性方面扮演着越来越重要的角色。州拨款起着重要的教育财政转移支付的作用。教育资源的配置有赖于公平、有效和透明的拨款公式。学校财政改革在历史长河中不断地进行着，推动着教育财政系统的不断完善。③ 联邦体制允许各州之间在教育财政政策和拨款方式上有所不同。在有着复杂、庞大和多样性的社会、政治、文化、地理背景下，教育财政分权体制起着举足轻重的作用。④ 一些非政府组织对各州的教育财政系统进行着监督和评价。过低的评分会使得低效能的州政府倍感尴尬而力图改革。这些非政府机构也为各州提供相互学习和借鉴的机会，以鼓励一致性和标准化，并允许多样化和差异的存在。⑤ 美国拥有着开放的信息系统(开放信息法案要求各级政府向公众开放信息)。开放的信息系统鼓励公开的政策分析、对话和辩论。伴随着时间进程，公开会促进教育财政不断完善和进步(同时公开也会降低腐败)。

第十八章 美国基础教育"新"财政

第一节 美国基础教育财政的
历史发展状况和主要特征

教育财政关心的问题是教育经费的动员、分配和使用,即经费的来源渠道是什么,各占多大比例,经费使用在什么地方,采用什么方式分配教育经费;其遵循的原则是充足、公平和效率。美国的基础教育(指公立中小学)经费主要有三个来源渠道:联邦、州和学区。联邦政府仅承担基础教育经费的极少比例,在 1997—1998 学年度约占基础教育经费来源的6.8%。基础教育经费的主要责任在州和学区。从经费来源渠道的比例来看(见表 18-1),20 世纪初期到 70 年代,州政府所承担的责任虽然在逐年增长,学区承担的责任在逐年下降,但高于 50%的教育经费依然来源于学区。到 60 年代末期,联邦政府承担经费的比重从百分之四点几提高到百分之八点几。70 年代,学区承担的教育经费的比重进一步下降,从高于 50%的比例逐渐降低到占总经费的 50%以下,并渐趋 40%;与此同时,州政府承担的经费比重逐渐超过学区承担的经费比重,在 47%、48%和 49%左右徘徊。

综观美国公立中小学教育财政的发展历史,大致表现出以下几个特征:① 自 20 世纪 60 年代起,教育财政诉讼案一直在各州此起彼伏,硝烟不断。② 90 年代以来,对教育财政的关注由公平转向充足,并与教育产出相连。③ 教育经费的来源从 20 世纪初的主要由学区承担逐步向主要由学区和州共同分担转变,但联邦政府一直仅向基础教育提供很少数额的专项经费。这一点与美国分权的政治和经济体制密不可分。④ 各州的基础教育财政拨款模式由各州掌握。因此各州的拨款模式尽管有共通之处,但每个州的具体拨款公式都有与其他州不同的地方。⑤ 美国各州基础教育的拨款模式仍处于变化与调整之中。即使在没有诉讼案的时期,也不断地有一些小的调整,以满足公众的要求。

尽管美国各州采用不同的拨款公式,三级政府分担的比重各不相同,并没有一定之规,表 18-1 中的数据仍然反映出了美国基础教育经费来源变动的总体趋势,即伴随着州政府承担的经费比重的增加,美国基础教育资源配置的公平程度提高,或换言之,其资源配置的均衡化程度增强。这是因为,美国基础教育资源配置的不均衡很大程度上源自学区之间的贫富差异,州政府则通过财政转移支付制度促进教育资源在学区间分配的均衡,以达到教育资源配置的公平和教育的均衡化发展。

表 18-1　历年美国公立中小学教育经费来源的途径及其比重①

年份	经费总额（百万美元 $）	来源途径及比重（%）		
		联邦	州	学区
1919—1920	970	0.3	16.5	83.2
1929—1930	2089	0.4	16.9	82.7
1939—1940	2261	1.8	30.3	68.0
1949—1950	5437	2.9	39.8	57.3
1959—1960	14747	4.4	39.1	56.5
1969—1970	40267	8.0	39.9	52.1
1979—1980	96881	9.8	46.8	43.4
1989—1990	208548	6.1	47.1	46.8
1990—1991	223340	6.2	47.2	46.7
1991—1992	234581	6.6	46.4	47.0
1992—1993	247626	7.0	45.8	47.2
1993—1994	260159	7.1	45.2	47.8
1994—1995	273149	6.8	46.8	46.4
1995—1996	287702	6.6	47.5	45.9
1996—1997	305065	6.6	48.0	45.4
1997—1998	325976	6.8	48.4	44.8

---

① 资料来源：美国国家教育统计中心,2000 年教育统计摘要。

第二节　追求公平的年代及其
向追求充足的转变

从美国基础教育财政的发展历史看,在 20 世纪的大部分年代里,公平性是教育财政关注的焦点。20 世纪初到 60 年代,公立中小学教育经费主要由学区承担,学区的教育经费主要来源于其房地产税,因此生均教育经费的差异主要是由于学区房地产价值的差异造成的。① 美国各州内学区间的贫富差距直接带来了教育资源配置的不均衡,进而带来教育质量的差别。较高收入阶层的家庭往往购买较富裕学区的房屋,其子女则可以享受该学区较高质量的教育。

美国基础教育财政的不公平主要表现为两种形式：① 学区的房地产价值越高,其生均教育经费就越高；② 房地产价值低的学区(贫困学区)反而抽取较高的用于教育的房地产税率。从 60 年代开始,关于基础教育财政的诉讼案逐渐出现,到了 70 年代愈发突出。在这些诉讼案中,多是较贫穷学区的学生及其家长,或对贫困学生受教育状况关注的团体或组织,因不满教育资源分布的不公平(即不均衡)而提起诉讼。他们认为教育资源分布的不均衡,即富裕学区的学生享受较多的教育资源,贫穷学区的学生享受较少的教育资源,严重侵害了贫穷学区学生的公平权利,违反了宪法规定的平等法案。

自 70 年代初到 80 年代末及 90 年代初,围绕着教育财政公平问题的诉讼案在美国各州层出不穷,最终判决结果也胜负有别。以新泽西州为例,其主要的教育财政公平诉讼案均以原告方胜诉,修改教育拨款方式,增加州一级教育拨款额为结局。而纽约州则不同,在 1978 年的教育财政公平诉讼案中,原告方被判败诉,纽约州最高法院认为,当时的教育拨款方式并没有违反联邦政府或州政府的平等保护法案,也没有迹象表明不符合州宪法中规定的向每一个公立中小学学生提供"合理的、基本的教育"的要求。而在 90 年代,纽约州掀起了新一轮的教育财政诉讼。在充分准备的前提下,1999 年原告方从财政充足的角度入手,获得胜诉。纽约州最高法院认为,"合理的、基本的教育"应该提供给学生基本的技能,使其能够成为有生产力的公民,能够作为公民参与到社会生活中,以及有

---

①　Odden, A. (2000). *The new school finance : Providing adequacy and improving equity* [J]. Journal of Education Finance. 25 (Spring 2000), pp. 467-488.

持续的就业竞争能力。纽约州现行的基础教育财政拨款方式被判不合法而必须修改。同时，纽约州最高法院判决认为，州政府必须采取措施为各公立学校提供充足的教育资源，以保证每一个公立中小学校的学生能够获得"合理的、基本的教育"。

不仅是纽约州，其他各州对教育财政的诉讼从 90 年代起也开始从财政公平转向财政充足。尽管经历了将近 30 年的围绕财政公平的诉讼，美国公立中小学校的教育财政公平并没有得到完全的解决。教育财政分配的不公平现象仍然在很大程度和一定范围内存在着。即使教育财政诉讼案在一定程度上削减了州内的不公平，州间的不公平状况仍没有根本改变。

第三节　财政充足与公平和教育效果的关系

伴随着教育自身的改革，在 20 世纪 80 年代和 90 年代，美国公立中小学教育已经开始更多地关注教育质量，关注学生的教育成绩等教育效果。对教育效果的关注使得人们将教育投入与产出、结果联系起来。如果说，对财政公平的关注使人们将注意的焦点集中在教育投入上的话，那么对财政充足的关注则使教育投入和产出有机地联系起来。于是，单纯从投入角度考虑的财政公平的焦点问题逐步被连接着投入和产出的财政充足所取代。人们对教育财政充足的关注从 90 年代始至今丝毫不亚于对财政公平的关注，并呈有过之而无不及之势。

教育财政充足的法律概念是指一个州的公立中小学财政拨款体系需要为州内普通公立学校提供充足的教育资源，使得每一个普通学生能够达到州规定的成绩标准；同时，为有特殊需要的学生提供额外需要的教育资源，使之能够达到州规定的特殊学生学业成绩标准。由此可以看出，教育财政的充足性与教育的效果密切相关。要达到一定水平的产出结果，特定水平的教育投入必须得到保障。因此，如果每一个公立中小学校学生获得足够的教育资源，达到了所要求的学业成绩标准，那么财政投入的公平性也就随着充足资源的获得而达到。如果说，追求财政公平有可能带来低水平的公平的话，那么，连接着教育结果和充分资源的财政充足为公立中小学的学生带来的将是高水平的公平。

第四节 财政充足的度量方法揭示了
向财政充足迈进的途径

根据格思里和罗思坦(Guthrie & Rothstein)①的归纳,美国教育财政政策分析者和研究者通常采用三种方法衡量什么是充足的学校教育经费:① 利用统计分析技术推导,如雷谢夫斯基和伊迈泽基(Reschovsky & Imazeki)采用成本函数对得克萨斯州和威斯康星州的"充足"成本进行了测算。② 利用实验方法,即设计一个可达到某学业标准的示范学区,然后估算示范学区的教育成本,设定为基本的"充足"水平。如戈茨(Goertz)等学者②对新泽西州"充足"成本水平的测算。③ 专家判断和估算。如格思里及其同事作为怀俄明州教育财政的研究者邀请了由州内和州外教育实践工作者组成不同的专家组,根据专家对教育内容的定义和成本估算,对怀俄明州公立中小学的教育财政充足水平进行了成本研究。③下文将以在美国的基础教育财政充足问题方面有代表性的几个州为例,回顾这三种不同财政充足水平的度量方法,了解美国现阶段如何满足公立中小学教育财政充足的要求,以期对中国基础教育财政拨款的未来发展有所借鉴和启示。

(1) 成本函数法(cost function)

得克萨斯州和威斯康星州对教育成本充足水平的估算是利用对成本函数的回归分析得到的。

公式(1)是教育成本函数的表达式:

$$E_{it} = f(X_{it}, P_{it}, \varepsilon_{it}) \tag{1}$$

---

① Guthrie, J. , and Rothstein, R. (1999). *Enabling adequacy to achieve reality: Translating adequacy into state school finance distribution arrangements* [M]. In Ladd, H. , et. al. (eds.) Equity and Adequacy in Education Finance. Washington, DC: National Academy Press, pp. 209-259.

② Goertz, M. and Edwards, M. (1999). *In search of excellence for all: The courts and New Jersey school finance reform* [J]. Journal of Education Finance. 25, pp. 5-32; Goertz, R. K, Goertz, M. E. *New Jersey school finance* 1998 [M]. In Tetreault, D. R. (ed.) The States of the States and Provinces 1998. Proceedings of the 1998 Annual Meeting of the American Educational Research Association, San Diego, California, April 1998.

③ Guthrie, J. , and Rothstein, R. (1999). *Enabling adequacy to achieve reality: Translating adequacy into state school finance distribution arrangements* [M]. In Ladd, H. , et. al. (eds.) Equity and Adequacy in Education Finance. Washington, DC: National Academy Press, pp. 209-259.

其中：E_{it} 表示生均教育支出；

X_{it} 代表一组表示学校特征和学生特征的向量，如以考试分数表示的学生学业成绩、高级课程的数目、教师工资、特殊教育学生所占的比重、注册学生数等；

P_{it} 代表一组学区社会经济水平向量，如学区居民平均收入水平、税基、税率、家有小孩的居民比例、房屋所有者的比例、老年人比例、拥有大学教育程度者的比例等；

ε_{it} 代表没有观察到的学区特征等随机变量。

根据公式（1）表达的教育成本函数，代入有关变量值进行回归分析，即可获得相应的参数值。在其他条件不变的情况下，调整学生学业成绩标准的设定，进而调整参数值，代入方程即可得到对应于某学业成绩标准应达到的生均教育支出数。这一生均教育支出即作为教育经费的充足水平。

（2）"示范学区"（model district）设计法

新泽西州的生均教育支出充足水平是通过对示范学区的设计估算出来的。按照新泽西州宪法的规定，新泽西州需要为每个公立中小学学生提供"完全与有效的教育"。"完全的"教育指公立中小学必须为学生提供由 7 个学科领域的 56 个核心课程内容标准，5 个交叉学科内容标准，以及 5 种工作准备标准确定的教学内容。7 个学科领域包括数学、科学、语言、视觉和行为、社会研究、健康和体育以及外国语言。5 种工作准备标准包括批判性思维、问题解决和决策技能的运用；技术、信息及其他工具的使用；职业计划和就业技能的发展；自我管理技能的发展，包括目标确定、时间的有效使用、与他人的合作；以及对安全和基本资助知识的获得。新泽西州教育委员会自 1996 年 5 月开始采用"完全的"教育所包含的教育标准。"有效的"教育指教育经费必须能够保障达到"完全的"教育所需要的充足教育投入水平。教育投入水平由以下指标衡量：班级规模、生师比、学生与管理人员比、平均每个学区的学校数、教室供应、服务和材料的类型与数量。学区在其他方面的支出被认定为"非核心的"，因此只能从学区获得资助，州政府不给予补助。

为确定基本的生均费用，新泽西州在 1996 年设计了一个拥有 3075 名学生的"示范学区"。① 在示范学区中，共有 3 所小学，每所小学 500 名学生；1 所初中，675 名学生；1 所高中，900 名学生；不超过 10% 的学生是

---

① New Jersey Department of Education. (1996). *Comprehensive Plan for Educational Improvement and Financing* [R]. Trenton, N. J. : N. J. Department of Education.

有特殊教育需要的学生。班级规模设定为学前班到小学三年级为每班平均 21 人,四年级和五年级每班平均 23 人,初中每班平均 22.5 人,高中每班平均 24 人。初级中学配备两名指导咨询教师、两名媒体服务或技术专家。这类服务人员在高级中学中的数量是初级中学的两倍。每个学校均有正副校长、校长助理、办公室职员和一个保安人员。其他方面的投入包括平均 5 名学生一台计算机(5 年更新一次),教师职业发展所需要的时间,课堂辅助活动和课外活动补助(小学生每人 23 美元,初中生每人 137 美元,高中生每人 434 美元)。同时,新泽西州教育部规定了这样的投入水平需要达到的教育产出。根据对示范学区的设计,新泽西州教育部计算出了达到这样的投入水平需要的生均基本支出。在 1997—1998 学年度,小学一至五年级生均基本支出为 6720 美元。相对于一个小学生,一个幼儿园(学前班)儿童的权重为 0.5,初中生的权重为 1.12,高中生的权重为 1.20(即一个幼儿园儿童需要的费用是一个小学生的 0.5 倍,一个初中生需要的费用是一个小学生的 1.12 倍,一个高中生需要的费用是一个小学生的 1.20 倍)。1998—1999 学年度所需要的生均基本支出按照地区消费价格指数进行了调整。新泽西州允许各学区在正负 5% 的幅度内调整所需基本经费。

(3) 教育内容及其成本估算法

怀俄明州则组织了由教育专家构成的两个相对独立的专家组。一组专家来自怀俄明州内部,人员由有经验的中小学教师、学生人事管理职员和学区管理人员构成,主要任务是认定充足教育包含的教育元素。这组专家确定了实施充足教育的"典型"学校特征和教学内容。另一组专家由怀俄明的邻州或与怀俄明有相似经济和地理特征的州的中小学校长、学区长以及其他从事教育实际工作的人员构成。第二组专家的任务在于检验第一组专家设计的"典型学校"(prototype school)实行的充足教育的组成元素是否确实达到了州议会规定的教学内容和教学目标。怀俄明州的教育专家设计了一个公立学校应提供的教育内容与服务的"篮子",后经州议会以法律的形式确定下来。这个"教育篮子"中包含核心知识和核心技能两部分内容。核心知识包括阅读或语言、社会研究、数学、科学、美术、体育、健康和安全知识、人文知识、职业教育、外国文化和语言、应用技术、公民教育;核心技能包括问题解决、人际交流、键盘和计算机应用、批判性思维、创造性、生活技能如个人理财技能。"典型"小学的班级规模为 16 人,学校规模为 288 名学生;"典型"初中的班级规模为 21 人,学校规模为 300 人;"典型"高中的班级规模为 21 人,学校规模为 600 人。

典型学校的规模以及应传递的教育内容和服务确定之后,专家们进行了能够完成在"典型"学校中施行充足教育的成本估算。学校成本由五个成本类别组成:① 人员成本;② 材料和设备成本;③ 服务成本(如食物供给、学生活动、教师职业发展、学区运行管理);④ 特殊学生成本(如特殊教育、特长生教育和服务、英语是非母语学生的教育和服务、低收入家庭学生的教育和服务等);⑤ 对学校、学区或地区因素进行调整的成本(如由于地理位置和人口稀少的缘故,有的学校规模偏小,规模不经济带来的生均成本偏高)。对这类由于客观原因造成的额外成本要算进成本总需求。另外,还有小规模学区的额外成本需求,以及地区间的成本差价等。

因此,怀俄明州的教育财政的充足水平是根据教育内容确定的。一个适当的中小学教育应包含什么样的教育内容和服务,这样的教育内容和服务需要什么样的师资、管理和设施,这样的师资、管理和设施又需要多少经费,然后对经费需求进行调整。

第五节   对我国义务教育资源配置均衡发展的启示和政策建议

在我国,省(直辖市、自治区)与省之间,省内部教育的发展及义务教育经费的配置呈现出很大程度的不均衡。这种不均衡主要是源于地区经济发展的不均衡。无论是国际经验,还是我国的教育财政政策规定,都表明地方政府对义务教育经费承担着较大的责任,基础教育的教育事业费一般由相应的地方政府筹措、管理和分配。但是由于地方经济发展的不均衡,过分依赖地方财政会导致义务教育经费配置的不均衡。要弥补这种地区间教育经费配置的不均衡,政府间财政的转移支付是必不可少的手段。这里,教育财政的转移支付是指上级政府给予下级政府用于教育发展的财政补贴。美国基础教育财政改革的经验和教训告诉我们,我国义务教育资源配置的均衡发展,不仅要关注规范的转移支付模式的建立,而且要关注义务教育均衡发展所需的基本经费水平。

美国州政府对学区实行的基础教育财政转移支付的模式主要有四种[1]:① 水平补助模式。无论学区财力如何,州政府给予同等的生均补助。这一模式无助于消除富裕学区与贫困学区教育经费的差距,因此各

---

[1]   New Jersey Department of Education. (1996). Comprehensive Plan for Educational Improvement and Financing [R]. Trenton, N. J. : N. J. Department of Education.

州现在尽管仍在使用这一模式,却不再将其作为主要方式。只是在实行了后三种转移支付模式之后,为体现州政府对各学区的财政支持,仍给予所有学区小额的均等补助。② 基数补助模式。类似定额标准的设定。即州政府为各学区设定一个生均义务教育经费定额标准,依靠学区财力无法达到的部分由州政府补足。这一模式非常有效地缩小了学区间的教育经费差距。③ 保证税基补助模式。由于美国义务教育经费主要来自学区财产税,这一模式意在为每个学区提供一个生均税基定额标准,税率由学区自己决定。① 州政府提供给学区的补助等于学区生均税基与州政府规定的生均税基的差额乘以学区房地产税率。这一模式保证了贫困学区在与富裕学区征收同等税率的情况下,可获得较大数额的财政补助。但这一模式鼓励高税率,其公平性效果不如基数补助模式。④ 基数补助与保证税基补助结合模式。有的州,如密歇根州,将基数补助和保证税基补助结合起来使用。

我国贫困地区由于地方财政困难,很难有足够的资金用来发展教育。尽管存在一般性的上级政府为弥补下级政府财政缺口而发生的转移支付,但用于教育的一般性的财政转移支付并没有规范的、稳定的模式。上级政府对下级政府的教育财政转移支付多表现为专项资助。多年来存在的专项转移支付包括:① 用于资助贫困地区中、小学校舍危房翻修和新建校舍的专项资金;② 用于资助贫困地区中、小学教学设备和仪器配备的专项资金;③ 用于资助贫困地区中小学图书资料配备的专项资金;④ 用于资助省级政府和地方政府发展职业教育和特殊教育的专项资金;⑤ 用于资助贫困地区教师培训的专项资金等。目前影响较大的专项转移支付,一个是国家贫困地区义务教育工程,另一个是世界银行中国贫困地区教育发展项目。但这两项资助不是每个省都有的,仅覆盖部分贫困省中的部分贫困县。②

上级政府向下级政府的财政转移支付,可以弥补贫困地区教育经费与富裕地区教育经费的差距,均衡教育资源的分配,提高教育生产率。没有规范的义务教育财政转移支付模式,就难以实现义务教育资源配置的均衡化,也难以监督教育资源的使用效率,更难以实现为达到既定质量目标的教育资源的充足配置。

在我国重视义务教育均衡发展的今天,资源配置的均衡是其中必不可少的一个环节。从美国基础教育财政改革的发展历程看,在资源配置

---

① 税基指学区内房地产的市场价值,税率指交纳的房地产税额占其市场价值的比例。

② 北京大学课题组."中国贫困地区义务教育财政"个案调查报告[R].2001.

的均衡发展中仅仅关注资源配置的公平是不够的，必须结合与教育效果和教育质量相关联的资源配置的充足，才可能达到高质量的均衡发展。为此，我们提出以下政策建议：首先，制定义务教育合格标准和学生应掌握的基本教育内容和技能；第二，度量义务教育合格所需充足经费的水平，以确定义务教育均衡发展所需要的基本教育经费标准；第三，建立规范的政府间教育财政转移支付的制度和模式①；第四，在条件成熟的地区试行，并结合各地区不同条件调整后逐步推广至全国。

---

① Tsang, M. (1996). Financial reform of basic education in China. Economics of Education Review, 15(4), pp. 423-444. Tsang, M. (2002). Financing compulsory education in China: Establishing and strengthening a substantial and regularized system of intergovernmental grants. Harvard China Review, No. 5, pp. 15－20. World Bank (1999). Chinese education: Goals and strategies for the 21th century. Washington, DC. Du, Yuhong & Wang, Shanmai (2000). Disparities in education development in China. In Tsang, M., Wei, X., and Xiao, J. (eds.) Economic analysis of education policy, pp. 76-109. Beijing, China: People's Education Press.

第十九章 国外基础教育管理及财政体制改革分析[①]

建立合理而有效的教育体系对于消除社会贫困、缩小贫富差距、建立一个和谐与文明的社会具有十分重要的意义。从 20 世纪中期开始,世界各国政府越来越意识到教育对经济和社会发展的重要性,通过增加教育投入,改善教育设施和条件,促进教育事业的发展。在政府的积极干预下,公立教育系统得到了快速的扩张。但是,这种发展方式也带来一定的问题,目前不论是发达国家还是发展中国家,都不同程度地遇到了教育经费不足、经费使用效率不高、教育机会不均、教育质量无法令人满意等问题。为此,各国政府积极探索改革教育管理及财政体制的有效措施,寻找解决问题的办法(Tilak,1992; Patrinos,2000)。

从教育管理体制改革方面看,一些国家采取的主要改革措施包括:下放中央政府对教育的管理权;扩大地方政府的统筹权;扩大学校的办学自主权;增加家长的学校选择权和参与学校管理的机会;大力发展私立教育;采用市场机制,吸引私营企业参与办学等。

随着教育管理机制的改革,教育财政形式也发生了相应的变化。政府通过两种方式提供教育经费:一种方式是把经费直接提供给教育供给方,即学校;另外一种方式是把经费提供给受教育者,由受教育者选择学校。前者被称为"供给型财政"(supply side financing),传统的教育拨款方式就属于供给型财政;后者被称为"需求型财政"(demand side financing),学生贷款和"学券"(school voucher)就属于需求型教育财政。公立

---

① 在本章的写作和修改过程中,作者得到了曾满超老师许多有价值的建议。

学校财政改革主要包括：一是在公共教育经费投入不变的情况下，改变公共教育经费的分配方式，从政府对公立学校的直接资助，转变为通过学生选择学校把公共经费间接地带到公立学校；二是在缩减公共教育经费投入的情况下，扩大学生家庭教育支出在教育经费中所占的比例。私立学校财政改革主要包括：一是政府对私立学校采取税收优惠政策，学校运行费用主要是依靠向学生收取的学费；二是政府向私立学校提供直接经费资助，资助标准低于或相当于公立学校资助标准；三是政府通过发放学券和扩大学生教育选择机会，对私立学校提供间接经费资助。

随着教育规模的扩大和教育质量的提高，任何国家都不同程度地存在着教育经费短缺的问题。因此，开拓非政府经费渠道已经成为解决教育经费短缺的一条必由之路。贷款、股票和赠款是三种非政府教育融资形式，它们可以在一定程度上弥补公共财政性教育经费不足的问题。贷款适合于较长期限的项目，对于学生贷款项目来说，目前存在着还款情况较差、信用管理成本高昂等问题；股票在非营利性教育机构中实施较为困难；赠款数量受社会经济发展水平、文化传统、税收制度等影响，从总体上看，发达国家教育捐赠状况要好于发展中国家教育捐赠状况。在知识经济与信息技术条件下，对于教育市场投资回报的冲动与乐观估计，使得一些营利性机构愿意进行教育投资，这成为教育系统融资的另外一条新途径。

教育领域的供求关系及价格机制构成了教育市场。与其他要素或产品市场一样，教育市场也存在着失灵现象，教育市场失灵有以下几种表现：信息成本高和信息不对称，影响了学生及家长对教育的选择；教育的外部性使得对有些教育内容的社会需求大于个人需求，它们之间的差距需要政府财政予以弥补；不可避免地出现的教育公平问题。由于存在着教育市场失灵现象，所以，仅仅依靠市场机制无法实现教育资源的有效配置，适度和适当形式的政府干预和社会调节是必要的。从政府角度看，可以采取多种方式对教育市场进行干预与治理，包括财政、政策和公共设施建设手段，以实现公平、效率、选择和社会凝聚等多项社会目标（列文，2004）。从社会角度看，成立非官方性质的教育质量认证机构，建立学校之间的联盟或合作关系，形成学校自我发展和自我约束的机制，可以在一定程度上解决市场失灵问题。

国外教育管理及财政体制变革的成功经验，值得我们学习和借鉴。世界银行有关专家及一些大学学者对于某些国家教育管理及财政体制改革进行了研究和总结，积累了一定的知识。但是，从总体上看，由于各国教育管理及财政体制改革做法不尽相同、实践时间较短、规模有限、效果不一、影响因素多样、可比性不强，因此，目前尚难以对各种改革措施进行全面系统的评价，在学习和借鉴别国做法时，需要持十分慎重的态度。下面，我们根据世界银行有关专家的研究成果和其他相关研究资料，分别对一些国家的做法进行了归纳和总结，在此基础上，提出一些自己的观点和想法。[①]

第一节　发展中国家教育管理及财政体制改革

在教育领域，发展中国家面临着许多共同的问题，包括：教育经费短缺，适龄学童入学率和完成率低，不同社会阶层子女接受教育机会不平等，教育质量低下等。针对这些问题，各个国家开展了积极的探索。表19-1 所示为部分发展中国家教育管理及财政改革的一些主要做法。在下文中，对其中一些国家的情况做较为详细的介绍。

表 19-1　发展中国家需求型教育财政改革措施[②]

国家	机　　　制
孟加拉国	对公立和私立学校中女童提供经费补贴
伯利兹城	建立政府与教会之间的合作伙伴关系
玻利维亚	把一些公立学校交给教会组织管理和经营
巴西	采取配套资助和按学生人数拨款措施，发放奖学金，保证贫困家庭孩子的受教育机会
博茨瓦纳	采取配套资助政策
乍得	从社会渠道获得教育经费
智利	对所有公私立学校学生按人数拨款；实行学校选择计划
中国	配套资助；对贫困家庭及少数民族学生提供经费补贴；提供免费教科书[③]
哥伦比亚	预算拨款；学券
哥特迪瓦	政府对私立学校学生提供资助
多米尼加	对接收低收入家庭孩子的私立学校提供经费资助
萨尔瓦多	对低收入家庭孩子实行学校选择计划

---

①　在下面各国情况介绍中，除特殊说明外，主要参考文献为世界银行教育经济学专家 Patrinos（1999）的研究成果。在他的研究中，各个国家的情况介绍详略不一，对发达国家的介绍要比对发展中国家的介绍更为详细一些。

②　资料来源：Patrinos, Harry Anthony（1999）"Market Force in Education", www. worldbank. org/education/economicsed/private/publications/Market_HP. htm.

③　2005 年，中国政府实行的"两免一补"政策，比 Patrinos 这里总结的内容更为全面。

续表

国家	机 制
冈比亚	奖学金；对所有学生按人数拨款
危地马拉	对 13 个社区女童提供经费补助
加纳	配套拨款项目
印度	配套拨款项目与大额度奖励
印度尼西亚	对初中学生设立奖学金
牙买加	学生贷款
肯尼亚	对非正式部门工人参加短期技术课程提供学券
莱索托	建立政府与教会之间的合作伙伴关系
毛里求斯	配套拨款
墨西哥	对贫困家庭孩子和原著民提供资助
缅甸	社区资助
摩洛哥	设立农村女童奖学金
莫桑比克	设立农村女童奖学金
巴基斯坦	社区颁发奖学金；对接收低收入家庭孩子和农村女童的私立学校提供资助
塞内加尔	对 Dakar 地区的公私立学校提供资助
坦桑尼亚	配套拨款；资助中学女童
泰国	为农村低收入家庭孩子提供自行车
赞比亚	采取人均资助方式

一、智利[①]

智利主要采取了教育分权管理体制和需求型教育财政体制。1980年，智利军人政府对教育系统进行了两项改革：一项是分权管理改革。智利颁布的分权法案规定，将学校财产从中央教育部转移到地方政府，相应地，教师的身份也发生了变化，从中央政府公务员变为地方政府合作雇员。二是改变公立学校和多数私立学校的财政管理方式。教育部每个月按照学券标准和学生人数，向地方政府划拨经费，地方政府然后按照学生人数向学校划拨经费，其中 90% 的办学经费来自中央政府，10% 的办学经费来自地方政府。智利有两种私立学校，一种是收学费的私立学校，另外一种是不收学费的私立学校。不向学生收取学费的私立学校，也可以得到与公立学校相同标准的学券。在这项政策引导下，多数私立学校由

---

① McEwan, P. J. and Carnoy, M. (2000). The Effectiveness and Efficiency of Private Schools in Chile's Voucher System. *Education Evaluation and Policy Analysis*. 22(3)：pp. 213-239.

过去依靠收取学费转变为依靠公共补贴,这样吸引一部分学生从公立学校转学到私立学校,于是接收学券的私立学校的在校生人数有了快速的增加,规模扩大主要发生在非宗教性私立学校中。在小学阶段,它们招收了 21％的学生。与此同时,接收学券的天主教私立学校招收了 10％的学生。另外还有一些私立天主教学校(精英型)采取收取学费的办法,但它们不接收学券。

学券额是如何确定的呢? 智利法律规定了一个基本的学券额,然后根据学生年级、学校所在地不同,对学券标准进行相应的调整。虽然在实施学券制初期,计划根据通货膨胀情况对学券额进行适时调整,但是不佳的经济状况没有允许这种做法。在 20 世纪 80 年代,生均学券额逐年减少。从 1990 年开始,中央缩减了 40％的教育经费,造成地方政府教育经费支出比例的提高。由于各地财政能力不同,所以随着地方负担教育经费比例的提高,各地生均经费支出出现显著差异。由于经济发展状况的影响,随着政府发放学券的减少,依靠学费的私立学校又恢复了过去在教育市场中所占的份额。

二、哥伦比亚

哥伦比亚实施的助贫性学券制,提高了低收入家庭子女接受中等教育的比例。1991 年,哥伦比亚在中学入学需求高、私立学校集中的地方实施了学券制。实施该计划的目的是为了调动私立学校的办学积极性,鼓励它们招收低收入家庭孩子进入中学学习。只有接受低收入家庭孩子的私立学校,才能参加学券项目。在教育经费投入方面,实行了中央和地方政府分摊制度,中央和地方政府分别承担 80％和 20％的成本。该计划针对低收入家庭的孩子,只有完成小学 5 年级学业的学生才有资格申请。从 6 年级到 11 年级,政府每年要根据学生家庭收入变动情况和通货膨胀系数,重新评定和调整一次学券额。

三、泰国[①]

泰国私立学校接纳低收入家庭子女,政府对于部分私立学校提供财政补贴,并限制这些私立学校的学费水平。在泰国,私立学校的成立必须获得办学许可。从 1994 年以来,私立初等教育规模占同级教育规模的比

———————

① 世界银行 2004 年 7 月 14—15 日在马来西亚首都吉隆坡组织召开的"政府和非政府机构参与教育:区域会议"会议资料。

例在 10%～20%之间，私立初中规模所占比例在 10%以下，私立普通高中所占比例也在 10%以下，私立职业高中的比例从 50%降低到 30%左右。在私立中小学学习的学生，有一半以上的人来自低收入家庭。政府对于基础教育阶段的私立学校提供经费资助，资助水平为公立学校资助水平的一半。泰国政府对于不接受政府补贴的私立学校收取的学费没有任何限制，而对于接受政府补贴的私立学校限制其最高学费、交通费和午餐费水平。在 2004 年之前，泰国还没有实施学券制，但是已经把它作为一项政策议题，列入议事日程。

四、菲律宾①

菲律宾私立教育不仅规模大，而且质量高、成本低。政府向私立学校提供一定的经费资助，以帮助低收入家庭解决子女入学问题。在菲律宾，私立小学学生占同级学生人数的 7.1%。私立中学学生占 20%。私立中小学在考试成绩合格率、毕业率、能力测验方面，均高于公立中小学的相应指标。私立学校生均成本要低于公立学校生均成本。以 1997 年为例，私立小学生均成本为 4700 比索，而公立小学生均成本为 5322 比索；私立中学生均成本为 4295 比索，而公立中学生均成本为 4827 比索。在私立中小学学习的学生中，有一半以上来自低收入家庭。在中学阶段，政府制订了"教育服务契约计划"，该计划规定政府向接收低收入家庭子女的私立中学提供与学费相当的资助。

五、印度尼西亚②

在印度尼西亚，私立小学学生占 16.2%，私立初中学生占 36.7%，私立高中学生占 54.3%。2004 年，印度尼西亚开始实施学券制。

六、西非国家

哥特迪瓦政府对私立学校提供经费资助，以解决低收入家庭孩子入学问题。公立学校无法满足全部学生入学需求，因此，毛入学率和净入学率都很低。为了扩大教育供给，政府启动了一项计划，资助部分学生到私

---

① 全国人大教科文卫委员会教育室，香港大学中国教育研究中心.民办教育研究与立法探索[M].广州：高等教育出版社，2001：517-534.

② 世界银行 2004 年 7 月 14—15 日在马来西亚首都吉隆坡组织召开的"政府和非政府机构参与教育：区域会议"会议资料。

立学校学习,接收转学学生的私立学校可以获得相应的公共资助。在这项计划中,政府主要资助中学生和职业技术学校学生。学生的转移安置状况与学校的教学质量密切相关,只有获得特许的私立学校才能接收从公立学校转过来的学生。

塞内加尔首都达喀尔为公立和私立学校学生提供奖学金。

冈比亚采取一定的财政措施,改善女童接受教育的状况。政府对高小和中学女生提供奖学金,它涵盖了学费、课本费和考试费。最落后地区约三分之一的女童可以获得经费资助;在比较落后的地区,约有10%的女童可以获得经费资助,她们都是在科学、数学和技术方面表现出色的学生。

七、印度[①]

在中小学阶段,印度有三种学校类型,它们分别是:公立学校、政府补助型私立学校(私人管理、公共资助的私立学校)和非政府补助型私立学校(私人管理但没有公共资助的私立学校)。在三种学校类型中,第一种形式的学校在数量上占主导地位。2001—2002年,在小学阶段,三种类型学校所占的比例分别是:90.91%,3.07%和6.01%;在高小阶段,三种类型学校所占的比例分别是:74.41%,7.81%和15.77%。

与发达国家相比,发展中国家遇到一些特殊的问题,主要表现在教育经费不足和教育机会分配不平等两个方面。由于公共教育经费供给不足,所以上学的家庭需要交纳一定的费用,给这些家庭带来一定的经济负担。在乌干达,教育支出占家庭总支出的57%;智利为45%;印度尼西亚为37%;马里为26%。在经济合作组织国家,这个比例不到10%。在发展中国家,教育公平也是一个突出的问题,平均来说,收入最高的20%的人口享受了30%以上的公共教育经费,而收入最低的20%的人口只享受到8%~15%的公共教育经费(帕崔诺,2005)。这是发展中国家目前面临的最大挑战。由于私立教育可以部分地满足过度的教育需求,即公立教育系统无法满足的那部分教育需求,所以得到政府公共财政经费有条件的支持。

---

① Yugui Guo. *Asia's Educational Edge*: *Current Achievements in Japan*, *Korea*, *Taiwan*, *China*, *and India*, Lanham: Lexington Books, 2005. pp206-208.

第二节 欧洲及 OECD 国家教育管理 及财政体制改革

在教育领域,欧洲及 OECD 国家面临的主要问题包括：科层制限制了学校的自由度,社会对教育发展状况感到不满意,教育经费使用效率不高,社会较低阶层人群子女受教育状况恶劣等。针对这些问题,各个国家积极地开展了教育管理及财政体制改革探索。表 19-2 所示为部分欧洲及 OECD 国家教育管理体制和财政改革的基本情况。在下文中,对其中一些国家的情况做较为详细的介绍。

表 19-2 欧洲及 OECD 国家需求型教育财政方式 [①]

国家	机 制
澳大利亚	实行中央和地方财政分担制度;政府按照家庭收入状况和学生规模,对私立学校提供补助
比利时	学生可以在公立和"自由"学校(天主教)之间进行选择
加拿大	按学生人数划拨经费;对私立学校提供资助
英格兰	对私立学校提供资助
法国	私立(天主教)学校可从政府部门获得资助
匈牙利	家长具有选择公立或私立学校的权力,但要为选择学校付费
日本	政府对私立学校提供资助
荷兰	对私立和公立学校按学生人数划拨经费;实行学校选择计划
新西兰	为低收入家庭孩子提供更多经费(80%的经费按学生人数划拨,20%的经费按学生社会经济状况划拨);对特定人群实行学券制
波兰	政府对私立学校提供资助
苏格兰	学生可以在公立学校之间进行选择
西班牙	在学前教育阶段,实行教育券试验
瑞典	按学生人数划拨经费;对私立学校提供资助
英国	政府对接受低收入家庭孩子的私立学校提供经费资助
美国	教育券试验：公私立、特许学校

---

① 资料来源：Patrinos, Harry Anthony (1999) "Market Force in Education", www.worldbank. org/education/economicsed/private/publications/Market_HP. htm.

一、美国 ①

在美国,教育变革的进行是与教育系统中存在着的问题密切相关的。
普通教育阶段存在着的一些问题不容忽视,如学业成绩不合格学生所占
比例较高、在国际学业成绩评价中美国落后于其他一些国家、在校园中存
在吸毒现象和时有发生的枪击暴力事件等。因此需要通过改革现有教育
制度来解决这些问题,其中提高受教育者的教育选择机会,成为众多解决
方案中的一个。围绕扩大教育选择机会所进行的改革包括:扩大同一学
区内的选择机会、扩大不同学区间的选择机会、建立特许学校(charter
school)、学费税减免(tuition tax credit)和学券(voucher)制度等几种形
式(Peterson,1998)。

20 世纪 70 年代初,美国设立了在整个学区招生的学校,学生选择学
校不受居住地的限制。这种改革的目的在于促进不同种族人群之间的融
合,但是在实施过程中,出现事与愿违的情况,一些家长为孩子选择学校
是因为不喜欢与某些社会背景的孩子做同学,因此选择的结果不但没有
促进不同种族之间的融合,反而加剧了不同人群间的隔离。80 年代,教
育选择运动的范围扩大到学区之间。1992 年,在美国出现了特许学校。
特许学校是改革公立学校的一种形式,其中一部分是由公立学校转制而
成的,另外还有一些学校是新建的。它是独立运行的公立学校,由教育工
作者、家长、社区领袖和企业家设计并管理,由地方政府或州政府提供办
学经费,并对学校的运行进行监督。这些学校可以不受公立学校许多规
定的限制。1999 年,这类学校已发展到 1700 余所,遍及 32 个州和华盛
顿特区,在校生人数达到 35 万余人。截至 1998 年底,由于各种原因,有
32 所这类学校被迫关闭(Finn, Manno and Vanourek, 2000)。

学券包括私立和公立两种形式。最大的私立学券计划是"儿童奖学
金计划"(Children's Scholarship Fund),它为 4 万多名低收入家庭孩子
提供为期四年的学习经费资助,但是从该计划获得的学券不足以交纳学
校学费,所以家长要支付另外一部分费用。获得资助的学生可以在公立
和私立学校之间进行选择。实行公立学券制的州和地方包括:1990 年开
始的威斯康星州的米尔沃齐(Milwaukee)、1995 年开始的俄亥俄州的克
利夫兰德(Cleveland)、缅因州、佛蒙特州、宾夕法尼亚州的德尔科(Del-
co)、1999 年开始的佛罗里达州等。

---

① 有关美国的情况介绍参考了 Henry M. Levin and Clive R. Belfield"The Marketplace in
Education" Occasional Paper, 2003. No. 86,引自 http://www. ncspe. edu;阎凤桥. 美国教育选
择变革复杂性探析[J].民办教育动态,2002(8);阎凤桥. 学校选择改革——来自卡内基教学促进
委员会的评价[J]. 北京大学教育评论,2004(1).

　　美国从 20 世纪 80 年代开始实施学校选择计划。学校选择有三种主要形式：一是学生不受居住地的限制，可以在学区内自由选择公立学校；二是在考虑学校容量、学生交通便利和种族融合等因素基础上，允许学生在州内自由选择公立学校；三是学生可以获得政府的资助选择私立学校上学，即所谓的"学券制"。这些改革措施的效果到底如何？为了回答这个问题，卡内基教学促进委员会成立了以米特冈（Lee Mitgang）为首的专门研究小组，在全国范围内对这些问题进行了为期一年的研究，并于 1992 年发表了《学校选择特别报告》（A Special Report：School Choice）。研究人员利用文献、访谈和问卷调查方法，对于三种改革方案实施的效果进行了客观的分析和评价。卡内基的这份研究报告对于美国学校选择计划在 90 年代初的实施效果持比较慎重和保守的态度。报告提出的核心观点是，虽然公众对于学校选择计划普遍持肯定的态度，但是学校选择并不是改善教育状况的灵丹妙药。公立教育仍然是美国普通教育的主体，90％以上的儿童在公立学校学习，公立教育承担着私立教育所无法承担的社会责任，如果试图通过引入私立学校与公立学校之间的竞争来改变公立教育状况的话，我们的期望就定得过高了。该报告还强调指出，人们在学校选择认识问题上存在着政治分歧，现在是消除这种分歧的时候了，我们不妨转换一个视角看待问题，与其把所有注意力都放在学校选择计划上，不如考虑在公立学校内部增加选择机会。该报告还指出，学生发展与社会环境有着密切的关系，学校并不能解决所有的问题，我们不可奢望"一个卓越的学术之岛被社会危机的海洋所包围着"。为此，所有与学生成长有关的机构应该联合起来，共同解决教育问题。卡内基教学促进委员会主席博依尔（Ernest L. Boyer）博士在报告的序言中对报告的核心思想做了高度的概括，他说：教育决策者要超越意识形态的对立，用更加宽广和包容性更强的视野来考虑教育改革问题，把改革的注意力从体制方面转移到学生学业这个核心上来。

　　近年来，一些营利性教育公司举办学校或者提供教育服务，它既不同于公立学校，也不同于私立学校。至今没有充分证据表明，由教育公司经营的学校的学生学业成绩要优于公立学校具有相同社会经济背景的学生的学业成绩（Fitz and Beers，2001）。

二、丹麦①

　　丹麦有着悠久的私立教育发展历史。1814 年，丹麦政府就制定了 7

---

　　①　Harry Anthony Patrinos：《School Choice in Denmark》，引自 www. worldbank. org/education/economicsed/financedemand/case/denmark. pdf.

年义务教育立法,家长可以按照自己愿意的方式教育孩子,包括在自己家中教育孩子(home schooling)。从那时开始,私立教育的传统一直延续至今。只要有 28 名以上孩子愿意在一起学习,他们的家长就可以申明是一所私立学校,并获得相应的公共教育经费资助。

1855 年,丹麦法律承认了家长自由选择孩子接受教育形式的权力。1899 年,丹麦私立学校开始接受政府的经费资助。20 世纪 60 年代,一些抱有极端民主思想的家长成立了"进步学校"(progressive schools);80 年代,"自由学校"(free schools)如雨后春笋般发展起来。1982—1983 年,私立学校在校生占全部学生的 8%;1998 年,这个比例上升到 12%。私立学校有许多形式,包括独立乡村学校、学术导向型初中、教会学校、进步自由学校、Rudolf Steiner 学校、德裔少数民族学校和移民学校。丹麦的私立学校都是非营利性质的。

从 1992 年开始,中央政府按照学生人数、年级分布及活动内容,向私立小学和初中提供教育经费。私立学校必须先通过其他资金渠道完成校园基本建设,只有满足这样的条件,才能获得政府的拨款。经费先从中央政府划拨到地方政府,再到学校。在分配经费时,政府也考虑了学校的办学质量,办学质量由同行评定。政府拨款包括四个部分:① 基本拨款;② 教学拨款;③ 运行经费;④ 建筑拨款。在四个项目中,除了"基本拨款"不考虑学生规模外,其他项目都是由活动内容决定的,学校实际获得的经费与学生人数、学生年龄分布和教师资历有关。对于私立学校来说,来自政府的拨款占总收入的 80%—85%,家长支付的学费占 15%—20%。

私立学校办学模式对于公立学校运行产生了积极的影响。在私立学校影响下,从 1989 年开始,几乎所有公立学校都吸收学生家长参加董事会。

三、澳大利亚①②

澳大利亚有着较大的私立教育系统和私立学校接受联邦政府公共经费资助的历史传统。1997 年,私立学校在校生人数占全部在校生人数的 30%,其中天主教学校在私立学校中占很大的比例。公立教育系统和私立教育系统在经费来源和来自外界控制方面差别不大。几乎所有私立学

① 全国人大教科文卫委员会教育室,香港大学中国教育研究中心.民办教育研究与立法探索[M].广州:高等教育出版社,2001:379-382,383-405.

② Sherman, Joel D. (1983). Public Finance of Private Schools: Observations from A-broad, in Thomas James and Henry M. Levin (eds.) *Public Dollars for Private Schools: Case of Tuition Tax Credits*, Philadelphia: Temple University Press, pp71-86.

校均可以获得政府的经费资助，条件差的学校获得较多的经费资助。政府对私立学校的财政资助始于 20 世纪 50 年代，当时实行一项新的政策，孩子在私立学校学习的家长可以享受收入税的减免；到 60 年代，政府开始资助私立学校的一些基建项目；70 年代，政府开始对私立学校提供一般性的资助，或就国家关心的教育问题提供经费；1981 年，高等法院对于联邦政府是否可以对私立学校提供资助做出裁决，确定了澳大利亚联邦政府对私立学校提供公共资助的合法地位(Sherman，1983)。澳大利亚联邦政府和州政府采取三种形式向私立学校提供资助，它们分别是：第一，经常性经费资助，它是政府资助的主要形式，按照学生人数划拨；第二，固定资产投入，用于扩大校舍、购买大型设备等支出；第三，以特殊项目经费形式，向私立学校提供经费支持。政府提供的资助与学校收取的学费成反比，即如果学校收取的学费水平越高，那么政府提供的资助就越少；反之，如果学校收取的学费水平越低，那么政府提供的资助就越多。与公立学校相比，私立学校受政府管制较少，在聘用教师、录取学生、确定学费标准方面有较大的权力，但是私立学校必须达到与公立学校同样的教学标准。

四、匈牙利

随着匈牙利社会转型，教育管理体制也发生了显著的变化。1990 年，匈牙利议会决定将中小学的管理权从中央下放到地方政府。教育改革的总体趋势是，实行地方分权，学校自我管理，允许成立私立学校，私立学校可以向学生收取学费，鼓励学校之间开展竞争。经地方政府批准成立的私立学校，可以得到与公立学校相同的生均经费。

五、新西兰

不同人群在受教育机会和结果上存在的差异，是新西兰政府改革教育体制时面临的一个重要问题。新近的改革是为低收入家庭的孩子提供更多的教育经费资助。教育经费的 80% 是根据学生人数划拨的，20% 是根据学生家庭社会经济背景确定的，经费分配向低收入家庭倾斜。1993 年，新西兰开始进行教育体制改革，管理权从中央政府转移到地方政府。1995 年，政府对低收入家庭孩子到私立学校学习实行学券补贴。这项计划被称为"特定个人权利"(targeted individual entitlement)计划。

六、瑞典

瑞典教育改革主要是针对集中教育管理体制带来的若干弊病而进行的。按照国际标准衡量，瑞典政府为其公民提供了高质量的普及教育。

但是,集中教育管理体制本身所固有的一些缺陷日益显露出来,如办学形式单一,学校对外部变化不能做出快速反应等。20 世纪 90 年代,瑞典政府对于集中教育体制进行了一系列的改革,把经费使用权从地方政府下放到学校,提高家长选择学校的机会,学生家长在学校经费分配方面有更大的发言权,增加家长参与学校管理、积极影响教学过程的机会。义务教育阶段课程改革允许学校有更大的教学自由度,自己决定在教授每一门课程时所需要用的时间。公立教育系统改革的结果是办学的多样性和特色得到了提高。

在 20 世纪 80 年代初期,只有 1% 的孩子在私立学校上学,其中有一半的私立学校是不向学生收取学费的。新的学校招生制度允许教育经费跟着学生走。地方政府按照公立学校生均经费 85% 的标准,为私立学校提供经费资助。这项改革使得近 90% 的私立学校不再向学生收取学费。在政策执行的第一年,私立学校注册人数增加了 20%,进入私立学校学习的人数占到全部在校生人数的 1.1%。

瑞典 Nacka 地方政府建立了高效的学券制度,学生家长每年可以得到一定数额的学券,他们根据自己的意愿为孩子选择学校。为了方便家长选择学校,学校有责任向他们提供学校所在地、办学目标、教学方式、组织结构以及学生及家长参与学校决策的机会等信息。即使没有主动选择学校的家长也可以接到邻近学校的邀请,他们也有被动选择学校的机会。为了保证家长的选择机会,他们在孩子注册的第一、四和七年级时,会收到政府发放的学券,他们既可以选择与以前相同的学校,也可以选择与以前不同的学校。在 Nacka 地区,私立学校与公立学校开设相同的国家课程,得到相同的公共资助。由于学校办学经费依赖于所获得的学券额,所以学校注意吸收和留住学生。学校之间的竞争提高了资源的配置效率,促进学校发挥各自的专长,办出自己的特色。

七、荷兰

荷兰政府采取措施扩大家长的教育选择权,同等对待公立和私立学校。政府为私立学校提供公共财政资助具有一定的历史原因。1913 年,由于宗教与政治双重因素的作用,宗教性的私立学校也可以获得政府的财政资助。这种格局被 1917 年颁布的宪法制度化了。因此,荷兰教育系统从 1917 年以来一直保持着教育管理分权和需求导向型财政的特点。1920 年颁布的《教育法》规定,如果一定数目的家长愿意建立一所学校,为其子女灌输某种宗教信仰,或者采用某种特殊的教学方式,那么政府必须提供所需要的经费支持(James, 1986)。荷兰实行 10 年义务教育,初等和中等教育都是免费教育,少数民族学生获得的教育经费为普通人群教育经费的 1.9 倍,低收入家庭学生获得的教育经费为普通人群教育经费的 1.25 倍。私立小学的运行费用由中央政府提供,在公立学校和私立学校资助方式方面,并没有多少差别。教育经费分配按照下列方式进行:无论是公立学校还是私立学校,根据学校的学生人数,核算可以拥有的教师人数。中央政府按照法定的教师人数和工资标准,分别向管理公立学校的地方政府和管理私立学校的私立学校董事会发放经费。学校其他运行经费也由中央政府提供,它由两个部分组成:一是按照一定的标准而不是实际支出,以教室为单位分配维护费用;二是以学生为单位,发放课本、教学用品和教学用具的经费。另外,政府还采取一套复杂的方式,向学校提供基建费用(Sherman,1983)。私立学校可以以学校拥有特殊服务设施(游泳馆、图书馆等)的名义,向学生家长收取一些杂费,但是学校在收费方面的权力是十分有限的。由于私立学校接收政府的财政资助,所以必须遵守政府制定的法令和法规,不能随便拒绝申请入学的学生,即使他们交不起学费。近年来,私立学校系统发生了较大的变化,70%的学校成立了董事会。

家长可以根据自己的偏好,从邻近几所学校中为孩子做出选择。为支持信息传递和推进教育选择计划的顺利执行,政府要求学校为家长提供相关的信息。学校为家长提供的信息包括:教育目标、教学方式和办学效率等。扩大家长的教育选择权,有利于促进学校改进教学,办出特色。

八、英国[①]

英国地方教育当局对于基础教育具有较大的控制权,采取"就近入学"的政策。近年来推行的教育改革,是针对学生选择机会少、学校办学自主权小等问题进行的。在 1981 年,英国实施了"资助学习计划项目"(assisted places scheme)。它的含义是,来自低收入家庭的孩子可以得到政府全额或部分资助,去质量较高、收取学费的学校上学。[②] 成立脱离地方教育当局控制的"拨款资助学校"(grant-maintained school),是英国政府进行的另一项教育改革,这些学校在确定学生午餐、签订建筑和维修合同等方面,比普通学校拥有更大的自主权。

---

① John Fitz and Bryan Beers. Education Management Organizations and the Privatization of Public Education: A Cross-National Comparison of the USA and the UK. June 2001, Occasional Paper No. 22, National Center for the Study of Privatization in Education, Teachers College, Columbia University.

② 1997 年,工党政府取消了该计划。

英国政府成立了两种新型的公立教育形式,它们分别是 1986 年开始的"城市技术学院"(city technology colleges)和 1997 年实施的"教育行动区"(education action zones)计划。这两种教育形式旨在吸引私人经费进入公立教育领域。前一个计划是由中央政府资助成立 20 所中学,提供以科技为主的教学内容,邀请私营企业参与办学,企业可以建立厂房,政府为其提供经常性的经费。但是,这项计划实施的效果并不理想,私营企业对此没有表现出很大的热情,最后中央政府不得不同时承担基建费和经常性运转经费。后一个计划的目的是为了改进公立学校管理绩效。该计划包括不超过 20 所的小学、中学和特殊学校,进行系统的教育管理变革,提高教育质量。

1993 年,在英国推行了一项名为"重新开始"(fresh start)的政策。教育督导可以判定某些达不到办学标准的学校为不合格学校。这些不合格学校必须被关闭,或者被地方委员会通过竞标方式接管。一些私立机构向办学绩效长期不佳的学校和地方政府收取费用,提供改进办学绩效的管理咨询和服务。只有按照新的管理模式运行,不合格学校才能复办;如果有必要的话,私营企业可以介入学校的管理。教育督导有责任向有关部门报告地方教育当局的行为表现,如果地方教育当局不能很好地履行职责的话,私营企业可以通过签约的方式接替地方教育当局管理学校及提供相关教育服务的部分甚至全部责任。在英格兰 150 个地方教育当局中,有 20 个没有通过教育督导的检查,所以,他们不得不把部分或全部管理学校的权力交给外部机构。

虽然苏格兰是英国的一部分,但是其教育系统与英格兰、威尔士、北爱尔兰运行相对独立。从 20 世纪 60 年代开始,苏格兰通过立法实行均衡的教育资源配置。学校有权决定自己的教学方式和课程设置,导致了多样化学校格局的出现。1981 年通过的立法,要求公立学校出版包括学业成绩和教育目标在内的手册。1986 年,有 14% 的学生家长使用学校选择权,要求为孩子变换学校。在家长要求为其孩子变换学校的多种原因中,主要是非教育性因素,其中包括安全、同学品性和其他不利因素,约有 60% 的家长选择居住区以外的小学,由于教育因素要求转换学校的家长只占 43%。在中学阶段,教育因素对于学生家长选择学校的影响提高了,由于教育因素要求转换学校的大约占转换学校人数的一半。

九、比利时

比利时有一个规模较大的私立教育系统,有 50% 以上的学生在私立学校学习。自 1914 年以来,被认可的私立学校可以获得全额公共经费资助，获得政府拨款的学校不能再向学生收取学费。从 1959 年开始，比利时政府不断扩大家长选择学校的权力。

十、韩国①②

第二次世界大战之后，韩国教育系统的扩张是与私立教育的发展分不开的。由于政府把主要的资源投向初等教育，所以私立教育在中等教育和高等教育阶段占有较大的比重。2001 年，韩国私立小学学生占同级学生人数的 1.3％，私立初中学生占 21.8％，私立高中学生占 53.8％。政府对于私立学校采取的财政政策与对其控制形式是基本吻合的。具体来讲，接收公共资助的私立学校必须遵守政府的有关法令，私立学校要服从政府制定的"就近入学"政策，接受家住学校附近的学生，私立学校的学费水平与公立学校的学费水平相同，私立学校可以从政府部门获得经费资助。2001 年，韩国政府对私立小学的预算拨款占私立小学总收入的0.97％，对私立初中的预算拨款占私立初中总收入的 67.59％，对私立高中的预算拨款占私立高中总收入的 43.01％。

十一、新加坡③

新加坡政府对公立学校实行了转制改革，旨在扩大学校的办学自主权。1987 年，实行"独立学校计划"（independent school scheme），允许公立学校转制为私立学校，但政府仍然提供资助。转制后的学校有权自行设置课程、任用教师、招收学生。1993 年，韩国实行了"自治学校项目"（autonomous schools project），目的同"独立学校计划"目的一样。

十二、日本④

日本教育的一大特点是，在正规学校系统之外，还存在着一个很大的补习和家教非学校教育系统。2000 年，29.2％的小学生参加课外补习，57.3％的初中生参加课外补习，31.2％的高中生参加课外补习。为孩子

---

① 世界银行 2004 年 7 月 14—15 日在马来西亚首都吉隆坡组织召开的"政府和非政府机构参与教育：区域会议"会议资料。

② 参考了：Yugui Guo. *Asia's Educational Edge：Current Achievements in Japan，Korea，Taiwan，China，and India*，Lanham：Lexington Books，2005. pp41-45.

③ ［英］马克·贝磊. 中等教育的私有化：问题和政策意义［M］//联合国教科文组织. 为了21 世纪的教育：问题与展望. 王晓辉，赵中建，译. 北京：教育科学出版社，2002：91-115.

④ Yugui Guo. *Asia's Educational Edge：Current Achievements in Japan，Korea，Taiwan，China，and India*，Lanham：Lexington Books，2005. pp82-84.

接受补习和家教,家长支付了大量的私人支出。

正规学校有公立与私立两种形式。在义务教育阶段,教育需求主要是由公立学校满足的。在小学阶段,92.6%的学校是公立学校,0.74%的学校属于私立学校;在初中阶段,93.81%的学校是公立学校,6.19%的学校属于私立学校;在高中阶段,75.86%的学校是公立学校,24.14%的学校属于私立学校。

从上述12个国家教育管理体制和财政体制改革的情况看,这些国家与发展中国家教育改革的动机不完全相同。对于许多发达国家来说,教育改革的首要目的并不是为了从非公共渠道获得经费和节省公共教育开支,而是要扩大教育选择机会,减少科层制对于教育系统的限制,从而提高教育的公平程度与质量。在不同国家和同一个国家的不同教育阶段(小学、初中和高中),私立学校形式和规模有着不同的表现形式。由于私立学校属于非营利组织,所以各个国家政府对于私立教育给予了不同程度的公共资助,同时也对私立学校的教学制定了相应的规范和标准。

第三节　教育管理及财政体制改革效果评价

在新的社会环境要求下,发展中国家和发达国家对其教育管理及财政体制进行了多种形式的改革。发展私立教育以及变供给型教育财政为需求型教育财政是两种主要改革模式。可以说,虽然各种改革方案的具体形式不尽相同,但都是在某种意识形态指导下进行的,在改革之前未必经过充分的论证,属于一种改革的试验和尝试。在实施之后,这些改革措施的效果如何呢? 是否可以被推广和借鉴? 只有经过实证研究,才能回答这些问题。列文(2004)提出,评价私立教育可以从四个维度进行,这四个维度分别是:效率、选择、公平和社会凝聚力。列文认为,只能从相对意义上比较公立教育与私立教育,私立教育在某些维度上可能优于公立教育,但是在另外一些维度上,却可能不如公立教育。教育决策者应该根据社会的具体情形,综合利用各种政策工具,促进公立教育和私立教育的发展,从而保证社会的均衡发展。

目前,由于教育改革形式多样,同样名称的改革在不同国家具有不同的表现形式和实际内涵,影响改革效果的因素复杂多样,这些都为从事评价教育改革效果的研究工作带来一定的困难。目前,对于各项改革措施效果评价的系统研究是比较有限的,缺少跨国界的比较研究,对于关键变量的定义、方法的适当性、数据的完备性和真实性以及抽样情况,都会对研究结论产生一定的影响。因此，不同研究者对于即使同一个国家教育改革情况，往往也会得出不完全相同的研究结论。我们认为，应该把这些研究结论看成是暂时的，需要在更大的范围内继续收集资料、数据，并进行验证分析，不能把不同教育方式效果和效率的"统计差异"与"实际差异"混为一谈，以免夸大或缩小某些教育改革的实际效果，对制定教育政策产生误导。下面根据可以收集到的一些文献，对于主要的改革内容——学券制实施效果，公立学校与私立学校之间的办学效果（effective-ness）和效率（efficiency）比较——进行一些分析。

一、学券制改革效果分析

目前，虽然学券制在一些国家得到了不同程度的实行，但是对于学券制实施效果仍然缺少系统的评价研究（Partions，1999）。

麦克依万和卡诺依（Patrick J. McEwan and Martin Carnoy，2000）对智利实施学券制的私立学校的办学效果和办学效率进行了实证研究。研究结果表明，接收学券的私立学校与接收学券的公立学校在办学效果和办学效率方面，没有很大的差异。在学生学业成绩指标上，接收学券的非宗教私立学校（占多数）不如公立学校好；接收学券的天主教学校（少数精英）要优于公立学校，可能的原因是天主教学校比公立学校获得了更多的办学资源。从办学效率角度看，接收学券的非宗教私立学校办学效率高于公立学校，即能够以较低的成本达到同样的学生学业成绩，[①]原因是私立学校教师工资较低，公立学校教师工资较高，公立学校在资源分配时受到一定的约束，无法有效地降低成本；接收学券的天主教学校办学效率与公立学校相似。作者还对研究中发现的一些现象进行了讨论。如从学生家庭社会经济背景看，非宗教私立学校高于公立学校。那为什么富有家庭反而选择教学效果差的私立学校呢？研究者认为，可能是因为这些家庭更看重自己孩子在什么环境中学习以及同伴对自己孩子的影响，而不是他们的学业成绩。研究者认为，虽然学券制扩大了私立学校的规模，私立学校的办学效率高于公立学校，但是未必非得采取学券的方式才能提高公立学校的办学效率，也可以通过改变公立学校的管理规则，如改变资源分配、教师雇用、基础设施管理等规则，达到同样提高办学效率的目的。

列文和贝尔费德（Levin and Belfield，2003）对于学券及其他教育选择形式在美国的实施情况，进行了系统的回顾和总结。他们指出，学券在

---

① 在研究中，研究者用学校收入作为成本的替代变量，这可能对研究结论产生一定的影响。

美国实施的范围很小,对于实施效果缺少系统的评价研究,即使已有的一些研究也是采取单指标评价,没有进行多指标评价,因此,研究结论的政策含义未必清晰。他们选择了四个评价指标:教育选择、效率、公平和社会凝聚力,分别对于学券制的实施效果进行了分析,得到以下一些结论:① 对于"教育选择"这个指标来说,研究证据表明,学券制度可以提高学生家长的选择范围,获得选择机会的家长比没有获得选择机会的家长表现出更高的满意度。② 对于"效率"这个指标来说,多数研究用学生考试成绩作为因变量,研究结果表明,学券制的影响是中性的。"米尔沃齐家长选择项目"对于数学成绩有程度不同的正面影响,对于阅读成绩没有产生显著影响。对于克利夫兰德"奖学金和辅导项目"来说,在参加项目学生学习成绩与公立学校学生学习成绩之间没有显著的差异。对于佛罗里达州"机会奖学金项目"来说,由于参与人员数量太少,所以无法识别其效果。其他研究人员对于学券效果进行了控制组与试验组之间的对比,经过三年试验,没有发现控制组与试验组学生在学习成绩上存在着显著差异。他们还指出,教育改革自身的成本是不容忽视的,实施学券制需要配套的成本支出,包括:学生记录、考核、交通、信息服务等成本支出,它们约占普通生均支出的 1/4。③ 对于"公平"这个指标来说,存在着两种情况。完全的市场方式(没有限制的学券制)有可能扩大不同社会人群之间在受教育水平上的差距。以贫困家庭为资助对象的学券制(排富型学券制)有利于改善来自贫困家庭孩子的受教育状况,缩小不同社会人群的教育差距,促进社会平等。④ 对于"社会凝聚力"这个指标来说,公私立学校类型对于培养学生公民意识没有显著差别。

对哥伦比亚实施学券制的研究表明,以较低的公共开支提高了不利人群的入学率(Partions,1999)。

二、公立学校与私立学校成本效益比较

美国基础教育的私有化程度较低,效果也不像参与者和支持者所声称的那样好。在美国,基础教育阶段私立学校在校生约占全部同龄在校生人数的 10%,许多私立学校是天主教学校。私立学校的宗教性质和收费特点,决定了进入私立学校学习的学生多来自中产阶级家庭,私立学校学生的家庭特点对于学生学业成绩产生了积极的影响。公立学校与教育公司相比,哪一种教育形式能够更好地满足社会发展的目标呢? 列文和贝尔费德(Levin and Belfield,2003)在市场的分析框架下,对于公私立学校在选择自由、效率、公平和社会凝聚力四个方面进行了比较。研究结果与上述学券制效果分析相似。这里仅在效率指标对比方面补充一些内

容。按照市场理论,私立学校会提高教育系统的竞争程度。那么竞争对于教育效果和效率有什么影响呢?他们评述了 1972—2002 年间公开发表的 40 篇研究文献,分析在这些研究中竞争程度是如何影响教育产出的。多数研究结果表明,竞争程度对于公立学校学生学习成绩有积极影响,但是影响程度有限。当竞争程度提高 1 个标准差时,公立学校学生学习成绩提高 0.1 个标准差,相当于 SAT 语言考试 10 分。当公私立学校间竞争程度提高 1 个标准差时,公立学校的毕业率提高 0.08~0.18 个标准差。学校之间的竞争程度与教育经费支出之间的关系不确定。当私立学校在校生人数提高 1 个标准差时,公立学校的办学效率(考试分数/生均支出)提高 0.2 个标准差。公私立学校之间的教学效果是否存在着显著差异?一些实证研究结果表明,当考虑学生入学条件后,公私立学校学生学业成绩差别不大。对于贫困和少数民族家庭背景 2—5 年级的学生来说,私立学校学生数学成绩略高;对于学生阅读成绩没有产生一致的影响。对于完成学业情况来说,进入天主教学校学习的学生有更大可能从高中按时毕业,也有更大的可能升入大学学习,这个结论对于城市少数民族背景的学生尤其成立。如果将特许学校与普通公立学校相比,两类学校学生学业成绩没有显著差异。在控制学生家庭社会经济背景后,没有充分的证据表明,由教育公司经营的学校的学生学业成绩,要高于公立学校的学生学业成绩(Fitz and Beers,2001)。

詹姆斯(James,1986)对荷兰公立学校与私立学校进行了对比分析。她认为,从教育经费支出看,两者均可以获得政府相同的财政拨款,私立学校还可以向学生收取部分杂费,所以私立学校的生均收入和成本要高于公立学校的生均收入和成本。从教育产出看,宗教属性是解释家长愿意多支付费用去私立学校上学的主要原因。但是,随着荷兰社会的世俗化,私立学校并没有萎缩。她并没有获得直接的证据来解释这种现象背后的原因,而是进行了主观推测,她认为是由于私立学校特殊的教学理念吸引了许多家长把孩子送来学习。从学校的管理体制看,公立学校与私立学校之间是存在着差别的。她认为,公立学校受政府规定限制多,所以在支配经费时,不得不把钱较多地花在"设备维护和环境清洁"方面,而私立学校拥有较多的经费支配权,可以将较多的经费花在"教学设施"方面,有利于促进教学效果的提高。詹姆斯还比较了公立学校与私立学校的运行成本,结论是私立学校的成本低于公立学校的成本。

洛克希德和希门尼斯(Lockheed & Jimenez,1994)对 5 个发展中国家私立学校和公立学校进行了比较研究。如表 19-3 所示,他们的研究结果表明,私立学校学生可以以较低的成本,取得更好的学业成绩。他们认为,造成这种差异的主要原因是,私立学校有较大的办学自主权(贝磊,2002)。曾满超(Tsang,2002)对这项研究结果的评价是,研究人员低估了私立学校的个人成本,因而高估了它们的办学效率。

表 19-3　20 世纪 80 年代早期所选国家中私立中学的成本效益比较[①]

国家	成绩指标	私立与公立学校的成本对比	相对优势*	相对成本与效益的比率
哥伦比亚	普通数学和口语	0.69	1.13	0.61
多米尼加	O 类学校的数学**	0.65	1.31	0.50
	F 类学校的数学**	1.46	1.47	0.99
菲律宾	数学	0.83	1.00	0.83
	英语	0.83	1.18	0.70
	菲律宾语	0.83	1.02	0.81
坦桑尼亚	普通数学和口语	0.69	1.16	0.59
泰国	数学	0.39	2.63	0.17

注:＊如果一个被随机抽取的具有公立学校一般学生特点的学生,他进了私立学校而不是公立学校,在学生背景因素恒定不变的情况下,他所获得成绩分数的比率。

＊＊F 类学校有举办教育部考试的资格;O 类学校则没有。

曾满超(Tsang,2002)对于发展中国家公、私立教育成本效益(cost-effectiveness)研究进行了全面的综述和比较分析。他区分了公、私立学校的效果(effectiveness)比较研究与成本效益比较研究,对于效果比较研究来说,只需要效果指标,不需要考虑成本投入,而对于成本效益比较研究来说,不仅需要有关效果的指标,而且还需要有关成本的指标。对于后者来说,如果成本估计不充分的话,就会出现效率(efficiency)分析偏差,甚至产生政策误导。他分别从概念和方法方面,指出以往研究存在的不足之处。他指出,对于家庭投入的不恰当估计,是以往公私立学校成本比较研究中常犯的一个错误。在许多情况下,错误是由于信息不充分造成的。由于公、私立教育系统内部存在着较大的差异,所以用两个系统的平均成本进行比较,是不会对公共政策产生积极影响的。以智利为例,在公立学校之外,有三种私立学校,它们分别是:宗教性并且接受政府学券的私立学校、非宗教性并且接受政府学券的私立学校(占私立学校的多数)以及不接受政府学券的私立学校(精英型私立学校)。如果将公立学校生均成本与非宗教

---

① 资料来源：M. E. Lockheed & E. Jimenez, Public and Private Schools in Developing Countries, pp7,9, Washington, D. C. , The World Bank, 1994, (HRO Working Paper, 43).

性并且接受政府学券的私立学校生均成本相比，两者相差无几，但是如果将公立学校生均成本与不接受政府学券的私立学校生均成本相比，后者的生均成本要远高于前者的生均成本。对于公、私立学校有效性的比较，还需要考虑两个教育系统的一些特殊方面，如两类学校录取的学生是否具有相同的学习动机，如果私立学校录取的学生具有比公立学校录取的学生更强的学习动机，那么在评价有效性时，如果不考虑这一点，就会高估私立学校的有效性。另外，私立学校往往可以不必对学习有障碍的学生给予特殊的关照，不必为他们开设特殊教育课程，而公立学校必须这样做，所以私立学校运行成本低是由于学习项目设置不同造成的。总之，私立学校与公立学校在诸多方面存在着差别，需要进行全面系统的分析，对于私立学校和公立学校简单的比较结果，往往会误导政策。

第四节　政策建议

如何制定教育改革的政策呢？列文和贝尔费德（Levin and Belfield，2003）认为，这里存在着"鸡或蛋的悖论"（chicken or egg dilemma），即在教育改革范围有限的情况下，没有研究的素材，也不可能进行扎实的研究；反之，在缺少研究指导的情况下，制定有效的教育改革政策又很困难。所以，至今我们见到的许多国家的教育改革，主要是在一定意识形态指导下进行的。在缺少实证研究资料的情况下，一些研究人员发表的论著，也表现出他们的个人主观偏好或信念。

供给—需求法是经济学的基本原理和分析方法，也可以作为分析私立教育发展状况的基本工具。图 19-1 是对私立教育进行经济学分析的基本理论框架，是由美国学者詹姆斯和列文教授提出的（James，2001；列文，2004）。

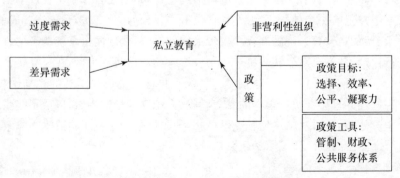

图 19-1　影响私立教育发展的因素

我们可以分别从需求、供给和政策三个方面,分析私立教育的发展状况。从需求角度看,私立教育的出现是由于存在着"过度需求"和"差异需求"。所谓过度教育需求是指学生的实际入学需求大于公立学校所能提供的受教育机会,在这种情况下,私立学校就会出现和发展起来,以满足这种教育需求。所谓差异教育需求是指,在公立教育能够满足人们基本受教育需求的前提下,人们的受教育需求超过了现有公立教育的发展水平和范围,在这种情况下出现的私立学校能够提供比公立学校办学水平更高或内容更丰富的教育。从教育供给角度看,绝大多数私立学校属于非营利组织。非营利性教育组织的特殊使命和获得办学资源的方式,使得它能够满足社会的过度教育需求和差异教育需求。一个国家的私立教育政策会促进或抑制私立教育的发展,在一定程度上也决定着该国私立教育在整个教育系统中所占据的相对地位以及发展态势。政府在制定私立教育政策时,应该考虑四个目标,它们分别是:扩大教育选择机会、提高教育资源配置效率、增加社会公平和社会凝聚力。为实现私立教育的政策目标,政府可以采取三种政策工具,它们分别是:管制、财政和公共服务体系的建立。下面试用这个理论框架,并借鉴教育管理和财政改革的国际经验,提出改革中国教育的一些一般性的建议。

一、改革公立教育的政策

公立教育具有由政府控制和受公共资助的特点,这决定了它在保证公平和维护社会团结方面的特殊地位和作用。与此同时,公立教育在实现提高办学效率和扩大教育选择目标方面有待改进。如表19-4所示,政府可以分别或综合地运用财政、管制与公共支持手段,促进公立教育系统效率的提高和家庭选择学校的权力。私立学校成功的经验表明,扩大办学自主权是提高管理效益和教学质量的重要因素。从供给型财政体系向需求型财政体系转变,是近年来一些国家教育财政改革的趋势,因为需求型财政体系被证明能够较好地反映教育需求者的要求,使得教育系统能够对于市场需求及时做出反应。为了保证家庭的教育选择权,需要政府与学校配合,提供教育选择的信息。总之,从政府角度看,可以通过三个途径实现公立教育系统效率提高的目的,它们分别是:第一,放松对公立学校的管制,引进市场机制和竞争机制,减少制度成本,增加学校的灵活性和适应性;第二,改革教育财政体制,增加需求型财政分配的要素,扩大受教育者的选择权,增加学生家长对于教育经费决策过程和教育过程的参与程度,提高学校的社会问责;第三,提高教育信息的完备性,减少学校与学生家长之间的信息不对称性,开展学校评价活动,帮助学生家长做出有效的选择。

表 19-4　改革公立教育系统的途径

	效率	公平	选择	社会凝聚力
财政	·将教育经费重点投在能够有效提高教育质量的项目上 ·扩大学校使用教育经费的权力	·建立和执行免费义务教育制度 ·建立上级政府转移支付制度 ·向弱势人群倾斜的财政资助政策 ·为学习优秀的贫困家庭子女提供特别奖学金 ·设立专门基金，鼓励优秀教师和其他人员到边远地区学校短期任教	·学券 ·扩大学生家长选择学校范围的其他财政政策 ·非歧视性的公立与民办学校教育财政政策	·为提高社会凝聚力的教学内容提供特别经费资助 ·为城市公立学校提供经费，鼓励其接收流动人口子女入学 ·为改善少数民族人口教育状况设立的特别经费资助项目
管制	·放松对学校不必要的行政管制 ·允许私立学校的建立，鼓励学校之间的竞争 ·鼓励在公立教育系统内部进行管理体制改革 ·建立公立学校问责制 ·允许办学效果差的公立学校倒闭	·公立学校非歧视性录取学生政策 ·对于有特别学习需求的儿童，设立特殊教育项目 ·满足所有学生基本的教育需求	·扩大家长参与学校决策和管理的程度	·开展公民教育 ·鼓励城乡学校开展多种互助交流活动
公共支持	·鼓励专业机构和研究机构为改进办学效率提供咨询服务 ·公布学校办学绩效信息	·建立网络教育平台，城乡学校共享优质教育资源	·提供家长选择学校的相关信息 ·发展公共交通	·发挥社会舆论的积极作用

二、发展私立教育的政策

不论是私立教育形式还是公立教育形式,都是实现特定社会目标的手段和途径,因此在制定政策时,要避免脱离社会目标而采用孤立的评价手段或者产生为手段而手段的偏向,必须把教育形式与目标联系起来考虑才有意义。对于社会发展的多个目标来说,私立教育可能对于实现其中的一些目标有积极促进作用,但是对于其他目标的实现,有可能会产生不利的影响,因此需要根据具体情况,将社会目标进行分类,确定某个时期社会发展的首要目标,从而权衡是采取公立教育形式更有效,还是采取私立教育更有效。对于复杂的政策制定过程来说,即使考虑了目标与教育形式之间的关系,也是不充分的。另外还应该考虑每一种教育形式内部的多样性,如私立教育内部既有面向富人家庭的精英学校,也有面向大众的普通学校,它们在实现社会目标时,作用是不完全一样的。

曾满超(Tsang,2002)从政策角度总结了发展私立教育与五个政策目标之间的对应关系(如表 19-5 所示),指出私立教育在促进某一个目标实现的同时,有可能对另外目标产生不利影响。例如,发展私立教育在扩大教育选择机会的同时,有可能对公平和社会凝聚力产生不利的影响;对于公立教育与私立教育的效率,不能简单地下结论说,私立教育就一定比公立教育效率高,而要选择适当的样本,并且尽可能全面地分析两种教育形式的社会成本、个人直接成本和个人间接成本。

表 19-5　成本分析与教育政策制定[①]

政策制定	提高教育私有化程度	实现全民基础教育目标
效率	·考虑成本因素,包括私人资源 ·适当地估计成本 ·恰当地选择学校进行比较	·关注边缘人群的相对效率
公平	·教育成本和产出的分布状况 ·边缘家庭进入高质量的学校 ·个人选择与社会公平之间的潜在冲突	·更多地挖掘私人资源,入学与公平之间的潜在消长关系 ·基础教育作为个人权力与作为个人投资
选择	·个人选择与社会公平之间的潜在冲突关系 ·限制选择的入学规则	

① 资料来源:Tsang,Mun C.（2002）"Comparing the Costs of Public and Private Schools in Developing Countries", in Levin,H. and McEwan,P.（eds.）2002 *Yearbook of the American Education Finance Association*.

续表

政策制定	提高教育私有化程度	实现全民基础教育目标
社会凝聚力	·教育成本造成不同社会经济背景人群间的隔离 ·私有化对于社会凝聚力的影响 ·个人选择与社会凝聚力之间的潜在冲突关系	·教育成本造成不同社会经济背景人群间的隔离 ·私有化的影响
入学	·公私立学校是实现全民基础教育目标的两种替代方式	·学习项目的合适成本，可行性评价，特别是针对边缘人群 ·私立学校为边缘人群提供服务的潜在可能 ·私立学校对未满足的高质量教育需求的响应 ·依靠更多的私人资源入学与公平之间可能出现的消长关系

　　发展私立教育有以下一些好处：第一，有利于增加教育系统的多样性。在公共教育供给有限的情况下，发展私立教育可以满足过度教育需求。在多数国家，私立学校接纳了各个经济阶层家庭的子女，如在泰国和菲律宾，在私立中小学学习的学生有一半以上来自低收入家庭。在单一的公立教育供给之外，发展私立教育可以满足差异教育需求。第二，私立学校较少占用公共资源。在一定条件下，私立学校比较容易吸收社会捐赠，所以发展私立教育可以缓解教育财政经费投入不足所产生的一些问题。第三，私立学校受市场供需机制作用，比较注重经费的使用效率。由于私立学校受政府管制程度低，所以可以避免一些负面的制度成本。另外，在学校与家长之间容易形成"生产者"与"消费者"关系，有利于学生家长监督学校的教学和管理工作。第四，随着私立教育的出现，增加了教育系统的多样性，也提高了公立学校与私立学校之间的竞争程度，有利于实现提高办学效率的目的。当然，发展私立教育也有可能产生一些问题：第一，如果私立学校是贵族学校，就会引起教育公平的问题；第二，私立教育的独立性有可能会影响社会凝聚力；第三，从20世纪末期以来，在传统非营利性私立学校之外，又发展了一种新的教育组织形式——营利性教育机构。[1] 这类学校的运行机制与普通私立学校的运行机制有所不同，它们采取多种金融手段融资，成本意识和控制手段很强，办学的根本目的

---

　　① 对于有些国家来说，营利性教育机构已经有很长的发展历史，而对于多数国家来说，营利性教育机构是近几年新出现的。

是为了获得经济利润,对于实现社会目标的作用是有限的。

从政府角度看,如何制定私立教育发展政策呢? 第一,利用财政手段,对教育系统进行调节,解决教育公平和质量问题。按照是否能够获得公共经费补贴,私立学校又可以分为"政府补贴依赖型"(government subsidy dependent)和"非政府补贴依赖型"(government subsidy independent)。政府利用财政手段,既可以控制私立学校的收费水平,从而缩小不同人群接受教育机会的差别,又可以增加私立学校的经费收入,帮助它们提高教学质量。第二,通过法律、法规和政策等手段,对于私立教育系统施加积极影响,增强私立教育在社会凝聚力形成方面的积极作用,减少消极作用。第三,政府采取直接或间接方式,建立私立教育管理信息系统,不仅有利于保证信息的真实性,而且与分散信息系统相比,也是一种高效率的做法。

三、建立公立教育与私立教育之间的合作伙伴关系

由于经费来源的多元化和教育供给形式的多样化,公、私立教育之间的界限变得模糊了。如表 19-6 所示,在纯粹的公立学校与私立学校之外,还出现许多混合型的教育形式。公立与私立之间的融合趋势变得越来越明显了。

表 19-6　教育形式与教育财政之间的关系

		教育形式	
		公立学校	私立学校
经费提供方式	公共经费	纯粹公立学校	政府补贴依赖型私立学校
	私人经费	成本分担型公立学校	纯粹私立学校

要实现社会发展目标,就要在政府部门和非政府部门之间建立一种密切合作的伙伴关系,正确处理好市场调节与政府调节、集权与分权、学校自主办学与社会问责、教育数量与质量之间的关系,一种合理的政策框架有助于为处理这些关系奠定制度基础。

有两个制度因素会影响公立与私立教育系统之间的合作伙伴关系:一是私立学校的宗教性质。如果私立学校是宗教性质的,而国家宪法规定政教分离,那么就会影响私立学校的公共财政资助政策。世俗私立学校容易获得公共财政资助。二是私立学校的营利属性。如果私立学校是营利属性的,就不容易获得直接的公共财政资助,也不容易获得社会捐赠;反之,非营利私立学校容易获得政府直接或间接资助,也容易获得社会捐赠。

　　对于如何建立公立教育与私立教育之间的合作伙伴关系,还存在着许多理论问题和实践问题需要深入探究。如：各个国家的经济发展水平、政治特点和文化传统如何影响它们的教育财政和供给形式？有哪些教育问题可以在教育系统内部得到解决？有哪些教育问题无法在教育系统内部得到解决,需要教育系统与外部机构协作完成？市场失灵在教育领域的具体表现形式是什么？政府应该如何针对这些失灵进行治理？对于私立教育与公立教育应该采取相同的质量标准和保证措施,还是采取不同的质量标准和保证措施？教育财政形式如何影响学生的学业成绩和发展水平？对于这些问题,还没有得到确定性的结论,需要各个国家根据自己的具体情况,在实践中不断探索和总结。

第二十章　总结与建议①

伴随着 20 世纪 70 年代末 80 年代初国内经济和财政改革的推进,中国义务教育财政体制经历了一个从高度集中过渡到分散和多样化的根本性转变。这样的转变是通过在过去 30 年中分阶段的规划、调控和执行过程而实现的。中国义务教育财政改革还在继续进行。本书正是对过去一个时期以来义务教育财政体制的一个评价,目的在于对长期积累的改革成就和不足、对呈现出来的义务教育财政面对的挑战以及对未来政策的启示,有一个全面的认识。本章分为两个部分:第一部分总结本书各章的主要研究发现;第二部分提出了一系列政策建议。

第一节　对研究发现的总结

本节将对本书第一章中提出的两个方面的 12 个研究问题的主要研究发现进行一个归纳和总结。第一个方面包括了 5 个问题,基于充足、均衡、公平和效率标准,评价了现行义务教育财政体制的绩效。国际经验表明,各国教育财政体制都不同程度地存在着不充足、不均衡、不公平和低效率的问题。本书的目的不是批评中国现行教育财政中存在着的问题,而在于肯定和重视其在特定历史条件下和社会经济活动中的地位和作用,提供对当前义务教育财政绩效的评估,并为将来的财政监管奠定基础,尽可能更好地理解导致义务教育财政不足的原因。从本书一开始,我

---

① 本章原文为英文,由北京大学教育学院范皑皑翻译,校对丁小浩、闵凤桥。

们就强调要把教育财政作为一项长期的政策过程来理解。中国重要的财政政策和变革是在关键时刻及时地做出的,所以还需要对财政的目标和政策进行持续的评估,来应对当前和未来呈现的新的财政问题。

一、对义务教育追加投资的论据是什么? 是经济因素还是其他因素?

作为对中国义务教育投资分析的一个组成部分,本书中的一些研究已经涉及了投资义务教育的理论和可能的证据(第 1—3、9、12—14 章)。在政策制定者、教育工作者和其他重要的相关人员中已经达成了一个共识,无论是中国还是其他国家,义务教育对于社会和个人都有根本性的作用。对社会而言,义务教育是积累人力资本的一种形式,它可以提高本国经济发展因素中劳动者的素质和生产能力,因此加强了经济竞争力,促进了国家的经济增长。特别是在 21 世纪这个以信息和知识为基础的全球经济时代,义务教育的发展是不可或缺的。义务教育在提高全民素质,促进民族团结稳定、国家建设,维护现行政治结构、程序和制度上,都有重要作用。义务教育也是继承、保持和发扬丰富多彩的民族文化的一种重要途径。通过义务教育,个人可以获得一些基本技能、知识和特质,能够有效地参与到社会生活的多个方面。义务教育不仅增强了个人的生产能力,也使得个人具有终身学习的能力,具备在职业生涯中接受继续教育和培训的资格。义务教育是决定社会资源分配和地位高低的一个重要方面,它是实现社会代际流动的基础,可能会传递社会不公平,甚至扩大贫富之间的差距。

其他国家的经验表明,与物质资本的投资相比,教育具有较高的社会和私人收益率。对很多国家而言,小学和中等教育层次的社会和私人教育收益率特别可观(Psacharopoulos, Patrino,2002)。在第二章中,马晓强和丁小浩的研究发现,在中国城镇地区:① 1991 年至 2000 年期间,男性和女性各教育层次的教育收益率呈上升趋势;② 在 2000 年,初中教育收益率达 4.87%,高中达 6.53%,高等教育达 13.06%。在第三章中,丁延庆的研究发现,当其他条件相同时,农村地区的教育收益率要低于城市的教育收益率;农村地区小学和高等教育的收益率较高,而中等教育的收益率则较低。以上的研究结果均支持了中国教育收益率随时间的发展而提高这一结论(魏新,曾满超,徐玮斌,1999)。

教育已经越来越成为决定个人收入的重要因素,并且在中国的环境下,是一项有利的投资。在现代化过程中,中国教育投资的收益很可能在不久的将来呈现进一步增长的趋势。如果把小学和初中教育的非经济性收益这样重要但却难以量化的收益都计算在内,中国义务教育将有更高的社会收益率。教育重要性的增强,是中国社会资源分配方式发生根本性变革的一个反映。

我们应该认识到,中共中央 1985 年关于普及义务教育和其他教育体制改革的措施是具有前瞻性历史意义的明智之举。中国政府在普及义务教育和扫盲中的决心和努力有目共睹,在过去 20 年中取得了不可低估的实质性进步,完成了这两项教育和社会发展的目标。达到和巩固"两基",还将是今后一段时间内发展教育要优先考虑的问题。

二、有限的资源在多大程度上被有效地投资于义务教育?

从一定程度上讲,义务教育相对于其成本而言,具有显著的经济效益(可量化的)和社会效益(难以量化的)。但事实表明,用于义务教育的资源是不充足的,所以可以肯定地说,政府对义务教育的投入是不足的。政府可以通过减少对低生产率部门的投资,来增加对义务教育的投入,以提高投资效率。国际发展经验也表明,各国政府倾向于多投资于初等和中等教育(世界银行,1995)。

政府对义务教育增加的投资,必须要增强其内部和外部利用效率。本书的研究(第 4、6、10、11 和 13 章)表明,义务教育的内部效率涉及大量的问题,例如一些地方政府部门把部分教育资金用于非教育用途,政府官员浪费教育资金;教育监管的执行力弱,在贫困地区缺乏必要的非人员性教育经费投入,学校和教学点分布不合理,寄宿制学校在山区和边远地区设置不足,城市和农村师资分布不均衡,师资力量流失,贫困地区和少数民族地区有较高的辍学率,少数民族双语教育的不足,等等。义务教育中的外部低效率反映的是小学和初中毕业生技能和知识准备不足(第 13 章)。部分原因是因为教学质量低下,特别是在贫困农村和少数民族地区教学质量低下。另外也是由于教学方法僵化,课程内容陈旧,新的教育技术运用不足所致。

义务教育中内部和外部效率低的问题是显而易见的。虽然由于理论概念上和实际测量上的原因,难以将低效率用货币进行表示,但是低效率的代价的确是很高的。提高义务教育的内部和外部效率,应该成为中国义务教育发展的首要任务。政府和社区成员都应注意稀缺教育资源的有效利用,加强责任度量,建立和健全监管机制。

很多低效率的问题可以在教育系统内部加以解决(见第 13 章)。例如,通过加强教育管理和规划,制定适当的教师政策(例如,对到艰苦地区工作教师的激励,工作轮换等),对教学法和课程内容进行改革,加强教师培训，在边远山区推广寄宿学校模式，增加新教学技术在民族地区普通教学和双语教学中的运用。中国教育界采用上述部分方法，进行实验，以提高内部效率，取得了显著成绩（例如第 13 章曾满超、杨崇龙和邱林在云南的案例研究）。但是，在贫困地区提高教学质量和降低辍学率，是和当地消除贫困和促进经济发展紧密联系的，这就需要教育系统以外部门的介入和上级政府的干预（例如中央和省级政府提供更多的财政转移支付）。遏制和减少政府官员腐败和失职问题，明显需要借助义务教育部门以外的力量。

三、现行义务教育财政政策在多大程度上是公平的？

在本书中，有不少研究考察了义务教育财政的公平性问题（见第 4、6、8、9、12 和 14 章）。这些研究表明，根据社会公平的三个定义，中国义务教育财政分配的不公平程度较高。首先，现在的义务教育财政政策违背了基本的公共服务和公平教育机会的原则。就入学机会、教育质量、生均支出和经费来源的力度和稳定性而言，农村地区的孩子与城市地区的孩子相比，处于绝对弱势地位。无法获得充足的公共经费资助，农村家庭在送子女上小学和初中时，经济负担相对较重，农村学校的生均总支出要大大低于城市学校的生均总支出。在全国范围内，生均支出高度依赖于当地经济和地方政府的财政能力，因此"财政中性"原则是无法实现的。

在第 4 章，曾满超和丁延庆用 2000 年中国县级数据进行的研究表明，不同人群、地区和领域内的生均支出存在着显著差异。在义务教育财政中，横向公平度很低，因为高度相似的人群享受完全不同的财政待遇。丁小浩、刘大力和王文玲对北京市教育资源分配公平性的研究也验证了这个发现（第 6 章）。城市的学校被分为重点中学和普通中学，这两类学校的生均支出和基本的教学质量存在着本质区别。山东省某市的学校在教育财政力度和教育水平上，被自然地划分为五类，当地的学生在五类不同学校中接受着差距显著的教育（第 14 章）。在城市中，外来务工人员的子女接受着条件相对较差的教育（第 12 章）。有充分的证据表明，相对贫困的学生（贫困农村和少数民族地区的学生）比其他学生需要承担更重的经济负担，而且经济落后地区比经济发达地区的教育经济负担更重。虽然政府确实为贫困地区和贫困家庭学生提供了大量的财政支持，但是远未能改变义务教育财政纵向不公平状况。

值得称赞的是，少数民族学生在政府义务教育财政政策中，反而受到了更多的关注和支持。第 4 章和第 5 章的研究表明，少数民族地区和非少数民族地区生均教育支出的差距相当小,远远小于城乡之间的教育支出差距。在对少数民族地区教育的案例研究中(第 13 章),少数民族地区在教育中面临着其他一系列更紧迫的约束,包括薄弱的社区教育基础、贫困、地理上的偏远闭塞,以及文化和宗教上的习俗。政府试图通过为少数民族提供优惠的教育条件,来弥补这些不足。例如,把少数民族学生作为财政资助的对象,建立民族学校,降低高考入学要求,等等。

政府财政政策也不存在对女童教育的歧视问题。就义务教育入学和升学机会总体而言,女性与同样条件的男性是相似的。在小学和初中阶段,男性和女性可以获得的教育资源没有显著差别。对家庭教育支出的研究表明,男性和女性学生的私人直接成本是差不多的(第 7—9 章)。但是,在入学率上有显著的差别。女童未入学率要高于男童未入学率。未入学是由多种因素造成的,包括家庭贫困、成绩不好、缺乏教师以及家庭文化传统和观念等(第 8、9 和 13 章)。义务教育入学中的性别不平等问题,通常是和根深蒂固的文化传统和观念联系在一起的。例如,传统观念对女性社会角色的偏见,对男性更多的重视;少数民族女性的早婚现象等。事实上,政府政策起到了鼓励女性接受义务教育的作用,包括少数民族背景和其他社会背景的女性。

教育不公平存在于任何教育系统中,而且一定程度的不公平被社会所容忍。我们目前关心的问题是,教育不公平的现状是否超过了社会可以容忍的极限,以及它是否危害到了社会稳定。中国并不缺少改进义务教育财政及其社会公平的理念。在促进义务教育公平过程中,政府扮演着最重要的角色。世界普遍接受的一个信念是,接受义务教育是公民的基本权利,所以是否公平是对教育财政评价的一个最重要指标。政府应该保证所有人获得充足和高质量的义务教育(Inter-Agency Commission,1990)。

四、义务教育财政转移在多大程度上能够保证其充足,特别是满足农村地区和弱势人群接受教育的需要?

通过对教育财政政策的回顾可以发现,在中华人民共和国建立后的若干年中,无论是从教育需求的情况还是从国际比较的视角来看,国家对教育(包括各个层次的教育)的投入都是不足的。在 20 世纪 70 年代末 80 年代初,改革开放刚刚开始,包括义务教育在内的各层次的教育基础都很薄弱。80 年代中期开始的教育财政改革,以财政分权化和筹资多元化为基础,在国内经济快速增长的背景下,起到了向包括义务教育在内的教育部门倾斜的显著效果。但是,在整个 80 年代和 90 年代的大部分时间中,教育支出占 GDP 的比例不高（在 2％～3％之间），在 90 年代后期得到了显著提高（根据教育部的统计，2003 年约为 3.28％），但是仍显著低于发展中国家的平均水平（略高于 4％）。2004 年，国内义务教育支出占 GDP 的 1.1％，发展中国家平均水平为 1.8％，相比之下，我国义务教育投入水平低于发展中国家的平均水平。

本书中的研究（第 4、8、9、10、11 和 13 章）表明，中国农村是义务教育财政最薄弱的地区。教育财政改革中的财政分权化和筹资多元化战略在这些地区的实施有一定的困难，因为当地政府财政收入能力弱，并且由于贫困和经济发展水平低而缺乏非政府资金的支持。生均支出严重不足表现为拖欠教师工资或不能足额发放教师工资，缺乏资金修缮损坏的校舍，缺乏非人员性教育经费。

从相对意义上看，贫困地区家庭由于为孩子接受义务教育而支出费用，承受了比较沉重的经济负担。对于四个省 20 世纪 90 年代中期到 21 世纪初的研究表明（第 8 章和第 9 章），在贫困农村，家庭教育支出平均占家庭总支出的 10％—14％。这种负担在最贫困的家庭表现得尤为显著，有 9％～19％的家庭教育经济负担（教育支出占家庭总支出的百分比）超过了 20％。相当比例的农村贫困家庭不得不靠借债来支付其孩子的教育费用。近年来，政府对于义务教育阶段学生提供的资助，减轻了这些家庭的经济负担，是一项必要的和明智的干预。

财政系统的薄弱和农村地区的贫困是小学和初中条件差、质量低和辍学率高的主要原因。为了近期内在全国范围普及义务教育，应该把加强经济落后地区农村义务教育财政作为政府的一项优先工作来抓。

我们有可靠的研究证据表明，政府应该增加义务教育的总体投入，特别是增加农村地区义务教育的投入。主要原因在于：首先，在现今义务教育投资不足的情况下，增加教育投资可以获得较高的社会收益。增加资源投入不仅仅是普及义务教育所必需的，而且也具有提高义务教育质量的作用。第二，把资源投入贫困农村的义务教育，可以促进社会公平。第三，减少社会不均衡和不公平，是避免社会冲突和促进社会和谐的根本。

此外，政府已经开始逐年增加对义务教育的投资。增加义务教育经费对于弥补长期以来存在的教育经费不足的缺口，发展满足经济发展需要的人力资源，以及改善贫困地区义务教育状况是十分必要的。

很多少数民族聚居在贫穷和偏远的农村地区，他们的子女在接受教育方面遇到了很多困难。这些少数民族人群应该成为中央政府资助的重点对象。改善少数民族地区义务教育,除了可以促进社会公平外,对于促进民族团结和国家边疆的安全,也是极其重要的(见第 13 章)。

五、义务教育财政在分性别、民族、城乡、地区的人群组中的不公平程度如何?教育不公平程度近年来是否在加剧?

在本书中,近半数的研究(第 4—9 章,第 12—14 章)是与义务教育中的经费不均相联系的。从中可以清晰地发现,在城乡之间和不同经济发展程度的地区之间,生均支出存在着巨大差异。例如在 2000 年,根据所有县的统计数据,城镇地区小学和初中生均支出是农村地区的 1.85 倍(第 4 章)。同年,"一片"地区的小学生均支出是"三片"地区的 1.76 倍,"一片"地区初中生均支出是"三片"地区的 1.79 倍。这些数据表明了地区之间教育支出的不均衡程度。小学生均支出最多的百分之五的平均值与最少百分之五的平均值之比达到 5.64,该比例在初中则高达 7.51。Gini 系数在小学层次高达 0.348,在初中层次达 0.319。在 1997 年至 2000 年间,小学教育中的经费不均等状况稍微有所缓解,这反映了中央财政和省级财政支持农村地区和贫困地区义务教育发展的结果。但是,在初中层次,地区间的经费差距还在拉大。对不公平的进一步测量表明,这段时期初中生均支出两极分化趋势加剧。

对于北京的研究结果(第 6 章)与对全国县级数据分析结果是一致的。从 2000 年到 2002 年,北京城市地区的教学设备和其他教学投入要明显优于农村地区。从 2000 年到 2002 年,这种不均衡程度在小学略有减轻,但是在初中却有一定程度的增强。

在北京及其他大城市,当地市民的孩子与外来务工人员的孩子之间在教育机会和享受公共经费方面,存在着明显的不均等。外来务工人员的子女面临的教育劣势,是当前中国城市社会不公平的一个部分。在中国城市化进程中,出现了一个不好的发展趋势,那就是外来务工人员和他们的孩子处于社会的下层,向上流动的机会较少。这反映中国社会不仅存在着城乡间的不均衡,而且在城市内部也存在着不均衡。随着城市化进程和流动人口的增多,解决非均等化问题已经部分地从农村转移到城市,这既是解决贫困问题的一个机会,同时对于城市发展也是一个挑战(第 12 章)。

中国农村私人直接成本研究(第 7—9 章)清楚地表明,即使是在贫困县,不同地区家庭对子女的教育支出还是存在很大的差异。这些研究还发现,如果学生已经入学,男童和女童,少数民族学生和汉族学生的直接私人成本是没有显著差异的。

云南的案例研究(第13章)表明,少数民族人群和汉族人群之间存在着重大的教育不均衡。例如,少数民族学生比同等条件的汉族学生入学机会要少,且接受的教育质量要低。在小学和初中层次,少数民族地区的生均支出低于其他地区生均支出(第5章)。可以肯定地指出的是,对贫困地区和民族地区的财政转移支付,对于缩小民族地区和其他地区经费差距是有所帮助的。

教育经费不均衡越来越与学生和学校在教育系统中所处的层次、当地社会在更大范围社会中所处的地位关系密切(第14章)。学生的分层在学校之间和学校内部同时存在,这依赖于家庭财力、父母职业、社会地位以及个人的学习成绩。同一地区的学校可以被分为城市重点公立学校、城市民办学校、城市非重点公立学校、农村民办学校和农村公立学校几个等级。这些学校之间在生均支出和教学质量上都存在着差异。不同学校之间的质量差异在一定程度上是由于社会差异造成的,它又反过来改变、维持和传递着社会结构和社会差异。

不公平在任何教育系统中都存在,并在一定程度上为社会所容忍。与经济收入差异一样,中国教育机会和教育经费不公平程度已经达到了警戒线。公众可以察觉到,大量的不公平并不仅仅表现在个人利益的差别,而且是整个社会不公正的结果。这样的问题如果不引起足够的重视,很可能会引起社会的抱怨和冲突。

第二部分问题聚焦在当前若干义务教育问题带来的教育经费上的挑战和启示。农村税制改革和农村教育财政基础,城市化和外来务工人员子女受教育问题,建立和谐社会和发展少数民族地区教育问题,以及社会分层和教育民营化问题,这些都不是简单的教育系统内部的问题。我们的研究强调,教育财政分析必须在社会经济和国家发展趋势的宏观环境下认识上述问题。研究的目的在于,更深入地理解这些教育和社会问题所凸现出来的教育财政问题,从社会经济维度更深入地理解教育所面临的挑战,其中城市化给教育带来的挑战,民办教育的角色,在贫困地区、农村地区和少数民族地区实施素质教育等问题,都不是暂时的。中央和省级政府对于贫困地区补贴的增加,可以看做是中国义务教育政府内部转移支付体系逐渐成熟过程的一个阶段。我们的即时分析是为了引起公众对于这些问题的关注,并为义务教育的发展提供可行的政策建议。

六、几年前实施的农村税制改革对于中国农村义务教育财政产生了多大的影响?

2001年中央实施的农村税制改革是一项明智的决策,其目的在于使农村和城市发展达到适当平衡,减少农村税费给农民带来的经济负担。在义务教育领域,农村税制改革使得农村教育集资减少了,社会资助和其他资源所占的比重相对提升,于是必须用政府补贴来弥补减少的教育资源。这项政策总体上减轻了教育收费对于农村家庭造成的经济负担,而且把承担义务教育经费的责任从贫困的农村家庭转向了政府。这是一项符合公平和社会效率的财政政策。

安徽是税费改革的试点省份,2001 年改革扩大到其他省份的部分县,最后在全国范围推行。正如安徽和江苏的案例研究(第 10、11 章)所表明的,中央和省级政府的转移支付在改革之初作用明显。从农民手中集资办义务教育的经费渠道被约束和限制以后,需要各级政府给予同样力度的资金支持。但是,地方政府以及上级政府同样没有足够的资金,以完全弥补因取消农村教育费附加等带来的经费缺口,所以导致了中国农村义务教育财政困难,包括教师工资拖欠或发放不足,危房改造经费不足和重要的非人员性教育投入缺乏。

农村税制改革对教育的重大影响给政府敲响了警钟,政府对教师工资、学校安全和正常运转做出了积极反应。中央政府增加了对农村地区义务教育的无条件转移支付,并加强对教育资金的管理和监督。这些都是政府对农村义务教育问题做出的适当回应。但是,义务教育经费缺口仍然存在,必须通过进一步的努力来解决教育经费来源问题。

在安徽和江苏两省案例研究中,中央和省级政府对义务教育资助提供了一个有益的对照。作为一个经济相对发达的省份,江苏省比包括安徽在内的其他省份具有更强的财政能力,可以比较容易地解决税费改革带来的义务教育经费不足的问题。在中国现行税制下,包括安徽这样的经济欠发达省份在内的贫困地区,必须依赖于中央和省级政府的资助。

七、"以县为主"相对集中的教育财政政策对义务教育财政的影响如何?

实施"以县为主"的教育财政政策的现实基础是,在很多地区,乡镇一级政府的财力无法支持义务教育的正常运行。因此,需要把财权集中到县级政府。这项政策是从 1994 年开始推行的,发生在 1993 年拖欠教师工资的风潮之后。但是,这项政策在 20 世纪 90 年代后期并没有被推行下去。到 2001 年,随着农村税制改革的推进,这项政策被重新提到议事日程上。到 2003 年 12 月,99％的教师工资管理职责和 96％的人事管理职责都转到了县级政府,基本上实现了"以县为主"。财权的转移有利于政府为义务教育提供稳定的资金来源，并减少由于乡镇差异带来的学校资源不平衡的问题。中央、省和县三级政府为义务教育提供财政支持，新的财政体制显然更符合中国当前的现实（世界银行，1999）。新的体制明显提升了县级政府在教育财政中的地位，县级政府是中央和省级政府转移支付资金适当的管理单位。2006 年 6 月第十届全国人民代表大会常务委员会通过了新修订的《中华人民共和国义务教育法》，其中第七条规定："义务教育实行国务院领导，省、自治区、直辖市人民政府统筹规划实施，县级人民政府为主管理的体制。"在肯定"以县为主"管理体制的基础上，进一步强调了上级政府的统筹和规划责任。

八、大量外来务工人员从农村迁移到城市，给城市义务教育财政和义务教育普及带来了多大的影响？

大量的外来务工人员从农村迁移到城市，是与中国城市化和现代化过程相伴随的现象。外来务工人员子女的教育问题不仅是对教育部门的挑战，而且是对整个社会的挑战。现在，外来务工人员子女教育遇到了相当大的困难，特别是他们接受的义务教育质量难以得到保障。一些地方政府没有创造必要的条件让他们进入当地公立学校上学，大批孩子不得不支付较高的个人经济成本就读于办学条件差的"打工子弟学校"。造成这些困难有着多方面的社会和教育原因，包括非本地居民身份（户口）的限制，当地政府教育资金缺乏，教育财政力量与教育责任之间的脱节，政府对这部分孩子教育政策执行和监管薄弱，以及外来务工人员子女和当地孩子之间融合困难（第 12 章）。

中国的大城市中存在着明显的社会分层，由此产生的不平等有加剧的趋势。让外来务工人员子女接受教育不仅仅是为了提高他们的生产能力和生活机会，也是为了避免出现一个长期存在的相对低下的社会阶层。要普及义务教育，消除文盲，就要为这些孩子提供合适的教育。城市地区所有部门联合起来，为外来务工人员的子女接受足够的教育而努力，是十分关键的。在中央和省级政府财政支持下，流入地政府应该为外来务工人员子女的教育负起最终的责任。这项教育政策在国内已经形成了共识，也与那些同样存在外来劳工流入大城市的国家所采取的做法是一致的。现在最需要做的就是，我们能够切实地贯彻和执行这项政策。

九、在少数民族地区普及义务教育，促进民族团结和社会和谐，为教育财政和其他方面带来了怎样的挑战？

中国约有 1.1 亿少数民族人口，少数民族地区和自治区占到国土总面积的 64%。在中国的很多省份,少数民族地区在普及义务教育时面临着巨大的困难。例如,在云南省,少数民族教育(特别是最基础的教育部分)的基础薄弱,其发展受到长期贫困、财政能力不足、山区地势复杂、地理上闭塞、种族、语言、宗教信仰差异和阻碍入学的文化传统等因素的限制(第 13 章)。与汉族人口相比,少数民族孩子入学机会较少,并且教育收益也较低。与城市地区的学校相比,边远地区和山区的学校生均成本更高,而成本效率更低。

云南的案例研究(第 13 章)表明,为了提高少数民族人口所接受义务教育的机会和质量,需要实施一套财政和教育综合策略。一方面,政府(特别是中央和省级政府)需要向贫困学生接受基础教育加大投入的力度(支付教师工资,保障学校安全和其他相关事项)和经费支持(减免学费和提供生活补贴)。另一方面,必须同时充分利用其他资源和不断改进教学(例如,增加双语教材的使用,在山区推广寄宿学校模式,更充分地使用新的教育技术,更有效地设置学校和教学点,增强社区与学校的联系,更好地掌握文化和宗教传统,等等)。

发展少数民族的教育,不但能使少数民族人群获得与生产活动有关的技能和知识,促进社会均衡与公平,而且可以促进民族团结和民族间的和睦相处,维护边防地区的社会稳定。增加少数民族义务教育的投入会带来巨大的社会效益。政府应该比以往更加关注少数民族义务教育,并采取更多具体有效的措施。

十、政府间转移支付对义务教育发展的作用如何?

国际经验表明,很多国家利用上级政府向下级政府的财政转移支付来实现许多政策目标,包括:帮助最贫困地区的地方政府发展最基础的和有最低质量保障的公共服务;缩小地方政府在提供公共基础服务上的差距;引导地方政府制定上级政府所认可的公共政策;以及在总体上达到利益共享。政府间财政转移支付是具有成熟的教育分权化系统的国家小学和初中教育财政政策的核心和实质部分。这种政策主要是用于保证财政收入能力最弱的地方政府能够获得充足的教育投入,减少财政和教育上的不均衡,把不均衡限制在社会所能容忍的限度之内(第 16 章)。

对美国的小学和初中义务教育财政的研究表明,州政府可以通过对地方学区实施经费补贴政策以及适时的政策调整,在分权化的教育系统中实现财政对象的转变(第 17 章)。在法治系统中,州政府可以按照充足性和公平性的原则,用透明的并考虑了地方政府财政收入能力差异及地区多样性的拨款公式,来对地方学区提供经费资助。非政府性质的研究和监管机构在评估和监督各州的绩效方面,发挥了重要的作用。一个开放的信息系统使得科学的政策分析成为可能,并且鼓励对公共系统的审计与听证。另一项关于美国的研究表明,近年来,比起教育财政的公平性,人们更关注其充足性,有大量的方法就是用于度量其充足程度的(第18章)。

在20世纪90年代之前,中国尚没有建立政府间对于义务教育的财政转移支付制度,分权化的义务教育财政系统被贫困农村经费不足以及地区间和学校间经费高度不均衡等问题所困扰。后来,随着来自中央和省级政府财政转移支付的不断增加,贫困农村地区义务教育得以发展,特别是中西部地区教育经费困难得到了缓解。虽然转移支付的资金比起全国义务教育总经费来说只是很小的一部分,但是对农村和贫困地区却是必需的。

正像本书对农村税费改革和"以县为主"的政策讨论的那样,来自中央和省级政府的转移支付,对于保证中国农村义务教育经费的重组发挥着重要作用。虽然自2001年以后财政转移支付资金有所增加,但是仍不足以补偿农村家庭教育投入的减少部分。经费缺口导致了义务教育上的新问题,包括拖欠教师工资,危房和校舍的改造和维护,缺乏基本的非人员性的教育经费投入。新的2006—2010年农村教育财政计划对于这个问题进行了应对。但是,"以县为主"的三级政府结构(中央、省和县)更适合中国当下的国情。新的政策提升了县级政府的地位,中央和省级政府也更关注对贫困地区的资助。中央和省级政府对县级政府财政补助的相对作用开始凸显。"十一五"财政计划和新修订的《中华人民共和国义务教育法》明确了中央政府和省级政府在完成农村义务教育中所履行的责任。

虽然有关公平性的研究(例如第4章)发现,财政不均衡更多的是省内差异,而不是省际差异,但是据此认为省级政府在减少不均衡上负有更多的责任,是片面的。首先,义务教育不仅是省级政府的责任,更是中央政府制定的国家发展目标。其次,各省财政收入能力不同,省内的不均衡也可能是中央政策的结果。现在的首要任务是提高中央和省级财政对于贫困县的教育财政转移支付,保证义务教育经费的充足,并且提高资金的使用效率,以求在一段时间之内达到县际财政的平衡。

没有系统的政府间转移支付体制,就无法实现普及义务教育与可持续发展的目标(曾满超,1993 年和 2002 年)。现在是以稳健的步伐开始设计和建设这个体系的时候了。

十一、民办教育在教育财政和普及义务教育中的作用如何? 公立部门与非公立部门在义务教育上合作的潜力有多大?

中国和其他国家的经验表明,在公立部门不能满足社会对义务教育入学机会和教学质量的需求时,非公立部门可以发挥一定的作用(第 19 章)。非公立学校为普及质量合格的义务教育作出了一定的贡献,政府可以为这些学校提供一系列的帮助,包括设立最低教学标准和监管标准,向家长传递学校信息,为教师培训提供帮助和提供其他技术支持,为贫困家庭背景的学生(那些由于经济原因无法进入公立学校的学生)提供助学金,等等。公立学校和非公立学校的校长和教师应该加强相互学习,交流教学经验。教学质量好的非公立学校可以推动公立学校的质量改革。

显然,正如其他国家一样,近年来中国民办学校的发展是与中国社会分层相同步的。正如山东省 TZ 市案例研究(第 14 章)所表明的,民办教育已经成为义务教育的重要组成部分。由于当地政府无法为公立学校提供充足的资源,所以民办教育在当地发展起来,并被当地市民所接受;家长们不仅要为孩子找到上学的地方,而且要为他们找到满意的学校。根据学生家庭背景等因素,可以将 TZ 市的学校划分为以下五种:最受欢迎的是城市重点公立学校,其次是一些质量好的城市民办学校,再其次是城市非重点公立学校,倒数第二是农村民办学校,最后是农村公立学校。民办教育为经济条件较好的家庭提供了选择上学的机会,使得他们的子女能够脱离低质量的公立学校。在义务教育阶段,入学机会和教育质量部分地受到家庭财富的影响,这是教育不公平的社会原因。

公立学校与民办学校的优势与劣势成为大家争论的问题。最近的研究指出,这两种学校对于实现社会和谐、社会公平、自由和效率等国家发展目标的作用是不同的。

十二、教师培训经费分担的合理比例是多少?

教师培训是一项"混合产品",它不但对教师个人有利,而且对社会有一定的正外部性。因此,教师教育的经费一般是由政府、学校和教师来分担的。发达工业化国家的经验表明,实行成本分担政策,其中政府财政预算是教师培训经费的主要来源,这样可以保证教师培训目标顺利有效地实现。此外,对于贫困、偏远和少数民族地区的教师培训,还要实行更为特殊的倾斜政策。

在第 15 章中,对于 2004 年全国教师调查数据分析发现,个人支付了正规教师教育经费的 89％,支付了短期教师培训经费的 60％。在正规教师教育与短期培训中,个人和其他主体(例如,政府和学校)对成本的分担比例,随着学校类型的不同、教师培训项目的不同和所在地区的不同,存在着显著差异。

有研究表明,在提高教师教育质量的改革中,需要大力增加对教师教育的投资。在教师正规学历教育中,个人是主要的成本承担者,政府和学校对教师短期培训项目负有主要责任。需要加强教师教育经费的公平性,政府补助应该重点用于资助贫困地区和少数民族地区的教师教育和教师发展。

第二节　政策建议

在今后 20 年里,义务教育财政政策的主要目标是,从各种渠道获得充足的办学资源,以保证具有各种不同社会和经济背景的孩子都能获得有质量保证的义务教育的机会,同时从根本上提高资源的利用效率和资源分配的公平性。有质量保证的义务教育是指,九年义务教育的产出能够满足国家发展的主要目标,接受过义务教育的毕业生具有在变化的国际环境中有效参与社会生活和终身学习的能力。国家发展的主要目标指的是义务教育在经济、政治、社会和文化上的核心目标,主要包括为社会储备有能力的劳动者(拥有基本技能、知识和特质),以增强经济上的竞争优势,发展社会主义政治,增强国家建设和统一,支持和进一步发展民主政治制度和过程,促进社会均衡、公平与和谐以及继承和发扬优秀传统文化。

表 20-1 是对义务教育财政政策建议的总结。大多数的建议都是短期的(5 年以内的),但有一些是中长期的(5—15 年的)。正如表 20-1 所示,教育财政政策是一个连续决策过程,要求进行定期调整,偶尔还需进行大的修改。因此,一个动态的、开放的和信息完备的政策制定过程,对于实现新的政策目标、适应变化的条件是非常必要的。这些建议都是试验性的,在适当的时候可能需要进行彻底的调整。

表 20-1　义务教育财政政策建议汇总

政策目标	政府角色	资源调动	资源分配	资源利用
全面提高效率	· 政策监管机构与测量 · 社会监管 · 公共信息渠道 · 立法与执行	· 财政报告 · 责任、评估、公共与社会监管	· 财政报告 · 责任、评估、公共与社会监管	· 财政报告 · 责任、评估、公共与社会监管 · 加强学校与社区之间的联系 · 在山区和边远地区增设寄宿学校 · 学校和教学点的有效分布
保证义务教育充足经费供给	· 三级政府资金保证	· 从中央、省和县三级政府获得教育经费，开拓非政府教育资源 · 义务教育发展的优先权 · 弥补农村税费改革带来的经费缺口 · 国家对教育的投入在近5年内增加10%，在近5—10年再增加10%	· "两基"的优先发展 · 增加中央和省级政府对贫困县和弱势人群的补助 · 政府间转移支付的规范化，近5年实行扩张的政策，下一个5年采用拨款公式	· 实现学校财政的充足标准，并不断调整此标准
促进公平	· 把增加的政府资源投入到贫困地区和人口 · 政府扶持贫困省经济发展的政策 · 有关社会经济指标的报告	· 向高收入人群征收更多税，向最低收入人群更大比例地减免税	· 政府财政转移支付在近5年内倾向于西部省份、贫困县和弱势人群，以后5年采用公式拨款 · 中央和省级政府对外来务工人员子女接受义务教育进行经费补助 · 不同省、同一个省内以及同一个县内的教育均衡化	· 学生资助系统 · 将弱势人群接受义务教育作为政策目标 · 对外来务工人员接受继续教育的财政支持 · 继续努力鼓励女性参与义务教育 · 劳务流入地政府有责任保证外来务工人员子女的就学机会 · 政府增加教师教育投入，特别是在贫困地区

政策目标	政府角色	资源调动	资源分配	资源利用
提高质量			·建立在教育产出基础上的经费分配模型	·课程内容和教学方法改革 ·教师教育改革 ·开展改善学校决策和管理的实验 ·少数民族人口的双语教育 ·援助和改革低绩效学校 ·运用包括远程教育在内的新教育技术，改进教学及其过程

我们应该区分义务教育财政的短期与中长期政策对象。短期对象包括：

（1）加强义务教育的财政管理和问责制；

（2）加速义务教育在未普及县的推进工作；

（3）在边疆县巩固普及义务教育的成果；

（4）设定财政充足性的最低标准，并在全国范围内实现此标准；

（5）通过建立规范的义务教育的政府间转移支付制度，增加政府财政对贫困地区和弱势群体的补贴，促进社会公平；

（6）增强对教育结果（如学生学业成绩）的关注，监控教育产出的时间变化过程，提高教育产出的资源利用效率；

（7）促进县内教育及其财政的均衡性。

中长期目标包括：

（1）保持并不断提高义务教育的效率；

（2）在所有地区提高教育产出，改革课程内容和教学方法，改进学校管理；

（3）建立规范的政府财政转移支付系统，以保障所有地区教育经费的充足，减少财政上的不均衡程度；

（4）促进全国不同省份之间以及省内不同县之间的教育经费均衡程度。

表 20-1 列出了为实现上述目标的教育政策建议。这些建议可以归纳为四个政策领域：政府作用、资源调动、资源分配和资源利用。政府作

用指的是政府和非政府组织以及其他相关主体在义务教育财政中应扮演的角色。资源调动关注的是从各种渠道获得更多的资源,用于支持义务教育发展。资源分配关注更多的是资源跨地区、跨部门(例如,教育部门与其他部门之间)以及在教育部门内部(例如,义务教育与其他层级的教育之间)分配的决策过程。资源利用关注的是资源在义务教育中的决策过程。表 20-1 中所列政策建议可以被归纳为以下五类。

(1) 政府作为全民接受义务教育的保证人

● 义务教育是一项重要的公共产品,政府应为义务教育筹资负担主要责任。

● 政府可以为小学和初中设定合理的最低充足投入标准,政府补贴使学校能够达到这些标准。

● 义务教育的公共经费由县、省和中央三级政府共同筹措。中央和省级政府将依法通过规范的政府间转移支付体系,给予所有未达到充足性标准的县以一定的经费补助。

● 在超出充足性标准之上,非政府经费可以扩大义务教育的资源。在短期内,还需要筹措一些非政府资源,来保证贫困地区和贫困人口享受到符合充足性标准的教育。

● 在中国现实国情和社会公平、公正和和谐发展的目标下,政府要切实保证义务教育的提供。

● 在地方政府不能满足社会对义务教育的需求时,应该允许和鼓励民办教育的发展,接受贫困家庭孩子以及外来务工人员子女的民办小学和初中应该得到政府适当的财政补贴,并接受其合理的监管。这些民办学校应该按照非营利的教育管理机构进行运作。

● 对于那些满足家长差异需求的民办小学和初中来说,政府可以选择予以或不予以财政补贴。

● 对于经济发达地区而言,在高质量地完成"普九"目标以及将地区内的教育经费及教育产出差异控制在一个合理限度之内的情况下,也可以适当地延长义务教育年限。对于多数地区来说,首先要解决"普九"中存在的问题,延长义务教育年限还不是一个重要的目标。

(2) 提高义务教育的效率

● 只有当政府部门、教育工作者、家长和其他投资主体将效率视为评估义务教育绩效的一项重要指标时,提高效率才可能变为现实。从财政的角度来看,提高效率是根本性的。因此,在义务教育中,已有资源和新的教育投资应该带来更多的教学产出,避免浪费现象的出现。采取多种内部和外部策略。应该在各级政府和学校建立问责制。

● 需要加强政府监督机制（包括机构和方法），把义务教育经费的滥用降到最低限度。应该公开县级政府的教育预算和支出情况，并由政府和非政府监管机构实施财务审计。教育组织不应该成为安置其他部门不合格和闲置人员的地方。

● 需要进一步加强学校与社区之间的联系，使得更多的社区参与到学校发展计划和课程的相关决策中来。学校社区委员会也应对学校预算和支出的信息做出审计和监督。还应由其他的社区教育机构对此类信息进行审核。

● 非营利和非政府教育机构应有机会监督和分析教育财政信息，并在网上公布他们的调查结果。这些机构可以公布有关教育财政的"报告卡"。

● 应该通过立法程序来详细规定教育资源的管理，包括出现管理失误的后果，政府和社会的监督机制，开放经费信息的权利以及如何正确使用这些信息等。

● 县级政府可以通过制订定期的学校发展计划，来改进学校地理布局，加强对危房校舍的维修和重建，以及加强对人口变化趋势和移民流动情况的分析。

● 鼓励在偏远山区发展寄宿学校，提高教育的效率和质量。

（3）保证财政充足

● 国家应该稳步地和显著地增加教育投入（教育总支出占 GDP 的比例），例如，在今后 5 年中增长 10％，在 5—10 年中再增长 10％。国家对义务教育的投入至少应有相应比例的增长。应该进一步研究国家教育投入的可行性战略和政策选择，进一步研究教育资源在义务教育与非义务教育之间的分配，其中为义务教育提供的资源应该包括为扫除成人文盲和巩固其成效所需要的资源。

● 为义务教育（包括基本普及九年义务教育和扫除青壮年文盲的"两基"）提供更多的资源，首先要保证短期内有充足的义务教育经费，其次是在中长期范围内限制经费配置的不均衡性。

● 在短期内，要把更多的教育资源用于还没有普及九年义务教育的县、由于农村税费改革产生教育财政缺口的县以及其他贫困县，以巩固它们在"普九"中取得的成果。

● 随着政府间财政转移支付制度规范化程度的提高，义务教育经费的充足标准将引导中央和省级政府向县级政府拨款沿着透明和稳定的方向发展。这些充足标准也将随着时间的发展被赋予新的内涵。省内财政转移支付将保证省内贫困县教育经费充足,而中央政府的转移支付将用于保证最需要的省份(例如,人均收入最低的西部省份)的贫困县以及有特殊地位的贫困县(为了保证国家安全及统一)有充足的经费供给。

● 在县级,上级的转移支付应该用于帮助最贫困的人群接受教育和这些人群聚集的学校的教育活动。

● 政府间转移支付既可以以专项形式出现,也可以以补助最困难学校的经常性开支形式出现。

(4)促进公平

● 义务教育是一项重要的公共产品,保证接受一定质量义务教育的机会平等,应是所有教育财政政策的核心原则。

● 促进教育公平要通过教育系统内部和外部的共同努力才能达到。政府可能通过扶持贫困省的经济发展(例如,西部大开发战略)和加强政府在累进收入再分配时的积极作用(例如,中央政府的扶贫项目,对高收入者的高税收政策,提高个人所得税率,对低收入群体的税收减免,等等),来为义务教育公平性的发展创造良好的外部环境。

● 在短期内,促进县内义务教育的均衡发展;长期而言,促进不同省份以及一个省内不同县义务教育的均衡发展。

● 政府和非政府组织可以发布社会经济发展的基本指标。

● 中央和省级政府的财政转移支付可以保证贫困县义务教育获得充足的经费,增强义务教育内部的公平性。

● 要继续扩大对贫困学生的经济资助力度,并通过财政形式保证其稳定性。要增加学生经费资助金额,以保证在不久的将来学生资助能覆盖到所有贫困的学生。

● 需要加速全国危房校舍的维修和重建,以保证学校的安全运行。贫困县要继续成为中央财政转移支付优先考虑的对象。

● 要更加关注建立城市外来务工人员继续教育和终身学习体系。

● 务工人员输入地政府应该完全负担起外来务工人员子女的义务教育责任。中央和省级政府可以为这些输入地政府提供经费补助,以补偿外来务工人员子女的义务教育成本。

(5)提高教育质量

● 义务教育财政应该强调资源的使用情况,保证学生能够掌握必要的知识、技能和树立高尚的价值观。随着教育发展水平的提高,应该在财政决策和学习效果之间建立更为密切的联系,研发可以将学习目标和教育产出纳入其中的教育财政模型。

- 课程改革是现今中国的一项重要的教育发展战略。需要详细考察不同地区和不同学校改革的内容和步骤。与贫困农村地区相比，经济发达地区对于课程改革有更充分的准备。课程改革需要与教学方法、教师教育的改革联系在一起进行。课堂教学和学习方式的转变是在更广的学校改革背景下进行的，所以需要加强学校层次管理和决策改革试点工作。

- 需要改革教师教育和培训机制，提高教师的素质。要增加教师教育和培训的投入，政府、学校和教师三者应该合理分担教师教育和培训成本。

- 需要对择校行为进行适当管理。有效和公平的择校系统，有利于提高所有学校特别是"低绩效"学校的质量。

- 双语教育应该成为提高少数民族义务教育质量的一个组成部分。

- 要继续推广新教育技术的运用，改进教学过程，提高教育产出。

参 考 文 献

中文著作

[1] [美]Martin Carnoy.教育经济学国际百科全书[M].闵维方,等译.北京:高等教育出版社,2000.

[2] [英]P.拜尔尼,D.卡德曼.房地产开发中的风险、不确定性和决策[M].深圳大学土木工程系,译.北京:科学出版社,1991.

[3] [英]马克·贝磊.中等教育的私有化:问题和政策意义[M]//联合国教科文组织.为了21世纪的教育:问题与展望.王晓辉,等译.北京:教育科学出版社,2002.

[4] 陈国良.教育筹资[M].北京:高等教育出版社,2000.

[5] 邓联繁.中国税费改革的现状与对策[M].北京:中国民主法制出版社,2001.

[6] 董辅礽,等.集权与分权:中央与地方关系的构建[M].北京:经济科学出版社,1996.

[7] 范先佐.筹资兴教:教育投资体制改革的理论与实践问题研究[M].武汉:华中师范大学出版社,1999.

[8] 桂詠评,聂永有.投资风险[M].上海:立信会计出版社,1996.

[9] 国家教育委员会.中华人民共和国现行教育法规汇编(1949—1989)[M].北京:人民教育出版社,1991.

[10] 国家教育委员会政策法规司.中华人民共和国现行教育法规汇编(1990—1995)(上、下卷)[M].北京:人民教育出版社,1998.

[11] 教育部财务司,国家统计局社会与科技统计司.中国教育经费统计年鉴(1996—2004)[M].北京:中国统计出版社,2004.

[12] 韩嘉玲.北京市"打工子弟学校"的形成、发展与未来[M]//孙霄兵.中国民办教

育组织与制度研究.北京：中国青年出版社,2003.

[13] 黄佩华.中国：国家发展与地方财政[M].北京：中信出版社,2003.

[14] 黄宗智.华北的小农经济和社会变迁[M].北京：中华书局,1986.

[15] 江苏省教育科学研究院.2002年江苏教育发展报告[M].南京：江苏教育出版社,2003.

[16] [美]杰克·赫什莱佛,约翰·G.赖利.不确定性与信息分析[M].刘广灵,李绍荣,译.北京：中国社会科学出版社,2000.

[17] 李实,李文彬.中国教育投资的个人收益率的估计[M]//赵人伟,基斯·格里芬.中国居民收入分配研究.北京：中国社会科学出版社,1994.

[18] 李双成,孙文基,宋义武.费改税[M].北京：中国审计出版社,2000.

[19] 刘玲玲,冯健身.中国公共财政[M].北京：经济科学出版社,1999.

[20] 刘溶沧,赵志耘.中国财政理论前沿[M].北京：社会科学文献出版社,1999.

[21] 卢洪友.政府职能与财政体制研究[M].北京：中国财政经济出版社,1999.

[22] 马骏.论转移支付：政府间财政转移支付的国家经验及对中国的借鉴意义[M].北京：中国财政经济出版社,1998.

[23] 青岛教育科学研究所.改善流动人口子女教育状况的对策[M]//中国基础教育发展报告.北京：教育科学出版社,2003.

[24] 全国人大教科文卫委员会教育室,香港大学中国教育研究中心.民办教育研究与立法探索[M].广州：广州高等教育出版社,2001.

[25] 孙立平.资源重新积聚下的底层社会形成[M]//李培林,李强,孙立平,等.中国社会分层.北京：社会科学文献出版社,2004.

[26] [美]特瑞斯·普寻切特,琼·丝米特,海伦·多平豪斯,詹姆斯·艾.风险管理与保险[M].孙祁祥,译.北京：中国社会科学出版社,1998.

[27] [美]瓦尔特·尼柯尔森.微观经济理论：基本原理与扩展[M].朱宝宪,译.北京：中国经济出版社,1999.

[28] 魏新.教育财政学简明教程[M].北京：高等教育出版社,2000.

[29] [美]西奥多·W.舒尔茨.论人力资本投资[M].吴珠华,译.北京：北京经济学院出版社,1990.

[30] 杨崇龙.云南教育问题研究[M].昆明：云南教育出版社,1995.

[31] 叶振鹏,张馨.公共财政论[M].北京：经济科学出版社,1999.

[32] 曾满超,魏新,箫今.教育政策的经济分析[M].北京：人民教育出版社,2000.

[33] 中国教育与人力资源问题报告课题组.从人口大国迈向人力资源强国：中国教育与人力资源问题报告[M].北京：高等教育出版社,2003.

[34] 中华人民共和国教育部.开创基础教育改革与发展的新局面：全国基础教育工作会议文件汇编[M].北京：团结出版社,2001.

[35] 朱钢,张元红,张军,等.聚焦中国农村财政：格局、机理与政策选择[M].太原：山西经济出版社,2000.

期刊

[1] 陈国良.中国基础教育财政政策的历史考察[J].教育与经济,1997(4).

[2] 陈晓宇,陈良焜,夏晨.20世纪90年代中国城镇教育收益率的变化与启示[J].北京大学教育评论,2003(4).

[3] 杜育红.中国义务教育转移支付制度研究[J].北京师范大学学报(人文社会科学版),2000(1).

[4] 段成荣,周皓.北京市流动儿童少年状况分析[J].人口与经济,2001(1).

[5] 樊纲.论公共收支的新规范:我国乡镇"非规范收入"若干个案的研究与思考[J].经济研究,1995(6).

[6] 高如峰.义务教育投资的国际比较与政策建议[J].教育研究,2001(5).

[7] 郭建如.基础教育体制变革与农村义务教育的发展[J].社会科学战线,2003(5).

[8] 郭建如.国家—社会视角下的农村教育发展:教育政治学的分析[J].北京大学教育评论,2004(3).

[9] 蒋鸣和.中国农村义务教育投资:基本格局和政策讨论[J].教育科学研究,2001(2).

[10] 旷乾.制度变迁中的义务教育财政:上世纪90年代以来我国义务教育财政体制研究综述[J].上海教育科研,2005(4).

[11] 李培林.流动民工的社会网络和社会地位[J].社会学研究,1996(4).

[12] 列文.中国教育私营化的机遇与挑战[J].北京大学教育评论,2004(4).

[13] 林光彬.社会等级制度与"三农"问题[J].读书,2002(2).

[14] 刘朋.建立农村义务教育投入新机制:对安徽省宿松县税费改革的调查与分析[J].江西教育科研,2002(1)(2).

[15] 刘然,程路.当前农村义务教育面临的新问题[J].人民教育,2001(5).

[16] 帕崔诺.私立部门在全球教育市场中扮演的角色[J].北京大学教育评论,2005(2).

[17] 戚谢美,曾钰.农村费改税后义务教育投入的思考[J].教育与经济,2001(3).

[18] 施彬,万威武.西安市教育投资回收期和内部收益率实证分析[J].教育与经济,1993(3).

[19] 孙凯.贵州贫困地区农村基础教育投资私人收益率的实证研究[J].教育与经济,1995(2).

[20] 孙学忠.农村教师工资拖欠情况调查与思考[J].教育发展研究,2002(2).

[21] 王蓉.中国县级政府教育财政预算行为:一个案例研究[J].北京大学教育评论,2004(2).

[22] 王善迈.中国不同地区教育发展差异的实证研究[J].教育研究,1998(6).

[23] 王唯.北京市流动人口子女义务教育政策实施分析[J].中国教育学刊,2003(10).

[24] 文才.我国教育经费投入和管理面临的主要问题与对策[J].教育与经济,1999(1).

[25] 阎凤桥.美国教育选择变革复杂性探析[J].民办教育动态,2002(8).

[26] 阎凤桥.美国学校选择改革：来自卡内基教学促进委员会的评价[J].北京大学教育评论,2004(1).

[27] 阎凤桥.从民办教育透视教育的分层与公平问题[J].教育发展研究,2004(1).

[28] 曾满超.中国义务教育财政面临的挑战与教育转移支付[J].北京大学教育评论,2003(1).

[29] 曾满超,丁延庆.中国义务教育资源利用及配置不均衡研究[J].教育与经济,2005(2).

[30] 曾贱吉,田汉族.论税费改革对农村义务教育经费投入的影响及其对策：来自湖南省的调查与分析[J].教育与经济,2001(2).

[31] 张铁道,赵学勤.建立适应社会人口流动的接纳性教育：城市化进程中的流动人口子女教育问题研究[J].山东教育科研,2002(8).

[32] 赵树凯.边缘化的基础教育：北京外来人口子弟学校的初步调查[J].管理世界,2000(5).

[33] 周大平.农村义务教育碰到"费改税"难题[J].瞭望新闻周刊,2000(39).

[34] 朱国宏.中国教育投资的收益：内部收益率的衡量[J].复旦教育,1992(3).

[35] 诸建方,等.中国人力资本投资的个人收益率研究[J].经济研究,1995(12).

其他

[1] 北京大学课题组.中国贫困地区义务教育财政：个案调查报告[R].2001.

[2] 丁小浩,等.世界银行贷款项目"重读、辍学研究"报告[R].1998.

[3] 杜育红,王善迈.中国义务教育转移支付制度的理论分析与实证分析[C]//2001年教育经济学国际会议论文集.未出版.

[4] 郭云龙.云南小学教育质量问题简要分析[R].2005.

[5] 韩嘉玲.北京流动儿童义务教育状况的调查[N].文汇报,2003-12-29.

[6] 蒋鸣和.教育经费不平衡[R].上海市教育科学研究院智力开发研究所,1999.

[7] 蒋鸣和.高等教育财政政策的经济分析：成本、拨款、学费与筹资的国际比较[A].中国高等教育财政改革研讨会[C].1995.

[8] 江苏省教育科学研究学院.2003年重点课题研究报告集[G].南京：江苏省教育科学研究学院,2003(9).

[9] 李黎明,等.云南民族教育的现状[R].2005.

[10] 农村费改税,教育咋应对："两会"代表委员呼吁建立义务教育投入新机制[N].中国教育报,2001-03-12.

[11] 秦晖.农村税费改革、村民自治与强干弱支：关于农村税费改革的几点意见[EB/OL]. http://www.pen123.net.

[12] 秦晖.并税式改革与"黄宗羲定律"[EB/OL]. http://www.pen123.net.

[13] 邱林.采取特殊措施,提高贫困地区教师队伍整体素质[R].2004.

［14］王海锋.为解决流动人口子女教育问题提几点建议［EB/OL］. http：//pinglun. youth. cn/youthwp/t20040818_10128. htm.

［15］王善迈.中国义务教育财政不平衡与建立规范的政府间义务教育财政转移支付制度研究报告［R］. 2001.

［16］言文.平等解决流动人口子女受教育问题［EB/OL］. http：//www. cass. net. cn/ webnew/file/2004072815732. html,2004.

［17］云南省教育厅.云南少数民族双语教学调查研究报告［R］. 2005.

［18］中国青年政治学院安徽省农村税费改革调查组.安徽农村税费改革问题研究 ［EB/OL］. http：//www. swordsky. y365. com/new2. html.

英文文献

［1］Ascher,Carol. Urban School Finance：The Quest for Equal Educational Opportunity ［EB/OL］. ERIC/CUE Digest No. 55,1989.

［2］Becker G S. Human Capital［M］. Chicago：University of Chicago Press,1964.

［3］Buchinsky M. Changes in the US wage structure, 1963—1987：application of quantile regression.［J］. Econometrica,1994,62,405-458.

［4］Byron R,Manaloto E. Return to Education in China［J］. Economic Development and Cultural Change,1990,38,783-796.

［5］Card D. The causal effect of education on earnings.［M］//Ashenfelter, Card, Handbook of Labour Economics. North-Holland：Amsterdam,1999,3.

［6］Card D. Earnings,schooling and ability revisited. NBER Working Parper 4832. 1994.

［7］Chen S. Is Investment in College Education Risky? State University of New York. Discussion Paper,2001.

［8］Clothey R. China's Minorities and State Preferential Policy：Expending Opportunity? Paper presented at the Annual Meeting of the 45th Comparative Education and International Education Society,Washington DC,March 14-17,2001.

［9］Crampton, Faith E. FiscalPolicyIssuesandSchoolReform.［EB/OL］ ERIC/CUE Digest,1990.

［10］Ding Y. Inequality and inequity in the financing of compulsory education in China.［D］. New York：Teachers College Columbia University,2005.

［11］Erlichson B A,Goertz M Implementing Whole School Reform in New Jersey：Year Two. New Brunswick, NJ：Rutgers, The State University of New Jersey, Edward J. Bloustein School of Planning and Public Policy,2001.

［12］Falaris E M. A Quantile Regression Analysis of Wages in Panama［EB/OL］. www. econ. yale. edu/seminars/NEUDC03/FALARIS. pdf,2003.

［13］Finn, Manno, Bruno, Vanourek. Charter Schools in Action：Renewing Public Education［M］. Princeton：Princeton University Press,2000.

[14] Fitz,Bryan. Education Management Organizations and the Privatization of Public Education: A Cross-National Comparison of the USA and the UK. [M] // Teachers College Columbia University: National Center for the Study of Privatization in Education Occasional Paper No. 22,2001.

[15] Freeman R. The Overeducated American[M]. New York:Academic Press,1976.

[16] Gerard A. Postiglione. State Schooling and Ethnicity in China:,The Rise or Demise of Multiculturalisam? Paper presented at the World Congress of Sociology (14th,Montreal,Quebec,Canada,July 26-August 1,1998).

[17] Goertz M, Edwards M. In Search of Excellence for All: The Courts and New Jersey School Finance Reform[J]. Journal of Education Finance. 1999,25, 5-32.

[18] Goertz R K,Goertz M E. New Jersey School Finance 1998[M] //Tetreault D R: in The States of the States and Provinces 1998. Edited by Tetreault, D. R. Proceedings of the 1998 Annual Meeting of the American Educational Research Association,San Diego,California,April 1998.

[19] Guthrie J,Rothstein R. Enabling adequacy to achieve reality:Translating adequacy into state school finance distribution arrangements[M] //Ladd H. Equity and adequacy in education finance. Washington DC:National Academy Press,1999,209-259.

[20] Hadderman,Margaret. Equity and Adequacy in Educational Finance [EB/OL] ERIC Clearinghouse on Educational Management,5207,1999.

[21] Harmon C, Hogan V, Walker I. Dispersion in Economic Return to Schooling. CEPR Discussion paper 3037,2001.

[22] Hartog J,Pereira, Vieira. Changing returns to education in Portugal during the 1980s and early 1990s: OLS and quantile regression estimators[J]. Applied Economics,2000.

[23] Hormuth P. Measuring up the State of Texas Education. The Center for Public Policy Priorities, Austin, TX. [EB/OL]. 1998, http://www. cppp. org/ kidscount. Inside TC. Volume VI, Number 6. February 28, 2001. [EB/OL]. www. tc. edu/newsbureau.

[24] Haynes M D. Public School Finance in New York State:An Analysis of Equity Trends,1983 to 1988.[D]. 1999.

[25] Heckman J,Lochner, Todd. Fifty years of mincer earning regressions working paper 9732,NBER,2003.

[26] Inter-Agency Commission (World Bank,UNICEF,UNESCO,and UNDP). Basic education for all. New York.

[27] James, Estelle. Public Subsidies for Private and Public Education: The Dutch Case[M] //Levy D C. Private Education:Studies in Choice and Public Policy. NewYork:Oxford University Press,1986.

[28] James, Estelle. Why Does Different Countries Choose a Different Public-Private

Mix of Educational Services[J]. Journal of Human Resources,2001,571-592.

[29] Jamison, Gaag. Education and Earnings in P. R. China [J]. Economics of Education Review,1987,6(2),61-166.

[30] Judd C M, McClelland G H. Data Analysis: A Model Comparison Approach, Harcourt Brace[M]. Jovanovich,1989.

[31] Koenker R,Bassett G. Regression quantiles[J]. Econometrica,1978,46,33-50.

[32] Kozol J. Savage inequalities: children in America's schools[M]. New York: Crown Publisher,1991,262.

[33] Kwong J. The reemergence of private schools in socialist China[J]. Comparative Education Review,1997,41(3),244-259.

[34] Levhari D,Weiss Y. The effect of risk on the investment in human capital[J]. American Economics Review,1974. 74(8),950-963.

[35] Levin H M, Belfield C R. The Marketplace in Education , No. 86[EB/OL]. www. ncspe. edu,Teacher College,Columbia University Occasional Paper,2003.

[36] Levin H. School finance [M] //Carnoy M. International Encyclopaedia of Economics of Education,1995,417.

[37] Lockheed M E,Jimenez E. Public and Private Schools in Developing Countries. Washington,D. C. :The World Bank,HRO Working Paper43,1994. 7-9.

[38] McEwan P J,Carnoy M. The Effectiveness and Efficiency of Private Schools in Chile's Voucher System[J]. Education Evaluation and Policy Analysis, 2000. 22 (3),13-239.

[39] McCall H C. A $3. 4 Billion Opportunity Missed. Office of the State Comptroller,Albany,New York 12236. November,2000 [EB/OL]. www. osc. state. ny. us.

[40] Meng X. The Role of Education in Wage Determination in China's Rural Industrial Sector[J]. Education Economics,1995,3,235-247.

[41] Menon M E. Perceived Rate of Return to Higher Education in Cyprus[J]. Economics of Education Review,1997,16(4).

[42] Miller M. A Bold Experiment to Fix City Schools[J]. The Atlantic Monthly, 1999,284(1),15-16,18,26-28,30-31.

[43] Mincer J. On the Job Training:Costs,returns and some implications[J]. Journal of Political Economy,1962,70,50-79.

[44] Mincer J. Studies in Human Capital:Collected Essays of Jacob Mincer,Volume 1 [M]. England:Edward Elgar Publishing limited,1993.

[45] Mun C,Tsang. Cost of Education in China: Issues of Resource Mobilization, Equality,Equity and Efficiency[J]. Education Economics,1994,2(3).

[46] Mun C,Tsang, Household Analysis for the Fourth Basic Education Project in China,Reported to the World Bank,1995.

［47］New Jersey Department of Education（2001）. State School Aid Tops ＄7. 3 Billion［EB/OL］. CYPP Online Newspaper.

［48］Odden A，Picus L. School Finance：A policy perspective［M］. 2nd ed. McGraw Hill，2000.

［49］Odden A. The New School Finance：Providing Adequacy and Improving Equity ［J］. Journal of Education Finance，2000，25，467-488.

［50］Patrinos，Anthony H. Market Forces in Education［J］. European Journal of Education，2000，35（1），61-80.

［51］Patrinos，Anthony H. market force in Education［EB/OL］.［1999］. www. worldbank. org/education/economicsed/private/publications/Market_HP. htm.

［52］Patrinos，Anthony H. School Choice in Denmark.［EB/OL］.［2001］. www. worldbank. org/education/economicsed/financedemand/case/denmark. pdf.

［53］Pereira P T，Martins P S. Is There a Return-Risk Link in Education［EB/OL］. ［2002］. http：//repeec. iza. org/repec/discussionpaper/dp321. pdf.

［54］Picus L，Hertert L. A School Finance Dilemma for Texas：Achieving Equity in a Time of Fiscal Constraint. Consortium for Policy Research in Education，New Brunswick，NJ. University of Southern California，Los Angeles，1993.

［55］Peterson P E. School Choice：A Report Card［M］//Peterson P E，Hassel B C. Learning from School Choice. Washington D. C. ：Brookings Institute Press，1998，32.

［56］Psacharopoulos G. Return to Education，An Updated International comparison ［J］. Comparative Education，1981，17，321-341.

［57］Psacharopoulos G. Education for Development［M］. Oxford University Press for the World Bank，1985.

［58］Psacharopoulos G. Return to Investment in Education：A Global Update. World Development 22（No. 9. 1994）. pp. 1325-1343.

［59］Psacharopoulos G，Patrino H. Rates of return to education：An international update. Washington DC：The World Bank，2002.

［60］Rebell M A. Fiscal Equity Litigation and the Democratic Imperative［J］. Journal of Education Finance，24，1（Summer 1998）25-30. EJ 568 582.

［61］Renchler R. Financial Equity in the Schools，Publication Sales. ERIC Clearinghouse on Educational Management，1992.

［62］Reschovsky A，Imazeki J . Achieving Educational Adequacy Through School Finance Reform. CPRE Research Report. Philadelphia，PA：Graduate School of Education，Consortium for Policy Research in Education，2001.

［63］Sherman J D. Public Finance of Private Schools：Observations from Abroad［J］. James T，Levin H M. Public Dollars for Private Schools：Case of Tuition Tax Credits，Philadelphia：Temple University Press，1983. 1-86.

［64］ Statistics from Chinese Government［EB/OL］. www. stats. gov. cn/tjsj/ndsj/
yb2004-c/indexch. htm.

［65］ Texas Education Agency. Snapshot 2000：1999-2000［EB/OL］.［2002］. http：//
www. tea. state. tx. us/perfreport/snapshot/2000.

［66］ Texas Education Agency. Snapshot 1999：1998-99.［EB/OL］.［2000］. http：//
www. tea. state. tx. us/perfreport/1999.

［67］ The Carnegie Foundation for the Advancement of Teaching. A Special Report：
School Choice,1992.

［68］ The Legislative Service Office School Finance Synopsis［EB/OL］.［2000］.
http：//legisweb. state. wy. us/website. htm.

［69］ Tilak J G. Public and Private Sectors in Education in India［M］//Arnove R F,
Altbach P G, Kelly G P. Emergent Issues in Education：Comparative
Perspectives. State University of New York Press,1992,73-186.

［70］ Tsang M. Financial reform of basic education in China. Paper presented at the
International Conference on Economics of Education in Manchester,
England,1993.

［71］ Tsang M. Costs of education in China：Issues of resource mobilization,equality,
equity,and efficiency［J］. Education Economics,1994,2(3),287-312.

［72］ Tsang M. Financial reform of basic education in China［J］. Economics of
Education Review,1996,15(4),423-444.

［73］ Tsang M. Education and national development in China since 1949：Oscillating
policies and enduring dilemmas.［J］. China Review 2000, 579-618.

［74］ Tsang M. Establishing and developing a substantial and regularized scheme of
intergovernmental grants in compulsory education in China.［J］. Harvard China
Review,2002,15-20.

［75］ Tsang M. Comparing the Costs of Public and Private Schools in Developing
Countries［M］//Levin H, McEwan P. 2002 Yearbook of the American
Education Finance Association,2002.

［76］ Tsang M. School choice in the People's Republic of China［M］//Plank D,Sykes
G. Choosing choice. New York：Teachers College Press,2004.

［77］ Tsang M,Ding Y. Resource Utilization and Disparities in Compulsory Education
in China［J］. China Review,2005.

［78］ Wei Xin,X. Meng,Xu Weibin,Chen Liangkun. Economic Effects of Investment in
Compulsory Education in Rural China,1996.

［79］ Wei X,Tsang M,Chen L. Education and earnings in rural China［J］. Education
Economics,1999,7(2),167-187.

［80］ World Bank. World Development Indicators ［EB/OL］.［2003］. http：//www.
undp. org/hdr2003/indicator/indic_4_1_1. html.

[81] World Bank. Priorities and strategies for education: A world Bank Review Washington. DC: The World Bank, 1995.

[82] World Bank. Improving Vocational education and training Washington DC: The World Bank, 1994.

[83] World Bank. Priorities in investment in education. Washington, DC: The World Bank, 1995.

[84] World Bank. Strategies goals for Chinese Education in the 21st century. Washington, DC: Report No. 18969-CHA, The World Bank, 1999.

[85] Yugui Guo. Asia's Education: Current Achievements in Japan, Korea, Taiwan, China, and India. [M]. Lanham: Lexington Books, 2005.